Egmont Colerus

Leibniz
Der Lebensroman
eines weltumspannenden Geistes

SEVERUS

Colerus, Egmon: Leibniz. Der Lebensroman eines
weltumspannenden Geistes
Hamburg, SEVERUS Verlag 2013
Nachdruck der Originalausgabe von 1934

ISBN: 978-3-86347-353-2

Druck: SEVERUS Verlag, Hamburg, 2013

Der SEVERUS Verlag ist ein Imprint der Diplomica Verlag
GmbH.

**Bibliografische Information der Deutschen
Nationalbibliothek:**
Die Deutsche Nationalbibliothek verzeichnet diese Publikation in
der Deutschen Nationalbibliografie; detaillierte bibliografische
Daten sind im Internet über http://dnb.d-nb.de abrufbar.

EGMONT COLERUS

Leibniz

DER LEBENSROMAN
EINES WELTUMSPANNENDEN
GEISTES

Wer mich nur aus meinen
Werken kennt, kennt mich
nicht. *(Leibniz)*

Durch Taten werden Männer.
(Leibniz, Denkschrift für Dänemark)

Didici in mathematicis ingenio, in
natura experimentis, in legibus divinis
humanisque auctoritate, in historia testimoniis nitendum esse.

Ich lernte, daß man sich in der Mathematik auf die Eingebung des Geistes, in
der Naturwissenschaft auf das Experiment, in der Lehre vom göttlichen und
menschlichen Recht auf die Autorität und
in der Geschichte auf beglaubigte Quellen
zu stützen habe. *(Leibniz)*

Leibniz vereinigte in seiner Person
eine ganze Akademie der Wissenschaften.
(Friedrich II. von Preußen)

Erstes Kapitel

Sterbensmüdes Land

Unter all den frischen Jungen, die an einem sonnigen Apriltag des Jahres 1654 vor der Nicolaischule zu Leipzig lärmten und sich balgten, sah man nur einen blassen Knaben, der von der allgemeinen Freude nicht ganz mitgerissen erschien.

Das Ereignis, das die Knaben heute noch über das gewohnte Maß höher stimmte, war ein vorzeitiger Schluß des Unterrichtes. Soeben hatten die Turmuhren die elfte Stunde geschlagen, und der gestrenge Lehrer Tilemann Bachusius stolzierte vorgeneigt, einen Stoß von Büchern unter dem Arm, zwischen den Schülern durch. Es gab bei ihm zu Hause Kindstaufe. Deshalb hatte er mit höchster Genehmigung des Rektors Johann Hornschuh das junge Volk zwei Stunden vor dem üblichen Schulschluß entlassen.

Obwohl sich der Lehrer nun fast absichtlich um das Treiben der übrigen nicht kümmerte, faßte er mit einem spitzen Blick gerade den ins Auge, der hiezu nach gewöhnlichen Pädagogenbegriffen am wenigsten herausforderte: Den blassen Jungen nämlich, der unbeteiligt abseits stand und offensichtlich nicht recht wußte, was er tun sollte.

Aber auch für diesen Knaben hatte der Lehrer nicht allzuviel Zeit. Er murmelte bloß etwas von „Ordnung schaffen" und „Schüler Leibniz" in sich hinein und schüttelte dann alle Berufssorgen recht brüsk von sich ab, um seinen Vaterpflichten umso schneller genügen zu können.

Als sich die Mitschüler, deren jeder die geschenkten zwei Stunden irgendwie nutzbringend anwenden wollte, zu verlaufen begannen, faßte der kleine Leibniz einen eigentlich durch nichts veranlaßten Entschluß. Er entschied sich, vorläufig nicht nach Hause zu gehen, sich auch keinem der anderen Knaben zu gemeinsamem Spiel zuzugesellen, sondern die Welt jenseits der Grenzen zu erforschen, die ihm bisher gesteckt worden waren. In zwei Stunden, so dachte er, könnte man sehr weit vor die Stadt hinausgelangen, und selbst wenn er die zwei Stunden überschritt, würde die alte Muhme kein Aufheben davon machen. Die Mutter, das wußte er, würde erst um vier Uhr zu Hause sein, da sie über Mittag Verwandte besuchte.

So preßte der Knabe seine wenigen Bücher und Hefte an sein ärmliches Schülerwams und ging mit vorgeneigtem Kopf durch schattig enge, spitzgiebelflankierte Gassen zum nordwestlichen Stadttor, von wo der Weg in das ihm schon bekannte Wäldchen von Rosental und von dort ins unerforschte Fremde hinausführte.

Wie es bei seinem Alter — Gottfried Wilhelm Leibniz zählte damals eben erst acht Jahre — nicht anders zu erwarten war, spielte sein Geist eine merkwürdige Doppelrolle. Alles was sonst Kinder dieser Entwicklungsstufe bemerken, etwa Verkaufsstände mit lockenden Waren, Passanten, die ihn durch irgend etwas zum Lachen oder zu purem Interesse herausforderten, oder schließlich den angenehmen Duft des Frühlings, bemerkte er auch. Er bemerkte es sogar mit besonderer Schärfe und Deutlichkeit, da er allein wanderte und dadurch desto verantwortlicher war. Aber gleichzeitig ließ ihn wieder der Eindruck der letzten Schul-Ereignisse nicht los, die ja ebenfalls in diesem Alter mit besonders hoher Wichtigkeit sich der Einbildungskraft aufdrängen.

Und da erregte ihn vornehmlich der noch ungeklärte Zusammenprall mit dem Lehrer Tilemann Bachusius, der sich vor etwa einer Stunde zugetragen hatte. Zusammenprall war eigentlich übertrieben. Der Knabe fühlte nur dumpf, daß etwas nicht in Ordnung war.

Es war so gekommen: Schon vor einigen Monaten hatte der Knabe im Hause unter Gerümpel zwei Bücher entdeckt, die nach Aussage der Muhme vor vielen Jahren, als der Vater noch lebte, ein Student versetzt hatte. Da sich niemand weiter um diese Bücher kümmerte, hatte der Knabe sie sich kurzer Hand angeeignet und hatte sie zu studieren begonnen. Das eine Buch war ein Livius, eine römische Geschichte mit Holzschnitten und Figuren. Das andere ein chronologischer „Thesaurus" von Sextus Calvisius, also ein Schatzkästlein des Wissens, vor allem des geschichtlichen Wissens. Nun hatte sich, da diese beiden Bücher in lateinischer Sprache verfaßt waren, der kleine Leibniz ein deutsches chronologisches Buch verschafft und hatte es so oft mit dem „Thesaurus" verglichen, bis er sich, Schritt vor Schritt, ohne jedes Wörterbuch, in die lateinische Sprache hineingetastet hatte und nun auch schon den Livius ganz gut verstand.

Brennender Ehrgeiz hatte ihn nach dieser ersten selbständigen Leistung überkommen und er hatte viele Wochen schon auf eine Gelegenheit gewartet, sein Geheimnis dem von ihm sehr geliebten Lehrer zu entdecken. Diese Enthüllung würde ihm, so hatte er mit Sicherheit erwartet, ein besonderes Lob des Magisters und große Achtung der Mitschüler eintragen.

Eben heute nun, vor etwa einer Stunde, war die Gelegenheit dagewesen, wo er nach einer zufälligen Frage des Lehrers, der einige oberflächliche Bemerkungen über das antike Rom machte, die Gedanken des Lehrers weiterspinnen und mit echten lateinischen Zitaten belegen konnte.

Anfänglich hatte ihm der Lehrer, der vielleicht wegen der bevorstehenden Kindstaufe etwas geistesabwesend war, ruhig zugehört; um so mehr, als ihm ja die bekannten Zitate nichts Unerhörtes sagten. Als aber einige erregte Mitschüler in großer Angst zu fragen begannen, ob sie dies alles auch können müßten, erfaßte Bachusius plötzlich die Absonderlichkeit der Antwort des jungen Leibniz. Er hatte sein strenges Gesicht sogleich in zahlreiche Fältchen gelegt und nun seinerseits den Knaben gefragt, woher er sein Wissen habe und ob er gar vielleicht der Ansicht sei, daß die berühmte alte Nicolai-Schule ihren Schülern nicht genügend Wissenswertes biete.

Der Knabe war über den gereizten Ton erschrocken, hatte aber gleichwohl freimütig erklärt, wie er zu seiner Weisheit gekommen sei. Als er erzählt hatte, daß er kein Wörterbuch besitze, hatte sich Bachusius erregt die Ohren zugehalten. Der Lehrer hatte schließlich weiter nichts gesagt, sondern nur mit

beiden Händen abgewinkt und war sofort sehr unvermittelt auf
andre Unterrichtsgebiete übergegangen. Nicht ohne ab und zu
dem Knaben Leibniz einen spitzen, beschwörend verweisenden
Blick zuzuwerfen.

Jedenfalls war aus der ehrgeizigen Hoffnung alles andre als
eine Erfüllung geworden. Warum das so gekommen war, verstand Leibniz nicht. Verstand weder das Aufbäumen der Mitschüler gegen seine Leistung, wo er doch stets jeden Erfolg der
Kameraden neidlos bewundert hatte. Er verstand aber noch
weniger den Lehrer, der immer betont hatte, daß die Welt nur
durch Wissen weitergelange und daß nur der ein sicheres
Wissen erwerben könne, der es sich so früh als möglich aneigne.

Warum galten diese Sätze plötzlich nicht für seine Bemühungen? Wo er doch alles, was die Schule forderte, lückenlos beherrschte?

Doch verschwammen diese erregenden Gedanken, als er das
Stadttor im Rücken hatte und als ihn wieder die Eindrücke des
knospenden Waldes, des kleinen Flusses und der singenden
Vögel gefangen nahmen.

Nach einer Wanderung, deren Länge er aus den stets in weiterer Ferne verwehenden Glockenschlägen der Türme Leipzigs
schon auf weit mehr als eine Stunde schätzte, kam es ihm plötzlich zu vollem Bewußtsein: Was wollte er eigentlich? Wohin
noch trieb es ihn?

Er stand jetzt auf einem holprigen Fahrweg auf ziemlicher
Höhe. Zur Linken ragte eine verfallene Windmühle, deren mor-
sche Flügel zerspellt herabhingen. Auch die gemauerten Flan-
ken der Mühle zeigten Löcher und Risse. Und wenn der Wind
in diese Mauern und Balken fuhr, gab es schaurig knarrende,
ächzende Töne.

Der Knabe sah über den weiten Umkreis, der sich ihm bot. Er
hatte Felder, freundliche Dörfer, Viehherden erwartet. Was er
jedoch erblickte, war Öde. Irgendwo gab es Häusergruppen,
kaum weniger verfallen als die Windmühle. Dazu klumpige
brache Flächen, leere Wiesen, ferne drohende Gehölze.

Erst jetzt erinnerte er sich, daß er auf seiner ganzen Wanderung nach Verlassen des Rosentals kaum einem Menschen

begegnet war. Die Einsamkeit begann ihn zu bedrücken und leise Furcht kroch ihn an. Es war aber eine Furcht, die ihn lähmte und hinderte, sogleich umzukehren und möglichst rasch die schützenden Mauern der Heimatstadt zu suchen.

So setzte er sich an den Fuß der Windmühle auf einen Stein und war höchst erfreut, als er irgendwo im Norden ein Rauchsäulchen entdeckte und einige Menschen auf einem entfernten Weg dahinschreiten zu sehen glaubte.

Er fühlte genau, daß er in diesen unheimlichen Weiten etwas erblickt hatte, was ihm bisher von allen verborgen worden war. Eine Welt gleichsam, die voll von unbekanntem Schicksal war.

Er war in seine unklaren Überlegungen derart vertieft, daß er namenlos erschrak, als plötzlich ganz in seiner Nähe knirschend ein plumpes Bauerngefährt, von zwei Rossen gezogen, auftauchte und auf ihn zuholperte.

Der Kutscher dieses Wagens sah sonderbar genug aus. Er stak in einem schweren Lederkoller, wie es die schwedischen Reiter im verflossenen Kriege zu tragen pflegten und hatte ein rostiges langes Stoßrapier umgeschnallt. Sein blondborstiger Bauernkopf war unbedeckt. Hinter ihm auf den Säcken, die den Wagen füllten, hockte ein kleiner Mann in der bestaubten und zerschlissenen Tracht eines Magisters.

Der Kutscher hatte den Knaben nicht bemerkt, obgleich er zur Mühle hinschielte. Anders jedoch der Magister. Dieser hatte sogleich seine unsäglich traurigen Augen auf den kleinen Leibniz gerichtet, hatte den Kutscher an der Schulter gefaßt und ihn veranlaßt, stehen zu bleiben.

„Was treibst du dich in der Einöde umher, Kleiner?“ fragte der Magister mit matter, heiserer Stimme in einer dem Knaben fremden deutschen Mundart. „Bist der Schule entlaufen, he?“

Der Knabe trat schüchtern an das Gefährt.

„Ich bin ein wenig spazieren gegangen. Uns wurden heute zwei Stunden des Unterrichts geschenkt.“

„Bist wohl aus Leipzig?“

„Gewiß. Aus der Nicolai-Schule.“

„Willst du dich zu uns auf den Wagen setzen und mit uns zurückfahren? Du scheinst nicht zu wissen, was du tust.“

Der Kutscher brummte:

„Wär nicht das erste Mal, daß ein dummer Junge aufs Land herausgelaufen ist und nicht mehr in die Stadt kam. Setz dich neben den Magister um Jesu Christi willen! Ich schenke dir den Fahrtlohn." Und er er wieherte gutmütig.

Vor dem Bauern allein hätte sich der Knabe gefürchtet. Der Magister jedoch flößte ihm Vertrauen ein. Und er schwang sich behend und erlöst auf die Säcke und Ballen.

Der Kutscher drehte sich, bevor er die Pferde antrieb, noch einmal herum. Er schlug an sein Lederkoller und an seinen rostigen Degen.

„Ja, Kleiner, so weit sind wir noch, daß ein friedlicher Bauersmann die paar Meilen bis Leipzig geharnischt fahren muß. Hab das Zeug da oben bei Breitenfeld herausgegraben, wo sich der Schwede zweimal mit den Kaiserlichen schlug. Erst knapp vor der Stadt leg ich die Wehr ab. Hier draußen kann man sie jeden Augenblick brauchen." Er spuckte wütend aus und trieb die Pferde an.

„Wir wollen aber den Knaben doch nicht zu sehr ängstigen", begütigte der Magister, wobei der furchtbar traurige Ausdruck seiner Augen sich kaum änderte.

Als sie schon einige Zeit gefahren waren, begann der Magister plötzlich schnell und stoßweise zu erzählen. Und das unheimliche Bild, das der Knabe instinktiv gesehen hatte, das ihm die Mühle, die zerrissenen, brachen Felder gezeigt hatten, wurde weiter und weiter, begann sich vom Rhein bis zu den Grenzen Polens und von der Donau bis an die Ufer der Nord- und Ostsee auszudehnen.

Auf Usedom hatte der Magister eine Schule geleitet, hatte allen Schrecken des Dreißigjährigen Krieges erlitten und war seit Jahren auf der Wanderung. Stets wieder, wenn er sich wo seßhaft gemacht hatte, verfolgt von Unglück und Niederbruch.

Zwölf Millionen fleißiger Menschen, so hörte der kleine Leibniz, hatten vor dem Kriege Deutschland bevölkert. Jetzt waren es kaum mehr vier. Seuchen wüteten noch in Süd und Nord und Ost und West. Landsknechte zogen noch immer plündernd umher, Räuberbanden und Zigeuner lauerten an den Straßen und in den Wäldern. Gewiß, es wurde von Jahr zu Jahr besser, sicherer, lebenswerter. Aber noch stets sei Deutschland ein Trümmerhaufen wie jene zerschossene Mühle. Nein, es würde sich nie, nie mehr erheben können, dieses unglückselige Land. Denn schon lauerte der Franzose, der Türke, der Schwede, um dem entvölkerten Chaos den letzten Rest zu geben. Was dem Knaben wohl eingefallen sei, sich aus der Stadt in die Öde hinauszuwagen? Wo es doch bekannt sei, daß Schnapphähne Kinder zusammenfingen, um sie als unauffällige Spione zu gebrauchen, oder für ihre Freigabe Lösegeld zu erpressen?

Ja, so sei es mit Deutschland bestellt, von den Reichen der Kunst und Wissenschaft ganz zu schweigen. Wer hätte auch Zeit dazu, Ruhe und Willen?

Er, der Magister, wolle es nocheinmal in Leipzig versuchen. Vielleicht könne man ihm dort irgend ein bescheidenes Plätzchen gewähren. Er sei müde, ach so sterbensmüde wie das ganze deutsche Land. Und es träten ihm die Tränen in die Augen — ansonst habe er das Weinen verlernt — wenn er die Knaben und Mädchen ansähe. Was sollte aus denen werden?

„Sie werden vielleicht die öden Felder wieder pflügen, die Windmühlen aufbauen und die Räuber hinausjagen", sagte der Knabe vor sich hin.

„Vielleicht werden sie es. Vielleicht, vielleicht. Vielleicht auch nicht. Gott schenke deinen Worten Wahrheit!" Wie ein heiserer Schrei kam die Antwort des Magisters.

„Ihr werdet mich in Leipzig besuchen, Herr Magister. Ich schulde Euch Dank. Meine Mutter wird sich freuen, daß Ihr mich vor der Einöde beschützt habt", sprach Leibniz plötzlich mit hoher, heller Stimme. „Ich heiße Gottfried Wilhelm Leibniz, wohne in der Neutorgasse nächst der Schenke ‚Zum Löwen'. Man kennt uns dort und wird Euch das Haus zeigen."

„Das habe ich nicht gemeint, als ich dich am Wege auflas", antwortete der Magister erschrocken. Als er aber den verlegenen Ausdruck des Knaben sah, setzte er sogleich begütigend hinzu: „Ich werde dich besuchen. Wir wollen dann weiter über Deutschland sprechen."

Noch in Rosental entledigte sich der Kutscher seines Wamses
und Degens und schob beides unter die Mehlsäcke. Der Knabe
Leibniz empfahl sich mit vielen Dankesworten knapp vor dem
Stadttor von seinen beiden Beschützern und hüpfte übermütig,
als er zwischen freundlichen und bekannten Menschen durch
die engen Gassen über das holprige Pflaster seinem elterlichen
Hause zustrebte.

Zweites Kapitel

„Catilinarische Intelligentia"

Ganz geborgen, fast selig fühlte sich jedoch der Knabe erst,
als er vor dem Hause selbst stand. Und es erschien ihm nach
seiner Wanderung in unbekannte Fernen und Einöden noch
vertrauter und doch wieder geheimnisvoller als sonst.

Es war ein nicht allzugroßes, schmales Bürgerhaus, wie es
deren zu Leipzig viele gab. Wahrscheinlich war es schon vor
hundert oder noch mehr Jahren erbaut worden. Sicherlich hatte
es dicke Mauern, und die Fassade war altertümlich und grau.
Die schwere Tür hatte einen verborgenen Drücker, den der
Knabe öffnete. Er stieg langsam über eine tiefdunkle Holztreppe
hinauf und huschte durch das Winkelwerk einer Vorhalle, in
der Truhen standen, in die Küche, wo er die Muhme vermutete.

Er hatte sich auch nicht getäuscht. Die alte Frau mit ihrem
sauberen dunklen Kleid und dem weißen Häubchen stand beim
großen Herd. Was den Knaben aber stutzig machte, war, daß
sie die Pfannen und Teller wusch. Es war zwar schon halb drei,
aber da sie ja allein zu Hause war, hätte sie wie gewöhnlich mit
der Mahlzeit auf ihn gewartet, wenn nicht etwas Unerwartetes
sich inzwischen ereignet hätte.

Sie drehte sich auch sogleich herum, als sie die Türe gehen
hörte und blickte ihm aus ihrem verrunzelten und doch glatten
Gesicht halb vorwurfsvoll, halb erfreut entgegen.

„Ach, da ist er ja, Gottfried Wilhelm! Wollte schon zur

Schule sehen. Nachgesessen? Oder umhergestrichen? Mutter ist schon in Sorge." Und sie kam auf ihn zu.

Die Muhme, eine verarmte entfernte Verwandte der Mutter des jungen Leibniz, war seit seiner Geburt gleichsam seine Kinderfrau und Erzieherin gewesen. Er liebte sie mit einer starken und doch ein wenig respektlos herablassenden Liebe.

„Mutter kommt doch erst um drei Uhr?" fragte er erstaunt. „Wie kann sie etwas wissen?"

„Ach, du Schlingel, darauf hast du gebaut? Nun, der Mensch denkt, Gott lenkt. Vor zwei Stunden nämlich ist plötzlich ein edler Herr hereingeklirrt. Ein Deuerlein von Königstein. Weißt du, ein Verwandter deiner seligen Großmutter väterlicherseits. Irgendwoher vom Land, wo er ein Gut hat. Und da haben wir deine Mutter sogleich geholt, aufgekocht für den vornehmen Gast — und du wirst deine Schelte bekommen, da du dem Hause Schande gemacht hast." Sie hatte, während sie mit Zinnkraut eine Kasserolle rieb, diese Sätze sehr schnell hervorgesprudelt.

Obwohl sich nun der Knabe vor seiner sanften, gütigen Mutter keineswegs fürchtete, wußte man doch nicht, was der fremde Edelmann sagen würde. Entfernte Verwandte mengten sich am liebsten und energischesten in die Erziehung ein. Das wußte er aus übler eigener Erfahrung. Und er wurde durch nichts so verlegen und erbost, als durch solche halb scherzhafte, halb hämische Predigten und Kritiken unbekannter oder kaum bekannter Erwachsener, die sowohl die Unantastbarkeit des Außenstehenden als auch wieder die Vertrautheit und Autorität des Onkels für sich in Anspruch nahmen.

Er wäre am liebsten in sein Kämmerlein geschlichen, das ein Stockwerk höher lag. Die Muhme aber bemerkte sogleich diese Absicht. Sie wischte schnell ihre Hände in einem Geschirrtuch trocken und faßte ihn am Arm.

„He, nur nicht ausreißen, Gottfried!" sagte sie etwas entschiedener. „Der Onkel wird dich nicht beißen. Ist ein sehr umgänglicher Herr. Jetzt aber wasch dir Hände und Gesicht, laß deine Schulsachen hier liegen und geh hinein. Das Essen hab ich dir schon aufgehoben. Suppe und Klöße mit Salat bekommst du. Vielleicht finde ich auch noch ein Stückchen Fleisch." Und sie zog ihn zu einem Eimer und fuhr ihm mit dem eingetauchten Tuch über Gesicht und Hände wie einem ganz kleinen Kind.

Der Knabe ließ sich diese Fürsorge gern gefallen. Er war dadurch weiterer Entschlüsse enthoben. Und er ging auch, als er sich abgetrocknet hatte, ohne viel nachzudenken, über die Diele und öffnete die Tür zum Wohnzimmer, in deren Öffnung er bescheiden stehen blieb.

Zur linken Hand, an einem schweren Eichentisch saßen seine Mutter und der Landedelmann. Auf dem Tisch funkelten eine Karaffe mit Wein und einige Römer. Zur Rechten leuchtete der mächtige grüne Kachelofen, da ihn eben ein volles Bündel von Sonnenstrahlen getroffen hatte.

Die Mutter, im schwarzen Tuchkleid mit der weißen Halskrause, lächelte dem Söhnchen freundlich entgegen und machte ihm ein Zeichen, näherzutreten. Der Edelmann, der das Glas gerade absetzte, wischte sich mit dem Finger den Schnurrbart und fragte mit tiefer, aber äußerst freundlicher Stimme:

„Das also ist mein Neffe Gottfried Wilhelm?"

„Ja, das ist er", erwiderte die Mutter. „Die Knaben bleiben manchmal über die Zeit in der Schule. Sie haben strenge Lehrer und denen fällt oft etwas ein, was den Unterricht um eine Stunde verlängert."

„Wenn nur den Schülern nichts einfällt, was die Unterrichtszeit verlängert", lachte der Edelmann los. „Ich bin auch einmal nachgesessen, mach dir nichts draus, Gottfried, und gestehe." Und er erhob sich und reichte dem Knaben die Hand, der eine linkische Verbeugung machte.

Der Edelmann hatte trotz seiner Größe und seines mächtigen Brustkastens sehr wohlgebildete, aufgeweckte Züge und besonders große, leuchtende Augen. Und sah nicht martialisch aus, wiewohl er die üblichen braunen Stulpstiefel, die pluddrige Reithose und das Lederkoller trug. Nicht einmal das Klirren der Sporen klang kriegerisch.

„Ich bin nicht nachgesessen, ich habe mich auf einem Spaziergang verspätet", antwortete der Knabe, da er weder die Mutter noch den gewinnend sympathischen Onkel belügen wollte.

„Das wirst du erzählen, wenn du gegessen hast, mein Kind",
sagte die Mutter mit einem Schatten von Sorge und Verständnislosigkeit in ihrem blassen, ruhigen Gesicht.

Und Gottfried Wilhelm berichtete, nachdem er mit Heißhunger die von der Muhme hereingebrachten Speisen hinunter-
geschlungen hatte, ohne Beschönigung oder Übertreibung seine
Erlebnisse. Nur die Gründe, die ihn so weit ins Land hinausgetrieben hatten, konnte er nicht deutlich angeben. Als er über
diese Gründe sprach, begann sich sein Blick zu verirren, und
seine sonst so glatte flüssige Rede hub an, in Unklarheit bis zum
Gestammel zu zerrinnen.

Der Edelmann hatte ihn die ganze Zeit beobachtet. Bevor
noch die Mutter etwas sagen konnte, warf er ein:

„Mein Gott, es ist nichts geschehen. Gottfried ist eben trotz
seiner zarten Gestalt kein reiner Bücherwurm und Stubenhocker.
Nicht umsonst war seines Urgroßvaters Bruder, Paul von Leibniz, ein tüchtiger Feldhauptmann des Kaisers an der windischen
Grenze. Geadelt wegen großer Tapferkeit. Und wir Deuerleins
sind auch rauhe Burschen. Nehmen wir diesen Vorstoß ins
Unbekannte als Symbolum. Die Welt ist die Welt und die muß
man mit dem Kopf und mit den Augen durchforschen."

„Du hast da einen Anwalt bekommen, du Schlingel", sagte
die Mutter scherzend. „Seinetwillen mag sein unüberlegtes
Stückchen verziehen sein. Aber nicht wahr, Gottfried, du wirst
dich nicht mehr unnötig in Gefahr begeben? Du bist jetzt gewarnt. Und so töricht und schlecht bist du wieder nicht, deiner
Mutter großen Schmerz zuzufügen."

Der Knabe senkte blutrot den Kopf, und in seinen Augen
schimmerte es. Vor Vernunft und Milde beugte er sich vielmal
beschämter als vor Zank und Drohung.

Aber dieser demütigende Augenblick währte nicht lange.

Muntere Erzählungen des Edelmannes brachten bald eine
andre Stimmung, und es waren wohl mehr als zwei Stunden
vergangen, als die Muhme in die Wohnstube trat und meldete,
der gestrenge Lehrer Tilemann Bachusius habe mit der Mutter
des Schülers Gottfried Leibniz ernste und dringende Angelegenheiten, besagten Schüler betreffend, zu besprechen.

Ein neues Erschrecken an diesem schon mehr als einmal ereignisreichen Tage durchzuckte den Knaben.

„Weißt du, was er will? Hast du doch etwas verbrochen?" fragte Vertrauen heischend der Edelmann.

„Nein, ich weiß nichts. Ich kann es nicht einmal ahnen", erwiderte der Knabe totenblaß und kopfschüttelnd.

„Dann müssen wir den gestrengen Magister hören. Ich möchte bei der Unterredung dabei sein. Als Schiedsrichter. Du gestattest es doch wohl, werte Base?"

„Es ist mir sogar erwünscht." Die Mutter des Knaben wandte sich an die Muhme. „Führe, bitte, den Herrn Lehrer herauf. Es wird uns ehren, ihn zu empfangen."

Als die Muhme gegangen war, gab der Edelmann dem Knaben einen freundlichen Rippenstoß.

„Bleib im peinlichen Verhör streng bei der Wahrheit, Bürschchen. Die Auslegung und Verteidigung überlaß mir. Verstehst du? Aber nur keine Lügen. Das ist schlimm. Also abgemacht."

Der kleine Leibniz nickte wie im Traum. Denn er hörte schon das Knarren der Treppenstufen.

Im nächsten Augenblick ging die Tür auf, und vorgeneigt und selbstbewußt schritt der hagere, schwarzgekleidete Magister in die Mitte des Zimmers, als ob er erwartete, die Schüler würden in den Bänken hochrasseln. Ein wenig verdutzt war er, als er den Edelmann erblickte. Er verneigte sich eckig vor ihm und bedachte dann auch Frau Catharina Leibniz mit einer leichten Verbeugung. Gar nicht beachtete er seinen zitternden Schüler.

„Dies ist mein Vetter von Deuerlein, Herr Lehrer", sagte Catharina Leibniz ruhig. „Ich würde Wert darauf legen, wenn er unsrer Unterredung beiwohnte. Soll ich Gottfried Wilhelm hinausschicken?"

Der Lehrer sah den kleinen Leibniz stechend an.

„Fürs erste dürfte es sich wohl empfehlen. Wenn wir etwas zu fragen haben, können wir ihn hereinrufen. Er soll sich, ohne zu horchen, in der Nähe bereithalten."

Der Edelmann schmunzelte über den hochfahrenden Ton und hatte sogleich beschlossen, was immer auch kommen würde, dem Lehrer allen möglichen Widerstand entgegenzusetzen.

„Bitte, nehmen Sie Platz, verehrter Herr Magister", sagte er ein wenig ironisch. „Und du, Gottfried, hast ja gehört, was du tun sollst."

Der Knabe gehorchte lautlos. Der Lehrer aber räusperte sich und zögerte einen Augenblick. Dann rückte er einen Stuhl vom Tisch weg und ließ sich bedeutungsvoll nieder. Man bot ihm Wein an. Er machte eine abweisend beschwörende Geste mit dem Handteller wie ein hoher Richter, dem man in einem Staatsprozeß einen Scheffel Goldes als Bestechung hingehalten hätte.

„Nun, also Prost!" trank ihm der Edelmann zu. „Ich bin begierig, die Gravamina gegen meinen Neffen zu hören."

„Es ist unglaublich, ganz unglaublich!" schrillte der Lehrer los. „So etwas ist mir in zwanzig Jahren noch nicht untergekommen an vorlauter Streberei." Er machte eine bedeutungsvolle Pause und sah abwechselnd Frau Catharina und den Edelmann an. Dann setzte er schnell fort: „Habe ich da heute unüberlegterweise fast die Bande der Zucht in meiner Klasse gelockert. Fragte einen Diszipel über geschichtliche Dinge, nur so weit, wie es eben diese Grünschnäbel begreifen. Und redete über Rom. Über das antike Rom. Nur zwei Worte. Plötzlich meldet sich der Schüler Leibniz und fängt an, mit notabene richtigen lateinischen Sätzen und Citatis aus dem Livius zu flunkern. Aus dem Livius! Bei meiner armen Seele Seligkeit."

„Er kann doch nicht lateinisch", sagte Catharina Leibniz erstaunt.

„Er kann es nicht?" Der Lehrer lachte schrill. „Und ob er es kann! Und behauptet noch, er habe es ohne Wörterbuch gelernt. Die anderen Schüler glaubten, sie müßten es auch können. Sie sind kopfscheu geworden, haben rebellieret. So lösen sich die Bande der Ordnung durch Eitelkeit und Streberei. Eine Pestis, ein unheilvoller Schandfleck ist diese vordringliche Geschwätzigkeit. Wie ein Kothurn für einen Pygmäen, wie Stelzen für einen mißwachsenen Zwerg paßt dieses unverdaute Latein, dieser Livius für einen Schüler von acht Jahren. Das Bilderbuch von Comenius und den kleinen Katechismus soll er vornehmen, der Zwerg. Nicht aber von Sextus Tarquinius gar oder von Lucrezia flunkern. Wohin kommen wir da? Noch nie nahm solcher

Aberwitz ein gedeihsames Ende. Das ist alkibiadische, mehr noch, catilinarische Intelligentia. Halbwissen, tausendfach schlimmer als Nichtwissen. Man stelle diesen Unfug ab, der nur durch mangelnde Überwachung im Hause so sehr in die Halme geschossen sein kann." Er schwieg erschöpft.

„Wenn ich recht verstehe, behaupten Sie, Herr Magister, daß Gottfried, mein Neffe, über unnötigen Privatstudien den Stoff der Schule vernachlässigt", schmunzelte der Edelmann sarkastisch.

„Was behaupte ich? Nichts behaupte ich", ereiferte sich der Lehrer. „Er hat nie versagt, kann alles bis zum Rand. Aber er wird versagen, wird in Eitelkeit das Einfache vernachlässigen mit seinem unverdauten Livius."

„Woher wissen Sie das?"

„Weil ich, zu dero gnädiger Wohlmeinung gehalten, ein erfahrener Pädagoge bin." Die Antwort war schneidend hochmütig.

„Sie sagten aber selbst, Sie hätten einen solchen Fall zum erstenmal erlebt. Woher also die Erfahrung?"

„Es gibt auch Wahrheit aus Begriffen, nicht nur aus Erfahrungen."

„Mir aber," der Edelmann schmunzelte noch immer, während der Lehrer schon zitterte, „mir aber, Herr Magister, erscheint in unsrem Fall die Wahrheit aus Begriffen einfach die zu sein, daß ein Mehrwissen keine pädagogisch tadelswerte Handlung ist. Einen Augenblick! Ich schlage vor, wir rufen Gottfried herein. Ich werde mich persönlich von seinem lateinischen Sprachschatz überzeugen. Falls der Knabe stümpert und aufschneidet, schließe ich mich Ihrer Meinung an. Falls er aber etwas kann, sehe ich keinen Grund, ihn in seiner autodidaktischen Fortbildung zu hindern. Er wird in der Schule nicht mehr davon sprechen, damit keine neue gefährliche Revolte entsteht."

Der Lehrer unterdrückte mühsam eine scharfe Antwort. Heiser und hohl sagte er endlich:

„Sie stehen also auf dem Standpunkt, edler Herr, daß es dem Elternhaus gestattet sei, wohlerwogene Anordnungen der Schule geradezu zu durchkreuzen."

„Nun, nicht gar so hitzig!" lachte der Edelmann auf. „Ich stehe auf dem Standpunkt, daß das Elternhaus nur dann mit der Schule zu gehen hat, wenn eine Schuld des Schülers vorliegt. Die Schule ist ein Hilfsmittel der Erziehung, nicht die ganze Erziehung. Bei aller Hochachtung, die ich vor Ordnung im allgemeinen und der Schule im besonderen hege. Aber ich kann ja schließlich auch das Kind aus ihrer Schule nehmen und in eine andre schicken."

„Das können Sie, das können Sie. Aber eine Nicolai-Schule wächst nicht an jeder Straßenecke." Beleidigtes Ehrgefühl und eine Angst um den begabtesten Schüler kämpften im Pädagogen.

„Da haben Sie recht. Vollständig recht. Aber jetzt bitte ich Sie, mir zu antworten, ob Sie auf meinen Vorschlag eingehen?"

„Sehr ungern."

„Das heißt also, Sie sind einverstanden. Ich werde mir den Alkibiades selbst holen. Wehe ihm, wenn er flunkerte! Dann dürfen Sie ihm alle Strenge zu kosten geben."

Der Edelmann stand auf. Da mengte sich Catharina Leibniz besorgt ins Gespräch:

„Willst du nicht doch den Rat des Herrn Magisters befolgen? Was, wenn er versagt? Dann wird er dem berechtigten Zorn des gestrengen Herrn Lehrers verfallen sein."

„Die Frau Mutter steht auf meiner Seite", triumphierte der Lehrer.

„Ich trage die Verantwortung. Ich habe mehr Vertrauen zu Gottfried Wilhelm als ihr alle. Und kenne ihn besser, obwohl ich ihn heute das erste Mal sah. Ich bestehe auf meinem Willen." Und er schritt schon klirrend zur Türe hinaus.

Drittes Kapitel

Die Prüfung

Als er nach kurzer Zeit mit dem Knaben ins Zimmer zurückkam, war dieser noch um einen Schatten blasser als vorhin. Der
Onkel, der aus Ritterlichkeit jede Beeinflusung vor der Prüfung
vermeiden wollte, hatte kaum ein Wort zu ihm gesprochen und
nur die beiden ominösen lateinischen Bücher verlangt, die er
nun in der Hand hielt.

Was jetzt eigentlich mit ihm geschehen würde, wußte der
kleine Leibniz nicht. Er war durch das Warten, das sich ihm in
der Einbildungskraft zu Stunden gedehnt hatte, zermürbt und
konnte außerdem aus der Miene des Edelmanns nichts erschließen. Wahrscheinlich würde man ihm die Bücher weg-
nehmen, ihn gar vielleicht strafen oder schelten. Allem Anschein
nach war er zurückgeworfen in die Öde des auf das Mittelmaß
zugeschnittenen Unterrichts, wurde zu Büchern verdammt, von
denen er schon alles auswendig wußte, was erst im folgenden
Jahr gelehrt werden würde. Er kämpfte mit übermächtigen
Tränen, als er im Zimmer stand.

Wieder vergingen durchschwiegene bange Sekunden. Weder
die Mutter noch der Lehrer sahen ihn an. Der drehte ihm sogar
den schmalen, steifen Rücken.

Plötzlich sagte der Edelmann sehr sachlich und beinahe kalt:
„Setz dich an den Tisch, Gottfried. Hier sind die Bücher.
Wir wollen uns von deinen Kenntnissen überzeugen. Du bist
selbst schuld daran, daß wir dich prüfen müssen. Flunkerei wird
in unsrer gelehrten Familie nicht geduldet. Nicht einmal bei
Kindern. Dein Vater war ein berühmter Gelehrter, ebenso der
Vater deiner Mutter. Also jetzt gilt's!"

Schon während dieser Worte hatte er den „Thesaurus" und
den Livius dem Knaben zugeschoben. Mit Gottfried Wilhelm
aber war eine gewaltige Wandlung vorgegangen. Blut war
in seine Wangen geschossen, die Augen hatten zu leuchten
begonnen, als er das Wort „prüfen" vernahm. Jetzt war er
auf den Boden der Leistung gestellt, jetzt war er der Willkür

entrückt, hatte das Schicksal wieder in der Hand. Und er antwortete hell:

„In welcher Art soll ich über diese Bücher Auskunft geben? Ich kenne beide genau. Von der ersten bis zur letzten Seite."

„Dann irgendwo aus der Mitte." Der Edelmann sagte es ebenso kühl wie früher. Er schlug den Livius auf. „So, hier. Du wirst diese Stelle lesen, übersetzen und ihren Zusammenhang erläutern. Soweit du ihn aus dem Buch entnehmen konntest. Daß du ein vollendeter Historicus bist, verlangt man nicht."

Da lächelte der Knabe. Nicht etwa eitel und selbstgefällig. Nein, verklärt und hingegeben. Und begann leise zu lesen, wobei er sich zwar manchmal in der Betonung der Worte irrte, im allgemeinen aber schon den Eindruck erweckte, als lese er eine ihm durchaus bekannte Sprache. Und fast ohne Übergang sprach er deutsch. Auch hier gab es Worte, die er anscheinend nicht hatte enträtseln können. Aber der Sinn, den er ihnen gab, wich so wenig von ihrer richtigen Bedeutung ab, war zumindest stets so logisch, daß ein nur etwas flüchtiger Zuhörer die Fehler überhaupt nicht bemerkt hätte. Und plötzlich begann er zu erzählen und zu erläutern, plauderte über Numa Pompilius, Tullus Hostilius und Tarquinius Priscus, über Hannibal und Hamilcar, über den Übergang der Carthager über die Alpen. Er wußte, daß ein erklecklicher Teil des Livius verlorengegangen sei, daß zwischen den einzelnen erhaltenen Büchern oft Jahrhunderte lägen und nahm plötzlich den „Thesaurus" zur Hand, aus dem er zur Ergänzung einige Stellen vorlas, übersetzte und erläuterte.

Selbst der gestrenge Magister geriet in den Bann dieser Gründlichkeit. Er hub an, das Gespräch als wissenschaftliche Kontroverse zu werten, vergaß, warum er gekommen war, warf Fragen ein und gab eigene Meinungen zum besten. Bis sich plötzlich, von allen in ihren Anfängen kaum bemerkt, die Groteske ereignete, daß der Knabe, der Lehrer und der Edelmann in lateinischer Sprache disputierten.

Der freundliche Spuk wurde erst gestört, als die Mutter, der ja solcherlei Gespräch an sich nicht fremd war, in einer Wallung von Stolz und Staunen dem Söhnlein über den Kopf strich und im Tone sanften Vorwurfs sagte:

„Deine Wangen glühen schon, Gottfried Wilhelm. Ich denke, jetzt ist es genug. Du überanstrengst dich am Ende, mein Kind."

Der Edelmann, der sich der Lage mit einem inneren Ruck bewußt ward, lachte freundlich schmetternd auf. Und da erwachte auch der strenge Lehrer:

„Es ist zuviel! Quo usque tandem?" schrillte er entsetzt. „Wo hinaus will noch das Bürschchen? Ein häßliches Mirakel. Er wird zugrunde gehen. Nicht das erste Wunderkind, das elendiglich scheitert. Principiis obsta. Rottet das Übel bei der Wurzel aus. Noch ist es Zeit. Der Teufel versucht ihn. Förmlich an den Wänden hört man das diabolische Principium scharren..."

„Halt, mein Werter!" dröhnte der Edelmann. „Jetzt ruf ich Ihnen zu: quo usque tandem. Laßt mir den Teufel fein aus dem Spiel! Und antwortet mir als Mann von Ehre, Vernunft und Einsicht, als jener berühmte Erzieher Tilemann Bachusius, den alle wegen seiner hohen Gerechtigkeit schätzen: Hat also der Schüler Leibniz geflunkert oder hat er die Wahrheit gesprochen?" Und er packte den Magister mit blitzenden Raufboldaugen.

Der aber war durch Drohung und Schmeichelei in mächtige Verwirrung gestürzt. Eine Wirrnis, aus der er sich, anständig wie er in der Tat im Innersten war, nur durch Ehrlichkeit retten konnte.

„Ich gab ja zu, daß es ein Mirakel ist."

„Aber kein häßliches, noch viel weniger ein diabolisches."

„Das habe ich nicht so gemeint. Ich fürchtete für die Gesundheit des Jungen. Selbst die Giganten konnten nicht den Olymp stürmen, wiewohl sie den Pelion auf den Ossa türmten. Und der Schüler Leibniz ist dem Corpori nach alles eher denn ein Gigant."

„Dieses Thema wollen wir ein andermal erörtern, gestrenger Magister." Der Edelmann sprach sehr sanft.

Doch das machte den Lehrer wieder ausfallend:

„Und dann wird er mir die disciplinam in der Schule usque

da finem, bis zum letzten Rest ruinieren. Was soll ich fürderhin mit solchem räderschlagenden Pfau in meinem stillen Hühnerhof beginnen?"

„Er wird keine Räder schlagen, das ist abgemacht. Damit du es weißt, Gottfried: Ohne Aufforderung eines Lehrers hast du jedes über das Maß des Unterrichts hinausreichende Mehrwissen in der Schule für dich zu behalten. Talent ist eine Gnade Gottes, aber kein Anlaß zu Hoffart oder Vordringlichkeit. Unter dieser Bedingung hat dir der Herr Magister verziehen. Du versprichst es ihm an Eides Statt."

Bachusius erhob sich geräuschvoll. Es war ihm zwar fast alles ungelegen und peinlich, was sich da entwickelt hatte. Aber er sah keinen gangbaren Weg mehr, neue Bedingungen zu stellen, ohne entweder den wahrscheinlich einflußreichen Edelmann herauszufordern oder den Schüler zu verlieren, den er bei nächster Gelegenheit dem „stillen Hühnerhof" drohend als Exempel von wahrem Fleiß vorhalten konnte.

So zog er sich schlau aus der Schlinge, indem er, plötzlich in fast flötendem Tone, sagte:

„Das Versprechen des Schülers ist mir unerläßlich. Ganz unerläßlich. Ich vertraue ihm auch, denn der Schüler Leibniz hat, bisher wenigstens, moralischen Sinn gezeigt. Darüber hinaus aber war es meine Pflicht zu warnen, damit nicht der begreifliche Verwandtenstolz vorzeitig eine vielversprechende Knospe der Wissenschaft knicke oder sie durch den Frühreif der Überanstrengung zum Welken bringe." Dabei wurde er rot vor Stolz über das einzigartige Wortspiel der beiden Bedeutungen von „frühreif". „Ich empfehle mich in aller schuldigen Ergebenheit", setzte er wieder schrill fort. „Ich verzeihe ausnahmsweise zum letztenmal dem Schüler seinen Vorwitz und seine Prahlsucht. Ausnahmsweise. Es war mir eine Ehre. Bitte, alle Erregung meinem Pflichtgefühl zugutezuhalten." Und er machte seine eckigen Verbeugungen, warf dem kleinen Leibniz noch einen gewollt drohenden Pädagogenblick zu und stolzierte von Catharina Leibniz begleitet, hinaus.

Als die Mutter zurückgekommen war, sagte der Edelmann:

„Jetzt zum zweiten Teil meines Eingriffes in die Erziehung

Gottfrieds. Sag mir einmal ehrlich, Knirps, ob du bei deinen
Privatstudien große Anstrengung fühltest?“

„Anstrengung?“ Die Verständnislosigkeit, mit der der Knabe
antwortete, war fast erheiternd.

„Was also dann?“

„Was ich fühlte?“ Der Knabe sann ein wenig vor sich hin.
„Ich kann es nicht so genau nennen. Manchwal war es wie ein
Zwang, der mich trieb, manchmal Freude, wie wenn man im
Rosental einen neuen Schmetterling oder Käfer findet, manch-
mal ein stilles Glücklichsein, wie wenn mir die Mutter die Hand
auf den Kopf legt. Manchmal auch Stolz und Übermut, An-
griffslust, wie wenn ich mit den anderen Jungen balge. Nie aber
Mühe. Nein, ich schwöre es. Nie, nie, niemals!“

„Ich glaube es dir, ich habe es selbst gesehen, wie leicht es
dir fällt. Und darum nehme ich es auf mich deine Mutter zu
bitten, dir die Bibliothek des Vaters zu öffnen. Ich sah sie, bevor
du kamst.“

„Die Bibliothek des Vaters?“ Der Knabe preßte es heiser und
sinnlos erregt hervor. Dann sprang er auf und umklammerte,
am ganzen Körper zitternd den Edelmann. Tränen begannen
aus seinen Augen unaufhaltsam über die Wangen zu kollern,
sein Gesicht bedeckte sich mit fleckiger Röte. „Sag es noch einmal“, keuchte er. „Sag es noch einmal. Es kann nicht wahr sein.“

„Gott will es. Base Catharina“, erwiderte feierlich und dröhnend der Edelmann. „Du siehst es, liebe Base, daß Gott es will.
Ich nehme die ganze Verantwortung auf mich.“ Und er streichelte den Jungen, der noch immer zitterte und schluchzte.
Dann sagte er hart: „Es ist Besessenheit, liebe Base. Unaufhalt-
same Besessenheit. Nicht aber vom Teufel, sondern vom heiligen Geist. Er segne dich, mein Kind.“

Tiefes Schweigen lag lange über den dreien, während Abend-
röte langsam das Zimmer zu erfüllen begann. Endlich erhob sich
die Mutter leise und ging hinaus. Als sie wieder hereinkam,
legte sie vor Gottfried Wilhelm, der jetzt still auf seinem Sessel
saß, einen großen Schlüssel mit krausem Bart hin. Dann flüsterte sie:

„Mögest du dieses Erbe deines seligen Vaters heute antreten.

Er wird bei dir sein, mein Kind, wenn du seine Bücher in die Hand nimmst, die er so liebte und oft nur durch große Entsagung erwarb. Es sei dein Glück mein Kind." Der Knabe aber preßte den kalten Schlüssel an sein wild pochendes Herz.

Viertes Kapitel

Mystische Vereinigung und Berufung

Die Tage bis zum Sonntag waren schnell vergangen. Der Knabe hatte nämlich — und dadurch erhielt dieser Sonntag seine große Bedeutung — in einer Anwandlung von Askese sich vorgenommen, die Bibliothek erst zu diesem Zeitpunkt zu betreten. Er wollte sich sammeln, wollte sich innerlich vorbereiten und wollte auch das große Ereignis nicht sozusagen zwischen Tür und Angel erleben, was an einem Wochentage unvermeidlich gewesen wäre. Um so mehr, als der Onkel erst am Samstag abgereist war. Das nun war ein herber Schmerz gewesen. Denn das Gefühl einer Geborgenheit durch die Anwesenheit eines verstehenden reifen Mannes, das der Knabe mehrere Jahre schon hatte entbehren müssen, war ihm mit Urgewalt zum Bewußtsein gekommen. Auch das war ein Grund mehr, sich die große Freude für den Augenblick der wiederbeginnenden Einsamkeit aufzuheben.

Äußerlich war an diesen gehobenen Tagen im stillen Hause nichts vorgefallen. Eine angenehme Enttäuschung hatte der junge Leibniz durch das Verhalten seines Lehrers erlebt, der ihn in der Schule mit einer gewissen ingrimmigen Hochachtung behandelte und ihn bei jeder schwierigen Frage hatte zu Wort kommen lassen.

So war eigentlich jedes innere Hemmnis verschwunden, als Gottfried Wilhelm an jenem Sonntag, nach dem Gottesdienst, sich den geliebten Schlüssel aus seinem Kämmerchen holte und mit Schauern in der Seele in das Erdgeschoß hinabstieg, wo, dem Garten zugewandt, die stille Bibliothek gelegen war.

Wie ein Entdecker, der längstgeahnte Schatzkammern erstmalig betritt, so fühlte er sich, als das schwere Riegelschloß zurückschnappte.

Es war kein allzu großer Raum, der vor ihm lag. Doch seine Stimmung übte einen geheimnisvollen Zauber. Alle Wände, bis hoch hinauf zur spitzgewölbten staubig grauen Decke, waren mit Regalen bedeckt, in denen sich Buch an Buch reihte. In der Mitte stand ein langer tuchbespannter Tisch, belegt mit Büchern und Heften. Vor dem einzigen Fenster endlich gab es eine Art von tiefer Nische mit erhöhtem Boden. Dort befand sich ein geschnitzter schwerer Lehnstuhl und das kleine Lesetischchen. Das Fenster aber hatte Butzenscheiben, durch die das Licht, vielfarbig gebrochen, hereinschimmerte.

Lange Zeit rührte sich der Knabe nicht von der Stelle, um die Ganzheit des Erlebnisses zu genießen. Er wurde anfänglich von der ungeheuren Fülle erdrückt und es kroch ihn fast wie Beängstigung an. Wo sollte er ohne Führer, ohne Anleitung beginnen, wie sein brennendes Interesse befriedigen? Ein krauser Gedanke wünschte Tilemann Bachusius herbei.

Doch überwand er bald die Schwäche, da er sich sagte, er stehe hier ja dem gesamten Wissen gegenüber, würde vielleicht Jahre um Jahre brauchen, um nur einen Teil davon sich einzuverleiben. Also hieß es bloß, irgendwo den Anfang zu setzen. Schließlich war er dem Thesaurus und dem Livius zu Beginn noch fremder, noch hilfloser gegenübergestanden, da ihm dort kaum ein Wort vertraut geklungen hatte. Und hier gab es wahrscheinlich die mächtigen Schätze deutscher Gelehrsamkeit, deutscher Dichtung. Wie freute er sich gerade auf die Leistungen des eigenen Volkes, des verwandten Geistes. Wenn dieser Geist auch jetzt durch den furchtbaren Krieg darniederlag, wie es ihm der fremde Magister auf dem holprigen Bauernwagen erklärt hatte.

Gewiß, das war der Anfang. Das war ein leichter, ein würdiger Anfang. Zuerst die Taten des eigenen Landes, dann wollte er weiter forschen, was die anderen geleistet hätten, und zurücksteigen in die Geschichte bis zur Antike, zu den Römern und Griechen, die er ja schon aus seinen Büchern oberflächlich kannte.

Große freudige Erregung und Festigkeit überkam ihn, als der erste Entschluß gefaßt war. Die durch keine Hemmung bedrohte Geradlinigkeit in der Durchführung einmal feststehender Entscheidungen, seine selbstvergessene Hingabe und sein ungeheurer Fleiß brachen gleichzeitig hervor. Eigenschaften, denen gleichwohl jede Hast oder Ungeduld fehlte. Schon der Knabe Leibniz war mit der Magier-Gabe begnadet, daß nicht die Zeit seine Arbeit, sondern die Arbeit die Zeit beherrschte. Selbsttätig beschleunigte und verlangsamte sich seine Lebenskraft, je nachdem, ob es galt, über Gleichgültiges hinwegzuhuschen oder Wesentliches zu durchdringen. Dadurch wußte er nie, wie viel Zeit, rein äußerlich betrachtet, seine Arbeit erfordert hatte.

Er ging zuerst die Regale entlang um einen vorläufigen Überblick zu erhalten. Und gewisse Grundsätze der Bücherordnung zu erkennen. Bald bemerkte er, daß sein Vater durchaus nicht die pedantische Einteilung gewählt hatte, nach der die Bücher, bloß gemäß ihrer Größe, in Reihen von Folianten, Quart- oder Oktavbänden hingestellt sind. Im Gegenteil. Der Vater hatte alles genau so geordnet, wie er es eben suchte. Allem Anschein nach standen die Bücher nach Sprachen eingeteilt und innerhalb der Sprachen nach Materien. Das Zweite wußte er nicht deutlich, jedoch er ahnte es, als er eine große Reihe juristischer und daneben einen Stapel religiöser Bücher beieinander sah.

Als er den ersten Rundgang vollendet hatte, erinnerte er sich, als Kind einmal gesehen zu haben, wie man zu den höheren Reihen gelangte. Er blickte sich um. Und wirklich stand dort im Winkel der kleine Leiterstuhl, durch den die Gesamtheit der Bücher zugänglich wurde.

Er rückte sich das Hilfsmittel heran und setzte geduldig seine Forschungen fort. Wie leuchtende Edelsteine in den Flächen eines Diadems blitzten ihn von Zeit zu Zeit Namen und Titel an, die ihm Ehrfurcht, Schauer und heiße Begierde der Durchdringung einjagten. Bei manchen dieser Entdeckungen aber hätte er kaum Rechenschaft ablegen können, warum sie ihn so ergriffen.

Vieles hatte er schon erforscht. Mächtige Reihen römischer und griechischer Klassiker, Dichter und Philosophen, Geschichtsschreiber und Dramatiker waren unter seine Hände gekommen. Ab und zu zog er behutsam ein Buch heraus, warf einen Blick hinein, stellte es aber sogleich wieder an seinen Platz. Dann fand er die Kirchenväter, die großen Theologen, fand Gesetzessammlungen, das Corpus Juris der Römer und der Kirche. Und dann, aufsteigend, manch wissenschaftliches Buch aus neuerer Zeit, alles aber in lateinischer Sprache. Plötzlich begannen andere Sprachen.

Er hatte ein eigentümlich helles inneres Ohr für den Klang auch von Idiomen, deren Worte er nicht verstand. Gewiß, er hatte durch die vielen Reisenden und Flüchtlinge, die nach dem großen Kriege durch Leipzig gezogen waren, fast jede Sprache Europas öfter gehört. Aber woher er nach wenigen Worten sogleich wußte, welcher Nation die Sprache zugehörte, war damit noch keineswegs voll erklärt.

Wie dem auch war, erkannte der Knabe ohne nachzudenken, daß er es jetzt mit Werken der Franzosen, der Engländer, Holländer und Italiener zu tun hatte. Wenn nun auch hier wieder in der Wissenschaft viel Lateinisches eingestreut war, so gab es dennoch bei diesen Nationen, auch bei den Spaniern, manches stolze Werk der Philosophie und Dichtung in eigener Sprache. Manches Buch fand er lateinisch und in die Landessprache übersetzt, ein Fund, der ihn besonders beglückte, da er dadurch zu unbekannten Zungen Zugang gewann.

Und nun überkam es ihn wie ein Fieber. Jetzt mußten die deutschen Dichter und Denker folgen, mußte sich die eigene Welt offenbaren, die er sich als Beginn und Hauptinhalt seines Studiums vorgesetzt hatte.

Da erschrak er so furchtbar, daß alle angespannte Anstrengung, mit der er die zahllosen Bücher durchmustert hatte, voll in Erscheinung trat. Seine Knie begannen zu wanken, ein Schwindelgefühl überkam ihn und er mußte sich am obersten Regal anklammern, um nicht zu stürzen. Denn er konnte es nicht mehr vor sich verbergen: Er hatte die Bibliothek bis zum letzten Band durchmustert und an deutschen Büchern nur einige wenige Geschichtsbücher, die Schriften Martin Luthers und ein kleines Büchlein Hans Sachsens erblickt.

Er stieg schnell vom Leiterstuhl hinunter und warf sich in den Lehnstuhl. Zuerst kreiste alles vor seinen Augen. Nach einigen Minuten jedoch begann er fieberhaft zu überlegen. Wie war es möglich? Hatte der Vater, der doch ein Deutscher war, deutsche Bücher seiner Bibliothek nicht einverleibt? Das konnte doch nicht sein. Oder war gar das andere, das viel Furchtbarere die Lösung? Gab es nur wenige oder gar keine deutschen Bücher? Keine deutschen Gelehrten, keine deutschen Dichter und Klassiker? Zumindestens so wenige, daß sie gegenüber den Werken andrer Nationen nicht in Betracht kamen? Oder kümmerten sich die Deutschen gar eher um das Fremde als um das Eigene? Sicher war es, das hatte er manchmal gehört, daß die Franzosen, die Italiener den Deutschen zum Vorbild dienen sollten. Aber das bedeutete doch nicht vollständige eigene Untätigkeit? Und er forschte, stets erregter, in seinem Gedächtnis. Er hatte Märchen und Volkslieder in deutscher Sprache gehört, hatte einmal ein Puppenspiel gesehen. Was er aber sonst vernommen hatte, war eigentlich nur das Evangelium gewesen. Nie waren vor seinem Ohr Zitate oder längere Stellen aus deutschen Dichtern erklungen. Das wurde ihm Gewißheit, furchtbare Gewißheit, je länger er grübelte. Und eine große Verzagtheit kam über ihn, die fast all seine Besitzes- und Entdeckerfreude trübte. Und jedes der Worte des landflüchtigen Magisters ergriff ihn nun erst recht mit doppelter und dreifacher Wucht. Nein, keine trügerische Hoffnung! Der Magister hatte recht. Es würde sich nie, nie mehr erheben können, dieses unglückselige Deutschland. Wie sollte es sich auch erheben, da es zwei Drittel seiner Bewohner verloren hatte? Wie sollte es? Wo es im Besitz all seiner Einwohner noch nichts geschaffen hatte, nichts wenigstens, was nur halbwegs an die Leistungen andrer Völker heranreichte? Jetzt verstand er auch erst voll, was er in seinen lateinischen Büchern über Liebe zum Vaterland, über Schmerz um das Vaterland gelesen hatte. Und sah, wie sehr der Einzelne, selbst ein unscheinbarer Knabe, verwoben und verkettet war mit dem Schicksal der Gesamtheit; und er erkannte, wie sehr wieder Einzelne, große Denker und Dichter, imstande waren, Ansehen und Bedeutung aller, die der Gesamtheit angehörten, zu heben.

Der letzte Gedanke hatte schon einen Schimmer von Hoffnung in sich enthalten. Können wirklich Einzelne das Schicksal des Volkes wenden und heben? Woher kommen diese Einzelnen? Wann stehen sie auf, warum erheben sie sich plötzlich aus den Tiefen des Unbekannten? Vielleicht gar, weil die Not höher und höher steigt? Darf man also die Hoffnung daher auch nie verlieren? Auch nicht, wenn nur mehr ein Drittel eines einst mächtigen Volkes lebt?

Aber war nicht überhaupt alles eine Täuschung, ein Irrwahn, der ihn genarrt hatte? Er erinnerte sich plötzlich, daß ja auch der lange Tisch in der Mitte des Bibliotheksraums mit Büchern bedeckt war. Nichts lag näher, als daß die deutschen Bücher hier zu finden sein mußten.

Er sprang auf, als ob er nicht eine Sekunde verlieren wollte, sich letzte Gewißheit zu verschaffen. Und erfaßte mit einem einzigen erregten Blick die geschichteten Bände und Hefte. Aber nicht ein kleinstes Zeichen bestätigte seine Mutmaßung. Wieder lauter lateinische Aufschriften, nichts als juristisches und anderes Handwerkszeug des Alltages eines Gelehrten, der zudem noch praktischer Notar gewesen war.

Nur in der Mitte des langen Tisches lag etwas anderes, etwas, das auch im Format aus den übrigen Büchern hervorstach. Eine Art von Mappe in großem Folio, in Leder gebunden, mit der Überschrift: Chronik des Hauses Leibniz.

Diese unvermutete Entdeckung lenkte den Knaben sogleich von seiner neuen und daher noch schwereren Enttäuschung ab. Und zwar hauptsächlich deshalb, weil er gleich sah, als er die Chronik aufschlug, daß sie in den zierlichen Schriftzügen des Vaters geschrieben war. Vielleicht konnte er aus den Blättern dieser Chronik den Geist des Toten beschwören, vielleicht wollte gar der Vater mit ihm Zwiesprache halten. Und es schüttelte den Knaben ein sonderbar freudiges Grauen, eine Wallung, die in den Zwischenreichen des Diesseits und Jenseits schwebte.

Er ging, die einzige wilde Angst im Herzen, er könnte jetzt gestört oder gerufen werden, den Folianten unter den Arm gepreßt, mit gesenkten Augen wieder zurück zur Lese-Nische. Ein fremdes Wort, ein Knarren des Türschlosses, so fühlte er übergrell, könnte die Verbindung des Vaters mit dem Sohne, diese mystische Vereinigung zerreißen. Aber es regte sich nichts und das Haus blieb still.

Er begann mit fast wildem Eifer zu lesen. Und wieder war die Zeit zerbrochen und gebannt. Diesmal jedoch in zweifacher Art. Denn er stieg zurück in die Reihe seiner Ahnen, stieg zurück bis dorthin, wo sich seine Herkunft in den Nebel des Unbekannten verlor.

Und der kaiserliche Hauptmann an der windischen Grenze, von dem er schon durch seinen Onkel gehört hatte, tauchte vor ihm auf, er hörte von dessen Bruder Christof Leibniz, Amtmann in Altenburg, später Schösser in Pirna, der verheiratet war mit Barbara von Kahlenburg aus Jütland. Deren beider Sohn wieder Ambrosius Leibniz gewesen war, sein väterlicher Großvater. Und plötzlich stand er bei den Lebenserinnerungen des Friedrich Wilhelm Leibniz. Beisitzer und Subsenior der philosophischen Fakultät zu Leipzig, Magister der Philosophie, Professor der Moral, Jurist, Aktuarius der Universität und Notarius. Stolze Titel des Vaters, der mit vierundfünfzig Jahren seine Arbeitsfülle hatte für immer verlassen müssen. Und der Knabe erfuhr von den drei Ehen des Vaters, stieß auf manche sonnige, manche furchtbare und düstere Eintragung. Hörte schwedische und kaiserliche Kanonen vor den Mauern und Wällen Leipzigs donnern, fühlte das Stampfen und Klirren siegreicher Heere, die durch Leipzig zogen, las von Seuchen, Schrecknis und Hunger. Dann wieder von Aufstieg, Hoffnung, neuem Bauen. Geburt und Heranwachsen der Stiefgeschwister Johann Friedrich und Anna Rosina sah er verzeichnet, sah Bemerkungen über ihren Charakter und ihre kleinen Erfolge und Mißerfolge. Und wieder getrennt durch das Auf und Ab der Jahre, durch Ausbrüche von Schwermut und Bekenntnis zu zähem Ausharren, standen da die Worte: „21. Juni, am Sonntag 1646 ist mein Sohn Gottfried Wilhelm einviertel auf sieben Uhr abends zur Welt geboren, im Wassermann. Am 23. Juni, am Vorabend des Johannistages, wurde er getauft. Als er beim Taufakte durch die Hände des Diakons Daniel Moller gehalten wurde, hob er den Kopf empor und ließ zur Verwunderung der Umstehenden

mit emporgerichteten Augen sich mit dem Wasser benetzen.
So wünsche und weissage ich, daß dieses ein Merkmal des Glaubens und das beste Vorzeichen sei, daß dieser Sohn sein ganzes
Leben hindurch, mit zu Gott erhobenen Augen, ganz göttlich
sein, in Liebe zu Gott brennen und in ihr bewunderungswür-
dige Taten tun werde zur Ehre des Höchsten, wie zum Heil und
Wachstum der christlichen Kirche und zu seinem und der Uns-
rigen Heil.“

Und nun reihte sich Eintragung an Eintragung. Der Knabe
erschrak. Denn die Wärme all der Worte stach gewaltig von
den Bemerkungen über die älteren Geschwister ab. Er wurde
dadurch verwirrt und beschämt. Doch in einer anderen Schicht
seines Fühlens stiegen Dankbarkeit, Liebe und Stolz in ihm auf,
die er vergeblich zu unterdrücken versuchte.

Von einem gewissen Zeitpunkt an begannen die Berichte des
Vaters sich mit seinen eigenen Erinnerungen zu mischen, begannen einzelne Bilder und Sätze längst Verschüttetes zur deutlichen Gegenwart zu heben. Besonders eine Aufzeichnung erregte ihn wieder in ungewöhnlichem Maße:

„Es war an einem Sonntag Anno 1648 und meine Frau Catharina war zur Kirche in die Vormittagspredigt gegangen. Ich
selbst lag krank zu Hause in meinem Bette. Gottfried Wilhelm
spielte, während nur noch die Muhme im Zimmer sich befand,
am Ofen, und war noch nicht ganz angezogen. So trippelte das
Kindlein auf und ab auf einer an der Wand stehenden Bank,
vor welche ein Tisch herangerückt war. An dem Tische stand
die Muhme und wollte das Kindlein ankleiden. Das Kind aber,
Mutwillen treibend, stieg auf den Tisch und indem die Muhme
es fassen wollte, tritt es hinter sich und stürzt vom Tisch auf den
Estrich hinab. Die Muhme und — es sei einbekannt! — auch
ich selbst schrien auf, blickten entsetzt hin und sahen das Kindlein unversehrt und uns anlachen, aber beinahe drei Schritte
vom Tisch entfernt, auf dem Estrich sitzen. Viel weiter, als ein
Kind hätte durch einen Sprung erreichen können. Ich erkannte
darin wieder eine besondere Gnade Gottes und schickte daher
auf der Stelle jemanden mit einem Zettel in die Kirche, damit,
der Sitte gemäß, nach dem Gottesdienst ein Dankgebet zu Gott

gehalten würde. Und man sprach viel über diesen Vorfall in der
Stadt. Ich aber schöpfte aus diesem Ereignis neuerlich die Hoffnung, daß dieses Kindlein einst hervorstechen werde unter den
Menschen und daß es Gott in so sichtbarer Weise auszeichnete,
weil im Plan seiner Vorsehung eben dieses Kind berufen sein
würde, Wichtigstes zu vollenden."

Im Plan — der Vorsehung — Wichtigstes vollenden? Ausersehen? Begnadet? Talent ist eine Gnade? Dem Knaben begann zu schwindeln. Das Blut drang so sehr zu seinem Herzen,
daß er die Linke auf die zarte Brust preßte, um das Pochen, das
durch die Rippen hämmerte, zurückzuhalten.

Und er flog wieder mit seinen Augen über die Eintragungen,
durchflog lange Seiten von Berichten, die ihm bekannter und bekannter wurden und ihn in ruhige Jahre der Vereinigung mit
dem Vater versetzten.

Plötzlich, mitten hinein in diese ansteigende Lebensfreude
des Vaters, in das Glück über die Beendigung des großen Krieges, über das langsame Schwinden seiner Folgen, über höhere
Besoldung, Auszeichnung und heitere Muße, wie ein schriller
Aufschrei die furchtbare Notiz vom 20. August 1652:

„Ich habe angeordnet, daß niemand im Hause vor meinem
Tode diese Chronik aufschlägt. Denn irgendwohin muß ich es
schreiben. Der Arzt hat mich zwar vertröstet. Ich aber weiß
aus unvorsichtigen Äußerungen desselben Arztes von früher
besser Bescheid. Ich werde das neue Jahr 1653 nicht mehr erleben. Werde, wenn mich Gott besonders begnadet, ohne allzuviel Schmerz die große Reise ins Jenseits antreten. Ich will
mich nicht aufbäumen. Aber zu schön war dieses letzte Jahr, viel
zu hold. Meine Träume und all die Vorzeichen, derentwegen
mich meine Freunde schon verspotteten, Omina, die Gottfried
Wilhelm betreffen, beginnen sich, rascher als geahnt, zu erfüllen.
Vor der Zeit, gleichsam aus sich selbst, hat das Kind das Lesen
und Schreiben erlernt, und hat, als ich es sachte zur profanen
und biblischen Geschichte hinleitete, in kurzem erstaunliches
Wissen gezeigt. Und nun muß ich diesen Gipfelpunkt eines in
Sorge und Mühe erkämpften Lebens missen, muß dieses Klein-
od geistigen Vorwärtsstürmens all den Fährlichkeiten ausgesetzt

sehen, die ein vaterloses Söhnchen in solch schwankender Zeit
bedrohen. Oh, nicht um gieriges Einzelglück geht es da. Um
die Bewachung eines unersetzbaren Schatzes handelt es sich,
eines Schatzes, den das arme deutsche Land heute und überhaupt notwendiger braucht als je. Denn was haben wir bis jetzt
geleistet in Dichtung und Philosophie, was uns anderen Völkern
und Nationen gleichwürdig an die Seite brächte? Aber selbst
solche Klage ist fruchtlos. Meine Zeilen hier werden den Ablauf
der Vorsehung nicht ändern. Nicht zu meinen Gunsten, nicht
zum Schaden Deutschlands. Trotz aller Demut jedoch sei gesagt, daß kaum ein Schmerz furchtbarer ist als das Wissen, ein
solches Kind der Ungewißheit einer gärenden Zeit zu überlassen.
Gott und andre mögen ihn, den auserwählten Gottfried Wilhelm, an Stelle seines, ach, so bald auf Erden ohnmächtigen
Vaters, bewachen und dorthin führen, wo er nach allem Anschein seinen Platz und seine Sendung hat."
Nur noch einige Worte vom 1. September 1652:
„Gott hat mich begnadet und mir ein Ende ohne Qualen beschieden. Ich werde in wenigen Tagen hinüberschlummern in
die Ewigkeit. Amen."
Und nun blieben die Blätter weiß. Denn der Tod des Vaters,
das wußte der Knabe, hatte ihn schon vor der Zeit, die jeder vermutete, am 5. September 1652 hingerafft.
Zuerst wollte allmächtiges, aufquellendes Schluchzen den
Knaben überwältigen. Dann aber war plötzlich so klare und
lichte Ruhe in ihm, als ob der Vater neben ihm stände, ihm über
den Kopf gestrichen und gesagt hätte: „Ich weiß es jetzt besser.
Sei nicht traurig, Kind. Es mußte so sein. Denn ich bin jetzt du
und du bist mein Ich. Ich mußte fortgehen, damit du ein Vater
werden könntest, schon jetzt, schon als Knabe. Ein Vater in der
höchsten Bedeutung des Wortes. Bewacher aller, Führer allen,
verantwortlich Gott und den Menschen. Die Worte, die ich dir
jetzt sage, werden dir entschwinden. Denn sie waren nicht von
deiner Welt, in der du wirken sollst. Aber als dunkles Gefühl
werden sie dich nun begleiten, da sie dich schon im Anblick des
zerstörten Landes erfaßt haben. Tolle, lege, mein Kind! Nimm
und lies, wie es eine Stimme einst dem heiligen Augustinus aus

36

dem Nebenhaus zurief. Eine Stimme, die ihn, da er eben das
Evangelium aufschlug, auf den rechten Weg leitete. Und noch
einmal, sei nicht traurig. Denn du bist ich und ich bin du und
nichts ging mir verloren, was ich fürchtete, als ich es noch
schlechter wußte."

Fünftes Kapitel

Zu jung

Zwölf Jahre später durchschritt der Magister der Philosophie
Gottfried Wilhelm Leibniz die Aula der Universität Leipzig
und stieg gedankenbeschwert die Stiege zum Amtsraum des
Rektors hinan. Die Eigenschaft, den Kopf zu senken, die schon
dem Knaben eigentümlich gewesen war, hatte der Jüngling bei-
behalten. Er war wenig über mittelgroß, hatte jedoch breite
Schultern und machte in seiner kräftigen Schlankheit durchaus
nicht den Eindruck eines Bücherwurms oder Stubenhockers.
Seine Tracht zeugte nicht von großer Wohlhabenheit. Sicherlich war sein schwarzes Studentenhabit sauber und korrekt,
doch schien es aus alten ererbten Kleidungsstücken mühsam
zusammengeschneidert.

Mit etwas ungelenken, lüpfenden Schritten kam ein andrer
Magister über die Stiege herunter, der eine Hornbrille trug und
offensichtlich weit älter war als Leibniz. Er grinste über das
ganze verfältelte Gesicht, als er des Studienkollegen ansichtig
wurde, und näselte:

„Gott zum Gruß, Herr Magister! Was führt Sie her? Wir
haben einander weidlich lange nicht erblickt."

Leibniz blieb stehen, reichte dem Kollegen freundlich die
Hand und antwortete:

„Sie werden es aus eigener Erfahrung abschätzen können,
wie viel Formalia wegen des Doktorats der Rechte zu erledigen
sind."

„Aus eigener Erfahrung?" Der Magister schien sehr verwirrt. „Ach gewiß!" Und er schlug sich übertrieben mit der

Hand gegen die Stirne. „Ich bin selbst von Formalitäten völlig um die Klarheit gebracht. Natürlich weiß ich alles. Mein Promotionstermin ist in wenigen Wochen. Im November. Wie alt sind Sie eigentlich, Magister Leibniz?“

„Ein wenig über zwanzig Jahre.“

„Potztausend, ich bin eben einunddreißig geworden! Das wird ein junges Doktorchen, dieser Herr Leibniz, hihihi!“ Und er kicherte erfreut darauf los.

Leibniz lächelte mit. Er war solche Bemerkungen von dem ein wenig schrulligen Magister Crusius gewohnt. Außerdem sah er die objektive Berechtigung der Worte ein. Denn es gab unter all seinen Mitbewerbern um den Doktorgrad keinen, der auch nur annähernd so jung war wie er.

„Nun, alles Gute zur Unterredung mit dem gestrengen Rektor Magnificus!“ kicherte Crusius weiter. „Alles Gute! Ich muß in die Bibliothek. Man hat große Lücken in seinem Wissen trotz aller Sorgfalt.“ Und er hatte schon Leibniz die Hand gegeben und stolzierte weiter über die Treppe hinab.

Leibniz sah ihm einen Augenblick nach. Er hatte trotz der Harmlosigkeit der Begegnung kein gutes Gefühl. Er konnte sich aber kaum Rechenschaft darüber geben, was ihn verstimmte. Wahrscheinlich war alles nur die begreifliche Hochspannung vor einer lebenswichtigen Entscheidung. So stieg er weiter die wenigen Stufen hinan, die ihn von dem gewölbten hellen Korridor trennten, der vor dem Allerheiligsten der Universität sich erstreckte.

Er erkundigte sich ein wenig hastig beim Diener und beim Sekretarius, ob er schon vorgelassen würde, und berief sich darauf, daß er zu dieser Stunde hieherbeschieden sei. Nach kurzer Zeit bedeutete man ihm, daß er sich noch werde gedulden müssen. Er möge auf einer der Bänke Platz nehmen.

Leibniz hatte es nicht anders erwartet. Gleichwohl überfiel ihn jetzt, noch heftiger als früher, üble Ahnung und Unruhe, die sich erst einigermaßen legte, als er, gleichsam zur Rechtfertigung vor sich selbst, seinen bisherigen Studiengang innerlich noch einmal überprüfte.

Er hatte, das war nicht zu leugnen, bisher in gewissem Sinne

nur Mißerfolge aufzuweisen. Besser, Enttäuschungen. Oder eine
arge Zerfahrenheit und manch Trübes und Drückendes. Einen
Höhepunkt, einen Gipfel hatte er seit jener Prüfung durch den
Oheim und seit der Erschließung der Bibliothek kaum erlebt.
Vielleicht deshalb, weil er im ersten Rausch der Entdeckungen
die Fülle des Wissens weit unterschätzt hatte, die aus diesen
Bücherborden auf ihn einströmen würde. Und der Strom war
gewachsen, war von Tag zu Tag angeschwollen, wie bei einem
Dammbruch, wo zuerst das Wasser durch einen unscheinbaren
Maulwurfsgang zu sickern beginnt und die Bresche dann brei-
ter wird und das tosende Stürzen der Wasser nie aufhört.

Was ihn aber noch mehr beängstigte als die Fülle des Wissens,
die ihn erstickend bedrohte, war der Umstand, daß er nirgends
das fand, was ihm als das Wesentlichste schien. Es war einfach
nicht vorhanden, fehlte in all der Literatur, die er bisher durchforscht hatte. Ansätze gab es viele. Ahnungen, Hinweise. Aber
stets, wenn er schon mit Händen hatte nach den Lösungen
greifen wollen, war die Erkenntnis irgendwohin abgebogen,
verflacht, oder sie hatte sich in Abstruses verwickelt. Und alles
— eine neue Beängstigung — alles, was den anderen leicht und
selbstverständlich schien, bereitete ihm unüberwindliche
Schwierigkeiten, während gerade das sogenannte Schwierige
ihm blitzartig verständlich war.

Dadurch auch hatte bisher stets sein Verhältnis zu seiner Umgebung gelitten. Die Mitschüler hielten ihn für absonderlich,
für ein Gemenge aus Mindertüchtigkeit und grenzenloser An-
maßung, die Lehrer, die an seinen Leistungen nichts auszusetzen fanden, erklärten ihn dagegen manchmal für einen phantastischen Wirrkopf, wenn er neue Wege, die sich ihm zwingend
erschlossen hatten, ihnen mitteilen wollte.

Alles in allem hatte sich seine Lage gegenüber jenem ersten
Zusammenprall mit Tilemann Bachusius kaum verändert. Die
absolute Größe der Gegenstände war verändert, die Beziehungen und die Folgen waren die gleichen geblieben. In dunklen
Stunden hatte er das Gefühl eines unentrinnbaren Schicksals,
einer deprimierenden Bestimmung, an der aller Fleiß, alles
Nachdenken, alle Erfahrung nichts ändern konnte.

In den ersten fünf Jahren nach jener mystischen Berufung in der Bibliothek des Vaters hatte er die Klassiker studiert. Hatte Cicero, Quintilian, Seneca, Plinius, Herodot, Xenophon, Platon und die großen Kirchenväter sich einverleibt, nachdem er volle Bestätigung erhalten hatte, daß eine wahrhaft deutsche Literatur nicht vorhanden sei. Wie ein Mensch unmerklich gebräunt wird, der in der Sonne wandelt, während er mit andrem beschäftigt ist, hatte er durch diese Beschäftigung eine gewisse Färbung nicht nur des Ausdrucks, sondern selbst der Gedanken angenommen. Als er sich dann an Neuerem versuchte, kam ihm alles ohne Anmut, ohne Kraft und Mark vor. Ja, sogar ohne Nutzen für das wirkliche Leben.

Äußerer Abschluß dieses ersten Vorstoßes in die Reiche des Geistes war ein sogenannter „Erfolg", ein Grundsatz und eine Entdeckung.

Der „Erfolg" hatte dem Dreizehnjährigen am Vorabend des heiligen Pfingstfestes anno 1659 gelächelt. An Stelle eines plötzlich erkrankten Mitschülers galt es, das Festgedicht zu rezitieren, und er brachte es zuwege, vom Morgen bis zum Mittag dreihundert lateinische Hexameter zu verfassen und diese zur Verblüffung aller vorzutragen. Gleichwohl hatte sich an diesen Erfolg ein trübes Kielwasser von Verdächtigung, Hänselei und Neid geheftet, das er noch lange hinter sich hatte herschleppen müssen.

Der Grundsatz aber, den er den Klassikern verdankte, war sein Wille, von nun an bei den Worten und den übrigen Zeichen der Seele stets die Klarheit, bei den Dingen aber den Nutzen zu suchen. Klarheit sei Grundlage des Urteils, Nutzen Grundlage der Erfindungskraft.

Die Entdeckung schließlich mündete in dunkle Abgründe des Geistes, die noch Jahrhunderte später nicht aufgeklärt werden sollten. Und hatte zum Gegenstand einen uralten Traum des Menschengeschlechts, wieder einmal Fleisch geworden in der unheimlichen Riesengestalt des magischen Ramon Lull, der auch Raimundus Lullus genannt wurde. Dieser Magier, der einst, wie die Sage ging, vor seiner Erleuchtung ein heißes, wildes Leben geführt hatte, war einst an ein Weib geraten, das ihn in jeder Hinsicht berückte. Er gewann ihre Liebe, gewann ihren Leib. Konnte es aber trotz aller Bitten nicht erreichen, daß sie sich vor ihm schrankenlos enthüllte. Aufgepeitscht durch diesen Widerstand, hatte er ihr einmal in sinnloser Gier die Kleider zerrissen und hatte erblickt, daß die Brust des Weibes von einem gräßlichen Geschwür zerfressen war. Dieses Erlebnis hatte genügt, den Unseligen nach Jahren furchtbarster Pein in die Höhe des reinen Geistes zu treiben und seiner Seele jene unheimliche Zauberei einzuflößen, die als die „lullische Kunst" ebenso bekannt als unerforscht ist. Den Versuch nämlich, ähnlich der Mathematik, für alles Geistige ein Kalkül, eine Rechenmethode zu ersinnen, mit deren Hilfe man alles erschließen könnte, was nur irgendwie dem Geist zugänglich ist. Eine Ars inveniendi, Kunst des Erfindens und Entdeckens.

Fiebernd und von Scheinerfolgen geblendet, wieder zurückgeschlagen durch Enttäuschung und Fruchtlosigkeit, war der Knabe in den Spuren Ramon Lulls gewandert, bis er die Konzeption eines Alphabets der Gedanken gefaßt hatte, eines Alphabets der einfachsten Begriffe, aus denen man dann, gleich Worten, alles Verwickeltere durch Kombination zusammensetzen könnte. Und er hatte sich in diese Ideen so sehr verbohrt, daß er eines Tages, als er schon Wesentliches gewonnen glaubte, durch eine zweite Entdeckung fast um den Verstand kam. Er erfuhr nämlich, daß er bei seinen Bemühungen einen Teil der längst bekannten Logik aus sich selbst heraus begründet hatte.

Verzweifelt und angezweifelt von seinen Erziehern, die das Sprunghafte seines Wesens nicht begriffen, hatte er sich in theologische Dispute gestürzt. Er las Laurentius Valla, Luther, die Jesuiten und alles andre, was er erreichen konnte.

Ein äußeres Ereignis war ihm zustattengekommen. Zu Ostern des Jahres 1661, also mit fünfzehn Jahren, hatte er die Universität zu Leipzig bezogen und hatte vorerst Philosophie als Fach gewählt. Dadurch war sein eigenes selbständiges Forschen halbwegs in einen Gleichklang mit dem gekommen, was jetzt seine äußere Studienpflicht darstellte. Und es drang die Geometrie Euklids auf ihn ein, er lernte die Scholastiker und Aristoteles kennen, und wie eine sündhafte Lockung des Wissens trat Car-

tesius, der erst jüngstverstorbene Neuerer, in seinen Gesichtskreis. Und mit ihm schoß der Strom der Mechanik und Natur-
philosophie durch die einmal geschlagene Bresche. Von Zahlen
bis zu den Sternen: Baco, Campanella, Cardanus, Kepler, Galilei. Und es geschah einmal, daß Leibniz in einer körperlichen
Vision alle die Geister, die er gerufen hatte, um sich fühlte, daß
plötzlich von allen Seiten Stimmen tönten. Und daß er alle diese
großen Lehrer des Menschengeschlechts erblickte und sie ihm
Rede und Antwort standen. Von diesem Augenblick, der ihm
wieder fast den klaren Verstand gekostet hätte, nach dem er
tagelang wie leer und verbrannt umhergewankt war, hatte er
sich, als Beruhigung eingetreten war, in den Kreis der Großen
des Geistes aufgenommen gefühlt. Wenn er auch in nüchternen
Stunden gezittert hatte und sich der Möglichkeit keineswegs
verschloß, daß er wirklich nicht mehr sei als das, wofür ihn mit
Ausnahme der Mutter und des toten Vaters alle hielten: ein
reichlich talentierter, reichlich unsteter und reichlich überspann-
ter junger Mensch, der in so frühen Jahren leider schon zur
Absonderlichkeit zu neigen schien.

Nach kaum zweijährigem Studium an der Universität hatte
er mit siebzehn Jahren durch eine Dissertation „über das Prinzip des Individuums" den Grad eines Baccalaureus der Philosophie erworben. Dieses Erreichen des ersten akademischen
Grades aber hatte sogleich neue Unruhe in ihm erzeugt und ihn
auf ein andres Gebiet geschleudert. Er war Jurist geworden
und hatte Leipzig für ein Semester den Rücken gekehrt.

Die Universität Jena jedoch stürzte ihn in neue Wirrnisse.
Er versäumte es zwar nicht im mindesten, seine Jurisprudenz
gewissenhaft zu hören und in sich aufzunehmen. Daneben aber
geriet er in den Bann des Polyhistors und Mathematikers Erhard Weigel, der sich wohl von allen Lehrern der damaligen
Hochschulen mächtig unterschied. Trotz seiner ungeheuren
Gründlichkeit machte dieser durchaus nationale und revolutio-
näre Mann das ganze Schulwissen der Zeit lächerlich. Behauptete er doch schlankweg, daß aller Spuk der Scholastik verfliege,
wenn man all die feinen Unterscheidungen in rechte deutsche
Worte fasse. Und er zwang mit polternder Lebendigkeit seine

disputierenden Schüler, jeden Streitfall in der Muttersprache auszutragen, was tatsächlich nicht selten die Hohlheit überspitzten scholastischen Wissens zutage förderte. Leibniz nun, der sich schon seit Jahren seinen Kopf an den Subtilitäten der großen Scholastiker, eines Zabarella, Rubius, Fonseca, Suarez zermartert hatte, war zuerst geneigt, dieses Gehaben für unwürdig und schrullenhaft zu halten. Er war erst stutzig geworden, als er die ungeheuren Kenntnisse des bieder-derben Weigel bemerkte und als ihm das Gerücht zu Ohren kam, der große berühmte Samuel von Pufendorf habe seine „Elemente des Naturrechtes" geraden Weges aus den Kollegienheften Weigels ausgeschrieben.

Gab es also vielleicht doch etwas wie eine Selbstüberhebung der Wissenschaft? Orgien der bloßen Form? Selbstverschuldete Wesensfremdheit der Gelehrten? In mancher schlaflosen Nacht hatte der Jüngling den Besitz, den er bisher am höchsten gehalten, zerbröckeln gefühlt, hatte den „Plunder der Scholastik", wie Weigel es nannte, in Rauch aufgehen gesehen, wenn er die Streitfragen in deutscher Sprache zu überdenken begann. Und trotz seines Schmerzes, trotz seiner Verwirrtheit, trotz der inneren Forderung, jetzt manches, wenn nicht alles, neu beginnen zu müssen, hatte er sich am Ende bestätigt gefunden. Vielleicht hatte ihm Erhard Weigel, dieser sonderbare „Bildungsverächter", den Weg gezeigt, dorthin vorzudringen, wo er sich bisher verlassen und unbefriedigt gesehen hatte.

Jedenfalls war er im Herbst 1663 verwandelt nach Leipzig zurückgekehrt, hatte sich sogleich auf das praktische Studium der Rechtswissenschaft geworfen, das ihm ein Freund, der Assessor beim Hofgericht in Leipzig war, ermöglichte. Schon nach kurzem aber er hatte bemerkt, daß ihn nur der Richterberuf anzog. Den Ränken der Advokaten beschloß er zeitlebens entgegenzuarbeiten.

Wenige Monate später, als er eben, nach rasender Arbeitslast, durch eine Dissertation über die Notwendigkeit der Philosophie in der Rechtswissenschaft den Grad eines Magisters, den zweiten akademischen Grad, erreichte, hatte er seine Mutter verloren. Eine gläserne Stille war über ihn gekommen, eine Zerrissenheit sondergleichen. Jetzt hatte er erst den tiefsten Sinn der Lehren Weigels erblickt: Die winzige Kleinheit alles Grübelns den wahren Mächten des Lebens gegenüber. Trotzdem trieb ihn eine andre Region seiner Erkenntnis weiter und weiter. War die Not Deutschlands schon vollkommen gelindert? Zeigten sich Ansätze zu wahrhaft deutschem Geistesschaffen? War nicht vielleicht eben Weigels Lehre ein Weckruf für deutsches Wissen? Nein, alles war wichtig, alles groß und klein zugleich. War der Tod eines Menschen etwas Ungeheures, dann war auch das Leben und Schaffen eines Menschen etwas Riesiges, konnte es wenigstens sein. Denn der Verlust eines Dinges kann nicht größer sein als sein Inhalt. Und wies der Einzelne nicht noch weit über sich hinaus als Teilchen einer größeren Gesamtheit, der Nation, ja der Menschheit? Mußte der Einzelne nicht in der Richtung handeln, die für die Allgemeinheit die beste und fruchtbarste war?

Genug. Es blieb der Schmerz um die sanfte, kluge, gütige Mutter, blieb das gräßliche Gefühl des Verwaistseins. Gleichwohl hatte es keinen Stillstand gegeben. Zwischen Erbschaftsschikanen mit entfernten Verwandten, die er als Sachverwalter seiner Stiefgeschwister und seines jüngeren Schwesterleins auszufechten hatte, waren die Studien, den eigenen Gesetzen folgend, weitergerast. Sein Körper war abgemagert, seine Wangen eingefallen, seine Augen glommen in flackerndem Glanz. Zugleich hatte er den Versuch unternommen, sich einen Platz in der philosophischen Fakultät durch tiefreichende Dissertationen „über die kombinatorische Kunst“ zu erringen und den Doktorgrad der Rechtswissenschaft zu erreichen, der ihm für nahe Zeit den notwendigen Brotverdienst sichern sollte. Denn das Erbteil, das ihm zugefallen war, konnte nicht für lange reichen. Und die juristischen Dissertationen lagen fertig ausgearbeitet bereit.

Und nun saß er hier auf der Bank vor der Kanzlei des Rektors und erwartete die letzte Entscheidung, an deren günstigem Ergebnis er eigentlich nicht zweifeln konnte. Denn er hatte sich weder einer Protektion noch eines Schleichweges bedient. Und seinen Vorteil nur insofern wahrgenommen, als er aus seiner großen Jugend Kapital schlug. Zur Erklärung seines Planes sei darauf hingewiesen, daß damals die juristische Fakultät zu Leipzig außer den Professoren aus zwölf Assessores oder Beisitzern bestand, die sich fast gar nicht mit Vorlesungen und Prüfungen beschäftigten. Die Tätigkeit der Beisitzer war vielmehr eine praktische. Sie hatten Rechtsgutachten und Rechtsbelehrungen zu erteilen, aus denen sie neben ihrer Besoldung ein oft ansehnliches Einkommen zogen. Alle Doktoren der Universität hatten nun das Recht, Beisitzer zu werden, und zwar konnte jeder Doktor genau in der Reihenfolge des Promotionsdatums einrücken, wenn eine Stelle durch Tod, Auswanderung oder Niederlegung erledigt war. Da nun durch den Krieg, der viele junge Männer um Leben oder Studium gebracht hatte, die meisten Beisitzer in hohem Alter standen und sich außerdem Berufungen an andre Universitäten oft ereigneten, war für Leibniz, der zudem nur wenige Vordermänner hatte, die begründete Hoffnung gegeben, in sehr jungen Jahren eine Stelle als Beisitzer zu erreichen. Daran, daß er sich in diesem theoretischen Beruf bewähren würde, zweifelte er nicht. Zumindest hatte er sein Brot und eine Arbeit, die er spielend in wenigen Tagesstunden würde erledigen können.—

Er wartete noch einige Zeit, bis ihn der Sekretarius aufrief und zum Rektor hineingeleitete.

Dieser, ein alter trockener Gelehrter, bot ihm mit sehr herablassender Handbewegung einen Sitz an und blickte dann zum Fenster in die graue Herbststille hinaus. Dann räusperte er sich und begann langsam, mit schulmäßiger Betonung:

„Sie haben, soviel ich den Actis entnehme, sehr werter Herr Magister Leibniz, um die Zulassung zur Promotion zum Doktor beider Rechte angesucht. Und haben nachgewiesen, daß Sie alle Erfordernisse und Formalien für die Gewährung dieses Ersuchens erfüllt hätten. Ist es richtig, was ich sagte?"

„Gewiß, Magnifizenz", erwiderte Leibniz leise und gedankenlos, da ihm derartige Einleitungsfloskeln nicht weiter auffällig erschienen.

„Sie haben dabei", der Rektor trommelte mit den Fingern auf den Tisch, „nur eines nicht in Rechnung gezogen, Herr Magister. Ich meine Ihr mehr als jugendliches Alter."

„Es gibt doch keine Altersgrenze, soweit ich unterrichtet bin, Magnifizenz", stieß Leibniz hastig und erschrocken hervor.

„Im allgemeinen nicht!" Der Rektor hatte sich erhoben wie ein Richter, der ein Urteil verkündet. „Es ist Ihnen aber ebenso bekannt wie mir, Herr Magister, daß die Universität und die Fakultät autonom sind. Daß sie also dort, wo das geltende Universitätsrecht Lücken aufweist oder sich Härten herausstellen, Recht schaffen und geltendes Recht auslegen kann. Zweifeln Sie an diesen Sätzen, Herr Magister?"

Das Antlitz des Jünglings hatte sich fleckig gerötet. Er wußte zwar noch nicht, was für Hindernisse seinen Plänen drohten, daß aber Hindernisse drohten, war nicht mehr zu verkennen. Wahrscheinlich wollte man seinen Promotionstermin ein wenig hinausschieben, um ältere Bewerber zu beschwichtigen. Vielleicht war es nur ein sozusagen optischer Effekt, der erzielt werden sollte. Jedenfalls mußte er sich wehren. Auch er war aufgestanden und sagte verhalten, wenn auch die Erregung durchklang:

„In duvio pro reo! Im Zweifel ist jede Auslegung zugunsten des Angeschuldigten oder des zu Verurteilenden vorzunehmen. Ich bitte um diese allgemein gültige Rechtswohltat."

„Ich war auf solche Sprüche gefaßt", erwiderte der Rektor wegwerfend. „Wer aber ist hier der zu Verurteilende? Sie sehen Ihre Angelegenheit sehr subjektiv, Herr Magister. Nicht als Richter, sondern als stürmische Partei."

„Ich bin in diesem Falle aus der Natur der Sache Partei."

„Aus eben derselben Natur der Sache gibt es eine Gegenpartei. Ich werde Ihnen jetzt den Fall erklären. Durch die Not des Krieges und seiner Folgen sind Zustände in der Fakultät eingetreten, die nicht als normal bezeichnet werden können. Viele Knaben haben ihr Studium zu spät begonnen, sind durch Armut der Eltern aufgehalten worden, mußten auf frühen Broterwerb ausgehen. Faktum ist es, daß der jüngste Bewerber außer Ihnen, Herr Magister, der für den nächsten Termin vorgemerkt ist, achtundzwanzig Lebensjahre zählt. Hinter Ihnen im Studium aber stehen eine Unzahl Magistri mit sechsundzwanzig, fünfundzwanzig, vierundzwanzig Jahren. Diese alle

würden durch Sie, den Zwanzigjährigen, übersprungen werden
für Lebenszeit. Nun hat die Bestimmung, daß die Doctores nach
dem Datum der Promotion in die erledigten Stellen der Beisitzer aufrücken können, seit jeher den Sinn und die Absicht
gehabt, daß der Ältere vor dem Jüngeren zum Zuge kommt.
In normalen Zeiten gab es auch im Promotionsalter nur dann
Unterschiede, wenn ein Bewerber aus Faulheit zurückblieb.
Die Unterschiede heute aber sind nicht selbstverschuldete, sondern sie sind Folgen großer Not und des großen Krieges. Deshalb haben alle älteren Kollegen, als sie von Ihrem Gesuch
hörten, durch Magister Crusius, den Senior dieser Unglücklichen, bei uns petitioniert. Die Fakultät hat sich den Beschwer-
den Ihrer Kollegen angeschlossen. Die wohlerwogenen Gründe
habe ich Ihnen schon mitgeteilt. Und ich bringe Ihnen hiemit
zur Kenntnis, daß Ihre Promotion zum Doktor der Rechte nach
diesem Fakultätsbeschluß erst stattfinden darf, bis der letzte
Magister, der an Jahren älter ist als Sie, den Doktorhut trägt.
Sie müssen sich also gedulden, Herr Magister. In etwa drei bis
vier Jahren dürfte kein Hindernis mehr obwalten.‘‘

„Ist dieser Beschluß inappellabel?‘‘ fragte Leibniz heiser.

„Er hat meine Billigung. Ich wüßte nicht, wer noch über
dieses Internum der Universität entscheiden sollte. Sie scheinen
uns für ungerecht zu halten, Herr Magister. Vergessen aber
dabei Ihre eigene große Ungerechtigkeit.‘‘

„Ich danke für diese Belehrungen!‘‘ Leibniz konnte sich nicht
mehr halten. Dann aber, als ihm zum Bewußtsein kam, daß sein
Plan endgültig gescheitert war, da er durch die Intrige der älteren Kollegen, die durchaus nicht allein aus Not ihre Dissertationen vernachlässigt hatten, mindestens dreißig neue Vordermänner bekam, setzte er ironisch hinzu:

„Die Not Deutschlands, Magnifizenz, erfordert sehr verschiedene Maßregeln. Jeder muß das mit seinem Gewissen ab-
machen. Ich für mein Teil habe soeben beschlossen, meinem
Vaterland dort zu dienen, wo man diese Dienste wirklich
wünscht.‘‘

„Eine Drohung, die unsre wohlerwogenen Entschlüsse kaum
erschüttern wird. Sie sind jedenfalls sehr selbstbewußt, Herr

Magister, wenn nicht gar anmaßend. Ihr seliger Herr Vater,
der eine Zierde unsrer Universität war, hätte wenig Freude über
die Einsichtslosigkeit und den hochfahrenden Ton seines Spröß-
lings, der seine gewiß hohe Begabung als Freibrief für alles in
die Wagschale werfen möchte, was den Gemeingeist verletzt.
Überlegen Sie sich ihre Schritte. Wie gesagt, in drei bis vier
Jahren. Und nun sind Sie für heute entlassen."

Für heute? Leibniz lachte beinahe auf. Er wußte es so deutlich, daß sich nie mehr daran etwas ändern konnte: Seine Vaterstadt hatte ihn ausgestoßen. Hatte ihn mit ölglatten, moralisie-
renden Phrasen um den verdienten Preis seiner ungeheuren
Mühe gebracht. Sollte er aus dieser einen Tat auf sein ganzes
Verhältnis zu den Menschen schließen?

Plötzlich raunte ihm eine innere Stimme das Wort Schicksal zu. Und als er die Türe der Kanzlei hinter sich schloß, wußte
er, daß hier eine höhere Macht die Mitbürger zur Ungerechtigkeit verblendet hatte. Denn schon lange brannte sein Geist,
größeren Ruhm in den Studien der höheren Wissenschaften zu
erlangen. Die Kenntnis fremder Länder und die Mathematik
lockten von ferne. Hier, in Leipzig, wäre vielleicht Erstarrung
eingetreten. Lahme Flügel des Geistes. War das alles nur kin-
discher, verzweifelter Selbsttrost? Er wußte es nicht. Zwischen
Lachen und Weinen taumelte er die Stiege hinab ins Freie.

Sechstes Kapitel

Ausgleichendes Schicksal

Kaum zwei Monate später, an einem Novembertag, an dem
schwere Schneeflocken vom verhangenen Himmel herabquirl-
ten, drängte sich ein ebenso zahlreiches als vornehmes Audito-
rium von Gelehrten, Studenten und Laien im Saale der Universität Altdorf.

Zwei Vorsteher des Unterrichtswesens der freien Reichsstadt
Nürnberg, dessen Universität eben in Altdorf ihren Sitz hatte,

sah man in den vordersten Reihen. Daneben den Kanzler und den Syndikus Nürnbergs.

Und alle die vielen, die gekommen waren, lauschten gespannt der sonderbar zwingenden hellen Stimme des Doktoranden, der dort vorne am Rednerpult stand und seine Dissertation „De casibus perplexis in jure", eine Abhandlung über scheinbar unlösbare Rechtsfälle, in beinahe klassisch anmutenden lateinischen Sätzen verteidigte.

Nach welchem Gesichtspunkt sollten Rechtsfälle behandelt werden, hatte der Doktorand Gottfried Wilhelm Leibniz eben ausgeführt, in denen sich beide Streitteile auf erhebliche Gründe berufen konnten. Etwa gar vielleicht durch das Los oder durch die notwendig einseitige persönliche Meinung eines Schiedsrichters? Und er hatte in nicht endender Fülle und Tiefe Beispiele gebracht, die das Publikum geradezu in Aufregung versetzt hatten, da jeder der Zuhörenden sich unwillkürlich selbst in eine der Parteien oder in die Rolle des Richters hineindachte. Zuerst krasse Beispiele. Dann stets verwickeltere und feinere. Und dazu die Rechtssätze und Quellen, auf die sich die Parteien berufen konnten. Und er führte die Hörer tiefer und tiefer ins Labyrinth, verlockte sie durch Redepausen zur Einseitigkeit, um dann wieder mit solcher Wucht die Gegengründe vorzutragen, daß einige der alten Gelehrten und Rechtspraktiker schon mit roten Köpfen dasaßen und keinen Ausweg mehr sahen. Plötzlich, wie die fintenreiche Geste eines vollendeten Fechters, der sicher ist, jeden Gegner zu treffen, ein kurzer Übergang in philosophische Zonen. Rasche Schlaglichter auf die Rangordnung geistiger Fähigkeiten und geistiger Bereiche. Und endlich die Lösung und Erlösung: Vernunft steht über jedem Recht, da ja das Recht nur ein Ausläufer, eine Blüte der Vernunft ist. Folglich ist eben Vernunft der letzte Richter, wenn die Gesetze einander widersprechen. Nur das reine Naturrecht also, nur die Grundsätze dieses Gottesgeschenkes, dürfen zur Entscheidung der sonst unlösbaren Fälle herangezogen werden. Da ja sonst Recht und Vernunft zu einem Glücksspiel oder gar zu Willkür erniedrigt würden.

Reicher und allgemeiner Beifall lohnte den Redner und die

Spannung wuchs, als Leibniz seine Theorien nunmehr gegen
den bestellten Gegner zu verteidigen hatte. Wenn auch dieser
Gegner sich redlich Mühe gab, Einwände hervorzusuchen, so
hatte man gleichwohl beinahe das Gefühl, er glaube selbst nicht
recht an diese Einwände. Und es ereignete sich mehr als einmal,
daß Leibniz selbst es war, der die Einwände des Gegners verstärkte, indem er in seiner Widerlegung Schwächen seines Systems, die der Gegner gar nicht behauptet hatte, heraushob und
ad absurdum führte. Mit welcher Fülle und Tiefe des Wissens
der Doktorand argumentierte, wie Belegstellen aus den entferntesten Gebieten nur so hervorsprudelten, erhöhte das Erstaunen
zur Verblüffung. Als aber endlich der Dekan, der berühmte
Johann Wolfgang Textor sich erhob und Leibniz in einer sowohl in der Form als im Inhalt ganz ungewöhnlichen Rede auszeichnete, war die Meinung, die Textor aussprach, allgemein,
daß die Universität Altdorf sich noch in späten Zeiten rühmen
würde können, dem deutschen Volke einen Doktor dieses profunden Wissens geschenkt zu haben. Wenn auch das Verdienst
der Universität leider nur darin bestehe, daß sie die wahre
Leistung sogleich erkannt habe. ,,Wo man Leibniz studieren
und sich heranbilden gesehen hat‘‘, schloß der Dekan, ,,dort
war man seinem Talent gegenüber mit Blindheit geschlagen.
Dort lieferte man ihn willfährig den Neidern zum Opfer aus.
Wir aber, die nur das Ergebnis dieser Studien zuerst in Händen
hatten, schickten die Dissertation in der ersten Stunde, nachdem wir sie gelesen, in die Offizin zum Druck. Und baten den
ausgezeichneten Verfasser, wo nicht mehr, so doch vorläufig
den Hut des Doktors von uns entgegenzunehmen.‘‘
Leibniz sah starr vor sich hin, wenn auch ein Schimmer glücklichen Lächelns nicht von seinem blassen Antlitz wich. Wollte
der magische Traum kein Ende nehmen? Hatte Wolfgang Textor diese Dinge wirklich gesprochen? Wirkliche Worte vor
wirklichen Menschen? Warum erhob sich kein Widerspruch?
Warum sagte niemand, er sei zu jung? Warum nickte der Kanzler von Nürnberg freudig, als ob er selbst geehrt würde? Man
konnte das alles nicht fassen, hier versagte Philosophie und
Rechtswissenschaft, hier tauchte wieder Erhard Weigel aus Jena

empor, der polternd verlangte, aller Gelehrtenzank müsse ins Deutsche übersetzt werden, um in Rauch aufzugehen. Vielleicht hatte Nürnberg und Altdorf den verwickelten, hoffnungslosen Fall des in seiner Vaterstadt geächteten Leibniz erst ins Deutsche übersetzt. Vielleicht lief hier alles nach dem Naturrecht, nach der Vernunft, da diese Menschen hier Natürlichkeit mit Vernunft verbanden.

Es war ein Traum gewesen, war noch ein Traum. Schon als er, rasch entschlossen, seine wenigen Habseligkeiten in Leipzig verpackt und sich auf die Reise begeben hatte. Dann erst vollends, als er der freien Reichsstadt Nürnberg nähergekommen war. Als das Land reicher und fruchtbarer, die Dörfer und die Burgen häufiger geworden, als auf den Feldern, trotz des Herbstes, noch Bauern zu sehen gewesen waren. Und als schließlich die Stadt der Mauern und Bastionen, die Stadt der gotischen Türme und dichtgedrängten Häuser aufgetaucht war. Zuerst hatte er gewähnt, es sei ein Volksauflauf in den Gassen, es sei Brand oder Aufruhr. Erst der Postillon hatte ihn belehrt, es handle sich da um einen Werktagsnachmittag wie stets in Nürnberg. Und er hatte plötzlich erkannt, mit blutendem Herzen erkannt, daß hier, wie unter einer gläsernen Glocke, ein Rest Deutschlands aufbewahrt war, Deutschlands, wie es vor dem Dreißigjährigen Kriege geblüht hatte. Vielleicht der einzige solche Rest. Und diese Stimmung war auch in den Seelen der Menschen. Ihr Gehaben war ruhig und schlicht, alte Trachten sah man an allen Ecken, und obgleich ein dichter Strom des Handels von Italien nach dem Norden hier seinen Umschlagplatz hatte, zeigte sich kein kleinster Ansatz im Wesen dieser Menschen, die fehlenden Dinge durch Fremdes zu ersetzen, oder gar, wie in anderen Orten, aus Verzweiflung die starken Franzosen nachzuäffen. Und man hatte ihm, dem Stadtfremden, ohne langes Zaudern alle Tore geöffnet. Hatte sich nicht auf Überfüllung berufen, die hier gewiß herrschte, sicher mehr, als in Leipzig. Und hatte nicht nach Alter, nicht nach Herkommen, sondern nur nach der Leistung gefragt, da man dem Grundsatz huldigte, daß die Gesamtheit stärker würde, je mehr Kräfte sich vereinigten. Wenn man auch einen Esser mehr auf dem Halse hatte.

Wer heute Esser ist, wird morgen Käufer, übermorgen Ernährer. Sofern er was Rechtes konnte. Das wußte die Stadt Albrecht Dürers und Hans Sachsens besser als jede andere.

Alle Formalien hatte man ihm erlassen, vereinfacht, verkürzt. So stand er, der Fremde, heute wahrscheinlich früher als der Intrigant Crusius, am Redepult des Doktoranden.

Wohin zogen ihn seine Gedanken? Es war doch kein Traum. Wirkliche Menschen. Der Dekan hatte eben die letzten überschwänglichen Worte gesprochen. Er mußte die Dankrede halten. Ohne Manuskript. Denn er hatte nur die üblichen Formeln erwartet, nicht eine so persönliche, so einzigartige Ehrung.

Es kam wie ein Taumel über ihn. Alles Verträumte lag weit hinter ihm. Jetzt stand er vor einer entscheidenderen Leistung, als es die Verteidigung seiner nach allen Richtungen durchdachten Dissertation gewesen war. Jetzt galt es nicht mehr die Wissenschaft, jetzt handelte es sich um Kunst, Rhetorik, Aufbau, Vollendung, geboren aus dem Augenblick. Jetzt galt es auch, den Herzen, die sich zu ihm bekannt hatten, sein Herz zu zeigen. Und gleichwohl durfte er die strengste Form, die vornehme Verhaltenheit der antiken Vorbilder nicht überschreiten.

So begann er zu sprechen. Über die lullische Kunst der Kombinatorik. Über die Ergebnisse dieser Kunst für den Einzelnen. Über den Einzelnen, der, wenn er sozusagen Staatsmann seiner selbst, seiner eigenen Talente, Triebe und Begierden sei, diese innere Politik nur dann vollendet zum Siege führen könnte, wenn er sich als kleines Glied der Gesamtheit in diese größere Gemeinschaft eingliedere und so sich selbst erhöhe im gleichen Maß wie das Ganze. Und er leitete hinüber auf das, was er bis jetzt von Nürnberg und seinen Städten, Dörfern und Burgen gesehen hatte, blickte mit Wehmut und Trauer in seine Vergangenheit, die leider noch die Gegenwart des größten Teils von Deutschland sei, und schloß endlich mit einem Ausblick auf die unendliche Aufgabe, die vor den Deutschen liege. Er werde es zeitlebens nicht vergessen und danke dafür, daß Nürnberg ihm gezeigt habe, was Deutschland sein, was es wieder werden könnte. Und was es wieder werden müsse, wenn nicht die Verblendung oder allzu unseliges Schicksal es daran hinderten.

Nun nahm er das Manuskriptblatt, das vor ihm lag, hielt es
nahe vor die Augen, da er von Natur ein wenig kurzsichtig war,
und las die glatten Hexameter, die üblicherweise als Dank und
Huldigung an die Universität, deren Doktor man wurde, vor
dem eigentlichen Promotionsakt, die Feierlichkeiten abschlossen.

Als er endlich auf das Zepter der Universität sein „Spondeo"
gelobt hatte und von allen Seiten umdrängt und beglückwünscht
wurde, stellte es sich heraus, daß den größten Eindruck seine
Prosarede gemacht hatte. Und der Syndikus von Nürnberg
fragte ihn, warum er das Manuskript der Rede im Gegensatz zu
den Versen, die er so nahe ans Auge gerückt habe, auf solche
große Entfernung hätte ablesen können. Das Erstaunen war ein
allgemeines, als Leibniz das Manuskript der Prosarede zeigte,
das einen ganz andren und viel kürzeren Text hatte als seine
wirklich gehaltene Rede.

Der Traum aber nahm noch kein Ende. Die Honoratioren
Nürnbergs traten mit dem Rektor und Dekan zu einer kurzen
Besprechung zusammen und man berief den zwanzigjährigen
Doktor, um ihn zu fragen, ob er bereit sei, sofort eine Professur
an der Universität Altdorf anzutreten. Leibniz war dermaßen
verwirrt, daß er sich Bedenkzeit erbat, die ihm freundlich gewährt wurde.

Siebentes Kapitel

Alchimisten-Träume

Im nordwestlichen Teil Nürnbergs lag nahe der Stadtmauer
ein kleiner, verlassener Platz, zwischen dessen Pflasterung
vorwitzig das Gras wuchs. Fast angelehnt an die Stadtmauer
gab es da einige uralte Häuschen in Riegelbau mit Erkern
und allerlei Zieraten in kunstvoller Schmiedearbeit.

Es war Frühling. Leibniz war nicht Professor der Universität
Altdorf geworden. Er hatte gebeten, ihm nicht zu zürnen, wenn
er die ehrende Berufung nicht annähme. Man hatte ihm durchaus nicht gezürnt. Im Gegenteil. Man hatte es zwar von Herzen

bedauert, sah es aber ein, daß der junge Mann einmal ein paar Monate leben wollte. Leben ohne Bücher und Examina, wie der Kanzler schmunzelnd bemerkt hatte.

Nun ging Leibniz über den schon erwähnten kleinen Platz. Er war in der Haltung viel straffer und freier, sein Antlitz war von der Sonne gebräunt und ein freudig erwartungsvoller, fast schalkhafter Zug spielte um seine Lippen.

Er hatte dem gütigen Kanzler damals nicht widersprochen. Nur war Leibniz kaum das vorgeschwebt, was der Kanzler unter „leben" verstanden hatte. Aber wie dem auch sei, hatte in höherem Sinne der Kanzler doch recht gehabt. Leibniz war nach der Erreichung des Doktorgrades mit Urgewalt so jung geworden, wie er es in Wirklichkeit war, und hatte begonnen, den großen und größten Geheimnissen, die außerhalb aller Bücher lagen, nachzuspüren.

Er ging jetzt geraden Weges auf eines der Häuschen zu, betätigte den eisernen Pocher und durchschritt, als ihm ein kleines Mädchen geöffnet hatte, den durch allerlei alten Hausrat verengten Flur und betrat den Hof, an dessen linker Seite die Werkstatt des Goldschmiedes lag.

Er trat ein. Der muntere Mann mit der Lederschürze begrüßte ihn und lachte:

„Ungeduldig, gestrenger Herr Doktor! Sehr ungeduldig! Aber ich habe den Termin eingehalten. Vor einer Viertelstunde sind Eure zwei Nägel fertig geworden. Wenn ich in aller Welt nur wüßte, wozu ein junger Herr so kuriose Nägel brauchte. Verzeiht mir, ich bin ein neugieriger Mensch..."

„Leider ist es ein großes, ein sehr großes Geheimnis", unterbrach ihn Leibniz und lächelte dabei in einer Art, die die Auskunft wieder zum Scherz umbog. Dann sagte er ernster: „Ich muß, Ihr seid mir nicht böse, genau das Maß prüfen."

„Das könnt Ihr getrost", meinte der Goldschmied und reichte dem Besucher auf einer kleinen Holzplatte die zwei Nägel. Der eine war aus Gold, der andere war aus Silber. Beide zeigten die gleichen Maße, waren etwa kleinfingerlang und ähnelten in der Form den geschmiedeten Eisennägeln.

Leibniz zog ein Wachsstück aus der Tasche.

„Ich habe vorsichtshalber den Abdruck noch einmal genommen", erläuterte er. Und er legte beide Nägel behutsam in den Abdruck und überzeugte sich von der Genauigkeit der Flächen und Kanten.

Es war nichts auszusetzen. Er bezahlte den namhaften Betrag, den die beiden Stücke kosteten, und verabschiedete sich mit anerkennenden Worten vom Goldschmied. Im Gehen sagte er noch scherzend:

„Ich baue auf die mir zugesicherte Geheimhaltung. Es handelt sich um eine Überraschung. Also Stillschweigen gegen jedermann!"

„Ihr könnt darauf bauen. Meine Zunft ist Geheimnisse aller Art gewohnt. Sie sollen Euch Glück bringen, Eure mystischen Nägel!" —

Als Leibniz wieder auf der Straße war, ergriff ihn plötzlich eine große Hast. Er fürchtete die Vereitelung seines Planes. Es war ihm allerdings unklar, welches Hindernis sich ihm entgegen stellen konnte. Den Schlüssel des Laboratoriums trug er in der Tasche und der Italiener war schon gestern abgereist.

Es war eine merkwürdige Kette von Ereignissen, die von der Promotion bis zum Italiener führte. Es wurde schon gesagt, daß der Jüngling nach unverhofft schneller Erreichung seiner Ziele unvermittelt in andre Bahnen gelenkt worden war. Besser, daß sich die Natur geltend gemacht hatte. So war er wochenlang ohne bestimmtes Ziel in Nürnberg umhergewandert, hatte sich treiben lassen und die Augen weit geöffnet, um zu schauen und wieder zu schauen. Zuerst die Bastionen, Häuser und Dome. Dann die Bildwerke und Statuen, die Wandgemälde Dürers und Lukas Cranachs. Und endlich das „Leben" überhaupt. Von einem Handwerker zum anderen war er gegangen, hatte bei der Arbeit zugesehen, hatte die reisenden Kaufleute in den Schenken befragt, hatte Bekanntschaften und Freundschaften geschlossen, war in der Umgebung umhergefahren, bis er schließlich von den kleineren Geheimnissen in den Bannkreis höherer Geheimnisse geriet. Er hatte erfahren, daß eine streng abgeschlossene Gesellschaft der Rosenkreuzer in Nürnberg ihren Sitz habe, die sich vornehmlich mit Alchimie befaßte. Ein weiterer Zufall hatte ihn darüber aufgeklärt, daß entfernte Verwandte seines Vaters dieser Brüderschaft angehörten. Und so war er wieder zu den Büchern zurückgeführt worden, allerdings nur für kurze Zeit. Er hatte, was er nur aufstöbern konnte, an rosenkreuzerischen und alchimistischen Büchern durchgesehen und sich davon Auszüge gemacht. Da er zudem seine Verwandten ab und zu beim Wein ausgeholt hatte und, wenn auch nur andeutungsweise, in einige Geheimnisse eingeweiht worden war, hatte er, selbst in übermütiger Weinlaune, einmal beschlossen, die Alchimisten, denen er sehr wenig traute, zu prüfen. Und hatte aus seinen Büchern ein bombastisches Schriftstück zusammengestellt, das aus allen Stellen bestand, die ihm selbst unverständlich geblieben waren. Zu seiner ungeheuren Verblüffung und Bestürzung wurde er von den Rosenkreuzern auf Grund dieses fast bösartigen Scherzes für einen Adepten gehalten und aufgenommen. Ja, er wurde sogar zum Sekretär der Brüderschaft bestellt und erhielt die Aufgabe zugewiesen, die Experimente im Laboratorium durchzuführen und Auszüge aus den wichtigsten chymischen Büchern anzufertigen. Und dies noch dazu für höchst anständige Entlohnung. Er hatte einen Augenblick alles eingestehen wollen. Dann aber hatte er eingesehen, daß er durch ein solches Geständnis seinen wissenschaftlichen Ruf für Lebenszeit hätte untergraben können. So hatte er sich vor seinem Gewissen andre Entlastung verschafft. Er hatte vorgeschlagen, noch eine mündliche Prüfung abzulegen, da er einzusehen begann, daß man ihm sein chymisches Kauderwelsch ja nur deshalb geglaubt hatte, weil man seine anderweitige wissenschaftliche Hochrangigkeit von Altdorf kannte. Nun wollten die Rosenkreuzer von einer solchen Prüfung nichts wissen und man hatte sich schließlich auf einen Probemonat geeinigt. Wie bei allem, was er bisher angefaßt hatte, war schon in diesem Monat derart viel von Arbeit und Leistung, Erfindung und Nutzen zu sehen, daß die Rosenkreuzer jetzt gelächelt hätten, wenn er mit seinem Geständnis gekommen wäre. Sie waren sogar von seiner Fähigkeit zum Adepten überzeugter als am Beginn und hatten ihm in kurzer Zeit sein Gehalt aus freien Stücken erhöht.

Er hatte von den Brüdern manches gelernt. Besonders hatte er sein Augenmerk darauf gerichtet, Wahrheit von Phantasterei und Erfolg von alchimistischem Schwindel und Betrug zu unterscheiden.

Nun war vor wenigen Tagen ein italienischer Adept bei den Rosenkreuzern erschienen und hatte eine Probe der großen Kunst abgelegt, die selbst die gläubigsten Alchimisten verblüffte. Vor aller Augen, bei hellstem Tageslicht, hatte er einen silbernen Nagel in ein Gläschen mit Flüssigkeit getaucht, in das er zwei Körner des „roten Pulvers" gestreut hatte. Und nach wenigen Minuten schon hatte er den Nagel, zu purem Gold verwandelt, herausgezogen.

Leibniz nun war es gelungen, als er bei dem Experiment Handlangerdienste leistete, einen Teil der Flüssigkeit, die er hätte fortgießen sollen, aufzuheben. Den zu Gold verwandelten Nagel aber hatte der italienische Adept um schweres Geld den Rosenkreuzern verkauft, ebenso einen unverwandelten silbernen Nagel.

Obgleich nun die Stellung, die Leibniz zur Alchimie einnahm, noch durchaus nicht geklärt oder eindeutig war, glaubte er zumindest an die Möglichkeit einer Irreführung. War es keine Irreführung, dann mußte man der Sache selbst auf andren Wegen an den Leib rücken.

Jedenfalls fieberte er vor Erregung, als er den Schlüssel in die Tür des Laboratoriums steckte.

Zuerst überzeugte er sich, daß sowohl die Flüssigkeit als die Nägel des Italieners vorhanden waren. Dann legte er seine Nägel, nachdem er sie mit einem Messer geritzt und bezeichnet hatte, abseits. Endlich versperrte er die Tür und machte sich an die Probe.

Dabei ergriffen ihn sonderbare Gedanken. Was nun, wenn alle Regeln und Erzählungen der Alchimisten auf Wahrheit beruhten? Was stand ihm da bevor? Ihm, dem Pfuscher, dem Unberufenen? Würde er nicht von Dämonen zerfleischt, von Feuern versengt, von Blitzen zerschmettert werden? Und vor seinem inneren Auge erschienen drohende mystische Gestalten, ägyptische Götter mit Tierköpfen und unverständlichen Symbolen, brodelnde Abgründe tiefster Urwelten.

Aber es gab auch noch andres, etwas rein Diesseitiges, das bei jedem unbekannten Versuch eintreten konnte. Warum gerade sollte nur ein Fünkchen eine Tonne Pulver zu zerschmetternder Wirkung entfesseln? Was wußte man von Dingen und Kräften? Wie wenig wußte man? Was war Funke, was Pulver? Konnte man nicht einmal eine Handlung setzen, die gleichsam als Funke auf Stein und Erde wirkte, konnte man nicht Kräfte entfesseln, die ganze Städte, ganze Reiche, ja den Erdball selbst in strahlenden Blitzen auflösten?

Glücklich die guten Alchimisten, die bescheidenen, beschränkten, die an ihre paar Regeln glaubten und sich bei Befolgung dieser Regeln sicher wähnten.

Doch plötzlich überkam Leibniz beim Anblick der harmlosen Nägel ein Gefühl der Beruhigung. Er sagte sich zwar, dieses Gefühl sei ebenso unlogisch, als wenn er ein Stück weißen Giftes wegen seiner harmlosen Gestalt für Salz ansehen und essen würde. Aber er wollte das Experiment machen und seine Wißbegier schaltete mit der Logik, wie es ihr eben beliebte.

Er nahm auch ohne Zögern den goldenen Nagel des Italieners und seinen vom Goldschmied erworbenen Goldnagel und machte den ersten Versuch. Er wog die beiden Nägel. Zu seinem Erstaunen war der Nagel des Italieners wesentlich leichter. Er versuchte es mit den silbernen Nägeln. Noch erstaunlicher: Der Nagel des Italieners war weit schwerer als sein Silbernagel. Der dritte Versuch verwirrte ihn vollends. Die beiden Nägel des Italieners wogen fast das Gleiche, seine Nägel dagegen waren, wie man es hätte voraussetzen müssen, recht ungleich an Gewicht. Die Wagschale mit seinem eigenen Goldnagel sank tief hinunter, während der Goldnagel des Italieners sogar um eine Spur leichter erschienen war als dessen Silbernagel.

Er sann eine Weile über diese erste Entdeckung. Es war klar. Die beiden Nägel des Italieners bestanden aus fast gleicher Materie. Und zwar aus eínem Stoff, der im Gewicht zwischen Gold und Silber lag. Jedenfalls war er jetzt auf einer Fährte. Er mußte sich tiefere Gewißheit verschaffen. —

Wieder erschauerte er einen Augenblick, als er seinen Silbernagel mit einer Holzzange anfaßte und ihn dann rasch in die

Flüssigkeit tauchte. Aber es geschah nichts. Es zeigten sich keine Dämonen, es flammte kein Feuer auf, und das Universum schien unberührt. Er wartete viele Minuten, viel länger als der italienische Adept es getan hatte. Dann zog er seinen Silbernagel heraus und wischte ihn ab. Nichts. Keine Veränderung. Der Nagel glänzte silbern wie vorher.

Jetzt gab es nur mehr zwei Möglichkeiten. Entweder war die Tinktur in seiner uneingeweihten Hand wirkungslos. Oder aber der „Silbernagel" des Italieners hatte andre Eigenschaften als ein wirklicher Silbernagel, ein Verdacht, den sein großes Gewicht verstärkte.

Nun gab es aber eine neue innere Schwierigkeit. Durfte er den Nagel des Italieners, den die Rosenkreuzer gekauft hatten, zu einem Versuch verwenden? Ihn vielleicht verderben? Sollte er um Erlaubnis fragen? Sein Gewissen hielt ihn dazu an, seine Wißbegierde aber war mächtiger. Er konnte ja den Geldbetrag ersetzen, wenn er den Nagel verdarb. Und dann noch etwas. Er war geradezu verpflichtet, das Experiment zu machen, den Betrug aufzuklären. Er würde alles haargenau den Brüdern melden, um sie in Zukunft vor solcher Tücke zu schützen.

Nach langer Überlegung entschloß er sich endlich zu einem Mittelweg. Er würde nur die Spitze des Nagels in die Tinktur eintauchen. Dadurch war vielleicht alles geklärt und gleichwohl die Mögklicheit weiterer Versuche offen.

Als er endlich das Experimentum Crucis, das entscheidende ausschlaggebende Experiment vornahm, pochte ihm das Herz bis hinauf zu den Schläfen. Fast wäre der Nagel in die Tinktur gefallen. Er wandte sich ab, als er die Spitze des Nagels untergetaucht hatte. Dann noch ein letzter Augenblick höchster Spannung. Er riß den Nagel aus der Tinktur, eilte zum Fenster: Die Spitze, soweit er sie eingetaucht hatte, war in pures Gold verwandelt.

Jetzt aber begann erst das Rätsel. Woraus bestanden also die beiden Nägel des Italieners? Weder aus Gold, noch aus Silber? Oder gar aus beidem? Was für eine Rolle spielte die Tinktur?

Nach stundenlangen Versuchen machte Leibniz eine zweite erstaunliche Entdeckung. Gewöhnliche scharfe Säuren verliehen

dem „Silbernagel" des Italieners auch die Goldfarbe. Er konnte
weiter nichts enträtseln, es war aber erwiesen, daß das „rote
Pulver" des Italieners nichts mit dem echten magischen roten
Pulver zu tun hatte, sondern purer Betrug war.

Als er am späten Nachmittag dem Vorsteher der Gesellschaft
genaue Meldung erstattete, billigte man seinen Eifer, legte ihm
aber strengstes Stillschweigen auf, das er auch gelobte. Er be-
dang sich nur aus, in ähnlicher Lage zur Entlarvung von Schar-
latanen der hohen Kunst die gleichen Proben und Versuche
auch öffentlich vornehmen zu dürfen. Natürlich, ohne die Geschichte seiner ersten Entdeckung und ihre Herkunft preiszu-
geben. Da dieses Zugeständnis im Sine der ernsten Alchimie
lag, wurde es ihm bereitwillig gemacht.

Achtes Kapitel

Der Fremde

Ein weißer Mond stand über den Giebeln von Nürnberg,
als Leibniz um etwa zehn Uhr abends desselben Tages durch
die Straßen schlenderte. Er hatte seit dem Vormittag nichts gegessen und verspürte mächtigen Hunger. Grund genug, einmal
wieder den Gasthof „Zum güldenen Löwen" aufzusuchen, wo
er neben wohlbereiteten Speisen oftmals schon interessante Gesellschaft durchreisender Fremder angetroffen hatte.

Die Luft war windstill und lau. Die Umrisse der Häuser und
Türme erschienen verzaubert schön in ihrem Gemisch von
Schwarz und Silber, und mancher fröhliche, sorglose Klang
tönte noch in den Straßen. Aber nicht nur die Umwelt stimmte
ihn so freudig. Er hatte am späten Abend den letzten Triumph
in der alchimistischen Angelegenheit davongetragen: Das Rätsel war gelöst. Es hatte ihm, als er von den Vorstehern der Rosenkreuzer fortgegangen war, noch immer keine Ruhe gelassen.
Und er hatte noch einmal das Laboratorium aufgesucht und von
den Nägeln des Italieners mit einem Stahlmeißel einige grobe

Späne abgetrennt. Mit diesen war er zum Goldschmied geeilt, der eben mit seiner Familie beim Abendessen saß, und hatte ihn inständig gebeten, die Späne auf ihre Zusammensetzung zu prüfen. Der gutmütige Mann, der Leibniz für ein wenig schrullenhaft ansah, fand schließlich nichts dabei, seinem Kunden die Gefälligkeit zu erweisen, und hatte sich mit allerlei Säuren und Probiersteinen an die Arbeit gemacht. Als Ergebnis hatte er dem ungeduldigen Gast mitgeteilt, daß das Silber kein Silber und das Gold eigentlich kein Gold sei. Das angebliche Silber bestehe ebenso wie das angebliche Gold ungefähr zu gleichen Teilen aus Gold und Silber. Nur sei dem vermeintlichen Silber noch andres, wahrscheinlich Zinn und Zink beigemischt. Daher auch zeige die eine Legierung weiße, die andere gelbe Farbe. Er der Goldschmied, kenne dieses Spiel der Natur genau. Einige Splitterchen mehr Gold in das Gemenge und die Farbe ändere sich förmlich sprunghaft. In der Zunft wisse man, daß mit dieser Eigenschaft solcher Legierungen Unfug getrieben werde. Mehr dürfe er aber nicht ausplaudern.

Leibniz hatte sich bedankt und hinzugefügt, er habe die Späne von uralten Münzen seiner Sammlung abgenommen. Dann war er rasch fortgeeilt und planlos durch die Straßen gewandert.

Jetzt war alles klar. Das „Silber“ war durch die Zusätze von Zinn und Zink genau auf den Punkt getrieben, wo die Legierung eben noch weiß erschien. Löste man durch Säure diese unedlen Metalle fort, dann begann das Gold zu überwiegen und das Gemenge nahm die gelbe Farbe an. Daher auch das ungefähr gleiche Gewicht der beiden Nägel und die Enträtselung des auffälligsten Geheimnisses, daß der goldene Nagel, aller Voraussicht zum Trotz, sogar ein klein wenig leichter wog.

Der Italiener war also ein Schwindler und kein Adept gewesen. Gab es wirkliche Adepten? Dieses Geheimnis allerdings war dadurch nicht aus der Welt geschafft. Denn die Tatsache, daß es Betrüger gibt, widerlegt noch nicht das Wunder an sich selbst.

Vor dem „Güldenen Löwen“ standen einige gut gelaunte Bürger, die anscheinend eben nach Hause gehen wollten. Er schritt an ihnen vorbei in den reich getäfelten Flur und von dort über eine dunkle Holztreppe hinauf ins Gastzimmer. Der gewölbte, ebenfalls getäfelte Raum mit den schweren Tischen und den geschnitzten Sesseln war fast leer. Nur in einer Nische saß ein äußerst vornehm gekleideter, offensichtlich ortsfremder Herr beim Wein, der, soweit man aus seinem ergrauten Haar schließen konnte, etwa fünfzig Jahre alt schien.

Leibniz ließ sich nieder, bestellte ein ausgiebiges Mahl und gab sich seinem Hunger ohne Scheu hin. Als er sich endlich einigermaßen gesättigt hatte, bemerkte er, daß ihn der Fremde mit lächelndem Wohlwollen beobachtete. Er ärgerte sich anfangs über dieses Lächeln, da er sich bewußt ward, daß sein Heißhunger auf einen Grandseigneur wohl keinen allzuguten Eindruck gemacht haben konnte. Er vermochte aber der Liebenswürdigkeit dieser klaren Augen nicht lange zu widerstehen und begann schließlich selbst zu lächeln.

Als dann kurze Zeit später ein dienstbarer Geist den Raum betrat, rief der Fremde diesen zu sich und raunte ihm einige Worte zu. Der Diener kam hierauf geraden Wegs auf Leibniz zu, verneigte sich sehr unterwürfig und meldete, Seine Gnaden würden es sich zur Ehre anrechnen, wenn der junge Herr geruhten, am Tisch seiner Gnaden Platz zu nehmen und ein Glas Wein mit hochdemselben zu leeren.

Hochdemselben? War der Fremde gar ein Fürst, der inkognito reiste? Oder war es bloß eine Übertreibung des Dieners? Oder gar wieder ein Schwindel oder ein Scherz? Schließlich war nichts gewagt, wenn man der Einladung Folge leistete. Ein Stückchen Welt, ein Stückchen Geheimnis tat sich da wieder auf.

Leibniz nickte, erhob sich und trat an den Tisch des Fremden, der ihm einen Schritt entgegenkam, ihm die Hand reichte und ihm mit einer weltmännischen Geste Platz anbot.

„Wir wollen", sagte er tief und schnell, „vorläufig einander unsre Namen und Berufe verschweigen, junger Herr. Glauben Sie aber nicht, daß mich Langeweile dazu trieb, Sie zu mir zu bitten. Ich hätte Sie, soweit man so etwas behaupten kann, auch gebeten, wenn das Zimmer voll von Gästen gewesen wäre. Trinken Sie Wein, junger Herr?"

Leibniz, der Platz genommen hatte, bejahte und bedankte sich für die auszeichnenden Worte. „Es scheint heute eine Stimmung für preziöse Abenteuer in der Luft zu liegen", setzte er unbefangen fort. „Daher nehme ich den Vorschlag beiderseitiger äußerer Unbekanntheit gerne an. Umso lieber, als ich ja durchaus kein Inkognito zu lüften habe und ebenso unbekannt bleiben werde, wenn ich Namen und Titel preisgebe. Für mich ist der Vorschlag also nur von Vorteil. Wenn ich geschickt bin, werden Sie mehr hinter meiner Person vermuten, als sie wirklich wert ist. Ein einseitig vorteilbringender Vertrag. Eine Societas leonina."

„Sie sind also Jurist" lächelte der Fremde. „Sie sehen schon am Beginn, wie schwer es ist, ein Inkognito zu wahren."

„Wir wollten doch, rein geistig, mit allen Mitteln die Demaskierung einleiten", erwiderte Leibniz. „Ich gab den Fingerzeig nicht ohne Absicht."

„Also auch Logiker?"

„Ein wenig."

„Ihre formale Bescheidenheit ist verdächtig."

„Nicht unverdächtiger", Leibniz lächelte fein, „als die Tatsache, daß ich schon nach den wenigen Worten in die Rolle des Verhörten gedrängt bin. Ich würde verloren sein, wenn ich nicht mit einem Gegenangriff aufwartete. Sie, mein hoher Herr, scheinen nach der Art Ihrer Klingelführung durch eine diplomatische Schule gegangen zu sein."

„Prost!" Der Fremde erhob sein Glas. „Prost, junger Herr. Ich bin durch Ihre Paraden entwaffnet. Ich werde also bieder und tölpisch fragen. Sind Sie ein Nürnberger?"

„Nein, meine Heimatstadt war Leipzig."

„Ach Leipzig." Der Fremde senkte die Augen.

Und nun kam allmählich ein Gespräch in Gang, das sich um Deutschland drehte. Der Fremde hatte schließlich durch Geduld gesiegt. Leibniz wußte nicht mehr, daß fast nur er allein sprach, daß er von seiner Jugend, von seinen ersten Eindrücken des verwüsteten Reiches erzählte, daß er die Erinnerung an jenen landflüchtigen Magister heraufrief, der endlich durch Fürsprache der Verwandten Leibnizens ein karges Brot gefunden hatte. Der als erster im Knaben eine klare Vorstellung von der wahren Lage Deutschlands erweckt hatte.

Der Fremde antwortete, stellte Zwischenfragen, äußerte Ansichten. Endlich, nach langem Gespräch, sagte er plötzlich sehr ernst und gewichtig:

„Sie sollen das Los eines deutschen Patrioten kennen lernen, junger Herr. Dazu muß ich aber mein Inkognito lüften. Weil sonst die Zusammenhänge nicht deutlich werden. Also ich heiße Baron Johann Christian von Boineburg und war, wie Sie vielleicht wissen, erster Minister des Kurfürsten und Erzbischofs von Mainz. Bitte, wundern Sie sich nicht, verändern Sie weder Ihren Ton noch ihre Meinung. Ich bin heute Privatgelehrter in Frankfurt, bin weder Exzellenz noch Minister und arbeite an einer Geschichte der deutschen Literatur. Kennen Sie die Ereignisse, die zu meinem Sturz führten?“

„Aufrichtig gesagt, nein!“ erwiderte Leibniz betreten.

„Mein Gott!“ Boineburg schüttelte den Kopf. „Sie scheinen doch eingeschüchtert zu sein. Sie haben es sicherlich nicht notwendig. Ich bin ein Menschenkenner. Kurz, Sie gefallen mir vom ersten Augenblick an, junger Herr. Werden Sie jetzt Vernunft annehmen?“

„Ich verspreche es. Ich sehe ein, unlogisch gedacht zu haben, da ich zuerst schon mit einer Fürstlichkeit rechnete und nun vor dem Minister kleinlaut bin. Aber, verzeihen Sie diese Entgleisung, ich erschrecke vor der hohen Leistung mehr als vor der hohen Geburt. Weil Leistung meinem bürgerlichen Geist faßlicher ist.“

„Nun, Ihre Antwort befriedigt mich. Aber ich will jetzt nicht mehr herumreden, sondern die versprochene Geschichte erzählen. Also, ich hatte meinen Kurfürsten, den großen Johann Philipp von Schönborn, auf dem Reichstag zu Regensburg zu vertreten. Sie wissen ja, in welcher Lage Deutschland ist. Frankreich aber arbeitete schon unter Richelieu auf die Zertrümmerung der Reste unsres Volkes hin. Nebenbei ein bizarrer Gedanke, daß der katholische Kardinal in einem Religionskrieg die Protestanten unterstützte. Frankreichs Absichten sind aber auch heute keine anderen als unter Richelieu. Und wir vorgeschobenen Rheinländer sind die erste und lockendste Beute. Was gibt es da für eine Politik?“

„Entweder volle Unterwerfung oder Vereinigung aller Deutschen zur Abwehr“, fiel Leibniz erregt ein, da ihn ähnliche Gedanken schon oft nächtelang gequält hatten.

Boineburg nickte. Dann setzte er fort:

„Der erste Weg ist Selbstmord. Wenn man nämlich deutsch bleiben will. Manche legen darauf keinen Wert. Diese Menschen wissen nicht, was Deutschland sein könnte, wenn es nur richtig wollte.“

„Ich habe das in Nürnberg gelernt, habe hier erst erkannt, was zu gewinnen — und zu verlieren ist.“

„Ich habe selbst oft dieses Nürnberg als Beispiel angeführt. Sie haben scharfe Augen, junger Mann. Also hören Sie weiter. Es war mir klar, daß ich nur den zweiten Weg gehen konnte, den Weg, unsren Grenzlanden am Rhein ein mächtiges Hinterland anzugliedern. Denn es lauert noch eine rechtliche Gefahr hinter allem. Was, wenn die Franzosen so viel Kurfürstentümer einsacken oder sich hinüberziehen, daß sie im Kollegium der Kurfürsten die Mehrheit bekommen? Der Großteil der Kurfürstentümer liegt im Westen. Ein freundlicher Gedanke, daß sich zum Schluß der französische König die deutsche Kaiserkrone aufsetzt oder einen Stellvertreter und Figuranten zum Kaiser wählen läßt. Ich trieb also auf dem Reichstag zu Regensburg großkaiserliche Politik, Politik des Zusammenschlusses aller deutschen Fürsten und Stände. Durchkreuzte damit natürlich die Absichten der Franzosen. Brachte ihr Kabinett in helle Wut. Sofort setzten die Ränke ein. Oh, nichts wurde offen ausgesprochen! Es hieß nur: Solange Boineburg erster Minister von Kurmainz ist und sogar die anderen Rheinfürsten aufwiegelt, ist Frankreichs Grenze unsicher. Man wolle in Paris nichts als den Frieden. Aber man wisse nicht, wie lange man diesem offensiven Treiben am Rhein zusehen werde können. Selbst die Geduld eines Lammes sei nicht unbeschränkt. Mein Kurfürst verstand, was das alles hieß. Wußte, daß über kurz oder lang Truppen einmarschieren würden. Und so wurde ich gestürzt und in den Kerker geworfen. Wegen staatsgefährlicher Handlungen und

Gesinnungen. Ich entging nur mit Mühe der Hochverratsklage. Trotzdem war das alles ein politischer Fehler Frankreichs. Denn die wahren Hintergründe meiner Verhaftung sickerten durch und wirkten auf zahllose deutsche Fürsten aufklärender, als wenn ich die Einigung als Minister weiterbetrieben hätte. Man öffnete mir auch bald den Kerker und ich zog mich nach Frankfurt zurück. Sie werden mich nicht mißverstehen. Ich habe Ihnen nur Dinge erzählt, die in maßgebenden Kreisen bekannt sind. Sie müßten mich sonst wohl für einen politischen Scharlatan halten. Die wahre Politik ist ja Geheimnis und noch einmal Geheimnis. So geheim ging es im Staatenleben noch niemals zu wie jetzt. Übrigens, lockt Sie das diplomatische Spiel, junger Herr?"

Leibniz, den die Erzählung Boineburgs ebenso erschüttert wie aufgestachelt hatte, erwiderte schnell:

„Gewiß, es lockt mich sehr. Lockt mich besonders, da ich die Mathematik liebe."

„Was heißt das?" Boineburg horchte auf.

„Das heißt, daß überall dort, wo das Geheimnis vorwaltet, zahlreiche unbekannte Faktoren vorhanden sind. Und für das Spiel mit unbekannten Größen ist doch der Mathematiker der berufene Bearbeiter."

„Eine sonderbare und neuartige Ansicht." Boineburg sah Leibniz scharf an. „Mein Interesse für Sie beginnt sich zu verdichten. Sie sind ein produktiver Kopf, mein junger Freund. Aber jetzt, bitte, lüften auch Sie Ihr Inkognito."

Leibniz errötete.

„Ein unbedeutendes Männchen unter zerschlissenem Mantel", sagte er langsam. „Ich wußte, daß ich als Fremder im Vorteil war. Aber ich muß wohl Ihren Wunsch erfüllen. Also ich bin Doktor beider Rechte, Magister der Philosophie und heiße Gottfried Wilhelm Leibniz. Das ist alles."

Boineburg starrte Leibniz einen Augenblick wie ein Gespenst an. Dann begann er zu lachen und schüttelte ungläubig den Kopf. Schließlich bändigte er sich und sagte:

„Verzeihen Sie, gestrenger Herr Doktor! Vergeben Sie mir mein schlechtes Betragen. Aber die Welt ist doch voll von närrischem Spuk." Und er zog ein Notizbuch hervor, blätterte eine

Weile darin, dann setzte er fort: „Sie sind aus Leipzig, das sagten Sie schon. Haben im Herbst zu Altdorf summa cum laude promoviert. Und zwar mit der Dissertation ‚De casibus perplexis in jure‘. Eine wunderbare Talentprobe. Ich las sie eben heute am Nachmittag. Jetzt sind Sie Rosenkreuzer und Alchimist. Die Professur in Altdorf haben Sie abgelehnt, um die Welt auf Ihre Weise zu erforschen. Und nun sitzen Sie an meinem Tisch, Herr Doktor Leibniz. Wenn es nicht ersprießlich wäre, müßte man es grotesk nennen.“

„Ich verstehe nicht.“ Leibniz konnte sich wirklich nichts reimen.

„Ach, es ist sehr einfach, viel einfacher, als Sie denken. Es ist doch klar, daß ein deutscher Patriot wie ich überall mit der Diogenes-Laterne aufstrebende Geister sucht. Denn solange wir nicht Macht gegen Not stemmen können, gilt für uns der Wahlspruch Geist gegen Not. Übrigens ist stets beides nötig. Und ich suche deshalb auch Macht und Geist. Ich habe den Kanzler dieser Stadt besucht und mich mit ihm über ähnliche Themata unterhalten. Wundert es Sie, daß er mich auf Sie aufmerksam machte? Bescheidenheit in Ehren! Es darf Sie aber nicht wundern. Denn zur wahren Leistung gehört richtiges Selbstbewußtsein. Kurz, ich hätte Sie morgen zu mir gebeten, wenn wir uns nicht hier getroffen hätten. Und las zur Vorbereitung unsrer Unterhaltung Ihr Büchlein. Ich verhehle Ihnen aber nicht, daß es mir so wie es kam, lieber ist. Denn ein Unbekannter hat sich bei mir durch sich selbst eingeführt. Das ist die größte Empfehlung, die ein Mensch auf dieser Erde mit sich trägt. Und mit diesem in doppelter Weise bei mir eingeführten Leibniz habe ich meine eigenen Pläne. Wollen Sie in meine Dienste treten, Herr Doktor? Auch meine Zeit wird wieder kommen. Und ich will Sie dorthin führen, wohin Sie im Interesse Ihres Vaterlandes gehören. Vor allem in den geheimnisvollen Bannkreis großer europäischer Politik. Wo man, nach Ihren eigenen Worten, Mathematiker braucht, um das Rätsel zu durchschauen und zu berechnen.“

„Ich werde morgen antworten, Exzellenz“, erwiderte Leibniz, vor dessen innerem Gesicht plötzlich Märchenwelten gau-

kelten. „Vorläufig danke ich beschämt für alles Vertrauen und
Wohlwollen, das Sie sowohl dem einsamen unbekannten Gast
als dem jungen Doktor Leibniz entgegenbrachten."

„Der Dank wird auf meiner Seite sein, wenn Sie mir nach
Frankfurt folgen", antwortete Boineburg. „Es geschieht alles
im höheren Sinne aus Egoismus, was ich tue. Nämlich aus dem
Gesamt-Egoismus des wahren Patrioten. Als Privatmann hoffe
ich, daß der Name Leibniz meiner Lebensgeschichte Ehre
machen wird — falls eine solche Lebensgeschichte einmal geschrieben werden sollte." Die letzten Worte hatte er ein wenig
bitter betont. Dann lächelte er wieder. „Auf das Wohl gemeinsamer Arbeit! Ich weiß, daß Sie mir morgen bejahenden Bescheid geben werden. Irgendwie hat es das Schicksal so gewollt."
Und er hob den dunkelgrünen Römer.

Neuntes Kapitel

Rheinfahrt

Je länger die Fahrt dauerte, desto weniger bereute Leibniz,
sich dem sanften Gleiten des Rhein-Kahnes anvertraut zu haben.
Er hatte sich zu dieser Art von Reise sehr plötzlich entschlossen,
als er Straßburg verließ, um wieder nach Mainz zurückzukehren.

Es war ein begnadeter Herbstnachmittag des Jahres 1671 und
die ganze Luft war buchstäblich voll von Gesang. Aber nicht
nur von Gesang. Eine selige Stimmung, wie sie vielleicht nur
den Weinlesetagen an den Ufern großer Ströme eigentümlich
ist, durchwogte alles: durchwogte die grellen Farben des rot
und gelb werdenden Laubes, die klare Sicht, die scharfen Umrisse der stufigen Hügel und Berge und die all ihre stolze Vergangenheit und trotzige Gegenwart vermeldenden Burgen.

Der Kahn war groß und flach, und man hatte Leibniz einen
bequemen Sessel und ein Tischchen auf das Verdeck gestellt,
so daß er auf die Schiffsknechte, die gleichmäßig und gar nicht
hastig ihre Ruder durch das schäumende Wasser zogen, herabsehen konnte.

68

Man hatte eben vor etwa einer Stunde bei einem Dörfchen angelegt und hellen Wein und süßen trüben Most an Bord genommen. Noch ein Grund für die Insassen des Kahns, die
Stimmung des festlichen Rheines sozusagen als Beteiligte ver-
stehend mitzugenießen.

Und trotzdem war, für Leibniz wenigstens, gleich neben der
Freude und der Hingabe an den frischen Luftstrom, der über
dem Wasser wehte, ein wenig Wehmut und Sorge. Nicht
etwa aus unmittelbarem Anlaß. Nein, viel mehr als naturge-
mäßes Grenzbewußtsein eines fast restlos glücklichen Menschen
und als Ahnung, daß Höhepunkte so leicht von Tiefen abgelöst
werden. Noch mehr aber als diese gewöhnlichen Stimmungs-
mischungen war es die Besessenheit des Geistes, die selbst diese
wenigen Stunden gleitender Ruhe als Untätigkeit mit schlechtem Gewissen durchsetzte.

Das war zuerst der unmittelbare Anlaß seiner Reise. Im Auftrage seines Gönners Boineburg hatte er dessen Sohn Philipp
Wilhelm, der in Straßburg studierte, besucht, um ihn zu kon-
trollieren und sachte in die Wege zu leiten, die der Vater für den
Sohn wünschte. Vielleicht zum erstenmal im Leben war Leibniz bei diesem halben Knaben auf einen Charakter getroffen,
der an Härte und Dämonie seinem eigenen in die Nähe kam.
Ja, noch mehr. Er war selbst fast stärker unter den Einfluß des
jungen, hochfahrenden Boineburg geraten, als dieser unter seinen. Nicht äußerlich. Der Jüngling wußte genau, daß er sich
fügen mußte, und wollte bei seinen ungeheuren Talenten sich
durchaus nicht in das Genußleben eines durchschnittlichen Höf-
lings verlieren. Aber er wollte trotzdem leben. Und da war Leibniz zum erstenmal in eine Liebe verstrickt worden. Vielleicht
hatte ihm der frühreife Jüngling nur beweisen wollen, daß es
neben Gelehrsamkeit und Geist auch noch andres auf der Welt
gab. Jedenfalls war das kleine Abenteuer, wenn man alles erwog,
vom jungen Boineburg wie an geheimen Fäden gelenkt worden.

Als jetzt Leibniz wieder den Gesang von den Rheinufern her-
über wehen hörte, als er das Glas an den Mund führte und zwischen den Weingärten bunte Menschen sah, die sich im Reigentanz bewegten, wußte er, daß dieses vorüberhuschende Erlebnis

in Straßburg, diese dunklen weichen Augen, dieser feuchte rote Mund und die schlanken Mädchenglieder, die er für einen Augenblick gefühlt hatte, ihm zu keiner Erweckung oder Veränderung geworden waren. Auch Sehnsucht oder Schmerz begleitete die Erinnerung nicht. Dankbarkeit war in ihm, Freundschaft für das Linde, Gütige, das da über seinen Weg gekommen war. Aber nichts wirklich Aufwühlendes. Höchstens das Bewußtsein größerer Einsamkeit. Und er lächelte vor sich hin. Jenes wissende, bejahende Lächeln, das seine Feinde so oft als Spottlust, Hochmut oder Unglauben auslegten, das aber nichts andres war als Erfülltheit und Harmonie. Gleichzeitig jedoch das Einbekenntnis, daß er aus Pflicht gegen die höchsten Bereiche in gewissem Sinn über dem Leben stand. Nicht anmaßend. Nein, demütig und schuldbeladen, da er weniger dadurch zu tragen hatte als die leidenschaftlich Verblendeten.

Seine Gedanken wanderten zu den Boineburgs zurück. Viel, allzuviel hatte sich zugetragen, seit er, vor fast vier Jahren, in Nürnberg den edlen „Fremden" getroffen hatte. Für Boineburg und für ihn war viel an Schicksal vorbereitet gewesen seit jener Zeit, die ihm heute schon erschien wie ein Kindheitstraum.

Zuerst das Auf und Ab der Beziehungen des Patrioten und Staatsmannes zum Erzbischof Philipp von Schönborn. Jenes sonderbare Verhältnis, stets überschattet von den Einflüssen aus Frankreich. Kurz, nachdem Leibniz mit dem Exminister Boineburg aus Nürnberg in Frankfurt eingetroffen war, hatte eine feierliche Versöhnung zwischen dem gekränkten Boineburg und dem Erzbischof stattgefunden, dadurch besiegelt, daß der Neffe des Kurfürsten, der Obermarschall von Schönborn, die älteste Tochter Boineburgs geheiratet hatte. Und nun schien auch innerlich sich die Versöhnung zu vertiefen. Denn der Kurfürst hatte sich zu den deutschen Gedanken Boineburgs bekehrt und spann nach allen Seiten Fäden für eine Verteidigungsallianz gegen Frankreich. Boineburg war mit Leibniz nach Mainz übersiedelt. Seine Gesinnung für Deutschland war keine andre geworden. Aber er hatte plötzlich eingesehen, daß die Kräfte Frankreichs ungleich stärker wuchsen als die Widerstandskraft Deutschlands. Und er wußte, daß der Ehrgeiz des französischen

70

Königs unersättlich war. So wollte er den Zeitpunkt der Entscheidung hinausschieben und begann, zur Loyalität gegen Frankreich zu raten. Worüber der Kurfürst, der sich mühevoll zu Boineburgs ursprünglichen Plänen durchgerungen hatte, entsetzt war und neuerdings Boineburg beargwöhnte.

Alle Phasen dieses Auf und Nieder hatte Leibniz miterlebt. Vom Bibliothekar Boineburgs in Frankfurt war er in den dreieinhalb Jahren zuerst zum Vertrauten, Sekretär und Anwalt des Ministers aufgerückt, bis er selbständig zweimal durch aufsehenerregende Denkschriften über die polnische Königswahl und über die Sicherheit des deutschen Reiches das Interesse Europas auf sich gelenkt hatte. In rasender Arbeit suchte er mit allen Größen des geistigen Europa in Fühlung zu kommen, regte die Neugestaltung des juristischen Unterrichtsganges an, erfand Linsen, mit denen man die Entfernung messen konnte, schrieb darüber an Spinoza, über andre Dinge an Hobbes und an den großen Conring, bekämpfte Descartes, die Scholastiker und die Freigeisterei, die auf allen Ecken und Enden aufzukeimen begann, reichte tiefgründige physikalische Untersuchungen in London und Paris den Akademien ein — und erhielt meistens keine Antwort.

Schließlich war er mit vierundzwanzig Jahren, noch dazu als Protestant, zum Rat im Kurmainzischen Oberrevisions-Kollegium, dem obersten Gericht des Kurfürstentums, ernannt worden. Und wußte im tiefsten, daß ihn nur seine merkwürdige Abgeklärtheit davor bewahrte, dem Wahnsinn zu verfallen. Da diese Abgeklärtheit weder klares Wissen noch inneres Alter, sondern im tiefsten Grund eine Art von jugendlichem Leichtsinn war. Seine riesigen Geisteskräfte nahmen die Dinge trotz stärkstem Verantwortungsgefühl nicht anders als ein Spiel höherer Ordnung. Und er wollte auch gar nicht darüber klar werden, daß es kein Spiel, sondern furchtbarer Ernst war, was er trieb.

Dafür, fast zur Rache für seinen olympischen Leichtsinn, schoß plötzlich der Ernst aus einer andren, dunkleren Region seines Wesens an die Oberfläche.

Er hatte lange Zeit mit den Schiffsknechten geplaudert. Hatte zu erforschen gesucht, was diese schlichten Menschen über Gott und über den Lauf der Welt dachten. Und war erstaunt gewesen, wie fast alle Fragen, die die höchste Gelehrsamkeit durch die Jahrhunderte beschäftigte, hier in knappen, klaren Formeln ausgesprochen wurden.

Durch diese Erkenntnis des Wertes einfachster Menschen aber wurde er wieder auf die grauenvolle Verantwortung der Herrschenden hingestoßen, die nur zu leicht den Ausdrucksmangel des Volkes mit Gefühlsmangel verwechseln und dadurch geneigt sind, die Leiden des Volkes als Leiden minderer Art anzusehen. Und dieser Schluß und die Heiterkeit um ihn herum zwangen ihn schließlich, auf ein Blatt Papier sich zur Erinnerung an diese zwiespältigen Gefühle folgende Sätze zu notieren:

,,Ich hatte beschlossen, von Straßburg nach Mainz mit einem Kahn hinunterzufahren. Denn es war zu einladend, statt ermüdender Wagenreise, diese anmutigste Fahrt zu unternehmen. Man hätte geglaubt, daß selbst die Hügel in der über den Erdkreis ausgegossenen Ruhe vor Freude mittanzen würden, während ringsum die Nymphen des Schwarzwaldes den Reigen führten. Aber gleich wie oft der Tiere Ausgelassenheit eine Änderung des Wetters anzeigt, und die freien Spiele der Delphine als Vorzeichen des Sturmes gelten, so scheint Deutschland heute des bald einzubüßenden Friedens zu übermütig genießen zu wollen. Und der Rhein, der König der Flüsse, scheint sich, als ob er dunkle Zukunft ahnte, noch der nicht lange mehr währenden Freiheit zu freuen. Vielleicht wird er, bald von gewaltigen Heeren eingezäumt, bald durch Furten besudelt, bald unter das Joch von Brücken geschickt, nur mehr mit Seufzern dieser verlorenen Glückseligkeit gedenken. Doch ich will von diesen unangenehmen Vorstellungen meinen Geist abwenden. Und versuchen, ob nicht mein Verstand ein Mittel ersinnen könnte, den Rebenhügeln und den bunten Winzern ihr kleines harmloses Glück zu erhalten.''

Leibniz war aufgestanden, da ein kühler Abendwind zu wehen begonnen hatte. Das Papier hatte er schnell zusammengefaltet und zu sich gesteckt. Dann aber war es einige Augenblicke schmerzlich leer in seinem Innern. Doch nur sehr kurze Zeit.

Denn plötzlich schoß, halb unklar, ein riesenhafter Plan in den Mittelpunkt seines Denkens, wie Brettsteine schob er die Staaten Europas durcheinander, sann, grübelte, schrie innerlich auf, knirschte mit den Zähnen und ballte unsichtbar die Faust. Form mußte dieser Gedanke werden, klare unwiderstehliche Form.

Warum glitt der Kahn so träge dahin? Legt euch in die Ruder, Knechte! Es geht um euer Leben. Um unser aller Leben. Um Deutschland, um den Rhein, um die Zukunft!

Noch einmal riß er den Zettel heraus und schrieb zwei Worte: „Consilium Aegyptiacum." Geheimnisvoll dieser „Ägyptische Ratschlag" wie die Hieroglyphen.

Dann aber sank er in den Sessel zurück, stürzte ein Glas Wein hinunter, und es dauerte nicht lange, bis er wieder die liebliche Gegenwart der Rheinufer genoß.

Zehntes Kapitel

Briefe

Als am Nachmittag des nächsten Tages der Kahn in Mainz anlegte, eilte Leibniz so schnell seiner Wohnung zu, daß ihm die zwei Schiffer, die sein Gepäck trugen, kaum folgen konnten.

Das Haus des Hofgerichtsassessors Doktor Hermann Andreas Lasser lag nicht weit von der Landungsstelle und war eines jener kleinen Häuser am Rheinufer, deren flußwärts gekehrte Mauer schräg abfiel, um einem Hochwasser, förmlich als Pfeiler, trotzen zu können. Es hatte aus ebenderselben Vorsicht auch keine Fenster im Erdgeschoß gegen den Strom zu. Dafür aber war das Tor besonders mächtig und mit Eisen beschlagen.

Im Flur wurde Leibniz von den beiden Söhnchen des Assessors jubelnd begrüßt, die sich an ihn hingen und allzugern erfahren hätten, ob ihr lieber Hausgenosse ihnen von seiner langen Reise auch etwas Schönes mitgebracht habe.

Leibniz liebte diese Kinder, denen er trotz all seiner Arbeit seit Jahren täglich mindestens eine Stunde gewidmet hatte, und die oft auf dem Estrich seines Zimmerchens tollten, während er in tiefste Probleme sich versenkt hatte. Diese Begleitmusik werdenden Lebens hatte ihn nie gestört, sondern gestärkt und erfrischt.

So tätschelte er auch jetzt zärtlich die roten Backen der Kinder und beantwortete trotz seiner Ungeduld ausführlich ihre unermüdlichen Fragen. Erst als von oben die Stimme der Mutter ertönte, nahm er Anlaß, die Schiffsknechte auszuzahlen und in das obere Stockwerk hinaufzueilen.

Inzwischen war auch der Assessor, ein graubärtiger Mann, über den Lärm der Kinder scheltend, herausgekommen und stieß auf der Treppe beinahe mit Leibniz zusammen.

„Höchste Zeit, daß Sie eintreffen, Herr Rat!" murrte er, noch ärgerlich über die Knaben. „Seit zwei Tagen erscheint mindestens dreimal täglich ein Diener des Ministers Boineburg und sucht Sie."

„Ich bin ohnedies vor dem angekündigten Zeitpunkt eingetroffen", erwiderte Leibniz.

„Ändert nichts daran, daß alles im Argen liegt. Allein komme ich mit der Arbeit nicht gehörig weiter, da Sie Ihre Methoden stets als Geheimnis hüten."

„Erlauben Sie mir nur, auf mein Zimmer zu gehen, Herr Assessor. In einer halben Stunde bin ich bei Ihnen. Oder in einer Stunde."

„Oder überhaupt nicht, Herr Rat. Ich kenne das." Und Lasser drehte sich beleidigt um und verschwand.

Auch Leibniz kannte diese fast tägliche Auseinandersetzung. Gewiß, Lasser war ein begabter Jurist und gewissenhafter Mitarbeiter an der großen Aufgabe, die ihnen beiden von Boineburg übertragen worden war. Sollte doch nicht weniger geschaffen werden als eine Verbesserung des römischen Rechtes zum Gebrauch des ganzen Reiches. Eine Art allgemeines Gesetzbuch für den täglichen Gebrauch. Und Leibniz hatte in einer kühnen Konzeption diese Aufgabe mit der Kunst der Kombinatorik verbunden und wollte gleichsam ein Zauberbuch schaffen, das

74

es jedem Richter ermöglichte, mit wenigen Blicken alle Rechts-
regeln zu finden, die zur Entscheidung des Falles notwendig
waren. Lasser wieder, dem die Systematik des Rechts höher
stand als der praktische Gebrauch, übte passiven Widerstand
und behauptete täglich, er begreife die Methode nicht, nach
der Leibniz den Stoff anordnen wollte, obwohl er sie natürlich
genau begriff und im Wesen ebenso billigte wie bewunderte.
Allerdings hatte Lasser in einem Punkte recht. Leibniz, der von
allerlei Arbeiten hin und her gerissen wurde, drückte sich gerne
von der Ausführung und schob die manuelle Arbeit dem Nur-
Juristen zu, während er selbst sich die großen Linien vorbehielt.
Und dies war hauptsächlich der Grund der an sich harmlosen
Debatten. Denn Leibniz lebte mit der Familie Lasser ansonst
einträchtig wie ein leiblicher Verwandter und bewohnte ein
kleines Zimmer in dessen Hause.

In diesem Zimmer nun fand er, noch immer von den neugierigen Knaben geleitet, drei Briefe. Der erste stammte von seiner
Schwester, der zweite von Spinoza, der dritte vom schwedischen Gesandten Habbeus von Lichtenstern, der im Vorjahr
aus Mainz in die Heimat zurückberufen worden war.

Jetzt erst fühlte Leibniz die Ermüdung. Er setzte sich schnell
in den Lehnstuhl am Fenster, öffnete zuerst den Brief der
Schwester und überflog ihn, während die Kinder flüsternd in
seinen Sachen kramten. Dann las er ihn genauer, da es kein
gewöhnlicher Brief war:

„Herzliebster Bruder!" stand da. „Laß es Dich nicht wundern,
was ich dir sage. Aber ich hoffe nicht, daß Du würdest calvinisch werden und zugleich damit Vaterland und Glauben verraten. Die Leute reden hier so übel von dir, wiewohl ich Dich
allezeit defendieret habe. Aber es sind etwann vor Jahren Leipziger dort in Mainz gewesen, die haben derlei Gerüchte erzählt.
Und dann, herzlieber Bruder, lege ich Dir an die Seele, daß Du
Dich in acht nimmst. Es war neulich in Zeitungen von Frankfurt geschrieben, daß von Mainz die Evangelischen und auch
die Juden weg sollten. Und darum auch nimm Dich in acht,
weil man sich ärgert, daß Du bei dem Kurfürsten wohl gehört
wirst. Und da sagt man, daß Dir einige Leute, so Dir diese

Gunst nicht gönnen, gern etwas Unwiderrufliches (will es nicht aufschreiben, das Wort!) in die Speise täten und Dir etwas beibrächten, das Dich am nächsten Morgen des Erwachens überhöbe. Lieber Bruder, ich meine es herzlich gut mit Dir und wollte nicht gerne, daß Du zu Schaden kämest, zumal weil wir ja nur mehr zwei Geschwister sind von der Familie. Deshalb auch sähen wir in Leipzig es gern, wenn Du zu uns zurück kämest. Es sind ja auch hier fürstliche Höfe, die unsres Glaubens sind, und der liebe Gott wird Dich auch in lutherischem Lande nicht lassen Hunger leiden. Du darfst diesen Brief nicht wieder für einen bloßen Brief halten, ich schreibe dies alles aus gutem Herzen zur Warnung, daß Du Dich in acht nimmst. Hiemit befehle ich Dich in Gottes Schutz. Mein Herr und die Kinder lassen Dich freundlich grüßen.

Deine liebe Schwester Anna Catharina Löffler.“

Leibniz war durch diesen Brief sonderbar berührt. Kindheit und Jugend, Elternhaus und all die vielen kleinen Gemeinsamkeiten, die ihn an die jüngere Schwester knüpften, wurden lebendig. Dazu aber auch die Enge Leipzigs, der Wust von Phantasie und Verleumdung, der dort um den rätselhaften Ausreißer, der so gar nicht den pfahlbürgerlichen Vorstellungen sich fügen wollte, gesponnen wurde. Nein, Schwester, du kannst ruhig schlafen. Ruhig die Kinder betreuen, die ich nicht mehr kannte. Wie mögen diese Neffen wohl aussehen? Etwa so ähnlich wie die unentwegten Krabbler, die das Gepäck hier im Zimmer durchstöbern? Wie wohl das Gerücht vom Religionswechsel entstanden sein mochte? Warum calvinisch? Ganz unfaßbar. Übertritt zum Katholizismus wäre am Hof eines Erzbischofs näher gelegen. Auch Boineburg war nach seinem Sturz katholisch geworden und hatte nach seiner Haftentlassung mehr als ein Jahr mit geistlichen Übungen zugebracht. Ganz unbegreiflich war aber das Gerede, man wolle ihm selbst Gift beibringen. Wie sich die Leipziger Kurmainz vorstellten! Arme Schwester. Man mußte ihr antworten und sie beruhigen. Doch jetzt zu den anderen Briefen. Was schreibt der große Spinoza?

Schon äußerlich war Leibniz enttäuscht. Es waren nur wenige Zeilen. Sehr höflich. Er, Spinoza habe mit Interesse die

Beschreibung der Linse gelesen, mit der man Entfernungen zu messen imstande sei. Doch bedaure er, sich nicht äußern zu können, da die Beschreibung so undeutlich sei, daß man daraus das Wesen der Sache nicht ersehe.

Was hieß das? Wohl nichts andres, als daß Leibniz ihn nicht weiter mit Phantasmagorien belästigen solle. Denn undeutlich war die Beschreibung nicht gewesen. Gut! Erledigt. Spinoza will nichts weiter vom unbekannten Gaukler Leibniz wissen. Also zum dritten Brief: Was schreibt Habbeus von Lichtenstern?

Es waren sehr vorsichtige, verklausulierte Einleitungen. Der Schwede trat als Mittelsmann auf. Im Auftrage des Herzogs Johann Friedrich von Hannover. Soeben sei der Kanzler dieses Herzogs, Herr Langerbeck, gestorben. Und der Herzog würde es mehr als gerne sehen, wenn sich Herr Doktor Leibniz, kurmainzischer Rat, um einen Dienst am Hofe von Hannover bewerben würde.

Was war das? Woher der Zusammenhang mit dem Tod des Kanzlers? Sollte er, der Fünfundzwanzigjährige, gar Kanzler in Hannover werden? Oder, wahrscheinlicher, bloß die Arbeit eines Kanzlers leisten, während irgendein hochadeliger Schranze Amt und Ehre hatte? Gottlob, daß keine anderen Briefe mehr eingetroffen waren! Qualvoll war diese Flut von Entscheidungen. Was wollte Boineburg, der ihn täglich dreimal suchte? Und Lasser wartete nebenan mit seinem Gesetzbuch des römischen Rechtes und die Kinder kramten nach Geschenken.

Leibniz lachte laut auf, als eines der Felleisen auf den Estrich polterte und die Knäblein geängstigt aus dem Zimmer liefen.

Elftes Kapitel

Ein hochpolitisches Abendessen

Als die Kerzen in den schweren silbernen Leuchtern schon tiefer brannten und eben der Nachtisch abgeräumt wurde, bemerkte Leibniz erst, daß der Minister Boineburg ein wenig zerstreut war.

Die kleine Gesellschaft, die im vornehmen großen Speisesaal Boineburgs eben die Tafel beendigt hatte, erhob sich, von Dienern umstanden, in zeremonieller Weise. Außer dem Hausherrn und seiner Gattin waren noch Boineburgs Schwiegersohn, Obermarschall von Schönborn mit seiner Frau, Leibniz und der Geschäftsträger Triers in Paris, Herr von Heiß, anwesend. Alle, auch Leibniz, waren sorgfältig nach Pariser Mode gekleidet. Wie denn überhaupt der ganze Umkreis, die herrlichen Ölbilder, die prächtigen Kamine, die Wappenschilder und der Tafelschmuck einen durchaus höfischen Eindruck machten.

Leibniz, der solchen Äußerlichkeiten seit seiner Nürnberger Zeit höchst abhold war, hatte am Nachmittag von Boineburg den ausdrücklichen Auftrag erhalten, sich aus „Staatsräson“, wie der Minister ihm sarkastisch geschrieben hatte, höchst repräsentabel herauszuputzen; man könne nicht wissen, in welch wichtige Staatsgeschäfte er heute noch werde einzugreifen haben.

Diese letzten Worte kamen ihm wieder zum Bewußtsein, als er die Zerstreutheit Boineburgs bemerkte, der zudem in den wenigen Monaten der Abwesenheit Leibnizens sichtlich gealtert war. Sein Haar war jetzt völlig ergraut, und er ging selbst in den Zimmern gestützt auf einen zierlichen Stock mit Elfenbeinkrücke.

Noch deutlicher aber wurde die Absicht des heutigen Abendessens, dessen bisheriger Verlauf durch Erzählungen ausgefüllt gewesen war, die Leibniz auf ausdrücklichen Wunsch des Ministers über Straßburg und den jungen Boineburg zum Besten gegeben hatte, als sich, scheinbar zufällig, die beiden Damen absonderten und zurückzogen; und der Minister Herrn von Heiß, seinen Schwiegersohn und Leibniz in entgegengesetzte Richtung durch mehrere Salons in die Bibliothek führte, wo schon Backwerk und verschiedene Weine vorbereitet waren.

Nach einigen nichtssagenden Einleitungsworten über Bücher, Reisen und Wetter überzeugte sich der Minister, daß sich keiner der Diener mehr in Hörweite befand. Dann sagte er tonlos, indem er mit den Fingern an der Krücke seines Stockes spielte:

„Ich habe allen Herren eine Neuigkeit mitzuteilen. Der

Außenminister des großen Königs, Ludwigs des Vierzehnten, Herr Hugo von Lionne, ist plötzlich gestorben. Damit kann die Lage der Welt eine ungeheure Veränderung erfahren. Man sollte allerdings, wenn ein Mensch den letzten schweren Weg gemacht hat, nichts andres tun, als still für seine Seele beten. Aber Außenminister sind leider nicht bloß Menschen, sie sind Systeme, sind Krieg und Frieden. Dies nur zur Entschuldigung, wenn ich am offenen Grabe eines mir persönlich Bekannten, dazu noch eines mir feindlich gesinnten Mannes, nicht von den großen Tugenden dieses Mannes spreche, sondern seinen Tod bloß als geschichtliches Faktum feststelle."

Obwohl sich im Zimmer niemand befand, der nicht vollendet die Übung größter Selbstbeherrschung sein eigen nannte, ging doch eine Welle des Staunens und der Überraschung blitzartig über alle Züge.

„Merkwürdig, ich habe in meinem Portefeuille eine Botschaft desselben Herrn von Lionne", sagte nach langer Pause Herr von Heiß. „Eine ungeheuer weittragende Botschaft. Ich wollte sie Ihnen, Herr Minister, und dem Herrn Obermarschall zur Begutachtung vorlegen, bevor ich sie der kurfürstlichen Hoheit offiziell überreiche."

„Ist ein Nachfolger genannt?" fragte Schönborn, der eben ein Glas Wein hingestellt hatte und dabei so sehr mit den Fingern zitterte, daß das Glas klirrte.

„Es ist ein Name in Kombination. Marquis Arnaud de Pomponne, derzeit Gesandter Ludwigs in Schweden", erwiderte Boineburg. „Allerdings braucht das Gerücht, das mir geheim mitgeteilt wurde, nicht zu stimmen."

Leibniz schüttelte den Kopf.

„Zweifeln Sie an dem Gerücht?" fragte Boineburg, der die Geste bemerkt hatte.

„Aufrichtig gesagt, ja!" Leibniz lächelte, ohne es zu wissen, was Herrn von Heiß befremdete, der überhaupt noch nicht wußte, wie er sich zu dem jungen Manne stellen sollte.

Auch diesen Blick fing Boineburg auf und meinte nebenhin:

„Ich bitte Sie, Herr Leibniz, nur zu allem, was Sie hören werden, unumwunden Ihre Meinung zu äußern. Seine Hoheit, der Kurfürst legt großes Gewicht auf Ihre Zwischenbemerkungen. Er hat mit erst gestern den Auftrag erteilt, Sie, wie er sagte, wegen Ihres politischen Instinktes zu den diplomatischen Secretis zuzuziehen.“

Leibniz, der diese indirekte Einführung bei Heiß sogleich verstand, verbeugte sich, als ob er eben diese Meinung des Kurfürsten zum erstenmal gehört hätte. Dann erwiderte er sachlich:

„Wenn ich mich nicht täusche, ist Marquis Arnaud von Pomponne der Neffe des berühmten Führers von Port Royal, des Jansenisten Arnaud. Ich selbst hatte mit diesem großen Sektenführer vor kurzem einen lebhaften Briefwechsel. Und glaube nicht fehlzugehen, daß man von französisch-katholischer Seite die Jansenisten einer mechanistischen, wenn nicht freigeisternden Weltansicht verdächtigt; wenn sie sich auch noch so sehr auf die Durchdringung des Wunders der Fleischwerdung bei der Kommunion als Zentrum ihrer religiösen Ansicht festlegen. Das aber nur nebenbei. Ich meinte bloß, daß ich eine so enge verwandtschaftliche Beziehung zu einem mindestens angefeindeten Sektenführer als große Belastung eines Außenministers empfinde. Eines Außenministers des sogenannten allerchristlichsten Königs.“

„Auch ich war erstaunt.“ Boineburg nickte zustimmend. „Aber kann es nicht sein, daß man eben gerade dadurch die Jansenisten lahmlegen will? Durch notwendige Rücksicht auf den Neffen des Führers? Oder gar, daß man über Arnaud de Pomponne zu Gegnern im Ausland Brücken schlagen will? Schließlich — er ist noch nicht Außenminister, der Herr Marquis von Pomponne. Und uns interessiert heute nicht die Schwierigkeit, die er oder sein König heraufbeschwört. Uns interessiert sein Verhalten gegen uns. Was denken Sie dazu, Herr von Heiß?“

„Ich wollte mich eben zum Wort melden.“ Der Geschäftsträger Triers hatte die Lippen eingezogen, da er sichtlich von großer Unruhe erfüllt war. Er setzte schnell fort: „Ich werde Ihre Frage, Herr Minister, später im Zusammenhang beantworten. Meine Mission ist eine schwere, wenn nicht abenteuerliche. Abenteuerlich dadurch, daß ich Vertrauensmann eines Toten bin und Ihnen das Konzept dieses Toten mitzuteilen habe." Er zog ein Staatsschreiben aus seinem Portefeuille. „Ich werde die Siegel erst vor dem Kurfürsten erbrechen. Ich kenne den Inhalt jedoch Wort für Wort. Also hören Sie, nachdem ich Ihr Stillschweigen unter Eid voraussetze." Er machte eine Pause. Da alle nickten, sprach er weiter: „Aus Courtoisie hat man den Geschäftsträger Triers und nicht einen Franzosen zu Ihnen gesandt. Wenn Sie bloß mir, dem Unterhändler, nein sagen, ist das kein Kriegsgrund für Frankreich. Das heißt, Frankreich könnte in solchem Fall trotzdem vom Krieg absehen, wenn es will. Ich habe dann eben — offiziell — in Mainz nichts mitgeteilt. Und wenn Mainz etwas nicht weiß, kann man es für Folgen daraus nicht verantwortlich machen."

Plötzlich war eine brennende Röte über Boineburgs Gesicht geflammt. Er war aufgesprungen:

„Zu welcher Handlungsweise will man uns zwingen? Ich finde es — sagen wir — ein wenig unfreundschaftlich vom deutschen Trier, uns diese Drohung ins Haus zu bringen."

„Vielleicht ist das zu scharf, Exzellenz, was Sie da formulierten." Herr von Heiß erwiderte tonlos. „Vielleicht haben Sie recht. Aber eines ist sicher. Selbst wenn Sie mich in der nächsten Minute durch Ihre Diener vor die Tür setzen lassen, wird das keine Folgen haben Denn ich bin weder Gesandter Triers, da ich im Auftrage Frankreichs handle, noch bin ich Gesandter Frankreichs, da ich dem Rat von Trier angehöre. Ist das nicht für Sie sehr angenehm? Ist das nicht geradezu freundschaftlich vom Herrn von Lionne, der leider nur mehr in diesem Brief lebt?"

Boineburg hatte sich wieder gesetzt und stürzte ein Glas Wein hinunter Dann lächelte er plötzlich verzerrt:

„Ich bin ein wenig reizbar geworden in den letzten Monaten. Entschuldigen Sie, Herr von Heiß. Aber ich sehe seit Jahren einen furchtbaren Schatten vom Westen näher und näher rücken. Den Schatten einer riesigen Kralle, die über den Rhein langt. Und auf dieser Kralle sehe ich als Nägel Lilien. Nichts als die dreiblättrigen Lilien. Verzeihen Sie, Herr von Heiß! Trier ist in keiner besseren Lage als wir. Ich werde jetzt schweigen."

„Gottlob ist Ihre Sorge den Tatsachen weit voran." Herr
von Heiß ging in einen fast jovialen Plauderton über. „Sie werden angenehm enttäuscht sein, Exzellenz. Also jetzt ohne viel
Umschweife: Ich habe Ihnen im Namen des toten Außenministers — es ist gräßlich, fortwährend im Namen eines Toten
zu sprechen — mitzuteilen, daß Seine Majestät der König von
Frankreich beabsichtigt, in nächster Zeit die Holländer für ihre
ununterbrochenen Schmähungen und Lästerungen seiner Person verantwortlich zu machen..."

„Krieg?" Leibniz entfuhr der Ausruf gegen seinen Willen.

„Wahrscheinlich Krieg", erwiderte Heiß gedämpft. „Wahrscheinlich. Der Tote, Herr von Lionne, wollte ihn unbedingt.
Ich weiß nicht, wie sein Nachfolger denken wird. Jedenfalls
will sich Frankreich in keiner Weise gewaltsam gegen uns benehmen. Darum teilt es uns seine Pläne so frühzeitig mit und ersucht
um nichts andres als um freie Rheinschiffahrt und Neutralität.
Außerdem erwartet Frankreich, daß Kur-Mainz den deutschen
Kaiser und das Reich im eigenen wohlverstandenen Interesse
ebenfalls zur Neutralität in dieser höchstpersönlichen Angelegenheit Ludwigs und der holländischen Lästerer bewegen
werde."

Es entstand eine minutenlange Pause, in der die Teilnehmer
an dieser furchtbaren Unterredung mechanisch nach Backwerk
langten und ebenso mechanisch, oft ohne es zu wollen, an den
Weingläsern nippten. Der Obermarschall von Schönborn zer-
krümelte einen Kuchen und blickte besorgt auf Boineburg, dessen Antlitz sich wieder drohend gerötet hatte.

In Leibniz blafften zuerst nur die Worte, die er auf der Rheinfahrt niedergeschrieben hatte. Diese Worte: „Bald von gewaltigen Heeren eingezäumt, bald durch Furten besudelt, bald
unter das Joch von Brücken geschickt" wiederholten sich in
seinem Kopfe, ohne daß er zu etwas andrem herausfand. Dann
aber, früher als die anderen, gewann er alle Beherrschung.
Denn sein Plan, den dieselbe Rheinfahrt erweckt hatte, wurde
stets greifbarer. Und er sagte kühl:

„Sie verzeihen mir, Herr von Heiß, wenn ich einige kritische
Worte zu Ihren Eröffnungen hinzusetze. Ich sehe den Fall näm-

lich anders, als dies aus Ihrer Botschaft hervorgeht. Gewiß kann man alles so wenden, als ob der Krieg gegen Holland Privatsache der beiden Staaten wäre. Aber, frage ich, und dieses ‚Aber‘ ist das Entscheidende, was bietet man uns für unsre und des Reiches Neutralität? Was für die Bequemlichkeit, mit der dieser Krieg geführt werden soll? Was dafür, daß der höchste Ruhm Ludwigs gesichert ist, wenn wir zustimmen? Halten Sie es ernstlich für eine Gegenleistung, daß man uns nicht durch Krieg zwingt, den Durchmarsch zu gestatten? Man will uns doch nichts schenken. Zur Ehre des toten Lionne und der anderen Ratgeber Ludwigs, die aus der Schule Richelieus und Mazarins stammen, will ich nicht glauben, daß Frankreich aus Altruismus oder gar aus Rührseligkeit gegen Trier und Mainz derart handelt. Nein, Herr von Heiß, dreimal nein! Unsre Neutralität ist mehr wert, als die gnädige Botschaft Lionnes zugeben darf. Sie muß viel wert sein, sonst hätte man nicht eben Sie geschickt, sondern den französischen Gesandten. Oder überhaupt niemanden. Wäre einfach durchmarschiert. Und hätte den Krieg mit uns riskiert. Aber noch viel mehr. Man will sogar, wenn wir Ihnen jetzt nein sagen, noch ein Türchen zum Feilschen offen halten. Denn Holland muß gezüchtigt werden. Schnell gezüchtigt. Furchtbar gezüchtigt. Das Ansehen Ludwigs in ganz Europa ist in Gefahr, wenn die angeblichen Pamphlete ungestraft weiterverbreitet werden. Und ein zerstörtes Ansehen frißt weiter und weiter und wirbt wie nichts Zweites Feinde, ermutigt zum Widerstand. Ich spreche jetzt zum Geschäftsträger Triers, Herr von Heiß, damit Sie mich verstehen. Was nun weiter? Was weiter, wenn man sich erst nach Holland durchkämpfen muß und sich durch Bekriegung Triers, durch Brandschatzung von Mainz ganz Deutschland auf den Hals lädt? Nehmen wir an, Frankreich besiegt uns alle. Und Holland lacht inzwischen über Frankreich, hetzt und schürt weiter, lugt nach Bundesgenossen über den Kanal. Und findet sie vielleicht gegen das geschwächte Frankreich. Was dann? Bricht da nicht Frankreichs Ende an, das Ende der Herrschaft Ludwigs? Ich gebe zu, daß ich phantasiere, träume, rase. Aber ein Körnchen Wahrheit mag schon in dem sein, was ich da vor mir selbst an Möglichkeiten

ausbreitete. Kurz, meine Meinung, meine Privatmeinung, Herr
von Heiß, geht dahin, daß die Neutralität von Kur-Mainz weder
ertrotzt noch erdroht, sondern erkauft werden muß. Kur-Mainz
will keinen Krieg. Aber ohne jede Sicherung wird es nach Nie-
derwerfung Hollands gefährdeter sein als jetzt. Denn es könnte
Frankreichs Plan sein, getrennte Gegner zu schlagen. Oder die
hereinziehenden Truppen im neutralen Mainz haltmachen zu
lassen. Sie verstehen, wie ich das meine."

Leibniz hatte derart schnell gesprochen, daß ihn niemand
unterbrechen konnte, obwohl er alles in sehr verbindlichem Ton,
manchmal fast wie im Scherze, vorgebracht hatte.

Am Beginn war der Obermarschall ein wenig erschrocken.
Boineburg aber, der die Wirkung der langen Rede auf Herrn von
Heiß beobachtete und sogleich feststellte, daß dieser alles eher
denn erbittert war, freute sich schließlich mit einer Art von
Kunstfreude an der Logik seines Lieblings und Vertrauten
und fand die Vorbereitung der Verhandlungen durch Leibniz
äußerst günstig. Denn er selbst hatte eigentlich nichts mehr
zu tun, als einige Schärfen zu mildern, um die Interessen von
Kur-Mainz in jeder Weise zu sichern. Vorläufig wollte er übrigens noch die Antwort des Herrn von Heiß abwarten, bevor
er selbst eingriff.

Dieser jedoch schien durch die Gegenforderungen Leibnizens so wenig überrascht zu sein, daß er sie absichtlich überhörte und mit einer Finte vom Hauptthema absprang. Er wandte
sich, als ob nichts gesprochen, oder besser alles schon erledigt
worden wäre, an Boineburg und sagte sehr freundlich:

„Für Sie, Herr Minister, habe ich noch einen Sonderwunsch
Seiner Majestät, des Königs, zu bestellen. Ludwig wünscht Sie
in nächster Zeit in Paris zu sehen. Vielleicht kommen Sie in
privaten Angelegenheiten in die Hauptstadt. Ihr Sohn könnte
in die Pariser Gesellschaft eingeführt werden. Nicht wahr?
Seine Majestät weiß nämlich, daß Sie seit einiger Zeit zur Loyalität gegen Frankreich raten. Es wäre Seiner Majestät aber mehr
als angenehm, wenn Sie diese Gesinnungen an Ort und Stelle
vertieften und befestigten."

Boineburg starrte einen Augenblick vor sich hin. Dann er-

widerte er mit großer Liebenswürdigkeit und Glätte, allerdings
mit etwas heiserer Stimme:

„Wir haben jetzt alles gehört, Herr von Heiß. Wir danken
Ihnen aus vollem Herzen für Ihr Vertrauen und für Ihre Bereit-
willigkeit, den Vermittler zwischen Frankreich und uns zu spielen. Ich verkenne nicht die Schwierigkeit Ihres Dienstes. Ich
denke aber, daß wir gar nicht beabsichtigen heute zu endgültigen Ergebnissen zu gelangen. Wenn ich Sie recht verstand,
wollten Sie uns informieren, damit wir in Ruhe alles überlegen
können, was unsre Gegenforderungen für die Neutralität und
was meine Reise nach Paris betrifft. Irre ich mit meiner Annahme?"

„Man kann meine Absicht so auffassen", sagte Herr von Heiß
ein wenig kühl. „Gewiß, ich setzte Ähnliches voraus. Wir
werden hoffentlich bald zu Ergebnissen gelangen." Und er
lenkte in eine gewöhnliche Konversation ab, die noch eine
Viertelstunde dauerte. Dann verabschiedete er sich sehr höflich.
Obermarschall Schönborn erbot sich, ihn zu begleiten und auch
Leibniz wollte gehen.

Boineburg flüsterte ihm jedoch zu, daß er noch manches heute
mit ihm besprechen wolle.

Zwölftes Kapitel

Consilium Aegyptiacum

Als Boineburg und Leibniz wieder in die Bibliothek zurückgekehrt waren, bemühte sich der Minister nicht mehr, seine Erregung zu verbergen.

„Es ist furchtbar, was sich da zusammenbraut!" stieß er hervor. „Furchtbar. Das ist der Beginn. Ähnlich habe ich mir ihn
vorgestellt. Zuerst Holland, damit die Flanke frei ist, dann
Lothringen, dann wir, dann Bayern und das übrige Deutschland. Der Herr aus Trier ist reichlich naiv, wenn nichts Schlimmeres dahintersteckt. Aber lassen wir das jetzt. Für mich gibt
es noch eine andre, höchstpersönliche Sorge."

„Die Reise nach Paris?“

„Gewiß, die Reise nach Paris.“ der Minister schlug mit der Hand auf den Tisch. „Unmöglich, ganz unmöglich! Das weiß man in St. Germain und Versailles. Man will mich lahmlegen oder neuerlich kompromittieren und erledigen. Der Kurfürst läßt mich fallen, wenn ich damit komme. Er versteht mich nicht, hält mich jetzt schon für einen Renegaten, für einen halben Söldling der Franzosen. Warum, mein Gott, warum ist er erst richtig deutsch geworden, als es schon zu spät war? Gehe ich aber nicht nach Paris, dann kann ich meine ‚Gesinnungen‘ nicht befestigen. Dann bin ich wiederum wertlos für Mainz. Die dort in Paris wissen verteufelt gut, was sie tun und wollen. Was würden Sie in meiner Lage unternehmen, Leibniz?“

„Das Dritte, Herr Minister.“

„Was bedeutet dieser Orakelspruch?“

„Ich werde mich sogleich näher erklären. Noch eine Vorfrage: Haben Sie, Herr von Boineburg, heute noch Geduld und Kraft, ein grundlegend neues politisches Konzept zu hören und zu überdenken?“

„Wenn es zur Sache gehört, ja, wenn nicht, dann unbedingt nein.“

„Es gehört zur Sache. Allerdings hat es noch Lücken, da ich es auf meiner Rheinfahrt entwarf und damals noch nicht in Kenntnis des Todes Lionnes und der Kriegsvorbereitung gegen Holland war. Trotzdem glaube ich, daß es dadurch nur noch aktueller geworden ist.“

„Was sollte das sein? Sie lieben dramatische Steigerungen, Leibniz. Da Sie aber außerdem kein Flunkerer sind, werden diese Spannungen fast unerträglich.“ Boineburg hatte sich ein wenig beruhigt und lächelte sogar schon.

„Vor allem will ich kein Plagiarius sein“, erwiderte Leibniz und lehnte sich zurück. „Schon ein Venezianer, namens Marino Sanuto hat im vierzehnten Jahrhundert im ‚Secreta fidelium crucis‘ dem Papst ähnliche Gedanken vorgetragen. Allerdings nur ähnliche.“

„Ich verstehe nicht, worauf Sie anspielen.“

„Auf meine neueste Denkschrift, genannt Consilium Aegyptiacum. Auf eine Denkschrift, die erst zu verfassen und dem großen Ludwig in die Hände zu spielen sein wird."

„Um nichts deutlicher. Reden Sie im Zusammenhang, ich werde nicht mehr unterbrechen."

Leibniz sammelte sich einige Augenblicke. Dann sprach er fließend:

„Die Lage Deutschlands brauchen wir, besonders nach den heutigen Ereignissen und Erfahrungen, nicht mehr zu erörtern. Alles Deutsche ist heute zwischen scharfe, gierige Zangenbacken, die uns von West und Ost bedrohen, eingeklemmt. Die Zange kann sich jeden Augenblick schließen. Übrigens ist das Bild nicht richtig. Denn es besteht vorläufig noch kein Zusammenhang zwischen West und Ost. Jedenfalls ist aber die türkisch-französische Zange möglich. Wo schon eine Backe der Zange genügt, uns zu verderben. Als ich den Rhein in herrlichem Frieden sah, kam mir der Gedanke, ob es nicht möglich wäre, die Zange zu öffnen, zu zerbrechen. Ohne Nachteil für die Christenheit. Ich sehe den Zweifel in Ihrem Gesicht, Herr Minister. Nein, ich bin kein Adept, der erklärt, daß, wenn er den Stein der Weisen schon hätte, das übrige ein Kinderspiel wäre. Ich will am Stein arbeiten, will ihn schaffen. Frankreich hat mit den Türken noch ein Hühnchen zu rupfen. Die Schlappe von Djigelli in Algier ist noch nicht gerächt. Wie also, wenn Ludwig sich entschlösse, etwa Ägypten anzugreifen und zu besetzen? Ist Ägypten nichts? Ist der Handelsweg im Roten Meer zu verachten? Würde der Türke nicht empfindlich getroffen und zur Hilfe nach Ägypten eilen? Während Polen und das Deutsche Reich dem weichenden Erbfeind zu Land zusetzten und ihn vor sich hertrieben? Ist das kein gemeinsames Interesse der ganzen Christenheit, das auch Venedig nicht kalt lassen würde? Und das Ergebnis? Die Zange ist zerbrochen, Frankreichs Ruhm als Retter der Christenheit ohne Grenzen, Deutschland und Polen sind in der Lage, sich aufzuraffen, zu vergrößern und zu erholen. Der Rhein bleibt frei, Ungarn wird frei, der Weg nach Indien wird geöffnet, und — Hollands Handel im Mittelmeer und nach Indien wird vernichtender getroffen als durch den Landkrieg, den Ludwig plant. Gewiß,

was ich da erzähle, sind bloß erste Inspirationen, erste Entwürfe.
Aber Sie kennen mich genug, Herr von Boineburg, um zu
wissen, daß ich solch ein Konzept sowohl historisch, als juristisch, als politisch bis zum letzten Ende durchführen kann.
Und nun bitte ich Sie, Herr Minister, mir offen zu sagen, ob ich
in Träumen befangen bin oder mein Gefühl von der Geschlossenheit und Logik meines Plans das richtige ist." Leibniz
schwieg und blickte, verwirrt von seinen eigenen Gedanken, zu
Boden.

Boineburg aber war aufgestanden und ging erregt im Zimmer auf und nieder. Dabei tippte er mit dem Stock leicht an die
Fauteuils und andre Gegenstände, an denen er eben vorbeikam.

„Erleuchtet, unausdenkbar, großartig!" antwortete er plötzlich. „Ein herrlicher Zukunftstraum. Narren, die Franzosen,
wenn sie nicht darauf eingehen. Soweit wenigstens ich etwas von
Politik verstehe. Und wenn Politik eine Sache des Verstandes
und nicht Sache unklarer Gefühle und Triebe ist. Und wenn
weiter die Franzosen nicht weltenweit andre Gehirne haben als
Sie und ich und alle Deutschen." Er schwieg einen Herzschlag
lang. Dann sagte er entschieden: „Ich werde diesen Plan mit all
meiner diplomatischen Kunst, mit all meinen Beziehungen und
mit meinem eigenen Geld unterstützen. Denn ich fürchte, daß
wir beide die einzigen sind, die — nicht von tausend Tagesfragen, Sonderinteressen oder Kirchturm-Aspekten geblendet —
die Tragweite solcher Dinge für die Zukunft einschätzen können.
Gehen Sie jetzt nach Hause, Leibniz, schreiben Sie, schreiben
Sie, schreiben Sie! Die Denkschrift soll lieber morgen als übermorgen fertig sein. Das übrige werde ich besorgen. Ich schließe
mich dem ‚Dritten' an, wie Sie es nannten. Trotzdem werde
ich dem Gesandten von Trier für alle Fälle harte Gegenleistungen für unsre Neutralität herauspressen. Denn vielleicht ist der
Krieg gegen Holland doch nicht mehr zu verhindern."

Dreizehntes Kapitel

Diplomatische Schachzüge

Da sich die Ernennung des Marquis von Pomponne zum
französischen Außenminister in den nächsten Wochen tatsächlich vollzog, sein Dienstantritt jedoch erst mit Anfang Jänner
erfolgte, fand es Boineburg für richtig am 20. Jänner 1672 seine
Aktion für das „Consilium Aegyptiacum" einzuleiten. An diesem Tage ging ein geheimer Kurier aus Mainz an den französischen Hof mit dem Auftrage ab, folgendes Schreiben Boineburgs Ludwig dem Vierzehnten persönlich zu überreichen:

„Eure königliche Majestät! Wenn sich ein Eurer Majestät
nicht ganz Unbekannter herausnimmt, sich ohne Vermittlung
der berufenen Instanzen an Eurer Majestät Wohlmeinung direkt
zu wenden, ist es klar, daß solch ein Beginnen nur durch große
Wichtigkeit der Sache entschuldigt werden kann. Diese Wichtigkeit ist nun im vorliegenden Fall, soweit die bescheidene
Sachkenntnis des Absenders reicht, gegeben. Aber noch aus
einem anderen Grund muß der untertänigst Gefertigte um
Vergebung bitten. Er darf nämlich vorläufig den Namen des
Mannes nicht nennen, dessen Pläne er kennt, billigt und hiemit
befürwortet. Dieser Autor erwähnter Pläne ist ein Mann großer
Fähigkeit. Beim ersten Ansehen allerdings erscheinen die Projekte, die er hegt, etwas extravagant, sie verdienen aber gleichwohl wegen der Wichtigkeit des Gegenstandes Beachtung.
Eure Majestät werden also geruhen, wie ich vorauszusetzen
mich erkühne, das Augenmerk auf die Wirkungen und Früchte
dieser vorteilhaften Unternehmung zu richten, und mir vielleicht befehlen, daß man Eurer Majestät oder höchstihrem
Abgesandten die wahrhafte Realität der Angelegenheit selbst
und die geeigneten Mittel, sie auszuführen, im einzelnen mit-
teile. Indessen hält sich der Autor zu einer persönlichen Zusammenkunft bereit, mit welcher Eure Majestät gewiß zufrieden
sein würden. Darüber erwartet der Unterzeichnete in Geduld
und tiefstem Respekt weitere Befehle. Er gestattet sich schließlich, ein kurzes Vorwort des Autors beizulegen, aus dem zwar

noch nicht die Sache, für einen durchdringenden Verstand jedoch die Gesinnung des Mannes hervorgeht. Eben dieser durchdringende Verstand wird schließlich Eure Majestät davon abhalten, dem Unterzeichneten ob seiner nur scheinbaren Geheimtuerei zu zürnen, die gerne unterblieben wäre, wenn es die Umstände erlaubten. Indem ich also dieses Anliegen noch einmal der Gnade Eurer königlichen Majestät empfehle, bitte ich um weitere huldvolle Gewogenheit."

Diesem Begleitbrief lag, wie schon erwähnt, ein Vorwort des „Consilium" bei, das Leibniz selbst verfaßt hatte, und das ausführte, der große König könne „aus einer gewissen Unternehmung" weit mehr Vorteil ziehen als aus dem Krieg gegen Holland. Ja, er würde durch diese Unternehmung die Holländer viel sicherer zugrunde richten, als durch einen direkten Krieg. Denn die Holländer würden dadurch die besten Teile ihres Handels verlieren, der mit einem Schlag auf Frankreich übergehen würde. Außerdem würde das Prestige Frankreichs mächtig gehoben werden. Denn diese „gewisse Unternehmung" würde nur die ehrenvollen Urteile all jener bekräftigen, die den Krieg gegen Holland noch nicht für beschlossen hielten, sondern glaubten, das Gerücht von diesem Kriege werde nur aus weit feiner gesponnenen Rücksichten verbreitet. Und die deshalb mit Recht die Ratschlüsse der Majestät schon jetzt als Wunder an Geheimhaltung, als „miracle du secret" bezeichneten. Und eben die „gewisse Unternehmung" werde Seiner Majestät und ihren Nachkommen den Weg zu den höchsten und heroischesten Hoffnungen eröffnen, würdig, mit Grund von dem größten Monarchen des Jahrhunderts gewünscht zu werden. Und die Ausführung des Planes werde im beständigen Interesse des menschlichen Geschlechts gelegen sein und so die Quelle eines unsterblichen Ruhmes für die Zukunft bilden. Weil aber das Geheimnis die Seele eines solchen Projekts sei, müsse die Ausführung wie ein Blitz erfolgen. Deshalb aber, und nur deshalb, behalte sich der Autor vor, den besten Teil und das Wesentliche seiner Pläne in Person zu sagen. Denn wenn die Holländer und ihre Parteinehmer auch noch so wenig davon unterrichtet werden würden, so würde leicht alle Hoffnung des

Gelingens für immer entschwinden: was ihnen aber nicht zugute
käme nach Beginn der Ausführung und sobald man einmal Hand
ans Werk gelegt habe. Zuletzt bemerke der Autor, daß schon
dieses Jahr für die Unternehmung das beste sei und daß man
alle Gründe der Welt habe, zu fürchten, durch einen Aufschub
die schönste Gelegenheit zu verlieren; ohne etwas andres zu
behalten als eine bedauernde Erinnerung dessen, was man hätte
tun können.

Als man diese schicksalschweren Andeutungen abgesandt
hatte, bemächtigte sich trotz allem guten Glauben sowohl
Boineburgs als Leibnizens eine fieberhafte Unruhe und die
Angst, daß überhaupt keine Antwort erfolgen würde. Boineburg
versuchte zwar wiederholt, Leibniz zu beschwichtigen. Er habe
Grund, meinte er, anzunehmen, daß die gewiegten Diplomaten
Ludwigs selbst geringeren Spuren nachforschen würden als
solch einer Ankündigung des Ministers von Kur-Mainz, von
dem ja Ludwig stets wünschte, er möge seine Gesinnungen
für Frankreich „befestigen“. Vielleicht lege man den Schritt
sogar als eine versteckte Antwort auf die Aufforderung des
Geschäftsträgers von Trier aus, er, Boineburg solle an den Hof
nach Paris kommen. Ja, es könne sich sogar ereignen, daß
Ludwig eine offene Bitte an den Kurfürsten richtete, den
Minister Boineburg zu Verhandlungen nach Paris zu senden.

Diese letzte Möglichkeit hatte Boineburg tatsächlich im Auge.
Denn es wäre die einzige Art gewesen, in der er, ohne das Mißtrauen des Kurfürsten zu erregen, hätte nach Paris reisen
können.

Doch verwarf er wieder nach einigem Nachdenken solche
Hoffnungen und Wünsche. Nein, Ludwig der Vierzehnte
würde ihn nicht berufen. Er durfte ihn nicht berufen, da er
sich dadurch in die Rolle eines Werbenden begeben würde.
Und selbst wenn er ihn beriefe, würde der Verdacht des Kurfürsten erst recht erweckt werden. Es hieß also für Boineburg
den Zeitpunkt abwarten, da ihn der Kurfürst selbst zu Ludwig
sandte. Würde diese Gelegenheit je kommen?

Leibniz aber hatte sich in wenigen Tagen in eine Besessenheit
hineingeredet. Je längere Zeit verstrich, desto sicherer wurde er,

daß die Politik des Weltteils seinem Konzept folgen würde. Und er war deshalb nicht einmal so verblüfft wie Boineburg, als zu einem unwahrscheinlich frühen Termin, am 12. Februar 1672, die Antwort aus Paris, gefertigt von Arnaud de Pomponne, eintraf. Der Außenminister teilte mit, Seine Majestät habe ihm den Brief Boineburgs übergeben, er habe ihn studiert und der Majestät vorgetragen und seine Ansicht dazu geäußert. Die Schriftstücke kündigten im allgemeinen etwas sehr Großes zum Ruhme Seiner Majestät und zu höchstderen Vorteile an, zeigten jedoch nicht die Mittel, durch welche dies ausgeführt werden sollte. Da nun der Autor sich vorbehalte, selbst seine Erklärungen abzugeben, so werde Seine Majestät gerne die Eröffnungen anhören, die er zu machen habe: sei es, daß der Autor selbst an den Hof komme, um sich zu verständigen, oder daß er es auf irgendeinem anderen Wege, der dem Baron Boineburg der beste scheine, tun möge. Bei einem Vorschlag von so großer Ausdehnung, der zudem so große Dinge verspreche, ziehe Seine Majestät vorzüglich die Meinung in Betracht, die Boineburg darüber hege. Dies wegen des scharfen Urteiles und der Einsicht Boineburgs, Eigenschaften, die dem Könige bei dem Minister von Kur-Mainz hinlänglich bekannt seien.

Es wurde zwar gesagt, daß Leibniz weniger überrascht war, als man es hätte annehmen müssen. Diese Feststellung galt jedoch nur für den ersten Augenblick. Nach kurzer Zeit, als er die Tragweite der bevorstehenden Ereignisse begriff, als er sich klar machte, daß er, der noch nicht Sechsundzwanzigjährige, in kurzem schon vor den mächtigsten Monarchen der Gegenwart, glänzend eingeführt und voll gewertet, werde hintreten dürfen, um das Wohl des Vaterlandes, vielleicht die Rettung Deutschlands verfechten zu können, da begann ihm wieder sein Leben als mystischer Traum zu erscheinen. Warum diese schnurgerade Führung, die ihn von der zerschossenen Windmühle über die Bibliothek des Vaters, über Jena, Nürnberg, Frankfurt und Mainz nunmehr nach Paris, in das Innerste des „Miracle du secret" lenkte? Warum das alles? War er wirklich berufen und auserwählt? Sollte er Bahnbrecher und Erlöser seines Volkes werden? Oder würden seine Pläne wieder nur

ins Leere stoßen wie die Denkschrift über die Sicherheit
Deutschlands und seine Stellungnahme zur polnischen Königswahl? Oder gab es einen Rhythmus von Erfolg und Mißerfolg
wie bei seinen Bemühungen um das Doktorat der Rechte?
Jedenfalls, das erkannte er damals, war es vielleicht nicht notwendig, zu leben. Wenn man aber lebte, dann war es notwendig
zu arbeiten, nichts als zu arbeiten und seine Pflicht zu tun.

Vierzehntes Kapitel

Le miracle du secret

Kaum sechs Wochen später fuhr Leibniz in einer Staatskarosse an der Seite des Marquis von Pomponne nach Saint
Germain zur befohlenen Audienz.

Dem gewiegten Blick des Außenministers, der sich eben eine
Stunde mit Leibniz in seinem Privathaus über das „Consilium
Aegyptiacum" unterredet hatte, entging weder die ungewöhnliche Blässe seines Gastes noch auch der entschlossene Stolz,
der unter dieser Blässe durchleuchtete.

Pomponne lächelte vor sich hin. Denn Leibniz dankte eilfertig
und mechanisch mit, wenn die zahlreichen Fußgänger, die um
diese frühe Vormittagsstunde die Straße belebten, vor der bekannten Staatskarosse die Hüte zogen.

Das Hirn Leibnizens arbeitete fieberhaft. Bis jetzt hatte sich
nichts ereignet, was seinen Plänen irgendwie gefährlich zu werden schien. Nach Erhalt des Briefes Pomponnes hatte Boineburg
sogleich geantwortet, er werde den Autor so bald als möglich auf
eigene Kosten an den Hof nach Paris schicken. Und Leibniz
hatte in der Tat schon am 19. März 1672, nur von einem einzigen Diener geleitet, die Reise nach Paris angetreten. Viel war
auf ihn eingedrungen in diesen wenigen Tagen bis heute. Zuerst
war er vom Wohlstand Frankreichs, seiner Macht und Größe
und von der Pracht der Hauptstadt beinahe erdrückt worden.
War wie im Rausch umhergewandelt, bis er endlich bemerkt
hatte, daß auch dieses große Chaos mit Worten und Gedanken

zu durchdringen war. Dann hatte er sich beeilt die Empfehlungsbriefe Boineburgs abzugeben, die ihn in einer Reihe von Tagen
schließlich zu Pomponne führten. Schon die erste Unterredung
mit dem Außenminister hatte Leibniz gezwungen, seine Karten
aufzudecken, da Pomponne erklärte, Seine Majestät wünsche
vor der Audienz wenigstens in groben Umrissen über den Inhalt
des zu erwartenden Gespräches orientiert zu sein. Der Minister
war Leibnizens Ausführungen mit großem Interesse gefolgt,
hatte vielen seiner Ansichten voll zugestimmt und stets genau-
ere Aufklärungen erbeten, so daß eine zweite Besprechung,
eben am heutigen Vormittag, vor der durch Ludwig anberaum-
ten Audienz notwendig geworden war.

Auf jeden Fall, was auch immer hinter diesem teilnahms-
vollen Interesse liegen mochte, hatte man ihn mit auszeichnen-
der Höflichkeit behandelt, die ihren sichtbarsten Ausdruck in
der gemeinsamen Wagenfahrt zum König fand. Man würde
sich, so mußte sich Leibniz sagen, solche Unbequemlichkeiten
ersparen, wenn man nicht irgendwelche ernstere Absichten mit
seinem Plan oder mit seiner Person verband, da man ja ohnedies
schon im Besitze des Geheimnisses war.

„Seine Majestät freut sich aufrichtig, Ihre Bekanntschaft zu
machen, mein Herr“, wandte sich Pomponne plötzlich an seinen
Begleiter, als habe er die Gedanken Leibnizens gelesen. „Insbesondere, da ich meldete, daß Sie unsere Sprache so vollendet
beherrschen. So viel Einfachheit hatten wir gar nicht erhofft.
Und ich rate Ihnen, das Gespräch so freimütig zu führen, als es
innerhalb des Zeremoniells möglich ist. Seine Majestät will
weniger Ihre Form als den Inhalt Ihres Wesens prüfen. Er ist
nicht unkundig des Verkehrs mit geistigen Menschen aller Art.“

„Ihre Güte, Exzellenz, ist ungewöhnlich“, antwortete Leib-
niz. „Trotzdem aber fürchte ich, daß mich der Anblick Seiner
Majestät verwirren wird. Deshalb bitte ich schon jetzt um
Vergebung.“

„Die Huld und die menschlichen Eigenschaften Seiner Majestät dürften über die Verwirrung siegen“, lächelte Pomponne
und lenkte schnell auf ein anderes Gespräch hinüber, das Leibniz sofort aufgriff. —

Leibniz hätte kaum genau erzählen können, was sich vor dem Augenblick abgespielt hatte, in dem er in einem mit schweren Gobelins verhangenen Arbeitszimmer plötzlich dem großen König gegenüberstand. Und über den schimmernden liliendurchwirkten Brokaten und dem unvorstellbar prächtigen Gewand das stolze Haupt Ludwigs mit der dunklen Perücke ragte. In Wahrheit kaum mehr ein Mensch, sondern ein Begriff der Majestät, schauderte es in Leibniz, der diesem Symbol der Allmacht rein geistig ein andres Handeln aufzwingen wollte.

„Zuerst habe ich Ihnen meinen Dank auszusprechen“, begann Ludwig mit gedämpfter Stimme, „daß Sie ihren ungewöhnlichen Kopf in den Dienst der Größe Frankreichs stellten.“ Er machte eine Geste gegen Pomponne. „Der Herr Außenminister wird uns vorläufig allein lassen, damit wir ihn nicht mit Wiederholungen bemühen.“ Und als Pomponne verschwunden war: „Ihre Pläne, soweit ich sie im Umriß kenne, sind ebenso neu wie kühn. Sie sind Protestant, mein Herr, soviel ich hörte?“

„Eure Majestät wurde richtig informiert.“

„Ich fragte nur“, lächelte Ludwig, der sich hinter seinem Arbeitstisch nunmehr auf einen Thronsessel niederließ, „weil der tiefste Sinn ihrer Pläne doch ein katholischer ist. Ein allgemein christlicher.“

„Ich empfände die Wiedervereinigung aller christlichen Bekenntnisse als das größte Glück meines Lebens“, sagte Leibniz leise.

„Dem Einzelnen steht für solche Wiedervereinigung ja nichts Hinderndes im Wege. Aber das alles nur nebenbei. Ich bitte Sie jetzt, mir die Kernpunkte Ihres Projektes vorzutragen. Kurz und scharf umrissen. Ich will den Plan aus Ihrem eigenen Munde hören.“

Leibniz hatte, wie es ihm von Pomponne vorausgesagt worden war, tatsächlich, trotz aller Majestät, jene bedrückte Scheu verloren, die er gefürchtet hatte. Und er sprach sofort ohne Hemmung in klaren, eindeutigen Sätzen und entrollte in zunehmendem Eifer seinen politischen Aspekt vor Ludwig, der ihn nicht aus dem Auge ließ und auf jeden Tonfall zu achten schien.

Plötzlich, mitten im Vortrag, winkte der König leicht mit der Hand. Leibniz erschrak. Doch sogleich beruhigte ihn ein Lächeln des Herrschers, der einwarf:

„Nur, um den Einwand nicht zu vergessen, unterbrach ich Sie. Es soll weder eine Zurückweisung noch Verneinung sein, sondern eben das, was ich schon erwähnte: ein Einwand. Da er aber die Grundlagen berührt, mache ich ihn schon jetzt. Also, hielten Sie Ihre ägyptische Unternehmung für mich noch für wünschenswert oder nützlich, wenn der Krieg gegen Holland unabänderlich beschlossen wäre? Wenn wir etwa schon Bündnisse eingegangen wären, die wir nicht mehr lösen wollen?"

Was hieß das? Leibniz stockte einen Augenblick selbst in seinen Gedanken. Eine Falle? Was für Bündnisse? Es kamen nur England oder Schweden ernstlich in Betracht. Er durfte aber um keinen Preis verraten, daß er ahnte, wen Ludwig meinte. Nein, nur zur Sache. Pure Logik. Er durfte nur aus seiner Sache selbst heraus argumentieren.

„Ich glaube", erwiderte er nach unendlich schnellen Gedankenläufen langsam und gewichtig, „daß auch in diesem Fall die ägyptische Unternehmung von Vorteil ist. Denn wenn ich die Absichten Frankreichs verstehe, so will man Holland strafen, züchtigen, nicht aber vernichten. Denn die Vernichtung Hollands könnte Widersacher und Nebenbuhler aufrufen, die Frankreich nicht zu treffen beabsichtigt. Weil aber Holland nur gedemütigt werden soll, bleibt sein Handel auch nach einem Krieg unangetastet. Deutlich gesprochen: Holland hat Nachteile, Frankreich aber keine materiellen Vorteile. Außerdem droht der Türke weiter, ob Holland lebt oder nicht. Und endlich könnte man das Heer, das Holland niedergeworfen hat, gleich nach Ägypten senden. Mein schwacher Verstand hält also an meinem Ratschlag auch in dem Falle fest, den Eure Majestät als Einwand zu bezeichnen geruhten. Sicherlich bin ich wie jeder Erfinder in meine Gedankengänge versponnen. Aber ich bilde mir gleichwohl ein, Eure Majestät könnten Ihre Ziele nicht einfacher erreichen als auf dem von mir untertänigst vorgeschlagenen Wege."

Ludwig hatte ruhig und ohne Änderung seiner freundlichen

Miene die Erwiderung angehört. Als Leibniz schwieg, sagte er aufmunternd:

„Ich habe Sie unterbrochen. Setzen Sie Ihren Vortrag fort, mein Herr, oder noch besser, erzählen Sie mir einiges über den Stand der Wissenschaften jenseits des Rheins."

Leibniz zuckte zusammen. Diese Frage hatte er nicht erwartet. Sie mußte aber beantwortet werden. Und zwar in einer Art, die sein Vaterland nicht bloßstellte; die aber gleichwohl wieder nicht Unwahrheit oder Übertreibung war.

Es waren vielleicht die schwersten Augenblicke im Leben Leibnizens, die jetzt folgten. Er suchte in allen Winkeln seines Geistes, um vor Ludwig ein Gemälde des Wissens zu entwerfen, das vor der Welt bestehen konnte. Und er sprach von Scholastikern, Theologen, Juristen, Astronomen, Mathematikern und Ärzten, sprach über tiefe und entlegene Gebiete, die er unwillkürlich, überall wo es Not tat, mit eigenen Erkenntnissen schmückte und verbrämte. Bis Ludwig plötzlich, scheinbar ohne jedes Motiv, wohlwollend sagte:

„Es wird mich freuen, mein Herr, wenn der weitere Aufenthalt in Frankreich Ihnen Anregung und Belehrung schenken sollte. Bestellen Sie an Baron von Boineburg meinen königlichen Gruß. Sie dürfen hinzufügen, daß ich von Ihnen, seinem Abgesandten, nicht enttäuscht war."

Ludwig nickte leicht mit dem Kopf. Leibniz, durch diesen Schluß verwirrt, stammelte einige zeremonielle Dankesworte und entfernte sich rascher als er wollte mit den vorgeschriebenen Verbeugungen. —

Kurz nachdem Leibniz von den Garden und Lakaien erfahren hatte, daß ihn ein Hofwagen allein nach Paris zurückbringen würde, berief König Ludwig den Finanzminister Colbert und den Außenminister Pomponne zu sich.

Ludwig beschied die beiden, Platz zu nehmen. Dann sagte er lächelnd:

„Ich hätte nicht gedacht, daß es notwendig werden würde, wegen eines deutschen Jünglings eine Art von Kronrat abzuhalten. Aber es ist notwendig. Denn dieser Jüngling ist für mich ein Symbol der unausrottbaren Kräfte, die jenseits des Rheins schlummern und die über kurz oder lang wieder erwachen können und erwachen werden. Sie beide sind ja vom ägyptischen Plan des Herrn Leibniz unterrichtet. Ich würde jetzt, nachdem ich den Autor kennengelernt habe, gerne Ihre endgültige Ansicht hören. Minister Colbert, bitte, beginnen Sie!"

Colbert zog ein Lorgnon aus der Tasche und entnahm seiner Mappe einige Blätter. Dann erwiderte er:

„Vom Standpunkt des Handels und der Finanzen müßte man eigentlich für den Plan Stellung nehmen. Der Verfasser hat mich durch seine zwingenden Gründe fast in jedem Punkt überzeugt. Nur ist es unter den wirklichen Bedingungen — ich meine unsre Beziehungen zur Türkei — schwer, solche Dinge ernsthaft zu erwägen. Es ist aber Sache des Außenministers, hier sein Votum abzugeben. Auf jeden Fall halte ich diesen Herrn Leibniz für einen Geist von ungewöhnlicher Schärfe und Selbständigkeit."

„Es freut mich, Minister Colbert, daß sich unsere Meinungen in diesem Punkt decken", sagte der König. „Ich habe dem jungen Mann mehr als eine Falle gestellt. Und ich muß betonen, es war geradezu bewunderungswürdig, mit welcher Geistesgegenwart er jedesmal sofort auf die unerwarteten Einwürfe antwortete. Es hat mich besonders verblüfft, als er, etwa auf meine Andeutung von unserem Bündnis mit England, sogleich seine Pläne mit dieser ihm völlig neuen Tatsache in Übereinstimmung brachte. Sie haben vollständig recht, Minister Colbert. An die Ausführung des ägyptischen Planes ist nicht zu denken. Weder heute, noch später. Es fragt sich jetzt nur, was wir mit Leibniz selbst beginnen sollen. Können wir ihn in Paris lassen, sollen wir uns seiner in irgendeiner Form bemächtigen oder schieben wir ihn so schnell als möglich an die Grenze. Was ist Ihr Rat, Marquis Pomponne?"

Pomponne wiegte einen Augenblick den Kopf hin und her. Dann erwiderte er leise:

„Es ist die traditionelle Politik Frankreichs, Majestät, in Europa freie Hand zu behalten. Ich spreche jetzt noch zur Frage des ägyptischen Planes. Gewiß, der Plan des jungen Deutschen ist sehr eigenartig, sehr verlockend, vielleicht zu verlockend.

Deshalb ist er auch durchsichtig. Leibniz ist, soweit ich aus seinen Reden heraushörte, ein glühender Patriot. Ich fragte mich sogleich, wie ein Mann solcher Gesinnung dazu käme, Frankreichs Interessen mit der ganzen Kraft seines Geistes zu stärken. Dazu noch als Freund und Beauftragter Boineburgs, der trotz seiner gegenwärtigen loyalen Haltung alles eher denn ein Anhänger unsres Landes ist. Was also kann der ganze ägyptische Plan andres bedeuten als den verzweifelten Versuch eines Patrioten, uns von unsren eigentlichen Absichten abzulenken und in Abenteuer zu verwickeln? Von diesem Gesichtswinkel aus könnte man, wenn man wollte, die diplomatische Aktion Leibnizens als eine Art von Betrug ansehen. Zumindestens als eine sehr arge Unfreundlichkeit gegen Eure Majestät."

Wieder lächelte Ludwig.

„Nicht so scharf, Marquis", sagte er beschwichtigend. „Wir wollen Leibniz nicht geradezu der Feindschaft gegen uns bezichtigen. Selbst wenn er unsre eigentlichen Ziele in Europa kennt. Denn von seinem Standpunkt hat er nicht versucht, uns Nachteiliges zu raten. Er wollte nur, und das bewundere ich, unsren und den Vorteil seines Vaterlandes in einem Punkt vereinigen. Sie haben mir aber meine Frage noch nicht beantwortet, Marquis, was wir jetzt mit diesem höchst gefährlichen Jüngling beginnen sollen?"

„Das ist, denke ich, Majestät, nicht mehr so schwer zu entscheiden, da ja Eure Majestät gleichsam schon die Entscheidung getroffen haben. Es ist nämlich auch traditionelle Politik Frankreichs, bedeutende Menschen in allen Ländern zu wahren Freunden zu gewinnen und sie vom hohen Stande unsres Wissens und unsrer Künste zu überzeugen. Deshalb gestatte ich mir, untertänigst vorzuschlagen, Herrn Leibniz, wenn er will, den Aufenthalt in Paris zu gestatten und ihm so weit als möglich Einblick in unser Leben und unsre Leistungen zu bieten. Er wird dann nicht nur für die ganze Zeit seiner späteren Wirksamkeit mit den Worten Frankreich und Paris eine angenehme Erinnerung verbinden, sondern uns vielleicht sogar einmal ernstlich nützen. Denn daß Leibniz in irgendeiner Form in der Zukunft eine Rolle spielen wird, halte ich für so gut wie sicher. Ich habe dieser Meinung nichts mehr hinzuzufügen, Majestät."

Ludwig sann einige Augenblicke nach. Dann sagte er abschließend:

„Sie haben meine Absichten voll erraten, Marquis von Pomponne. Wir werden aber Herrn Leibniz nicht etwa von der Annahme oder Ablehnung seines Planes in Kenntnis setzen, sondern ihn darüber für ewige Zeit im unklaren lassen. Ein Leibniz ist imstande, aus einigen noch so verschleierten Ablehnungsworten unsre verstecktesten Absichten herauszulesen. Es ist auch vielleicht besser, wenn er durch unsre Unentschiedenheit, wie er unsre Haltung dann auffassen dürfte, auf falsche Bahnen abgelenkt wird. Außerdem bleibt er dadurch ohne weiteres Zutun von unsrer Seite, was wieder auffallen könnte, längere Zeit in Paris. So daß wir durch bloßes Schweigen alle Vorteile auf einmal haben."

Fünfzehntes Kapitel

Ein Verhör

Nun war Leibniz schon viele Monate in Paris, ohne auch nur eine einzige der Angelegenheiten, die ihn hiehergeführt hatten, weiterverfolgen zu können. Schweigen umgab ihn von allen Seiten, gläsernes Schweigen und wildes Geschehen.

Er war aber nicht der Mann, sich durch das Warten auf Entscheidungen zerreiben zu lassen. Ohne viel Lösungen offenbar unlösbarer und undurchdringlicher Geheimnisse zu versuchen, trat er an neue Geheimnisse heran.

So schlenderte er jetzt in tiefer Nacht durch dunkle Straßen, in denen kalter Herbstwind pfiff und rieselnden Staub aufwirbelte. Eben hatte ihn der große Huygens aus Züllichen gewürdigt, ein Wunder zu genießen, das bisher nur ganz wenige Menschen erblickt hatten: den Ring des Saturn. Was bedeutete wohl diese Hutkrempe um den Planeten? Gab es derlei tausendfach im Weltraum? Oder war es bloß eine Gesichtstäuschung? Oder eine einzigartige Erscheinung?

Solcher Wunder hatte ihn Huygens, der titanische Mathematiker, Physiker und Erfinder der Pendeluhr, noch mehr sehen lassen. Nicht nur im Sternenraum, auch in der Welt der Zahlen. Und Leibniz hatte darüber vergessen, daß unsägliche Greuel über Holland hereingebrochen waren, daß eben der Krieg, den er hatte verhindern wollen, mit Mord, Brandschatzung und Überschwemmungen tobte und sich schon dem kläglichen Ende für Holland zuneigte.

In Paris aber ging das Alltagsleben seinen Gang. In den Bibliotheken saßen die Gelehrten, in den Theatern die parfümierte Gesellschaft, und neue Bauten von ungeheuren Ausmaßen strebten, vom Spinnennetz der Gerüste überzogen, der Vollendung entgegen.

Leibniz war sehr verwundert, als er von der Straße sah, daß die Fenster seines Zimmer beleuchtet waren. Jetzt, mitten in der Nacht? Hoffentlich war kein Brand ausgebrochen!

Er hastete die holprige Stiege des ärmlichen Hauses hinauf, lief über einen kurzen Korridor und öffnete die Tür. Da saß an seinem Tisch in schläfriger Haltung ein melancholisch blickender, junger, schmallippiger Edelmann und daneben ein dunkelgekleideter etwas hochschultriger Mensch, der wie ein kleiner Beamter oder Schreiber aussah.

„Habe ich den Vorzug, Herrn Leibniz zu begrüßen?" fragte der junge Edelmann und erhob sich.

Leibniz schüttelte verwundert den Kopf.

„Ich bin Leibniz. Und was verschafft mir die Ehre?"

„Das Bedürfnis nach einer kleinen Konversation."

„Sie verzeihen!" Leibniz reichte ihm die Hand. „Aber mein bescheidenes Zimmer ist um diese Zeit nicht eben für Besuche eingerichtet." Und er blickte gegen das aufgebettete Lager und zu den Bücherstapeln, die in Ermangelung anderen Platzes auf dem Boden aufgeschichtet waren.

Hatte er es mit Narren zu tun? Oder mit Verbrechern? Bedürfnis nach Konversation? Der junge Edelmann sah aber wieder klug und weltläufig aus. Wozu jedoch dieser Bucklige, der jetzt gar noch Papier vor sich ausbreitete und Federn schnitt?

Es gab nur zwei Möglichkeiten. Entweder die ungebetenen Gäste schlankweg hinauszuweisen oder aber die Entwicklung der Dinge abzuwarten.

„Ich gebe zu, daß wir uns sonderbar betragen", erwiderte der Edelmann. „Ich bekräftige jedoch mit meinem Ehrenwort, daß wir nicht anders handeln können, als wir es eben tun und daß Sie in einer Stunde durch uns selbst über alles aufgeklärt sein werden. Dürfen wir also lange Ihre Geduld mißbrauchen?"

„Sie dürfen. Bitte, nehmen Sie wieder Platz. Ich bin zwar ein wenig müde."

„O, das ist uns höchst unangenehm! Aber es ist einmal nicht zu ändern." Der Edelmann setzte sich ruhig nieder und gab dem Buckligen ein Zeichen.

„Nun, beginnen Sie die Konversation." Auch Leibniz hatte sich einen Stuhl zum Tisch gezogen.

„Ist Ihnen bekannt, Herr Leibniz, was man unter dem Merkantilsystem unsres großen Ministers Colbert versteht?"

„Ein wenig." Leibniz schüttelte wieder in zweifelnder Art den Kopf, da der Bucklige mit fliegender Feder zu schreiben begonnen hatte. „Übrigens", fügte er bei und zeigte auf den Schreibenden, „wird da anscheinend ein Protokoll geführt."

„Ich will nichts von unserer Konversation vergessen und habe mir daher meinen Sekretär mitgenommen. Vielleicht bin ich bloß ein Enthusiast, der über die große Gelehrsamkeit des Herrn Leibniz einiges Schmeichelhafte gehört hat."

„Gut, mein Herr, Sie sind ein Enthusiast. Deshalb will ich Ihre Frage beantworten. Also das Merkantilsystem ist ein Programm, ein Land möglichst reich zu machen. Da gibt es viele Programmpunkte. Förderung des Bergbaues, des Handels, der Gewerbe. Sperre der Grenzen. Heranbildung kunstfertiger Meister und Arbeiter. Verhinderung der Auswanderung. Begünstigung der Einwanderung von tüchtigen Leuten. Und noch viel andres. Alles aber mit dem Zweck, möglichst viel Geld im Inland anzusammeln. Und den Handel aktiv zu gestalten und das Ausland vom Inland abhängig zu machen."

„Ich glaube, es ist das Wesentliche", erwiderte der Edelmann leise. „Das heißt, Sie sind sich der Absichten des großen Ministers Colbert genau bewußt."

Es entstand eine Pause. Leibniz war es fast schon gewiß, daß er verhört wurde. In feiner und höflicher Form. Und zwar eben im Auftrage Colberts. Die ganze Art und Weise paßte sehr gut zu Erzählungen, die er über die Methoden des großen Reichtumszauberers vernommen hatte. Man durfte sich allerdings durch die Form nicht täuschen lassen. Das Verhör war lebensgefährlich. Er wußte nur noch nicht, was man ihm vorwarf. Deshalb mußte er jetzt selbst die „Konversation" in die Hand nehmen.

„Ein System wie das Colberts", sagte er deshalb, „ist ohne starke Autorität nicht durchzuführen. Ich glaube, der Merkantilismus erfordert eiserne Griffe. Was zum Beispiel könnte als ein Delikt gegen die Grundsätze Colberts aufgefaßt werden? Ich bin ein Fremder, ein Gast Frankreichs, und möchte alles unterlassen, was Anstoß erregen könnte."

Der junge Edelmann sah ihn plötzlich mit lodernden Augen an. Auch er wußte, daß sich die Komödie bald dem Ende zuneigen würde. Er bezwang sich jedoch noch einmal und dämpfte die Stimme, als er erwiderte:

„Es wäre etwa sehr, sehr verdächtig, wenn ein Fremder von einem Handwerker zum andern ginge und sich sublimste Einzelheiten der Kunstfertigkeiten erklären und vorzeigen ließe. Noch dazu ein Fremder, der mit diesen Gewerben so gut wie nichts zu schaffen hat. Sie haben selbst zugegeben, mein Herr, daß das Merkantilsystem die Auswanderung fähiger Werkleute zu hindern hat. Natürlich auch die Herausschleppung der Werkgeheinmisse. Auch das nennen wir Spionage, nicht nur die Ausspähung militärischer Arkana."

Leibniz lachte auf. Hell und leise. Also das war sein Delikt? Alle Hochachtung vor Colbert! Sein Überwachungsapparat funktionierte. Außerdem hatte der Minister recht. Leibniz hatte tatsächlich gründlich spioniert in den letzten Monaten. Nur hatte er vorausgesehen, daß man ihn stellen würde. Und der Gegenzug war längst erwogen.

„Verstehen Sie mich, mein Herr?" fragte der Edelmann, gereizt durch das Lachen Leibnizens, ein wenig scharf.

„Vollkommen", erwiderte Leibniz verbindlich. „Ich habe aber jetzt eine Bitte an den Enthusiasten."

„Und die wäre?"

„Daß besagter Enthusiast die Güte hätte, seinem Herrn Minister, Herrn Colbert, die ergebenste Einladung des Doktor Leibniz zu bestellen, einmal bei Gelegenheit einige Modelle von Erfindungen zu besehen, die dieser Fremde gemacht hat und die er selbstverständlich dem Lande zur Verfügung stellt, in dem er sich als Gast wohlfühlt. Er ist aber auch bereit, diese Erfindungen sofort zu vernichten und keinen Handwerker mehr mit Aufträgen von Konstruktionsteilen zu plagen."

Der Edelmann sah seinen Schreiber bestürzt an. Eine höchst heikle Angelegenheit. Leibniz, eben der Leibniz, den selbst Colbert ein wenig fürchtete und den er daher um jeden Preis gewinnen wollte, hatte Erfindungen gemacht. Drohte mit deren Vernichtung. Was würde Colbert sagen, wenn diese Erfindungen verlorengingen?

„Darf man wissen, welche Gebiete diese Erfindungen betreffen?" fragte er unsicher.

„Ich sagte schon, daß ich sie dem Herrn Minister vorlegen werde. Ich weiß ja nicht, mein Herr, ob nicht eine vorzeitige Preisgabe solcher Erfindungen vor einer anderen als der ausdrücklich und eindeutig legitimierten Stelle nachgerade Vorschubleistung zu merkantiler Spionage wäre. Womit ich niemand beleidigen will."

„Es ist mir selbst lieber," sagte der Edelmann seufzend, „wenn Sie sich mit dem Herrn Minister auseinandersetzen. Sonst bin am Ende noch ich der Angeklagte." Und er erhob sich.

„Bitte, nichts für ungut!" sagte jetzt Leibniz äußerst verbindlich. „Ich danke dem Zufall, daß er mir die Peinlichkeit abgenommen hat, den Herrn Minister mit Audienzgesuchen zu behelligen. Ich lasse ihn nur bitten, über mich zu verfügen und Zeit und Ort der Vorführung meiner Ideen und Modelle zu bestimmen. Ich hoffe, daß er mehr überrascht als enttäuscht sein wird. Und lasse ihm mit aller Devotion für den charmanten Untersuchungsrichter danken, den er mir so unverhofft ins Haus gesandt hat."

Er reichte dem Edelmann die Hand, der sich mit seinem Schreiber, ohne jedes weitere Wort, schleunigst zurückzog.

Sechzehntes Kapitel

Eine Maschine ersetzt das Gehirn des Menschen

Durch hohe Fenster drang viel Licht in das prächtige große Zimmer, das seit einigen Wochen Leibniz im kleinen Pariser Palais des Obermarschalls Philipp von Schönborn zugewiesen worden war. Kraus und verknotet wie alles in der Jugend Leibnizens, hatte ihm das Schicksal wieder einmal die abenteuerliche Rolle eines die Weltpolitik beeinflussenden Privatmannes abgenommen und ihn zum erklärten Mitglied einer kurmainzischen Sondergesandtschaft gemacht. Dabei hatte sich allerdings nur die äußere Form geändert. Denn im Wesen handelte er auch jetzt als Sachwalter des Ministers Boineburg, der den Schwiegersohn und den Sohn nach Paris gesandt hatte. Den Schwiegersohn, um Leibnizens Tätigkeit größere Folie zu leihen, den Sohn aber, um ihn in den Händen des Mentors und Lehrers Leibniz zu wissen.

Der junge Boineburg, ein ebenso vornehmer als schöner Jüngling von sechzehn Jahren, saß nahe den Fenstern auf einem Tischchen, wippte mit den schlanken Beinen und sah mit trotzigen Augen und geröteten Wangen Leibniz zu, der auf einem langen Tisch in der Mitte des weißen Zimmers höchst unverständliche Zeichnungen ausbreitete und einige rätselhafte, in Tücher eingeschlagene Dinge dazwischen hinstellte.

Leibniz hatte wohl bemerkt, daß ihm der Jüngling entscheidende Worte sagen wollte. Es lag aber durchaus nicht in seiner Absicht, durch Fragen oder Ermunterungen die Vorsätze des Schützlings zu begünstigen. Er sollte sich nur aus eigenem zu

seinen Erklärungen durchringen. Sie würden dann wahrscheinlich um so offener, vielleicht sogar brüsker ausfallen.

Es verging denn auch längere Zeit, bis der junge Boineburg
bitter sagte:

„Heute ist man wohl zu beschäftigt, um sich mit der Her-
zensnot eines Schuljungen zu befassen."

„Ich leugne nicht, daß ich meine Aufmerksamkeit sehr wichtigen Dingen zuwenden muß. Sie wissen genau, Philipp Wilhelm, wessen Besuch wir erwarten." Leibniz lächelte vor sich
hin.

„Also ich soll gehen." Der Jüngling glitt vom Tischchen
hinunter.

„Davon sagte ich kein Wort. Ich sage auch nicht, daß mich
ein halbwegs ruhiges Gespräch stören würde."

„Ich ertrage Ihr Lächeln nicht mehr, Herr Leibniz, ich ertrage es nicht!" Philipp Wilhelm stampfte mit dem Fuß auf den
Boden und sein Ton wurde weinerlich.

„Soll ich alles ernst nehmen?" Leibniz sah den jungen Mann
plötzlich starr an.

Der junge Boineburg schwieg betreten. Nur kurze Zeit. Dann
kam wieder verdächtiges Zornblitzen in seine Augen. Und er
murrte:

„Ich weiß, daß ich mich dem Befehl des Vaters zu fügen
habe. Weiß, daß mein Vater Sie für den größten und besten
Lehrer Europas hält. Weiß auch, daß Sie das vielleicht sind,
Herr Leibniz. Doch vergeßt ihr alle eines: Daß ich ein junger
Mensch mit manchen Fähigkeiten und großem Ehrgeiz bin.
Und daß ich es nicht ertragen kann, wenn mein Lehrer stets
lächelt, statt zu schelten oder zu toben. Sie sind glatt wie eine
Schlange, Herr Leibniz. Sie sind ohne Blut, ohne Angriffspunkt. Und Sie vergällen mir jede, auch die kleinste Entdeckerfreude, vergällen mir das Studium überhaupt, da man bei jedem
Schritt Ihre tausendfache Überlegenheit fühlt und alles Eigene
als nutzlos wegwerfen will. Den Vätern mögen Sie mit Recht
imponieren, den Söhnen werden Sie stets verhaßt sein. Sie sind
kein Vorbild mehr, Herr Leibniz, Sie sind eine wandelnde
Anklage gegen alles für gewöhnliche Menschen Erreichbare.

Sie sind ein Fluch und eine Geißel und werden mehr Wissen töten als befruchten..."

„Furchtbar, was Sie da reden", erwiderte Leibniz, der auf den Jüngling zugegangen war, heiser. „Seien Sie gewiß, Philipp Wilhelm, ich werde mir jedes Wort Ihrer Tiraden merken. Aber nicht aus Rachsucht. Sondern, um mich zu bessern. Ich wollte eben Ihnen, dem Sohn meines großen Gönners, nur das Beste geben. Habe mich um Sie mehr bemüht als um mich selbst. Und hoffe von ihrer Zukunft vielleicht mehr als von meiner eigenen. Eben weil Sie neben Ihren Fähigkeiten auch den adeligen Rang und, wie ich jetzt sehe, den Hochmut des Edelmannes besitzen. Brausen Sie nicht auf! Ich habe Sie auch ausreden lassen. Wir wollen vorläufig keinen endgültigen Bruch. Weder Ihr Vater noch ich — noch auch Sie selbst. Der Bruch wird früh genug da sein. Aber, mein lieber Philipp Wilhelm, es geht gar nicht um uns drei. Es geht darum, Deutschland einen großen Staatsmann zu schenken. Um dieses Ziel werden wir gemeinsam weiter kämpfen. Auch gegeneinander, wie ich jetzt sehe. Und ich werde Sie erst aus meiner Hand desertieren lassen, bis ich Ihnen das Wesentliche gegeben habe. Verstehen Sie mich?"

„Nur zu gut." Boineburg ballte die Fäuste. „Ich verstehe nämlich, daß man den Umklammerungen Ihrer Advokatenlogik nicht entgehen kann. Ich hasse Sie, Herr Leibniz! Weil Sie, eben Sie, es wagen, von Hochmut zu sprechen. Der Hochmut des Adeligen ist nichts gegen den Hochmut des Gelehrten. Noch dazu, wenn der Gelehrte nicht einmal Schrullen hat, die ihn uns näher bringen. Sie sind ein Tyrann, Herr Leibniz, ein kalter grausamer Tyrann!" Und Tränen begannen über die geröteten Wangen des Jünglings zu rollen. Plötzlich drehte er sich um und lief aus dem Zimmer.

Leibniz aber wandte sich wieder seinen Zeichnungen zu. Hatte der Jüngling mit seinem Fluch die Wahrheit gesprochen? Würde er stets nur den Vätern imponieren und den Söhnen verhaßt sein? Was bedeutete dieser Fluch? Bedeutete er etwa rückschrittlichen Geist? Das konnte aber doch nicht sein, da er überall bis jetzt eigene und neue Wege gegangen war. Oder war er so vorgereift, daß er dadurch den Vätern näher stand als den Söhnen? Wer konnte da entscheiden? Eines nur war leider gewiß. Diesen Jüngling würde er nicht lange halten und führen können. Im besten Fall konnte er einige Zeit noch von ferne und später dann durch verklärende Erinnerung auf ihn wirken. Philipp Wilhelm war selbst ein Tyrann und empfand daher jeden auch nur wenig überlegenen Menschen als Gefahr für seine Alleinherrschaft. Und wurde in seinem Hochmut noch durch Verwandte aus Mainz unterstützt, denen außerdem religiöse Unduldsamkeit gegenüber dem Protestanten Leibniz nicht ganz fremd war. Um so mehr, als diese Verwandten Konvertiten waren. —

Eine halbe Stunde später war der stille Raum gesellschaftlich belebt. Obermarschall von Schönborn machte mit Rücksicht auf den Rang der Besucher die Honneurs. Er plauderte soeben mit dem großen Minister Colbert, der Leibnizens seinerzeitige Einladung zwar nicht gleich angenommen, jedoch niemals aus dem Auge verloren hatte. Leibniz selbst stand in einer Gruppe, die sich aus dem Onkel des Ministers, dem greisen Theologen und Mathematiker Arnaud, aus einigen Edelleuten vom Gefolge Colberts und aus einem hohen Offizier zusammensetzte, der als Gehilfe des berühmten Festungsbaumeister Vauban galt. Man fürchtete diesen Offizier aus mehr als einem Grunde. Nicht nur, weil er an sich große Beziehungen und hohen Einfluß besaß, sondern weil er — so wurde gemunkelt — neben seiner Ingenieurtätigkeit das Oberhaupt einer Art von Spionagebekämpfung war und zudem noch persönlich über ein äußerst kritisches und zweifelsüchtiges Gehirn verfügte.

Dieser Marquis von Varonne ließ Leibniz nicht aus den Augen. Er war mit seinem verfälteten, ledernen Antlitz, den stechenden Blicken und der langen Nase ganz unbestimmbaren Alters. Manchmal sah er, wenn er vornübergeneigt wie fröstelnd dastand, beinahe greisenhaft aus. Plötzlich aber straffte er seine Gestalt, schritt elastisch auf und nieder und lachte hell und schneidend.

„Sie haben uns viele Überraschungen versprochen, Herr Leibniz", begann er unvermittelt. „Jedenfalls bin ich sehr gespannt.

Denn sowohl durch Herrn Huygens als aus dem Freundeskreis unsres großen seligen Blaise Pascal sickert schon manches Urteil über Ihre ungewöhnliche mathematische und physikalische Begabung durch. Hoffentlich haben Sie in Paris viel Anregung gefunden. Seine Majestät möchte alle Geisteskräfte Europas hier in Paris versammeln. Allerdings eine kleine Gefahr, wenn uns schließlich die satten Gäste des Geistes wieder nach Hause durchbrennen..."

„Und das Wissen des Landes sozusagen exportieren, Marquis", lächelte Leibniz, da er am Ton Varonnes schon wieder die tiefer mitschwingende Note Colbertschen Egoismus merkte. „Ich fühle mich aber persönlich durch Ihre Sorgen nicht getroffen", setzte er fort. „Es ist ja eben der Zweck unsres heutigen Beisammenseins, meinen geistigen Gastgebern gleichsam ein Prioritätsrecht an meinen recht bescheidenen Erfindungen zu sichern."

„Die Bescheidenheit werden wir ja sehen", antwortete der Marquis ein wenig ironisch. „Sie reiten auf vielen Sätteln, Herr Leibniz, wie man hört. Doch nichts für ungut. Die Welt ist in Gärung. Und daher wird jede größere Kraft umworben oder beobachtet."

„So soll es sein." Leibniz zwang sich zu besonderer Ruhe. „Meine persönliche Ansicht allerdings ist eine unpolitischere und darum wahrscheinlich naive. Ich träume stets von einem allgemeinen Fortschritt und Aufstieg durch gegenseitige Befruchtung aller Geister der Erde."

„Das ist die religiöse Seite an unsrem Leibniz", mengte sich der greise Arnaud ins Gespräch. „Nach Ihrer Ausdrucksweise, Marquis, sein theologischer Sattel. Doch scheint jetzt Herr Colbert die Besichtigung der Geisteswunder beginnen zu wollen."

In der Tat waren Schönborn und Colbert langsam zur Gruppe um Leibniz herübergekommen. Auch der junge Boineburg war plötzlich im Zimmer aufgetaucht und beobachtete, nach weltmännischer Begrüßung der Anwesenden, alles Folgende mit einer angespannten Aufmerksamkeit, die allerdings nur auf Niederlagen Leibnizens zu lauern schien. Er hatte auch sofort mit sicherem Instinkt die zweifelnde Haltung des Marquis von Varonne herausgefühlt und blieb daher stets in dessen Nähe.

Colbert sagte in seiner leisen vornehmen Art:

„Wenn es Herrn Leibniz nicht lästig ist, würden wir jetzt um Einlösung seiner geheimnisvollen Versprechungen bitten. Wir setzen voraus, daß er uns allen rückhaltlos vertraut und daß er weiß, wir würden seine persönlichen Rechte voll achten."

„Dieser gütigen Zusicherung hätte es nicht bedurft", erwiderte Leibniz, löste sich aus der Gruppe und trat zum langen Tisch.

Langsam nahm er nun ein Blatt nach dem andren in die Hand, zeigte es herum und erläuterte alles in klarem, eindringlichem Vortrag. Es waren sehr merkwürdige und abgelegene Dinge, die er erzählte. Er beschäftige sich, so sagte er, mit vielerlei Fragen der Schiffahrt. Ein gewisser Drebbel habe einst eine Erfindung gemacht, die es Schiffen ermöglichte, in großen Stürmen und beim Herannahen von Seeräubern unter der Oberfläche des Meeres zu verschwinden und unter Wasser zu segeln. Er, Leibniz, habe nun diese Sache wieder aufgenommen und glaube, Wege zu ihrer Verwirklichung zu besitzen. Er gehe aber noch über Drebbel hinaus. Die Schiffahrt der Zukunft würde nicht mehr purer Sklave des Windes sein wollen. So habe er hydraulische Pumpenanlagen von riesiger Kraft entworfen, die es erlaubten, ohne Wind oder gegen den Wind das Schiff anzutreiben. Noch mehr. Auch die Orientierung auf hoher See sei verbesserungsbedürftig. Er besitze ein System, nach dem man, unabhängig von der Sichtbarkeit der Sonne, stets den Schiffsort nach geographischer Länge und Breite bestimmen könnte, wenn man nur einmal, zu Beginn der Fahrt, eine richtige Messung vorgenommen habe. Nur nebenbei füge er hinzu, daß er auch Teleskope konstruiere und eine Linse erfunden habe, mit der man Entfernungen messen könne.

Und er wies Zeichnung um Zeichnung, Berechnung um Berechnung vor und erzeugte tatsächlich bei fast allen Zuhörern eine an Verzauberung grenzende Stimmung. Nicht zuletzt durch die schlichte und dabei doch sichere Art, in der er seine Pläne und Entwürfe vortrug.

Minister Colbert wollte eben zu einer Erwiderung ansetzen, als der Marquis von Varonne, der einige Skizzen des hydraulischen Schiffsantriebes und einige Berechnungen durchgesehen hatte, plötzlich ironisch fragte:

„Mit dem Problem, wie Schiffe durch die Luft fliegen können, haben Sie sich wohl noch nicht befaßt, Herr Leibniz?"

Die ungewöhnliche Taktlosigkeit und durch nichts gemilderte Eindeutigkeit dieses Zwischenrufes hatte eine allgemeine Erstarrung und ein vollkommenes Schweigen zur Folge. Colbert blickte verblüfft auf Varonne. Was war das? Wollte der Marquis ihn vor einer Blamage bewahren? Ließ er deshalb alle Höflichkeit außer acht? Gut, Varonne war ein Spötter. Aber solche Schärfe konnte nur gerechtfertigt werden, wenn Leibniz ein purer Schwindler war.

„Wollen Sie Ihren Scherz verdeutlichen, Marquis?" fragte Colbert deshalb sehr lässig, wie wenn er nicht recht verstanden hätte. War aber noch erstaunter, als er merkte, daß Leibniz so freundlich lächelte, als ob ihn die unausbleiblichen, folgenschweren Erwiderungen, die der Marquis jetzt geben mußte, überhaupt nichts angingen.

Varonne aber machte eine fast angewiderte Geste mit der Hand.

„Mein Gott, Erfinder, auch tüchtige Köpfe, verrennen sich leicht. Ich weiß das als alter Mechanicus. Vauban und ich haben mit unseren Phantasiegeschützen auch schon dreimal so weit geschossen als es je möglich sein wird. Ich will auch Herrn Leibniz durchaus nicht bösen Willen vorwerfen. Aber was wir da gesehen und gehört haben, sind, sehr gelinde gesagt, unfertige Träumereien. Vielleicht wird einmal später auf ganz andren Wegen der eine oder der andre dieser Träume verwirklicht werden. Und deshalb wollen wir Herrn Leibniz ruhig die Priorität des Träumens zusprechen, nicht jedoch mehr."

Jetzt geriet Obermarschall von Schönborn in höchste Verlegenheit. Er trug als Gesandter die Verantwortung, den Minister zu diesen „Träumen" hergelockt zu haben. Und er sah halb zornig, halb hilflos zu Leibniz.

Dieser aber schüttelte nur freundlich erstaunt den Kopf. Dann sagte er:

„Marquis von Varonne ist ein Fachmann. Und hat sehr recht. Viel von dem, was ich zeigte, ist wirklich noch im Stadium des Entwurfs. Und nun darf ich eine Frage stellen. Was würden Sie, Herr Marquis, von einer Erfindung halten, die ich noch nicht erwähnt habe. Von einer Rechenmaschine, mit der man addieren, subtrahieren, multiplizieren und dividieren kann?“

„Vielleicht auch noch potenzieren und Wurzeln ziehen?“ Der Marquis wurde ausfallend. „Sie muten uns wirklich manches zu, junger Mann! Nur wird es nachgerade beleidigend. Behaupten kann man alles. Auch zeichnen kann man vieles. Für Laien nämlich. Sie haben offenbar nur mit Laien als Zuhörern gerechnet. Verschonen Sie uns, bitte, mit weiteren Scherzen! Wenn Pascal, unser großer, genialer Pascal mit seiner Rechenmaschine nur subtrahieren und addieren konnte, dann ist Ihre Bemühung wohl aussichtslos. Daher antworte ich Ihnen ruhig, daß Ihre Behauptung Flunkerei ist.“

„Trotzdem kann meine Maschine auch potenzieren und Wurzeln ziehen. Wenn man nämlich genügend vom Rechnen versteht“, sagte Leibniz ruhig.

„Was erlauben Sie sich?“ Der Marquis schrie fast.

Noch bevor die Verwirrung, die zu entstehen drohte, wirklich eingetreten war, hatte Leibniz ein Tuch von einem Modell gezogen, das jetzt, allen sichtbar, auf dem Tisch stand. Es war ein nicht allzugroßes viereckiges Holzkästchen, auf dessen oberer Fläche zehn parallele Schlitze mit Schiebern und daneben stehenden Ziffern angebracht waren, während oberhalb der Schlitze in kleinen runden Fenstern ebenfalls Ziffern standen. Aus einer Seitenwand des Kästchens ragte eine zierliche Metallkurbel.

„Hier ist die Maschine, meine verehrten Gäste“, sagte Leibniz kühl. „Ich war leider nicht in der Lage, Ihnen Schiffe im Modell vorzuführen. Aber diese Erfindung habe ich in die Wirklichkeit umgesetzt. Ich bitte jetzt, mir Rechenaufgaben aus den erwähnten Gebieten zu stellen. Unsere Maschine wird sie lösen. Und sie wird in aller Zukunft bei Feldmessern, Astronomen, bei fürstlichen Kammern, bei Kaufleuten und wahrscheinlich auch im Kriegswesen verwendet werden. Obgleich sie nach fach-

männischer Aussage unmöglich ist. Ich will damit nicht unhöflich sein, ich will mich nur gegen den Vorwurf der Flunkerei
verteidigen. Ich hielt das Problem ja selbst für unlösbar, bevor
mir seine Lösung einfiel."

Nun hielt Colbert den Augenblick für gekommen, einzugreifen.

„Wir freuen uns sehr", sagte er, „daß Sie alle Zweifel besiegen werden, Herr Leibniz. Und ich glaube, daß auch der
Herr Marquis meine Freude teilt. Wir beide sind durch üble Erfahrungen gewitzigt und mißtrauisch geworden. Es geht einem
mit den Erfindern oft wie mit den Alchimisten. Und nun wollen
wir rechnen."

Leibniz faßte ohne sichtbare Erregung die kleine Kurbel.
Und erwiderte:

„Es ist möglich, daß ab und zu eine Ziffer falsch springt.
Das liegt nicht im System, sondern daran, daß unsre Handwerker
die Bearbeitung von Kegelzahnrädern noch nicht genügend beherrschen. Das läßt sich aber leicht verbessern."

Die nächste Stunde erlebten alle Zuseher, auch der skeptische Marquis, das Wunder eines Werkzeuges, das auf begrenztem Gebiet das Hirn des Menschen überflüssig machte, da in
seinen Staffelwalzen, Getrieben und Zahnrädern die Systematik
dieses Hirns eingefangen war.

„Ich bitte Sie im Namen des großen Königs und im Namen
Frankreichs, zumindest dieses Mirakel der Akademie der Wissenschaften vorzulegen", sagte Colbert beim Abschied. „Ihre anderen Erfindungen aber mögen eben solcher Vollendung entgegenreifen!"

Der junge Boineburg jedoch war nicht mehr im Raum, als
ihn Leibniz mit einem Blick suchte.

Siebzehntes Kapitel

Im theologischen Sattel

Ob es voller Ernst oder Ironie gewesen war, konnte Leibniz nicht genau unterscheiden. Jedenfalls war Arnaud noch geblieben, als sich alle anderen schon verabschiedet hatten und hatte sehr geheimnisvoll getan. Leibniz möge ihm die Ehre des Besuches schenken, am liebsten sogleich mit ihm kommen. Fünf oder sechs Angehörige seiner Partei — also extreme Jansenisten — seien heute bei ihm geladen und er verspreche sich viel von einer theologischen Auseinandersetzung. Man wolle gern einmal mit einem Protestanten diskutieren. Aber auch Leibniz würde mancherlei lernen und manchen Einblick erhalten. Denn man werde sich offen geben, da man sowohl seiner Ehrenhaftigkeit als seiner Klugheit vertraue.

Wie gesagt, klang manches dieser Worte nach Geheimnis, fast nach Verschwörung. Gleichwohl deutete wieder nichts daraufhin, daß man den Jansenisten hier in Paris Schwierigkeiten bereitete. Arnauds Neffe war Außenminister und Leibniz hatte sich eben überzeugen können, daß sowohl Colbert als sogar der skeptische Marquis von Varonne Arnaud mit mehr als gewöhnlicher Hochachtung begegneten. Aber trotzdem war irgend etwas am Verhältnis dieser Sekte zur Krone und zum herrschenden Katholizismus unklar und verworren, und es schienen höchst komplizierte und höchst politische Zusammenhänge zu bestehen. Für Leibniz ein Anlaß und ein Grund mehr, sein Wissen um die Welt und seinen Durchblick zu erweitern.

Er hatte also Arnaud sogleich zugesagt und war mit ihm durch den schönen Herbstnachmittag bis zum Vorort St. Martin hinausgeschlendert, wo Arnauds Häuschen inmitten eines kleinen Gartens lag.

Man hatte auch nicht allzulang warten müssen, bis die Parteigenossen Arnauds, darunter die sehr angesehenen Herren Nicole und St. Amand erschienen waren.

Leibniz war von allen äußerst freundlich begrüßt worden und war in der ersten Stunde fast das ausschließliche Objekt des

Gesprächs gewesen. Arnaud hatte es sich nämlich nicht versagen können, die Ereignisse des Ministerbesuchs bei Leibniz bis zur dramatischen Enthüllung der Rechenmaschine genau zu schildern. Dabei wurde die Niederlage des Marquis, der in diesem Kreise nicht allzu beliebt schien, weidlich belächelt. Colbert dagegen wurde allgemein gelobt.

Und es entwickelte sich schließlich zwangsläufig ein allgemeines Gespräch über das Merkantilsystem, über nationale Abgeschlossenheit und über die Folgen solcher Abgeschlossenheit für die Religion.

Leibniz beteiligte sich mit sprühender Lebendigkeit an den Erörterungen. Er befand sich überhaupt in einem Zustand, der von der Unstetheit eines Rausches nicht allzuweit entfernt war und ebenso wie ein Rausch auch das sichere Gefühl der eigenen Überlegenheit und Unfehlbarkeit so sehr steigerte, daß ihm ein ernsterer Widerspruch fast undenkbar schien. Durch diese Stimmung verlor er viel von seiner sonstigen Reserve und vorausrechnenden Bedächtigkeit. Er wurde sogar ein wenig selbstgefällig und hörte sich gern reden. Worin er noch dadurch bestärkt wurde, daß er vorläufig eigentlich keinem Widerspruch begegnete.

Nun riß ihn das Gespräch über die nationale Abgeschlossenheit in ihrer Beziehung auf die Religion und auf allgemein menschliche Angelegenheiten mächtig fort, so daß er in den Bannkreis eines seiner Lieblingsgedanken gelangte. Nämlich zur Untersuchung der Möglichkeit, scheinbar Gegensätzlichstes in einer höheren Einheit zu verschmelzen. Und er erklärte plötzlich, er habe ein Gebet erdacht, das trotz seiner Kürze alles Wesentliche enthalte und gleichwohl von allen Gläubigen, sofern sie nur an den einzigen Gott glaubten, gebetet werden könnte. Also von Katholiken, Protestanten, Juden und Mohammedanern. Ein solches Gebet aber wäre schon ein ungeheurer Gewinn, es würde eine Gefühlsgemeinschaft aller Monotheisten entstehen, die sich dann weiter und weiter erstrecken und zahlloses und furchtbares Unheil bannen könnte. Ein solches Gebet hätte vielleicht die Kreuzzüge, den Dreißigjährigen Krieg und die Türkenstürme verhindert, wenn es zur rechten Zeit erdacht worden wäre.

Leibniz war sehr erstaunt, welchen Eindruck seine Ankündigung auf die Sektierer machte. Auf die Männer, die es nicht anders kannten, als wegen einer vergleichsweise winzigen Einzelheit Leben, Vaterland und Ehre aufs Spiel zu setzen. Er sah sich von einer Minute zur anderen von einer dunklen Wolke von Mißtrauen und beinahe von Haß umgeben.

„Es steckt etwas von schwarzer Magie in Ihnen", sagte Arnaud unheildrohend. „Sie arbeiten jetzt im Wesen nach demselben System wie bei Ihren Erfindungen. Zuerst reizen und verblüffen Sie mit Unmöglichem, um dann am Schluß irgendeine unleugbare Realität hinzusetzen. Und dadurch vielleicht auch die vorhergegangenen Phantasien zu rehabilitieren. Wo hinaus zielen Sie jetzt, Leibniz? Ich will nicht die Rolle des Marquis von Varonne spielen und Ihnen sagen, daß Sie flunkern. Ich will auch nicht das Nächstliegende einwenden, daß Sie nämlich durch Ihre Behauptung alle Religionen zugleich lästern oder sich auf einen höchst indifferenten, oberflächlichen Standpunkt stellen, der Religion durch irgendeine verwaschene, blutleere, ungeoffenbarte Formel ersetzen will. Jedenfalls möchte ich Ihr Universalgebet einmal hören."

Leibniz bereute jetzt ein wenig, daß er sich durch seine Siegesstimmung hatte soweit mitreißen lassen. Nicht weil er an der Verteidigung seiner Ansichten verzweifelte. Sondern weil er doch anscheinend das Gefühl dieser begeisterten Männer verletzt hatte, die ihn ihrer Freundschaft und ihres Vertrauens würdigten. Er konnte aber nicht mehr zurück. Sonst hielten sie ihn nicht bloß für einen Ketzer, sondern überhaupt für einen üblen Freigeist und theologischen Taschenspieler. Was ihm ja Arnaud ziemlich unverblümt schon gesagt hatte.

So begann er zögernd:

„Mein Gebet, soweit ich es im Gedächtnis habe, lautet: O einziger, allmächtiger und allgegenwärtiger Gott, Du einzig wahrhaft und unbeschränkt herrschender Gott, ich, Dein armes Geschöpf, glaube an Dich, ich hoffe auf Dich, ich liebe Dich über alles, ich bete Dich an, ich lobe Dich, ich danke Dir und ich gebe mich auf an Dich. Vergib mir meine Sünden und gib mir sowie allen Menschen das, was nach Deinem heiligen

Willen nützlich ist für unser zeitliches wie für unser ewiges
Wohl. Und bewahre uns vor allem Übel. Amen!"

Einen Augenblick herrschte betretenes Schweigen, als Leib-
niz geendet hatte. Man überdachte das Gehörte und suchte nach
Angriffspunkten, Einwänden oder Widerlegungen. Auf dem
Tisch, um den man saß, schwelten die Lichter; und die Reste
des Imbisses, das Obst, die Weinkaraffen bildeten ein buntes
Durcheinander.

Plötzlich sprang Arnaud auf. Mit der Linken machte er eine
weitausholende Geste der Verneinung, während er den weiß-
haarigen Kopf schüttelte:

„Das taugt nichts, Herr Leibniz! Das taugt ganz und gar
nichts! Das ist eine Spottgeburt. Ein Machwerk. Sie haben uns
schwer enttäuscht, Herr Leibniz." Und er sah anklagend von
einem zum andren.

Leibniz hatte Ablehnung erwartet. Die Schärfe jedoch in Ton
und Ausdruck übertraf seine schlimmsten Befürchtungen. Er
fand, was ihm noch kaum je begegnet war, zuerst auch keine
Worte. Endlich fragte er mühsam und mehr mechanisch als
kampflustig:

„Was sind Ihre Gründe für diese ungewöhnlich scharfe Zen-
sur, Herr Arnaud?"

„Meine Gründe? Und die sehen Sie nicht selbst? So einge-
sponnen sind Sie in Ihre Allerweltsreligion? So sehr geht
Ihnen das primitivste christliche Gefühl ab? Jetzt bin ich fassungslos. Ich antworte auch nur mit einem einzigen Satz, einer
Gegenfrage. Was soll uns Christen ein Gebet bedeuten, in dem
keine Erwähnung des Herrn Jesus Christus vorkommt?"

Leibniz warf nur einen flüchtigen Blick auf alle anderen. Es
war nicht gerade Haß, was ihm da entgegenblitzte. Es war vielleicht Mitleid, vielleicht Verachtung, vielleicht auch Spott. Auf
jeden Fall hatte er als Theologe und zugleich als Christ in den
Augen dieser Männer ausgespielt. Gut, man würde ihn nicht
verklagen, nicht hinausweisen. Man würde ihm auf die Schulter
klopfen, würde ein andres Gespräch beginnen, würde ihn beim
Abschied verblümt ermahnen, seinen geistigen Rausch auszu-
schlafen und sich morgen der Mechanik oder der Jurisprudenz

zuzuwenden. Einmal später aber, wenn er gegen Freigeisterei und für Gottesglauben eintrat, würde man seine Sünden vielleicht plötzlich hervorziehen, würde ihn angreifen und an seine Pariser Ketzereien erinnern. Nicht aus Rachsucht. Aus heiligem Eifer und Charakter. Er durfte sich daher heute nicht geschlagen geben, sonst konnte das Werk seines Lebens vernichtet sein. Gerade aus diesem innersten Punkt seines Lebens heraus. Und wie stets bei ihm wurde der Wille zum Kampf sogleich Erleuchtung und er erwiderte leise und trotzdem hell:

„Aus diesem selben Grund, Herr Arnaud, den Sie bei mir tadelten, wegen der Nichterwähnung des Erlösernamens, wird also das Gebet des Herrn Jesus Christus selbst und werden zahlreiche Gebete in der Apostelgeschichte und in den Briefen der Apostel nichts taugen. Insbesondere das, welches der heilige Petrus im ersten Kapitel der Apostelgeschichte verrichtet, als über die Nachfolge des Judas das Los geworfen wurde. In allen diesen sicher nicht eines Christen unwürdigen Gebeten ist ausdrücklich weder der Name des Herrn Jesus Christus noch die Dreieinigkeit erwähnt."

Arnaud, an den die Worte Leibnizens direkt gerichtet waren, bekam in seinen soeben noch fanatisch glühenden Blick einen Schleier von Unsicherheit. Er wollte antworten, man sah aber, daß tausende Gedanken sich in ihm kreuzten und daß sein Gedächtnis sich mit der Erwiderung Leibnizens herumstritt. Plötzlich drehte er sich brüsk um und schritt schnell und geräuschvoll zur Tür des Zimmers hinaus.

„Ich wollte ihn nicht beleidigen", sagte Leibniz traurig, als man das Schlagen von Türen hörte und schließlich schwere Schritte vor den Fenstern im Garten knirschten.

„Sie haben ihn nicht beleidigt", meinte Herr Nicole, der nun ebenso unsicher war wie alle andern. „Nein, ich bin überzeugt, daß Sie ihn nicht beleidigt haben. Er überdenkt den ganzen Fall in der frischen Luft. Er wird bald zurückkommen. Dann aber wird sein Urteil ein endgültiges sein."

„Ich bereue meinen Verstoß", sagte Leibniz vor sich hin.

„Bereuen Sie nichts", erwiderte St. Amand und leerte ruhig ein Glas Wein. „Wenn Sie aus Überzeugung handelten, haben

Sie nicht zu bereuen. Wie Sie sehen, sind wir durch Ihre Replik sehr nachdenklich geworden. Wir alle."

Man sprach noch einige nichtssagende Dinge. Denn alle zitterten im tiefsten Grund vor der Entscheidung, die Arnaud fällen würde.

Sie ließ nicht allzulange auf sich warten. Plötzlich stand der Greis wieder unter ihnen. Diesmal freudig, mit gerötetem Antlitz und straffer Haltung. Und er ging auf den jungen Leibniz zu und legte ihm die Hand wuchtig auf die Schulter.

„Von sich selbst, das heißt von der Fähigkeit Leibnizens, auch als Theologe mitzusprechen, haben Sie mich überzeugt", sagte er dröhnend. „Sie sind ein Magier, Leibniz. Zum erstenmal im Leben war Arnaud über eine theologische Finte verblüfft. Die Sache selbst aber muß ich noch Tage und Nächte lang überlegen. Sie ist zu groß und weittragend für heute. Was ich aber heute schon als feststehend betrachte, ist unsre Freundschaft, Herr Leibniz. Und mein Wunsch, mich oft und oft mit Ihnen auseinanderzusetzen."

Leibniz jedoch war von einem krausen Wirrwarr von Stolz, Demut, Scham und Unsicherheit erfüllt, als er jetzt auch von allen andren des Kreises als vollwertiger Partner behandelt wurde. Denn er hatte heute schon mehr als einmal das dämonisch Schillernde seiner Triebkräfte und Talente wahrgenommen. Und konnte nicht mehr unterscheiden, ob sich nicht viel Eitelkeit und Übermut unter diesen Triebfedern verbarg. Jedenfalls überkam es ihn wie Heimweh nach dem geraden Patriotismus Colberts und dem fanatischen Sektengeist Arnauds.

Achtzehntes Kapitel

Rückkehr aus England

Den braven Bürger schüttelt ein gelindes Grauen, wenn er das Wort „Doppelleben" hört. Er stellt sich sogleich Nachbarn vor, die bei Tag ebenso ehrbar leben wie er selbst, bei Nacht dagegen in weiß Gott was für Schlupfwinkeln und Tavernen umherschleichen, um dort fast unausdenkbare Abenteuer zu erleben. Daß es aber noch weit verwickeltere Formen eines Doppel- oder gar Vielfachlebens gibt, darauf verfällt der Bürger nicht. Noch weniger aber darauf, daß gerade in solchen vielfach lebenden Menschen die größten Sprengkräfte des Weltalls aufgestapelt liegen, weit unabsehbarer und dämonischer als bei denen, die dem Bürger Angst einjagen.

Leibniz war in den letzten Monaten — eben begann der Vorfrühling — in ein solches vielfältiges Leben geraten. Nicht zum erstenmal. Aber es hatten sich die zahllosen Seiten seiner Erscheinung, auch rein äußerlich, wieder einmal zu persönlichem Schicksal verknotet.

Er schritt, es war etwa elf Uhr abends, in seinem großen weißen Zimmer auf und nieder und warf manchmal einen Blick auf den Diener, der die Habseligkeiten seines Herrn aus den Koffern nahm und sorgfältig in die Schränke hing und zurechtlegte.

Leibniz war soeben aus England zurückgekehrt und das Rattern der Postkutsche lag ihm noch in allen Gliedern. Gleichwohl durfte er sich keinen noch so kurzen Augenblick der Ruhe gönnen. Denn eine sonderbare flatternde Unrast, ein dunkles, ängstigendes Gespenst war in und außer ihm. Und so liefen auch seine Gedanken kreuz und quer durch die Bereiche seiner verschiedenen „Leben".

Gut, er war mehrere Monate drüben gewesen, auf der großen Insel der weißen Kreideklippen, der schweren Nebel, der roten elfenbewachsenen Schlösser und der Edelleute mit den hohen schwarzen Perücken. Sondergesandtschaft des Obermarschalls Schönborn. Ungeheure politische Aufregungen. In welchem Winkel der Vergangenheit lag schon das „Consilium Aegyptiacum?" Wieviel andersgeartete Wirklichkeit war schon über diesen seinen Traum hinweggestampft? Holland war zerschmettert und doch wieder nicht besiegt. Der Krieg loderte weiter, den Rhein entlang. Oder war das schon der Friede? Alles war verstellt, verworren und unheildrohend. Sie waren beim König Englands gewesen, bei Karl II., um zu erreichen, daß alle Angelegenheiten Frankreichs und Hollands und alle Weiterungen, die das Deutsche Reich betrafen, einheitlich auf einem Kongreß in Köln verhandelt würden. Es mußte alles auf einmal bereinigt werden. Sonst flogen die Funken sogleich aus dem noch glimmenden Brandherd weiter, und jede böse Ahnung eines Krieges mit Deutschland ging in Erfüllung.

Daneben aber hatte das unbekannte Land Leibniz angelockt, sich ihm hinzugeben und es zu erforschen. Und ein neuer Schreck befiel den Suchenden, als er hörte, daß England sich eben des „goldenen Zeitalters der Wissenschaften" rühmte. Bald erhielt er Beweise. Denn der große Chymist Boyle wurde sein Bekannter, von den Ärzten Lyster und Sydenham erzählte man sich täglich Wunderdinge, Prinz Robert stieß in die Mechanik vor, Ray in die Pflanzenkunde, und hinter allen stand, für Leibniz unerreichbar, doch riesig, Sir Isaac Newton. Und auch an anderen Mathematikern gab es Überfluß, und man lächelte hier über manches, was Leibniz bisher als eigene Erfindung angesehen hatte, und man belehrte ihn, daß er es vollkommener und klarer in altbekannten Büchern finden könnte.

Auf einen Gipfel der Erregung jedoch war Leibniz gelangt, als er seine Rechenmaschine der Sozietät vorlegte und manche Anerkennung erntete; sich aber plötzlich ein Mechanicus, namens Moreland, gemeldet und höchst empört Prioritätsrechte geltend gemacht hatte.

Leibniz hatte schon das Gefühl gehabt, er sei wirklich nur ein unwissender Stümper aus dem armen Deutschland, ebenso vereinsamt und zurückgeblieben wie sein ganzes gepeinigtes Volk. Sollte er jetzt alles von vorn beginnen, oder gab es überhaupt kein Einholen der andren, Glücklicheren?

Hier allerdings, in diesem Punkt, der vielleicht der gefährlichste war, da ja sein Ansehen in Frankreich mit der Rechenmaschine stand oder fiel, hatte er mehr Glück gehabt, als mit seinen mathematischen „Entdeckungen". Moreland hatte zu stark mit dem Patriotismus seiner Landsleute gerechnet und gehofft, der bloße Verdacht und die Beschuldigung allein würde den Ausländer aus dem Feld schlagen. Die Sozietät der Wissenschaften aber war der Sache auf den Grund gegangen, nicht ohne daß Schönborn sein Gewicht als Gesandter in die Wagschale geworfen hatte. Und es hatte sich herausgestellt, daß Morelands Maschine nichts war als eine Kombination der Pascalchen Maschine mit den ebenfalls längst bekannten Napierschen Rechenstäbchen. Also nicht entfernt Ähnliches leistete wie das Modell Leibnizens, vielmehr gegen dieses sozusagen um Äonen zurück war.

Gleichwohl hatte all das Auf und Ab dieser hochnotpeinlichen Debatte, die Verquickung diplomatischer mit persönlich wissenschaftlichen Angelegenheiten, die Geselligkeit, in die Leibniz hineingezogen worden war, und dazu noch der bohrende und neiderregende Vergleich Deutschlands mit diesen fremden, aufstrebenden Welten, Leibniz fast zermürbt. Seine Heimat, für die er arbeitete, sank stets mehr vor seinem Gedächtnis zu einem Schattenreich zusammen und er schwebte innerlich nicht nur zwischen den Nationen, sondern zwischen den Wissenschaften, Religionen und Charakteren, da er ja trotz aller heißen Heimatliebe von Natur eher die Stärken als die Schwächen jeder Erscheinung sah und dadurch zwar zum Harmoniker vorausbestimmt, jedoch auch wieder fast eines starren Ichs beraubt war.

Und nun war er wieder, Schönborn voraneilend, in Paris eingetroffen und war sich unklarer denn je, was er eigentlich beginnen sollte. Um so unklarer, als sein Schützling, der junge Boineburg, inzwischen seiner Führung fast vollkommen entglitten zu sein schien.

„Wo ist Herr Philipp Wilhelm?" fragte er den Diener, der noch immer mit dem Auspacken beschäftigt war.

„Ich weiß es nicht, gestrenger Herr Doktor", erwiderte der Diener ausweichend.

„Es wird doch festzustellen sein?" Leibniz legte eine gewisse Schärfe in seinen Ton.

„Ich werde mich erkundigen. Soll ich es sofort tun?"

„Es wäre mir erwünscht."

Seufzend stand der Diener, der eben noch gekniet war, auf und ging hinaus.

Nach einiger Zeit erschien er in Begleitung des Kutschers wieder, der die Equipage des Obermarschalls lenkte.

„Der Kutscher weiß Bescheid", sagte der Diener und kniete sich wieder vor den Koffer.

„Nun?" fragte Leibniz und blickte den Kutscher an.

„Herr von Boineburg fuhren zum Theater." Der Kutscher stockte.

„Da müßte er wohl schon zurück sein."

„Ich führte ihn nach dem Theater noch zu Freunden. Er entließ mich dann, da er vielleicht auswärts übernachtet."

„Ach so!" Leibniz wollte nicht den Anschein erwecken, als ob er seinem Schüler nachspioniere. „Damit Sie mich richtig verstehen. Ich muß Herrn von Boineburg dringendste Nachricht überbringen. Ist das möglich?"

„Heute noch? In der Nacht?" Der Kutscher schien die Falle zu wittern.

„Gewiß. Heute noch. Also wo kann ich ihn treffen?"

„Herr Doktor Leibniz könnten zufällig hinkommen?" Der Kutscher war so verlegen, daß er stammelte.

„Das ist meine Sache. Sie mißverstehen übrigens die Angelegenheit vollständig. Herr von Boineburg kann tun und lassen, was er will. Ich bin sein Lehrer, nicht aber sein Vormund oder seine Amme. Also los, wo steckt er?"

„Es ist da draußen ein Haus..."

„Das ist keine Auskunft."

„Euer Gnaden, ich weiß nicht, wie ich es nennen soll, es ist ganz neu."

„Nun und?"

„Es ist ein Haus, eine Art Tanzhaus, wo viele junge Edelleute verkehren. Es sind Mädchen dort. Aber bitte nicht falsch zu verstehen, Euer Gnaden! Es ist kein verrufenes Haus. Ein feines, vornehmes Tanzhaus."

Leibniz mußte lächeln.

„Nun, kann jeder in dieses neue, vornehme Haus einfach eintreten, oder muß man eingeführt werden?"

„Jeder, der Geld und gute Kleider hat, kann hinein. Sonst werfen einen die Edelleute hinaus."

„Also gut. Spannen Sie ein und führen Sie mich hin. Nicht erschrecken! Nur in die Nähe. Ich werde mich inzwischen, bis

der Wagen fertig ist, möglichst elegant kleiden. Damit mich die
Edelleute nicht hinauswerfen..."

„Ich habe das nicht so gemeint."

„Schon recht, mein Lieber, aber jetzt schnell! Herr von Boineburg könnte Sie sonst schelten, wenn er meine Nachrichten zu
spät erhält."

Der arme Kutscher, der genau wußte, daß er in eine Zwickmühle geraten war, gleichwohl jedoch keinen Ausweg sah, empfahl seine arme Seele Gott und lief hinunter zu den Pferden,
denen er beim Anschirren, untermischt mit Flüchen, sein Leid
klagte.

Neunzehntes Kapitel

Märchen im Tanzhaus

Als Leibniz, in die Karosse zurückgelehnt, durch die nacht-
dunklen Straßen fuhr, war es ihm selbst nicht mehr ganz klar,
warum er sich auf ein Abenteuer so unbestimmbaren Ausganges
eingelassen hatte. Vorhaltungen hätte er dem jungen Boineburg
ebensogut, vielleicht besser morgen machen können. Dagegen
war es sehr wahrscheinlich, daß er bei einer „Überraschung auf
frischer Tat" in die schiefste Lage geriet. Oder Boineburg so
arg bloßstellte, daß der längst drohende Bruch unter Eklat sofort erfolgte. Was wollte er also? Irgendeinen häßlichen persönlichen Rachedurst für Unbotmäßigkeiten des Schülers befriedigen? Oder dem Jüngling Freuden stören, nach denen er
sich selbst vielleicht sehnte und die er nur aus Starrsinn mied?
Würde er wieder nur den Vätern imponieren und den Söhnen
verhaßt sein?

Leibniz konnte sich keine Antwort geben. Denn ein merkwürdig fiebriges Gefühl verwirrte ihn. Er wußte nur, daß er
trotz aller Einwendungen der Vernunft nicht umkehren würde.
Er mußte Boineburg heute noch suchen und stellen. Alles
übrige würde sich ergeben. Er wunderte sich zwar ein wenig
über diese bei ihm sehr seltene Aktivität ohne logische Begründung. Er gehorchte ihr jedoch, da er einfach mußte.

So stieg er nach längerer Fahrt, in einer dunklen Seitengasse
aus, ließ sich den Weg, den er noch zu gehen hatte, genau beschreiben, wartete kurze Zeit, bis das Rattern des Wagens sich
entfernt hatte, und stand bald vor einem größeren Gebäude,
dessen hohe Fenster in hellem Licht strahlten.

Niemand war erstaunt, als er eintrat. Im Gegenteil. Einige
Diener bemühten sich sogleich um ihn, nahmen ihm den Mantel
ab und man fragte, ob er tanzen oder bloß zusehen wolle. Es sei
im Saale kaum ein Platz zu finden. Auf dem Balkon würde sich
leichter und angenehmer eine Möglichkeit ergeben. Da Leibniz
als sicher annahm, daß Boineburg sich beim Tanz aufhielt, kam
ihm der Rat des Dieners sehr gelegen. Er werde also gern zum
Balkon hinaufgehen, antwortete er, ohne sich eine rechte Vorstellung von dieser merkwürdigen Vergnügungsstätte zu machen,
von der er bisher nur gedämpftes Stimmengewirr und Musik
wahrnahm, die durch die mächtigen, geschlossenen Glastüren
herausdrangen. Sehen konnte man nichts, da diese Türen durch
gelbe Seidenvorhänge abgedeckt waren.

Der Diener geleitete ihn über die Treppe hinauf. Und er stand
bald auf dem „Balkon“, einer breiten, im Halbdunkel liegenden
Estrade, an deren Steinbrüstung Tische und Sofas standen.
Kurze Zwischenwände zwischen den einzelnen Tischen bildeten eine Art von Logen.

Auch hier saßen viele Leute. Meistens flüsternde und lachende
Paare, die sich um nichts als um ihre Neckereien und um den Wein
zu kümmern schienen, der vor ihnen auf den Tischchen stand.

Als Leibniz in eine der Logen getreten war und über die Brüstung hinabsah, bot sich ihm ein ebenso buntes als anziehendes
Bild. Der Saal lag in mildem Licht, das von zahllosen Leuchtern ausging, die unten auf den Tischen standen. Um diese
Tische saßen Edelleute, deren farbenfreudige Trachten im Ker-
zenschimmer mit den Seidenkleidern der Damen wetteiferten.
In der Mitte des Saales aber klirrten auf spiegelnder Fläche
Sporen und Degenscheiden bei den Verbeugungen einer eigentümlich schwermütig schluchzenden Sarabande.

Eben wollte Leibniz sich auf die Polsterbank niederlassen und
dem Diener Aufträge geben, als er zu seinem Erstaunen merkte,

daß er in der Loge nicht allein war. Ihm gegenüber saß eine Dame, von der er vorerst nur die gleißend blonden Haare, ein sehr schönes Profil und eine jenseits der Mode liegende Kleidung sah, die durch einen um den Hals fächerförmig stehenden Spitzenkragen charakterisiert war.

Der Diener machte Miene, der Dame auf die Schulter zu tippen. Leibniz hinderte ihn jedoch daran mit einer Geste und fragte, ob er ein Mahl und schweren Wein bekommen könne, was der Diener unter Verbeugung bejahte.

Durch dieses Gespräch wurde die Dame aufmerksam und blickte auf Leibniz.

„O, Verzeihung!" sagte sie müde. „Ich gehe schon. Ich wußte nicht..."

„Warum sollen Sie gehen?" fragte Leibniz. „Der Störenfried war doch ich. Aber man wies mich hieher."

„Es ist in guter Ordnung", sagte die Dame. „Sie sind der Gast und ich gehöre sozusagen zum Hause. Darum räume ich den Platz."

„Sie sollen aber hier bleiben!" Leibniz sah sie voll an und schüttelte den Kopf. „Sie würden mir nur jede Lust nehmen, hier weiter zu sitzen, wenn ich das Gefühl hätte, jemand vertrieben zu haben. Und ich hätte außerdem noch das Gefühl, abstoßend zu wirken. Natürlich gilt meine Bitte nur für den Fall, daß Sie verzeihen, wenn ich mich ruhig verhalte. Auch ich bin sehr, sehr müde."

„Ach so! Dann bleibe ich gerne. Der Diener wird Ihr Mahl und den Wein sogleich bringen. Ich bin sehr dankbar, daß ich noch ein wenig ausruhen darf." Und sie wandte sich ab und verfolgte die Vorgänge unten im Saal mit lässiger Neugier.

Leibniz hatte das Antlitz der Dame nur ganz kurz gesehen. Sie war auffallend schön, hatte große blaue, sehr ausdrucksvolle Augen, schien aber, trotz der Glätte und madonnenhaften Regelmäßigkeit der Züge, irgendwie gezeichnet: von einem Wissen um abstoßende und höllische Dinge. Oder war das wieder Phantasie und sie war bloß müde? Nonnen gab es hier ja gewiß nicht, dazu war die ganze Einrichtung dieser neuartigen Stätte der Geselligkeit zu offenkundig.

Leibniz schob also alle weiteren Betrachtungen zurück. Der Pakt mit der Dame war geschlossen. Man würde sich gegenseitig nicht beachten. Und er mußte jetzt an den eigentlichen Zweck seines Kommens denken. Er zog also sein Lorgnon und suchte Boineburg. Er erblickte ihn auch nach einiger Zeit unten im Saale in einer größeren Gesellschaft von Edelleuten und Mädchen. Und bemerkte, daß der Jüngling verstimmt aussah und sich im Gegensatz zu den anderen, die beim Tische saßen, nicht am Tanze beteiligte. Das heißt, er blieb sitzen, während bei den anderen ein häufiges Gehen und Kommen zu bemerken war.

Wie stets litt Leibniz an großem Hunger und verzehrte in jagender Hast sein Mahl und trank sehr schnell den Malvasier, den man ihm gebracht hatte.

Als er eben die letzten Bissen hinunterschlang, sah er plötzlich, daß die Dame lächelte.

„Ich bin erst vor zwei Stunden aus England eingetroffen", entschuldigte er sich, ohne es recht zu wissen.

„Sie sind ein Gedankenleser. Bitte, verzeihen Sie mir meine Unart!" erwiderte sie mit dunkler Stimme. „Ich werde unsre Vereinbarung auch nicht mehr durch ein albernes Lächeln brechen."

Da schoß in Leibniz ein verworrener Wunsch empor. Warum sollten nur all die anderen, die hier waren, sich bei den Frauen Lust, Vergessen und Ruhe holen? Warum nicht auch er? Doch er wollte es wieder ganz anders als alle anderen. Es war ihm recht, es war Voraussetzung für seinen Wunsch, daß diese Frau jung und schön war. Daß sie duftete und daß die Seide ihres Kleides und die Spitzen schimmerten. Daß die Haut ihres Halses glatt und kühl war und die Form ihrer nackten Arme und ihre Brust, die man aus dem Ausschnitt der Seide durch die halbe Verhüllung erahnte, ein wunderbares Ebenmaß zeigten. Und trotzdem lag der Wunsch auf einer fast mystischen Ebene. Er wollte eine höhere, tiefere Ruhe von dieser Frau, als die Stillung von Begierden und Leidenschaften. Er wollte von ihr ein Märchen.

Er stand leise und langsam auf und sagte wie zu sich selbst:

„Ich habe Hunger. Furchtbaren Hunger. Sie haben über diesen Hunger gelächelt. Er ist aber stets bei mir. Und wird immer rasender, immer schmerzhafter. Darum bin ich so müde, obwohl ich voll Kraft und Leben bin. Natürlich ist der Hunger, den Sie sahen, nur ein winziger letzter Ausdruck des Körpers für das Geistige. Aber auch ich will nichts mehr sprechen."

Sie sah beinahe erschreckt auf und blickte ihm voll in die Augen. Was wollte dieser sonderbare, unheimliche Gast? Sicher nicht das, was die anderen hartnäckig und oft läppisch von ihr forderten, wobei sich stolze Kavaliere erniedrigten oder zu Tieren wurden — uud wovor sie eben für eine Stunde heraufgeflohen war. Sie, die gesuchte, berühmte Schönheit dieses neuartigen Hauses. Die „Aspasia" von Paris, wie preziöse Edelleute sie nannten. Die „Cythere", wie die weniger preziösen sie riefen, wenn sie schon die Hände griffbereit streckten.

Und sie fühlte plötzlich eine sonderbare Verpflichtung. Sie mußte erraten, was der Fremde wollte. Der Hungernde mußte gelabt werden. Er hatte sie um Hilfe angerufen. Und ihr tiefes Wissen um den Mann trank aus seinen Augen die Antwort, obwohl ein solcher Ruf zum erstenmal an sie gerichtet worden war. Und sie fand ebenso sicher die Form. Denn sie fühlte genau, daß ein einziger unzarter Ton seinen Hunger zu Ekel verwandeln würde.

So sagte sie schlicht:

„Setzen Sie sich neben mich. Ich will Ihre Müdigkeit bewachen. Ich werde dabei selbst meinen Hunger nach Ruhe stillen."

Leibniz antwortete nicht. Sie hätten auch beide nicht angeben können, wann er sich neben sie gesetzt hatte. Er saß neben ihr. Es war so bestimmt. Und er lehnte seinen Kopf und seine Wange an ihre glatte Schulter und sie strich manchmal mit einer sonderbar kühlen, weichen Hand über sein Antlitz.

Dann sprachen sie leise. Aber nur sehr abgelegene und beziehungslose Dinge, die jeder mitten im Satz abbrach, wenn es ihm paßte. Und auf die keiner der beiden eine Antwort erwartete. Und sie gehörten in dieser Stunde, zwischen Musik, Gläserklirren, Gewisper, Gekicher, zwischen Liebesseufzern und dunklen Leidenschaften der anderen, einander mehr an, durchdrangen den Sinn der Vereinigung, der Erlösung aller Sehnsucht mehr als sonst es Menschen gegeben ist. Weil sie nichts wollten als das allerletzte Ziel der Sehnsucht, das Ruhe heißt.

Jeder Zeitablauf war für beide erloschen und versiegt. Deshalb war es ein Erwachen nach Unendlichkeiten, als beide zugleich eine wild störende Kraft in unmittelbarer Nähe fühlten. Und beide blickten, halb verständnislos, in das bleiche, verzerrte Antlitz des jungen Boineburg, der vor ihnen stand und verzweifelt mit einem vielleicht wahnsinnigen Entschluß rang.

Blitzartig wurden für Leibniz Bruchstücke von Gesprächen verständlich, die in der eben vergangenen mystischen Stunde sein Ohr nur oberflächlich erreicht hatten. Kein Zweifel: Boineburg war jener unreife und maßlose Jüngling, vor dem die Dame heraufgeflohen war, da sie es entwürdigend fand, stets nur einem Knaben zu Dienste zu stehen. Wenn er auch schön, vornehm und klug war. Seit vielen Wochen schon hatte er sie umworben, gequält und ausgeschöpft, wie es eben nur die junge Gier eines Knaben vermag.

Und Leibniz wußte weiter, was das verzerrte Antlitz Philipp Wilhelms bedeutete. Alles hätte geschehen dürfen, nur das nicht, was geschehen war: Der Lehrer hatte ihn nicht nur ertappt, sondern schien auch zu allem Überfluß ein glücklicher Nebenbuhler zu sein.

Der junge Boineburg starrte noch immer auf die beiden. Leibniz mußte für die nächsten Augenblicke Unberechenbares befürchten. Er befürchtete es aber nicht für sich, sondern für den Jüngling. Fürchtete für den Vater des Jünglings und für die Dame, die jetzt, auch nicht klar über die Zusammenhänge, Miene machte, zwischen die „Rivalen" zu treten.

„Ich bin erst vor wenigen Stunden aus England zurückgekommen, Philipp Wilhelm", sagte Leibniz, als ob keinerlei Spannung bestände. „Wollen Sie einen Augenblick bei mir Platz nehmen? Ich hätte Ihnen einige Nachrichten zu bestellen..."

Unter dieser merkwürdigen Ruhe hatte sich Boineburg ein wenig gefaßt. Röte flammte über sein Gesicht und er war plötzlich den Tränen nahe.

„Sind diese Nachrichten so wichtig, daß Sie mir deshalb nach-
spionieren müssen, Herr Doktor Leibniz?“

„Ich erinnere mich nicht, Ihr Recht, hier zu sein, bestritten
zu haben. Vorläufig. Ich nehme deshalb dasselbe Recht für mich
in Anspruch. Ich hoffe aber, daß wir darin übereinstimmen,
durch eine unbedingte Pflicht gebührender Rücksicht gegen
die Dame gebunden zu sein. Wenn Sie wollen, gehe ich sogleich
nach Hause, Philipp Wilhelm. Und vergesse Ihr Betragen.“
Leibniz machte Miene, an Philipp Wilhelm vorbeizugehen.

Die Dame war an die Brüstung getreten und blickte in den
Saal hinunter. Sie hatte sich sogleich abgewendet, als sie hörte,
daß die beiden einander kannten.

Zwanzigstes Kapitel

Der Haß der Söhne

Boineburg veränderte plötzlich seine Haltung. Seine Züge
glätteten sich und er antwortete vollständig beherrscht:

„Was fällt Ihnen ein, Herr Leibniz? Sie werden jetzt zur
Strafe hier bleiben. Und hinunter an unseren Tisch kommen.
Es liegt mir nämlich am Herzen, Sie von manchen Dingen zu
überzeugen, die Sie trotz Ihrer großen Gelehrsamkeit sicher
nicht wissen. Wegen der Dame können Sie sehr unbesorgt sein.
Mich verbindet mit ihr aufrichtige Freundschaft.“

Leibniz war über den jähen Wechsel in der Taktik Boineburgs
sehr erstaunt. Wollte der Jüngling bloß einlenken? Wo er noch
vor wenigen Minuten beinahe an den Degen gegriffen hatte?
Das war alles nicht so einfach, wie es schien. Wahrscheinlich
schob Philipp Wilhelm seine Rache bloß auf. Oder er wollte nur
mehr erfahren, ohne sich vor Leibniz oder vor der Dame bloß-
zustellen. Trotz dieser klaren Erkenntnis überkam Leibniz ein
brennendes Mitleid mit Philipp Wilhelm und eine würgende
Angst und Unruhe, die mit den gegenwärtigen Ereignissen gar
nicht zusammenzuhängen schien. Und diese Angst wurde so

mächtig, daß er dem Jüngling die Hand reichte und sagte:

„Ich danke Ihnen für die Einladung, Philipp Wilhelm. Ich folge ihr gern. Ich bin sehr froh, mich ein wenig ablenken zu können. Denn es ist ein unerträgliches Grauen in mir, für das ich vergeblich nach einem Vernunftgrund suche. Gehen wir also!"

Der Ton dieser Worte sprang sofort auf Boineburg über. Denn er blickte Leibniz fast erschrocken an. Er kannte Leibniz zu gut, kannte dessen Ruhe und Abgeklärtheit in jeder Lage. Deshalb, so schloß er unwillkürlich, mußten furchtbare Dinge vorgehen. Oder sich vorbereiten. Unerklärliches Grauen? Wer hatte von Leibniz schon derartiges gehört? Und Leibniz schien so benommen von diesem Grauen, daß er weder Zeit noch Lust hatte, gegen ihn zu kämpfen.

„Willst du mit uns hinunterkommen, Diane?" fragte Boineburg leise und trat zur Dame an die Brüstung.

„Ich möchte mich für heute entschuldigen, Philipp Wilhelm. Du wirst es mir verzeihen. Außerdem sei sicher, daß alles anders war, als du es vermutest. Ich sage das nur, weil es die Wahrheit ist."

„Es scheint die Wahrheit zu sein", murmelte Boineburg verwirrt. Er wußte selbst nicht, woher ihm diese Gewißheit kam. Er stand irgendwie unter einem Bann. Und es war ihm auch nicht unerwünscht, daß Diane für heute dem Gesichtskreis Leibnizens entschwand. Denn Leibniz würde sie sicher nicht suchen. Weder morgen, noch übermorgen, noch irgend wann. Darum küßte er ihr die Hand und geleitete sie über die Treppe hinunter. Leibniz folgte den beiden und empfahl sich unten von Diane. Er drückte ihr die Hand und sagte hell und leise:

„Ich hoffe, Sie in Ihren Träumen nicht gestört zu haben, mein Fräulein. Dafür aber, daß Sie mich träumen ließen, danke ich Ihnen in tiefer Innigkeit."

Sie nickte nur wie abwesend und wandte sich einer Zofe zu, die sie beim Ausgang erwartete. Über das Gesicht Philipp Wilhelms aber huschte ein boshaftes Lächeln. Er zweifelte nicht mehr, daß die beiden nur geträumt hatten. Gleichwohl war auch dieses Träumen schon ein Eingriff Leibnizens in seine Rechte.

Er würde jedenfalls bald dafür sorgen, daß Leibniz erwachte. Seine milde Stimmung gegen den Lehrer war wieder verflogen. Er haßte ihn jetzt, vielleicht deshalb, weil er keinen Angriffspunkt mehr fand. Leibniz hatte sich nicht auf die Ebene dieses Hauses begeben. Er hatte „geträumt" und hatte aus der wilden, lasterhaften Diane eine verschlossene, preziöse Dame gemacht. Schrecklich, wie solche Kälte ansteckte. Vor wenigen Minuten wäre er selbst fast neuerlich in den Bann dieses kosmischen Spielverderbers geraten, der ärger war als alle Beichtväter und alle eifernden Mönche. Leibniz sollte aber bald sehen, daß er nur ein halber Mensch war.

Und Boineburg schob lächelnd den Arm unter den Arm des Lehrers, leitete ihn durch die Tür in den Saal und sagte:

„Schelten Sie meinetwegen meinen Lebenswandel. Aber vielleicht erst dann, wenn Sie gesehen haben, was ich außer Diane hier suche."

„Ich habe Sie niemals für eine flache oder einseitige Natur gehalten, Philipp Wilhelm", erwiderte Leibniz ein wenig abweisend. „Ich betonte auch heute schon deutlich, daß ich Ihre Freiheit nicht beschränken will. Ich habe Sie auch, entgegen meiner Pflicht, niemals angeschwärzt. Aber, lieber Philipp, Sie vergessen eines. Daß ich Ihrem Vater unsagbar viel verdanke und daß Ihr Vater sehr bestimmte Ansichten über Ihre Erziehung hat, die Ihren Wünschen durchaus nicht immer entsprechen. Sie machen mir dadurch meine Aufgabe ein wenig schwer."

„Ich werde bald einen Weg finden, Ihre Sorgen zu erleichtern", sagte Boineburg kalt. „Jetzt aber wollen wir uns zu den anderen setzen. Dort ist meine Gesellschaft." Und er führte Leibniz zwischen den Tischen durch, an denen junge Edelleute spielten oder scherzten. In der Mitte des Saales verbeugten sich eben die Paare in zeremoniellem Reigentanz.

Leibniz musterte schnell und unauffällig die „Gesellschaft" Boineburgs. Es waren drei junge, verschwenderisch gekleidete Herren und einige Mädchen. Die Farben der bunten Röcke und Tressen, all das Rot, Blau, Gelb, Grün, die Seiden, Spitzen und Tuche, das glitzernde Gold auf den Kleidern dieser anscheinend sehr reichen Jünglinge, bot ein verwirrendes Bild. Ein wenig

schlichter und eher soldatisch wirkte ein vierter Edelmann mit
großen blauen Augen und einem hellblonden Bärtchen, der
abseits saß und den linken Arm in der Schlinge trug.

Die ganze Gesellschaft unterhielt sich lärmend und sehr
selbstbewußt.

„Nun, haben Sie Ihre Diane wiedergefunden, Philipp Wilhelm?“ rief einer der Edelleute Boineburg entgegen.

„Gewiß“, erwiderte Boineburg ostentativ lachend. „Sie ging
aber schon nach Hause. Sie hat Launen wie jede Frau. Ich habe
aber zum Ersatz für Diane meinen hochweisen Lehrer mitgebracht.“

Ein schmetterndes Gelächter der schon etwas angeheiterten
Jünglinge antwortete diesem Scherz.

Wenn nun auch Boineburg sicher eine Stichelei beabsichtigt
hatte, war er über die Wirkung seiner Worte doch erschrocken
und blickte auf Leibniz.

Dieser aber tat das einzig Mögliche. Er lachte mit und sagte:
„Bei Gott, ein sehr mangelhafter Ersatz! Ich finde fast, daß
Herr von Boineburg die schöne Diane blasphemiert.“

Der Ton Leibnizens, von dem man nicht recht wußte, ob er
spöttisch oder ernst gemeint war, erzeugte sofort eine gewisse
Ernüchterung. Allerdings, ohne den Hochmut der Jünglinge
wesentlich zu dämpfen.

„Wollen Sie uns nicht den Herrn Lehrer vorstellen?“ meinte
ein zweiter Edelmann gelangweilt.

„Es ist Herr Leibniz, derzeit in kurmainzischem Dienst, verehrter Marquis“, sagte Boineburg nebenhin.

„Also auch ein Deutscher“, quittierte der dritte Edelmann
die Angelegenheit. „Das wird vielleicht den Grafen Tschirnhaus
interesssieren.“

Bei der Nennung seines Namens blickte Walter Graf Tschirnhaus — der kriegerische junge Mann mit dem Arm in der
Schlinge — auf und nickte.

„Wohl ein Philologe oder Historicus?“ sagte er sehr herablassend. Dann kritzelte er weiter auf einem Blatt Papier, das vor
ihm lang.

Leibniz antwortete nicht. Er sah jetzt deutlich, oder besser, er glaubte zu sehen, was Boineburg ihm aus Rache zugedacht hatte. Philipp Wilhelm hatte die Einführung des Gastes in diesen mehr als selbstbewußten Kreis ja auch in einer Art vorgenommen, die keine anderen als die tatsächlich erfolgten Ergebnisse zeitigen konnte. Ein lächerlicher Schulmeister, ein halber Domestike, das war der Eindruck, den Philipp Wilhelm durch geflissentliches Verschweigen von Rang und Titel erzeugt hatte. Gut, sollte der Knabe seine Freude haben. Schon mehr Dinge im Leben Leibnizens hatten ähnlich begonnen, um dann als Niederlage der anderen zu enden. Aber selbst das wünschte er heute nicht. Er war zu müde und zu erregt, um sich durchsetzen zu wollen.

„Nehmen Sie, bitte, Platz!" sagte Boineburg kühl und rückte einen Stuhl zurecht. Und zwar so, daß Leibniz gegenüber von Tschirnhaus zu sitzen kam.

Die Musik spielte und die anderen unterhielten sich schon wieder, manchmal in sehr zweideutiger Weise, mit den Mädchen. Auch Boineburg beteiligte sich an diesen Frivolitäten.

Leibniz drehte sich, um nicht eine allzu lächerliche Rolle zu spielen, fast ganz herum und sah den Tanzenden zu.

Als schon geraume Zeit verstrichen war, lachte Philipp Wilhelm plötzlich sehr unvermittelt auf.

„Sie denken wohl, Herr Leibniz," sagte er dann leise, „daß sich in diesem Kreise nur Nichtstuer und Ignoranten befinden?"

„Ich hatte noch nicht den Vorzug, einen der Herren näher kennen zu lernen. Noch weniger habe ich Grund, mich mit den Eigenschaften dieser Herren innerlich zu beschäftigen. Soviel ich sehe, will man sich unterhalten, sonst nichts."

„Darin eben irren Sie. Blicken Sie nur einmal zum Grafen Tschirnhaus hinüber. Und zum Marquis von Fouchiere. Die beiden grübeln eben über tiefste Dinge."

Der Marquis schien etwas vom Geflüster Boineburgs verstanden zu haben. Denn er hob den Kopf und fiel ein:

„Lassen Sie uns zufrieden, Philipp Wilhelm! Es kann Sie doch nicht stören, wenn wir Probleme lösen."

„Im Gegenteil", sagte Boineburg schnell. „Ganz im Gegenteil. Ich wollte meinem Lehrer nur eine Lektion erteilen. Er ist nämlich der Ansicht, daß Gelehrsamkeit sich nur mit Askese verträgt.‟

„Sie sind heute sehr ausfallend, Philipp Wilhelm‟, lehnte Leibniz kühl ab. „Außerdem glaube ich, daß den Herren meine Ansichten höchst gleichgültig sind.‟

„Das vielleicht‟, fuhr Boineburg auf. „Mir aber sind sie nicht gleichgültig, da ich unter ihnen leide. Und darum erlasse ich es Ihnen nicht, Sie auf den Grafen Tschirnhaus hinzuweisen. Ob Sie es nun wollen oder nicht. Sehen Sie, Tschirnhaus ist ein erleuchteter Mathematiker. Er hat in Leyden studiert...‟

„Ich zweifle nicht daran‟, lächelte Leibniz.

„Gut, Sie zweifeln nicht daran. Aber Tschirnhaus ist auch ein großer Patriot. Er hat an der Spitze einer Schar deutscher Freiwilliger für Holland gegen Frankreich gekämpft...‟

„Was wir ehren und begreifen‟, fiel der Marquis ein. „Wir haben inzwischen Waffenstillstand geschlossen.‟

„Und derselbe Tschirnhaus sitzt jeden Abend hier, gleich mir und den anderen.‟

Leibniz schüttelte den Kopf.

„Ich weiß nicht, was Sie von mir wollen, Philipp Wilhelm‟, sagte er müde. „Auch der große Descartes hat mitten im Kriege im Feldlager, Mathematik getrieben. Und bei den griechischen Gastmählern hat man bei Wein und Flötenspiel Tiefstes verhandelt. Ich habe nie behauptet, es sei unmöglich. Ich merke nur bei Ihnen selbst keine solche Betätigung.‟

Tschirnhaus lachte gutmütig. Boineburg aber biß sich auf die Lippe. Er sah ein, daß er sich verrannt hatte. Und schwieg.

Leibniz aber hatte einen flüchtigen Blick auf die Zeichnung geworfen, über die eben der Marquis und Tschirnhaus diskutierten.

„Ein bisher ungelöstes Tangentenproblem des Blaise Pascal‟, sagte Graf Tschirnhaus in gönnerhaftem Ton, als er den Blick Leibnizens merkte. „Mir ist eben die Lösung geglückt.‟

„Eine berauschende Leistung!‟ sekundierte der Marquis.

„Dürfte man in die Zeichnung Einblick nehmen?‟ fragte Leibniz.

„Verstehen Sie etwas von Mathematik?“ Graf Tschirnhaus
lächelte mokant.

„Ein wenig.“ Leibniz wollte sich aus dem Gespräch zurückziehen, da er den Ton kaum mehr ertrug. „Sie wissen selbst,
Graf Tschirnhaus, daß in Deutschland der mathematische Unterricht noch nicht sehr hoch entwickelt ist.“

Das Gespräch wäre auch versandet, wenn nicht Boineburg,
der sich einbildete, die Kenntnisse des Grafen Tschirnhaus
seien denen Leibnizens weit überlegen, sich wieder eingemischt
hätte.

„Zeigen Sie ihm nur Ihre Entdeckung“, sagte er zu Tschirnhaus. „Ich bin begierig, was er daran aussetzen wird.“

Tschirnhaus reichte über den Tisch hin das Blatt Leibniz, der
es eine kurze Weile betrachtete. Dann gab er es zurück und bemerkte abwehrend:

„Sie gestatten mir doch, Graf Tschirnhaus, mich jeder Äußerung zu enthalten. Mir sind das Problem und seine bisherigen
Lösungsversuche bekannt.“

„Was heißt diese orakelhafte Antwort?“ Der Marquis fuhr auf.

„Nichts als die Bitte, schweigen zu dürfen“, wiederholte
Leibniz.

„Das ist eine Verdächtigung“, erwiderte der Marquis. „Oder
aber ein ganz und gar unbegründeter Zweifel.“

„Lassen Sie ihn!“ sagte Tschirnhaus. „Es gibt Leute, besonders unter Lehrern und Erziehern, die niemals eine Leistung
anerkennen wollen. Sie sind dazu einfach nicht imstande. Er
will schweigen. Gut. So soll er schweigen. Wenn er etwas zu
reden wüßte, würde er es von sich geben.“ Und er rechnete
achtlos weiter.

Leibniz, der einsah, daß seine Lage unerträglich wurde,
wollte eben aufstehen und sich empfehlen, als Boineburg höchst
pathetisch einfiel:

„Ich bin für den Gast, den ich einführte, verantwortlich.
Deshalb fordere ich Sie auf, Herr Leibniz, Ihre verletzenden
Andeutungen zu rechtfertigen.“

Leibniz war am Ende seiner Geduld. Haßten ihn wirklich alle
Söhne? Es schien so.

„Ich habe gar nichts zu rechtfertigen", erwiderte er so schneidend, daß alle aufhorchten. „Schließlich bin ich Mitglied der französischen und englischen Sozietät der Wissenschaften. Beides auf Grund physikalischer und mathematischer Arbeiten. Ich will nur sagen, daß ich eben infolge dieser wissenschaftlichen Stellungen berechtigt bin, jede wissenschaftliche Tat unter dem einzig maßgebenden Gesichtspunkt zu prüfen, ob sie richtig oder falsch ist. Etwas andres gibt es da nicht. Gesellschaftlich aber besteht die Möglichkeit, den Takt zu wahren oder ihn zu verletzen."

„Was soll das wieder heißen?" Der Marquis wurde grellrot im Gesicht.

„Nichts, das Sie kränken könnte, Marquis", erwiderte Leibniz. „Ich wollte mich nicht näher über die Leistung des Grafen Tschirnhaus äußern, weil sie ebenso originell als elegant ist. Wie gesagt aus Takt."

„Nun und?" Der Marquis lachte verzerrt. „Wozu brauchen Sie ihren Takt, wenn etwas richtig, originell und noch dazu elegant ist?"

„Weil die Lösung eben nicht allgemein ist." Leibniz wurde jetzt scharf. „Sie ist richtig. Aber nur für einen Spezialfall, für einen Grenzfall, den Graf Tschirnhaus rein zufällig bearbeitet hat. Das Problem selbst bleibt ebenso ungelöst wie bisher. Das allgemeine Tangentenproblem nämlich."

„Wie, was behaupten Sie da? Tschirnhaus griff sich an den Kopf. „Was sagen Sie dazu, Marquis? Aber ich will mich jetzt nicht herumstreiten. Gehen wir auf den Balkon, Marquis!" Und er stand auf und nickte nur leicht mit dem Kopf. Der Marquis folgte ihm.

„Ich werde Ihnen das nicht so schnell vergessen, Herr Leibniz!" zischte Boineburg. „Sie sind ein Teufel! Aber Ihre Intrigen werden bald auf Sie selbst zurückfallen."

Leibniz antwortete nichts. Denn plötzlich hatte ihn ein so furchtbarer Schreck durchzuckt, daß alles Blut aus seinen Wangen gewichen war. Sein Blick war nämlich unvermittelt dem suchenden Blick des Schönbornschen Dieners begegnet, der nahe der Eingangstüre stand und im Saale umherspähte.

„Gott schütze uns beide vor Unheil!“ sagte Leibniz, ohne daß er es wußte, in gepreßtem Ton.

„Was wollen Sie?“ fragte Boineburg. „Ich verstehe Sie nicht. Er folgte dem Blick Leibnizens. Dann lachte er auf: „Ah, noch ein zweiter Spion, den man auf mich gehetzt hat.“

„Nein, das ist kein Spion.“ Leibniz bemühte sich mit aller Kraft seine Erstarrung abzuschütteln. „Das ist etwas andres, etwas Schreckliches, das ich schon längst erwarte.“

„Wollen Sie alles Unheil herbeihexen? Es ist unerträglich! Ganz und gar unerträglich!“ Philipp Wilhelm sprang auf und gab dem Diener ein Zeichen. „Der Diener wird Sie jetzt zu Bett bringen. Ich habe genug für heute. Verklagen Sie mich beim Vater. Ich habe genug!“

Leibniz wehrte nur mit einer Geste ab, da der Diener schon eilig, zwischen den Tischen durch, auf sie zukam.

„Nun?“ fragte ihn Boineburg scharf.

„Ich verstehe es nicht, Euer Gnaden“, erwiderte der Diener atemlos.

„Was verstehen Sie nicht?“

„Die Bedeutung des Ganzen.“

„Jetzt reden Sie einmal geordnet! Wer hat Ihnen übrigens gestattet, mir hieher nachzulaufen?“

„Es ist plötzlich eine Cavalcade vorgefahren, Euer Gnaden. Bei uns. Als die Herren hörten, daß Euer Gnaden hier seien, setzten sie mich auf den Kutschbock.“

„Wer? Was? Wie?“ Boineburg stampfte mit dem Fuß.

„Ich glaube, die Herren sind vom Herrn Außenminister, Marquis von Pomponne, abgeschickt.“

„Und wo sind sie jetzt?"

„Sie warten draußen. Sie sehen sehr düster drein und sprechen kein Wort."

„Was kann da geschehen sein?" Philipp Wilhelm blickte betreten zu Leibniz. „Jetzt, mitten in der Nacht? Will man uns verhaften oder ausweisen?"

Leibniz dachte angestrengt nach.

„Vielleicht wegen unsrer Mission nach England? Es ist alles möglich. König Ludwig betrachtet unsre Bemühungen allenfalls als Unfreundlichkeit. Wir müssen wohl sofort hinaus zu den Herren."

„Man hat mich ausdrücklich beauftragt, Herrn Doktor Leibniz auch zu verständigen", sagte der Diener.

„Nun, dann ist meine Vermutung nicht ohne jede Grundlage. Lassen Sie für jeden Fall mich allein reden, Philipp Wilhelm, da Sie über unsre Verhandlungen in England nicht unterrichtet sind. Und nun schnell!"

Leibniz ging voran. Boineburg folgte ihm wie ein Nachtwandler.

Als die beiden mit dem Diener auf die Straße hinaustraten, bot sich ihnen ein eigentümlicher Anblick. Beleuchtet von mehreren Fackeln, die abgesessene Vorreiter und Gefolgsleute hielten, wartete eine prächtige Staatskarosse auf der jenseitigen Straßenhälfte. Der Wagenschlag war geöffnet und vor ihm standen zwei Edelleute hohen Ranges in maskenstarrer Pose. Beide den dreispitzigen Hut in der Hand. Ebenso starr und auch entblößten Hauptes wartete links von den beiden ein bestaubter Kurier neben seinem Pferd, dessen Halfter er gefaßt hatte. Einige Lakaien aber forderten die Neugierigen, die sich anzusammeln begannen, im Namen des Königs sehr energisch auf, jede Störung zu vermeiden und womöglich rasch weiterzugehen. Ausnahmen wurden nicht gemacht. Die Ermahnung wurde sogar einigen Edelleuten in besonders kategorischer Weise zuteil, die eben das Tanzhaus singend verließen und über die Karosse ihre Scherze machen wollten.

Als Leibniz den Aufzug erfaßt hatte, durchzuckte ihn ein neues Erschrecken.

„Bewahren Sie Haltung, Philipp Wilhelm, was auch immer kommt! Beweisen Sie sich hier in der Fremde als Boineburg und als Deutscher. Ich werde Sie nicht im Stich lassen." Er raunte es Philipp Wilhelm zu, als sie die wenigen Schritte über die Gasse gingen.

Der Ältere der beiden Edelleute trat ein wenig vor, verbeugte sich tief vor Boineburg, dann vor Leibniz und sagte:

„Besondere Ereignisse erfordern besondere Maßnahmen. Wir bitten in aller Ehrfurcht, in unsrer Karosse Platz zu nehmen. Und werden uns erlauben, die Herren in Ihr Haus zurückzubringen, damit wir den uns vom Minister befohlenen Besuch rechtzeitig abstatten können." Er wies mit einer Handbewegung gegen den Fond des Wagens.

Leibniz ließ instinktiv Boineburg den Vortritt, da der Edelmann ihn auch zuerst begrüßt hatte. Wie im Traum stiegen die beiden in den Wagen.

Die Edelleute warteten einen Augenblick draußen und erteilten kurze Befehle. Dann stiegen auch sie ein und nahmen auf dem Rücksitz Platz.

Wenige Herzschläge später klapperten schon die Hufe der Pferde, die den Wagen zogen, und der Rosse der Gefolgsleute und des Kuriers auf dem Pflaster. Und grelle rote Zungen des Fackelscheins durchflammten gespenstisch das Innere der Karosse.

Was geschah hier? Sowohl Leibnizens als Boineburgs Gedanken hatten fast jeden Zusammenhang verloren. Alle Möglichkeiten, alle Gefahren der Welt bedrohten sie. Der furchtbare Schatten des Wunders der Geheimhaltung, des großen Miracle du Secret, dessen Symbol, die goldenen Lilien auf blauem Grund, überall um sie her aufblitzten, hatte sich auf sie gesenkt. Und gleichwohl ahnten beide schon, daß wahrscheinlich Schrecklicheres nach ihnen langte als persönliche Gefahr.

„Ich bin mir bewußt, die strenge Form gröblich zu verletzen", sagte unvermittelt der ältere Edelmann. „Ich stelle aber die innere Ehre über die Form. Und darum teile ich Ihnen mit, Herr Graf von Boineburg, daß der höchste und allmächtigste Gott vorgestern beschlossen hat, den großen Minister Boineburg an die Stufen seines Thrones zu rufen. Unser Kurier brachte vor wenigen Stunden die entsetzliche Kunde. Wir aber sind beauftragt, das tiefe Beileid Seiner Majestät dem Sohn dieses großen Mannes und seinem getreuen Sachwalter Leibniz auszusprechen. Und wir hoffen, uns noch einmal in Ihrem Haus vor Ihnen verneigen zu dürfen."

Keiner der Insassen der Karosse bemerkte, daß nach diesen fast ins Leere gesprochenen Worten lange Zeit verstrichen war. Endlich hatte sich bei Philipp Wilhelm und bei Leibniz das Endgültige der gräßlichen Botschaft zur klaren Erkenntnis durchgearbeitet.

„Wie ist mein Vater gestorben?" flüsterte der Jüngling mit zerbrochener Stimme.

„Soviel wir wissen, hat ihn ein Schlagfluß schmerzlos hingerafft", antwortete leise der Edelmann. „Wir verhehlen aber nicht, und das ist unser großes Leid, daß der Krieg viel Schuld an seinem Tod hatte. Eine übermächtige Erregung hat den herrlichen Mann gefällt. Er starb an der Nachricht, daß brandenburgische Truppen seine Güter verwüstet haben."

„Mein Gott im Himmel!" Dieser Ausruf Leibnizens enthielt trotz seiner Schlichtheit alles, was Leibniz in der Zeit eines Augenblicks erkannte.

Boineburg, der Märtyrer des Deutschtums, der große Vorkämpfer und Hort der Nation, hatte es in seiner letzten Stunde erleben müssen, daß ein Teil dieser Nation, ein herrlicher, ruhmreicher Teil des geliebten Ganzen, durch die Verkettung rätselhafter Schicksale, gerade in sein gehütetes Besitztum eingebrochen war, wie in das Gut des verhaßtesten Feindes. O, es handelte sich da nicht um Felder, um Schlösser und Wälder! Es handelte sich um ein grausiges Symbol, um einen Fluch, der auf den Deutschen lastete seit den Zeiten der alten Römer. Stets wieder Deutsche gegen Deutsche. Furchtbare Unversöhnlichkeit eines solchen „schmerzlosen" Todes nach solch einem dem Deutschtum gewidmeten Leben.

Leibniz beherrschte sich sofort. Der junge Boineburg schien nur den klaren, naturgemäßen Schmerz des Kindes zu fühlen. Er hütete sich, dem armen Kinde die Tragik des Geschehens

bewußt zu machen. Darum langte er still nach der Hand des
Jünglings und drückte sie. Philipp Wilhelm aber kämpfte sich
tapfer zu einer Haltung durch, die seiner neuen Würde als
Sohn und Nachfolger eines großen Vaters entsprach, der nun
schon, in ruhmvoller Art, der Geschichte seines Jahrhunderts
angehörte.

Im kleinen Palais empfing er dann sehr bleich, aber mit un-
leugbarer Größe im ganzen Wesen, den Staatsbesuch. Und
ging, nach kurzem Abschied von Leibniz, starr schweigend in
seine Zimmer.

Zweiundzwanzigstes Kapitel

Leuchtfeuer in mathematischem Dunkel

Die offenen Fenster ließen durchsonnte laue Luft und Blü-
tendüfte hereinströmen. Es war Juni geworden. Leibniz saß an
diesem Vormittag in seinem Zimmer nahe dem Fenster in seinem Lehnstuhl und sann vor sich hin. Ab und zu trug er einige
Ergebnisse seiner Überlegungen in ein kleines Notizheft ein,
das er in der linken Hand hielt.

Woher diese Ruhe nach den umwälzenden Ereignissen der
letzten Monate? Mit keinem Gedanken irrte er zu den düsteren
Schatten, die um ihn lagen und die alle Grundlagen seiner Existenz bedrohten, lebte nur in einem aufsteigenden Rausch unerhörter Entdeckungen.

Vielleicht war diese entrückte Stimmung, dieses fiebernde
geistige Vorwärtsstürmen nichts als die in Taten umgesetzte
Erkenntnis, daß es um Deutschland und um ihn selbst schlechter stand als je. Denn der Verlust des Ministers Boineburg war
nur ein tückisches Vorspiel einer viel größeren politischen Katastrophe gewesen. Wenige Monate später war eine zweite Todes-
nachricht nach Paris gelangt, die das Frohlocken der französischen Patrioten beinahe zu offener Freude steigerte. Der
große Kurfürst von Mainz, Johann Philipp von Schönborn, war

seinem Minister in sinnloser Plötzlichkeit in den Tod gefolgt. Und der Erzbischof von Speyer, Graf Beilstein-Metternich, nahm jetzt den Platz Schönborns ein: Für Leibniz der Verlust seiner Gönner und Auftraggeber, für das Reich der Verlust der Vorkämpfer des deutschen Gedankens.

Was blieb da übrig, als aus dem lauen Juniwind die Überzeugung von der Unzerstörbarkeit des Lebens als solchen zu trinken, und auf der Stelle, an die man von Gott gesetzt war, das höchste zu leisten, auf daß der Verlust, den das Universum und das eigene Volk erlitten hatten, wieder aufgehoben würde.

Eben hatte Leibniz eine neue Formel notiert, als ihm der Diener den Besuch des Grafen Ehrenfried Walter von Tschirnhaus anmeldete.

Tschirnhaus? Der junge Haudegen mit mathematischen Leidenschaften? Was führte den so unvermittelt daher? Leibniz hatte seit jenem unseligen Abend im Tanzhaus nichts mehr von ihm gehört. Nichts von ihm, nichts von Diane oder den anderen, da auch Philipp Wilhelm sich nach dem Tode des Vaters in wissenschaftliche Bemühungen vergraben hatte.

„Ich lasse den Herrn Grafen bitten“, sagte Leibniz, legte das Notizheft abseits und stand auf.

Wenige Augenblicke später klirrte Tschirnhaus in Reitertracht, offen lächelnd, ins Zimmer. Sein Arm schien ausgeheilt, denn er streckte Leibniz beide Hände entgegen.

„Ich wollte schon lange bei Ihnen vorsprechen, großer Landsmann!“ sagte er mit überlauter Stimme und kniff dabei eines seiner blauen blitzenden Augen zu. „Aber“, dabei zuckte das blonde Bärtchen, „ich habe es einfach nicht gewagt. Ja, ich war zu feig zu einem solchen Schritt.“

Leibniz lächelte über das Gepolter des Edelmanns.

„Was hätte Ihnen geschehen sollen, Graf Tschirnhaus? Was denken Sie eigentlich von mir?“

„Nur Gutes. Wirklich nur Gutes. Das ist es ja eben. Gewiß, ich ärgerte mich damals furchtbar über Sie. Ich war so stolz auf meine Entdeckung. Und Sie zerschlugen mir alles mit einem Fingerschnippen. Allerdings habe ich das erst einige Wochen später eingesehen...“

„Wollen Sie nicht Platz nehmen, Graf Tschirnhaus? Vielleicht beim Fenster. Die Luft draußen ist heute herrlich..."

„Das will ich meinen. Ich bin heute morgens schon viele Meilen durch die Wälder geritten, um mir Mut zu machen."

„In den Wäldern dürfte es gefährlicher gewesen sein als hier bei mir."

Tschirnhaus lachte schmetternd auf. Dann sagte er überzeugt während er sich in den Lehnstuhl fallen ließ:

„Bei Gott, Herr Leibniz, Sie irren? Drei Duelle und eine Räuberbande wären mir gemütlicher gewesen als dieser Besuch bei Ihnen."

Leibniz schüttelte den Kopf. Dann rückte er sich einen Stuhl in die Nähe des Edelmannes und erwiderte:

„Ich verstehe alles, verstehe, daß solch ein junger Kriegsmann wie Sie weder Duelle noch Räuber fürchtet. Daß er aber mich fürchtet, ist mir unverständlich. Ich gebe zu, daß wir nach unsrer ersten Bekanntschaft nicht eben als Freunde schieden. Aber doch auch durchaus nicht als Feinde. Ich war nicht einmal verstimmt. Im Gegenteil, ich bereute es, Ihnen die Freude an Ihrer Arbeit verdorben zu haben."

Tschirnhaus hieb sich auf die Stirne. Dann sagte er komisch verzweifelt:

„Sehen Sie, das ist ja noch ärger. Und jetzt werden Sie mich verstehen. Sie sind sehr gütig, sehr milde, verzeihen mir mein unhöfliches Betragen von damals. Aber Ihre Güte hat einen Pferdefuß, wenn dieses schöne Bild erlaubt ist. Und dieser Pferdefuß ist Ihr Gefühl der Stärke und Überlegenheit. Einem Menschen, der einen Grenzfall für eine Entdeckung hält, kann ein Leibniz eben nicht zürnen. Er kann ihn höchstens bemitleiden. Wenn es sich schickte, möchte ich jetzt vor Schmerz heulen. Denn ich habe mich, bevor ich Sie kennenlernte, für den ersten und größten Mathematiker Deutschlands gehalten. Geradezu für einen Bahnbrecher. Jetzt begreifen Sie, daß es schwer war, alles einzusehen und dazu noch herzukommen und es zu beichten."

„Was soll man darauf antworten?" Leibniz senkte den Blick. „Jedes Wort, das ich sagen könnte, würde von Ihnen falsch gedeutet werden, da Sie einmal die Hypothese meiner Überlegenheit und meines Zartgefühls aufstellten. Es gibt da, glaube ich, nur einen ehrlichen Ausweg. Wir sind Landsleute, sind begeisterte Mathematiker. Wir werden uns also öfters treffen und gemeinsam am Aufstieg der Mathematik arbeiten. Für die Wissenschaft und für Deutschland."

Tschirnhaus sprang so dröhnend auf, daß Leibniz erschrak.

„Jetzt habe ich gesiegt. Heil diesem Tage! Das wollte ich erreichen. Ich sehe endgültig ein, daß nicht nur Kanonen ungefährlich sind, sondern auch erleuchtete Geister. Gefährlich sind einzig die Lüge und die falsche Scham. Und gleichwohl ist nichts schwerer, nichts verwickelter als die Wahrheit. Und nichts furchterregender für den, der sie sagen soll." Er ging mit blitzenden Augen auf und nieder.

Leibniz schwieg kurze Zeit. Ein leiser Schmerz überkam ihn. Und zwar ein Schmerz doppelter Art. Er verglich Tschirnhaus mit Philipp Wilhelm. Große Anlagen und Talente der beiden. Beide aus altem Adel. Und trotzdem wie viel mehr an Frische und Natürlichkeit, an kindlicher Hingabe bei Tschirnhaus. Wer von beiden würde durch seinen brennenden Ehrgeiz höher geführt werden? Wahrscheinlich Boineburg. Und das, weil er sich nicht so an das Ganze hingab wie Tschirnhaus, weil sein Ehrgeiz ein begrenzterer, persönlicherer war. Hier setzte der zweite Schmerz Leibnizens ein. Tschirnhaus war durch und durch ein Deutscher. Erfüllt vom Mut und von der tiefen Gläubigkeit des Deutschen. Von einem Glauben, dem oft der notwendige Zweifel fehlt und der dadurch in Zonen vorstößt, die erst nach Jahrhunderten erreichbar sein werden...

Er mußte dem Jüngling etwas Aufmunterndes, Anerkennendes sagen. Etwas, das zugleich wahr und erfreulich war. So begann er:

„Gleiches für Gleiches, Graf Tschirnhaus. Es ist nichts ohne Sinn im Weltgeschehen. Auch ich habe Ihnen ein Geständnis zu machen. Ihre Tangentenlösung, so unvollkommen sie noch war, hat der Wissenschaft schon mächtig genützt. Sie zeigte mir nämlich einen Weg ungeheurer Zukunftsmöglichkeiten. Und diesen Weg wollen wir nun gemeinsam ausbauen."

Tschirnhaus war stehengeblieben. Wieder lachte er. Diesmal aber schmerzlich.

„Quod erat demonstrandum!" rezitierte er im Ton eines Kirchengebetes. „Was eben zu beweisen war. Nämlich, wer ist Tschirnhaus und wer ist Leibniz. Der eine rechnet schlecht, der andre macht daraus einen neuen Weg für die Zukunft. Trotz der tragischen Rolle, die mir in dieser Sache zugeteilt ist, werde ich versuchen, in der Zukunft richtig zu rechnen. Vielleicht kommen dadurch Sie auf Irrwege. Oder noch besser. Rechnen Sie einmal falsch. Vielleicht entdecke ich dann etwas Nützliches."

„Ich nehme an, daß Sie sich der tiefen Bedeutung Ihrer bitteren Scherze bewußt sind. Schließlich hat Columbus Amerika auch nur entdeckt, weil er nach Ostindien fahren wollte. Jedenfalls ist ein schlechter Ostindienfahrer stets besser als der beste Überquerer des Adriatischen Meeres." Leibniz machte eine Pause. Dann sagte er schnell: „Setzen Sie sich jetzt wieder zu mir, Graf Tschirnhaus. Wenn es Ihnen bequem ist. Ich denke daß Sie einiges von dem interessieren könnte, was ich Ihnen jetzt als dem ersten Menschen auf der Welt eröffnen möchte."

„Das war einmal ein Wort, das mir restlos gefallen hat. Nun weiß ich, daß alles zwischen uns in Ordnung ist." Tschirnhaus ließ sich nieder. Plötzlich aber zuckte es wieder über sein Gesicht und er verkniff ein Auge. „Also los. Der ‚erste Mensch‘ ist so gespannt, daß er es kaum erträgt. Wenn man schon selbst umwirft, will man wenigstens dabei sein, wie andere galoppieren."

Leibniz hatte wieder sein Notizheft in die Hand genommen und klopfte leise mit dem Stift auf den Deckel des Heftes. Er sah einen Augenblick zum offenen Fenster hinaus und beruhigte sein Auge an den strotzenden, wie Lack glänzenden Blättern der Bäume, die regungslos im allzuleichten Lufthauch verharrten. Dann begann er leise:

„Graf Tschirnhaus, ich weiß, daß ich Ihnen nur Dinge erzähle, die Sie ebensogut wissen wie ich. Vorläufig erzähle ich solche Dinge. Aber ich muß darüber sprechen, da es die Voraussetzung der folgenden, eher abwegigen Betrachtungen ist. Ich meine nämlich jetzt die Mathematik als solche. Sie ist für den, der von ihr erfaßt wurde, nicht bloß eine Wissenschaft, sondern beinahe eine Krankheit.“

Tschirnhaus lachte belustigt auf.

„Bei Gott, Sie haben recht!“ stimmte er zu. „Und zwar eine chronische, unheilbare Krankheit.“

Leibniz sprach schon weiter:

„Man könnte mir einwerfen, jedes Wissen werde für den, der ihm verfallen ist, zu solch einer Krankheit entarten. Es ist aber doch nicht so klar bei den anderen Wissenschaften. Ich kann es beurteilen, da ich mich ja in vielen Gebieten versuche. Ich fragte mich also, warum gerade die Mathematik vom Menschen so unbarmherzig Besitz ergreift. Und ich fand eine Erklärung. Unser Geist nämlich scheint ein geheimes Räderwerk zu besitzen wie meine Rechenmaschine. Ich werde sie Ihnen später zeigen. Man stellt die Aufgabe ein, dreht an der Kurbel und jetzt beginnen Zahnräder und Walzen, Sperren und Gestänge zu arbeiten, und plötzlich steht das Ergebnis da. Es arbeitet da alles nach notwendigen Gesetzen im Dunklen. Und nun übertragen Sie dieses grobe Bild auf den ganzen Kosmos der Zahlen, Linien und Figuren. Man hat an der Kurbel gedreht, vielleicht unabsichtlich. Ist hineingeraten in die Problemstellungen. Und nun beginnt das Räderwerk im Inneren weiterzuarbeiten, ob man es will oder nicht. Man bleibt verfallen, wird gleichsam mathematisiert, bis unser Geist die Resultate herausstellt oder bis das Räderwerk in Unordnung gerät und der Geist verstört wird. Stets aber vollziehen sich große mathematische Dinge unter der Oberfläche, verschwinden in Tiefen, die kein Mensch mehr ergründen kann, um plötzlich an unerwarteter Stelle wieder, neugeboren und verwandelt, ans Licht zu treten.“

Leibniz machte eine Pause. Als Tschirnhaus nicht antwortete, setzte er fort:

„Sehen Sie, Graf Tschirnhaus, ich legte einmal dem großen Huygens eine Rechenaufgabe vor. Und machte ihn auf das sonderbare Ergebnis aufmerksam. Hier ist die Gleichung.“ Leibniz warf die folgenden Ziffern auf ein Blatt des Notizheftes hin:

$\sqrt{1+\sqrt{-3}}+\sqrt{1-\sqrt{-3}}=\sqrt{6},$ und reichte das Geschriebene

Tschirnhaus, der sie kopfschüttelnd betrachtete. „Wissen Sie, was mir Huygens erwiderte?" fragte er dann. „Er erklärte, das Resultat sei durchaus unbegreiflich."

„Es stimmt aber", murmelte Tschirnhaus. „Wenn ich auf beiden Seiten quadriere, heben sich die imaginären Zahlen in den Quadraten fort und im doppelten Produkt steht zweimal Wurzel aus plus vier. Es bleibt also tatsächlich sechs ist gleich sechs."

„Natürlich gibt es unendlich viele derartige Beispiele, in denen aus ganz unvorstellbaren Größenverbindungen plötzlich etwas höchst Greifbares wird. Huygens hat recht gehabt und Sie, Graf Tschirnhaus, haben nicht grundlos den Kopf geschüttelt. Machen wir uns die Sache unerbittlich klar: Ich soll in unsrem Beispiel nichts weniger, als zwei Wurzeln summieren, bei denen unter dem Wurzelzeichen die Unvorstellbarkeit einer Summe oder Differenz von eins und einer imaginären Zahl steht. Die Kurbel wird gedreht, irgendwo bewegt sich ein Räderwerk und schließlich fällt ein Ding heraus, die Wurzel aus sechs, die ich ruhig als 2.4494897428... anschreiben kann, wenn ich übertrieben genau sein will. Also etwas ganz und gar Gewöhnliches, Unmystisches. Jetzt aber will ich einen Schritt weiter machen..."

Tschirnhaus war aufgestanden und ging mit geröteten Wangen und blitzenden Augen im Zimmer auf und nieder.

„In solchen Zusammenhängen habe ich Mathematik noch nie erläutern gehört", sagte er, wieder überlaut. „Sie haben eine merkwürdige Art, Herr Leibniz, einem kalte Schauer über den Rücken zu jagen, wenn es sich auch bloß um Dezimalbrüche handelt. Jetzt aber schnell die angekündigten weiteren Schritte! Vorläufig bin ich ebenso ahnungslos wie geängstigt." Und er lachte schmetternd.

„Der nächste Schritt führt uns zurück in das kühle Reich der Logik", erwiderte Leibniz lächelnd. „Wir müssen noch einige Wellentäler durchqueren, bis wir dorthin gelangen, wo selbst mir die kalten Schauer über den Rücken laufen. Ich stelle jetzt eine Frage, eine rhetorische natürlich: Was hat uns in den Stand gesetzt, aus der Unbegreiflichkeit der imaginären Doppelwurzeln

das banale Ergebnis zu erhalten? Was hat uns weiter in den
Stand gesetzt, das Ergebnis zu prüfen? Ich denke, es war nichts
als der Algorithmus, die Notation, die Schreibweise. Oder nennen Sie es, wie Sie wollen. Aus der Anschauung des Sache selbst
wäre man nie zu etwas gelangt, weil ja schon die Voraussetzung
vorlag, etwas vollkommen jeder Begreiflichkeit Entrücktes zu
bearbeiten. Uud nun muß ich wieder abschweifen, Graf Tschirnhaus. Setzen Sie sich wieder zu mir. Wir sind noch im tiefsten
Wellental."

Tschirnhaus gehorchte mechanisch. Als er sich niedergelassen hatte, sprach Leibniz schon weiter:

„Seit Archimedes, oder wenn Sie wollen, seit noch älteren
Zeiten, gibt es ein ungeheures Problem in der Mathematik. Ein
Problem, dem sich die Größten unter den Mathematikern stets
wieder näherten, dessen Zipfel sie faßten, ohne das Tuch, das
über dem Geheimnis liegt, je lüften zu können. Es ist bis heute
gleichsam ein namenloses Problem, obgleich man es klar und
genau und allgemein bezeichnen kann. In der Arithmetik heißt
es das Irrationale, die Größe, der durch keine Messung restlos
beizukommen ist. In der Geometrie aber heißt es die Behandlung und Durchdringung der Größe und der Eigenschaften von
Kurven. Alle sogenannten Quadraturen, Kubaturen und Rekti-
fikationen gehören dazu. Ich brauche dem Mathematiker
Tschirnhaus wohl nicht zu erläutern, daß Kepler, Fermat, Pascal, Cavalieri, Vieta, Wallis, Gregorius a Sto. Vinzencio, Huygens, Descartes, um nur einige Namen zu nennen, Meister dieser
anonymen Wissenschaft waren. Ja, daß sogar selbst die Alten,
Achimedes allen voran, mit ihrer sogenannten Exhaustions-
methode zu sehr genauen Annäherungen gelangten. Man weiß
auch schon viel über diese Dinge. Aber — es sind entweder
zusammenhanglose Genie-Blitze Einzelner oder aber, wie ich
schon sagte, Annäherungen. So habe ich selbst eine Reihe
gefunden, deren Summe uns die berühmte Verhältniszahl
zwischen Kreisumfang und Durchmesser fast genau wieder-
gibt. Sie lautet: $1 - \frac{1}{3} + \frac{1}{5} - \frac{1}{7} + \frac{1}{9} - \ldots$ und so fort
ins Unendliche. Diese Entdeckung hat mir meine Berufung
in die französische königliche Akademie eingetragen. Und

gleichwohl, all das befriedigt mich nicht. Es beängstigt mich nur.“

„Und warum nannten Sie das Problem ein anonymes?“ Tschirnhaus, in dessen Kopf die Worte Leibnizens arbeiteten, blickte ihn aus großen blauen Augen an.

„Ich gebe zu, den Ausdruck unglücklich gewählt zu haben“, erwiderte Leibniz. „Nämlich nicht das Problem selbst ist anonym. Ich habe es ja selbst deutlich benannt. Anonym ist etwas ganz anderes an dem Problem. Um aber das zu erklären, muß ich etwas behaupten, was ich heute noch nicht beweisen kann.“

„Behaupten Sie es getrost.“ Tschirnhaus, dessen Ungeduld und Spannnung mit jeder Minute wuchs, schlug Leibniz auf die Schulter.

„Ich werde es auch behaupten“, erwiderte Leibniz mit merkwürdiger Festigkeit. „Kurz gesagt, ich bin überzeugt, daß wir bis heute noch nicht im Besitz aller Rechnungsoperationen sind. Das Irrationale und die Berechnung der Kurven erfordern zwei weitere Operationen, die man heute noch nicht kennt.“

„Und die Sie schon besitzen!“ Wieder war Tschirnhaus in höchster Erregung aufgesprungen.

„Die ich noch nicht besitze. Leider noch nicht besitze“, sagte Leibniz betont. „Aber ich sehe den Anfang des Weges, den bisher noch keiner der erlauchten Geister gesehen zu haben scheint. Ich vertraue dabei auf meine Unbefangenheit als Autodidakt. Bisher fiel mir alles schwer, was anderen leicht schien, und ich bewältigte spielend Dinge, die andren unlösbar vorkamen. Der Autodidakt ist nämlich nicht durch die Schule in eine bestimmte Richtung gedrängt, geht daher auch nicht achtlos an Seitenpfaden vorbei, die nur scheinbar Seitenpfade, in Wahrheit aber Hauptstraßen sind. Und der Autodidakt bringt oft die abgelegensten Dinge zueinander, die dann eine völlig neue Kombination ergeben. So habe ich die Lehren des Zauberers Raimundus Lullus mit Cavalieri und Fermat, Pascal und Descartes verbunden.“

Tschirnhaus drehte sich auf seiner Wanderung durch das Zimmer brüsk herum.

„Jetzt werden Sie kraus, Verehrter!" schrie er erbost. „Auch ein Gutwilliger kann Ihnen nicht mehr folgen."

„Sie wissen nicht, Graf Tschirnhaus, wie sehr mich Ihre leidenschaftliche Art anregt." Leibniz lächelte fein. „Sie erinnern mich an den prächtigen Erhart Weigel in Jena."

„Und was ist es nun mit dem Zauberer Lullus? Ihre Freundlichkeit in Ehren! Aber weichen Sie nicht aus."

„Ich weiche doch nicht aus. Wir werden sogleich das Labyrinth verlassen. Vor allem: Raimundus Lullus hat mich gelehrt, daß im Algorithmus, in der Schreibweise, ein Teil des Zaubers liegt, von dem wir schon früher sprachen: Jenes rätselhafte Verschwinden mathematischer Verbindungen ins Unbekannte. Die dann plötzlich, wie ich sagte, gleichsam neugeboren und verändert, an andrer Stelle auftauchen. Haben Sie sich noch nie gewundert, was bei der Analysis des Descartes vorgeht? Machen wir es uns wieder einmal rücksichtslos klar. Sie schreiben für eine Kurve eine Gleichung hin: y ist gleich so und so viel mal x und x zum Quadrat und dazu noch a und b oder was Sie wollen. Und jetzt zaubern Sie lullisch. Sie rechnen rein nach den Regeln der Arithmetik mit den Gleichungen herum, bilden andere Gleichungen, eliminieren Unbekannte und denken nicht ein bißchen mehr an Zeichnung, Kurve und Koordinaten. Und auf einmal, wie ein Taschenspieler, übertragen Sie das Berechnete auf die Zeichnung. Und Sie haben Schnittpunkte, Tangenten, Normalen, Leitstrahlen, Flächenstücke und was sie noch alles wünschen. Ist das kein Zauber?"

„Sind wir jetzt nicht abgeirrt?" Tschirnhaus schüttelte den Kopf. „Aber Sie haben doch wieder recht. Es ist ein Zauber. Man ist durch unbekannte Tiefen geschritten, hat sich in Höhlen vergraben, um plötzlich unerwartet ans Licht zu kommen. Ich begreife schon einiges." Er setzte sich, in Gedanken versponnen nieder.

Leibniz aber sprach einige Zeit nichts. Auch ihn schienen jetzt die Gedanken derart zu bedrängen, daß er nach dem richtigen Anfang suchen mußte.

„Sehen Sie, Graf Tschirnhaus", begann er plötzlich, „auch die Addition, auch die Multiplikation und Division, wie sie die

Knaben in der Schule lernen, ist solch ein Zauber, solch ein Algorithmus. Ein Abacus, eine Denkmaschine. Nur gibt man sich kaum Rechenschaft davon, was bei diesen Tätigkeiten alles problematisch ist. Weil wir gerade von den Rechenoperationen sprechen: Die eine der neuen, noch fehlenden Operationen, die Berechnung der Länge der Kurven, die Berechnung von Flächen und Körpern, die von Kurven eingeschlossen sind, ist schon ein wenig ausgebildet. Es ist eine zusammensetzende Operation, die der Addition, der Multiplikation und der Potenzierung entspricht. Ganz unbekannt aber ist die dazugehörige auflösende Rechnungsart. Also das Gegenstück der Subtraktion, Division und Radizierung. Ich nenne sie vorläufig Transmutation. Später einmal wird sie vielleicht anders heißen. Und jetzt, Graf Tschirnhaus, wollen wir gegen den Gipfel steigen. Was ich suche, ist eine Schreibweise für diese zwei neuen Rechnungsarten, eine Schreibweise, die so klar und einfach ist, daß sie all diese Überlegungen dem Bereich zufälliger Erleuchtungen der Virtuosen entzieht, daß jeder Mittelmäßige sie handhaben kann, daß sie — kurz gesprochen — zum Algorithmus, zum Abacus, zur selbsttätigen Denkmaschine wird. Nirgends brauche ich diese Maschine notwendiger als hier. Denn es handelt sich dabei um nichts weniger als um Rechenoperationen mit dem unendlich Kleinen und unendlich Großen. Oder wenn Sie es lieber wollen, mit dem beliebig Kleinen und beliebig Großen.‘‘ Leibniz nahm wieder sein Notizheft, das er abseits gelegt hatte, und setzte fort: ,,Ich will Ihnen jetzt eine kleine Zeichnung zeigen. Anknüpfend an eine Überlegung von Blaise Pascal, die allerdings anderen Zwecken diente. Sie werden jetzt auch verstehen, warum ich behaupte, Ihre Tangentenaufgabe habe mich angeregt. Sehen Sie, hier ist die Zeichnung.‘‘

Und er reichte das Notizheft Tschirnhaus. ,,Es ist doch klar‘‘, sprach er weiter, ,,daß das große dickumränderte Dreieck dem kleinen geschrafften Dreieck ähnlich ist. Es hat ja die gleichen Winkel. Das große Dreieck nenne ich nun ‚das charakteristische‘. Und nun stellen Sie sich vor, daß, im Sinne der Pfeile, die beiden punktierten Linien und zugleich die Punkte D und E immer näher zusammenrücken. Dadurch wird doch das kleine Dreieck,

ohne seine Gestalt zu ändern, stets kleiner und kleiner werden.
Es wird aber dem ‚charakteristischen‘ Dreieck stets ähnlich
bleiben. Wird auch nicht seine Lage verändern. Und nun wollen
wir den letzten Schritt wagen. Das kleine Dreieck sei so sehr
zusammengeschrumpft, daß es dem Auge nur mehr als Punkt,
als der Punkt A nämlich, erscheint. Ich entdecke es als winziges
Dreieck, noch immer ähnlich dem ‚charakteristischen‘, durch

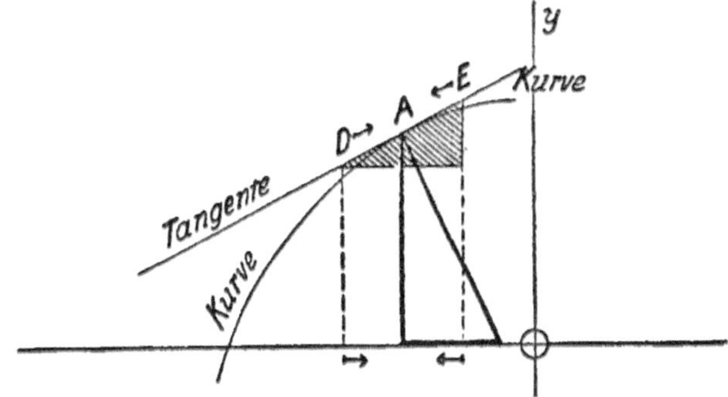

ein Mikroskop. Ich gebe mich nicht zufrieden. Ich schiebe
durch irgendwelche Werkzeuge die Punktlinien und D und E
noch näher zueinander, bis auch im Mikroskop nur mehr ein
Punkt sichtbar ist. Und in Gedanken, mit Hilfe dieses wahren
Deus ex machina, gehe ich noch weiter und noch weiter. Beliebig weit. Unendlich weit. Alles ist längst verschwunden,
ruht als Atom im Punkt A. Übriggeblieben ist das Verhältnis
der drei Seiten des kleinen Dreiecks. Denn ich habe sie alle drei
nicht willkürlich, sondern verhältnismäßig verkleinert. Und
dieses Verhältnis bleibt, gleichsam riesengroß, vor mir als Verhältnis der Seiten des charakteristischen Dreiecks stehen. Ab-
lesbar für jeden, der messen kann. Und jetzt die Krönung: Die
Hypotenuse des winzigen Dreiecks ist ein Stück der Tangente
der Kurve im Punkt A. Zugleich aber ein Punkt der Kurve,
wenn Sie es wollen...“

„Berauschend! Herrlich! Die kalten Schauer laufen wieder über
meinen Rücken. Jetzt aber weiter, immer weiter.“ Tschirnhaus

ließ das Notizheft fallen und preßte beide Hände an den Kopf.

„Und noch eine Folgerung." Auch Leibniz war jetzt von seinen Ideen mitgerissen. „Das Verhältnis der Seiten des charakteristischen Triangels ist gleichsam das Gesetz der Kurve. Und die Aneinanderreihung der winzigen Tangentenstückchen ist die Länge der Kurve ihre Rektifikation, und wird mit Hilfe des pythagoräischen Lehrsatzes aus den Katheten aller winzigen Dreiecke zu gewinnen sein, da sie nichts als die Summe aller winzigen Hypotenusen ist. Dann nämlich, wenn ich erst einmal die Schreibweise gefunden haben werde."

„Aber das charakteristische Dreieck ist doch an jeder Stelle der Kurve anders geartet", warf Tschirnhaus in höchster Erregung ein. „Wie bannen Sie diese Schwierigkeit?"

„Das ist keine Schwierigkeit", erwiderte Leibniz schnell. „Dafür habe ich ja die analytische Gleichung der Kurve. Auch diese Gleichung ändert an jedem Punkt der Kurve ihr Gesicht und behält es doch. Ich muß also nur die Verbindung meines winzigen Dreiecks mit der Kurvengleichung herstellen. Und mit dem Wesen der Funktion und mit den Koordinaten. Mein neuer Algorithmus wird x und y als Veränderliche enthalten. Und jetzt fällt mir plötzlich noch etwas ein, Graf Tschirnhaus, etwas, das mir, über die Hoffnung hinaus, fast alle Gewißheit gibt. Die Gewißheit, daß mein Wollen nicht unmöglich ist. Wenn man nämlich unendlich Kleines zu unendlich Kleinem addiert, erhält man wieder unendlich Kleines. Wenn man unendlich Kleines mit unendlich Kleinem multipliziert, ergibt sich auch unendlich Kleines. Auch Subtraktion und Potenzierung ändern nichts am unendlich Kleinen. Wenn man aber unendlich Kleines durch unendlich Kleines dividiert, dann kann man alle endlich großen Werte der Welt als Quotienten erhalten. Daher auch die Gleichheit der Seitenverhältnisse und der daraus gewonnenen Ergebnisse beim winzigen Dreieck und beim ‚triangulum characteristicum'. Das Verhältnis zweier Größen ist eben vom absoluten Wert dieser zwei in Beziehung stehenden Größen unabhängig. Das Firmament kann sich zur Erde verhalten wie die Erde zu einem Staubkorn. Und die Erde kann sich zum Staubkorn verhalten wie das Staubkorn zu einem magnetischen Teilchen, das durch Glas dringt, Graf Tschirnhaus, ich weiß es jetzt. Der Algorithmus meiner neuen, die Kurven ins Unendlich kleine auflösenden Rechnungsart wird ein Quotient sein! Ein Quotient zwischen einem unendlich kleinen y und einem unendlich kleinen x. Und die Jahrhunderte werden mit diesem Algorithmus rechnen wie heute die Knaben in der Schule mit den Regeln der Division."

Dreiundzwanzigstes Kapitel

Spannungen und Lösungen

Leibniz hatte dem Grafen Tschirnhaus die Rechenmaschine gezeigt und noch manches mit ihm gesprochen. Trotz der Kürze ihrer Bekanntschaft waren die beiden schon so befreundet, daß Leibniz vielmehr aus sich herausging, als er es sonst gewohnt war.

Eben wollte sich Tschirnhaus empfehlen, als nach hartem Anpochen Philipp Wilhelm von Boineburg sehr bleich ins Zimmer trat.

Mit strahlenden Augen klirrte Tschirnhaus auf den dunkel gekleideten Jüngling zu.

„Ich beneide Sie, Baron Boineburg, ich beneide Sie so sehr, daß ich es gar nicht ausdrücken kann", schmetterte er Philipp Wilhelm entgegen.

„Wir haben uns seit dem Tod meines Vaters nicht gesehen", erwiderte Boineburg eisig und noch um einen Schatten blässer. „Wenn Sie zu Herrn Leibniz fanden, hätten Sie auch zu mir finden können. Meinetwegen erst heute. Aber doch wenigstens irgend einmal."

„Graf Tschirnhaus hat mir mathematische Neuigkeiten berichtet. Es ist meine Schuld, daß wir uns verplauderten", suchte Leibniz zu vermitteln, da ihn der Gesichtsausdruck Boineburgs erschreckte. Auch ein flüchtiger Blick auf Tschirnhaus, über dessen Wangen grelle Röte loderte, ließ ihn einen bösen Auftritt befürchten.

„Ach, Herr Leibniz, Sie wollen wahrscheinlich noch behaupten, Graf Tschirnhaus habe sich bloß in der Tür geirrt und sei rein zufällig in Ihre Fänge geraten." Der Ton Philipp Wilhelms wurde höhnisch.

Inzwischen hatte sich Tschirnhaus gefaßt. Er wollte nicht streiten an diesem herrlichen Tage. So begütigte er:

„Mein Gott, Baron Boineburg, seien Sie nicht so streng mit mir! Ich habe mich gewiß nicht gut gegen Sie betragen. Aber ich bin seit dem Krieg ein Halbwilder und habe mir eingebildet, mein wirklich tiefes Mitgefühl mit Ihrem Schmerz hätten Sie halbwegs aus meinem Brief entnommen. In der strengen Form und Etikette bin ich unbeholfen..."

„Es handelt sich nicht um Form und Etikette. Es handelt sich mir um den Takt des Herzens." Philipp Wilhelm zitterte sichtbar vor Erregung.

„Mäßigen Sie sich, Philipp Wilhelm!" mahnte Leibniz und schüttelte entsetzt den Kopf. „Graf Tschirnhaus ist mein Gast, wenn Sie es schon nicht beachten, daß er in diesem Hause auch Ihr Gast ist."

„Durch Ihr Gerede, Herr Leibniz, wird die Sache nicht besser. Sie reizen mich nur zu Dingen, die lieber ungeschehen blieben. Ich wollte Ihnen bloß mitteilen, daß Obermarschall von Schönborn eben aus Mainz zurückgekehrt ist. Im übrigen will ich nicht weiter stören. Es fällt mir nicht ein, mich dem Herrn Leibniz oder seinem neuesten Busenfreund aufzudrängen."

„Sie sind kindisch, Philipp Wilhelm. Niemand hat Ihnen das geringste angetan." Leibniz fuhr auf.

„Ich werde gehen", sagte Tschirnhaus mit verzerrtem Lächeln. Seine Augen blitzten gefährlich.

Boineburg lachte gekünstelt auf:

„Jetzt wird noch Leibniz uns antragen, das Zimmer zu verlassen. Pfui Teufel! Das ist eine Komödie. Damit Sie aber wenigstens wissen, warum ich so erzürnt bin. Und damit Sie wissen, daß es bei Gott keine Kinderei ist, stelle ich eine Frage an Sie beide. Eine allerletzte Frage. Finden Sie es wirklich geschmackvoll, wenn mir ein Freund, den ich seit dem Tode des Vaters nicht zu Gesicht bekam, beim ersten Zusammentreffen selig ins Gesicht wirft, daß er mich beneide? Worum beneidet mich Graf Tschirnhaus, der mir diese moralische Ohrfeige versetzte?"

„Aber Baron Boineburg, was fällt Ihnen ein?" Tschirnhaus war ehrlich bestürzt. „Sie billigen mir heute wirklich nicht das kleinste Restchen von gutem Glauben zu. Ich will Sie sicherlich nicht noch einmal kränken, aber…"

„Was aber? Sagen Sie es nur!" Boineburg ballte die Fäuste.

„Ich sage es ruhig." Tschirnhaus reckte sich plötzlich wie ein sprungbereiter Panther. Dann setzte er schneidend fort: „Ich wollte sagen, daß ich es bedaure, nicht einen Gegner vor mir zu haben, der um einige Jahre älter ist. Ich könnte dann kürzer antworten…"

„Antworten Sie, wie es Ihnen beliebt. Warum soll sich nicht einmal auch ein Sechzehnjähriger schlagen? Gut, ich werde unterliegen, fallen, durchstochen werden. Das Recht wird trotzdem auf meiner Seite sein." Boineburgs Kinn zuckte in hilflosem Zorn.

„Nein, nein, nein!" In Tschirnhaus war wieder eine Welle von Gutmütigkeit emporgestiegen. „Auch so habe ich es nicht gemeint. Sie sind ein braver, ein tapferer Kerl, Boineburg, ein ganzer Mann!"

„Ich verzichte auf Zensuren!" Boineburg schüttelte sich wie im Ekel.

Da legte ihm Tschirnhaus mit unwiderstehlicher Kraft die derbe Hand auf die zarte Knabenschulter:

„Wollen Sie es nicht endlich begreifen, wissen Sie es denn nicht aus Erfahrung, aus eigener Erfahrung, was ich sagen wollte?" Und er blickte ihm treuherzig ins Gesicht.

Leibniz, der wußte, daß eine Katastrophe unmittelbar bevorstand, sah gleichwohl ein, es sei jetzt zu spät zur Vermittlung. Denn Boineburg hatte plötzlich leise zu lächeln begonnen. Aus jener tieferen Schicht von lauerndem Hohn unter scheinbarem Nachgeben, das Leibniz vielleicht als Einziger genau an diesem

Jüngling kannte, und das ausnahmslos die Vorbereitung zum allerletzten Hieb bedeutete.

Wie Leibniz es nicht anders erwartet hatte, ließ sich auch Tschirnhaus sogleich täuschen, dies um so mehr, als Philipp Wilhelm sehr ruhig fragte:

„Sollte ich mich mit meiner Vermutung geirrt haben?"

„Gewiß, Sie haben sich geirrt", polterte Tschirnhaus treuherzig los. „Sie haben sich ungeheuer geirrt. Meine ungeschickte Bemerkung bedeutete doch wirklich nichts anderes, als daß ich Sie um Ihren Lehrer, unsern großen Leibniz beneide. Ich stand noch ganz unter dem Eindruck einer titanischen Stunde, als Sie hereinkamen. Einer Stunde, in der ich die Geburt weltbewegender Großtaten miterleben durfte..."

Wieder lachte Boineburg auf und schüttelte dabei die Hand des Grafen Tschirnhaus ab, die noch immer auf seiner Schulter ruhte.

„Also das hieß es?" Er machte mit der Linken eine wegwerfende Gebärde. „Dann ist ja wohl alles in schönster Ordnung. Nur irren Sie, Graf Tschirnhaus, in einem wesentlichen Punkt. Sie brauchen mich nämlich wirklich nicht weiter zu beneiden. Ich habe mich eben endgültig entschlossen, übermorgen Paris für lange Zeit, vielleicht für immer, zu verlassen und mich nach Mainz oder Frankfurt zurückzuziehen. Nicht wahr, Herr Leibniz, auch für Sie ist das eine angenehme Überraschung? Sie sind dadurch einer großen Sorge und Verantwortung enthoben. Aber Sie müssen es einsehen, besonders Sie, Graf Tschirnhaus, der heute dieses einzigartige Wunder Leibniz erlebte. Man ist einfach außerstande, immer in die Sonne zu schauen. Man wird schließlich blind von all dem Glanz." Und er drehte sich nach leichter höhnischer Verbeugung um und verließ das Zimmer.

Es war nicht persönliche Kränkung, was in Leibniz in den nächsten Sekunden ein wildes Aufschäumen aller Gefühle entfesselte. Diese Stunde, den Bruch mit Philipp Wilhelm, hatte er längst kommen gesehen. Er wußte auch, daß der Jüngling seinen Entschluß unabänderlich durchführen würde. Aber dieser Entschluß — und das wurde Leibniz jetzt erst klar — hatte

158

eine ungeheure praktische Bedeutung für ihn, griff mit roher Hand in sein Schicksal. Und auch das schien Philipp Wilhelm genau gewußt zu haben, als er gerade in dieser Richtung handelte. Leibniz hatte nämlich durch die Abreise des Schülers den letzten Scheingrund verloren, als Deutscher weiter in Paris zu bleiben. Denn wenn es ihm auch im günstigsten Falle gelang, eine auskömmliche Stellung in Paris zu erlangen, so war er dadurch ununterbrochen in höchster Gefahr, direkt oder indirekt als Werkzeug gegen sein Vaterland gebraucht zu werden. Er war nicht nur Mathematiker und Physiker wie etwa Huygens. Man wußte, daß er Jurist, Diplomat, Historiker, Theologe und Philisoph war. Und man würde ihn eben — er hörte förmlich die Stimme Colberts und des Marquis von Varonne — „seinen Fähigkeiten gemäß verwenden". Das konnte heißen, daß er dann sprechen mußte, schreiben mußte, amtieren mußte. Als Ausleger und Advokat der Rechte Ludwigs, als Geschichtsschreiber, der Ludwigs Ansprüche auf deutsches Land zu begründen hatte, als Philosoph, der fremde Weltanschauungen zur Formulierung bekam, als Diplomat, der vielleicht in die deutsche Heimat geschickt wurde, um französische Forderungen durchzudrücken oder deutsche Stimmungen zu sondieren.

Nein, in diese Lage durfte er sich nicht bringen, auch nicht für Glanz, Rang und Geld. Und auch nicht für seine idealen Ziele.

Wenn er aber keine Stellung in Frankreich anstrebte, dann war er wahrscheinlich um Jahre, um Jahrzehnte zurückgeschlagen. Dann bedeutete dieser Verzicht Trennung von Huygens, von Arnaud, von Tschirnhaus; bedeutete Trennung von den Bibliotheken und Sammlungen. Und bedeutete die geistige Niederlage Deutschlands. Denn wie kein zweiter Deutscher wußte er, daß England und Frankreich nicht schliefen, daß gerade hier die „anonyme" Wissenschaft, reif zum Aufheben, an der Oberfläche lag. Und daß jeden Tag ein Huygens, ein Pell, ein Wallis oder der geheimnisumsponnene Isaac Newton den großen Algorithmus der höheren Mathematik als erster ans Tageslicht ziehen konnte. Während er vielleicht an einer kleinen Universität Deutschlands sein kümmerliches Brot durch zeitfressende „subtile und akribe“ Forschungen und Vorlesungen fand, wenn es noch gut ging. Wenn er sich nicht einem Fürsten als Hofmann oder Bibliothekar verschreiben mußte. Denn ob der neue Kurfürst Beilstein-Metternich als Erzbischof den Religionsunterschied im Interesse der deutschen Sache ebenso verzeihend hinnehmen würde wie ein Boineburg oder Schönborn, war mehr als zweifelhaft. Um so zweifelhafter, als ja die Verwandten Boineburgs schon heute gegen Leibniz arbeiteten und der zurückgekehrte Philipp Wilhelm sich kaum als Beschwichtiger dieser Intrigen bewähren würde.

Während dies alles blitzartig durch die Gedanken Leibnizens schoß, war Tschirnhaus erregt und klirrend auf und nieder geschritten.

„Ich begreife den jungen Mann nicht“, brach er plötzlich los. „Nein, ich begreife ihn nicht. Was haben wir, was haben Sie ihm angetan? Schon damals im Tanzhaus stichelte er fortwährend gegen Sie, daß sogar ich fast böse auf Sie ward. Können Sie mir den Grund erklären?“

Leibniz erwachte durch die Frage wie aus einem Traum.

„Ich werde versuchen, es Ihnen ein andermal auseinanderzusetzen“, antwortete er müde. „Es ist alles sehr verworren. Und da es nun nicht zu ändern sein wird, sind Erklärungen eigentlich unfruchtbar.“

„Aber es bedrückt Sie, kränkt Sie, verärgert Sie. Und dies nach einer solchen herrlichen Stunde.“ Die Augen des Grafen Tschirnhaus blitzten wieder rauflustig. „Wissen Sie, was mir leid tut?“ Er war knapp zu Leibniz getreten und funkelte ihn gefährlich an. „Es tut mir leid, daß ich diesen jungen Laffen nicht doch mit dem Degen traktiert habe. Mit der flachen Klinge über den Rücken.“

„Seien Sie nicht so rachsüchtig“, wehrte Leibniz ab. „Die Eifersuchts- und Tyrannen-Marotten Philipp Wilhelms haben unsere schöne Stunde nicht aus der Welt geschafft. Sie irren auch, daß ich mich persönlich kränkte. Unhaltbare Zustände sollen so rasch als möglich ihr Ende finden. Es sind bloß äußere Folgen dieses Auftritts, die mich stören. Und auch hier wieder weniger persönlich als kosmisch, wenn ich so sprechen darf.

Es wird mir nämlich nach der Abreise Philipp Wilhelms kaum
lange mehr möglich sein, in Paris zu bleiben. Und dadurch wieder verliere ich die Hilfsmittel und die Atmosphäre, in der allein
ich Deutschland den Ruhm der Entdeckung des großen Algorithmus sichern kann." Leibniz schüttelte resigniert den Kopf.

Tschirnhaus aber wurde flammend rot.

„Also das hat der Grünschnabel auch noch auf dem Gewissen? Das auch noch? Nein, mein Lieber, diese Schmach läßt
ein Tschirnhaus nicht auf dem deutschen Namen sitzen. Diese
nicht. Ich weiß nicht, ob Sie mich jetzt verlachen oder fortstoßen werden. Es ist mir auch gleich. Denn was geschehen muß,
muß geschehen. Und darum biete ich Ihnen aus vollem Herzen
an, bei mir zu wohnen, mit mir zu essen, zu trinken, zu vagabundieren. Was Sie wollen. Was ich besitze, wird nicht ewig
reichen, aber es ist besser, wir beide leben drei Jahre hier, als ich
allein sechs. Lassen Sie ihre Sachen packen und übersiedeln
Sie heute noch in mein schäbiges Logis. Heute noch. Und
reiten Sie mein Pferd, trinken Sie meinen Wein, küssen Sie
meine Geliebte. Ich werde nicht eifersüchtig sein wie dieser
ahnungslose Kindskopf. Mir stehen der Aufstieg der Menschheit und mein Vaterland höher als aller Kleinkram des Lebens.
Und wenn ich nichts mehr habe, dann werden Sie mich füttern.
Abgemacht?" Er hielt Leibniz, noch immer glühend vor Begeisterung, die derbe Hand hin.

Leibniz ergriff sie und unter seinem Lächeln schimmerten
Tränen.

„Ich drücke Ihre Hand, um Ihnen zu danken, Graf Tschirnhaus", sagte er leise. „Und ich sollte eigentlich Ihr Angebot annehmen, da dies wohl der tätigste Dank wäre. Aber, Graf
Tschirnhaus, Sie werden mir nicht zürnen, wenn ich Ihnen
sage, daß es im tiefsten Wesen eines Menschen liegt, den eine
mystische Berufung zum Vater bestimmt hat, auch im Äußerlichsten des Lebens auf eigenen Füßen stehen zu müssen. Ich
weiß, daß es eine Selbsttäuschung wäre, mich für die höheren
Zwecke, die ich zu erfüllen habe, von einem andern, und sei es
der beste Freund, füttern zu lassen. Man geht entweder in allem
seinen eigenen Weg oder in nichts. Und da ich kein Erbe bin,

muß ich mein Brot suchen. Es ist mein Schicksal. Gott hat gewußt, warum er mich berief und gleichwohl nicht mit irdischen Gütern ausstattete. Ich muß wahrscheinlich im Leben stehen bleiben, um es begreifen und beherrschen zu lernen. Sind Sie gekränkt, Graf Tschirnhaus, auch wenn ich Ihnen sage, daß ich Ihr Angebot nicht annehmen kann?"

Tschirnhaus blickte trotzig zu Boden. Er hatte die Fäuste geballt und kämpfte mit Tränen. Plötzlich blickte er mit traurigen Kinderaugen auf und erwiderte klagend:

„Dann werde ich Sie verlieren, Herr Leibniz. Ich werde Sie verlieren. Denn als Patriot muß ich in Paris bleiben. Aus denselben Gründen, derentwegen Sie Ihre Abreise ängstigt. Aber nicht dieser Egoismus hat mich zu meinem Angebot getrieben. Das wissen Sie doch?"

„Ich zweifelte nicht einen Augenblick." Der Gesichtsausdruck Leibnizens veränderte sich unvermittelt. „Übrigens ist noch nicht alles verloren. Vielleicht gibt es noch einen Ausweg. Im Durcheinander unsrer Kontroverse mit Philipp Wilhelm vergaß ich ganz, daß Obermarschall von Schönborn angekommen ist. Ich werde mit ihm sprechen. Er ist jedenfalls die letzte Stütze, die mir am Hof von Kur-Mainz geblieben ist."

„Sprechen Sie sofort!" Tschirnhaus war durch die bloße Andeutung einer Hoffnung jäh umgestimmt. „Ich gehe schon. Es ist keine Minute zu verlieren. Laufen Sie, Herr Leibniz, sonst schwärzt Sie dieser niederträchtige Jüngling auch dort noch an. Wir haben ihm schon zuviel Zeit gelassen..."

„Philipp Wilhelm ist trotz allem eine große Hoffnung unsres Volkes", wehrte Leibniz ab. „Verzeihen Sie ihm. Er wird andre Lehrer finden. Oder er braucht vielleicht keinen Lehrer mehr. Wer weiß übrigens, ob er unter all dem nicht härter leidet als wir? Er ist doch erst sechszehn Jahre." Als Tschirnhaus nur Unverständliches murrte, lachte Leibniz hell und schloß: „Viel wichtiger ist es jetzt, Graf Tschirnhaus, daß Sie mir sagen, ob ich Sie am Nachmittag treffen kann, um Ihnen Bericht zu erstatten. Ich werde Ihnen noch heute meinen Gegenbesuch machen."

„Natürlich werden Sie mich treffen. Selbstverständlich. Ich

wollte zwar zu meiner Geliebten hinausreiten, sie wird sich aber auch morgen noch freuen, wenn ich komme. Ich hoffe es wenigstens. Wo nicht, muß ich mir eine andere suchen." Und er lachte schmetternd auf, kniff das eine Auge zu, verbeugte sich klirrend und eilte so schnell zur Tür hinaus, daß Leibniz ihm kaum folgen konnte. —

Das Verhältnis Leibnizens zum Obermarschall von Schönborn war nicht leicht zu definieren. Es hielt ungefähr die Mitte zwischen unausgesprochener, nicht sehr sentimentaler Freundschaft und strenger dienstlicher Distanziertheit. Sowohl Schönborn als Leibniz waren für ein solches Verhältnis in gleicher Weise geeignet. Leibniz, weil sein Takt jeder Lage gewachsen war, Schönborn, weil sein gerades, nüchternes und dabei wenig verwickeltes Wesen dem anderen kein Rätselraten aufgab.

Allerdings war über dieser Beziehung für Leibniz stets die schützende Hand des Ministers Boineburg und des Kurfürsten Schönborn gelegen. Der Obermarschall war ein ebenso ehrfürchtiger Neffe als loyaler Schwiegersohn gewesen; was ihm um so mehr zustand, als ja seine Heirat mit der Tochter Boineburgs seinerzeit bekanntlich als solenne Bekräftigung der Versöhnung der beiden Mainzer Machthaber zustande gekommen war. Wie der Obermarschall jetzt, in seiner exponierten Stellung am Hofe des neuen Kurfürsten, denken und handeln würde, da ihm die ehemals doppelte Protektion vielleicht doppelte Belastung war, konnte Leibniz nicht einmal ahnen.

Es waren daher drückende Zweifel, die ihn bewegten, als er über den Korridor zu den Zimmern des Obermarschalls hinüberschritt und sich durch einen Diener anmelden ließ.

Wenn es Leibniz nicht lästig sei, daß der Herr Obermarschall eben im Negligée ein kurzes Mahl einnehme, berichtete der Diener nach wenigen Augenblicken, dann sei es dem Herrn Obermarschall das allergrößte Vergnügen. Er habe ohnedies sogleich nach dem Essen Herrn Leibniz zu einer Besprechung bitten wollen.

Das klang sehr freundlich. Wie er es von Schönborn stets gewohnt gewesen war. Er trat also ohne Zögern ein.

Der Obermarschall, der etwas bleich und ermüdet aussah, lächelte hinter seinem Tischchen, auf dem Speisen und eine Weinkaraffe standen, Leibniz freundlich entgegen. Er hatte den Rock abgelegt, und die Ärmel seines kostbaren spitzenbesetzten Hemdes lagen frei. Er machte mit der einen Hand eine einladende Bewegung, Leibniz möge sich neben ihm niederlassen. Mit der anderen Hand führte er eben ein Stück Pastete zum Mund.

„Ich bin entzückt, Herr Obermarschall, daß wir Sie wieder hier haben", sagte Leibniz und setzte sich. „Hoffentlich störe ich Sie nicht allzusehr. Aber ich gestehe, daß ich gegen meine sonstige Gewohnheit etwas ungeduldig bin. Es sind da verschiedene neue Umstände dazwischengekommen…"

„Weiß ich, lieber Herr Leibniz. Alles weiß ich. Und was ich nicht weiß, kann ich mir denken." Der Obermarschall schenkte Leibniz ein Glas Burgunder ein. „Trinken Sie. Es wird auch Ihnen nichts schaden. Jedenfalls werden wir zuerst über Ihre persönlichen Angelegenheiten sprechen. Dann erst über die Politik."

„So ungeduldig bin ich wieder nicht." Leibniz lächelte.

„Aber ich, Freund Leibniz. Sie haben heute schon Ärger genug mit meinem hitzigen Schwägerlein gehabt. Gleich zuvor: Er soll abreisen, wenn er will. Ich bin ihm nicht böse. Sie sind hoffentlich auch weise genug, seine Torheiten nicht ernst zu nehmen. Er wird trotzdem etwas leisten und auch einmal klüger werden."

„Genau meine eigene Ansicht." Leibniz nickte. Von dieser Seite also drohte keine Gefahr.

„Das ist ganz ausgezeichnet. Ich bin sehr froh, daß man sich so unbedingt auf Sie verlassen kann. Wir brauchen nicht noch mehr Konflikte. Es ist unsagbar traurig in Mainz. Für mich mehr als für jeden anderen. Ich habe gleichsam zwei Väter verloren. Ich fühlte es erst dort, als ich unbewußt suchte und suchte und nichts fand als zwei prächtige Grabmonumente." Schönborn senkte den Blick. Dann schüttelte er seine Traurigkeit mit Gewalt ab und setzte fort: „Doch das brauche ich gerade Ihnen nicht zu erklären. In diesem Punkt sind Sie fast mein Bruder. Und darum habe ich auch in Mainz alles versucht, diese unsre geistige Brüderlichkeit zu betätigen. Ihr leiblicher Bruder glaubt weniger an Sie als ich."

„Ich verstehe nicht ganz. Dafür aber, was ich von Ihren Worten verstand, ist kein Ausdruck des Dankes zu herzlich."

„Schon gut Herr Leibniz, auch diese Gesinnung kenne ich an Ihnen." Schönborn wehrte ab, da er von jedem Gefühl loskommen wollte. Er aß einige Bissen. Dann sagte er sehr sachlich: „Ihr Bruder Johann Friedrich hat förmliche Brandbriefe an uns nach Mainz gerichtet. Er behauptet, Sie seien völlig verschwunden, hätten Vaterland und Glauben verraten und was derartige verwandtschaftliche Liebenswürdigkeiten noch mehr sind. Wir haben ihn kurz aufgeklärt, er scheint aber damit noch nicht zufrieden zu sein."

„Ich habe ihm doch ausführlich geschrieben? Mehr als einmal."

„Er behauptet, seit Jahr und Tag keine Zeile von Ihnen gesehen zu haben. Mir ist es unklar, warum gerade Sie bei nahestehenden Menschen oft solchen Zorn erzeugen. Da ich es aber nicht verstehe und es nun einmal so ist, mußte ich vorsorgen, daß nicht in Mainz hinter Ihrem Rücken Unheil gesponnen werde."

„Ich denke, es wird da nichts zu retten sein", erwiderte Leibniz in Fortsetzung seiner früheren düsteren Ahnungen.

„Sie irren, Herr Leibniz. Sie haben meinen seligen Oheim unterschätzt. Er hat auf dem Totenbett an seinen Nachfolger einen Brief diktiert, gleichsam ein geistiges und politisches Testament. Und in diesem Brief steht unter anderem der Satz, es liege im höchsten Interesse Deutschlands, daß Herr Leibniz noch einige Zeit in Paris bleibe. Zu Studienzwecken. Ohne aufreibende dienstliche Verpflichtung. Natürlich war Graf von Beilstein-Metternich als neuer Erzbischof und Kurfürst so überlastet, daß er sich über den tieferen Sinn dieser Briefstelle voraussichtlich nicht den Kopf zerbrochen hätte. Er hätte vielleicht auch einer böswilligen Auslegung Gehör geschenkt und es wäre dann nichts oder Nachteiliges geschehen. Deshalb habe ich ihm persönlich Bericht erstattet und bin auf schnellster Erledigung bestanden. Hier das Ergebnis, Herr Leibniz." Er reichte Leibniz ein versiegeltes Schreiben, das vor ihm auf dem Tischchen gelegen war. „Sie sind", fügte er bei, „auf Grund dieses Dekretes ermächtigt, unbeschadet Ihrer dienstlichen Besoldung und Ihres weiteren Verbleibens in kurmainzischen Diensten, sich auf unbestimmte Zeit, mindestens aber noch zwei Jahre in Paris aufzuhalten. Eines allerdings wissen wir alle nicht. Ob unsre durch die unruhigen Zeiten zerrütteten Finanzen uns dauernd in den Stand setzen werden, überhaupt Zahlungen zu leisten. Sie verstehen mich. Was Mainz tun kann, wird es auch in der Zukunft tun. Es wäre aber trotzdem klug, Herr Leibniz, wenn Sie sich irgendwie den Rücken deckten oder sich andere Einkommensquellen sicherten. Ganz offen und unverhüllt. Natürlich soll über die Beweggründe nach außen nichts gesprochen werden. Wir, das wollte ich sagen, werden uns in Ihre Privatangelegenheiten nicht einmischen."

Leibniz schwieg einen Moment. Dann erwiderte er feierlich:

„Mehr konnte der anspruchsvollste Mensch nicht erhoffen. Ich werde das Vertrauen des erhabenen Kurfürsten Schönborn auch nach seinem Hinscheiden nicht enttäuschen. Ich bin jetzt doppelt, dreifach verpflichtet. Gott segne in Ewigkeit sein Andenken!"

Leibniz schob mit leise zitternder Hand das schicksalschwere Dokument uneröffnet in die Tasche. Plötzlich hob er den Kopf und sagte leidenschaftlich:

„Und jetzt, da ich weiß, daß ich auf meinem eigensten Platz weiter für mein Volk kämpfen darf, fiebere ich danach, zu hören, welchen äußeren Ereignissen die Politik jenseits des Rheins entgegengeht."

Vierundzwanzigstes Kapitel

Ein Feind und ein Freund fürs Leben

An einem Augustnachmittag des folgenden Jahres hielt die
Kalesche des Herzogs von Chevreuse, einige Meilen außerhalb
von Paris, am Fuße eines Hügels vor einem prächtigen Eingangstor aus kunstvoller Schmiedearbeit. Der Wagen hatte sich
den Weg bis zum Tor nicht leicht gebahnt, da schon viele andre
Karossen mit reichem Wappenschmuck in buntem Durcheinander umherstanden, die ihre Herren bereits in den Park des
Colbertschen Landsitzes entlassen hatten.

Von hier sah man durch die Üppigkeit der gestutzten Alleen
nur einen kleinen Ausschnitt des Schlosses etwa in halber Höhe
des Hügels. Ganz oben aber auf der Kuppe ragte ein zierliches,
beinahe durchscheinendes Tempelchen mit schlanken Säulen.

Der Herzog von Chevreuse, der Schwiegersohn des Ministers
Colbert, ließ seinen Fahrgenossen, dem Grafen von Tschirnhaus und Leibniz, in höflichster Art den Vortritt beim Aus-
steigen. Als er selbst auf dem Boden stand und eilfertige Lakaien ein kleineres Türchen neben dem Schmiedegitter öffneten,
zeigte er mit der Hand gegen den Hügel hinauf und sagte:

„Sie werden heute zufrieden sein, meine Herren. Mit der Um-
gebung, der Landschaft und hoffentlich auch mit den Gästen.
Auch Sie, Graf Tschirnhaus. Wir haben den griesgrämigen
Baron Laroche und seine Gattin nicht einzuladen vergessen.“
Er lächelte anzüglich.

„Aber Hoheit!“ wehrte Tschirnhaus verlegen ab. „Warum
bringen Sie mich so ostentativ mit der Baronin in Zusammenhang?“

Die drei gingen schon in leicht ansteigender Serpentine auf
dem Kiesweg durch den Park.

„Nun, etwas Unaufrichtigeres hätten Sie schwer antworten
können“, lachte der Herzog heraus. „Warum übrigens verleug-
nen Sie die reizende Baronin? Ihr beide macht einander nur
Ehre. Und uns liefert Ihr vielen Gesprächsstoff. Aber jetzt nicht
so bös dreinsehen, Freund Tschirnhaus!“

„Für mich haben Sie keine besondere Attraktion, Hoheit?"
fragte Leibniz dazwischen, um den Scherzen des Herzogs ein
Ende zu machen.

„O ja, auch für Sie, Herr Leibniz. Ich sage aber nicht, wen
wir da auswählten. Sie sollen den Mann selbst herausfinden.
Es ist nämlich merkwürdigerweise ein Mann und dazu noch ein
Gelehrter. Jetzt sind Sie wohl enttäuscht, Herr Leibniz? Die
Damen von Paris beschweren sich ohnedies schon, daß Sie ihnen
geradezu nachstellen."

„Nun, ich habe mit Leibniz schon sonderbare Dinge erlebt.
Einmal im Tanzhaus. Er ist uns wahrscheinlich bloß an Geheimhaltung seiner Abenteuer überlegen", versuchte Tschirnhaus Leibniz zu verteidigen.

„Ach so?" Der Herzog schüttelte den Kopf. „Das ist allerdings bisher unsrem Überwachungsdienst entgangen. Sehr,
sehr charmant! Ich werde es dienstlich meinem Schwiegervater
melden."

„Tun Sie es ruhig", lächelte Leibniz. „Ich glaube meine
Liebesabenteuer werden die produktiven Kräfte Frankreichs
nicht schwächen."

Der Herzog machte ein posiert erstauntes Gesicht.

„Also frivole Scherze liegen Ihnen auch, Herr Leibniz? Jetzt
sind wir einander noch um ein Stück näher gekommen. Man
kann wirklich nicht vielseitig genug sein."

Leibniz hatte keine Gelegenheit mehr zu erwidern. Denn es
bot sich ihnen ein zauberhaft buntes und schönes Bild. Auf einer
weiten, von Bosquetten und gestutzten Bäumen umsäumten
Terrasse, auf die sie eben hinausgetreten waren, standen, rings
um einen Monumental-Springbrunnen, zahlreiche mit Tafel-
silber und Kristallgläsern überladene Tische, die in der Sonne
funkelten. Und an den Tischen saß in prächtigster Staatsklei-
dung fast alles, was in Paris Rang und Ansehen hatte. Adel,
Geistlichkeit, Gelehrte. Und Damen, aus deren zarten gepuder-
ten Antlitzen begehrliche und hochmütige Augen blitzten.

„Mein Schwiegervater hat mich ausdrücklich beauftragt,
die Herren an seinen Tisch zu geleiten", sagte der Herzog nunmehr förmlich und äußerst liebenswürdig. „Wir wollen Sie

beide gleichsam vor aller Welt für unser Land in Anspruch nehmen.“

Leibniz stutzte einen Augenblick. Was hieß das? Bloß eine Höflichkeitsphrase? Oder gar hohe Politik? Ganz Deutschland fast stand im Krieg gegen Frankreich. Merkwürdige Dinge geschahen auf dieser Erde. Draußen jenseits des Rheins, wurden furchtbare Schlachten geschlagen, Länder verheert und gebrandschatzt. Und hier geleitete man zwei Deutsche an den Ehrentisch. Wollte man dokumentieren, daß der Geist jenseits des Krieges stand? Oder fürchtete man diesen Geist so sehr, daß man um ihn buhlte? Als das Einzige, wohin selbst die Macht eines Sonnenkönigs nicht reichte?

Wie dem nun auch war, hatte Leibniz die ganze schreckliche Zeit hindurch, die Europa politisch zerklüftete, die Erfahrung gemacht, daß man hier in Paris imstande war, zumindest äußerlich die Form zu wahren. Und daß man es ängstlich vermied, ihm gegenüber den Takt zu verletzen. Tschirnhaus allerdings hatte schon einige Male weniger gut abgeschnitten. Das konnte aber auch an seiner eigenen draufgängerischen Art liegen.

Noch unbedenklicher erschien Leibniz der „Ehrentisch“, als sie knapp vor ihm standen und die Begrüßung begann. Es saßen da außer Colbert noch der Außenminister Arnaud de Pomponne, Huygens von Züllichen, der seit kurzem die königliche Akademie der Wissenschaften als Präsident leitete, der Theologe Arnaud und noch einige andre Würdenträger und Gelehrte, die Leibniz fast sämtlich bekannt waren. Auch gab es zahlreiche Damen, darunter die sehr kokette Baronin Laroche, die den Grafen Tschirnhaus mit unschuldsvoll selbstverständlicher Miene aufforderte, sich neben sie zu setzen, was den Herzog von Chevreuse sogleich zu einem anzüglichen Lächeln veranlaßte.

Leibniz hatte den Landsitz Colberts noch nie betreten. Deshalb gab er sich zuerst dem Anblick hin, den das leuchtende Barockschloß oberhalb der Terrasse bot. Er konnte um so ungestörter umhersehen, als die ganze Tafel, insbesondere sein Nachbar, der jüngere Colbert, genannt Croissy, eben in ein sehr lebhaftes Gespräch über den Ausbau der französischen Straßen und Häfen verwickelt war.

An einem Nebentisch, nicht weit von ihnen, dröhnte mehrmals hintereinander höchst ungezwungenes Gelächter. Den Mittelpunkt dieses Tisches bildete ein dicker, jovialer Herr in der Tracht eines Gelehrten, dessen Gesicht von Schalkhaftigkeit zuckte und der sich ein übers andremal klatschend auf den Schenkel schlug.

Man verstand jedes Wort vom Nebentisch, so laut wurde die Unterhaltung geführt.

„Das ist zuerst ein alchimistisches Experiment", dröhnte der Gelehrte. Er hatte sich durch einen Diener eine brennende Kerze reichen lassen, hatte an ihr ein dünnes Hölzchen entzündet und den brennenden Span dann beherzt in den Mund gesteckt. Nachdem das Feuerchen in seinem Rachen verschwunden war, schnitt er mit fest geschlossenen Lippen verzweifelte Grimassen, als ob es noch in seinem Inneren weiterflammte.

„Hören Sie auf! Um Gottes willen!" sagte geängstigt eine junge Dame und legte ihre Hand auf seinen Arm. Die anderen jedoch, die um den Tisch saßen, lachten schallend auf.

Der Gelehrte zog das erloschene Hölzchen seelenruhig aus dem Mund und warf es achtlos auf den Boden.

„Das ist eben die Alchimie", meinte er dann in übertrieben lehrhaftem und ernstem Ton. „Wie soll ein Feuer brennen, von dem ich alle Luft absperre? Die Lippen muß man schnell und vollständig schließen. In diesem Augenblick erlischt es." Und er machte mit derHand eine weitausholende Gebärde über den Tisch, als ob er alle Gläser und Karaffen herunterstreifen wollte.

Im nächsten Augenblick ertönte auch schon ein furchtbares Splittern und Klirren auf dem Boden. Selbst am Ehrentisch stockte das Gespräch und man sah hinüber, während einige Diener entsetzt herbeistürzten.

Auf dem Kies der Terrasse aber lagen, in der Sonne glitzernd, nur eine große Anzahl von Metallblättchen aus Bronze und Stahl.

„Ach, ich wollte ja nur beweisen, daß der Klang noch nichts über das Material aussagt", schrie der Gelehrte mit larmoyanter Stimme in die Stille hinein. „Ich denke, der große Huygens befaßte sich eben mit der Lehre von den Schallwellen."

Leibniz konnte sich das Benehmen des ihm gänzlich unbekannten Mannes nicht deuten. Umsoweniger, als man selbst den letzten, sicher nicht geschmackvollen Scherz für gar nichts Absonderliches anzusehen schien, da nach kurzem Gelächter eine Pause in den „Scherzen" eintrat, die sogleich das normale Gesellschaftsbild wiederherstellte.

Eben wollte sich Leibniz bei Herrn Colbert-Croissy nach der Bedeutung dieser Vorgänge erkundigen, als die Stimme des Gelehrten wieder ertönte.

„Die Physik ist unerschöpflich", grollte er düster. „Die Schleichwege der Natur sind rätselhaft. Wer auch sollte denken, daß ein Glas Wein nicht auf den Boden ausfließt, wenn man die Öffnung nach unten hält?" Und er hatte schon ein Glas Rotwein gefaßt und schwang es mit einem Kunstgriff so schnell im Kreis, daß tatsächlich kein Tropfen vergossen wurde, obgleich im Kreisen die Öffnung für einen Augenblick sichtbar nach unten wies. Dies alles aber noch oberhalb des Kleides seiner Nachbarin, die in panischem Schrecken zurückfuhr.

„Sie können es auch, können es vortrefflich, jeder kann es", rief er einem Lakai zu, der verzückt zusah und faßte ihn am Rock. Dann erhob er sich halb, gab dem Lakai ein andres Glas Wein in die Hand und flüsterte ihm einige Worte zu.

Der Lakai zögerte einen Augenblick. Als der Gelehrte ihm aber zurief, es handle sich geradezu um die Ehre der Wissenschaft, schwang der geängstigte Diener in Todesverachtung das Glas so herum, wie es ihm befohlen worden war. Fast schien der Versuch zu gelingen. Im letzten Augenblick vor der Entscheidung aber schrie der Gelehrte mit Donnerstimme: „Langsamer!" und das winzige Stocken der Bewegung genügte, daß sich im nächsten Augenblick der Inhalt des Glases in einer dicken Fontäne über die Livrée des Bediensteten ergoß.

„Ein Glück, daß es diesmal Weißwein war!" jubelte der Gelehrte. „Die Physik hat anscheinend manchmal Launen." Und er schüttelte sich vor Lachen, als sich der Diener eiligst davonmachte.

„Wer ist dieser Schalksnarr?" fragte Leibniz, den ein rätselhafter Zorn überkommen hatte, Herrn von Colbert-Croissy.

Dieser lachte.

„Sie sind zu streng, Herr Leibniz. Es ist unser berühmter Mathematiker Gallois. Mein Bruder braucht sein skurriles Wesen, um sich vom tragischen Ernst seiner Amtsgeschäfte zu erholen und abzulenken. Schon mehr als einmal hat unser großer Minister über ähnlichen Späßen seine Sorgen vergessen und neue Kraft geschöpft. So sonderbar Ihnen das scheinen mag.“

„Das begriffe ich noch. Es hat ja schließlich auch bei den bedeutendsten Herrschern Hofnarren gegeben“, erwiderte Leibniz. „Ich bin nur entsetzt, daß sich ein Gelehrter vom Rang eines Gallois, den ich bisher aus der Ferne verehrte, zu solchen Albernheiten hergibt. Verzeihen Sie, bitte, meine freie Ausdrucksweise, aber ich erachte ein solches Betragen geradezu als gefährlich für das Ansehen der Wissenschaft.“

„Ich widerspreche Ihnen nicht“, sagte Croissy leise. „Wir sind es aber nun einmal gewohnt.“

Obgleich diese kurzen Bemerkungen zwischen Leibniz und seinem Nachbarn durchaus nicht laut gewechselt worden waren, schien Gallois einiges hinübergehört oder zumindest gefühlt zu haben, was da gesprochen wurde. Denn er flüsterte einige Worte mit einem Nachbarn, stand dann auf und kam geraden Weges auf Croissy zu

„Hoher Herr von Croissy“, sagte er nach tiefen Verbeugungen, „dürfte ich Sie bitten, mich diesem ebenso jungen als klug blickenden Herrn vorzustellen? Er scheint sich für Physik zu interessieren. Denn er hat mich schon die längste Zeit angelegentlich beobachtet.“ Dabei zuckte es halb höhnisch, halb lauernd in seinem feisten Gesicht.

„Es ist Herr Leibniz“, antwortete Croissy mit einer Geste der Vorstellung. „Sie dürften schon von ihm gehört haben.“

Gallois pflanzte sich mit sonnigem, jovialem Lächeln vor Leibniz auf. Er legte wie ein pathetischer Schauspieler die Hand aufs Herz.

„O, welch ein glücklicher Zufall!“ schmetterte er plötzlich heraus. „Ich hätte nicht gehofft, heute noch den Mann kennen zu lernen, der das Problem der Quadratur des Rechteckes gelöst hat." Und er blickte gespielt verlegen um sich, als ihm von allen Seiten schallendes Gelächter antwortete.

Leibniz aber, der sich ohne jede Schuld zum Gegenstand dieses sinnlosen Scherzes, welcher fast einer öffentlichen Herabwürdigung gleichkam, degradiert sah, wußte im Augenblick keinen anderen Ausweg, als ohne jede merkbare Erregung mit kalter Liebenswürdigkeit zu erwidern:

„Sie überschätzen mich, Herr Gallois! Sie überschätzen mich maßlos. Ich arbeite gegenwärtig eben angestrengt an der Kubatur des Würfels."

War es nun der Ton Leibnizens oder sein ganzes ernstes Wesen, das den Kontrast noch erhöhte: Auf jeden Fall übertraf das Gelächter über diese Antwort ganz bedeutend den Heiterkeitserfolg, den Gallois durch seinen Angriff erzielt hatte.

Diese von Leibniz durchaus nicht beabsichtigte Konkurrenz aber brachte Gallois in Zorn. Er wurde fahl im Gesicht und stieß fast weinerlich hervor:

„Sie sind eben ein Deutscher, Herr Leibniz. Deshalb verstehen Sie keinen Frohsinn und keinen Scherz."

In diesem Augenblick drehte sich der Außenminister Marquis von Pomponne herum und sagte ebenso schnell als kalt:

„Das gehört nicht hieher, Herr Gallois. In keiner Weise. Herr Leibniz ist der Gast Seiner Majestät und der Nation, solange er hier weilt. Außerdem hat er ebenfalls mit einem Scherz geantwortet. Es gibt doch noch kein Privilegium auf Scherze, Herr Minister Colbert? Oder sollte es eingeführt werden?"

„Nichts für ungut, Gallois", beschwichtigte Minister Colbert als er den entsetzten Blick des Spaßmachers sah. „Herr Leibniz hat genau verstanden, daß es ein Scherz war."

„Und wird sogar über die Experimente grübeln, wie ich ihn kenne", setzte Huygens fort.

„Ihre neueste Arbeit über die Gewinnwahrscheinlichkeit im Spiel hat mich sehr angeregt, Herr Gallois", schloß Leibniz die Reihe der Schlichtungsversuche.

„Sehen Sie, wie liebenswürdig und vornehm der Deutsche ist", lachte Arnaud de Pomponne.

„An seiner Noblesse habe ich meines Wissens nicht gezweifelt", sagte Gallois eisig. Dann lächelte er höhnisch und zischelte: „Wenigstens hat man einmal persönliche Bekanntschaft geschlossen. Und wird dadurch einander besser im Gedächtnis behalten." Und er verbeugte sich und ging zurück an seinen Tisch.

Trotz seines abgrundtiefen Grolls konnte er alllerdings nicht umhin, schon nach wenigen Minuten neue Späße mit großem Lärm in Szene zu setzen.

„Er scheint seine gute Laune wiedergewonnen zu haben", meinte Leibniz. „Er ist ja wirklich ein Unikum. So viel Weisheit und Abgeschmacktheit ist in einer Person selten zugleich vorhanden. Hoffentlich hat er mir schon verziehen, dieses sonderbare Monstrum!"

„Mit Ihrem letzten Satz sind Sie leider im Irrtum", erwiderte Croissy verstimmt. „Mir war der Zusammenstoß höchst peinlich. Denn Gallois ist vollkommen maßlos und unberechenbar in seiner Rachsucht. Ich plaudere ein Geheimnis aus, wenn ich sage, daß selbst mein allmächtiger Bruder seine Unversöhnlichkeit ins Kalkül zieht. Auch Arnaud de Pomponne hätte weniger scharf sein sollen. Das Monstrum, wie Sie den Spaßvogel nannten, ist sehr, sehr gefährlich. Für jeden Fall haben Sie an Gallois einen Feind fürs ganze Leben. Sie werden sich an diese Worte erinnern und sich hüten müssen, Herr Leibniz!"

Leibniz schüttelte verwundert den Kopf. Der Ton des Herrn Croissy aber ließ ihm keinen Zweifel, daß dieser äußerst kluge junge Staatsmann wußte, warum er so sprach. —

Nach dem Imbiß hatte die Gesellschaft einen anderen Rhythmus bekommen. Man war aufgestanden, die Tische waren fortgeräumt worden und es hatten sich allenthalben plaudernde und lustwandelnde Gruppen gebildet, die langsam den Zusammenhang miteinander verloren und sich in die Alleen des Parkes zerstreuten. Es hieß, daß mit sinkender Dämmerung der Tanz beginnen und dann ein Feuerwerk abgebrannt werden würde.

Leibniz hatte eben Tschirnhaus wieder getroffen, der seit einer Stunde seinen Blicken entschwunden gewesen war, und unterhielt sich mit ihm in gedämpftem Ton über die Attacke des Herrn Gallois, wobei Tschirnhaus in zunehmende Erregung geriet und nach einiger Zeit die volle Kraft seines schmetternden Organs entfaltete. Leibniz mußte über die Drohungen, die Tschirnhaus gegen Gallois ausstieß, lächeln und wehrte seiner Leidenschaftlichkeit nicht weiter, da die Unterhaltung in deutscher Sprache geführt wurde und beide überzeugt waren, es befinde sich im Hause Colberts kein Mensch, der sie verstehen könnte.

Gleichwohl blickte Leibniz instinktiv umher, als die Zornesausbrüche des Grafen Tschirnhaus immer heftiger wurden. Der Ton allein mußte ja Aufsehen erregen, auch wenn man kein Wort auffaßte.

Allerdings stellte Leibniz nach einiger Zeit fest, daß die Vorübergehenden sich durchaus nicht um sie kümmerten. Er antwortete also Tschirnhaus und versuchte ihn zu beruhigen. Da merkte er aber, halb unbewußt, daß ein außerordentlich prächtig gekleideter Edelmann schon zum dritten Male an ihnen vorbeikam und sie beide mit einem eigentümlichen Blick streifte. Überhaupt war das Gesicht dieses Fremden merkwürdig. Das Alter des Edelmannes war kaum bestimmbar. Er mochte vierzig Jahre alt sein, obgleich er viel älter aussah. Das Hervorstechendste an seinem Antlitz war eine fahlgelbe kränkliche Hautfarbe und ein verzerrter, zerrütteter Ausdruck, der durch all die Eleganz der schlanken höfischen Gestalt nicht wettgemacht wurde. Die Augen aber hatten trotz ihres dunklen Glanzes etwas abgrundtief Trauriges und Erloschenes.

Eben wollte Leibniz den Grafen Tschirnhaus auf den Fremden aufmerksam machen, als dieser sich wieder umdrehte und unschlüssig stehen blieb. Er starrte einige Augenblicke auf die beiden, dann warf er wie nach schwerem inneren Kampf, den Kopf zurück und kam auf sie zu.

„Über Gallois sprechen wir noch später“, raunte Leibniz schnell dem Grafen Tschirnhaus zu und sah dem Nähertretenden entgegen.

„Wer ist das?“ flüsterte Tschirnhaus, der den Fremden jetzt erst bemerkte.

„Ich weiß es nicht", erwiderte Leibniz und blickte zu Boden, da er nicht sicher war, ob der Fremde nicht doch vielleicht an ihnen vorübergehen würde.

Der nächste Herzschlag aber brachte bereits eine Klärung.

„Sie sind Deutsche, meine Herren", begann der Fremde auf Deutsch nach einer steifen und sehr nachlässigen Verbeugung. „Ich bin erst vor einigen Tagen in Frankreich eingetroffen." Sofort setzte er französisch fort: „Sie verzeihen mir, daß ich mich wundere. Ich habe nicht erwartet, hier, bei Minister Colbert, Landsleute zu treffen. Aber ich störe sicherlich. Ich bin es gewohnt, von meinen Landsleuten als lästig empfunden zu werden." Dabei huschte ein wütendes, verzerrtes Grinsen über sein gelbes Gesicht.

„Im Gegenteil, es ist uns ebenso interessant als erfreulich, wieder einmal einen Gruß von jenseits des Rheins zu erhalten", erwiderte Leibniz sehr verbindlich.

Tschirnhaus aber lachte freimütig und sagte:

„Wir wollen uns dieses Zusammentreffen in der Fremde doch nicht durch bittere Erinnerungen vergällen. Nicht wahr?"

Der Fremde sah Tschirnhaus sogleich lauernd und kritisch an.

„Wissen Sie, wer ich bin? Bittere Erinnerungen? Gut, ich gebe zu, daß mein ganzes Wesen nicht zu diesem herrlichen Tag und ebensowenig zu einem Fest stimmt. Es war vielleicht taktlos, Sie anzusprechen. Ich will nicht länger stören." Und er machte Miene, wieder fortzugehen.

Leibniz wußte sogleich, daß es sich da um ein nicht alltägliches Schicksal handelte. Und fürchtete, daß eine weitere Äußerung des Grafen Tschirnhaus den Fremden auf Nimmerwiedersehen vertreiben würde. Deshalb sagte er schnell:

„Graf Tschirnhaus hat Sie sicherlich nur erheitern wollen. Wenn Sie es gestatten, werden wir uns Ihnen ein wenig anschließen. Es wäre für uns auf jeden Fall ein Gewinn."

Der Fremde nickte, bitter lächelnd, mit dem Kopf.

„Nun gut!" murrte er düster. „Ich will nicht an Ihrer Aufrichtigkeit zweifeln, obgleich Sie in echt französischen Höflichkeitsfloskeln sprechen. In Sätzen, die alles und nichts bedeuten können. Sie werden auch sofort andre Töne anschlagen, wenn Sie hören, daß ich der berüchtigte Herzog Christian Ludwig von Mecklenburg-Schwerin bin." Er machte eine Pause, als ob er einen Sturm der Entrüstung erwartete.

Auf Tschirnhaus hatte die Namensnennung keine andre als eine rein rangmäßige Wirkung. Er verbeugte sich sehr höfisch.

Leibniz aber sammelte einen Augenblick lang in Gedanken alles, was er über diesen Herzog gehört hatte: Gehaßt und verfolgt von seinen Untertanen. So gut wie aus dem Lande verjagt. Niemand wußte genau, warum. War er ein Tyrann? Ein Wahnsinniger? Ein Weichling? Er hatte sich von seiner ersten Gattin, einer Protestantin, unter dem Vorwand zu naher Verwandtschaft, scheiden lassen. Hatte dann die Witwe des Herzogs von Coligny geheiratet. Vielleicht war das der Grund seiner Vertreibung? Glaubenszwiste? Intrigen?

„Ich sehe keinen Anlaß, meinen Ton zu ändern", erwiderte Leibniz verbindlich. „Es ist selbstverständlich, daß ich manches über Eure Hoheit gehört habe, obwohl ich mich jetzt mehr mit Mathematik als mit Staatsangelegenheiten befasse..."

„Sie sind Diplomat?" Der Herzog zuckte zusammen.

„Ich bin Rat des Kurfürsten von Mainz und heiße Leibniz. Wie schon gesagt, treibe ich jetzt vorwiegend mathematische Studien."

„Das ist schade, sehr schade", antwortete der Herzog wegwerfend. Plötzlich raffte er sich wieder zusammen. „Hören Sie nicht auf meine Reden, Herr Leibniz. Ich meinte es anders."

„Kann ich Ihnen nicht irgendwie nützlich sein? Sie erwähnten, erst vor kurzer Zeit Frankreich betreten zu haben." Leibniz, auf den das zerfahrene Wesen des Herzogs ein wenig übersprang, verbesserte sich sofort: „Sie lächeln mit Recht, Hoheit. Aber ich dachte mir meine Hilfe etwa in der Form der Maus, die dem Löwen hilft."

Da stieß der Herzog ein heiseres, verzweifeltes Gelächter aus:

„Ich bin die Maus, ich bin die Maus. Was bin ich denn? Weil ich einmal Herzog war? Nein, Herr, Herr, wie heißen Sie doch, Herr Mathematiker? Wenn Sie nur kein Mathematiker wären! Dann wäre es schon besser. Aber ich bin hier so hilflos

wie ein Kind. Ich brauche einen Menschen, der die Jura aus
dem Ärmel schüttelt, und ich treffe berühmte Mathematiker
unter meinen Landsleuten.“

„Juristen gibt es doch hier in Paris mehr als genug?!“ Leibniz, der langsam am Verstand des Herzogs zu zweifeln begann,
sah fragend in dessen irr flackernde Augen.

„Was hilft mir ein Pariser Jurist!“ rief der Herzog klagend.
„Sie wissen ja nicht, worum es sich handelt. Ich brauche einen
deutschen Juristen, brauche einen Mann, der das Wirrsal des
deutschen Rechts beherrscht. Alles ist gegen mich. Doch was
geht Sie das an? Sie, den großen Mathematiker?“ Und er lachte
wieder schrill auf.

„Vielleicht geht es Leibniz mehr an, als Sie denken“, mengte
sich Tschirnhaus ein.

„Also auch hier Verhöhnung?“ der Herzog war noch blässer
geworden. „Jetzt habe ich genug. Sie scheinen noch wenig
Unglück erlitten zu haben, junger Mann.“

„Möglich!“ Tschirnhaus reckte sich auf und blitzte mit den
Augen. „Sie können recht haben, Hoheit. Aber in einem haben
Sie unrecht. In Ihrer Ansicht nämlich, daß Leibniz nichts als ein
Mathematiker ist. Er ist, soweit man weiß, auch einer der größ-
ten Rechtsgelehrten Deutschlands. Diesmal haben Sie Glück
gehabt, Hoheit.“

Der Herzog blickte von einem zum anderen. Dann griff er
sich an den Kopf und murmelte:

„Ich hätte wissen sollen, daß man mich auch hier verhöhnt
und verfolgt.“ Und er drehte sich um und enteilte unaufhaltsam in merkwürdig straffem Schritt.

Eine kühle, durchflirrte Dämmerung hatte sich über das Fest
Colberts gelegt. Die Konturen der gestutzten Alleewände standen scharf gegen einen rotgelben Himmel abgezeichnet, und
das Plätschern der Springbrunnen und Kaskaden ertönte lauter.

Auf riesigen Tabletten wurden durch die Diener Kelche mit
sprühenden Weinen herumgetragen und die Stimmen der Damen dämpften sich zu Geflüster, während Wogen von Parfum
mit den Düften feuchter Blumen wetteiferten.

Leibniz hatte in diesen Stunden noch viel erlebt. Er schlenderte jetzt in wohliger Ermüdung allein durch die Buntheit der Gäste, deren Zahl mit dem sinkenden Abend sich eher vermehrte als abnahm.

Den tiefsten Eindruck hatte ihm die zweite Unterredung mit dem düsteren Herzog von Mecklenburg-Schwerin hinterlassen, da sie ihn zugleich vor eine große Aufgabe gestellt hatte und seiner weiteren Tätigkeit in Paris eine bestimmte Richtung wies.

Es war so gekommen: Kurze Zeit nachdem der Herzog den Grafen Tschirnhaus und ihn erbittert hatte stehen lassen, war Tschirnhaus wieder mit der Baronin Laroche zusammengetroffen und hatte sich von Leibniz empfohlen. Leibniz aber war dann, nachdem er zahlreiche Bekannte begrüßt hatte, plötzlich durch einen Edelmann zu Colbert gebeten worden, der ihn angeblich schon lange suchte. Das Erstaunen Leibnizens war groß gewesen. Denn niemand anderes als der Herzog von Mecklenburg war mit Colbert in ein angelegentliches Gespräch vertieft, als er sich beim Minister meldete. Colbert hatte ihn mit geradezu überschwenglicher Liebenswürdigkeit aufgefordert, sich an diesem Gespräch zu beteiligen, und es hatte sich herausgestellt, daß der Herzog von Mecklenburg einen deutschen Kronjuristen deshalb dringend brauchte, weil er sich in einer höchst verworrenen Lage befand. Er wollte sich nämlich auch von seiner zweiten Frau, der Witwe des Herzogs von Coligny, scheiden lassen, um dadurch vielleicht wieder eine Versöhnung mit seinen Untertanen anzubahnen. Nun mußte diese Scheidung aber strenge den Gesetzen seiner Heimat gemäß erfolgen, da er sonst Gefahr lief, nicht nur sein eigenes Land, sondern auch Frankreich zu verstimmen, dessen Gastfreundschaft er sich für den Fall sichern mußte, daß ihm trotz allem eine Heimkehr unmöglich war.

Leibniz hatte, ungeachtet der Vermittlung Colberts, der ihn dem Herzog als einzigen möglichen Rechtsbeirat und Helfer vorschlug, große Mühe aufwenden müssen, um den Stolz und das Mißtrauen des am Rande seelischer Zerrüttung angelangten Herzogs zu besiegen. Denn der Herzog witterte in jedem Satz eine Falle und war überzeugt, Leibniz habe es nur darauf abgesehen, sich für den Auftritt von vorhin zu rächen.

Als endlich die Unterredung in halbwegs ruhige Bahnen gekommen war, hatte Colbert Leibniz mit dem Herzog allein gelassen und Leibniz war es dann geglückt, den Herzog durch seine Rechtskenntnisse mehr als einmal in höchstes Erstaunen zu versetzen. So daß der Herzog schließlich Leibniz die Ausarbeitung der Staatsschriften und Rechtsurkunden in aller Form übertragen und ihm schon jetzt ein schwindelnd großes Honorarium in Aussicht gestellt hatte, über das er Leibniz bat, sofort zu verfügen.

Der Herzog hatte sogar in seinem stets wieder hervorbrechenden Mißtrauen den Außenminister Pomponne und Colbert-Croissy als Zeugen dieses Paktes herbeigeholt und war darauf bestanden, ihn sogleich schriftlich zu formulieren, was Leibniz natürlich nicht ablehnen konnte, obgleich er in einer kleinen Wallung von gekränktem Ehrgefühl fast das Honorarium hatte zurückweisen wollen.

Als er nun jetzt, nach Erledigung all dieser schicksalsschweren Dinge, durch den herrlichen Abend ging und ein Glas Wein von einem der Tablette nahm, um es an die Lippen zu führen, fühlte er sich seltsam gehoben. Er war in einer Stimmung, die jeden Gegensatz auf der Erde nichtig und unmöglich wähnte. Und ein tiefes Bedauern und Mitleid für den landflüchtigen Herzog, ein großes Ergötzen über den albernen Spaßmacher Gallois überkam ihn. Und er war mit sich selbst zufrieden und dankte Gott inbrünstig, daß ihm ein Gemüt beschert worden war, jenseits von Haß und Verzweiflung. Doch leistete er sich ebendeshalb selbst das Gelöbnis, diese Gemütsbeschaffenheit, die ihn überall außerhalb von tiefen Verstrickungen stellte, nie als Verdienst, sondern stets nur als Gottesgeschenk zu betrachten.

Er hatte den Kelch, einer sonderbaren Laune unterworfen, mit der Versuchung geleert, den Göttern Griechenlands den Rest des Weines als Trankopfer zu spenden, als plötzlich ein ungemein kleiner und zierlicher Edelmann vor ihm stand und sich tief verneigte.

Leibniz blickte, erstaunt über die ungewöhnliche Erscheinung, auf und lächelte. Ach, das war ja der Knabe mit den klugen, leuchtenden Augen, den er heute schon einmal flüchtig gesehen hatte! Er hatte ihm sogar damals innerlich die Bezeichnung eines „Modells von einem Edelmann“ zugelegt, da die Kleidung des Knaben sich in nichts von der eines Erwachsenen unterschied. Der Knabe trug sogar einen Degen. Allerdings war Leibniz durch die Kontroverse mit Gallois wieder von der Betrachtung des Knaben abgelenkt worden, der dann seinen Blicken und seinem Gedächtnis entschwunden war.

„Mein Name ist Marquis de l'Hospital“, stellte sich der Knabe mit einer feinen, hohen Kinderstimme vor. In seinen Augen, die offen und klar auf Leibniz gerichtet waren, lag ein Ausdruck tiefer Hingabe und das Fehlen jeder Scheu oder Verlegenheit.

Leibniz verblüffte dieser Blick. Sein Lächeln zerrann. Der sicherlich kaum Vierzehnjährige zwang ihn dazu, ihn als Erwachsenen zu nehmen.

„Es ist mir ein ausgezeichnetes Vergnügen“, erwiderte Leibniz formell, nahm die ihm gebotene weiche Knabenhand und verbeugte sich ebenfalls. „Ich heiße Leibniz und stehe in kurmainzischen Diensten.“

„Das weiß ich“, sagte der kleine Marquis entschieden. „Ich weiß es um so mehr, als ich eigentlich nur deshalb mir von meinen Eltern die Erlaubnis auswirkte, dieses Fest zu besuchen, um Sie, Herr Leibniz, einmal zu sehen.“

„Um mich zu sehen? Sie beschämen mich, Marquis.“ Leibniz war so maßlos erstaunt, daß er alles vergaß und in einen verbindlichen Gesellschaftston verfiel.

Der Knabe errötete ein wenig

„Ich weiß nicht“, antwortete er gepreßt, „ob Ihre Worte jetzt Hohn oder eine Zurechtweisung sind. Mir ist der Geist aller Erwachsenen heute klarer als ihr Charakter und ihre Ansichten über die Dinge des Lebens. Darum habe ich auch von vornherein beschlossen, es bei einigen Worten bewenden zu lassen. Ich sehe ein, daß ich noch ein Kind bin und Erwachsene nicht weiter interessieren kann. Was ich aber nicht vermag, was

mir trotz aller Erkenntnis meiner Jugend unmöglich scheint,
ist ein Schweigen über das Benehmen des Herrn Gallois. Deshalb allein wagte ich es, mich Ihnen vorzustellen. Ich habe auch
die Freundlichkeit des Herrn Huygens abgelehnt, der mir anbot, unsre Bekanntschaft zu vermitteln. Ich wollte mich allein
und feierlich an Ihre Seite stellen, Herr Leibniz. Gallois hat ge-
frevelt. Insbesondere mit seinem üblen Scherz über die Quadratur des Rechtecks. Sie sind einer der größten Mathematiker
des Jahrhunderts, Herr Leibniz. Wenn nicht der größte. Ich
kann es beurteilen."

Leibniz hatte den Klang der Knabenstimme noch im Ohr,
als der kleine Marquis schon geendet hatte. Aber noch mehr war
mit diesen unglaubwürdigen Worten auf ihn übergeströmt.
Eine Woge von Reinheit, Vornehmheit und Erkenntnistiefe,
der er wehrlos unterlag und in Wonne unterliegen wollte.
Sollte der Fluch plötzlich gebannt sein? Haßten ihn heute die
Väter, während ihn die Söhne liebten? Hatte seine unausgesprochene Anrufung der Götter Griechenlands die Haine Attikas heraufgezaubert, in denen ahnungschwere Knaben wandel-
ten? Doch er mußte antworten, schnell antworten, denn die
Augen des kleinen Marquis begannen sich in Schmerz und
Enttäuschung zu verdunkeln.

Und Leibniz sagte leise und fast schüchtern:

„Was hat Sie veranlaßt, Marquis, so stark an mich zu
glauben?"

Da wurde de l'Hospital sogleich wieder sicher:

„Ich habe bei Herrn Huygens einige Ihrer neuen mathematischen Entdeckungen gesehen, Herr Leibniz. Ich habe sie geprüft und weitergesponnen. Es sind Erleuchtungen. Besonders
Ihre Auflösung der Kreiszahl in eine unendliche Reihe hat mich
fasziniert."

„Sie sind Mathematiker?" Leibniz, in dessen Erinnerung
blitzartig die geistigen Höhenflüge seiner eigenen Kindheit
heraufschossen, zweifelte nicht mehr, ein Bruderwesen, einen
Doppelgänger vor sich zu haben.

„Herr Huygens setzt einige Hoffnungen auf meine mathematische Zukunft", erwiderte der Knabe einfach. „Doch jetzt will

ich Sie nicht länger belästigen, Herr Leibniz. Ich wollte Ihnen nur persönlich sagen, daß ich bis an mein Lebensende an ihrer Seite kämpfen werde. Die besondere Sprache Ihrer Mathematik klingt meinem Ohr wie eine lang entbehrte Muttersprache. Nirgends fand ich dies. Ein wenig vielleicht bei Descartes." Und er verneigte sich tief.

Da faßte Leibniz seine Hand und hielt sie fest.

„Darf ich Sie etwas bitten, Marquis de l'Hospital?"

„Alles", erwiderte der Knabe ängstlich, da er seinen Traum und sein Idol nicht durch Alltäglichkeiten verlieren wollte. „Ich werde alles für Sie tun, was ich kann", setzte er noch hinzu.

„So war es nicht gemeint." Leibniz der die Furcht vom Antlitz des Knaben ablas, lächelte. „Nein, Marquis, Ihre Hilfsbereitschaft in Ehren, aber es handelt sich mir nicht um Protektion. Widersprechen Sie nicht. Leugnen Sie auch nicht, daß eine solche Bitte in dieser Stunde eben der größte Schmerz wäre, den ich Ihnen zufügen könnte. Trotz meines harten Lebenskampfes bin ich kein Erwachsener in Ihrem pessimistischen Sinn. Mich werden Sie verstehen, weil auch ich Sie verstehe. Ich wollte Sie nur bitten, Marquis, sich für den Rest dieses herrlichen Abends mir zu widmen und sich mit mir in jener lang entbehrten Muttersprache zu unterhalten. In jener reinsten Sprache der Größen, Formen und Rätsel. Und Ihnen werde ich heute als kleine Gegengabe für Ihre reine Freundschaft von Ahnungen erzählen, die bisher außer Tschirnhaus niemand auf der Erde kennt."

„Sie werden keinem Unwürdigen Ihr Vertrauen schenken", sagte der Knabe und Tränen traten in seine vor Begeisterung geweiteten Augen. „Der Name de l'Hospital soll blank durch alle Zeiten strahlen, so daß jeder bekennen muß, daß es auch Edelleute des Geistes gibt. Das ist mein Ziel, Herr Leibniz. Ihr Wunsch aber hat mich glücklich gemacht. Glücklicher, als es mit Worten zu sagen ist."

Musik ertönte, als die beiden durch die abendlichen Alleen schritten. Und manches schimmernde Auge einer schönen Marquise hob sich aus der seligen Entrückung flüchtigen Abenteuers und blickte erstaunt auf die fremde Welt dieses Knaben,

der Endgültigeres, Herrlicheres eben zu gewinnen schien, als
es ihm auch der süßeste Leib einer Frau je würde bieten können.
Und mancher Mund wurde dadurch schweigsamer und ver-
wirrter und vergaß es, Koseworte und Koketterien zu formen.

Fünfundzwanzigstes Kapitel

„Es wird nützlich sein, von nun an ſydy zu schreiben...“

Ratternd und schwankend fuhr der schwerbepackte, be-
staubte Postwagen über das Pflaster der Hafenstraße von Calais
und hielt am Beginn der Mole.

Es war ein früher, heller Herbstmorgen des Jahres 1676, ein
Morgen, an dem unter dem Wehen einer leichten Brise lange
Wogenzüge mit weißen Gischtkuppen von Süden nach Norden
rollten. Ein Morgen, der so sichtig war, daß man wie einen
geisterhaften Dunststreifen die weißen Kreideklippen Englands
weit draußen über der tiefen Bläue des Kanals wahrnahm.

Nur wenige Personen entstiegen dem Wagen. Unter ihnen
Leibniz, der sich enger in seinen Mantel hüllte, da ihm die
frische Salzluft ein Frösteln über die Glieder jagte. Eilfertig
kletterte sein Diener vom Kutschbock und machte sich daran,
das immerhin große und schwere Gepäck loszuschnüren.

„Sie werden heute eine schnelle und gute Überfahrt haben“,
sprach ein herumlungernder Matrose Leibniz an. „Vorausgesetzt, daß der Kapitän endlich mit dem Verladen der Wein-
fässer fertig wird.“ Und der Matrose zeigte mit dem Daumen
über den Rücken gegen den Platz, wo das kleine Segelschiff
vertäut lag und wo ein hastiges Umherwimmeln von Schiffern
und das Gepolter und Gerolle von Fässern bemerkbar war.

„Ich überquere nicht zum erstenmal den Kanal“, erwiderte
Leibniz. „Er sieht heute wirklich liebenswürdiger aus als sonst.“
Und er wandte sich mit freundlichem Kopfnicken ab.

Denn sein Frösteln war durchaus nicht bloß der Ausdruck

körperlichen Kältegefühls. Eine Kälte der Seele hatte ihn eben geschüttelt, als er sich beim Anblick des Schiffes bewußt ward, daß er Frankreich vielleicht für immer den Rücken kehrte. Nicht jenem Frankreich, das mit dem großen Kurfürsten, mit dem deutschen Kaiser, mit Spanien im Kriege lag. Das die Pfalz verheerte und brandschatzte, das den Elsaß überrannte. Ein andres Frankreich war ihm zur Heimat geworden, so sehr er sich gegen dieses Gefühl sträubte. Es wahr der Nährboden, die Luft des Aufwärtsstrebens und die Atmosphäre geistigen Rausches. Und es war der Kreis von Männern, die er eben verlassen hatte. Männer jenseits von Nationen und Krieg, einzig hingegeben dem ewigen Reich des Geistes.

Worin lag dieser Zauber Frankreichs, daß es zugleich einen Arnaud, einen Huygens, einen Tschirnhaus, einen Bossuet, einen Marquis de l'Hospital und ihn selbst umfassen konnte? Lag das nur an der vornehmen, höfischen Form oder am Streben Colberts, auch Fremdnationales an den Triumphwagen des allerschristlichsten Königs zu spannen? Oder lag es doch tiefer? Vielleicht an der Sprache dieses Landes, in der Leibniz, wie er sich erschrocken eingestand, nun schon dachte, wenn er in subtilen Fragen nach Ausdruck rang? An jener Sprache, die ebenso bestimmt als schmiegsam, ebenso taktvoll als enthusiastisch war?

Gut! Diesen Teil, diese Morgengabe Frankreichs würde er nicht verlieren. Leider nicht verlieren, wenn er jetzt an den Hof Hannovers oder an irgendeinen Hof kam. Wohin aber sollte das in Deutschland führen? Wohin? War diese Sprachherrschaft nicht allein schon ein Sinnbild politischer Herrschaft? Und wie sollte Deutschland, selbst wenn es große Geister hervorbrachte, beweisen, was es leistete? Wenn die Welt der Gelehrten, jene überstaatliche Republik der Geister, nur das starre Latein oder das melodische Französisch verstand?

Doch nein. Es würde anders kommen. Mußte anders kommen. Vier Jahre in der Fremde hatten ihn belehrt, hatten seinen Gesichtskreis ins Kosmische erweitert. Und er wußte zudem kaum, was in diesen vier Jahren in Deutschland vorgegangen war.

Er würde, das gelobte er sich an dieser Stelle, als Heimgekehrter die richtige Zeit wahrnehmen, um auch seiner Muttersprache Geltung zu verschaffen. Nicht morgen, nicht übermorgen. Aber dann mit doppelter Wucht und Stoßkraft, wenn die günstige Stunde schlug.

Und inzwischen sollte eine andre Sprache, eine neue deutsche allgemeingültige Sprache die Erde erobern. Eine Sprache, die niemand anzweifeln konnte. Die Sprache seines unfehlbaren Algorithmus, seiner lullischen Zauberkunst.

Und während er halb unbewußt über die Mole auf und nieder wandelte, während die Sonne höher stieg und ein grelles Glitzern über Meer und Schiffe legte, während alle Umrisse farbiger und deutlicher hervortraten, fröstelte es ihn zum drittenmal. Jetzt aber im Schauer heller Begeisterung.

Nicht als Bettler würde er heimkehren, nein als Vollender.

Und es stand, schon wie fernste Vergangenheit, jener 29. Oktober 1675 vor ihm, jener magische Tag, von dem er heute kaum durch die Spanne eines Jahres getrennt war. Alles sah er noch gegenwärtig. Sah das kleine Zimmer, das er nach der Abreise Schönborns wieder hatte beziehen müssen, sah den unscheinbaren Zettel, auf den er die folgenschwere Notiz in rasender Hast hingeworfen hatte, fürchtend, sie könne wieder in jene dunklen mathematischen Abgründe und Zwischenreiche entschlüpfen, aus denen sie sich eben zum Tageslicht erhoben hatte.

„Es wird nützlich sein", hatte sie ungefähr gelautet, „statt der Gesamtheiten des Cavalieri, also statt ‚Summe aller y' von nun an $\int y\,dy$ zu schreiben. Hier zeigt sich endlich die neue Gattung des Calcüls, die neue Rechenoperation, die der Addition und Multiplikation entspricht. Ist dagegen $\int y\,dy = \frac{y^2}{2}$ gegeben, so bietet sich sogleich das zweite auflösende Calcül, das aus $d\left(\frac{y^2}{2}\right)$ wieder y macht. Wie nämlich das Zeichen $\int$ die Dimension vermehrt, so vermindert sie das d. Das Zeichen $\int$ aber bedeutet eine Summe, d eine Differenz."

Aus dieser kleinen Notiz, aus diesem wahrscheinlich für alle, außer für Leibniz selbst noch unverständlichen Zauberspruch, war riesengroß und traumschnell, mit unfehlbarer Sicherheit, im Laufe des letzten Jahres eine neue Welt von Formen herausgeschossen. Es war der erste dünne Wasserstrahl gewesen, der durch einen Maulwurfsgang den scheinbar unüberwindlichen Damm des Nichtverstehens passiert hatte. Das „anonyme Problem der Mathematik" hatte seinen Namen erhalten.

Und jener vorgeahnte Quotient der winzigen Katheten, jenes dy gebrochen durch dx, jener Zauberschlüssel öffnete die Türen, während sie das magische $\int$, das Integral, wie es viele Jahrzehnte später heißen sollte, wieder schloß, nicht aber, ohne auch in seinem Inneren zauberhafte Arbeit geleistet zu haben.

Und der Algorithmus raste weiter, raste von Erfolg zu Erfolg. Genug, wenn die Gleichung einer Kurve bekannt war: dy durch dx gab die Tangente an jeder Stelle, gab die Richtung, war das geöffnete Geheimnis der Kurve, war ihr Rhythmus, ihr Gesetz. Und dy durch dx verriet alles. Verriet, wo die Kurve am höchsten, am tiefsten Punkt angelangt war und gab es so an die Hand, das Maximum und das Minimum eines Vorganges festzustellen, gestattete, vorauszusagen, wie es ein Klempner anstellen solle, möglichst viel Blechgefäße gewissen Inhaltes aus einer gegebenen Blechplatte zu erzeugen, dy und dx aber leisteten auch die Rektifikation. Verbanden sich als $\sqrt{dy^2 + dx^2}$ nach dem pythagoräischen Lehrsatz zu einer Perlenschnur von Kurvenpunkten, wenn man die Wurzel unter das Integralzeichen $\int$ stellte.

Und erst dieses Integral selbst! Das Rätsel der Quadraturen und Kubaturen, der Flächen- und Inhaltsberechnung krummlinig begrenzter Gebilde, war gelöst. Wieder brauchte man bloß die Gleichung der Kurven, die Gleichung der krummen Flächen. Und die wahre Denk- und Rechenmaschine des Algorithmus rasselte unhörbar mit ihrem infinitesimalen Räderwerk in den Abgründen des Unbewußten. Differentiale schoben sich an Differentiale, multiplizierten, potenzierten, logarithmierten: und heraus fiel schließlich ein klarer, einfacher Ausdruck für den Flächeninhalt, für die Raumgröße. Und das Ergebnis stimmte für das Dreieck und die Kugel ebenso wie für Gebilde, an die sich noch nie ein Mathematiker herangewagt hatte. Für Gebilde, begrenzt von den abstrusesten Kurven und Krummflächen.

Wohin aber noch der Algorithmus trieb, konnte kein Mensch auch nur ahnen. Denn mitten in den Räuschen, die sein unfehlbares Wirken erzeugte, hatte es oft ein furchtbares Erwachen gegeben. Unmöglich war es bisher, allgemeine Gesetze für die Integration verwickelterer Ausdrücke zu finden. Es war eine Kunst, eine Eingebung, ein Taschenspielerstück, wenn man die Lösung auf Umwegen fand. Und es würde vielleicht ewig so bleiben. Aber auch die sonst so sichere, sonst fast handwerkliche Differentialberechnung, das Aufsuchen des Wertes jenes d y gebrochen durch d x, versagte an manchen Stellen, trotzte allen Bemühungen.

Und gleichwohl standen wolkenhohe Aspekte hinter all diesen noch nicht ganz erschlossenen Gebieten. Aspekte, die die Physik und damit die Kräfte der Natur in die Hand des Menschen spielten; Möglichkeiten, die bis zu den Sternen reichten, die neue Werkzeuge, neue Maschinen aus dem Nichts hervorzauberten; Sicherheiten, die es erlaubten, Brücken und Gebäude aufzuführen, an die man sich nie gewagt hätte, weil man sie nicht vorher hatte im Geiste prüfen können...

Leibniz hatte schon längere Zeit Worte gehört, die ihn angingen, die er jedoch im Tosen seines Gedankenkataraktes, dazu noch geblendet von Formen und Bildern ferner Zukunft, nicht erfassen konnte. Erst das Gefühl, es berühre ihn eine Marmorhand an der Schulter, schreckte ihn aus seinen Visionen auf.

Da verstand er auch den Satz, den sein Diener sprach:

„Es ist höchste Zeit, das Schiff zu besteigen, Euer Gnaden. Die Taue werden schon gelöst."

„Die Taue werden gelöst", wiederholte Leibniz tonlos vor sich hin. Dann straffte er seine Gestalt und schritt lächelnd über den schwankenden Steg. Mit dem Bewußtsein, Frankreich, ohne dem Gastgeber etwas geraubt zu haben, das Kostbarste in der Welt zu entführen: Das Wissen um den geheimnisvollen Algorithmus der höheren Mathematik.

Sechsundzwanzigstes Kapitel

Zwei Mitglieder der königlich Englischen
Akademie der Wissenschaften

Kaum vierzehn Tage später stand Leibniz an einem übermäßig warmen Spätherbstnachmittag im holländischen Örtchen Delft vor der Gittertür eines Gartens, der das Häuschen des kuriosen Antoni van Leeuwenhoek umgab.

Leibniz stand vor dieser Tür mit einem Gefühl, das aus äußerster Belustigung und einer gewissen Befangenheit sich zusammensetzte. Denn die „Audienz" bei Leeuwenhoek war schwerer zu erreichen gewesen als ein Empfang beim allmächtigen Sonnenkönig.

Schon seit dem frühen Morgen hatte Leibniz im Städtchen Delft Versuche gemacht, sich dem Pförtner des Rathauses (denn diese Stelle bekleidete Leeuwenhoek) zu nähern. Es war fruchtlos gewesen. Leeuwenhoek war sofort ins Innere des Rathauses verschwunden und hatte einen Büttel mit der Frage zu Leibniz geschickt, was er eigentlich von ihm wolle. Leibniz hatte sich darauf berufen, er sei durch die englische Sozietät auf die hohe mikroskopische Kunst Leeuwenhoeks hingewiesen worden. Und deshalb sei er eigens zu dem Zwecke nach Delft gefahren, um eines dieser wunderbaren Mikroskope zu sehen. Er sei Doktor und Rat von Kurmainz und befinde sich auf der Reise nach Hannover, wo er die Bibliothek und eine Stelle im Rat des Herzogs übernehmen würde.

Die Titulaturen, meldete nach längerer Zeit der Büttel, sagten Herrn Leeuwenhoek nichts. Er sei selbst Mitglied der englischen Sozietät, wie der fremde Herr wohl in London erfahren habe dürfte. Er verlange nichts andres von der Mitwelt, als in Ruhe gelassen zu werden. Deshalb habe er schon weit höhere Herren abgewiesen. Übrigens sei er mit seinem Wissen nicht geizig. Herr Leibniz dürfte in London auch darüber belehrt worden sein, daß er, der arme Leeuwenhoek, ohne Lohn oder Verdienstabsicht, Hunderte von Berichten und Zeichnungen an die Akademie sende. Zuständige Herrn der Sozietät hätten sich durch Proben überzeugt, daß er nicht flunkere. Damit sei aber jede Notwendigkeit fortgefallen, einem Fremden zu zeigen, wie er es mache. Denn was er mache, sei der Wissenschaft bekannt und ohnedies zugänglich.

Leibniz, der in der Tat nur zum Besuche des sonderbaren Gelehrten nach Delft gereist war, hatte schon fast die Hoffnung aufgegeben, als er den Büttel diese anscheinend eingelernten und täglich gebrauchten Ausflüchte heruntersagen hörte.

Er versuchte also noch ein Letztes und ließ Herrn von Leeuwenhoek mitteilen, er selbst sei ja ebenfalls Mitglied der englischen Sozietät und er bitte als Kollege den Kollegen inständig, ihm einige Minuten Gehör zu schenken.

Wieder hatte Leeuwenhoek Leibniz reichlich lange warten lassen. Endlich war der Büttel erschienen und hatte, diesmal sehr mühsam und stolpernd, ausgerichtet, daß Herr Leibniz den Beweis erbringen möge, ob er wirklich zur Sozietät gehöre. Schwindler und Spione trieben sich genug umher. Außerdem müsse es sich Herr Leeuwenhoek auch dann noch reiflich überlegen, selbst wenn Herrn Leibniz der Beweis glücke. Kurz, Herr Leibniz möge nicht vor zwei Stunden wieder vorsprechen. Man würde dann sehen.

Leibniz hatte nicht an sich halten können und hellauf gelacht. Er hatte sich aber den entehrenden Bedingungen mit Humor gefügt, da sein Interesse durch den Widerstand dieses merkwürdigen Zauberers nur noch angefacht worden war.

Die Laune Leeuwenhoeks schien sich nach zwei Stunden wesentlich gebessert zu haben. Er hatte das Bestallungsschreiben Leibnizens, das dieser hatte aus zahllosen Papieren in den Koffern heraussuchen müssen, ohne weiteren Protest als echt anerkannt und hatte Leibniz, wieder nur durch Vermittlung des Büttels, sagen lassen, er möge in Gottes Namen um drei Uhr nachmittags zu ihm ins Haus hinauskommen. Jedes Kind in Delft würde ihn hinführen. Übrigens habe Leibniz Glück gehabt. Denn er, Leeuwenhoek, habe sich an ein andres korrespondierendes Mitglied der Sozietät, Herrn Regnier de Graaf, der in Delft wohne, gewandt und die Auskunft erhalten, daß Herr Leibniz immerhin ein bedeutender Gelehrter sei. Was allerdings einen Mathematiker die Mikroskopie angehe, wisse er nicht. Aber die Menschen hätten eben ihre Eigenheiten und er sei klug genug, den Menschen solche Schwächen zu verzeihen.

So stand also Leibniz um Punkt drei Uhr glücklich vor dem Gittertor und schwor sich, seinen großen Kollegen sehr vorsichtig zu behandeln, um nicht noch in letzter Minute hinausgeworfen zu werden.

Leibniz erfreute sich an der frischen durchsonnten Luft und am Anblick der merkwürdigen Landschaft. Ebene, soweit das Auge reichte. Und überall Windmühlen. Dazu die Kanäle, die zwischen mächtigen Deichen liefen und auf denen, oft mitten aus den Marschen hervorlugend, ein Segel dahinzog, als ob es zwischen den Kühen über die Wiesen laufen wollte.

Eine muntere Frau in Holzpantoffeln, an deren Rock zwei Kinder hingen, kam durch den Garten, um die Türe zu öffnen.

Wer der Herr sei und was er wünsche, fragte sie freundlich, aber unerbittlich.

Leibniz befiel gelinde Verzweiflung. Hoffentlich ging die Zeremonie nicht wieder von Anfang an los. Und er war froh, sein Dekret bei sich zu haben. Beinahe verwirrt verbeugte er sich höfisch vor der einfachen Bauernfrau und übergab ihr das Papier. Sie musterte ihn mit harten stahlblauen Augen von oben bis unten und prüfte seinen Gesichtsausdruck. Sie schien zu argwöhnen, Leibniz wolle sich lustig machen.

Da gewann er, ohne es zu beabsichtigen, die Frau Leeuwenhoeks für sich. Er hatte nämlich plötzlich das neugierige Apfelgesicht des kleinen Mädelchens erblickt, das hinter dem Rock der Frau gegen ihn hervorlugte. Und hatte sich niedergebeugt, um dem Kind die Wange zu streicheln.

Das Mädchen aber trat unvermittelt hinter der Mutter hervor und reichte Leibniz ohne jede Scheu lächelnd die winzige Patschhand.

„Ihr scheint ein guter Mensch zu sein. Die kleine Antje läuft sonst vor Fremden davon“, quittierte Frau Leeuwenhoek die Szene. „Zuerst dachte ich mir, Ihr seid ein Spötter. Jetzt aber werde ich Euch helfen. Denn mein Mann hat es schon wieder bereut, Euch eingeladen zu haben. Ihr dürft ihm nicht zürnen.

Er zeigt selbst uns nichts von dem, was er da jede freie Stunde treibt mit all seinen Käfern, Fliegen, fauligen Wässern, verendeten Tieren und was er sonst noch zusammenschleppt." Und sie drehte sich, das Dekret in der Hand, zum Haus zurück.

Leibniz wagte es buchstäblich nicht, in den Garten einzutreten, sondern blieb beim Gittertürchen stehen und blickte über die sauberen Beete, auf denen noch leuchtende Herbstblumen blühten. Das Haus war ein roter Ziegelbau, in dessen Fenstern Töpfe mit Tulpen standen. Das Dach war mit dickem bemoostem Stroh gedeckt. Zur linken Hand — und das fiel Leibniz besonders auf — ragte ein Wasserspeier aus dem Stroh. Darunter aber, sauber ausgerichtet, befanden sich einige Fässer, die offenbar zum Aufsammeln des Regenwassers dienten.

Antoni von Leeuwenhoek schien eine besondere Vorliebe dafür zu besitzen, seine Mitmenschen warten zu lassen. Leibniz sah zwar nach geraumer Zeit eine große Katze am Haus vorbeischleichen, hörte einen Hund hinter dem Hause bellen, worauf einige Hühner kreischten und gackerten. Sonst aber schien alles ausgestorben zu sein.

Er nahm bereits das ganze Erlebnis von der spaßhaften Seite. Und er überlegte eben, ob er nicht doch endlich fortgehen müsse, als ihm das Dekret einfiel, das die Frau mitgenommen hatte. Schließlich konnte er es ja später wagen, ins Haus einzudringen.

Da kam, vollständig unvermittelt und äußerst langsam, ein untersetzter Herr in merkwürdiger Kleidung hinter dem Haus hervor, prüfte bedächtig die Fässer und blickte dann suchend umher.

Leibniz zwang sich mit äußerster Gewalt, ein unbeteiligtes Gesicht zur Schau zu tragen. Denn schon die Frau hatte sein höfliches Lächeln als die Geste eines Spötters ausgelegt.

Allerdings war es nicht ganz leicht, Haltung zu bewahren. Denn Leeuwenhoeks Beine steckten in einer Art von Filzröhren, wozu er mächtige Holzpantoffeln trug. In der oberen Hälfte dagegen war seine Kleidung durchaus gravitätisch. Schwarzer Gelehrtenrock, schwarze Weste mit Silberknöpfen, ein weißes, zu einem Knoten geschlungenes Halstuch und eine breite, mächtig gelockte Perücke.

Alles an diesem gutmütigen Gesicht war breit. Der Mund, die Backenknochen, die Stirne, die Nase. Besonders auffallend der weite Abstand der großen dickgeliderten Augen. Zwei mächtige Falten zogen sich von den Nasenflügeln, vorbei an den wulstigen Lippen, bis zum breiten Kinn hinunter, bildeten zusammen fast einen Kreis und verliehen Leeuwenhoek einen grinsenden Ausdruck.

Als er Leibniz erblickt hatte, war er durchaus nicht erstaunt. Er beschleunigte auch seine Schritte in keiner Weise. Er knirschte vielmehr mit einer gewissen Unabwendbarkeit heran, blieb dann stehen, verneigte sich kaum merklich und sagte mit tiefer, gedämpfter Baßstimme:

„Seien Sie willkommen, Herr Leibniz! Wir wollen keine Zeit verlieren. Das gute Licht gehört zum Mikroskop, wie die Finsternis zur Sternguckerei. Sie sind hoffentlich kein Cartesianer.“

Leibniz kam der letzte Satz höchst überraschend. Beschäftigte sich dieser Türschließer des Rathauses von Delft auch mit Philosophie? Würde er etwa auch auf diesem Gebiet eines Tages die Mitgliedschaft der Sozietät der Wissenschaften anstreben?

„Ich danke vor allem dafür, daß Sie mich empfingen“, erwiderte Leibniz und reichte Leeuwenhoek die Hand, die dieser höchst unwillig ergriff und sogleich wieder losließ. „Nun darf ich aber fragen, was Sie gegen die Cartesianer einzuwenden haben. Descartes war ein erleuchteter Mathematiker. Sicher sind Ihre Ablehnungsgründe reiflich erwogen.“

Leeuwenhoek sah Leibniz an, als ob er einen Irrsinnigen vor sich habe.

„Wollen Sie streiten, Herr Leibniz? Dann sagen Sie es lieber gleich. Mathematiker? Was geht mich das an, wenn einer seine Dreiecke und Hexenzeichen auf schönes Papier kritzelt und dann noch ernstlich behauptet, der Kreis sei rund. Gar nichts ist er. Ein häßliches Durcheinander von Klecksen und schmutzigen Punkten ist so ein Kreis. Wie ich ihn nämlich durch meine Linsen sehe. Wozu soll ich da noch etwas reiflich erwägen? Die ganze Mathematik ist ein Humbug und Herr Cartesius imponiert mir als Mathematiker nicht mehr denn als Philosoph.“ Er hielt einen Augenblick ein. Dann machte er eine Gebärde gegen

Leibniz, er möge schweigen, und schloß: „Natürlich wollen Sie streiten. Ich merke es Ihrem Gesicht an. Alle wollen mir abstreiten, was ich täglich sehe. Darum mag ich mit niemand reden. Sie wollen jetzt sagen, der gezeichnete Kreis ist kein Kreis. Der richtige Kreis hat eine so dünne Linie, daß sie auch noch unter dem Mikroskop eine Linie ist. Das gibt es eben nicht, mein Lieber. Das bildet ihr euch alle ein. Ich habe die feinsten Linien gezogen und sie waren noch immer ein Durcheinander von Klecksen und rissigen, zerfransten Rändern. Daher gibt es für mich keine Linien. Was nicht zu erzeugen ist, existiert nicht. Schluß. Das wollte ich aber gar nicht erörtern. Ich wollte nur sagen, daß die Lehre des Cartesius ebenso unsinnig ist wie seine Mathematik. Die Tiere sollen Maschinen sein, sollen keine Seele haben? Wo steht das? In der heiligen Schrift? Wenn ein Tier schreit, ist das dasselbe, wie wenn eine Wagenachse quietscht? Gott habe Herrn Descartes selig, aber ich möchte ihm wünschen, im Fegefeuer ein gepeinigtes Tier zu sein. Für acht Tage. Woher weiß übrigens Cartesius, wie die Tiere aussehen? Er kennt nur einen winzigen Bruchteil aller Kreaturen Gottes. Und warum weiß er nichts? Warum wißt ihr alle nichts? Weil ihr nie durch ein Mikroskop geblickt habt.“

„Deshalb bin ich ja zu Ihnen gekommen, Herr Leeuwenhoek, um diesen Mangel meiner Bildung zu ergänzen. Im übrigen bin ich bezüglich der Tierseele vollständig Ihrer Ansicht. Ich werde diese Ansicht auch stets mit Nachdruck vertreten.“

Leeuwenhoek sah Leibniz mißtrauisch an:

„Warum haben Sie mich dann durch Ihre fortwährenden Einwände aufgehalten? Vielleicht, damit wir das beste Licht versäumen? Also gut, Sie sind kein Cartesianer. Gott sei's gedankt. Obwohl Sie wahrscheinlich trotzdem glauben, der Kreis sei rund und die gerade Linie sauber. Das will ich Ihnen verzeihen. Jetzt aber kommen Sie endlich.“ Und er wandte sich herum und knirschte langsam und unaufhaltsam über den Kies.

Leibniz biß sich in die Lippe. Er nahm sich vor, das Gelächter am Abend im Gasthof nachzuholen.

Leeuwenhoek betrachtete beim Vorübergehen wieder sinnend die Fässer, denen ein modriger Geruch entströmte. In einem

194

dieser oben offenen Behältnisse schwamm eine dicke hellgrüne Algenschicht auf der Oberfläche.

„Das geht uns vorläufig gar nichts an. Alles nach der Reihe“, brummte Leeuwenhoek, als er merkte, daß sich Leibniz für die Fässer interessierte.

Dann bog er um die Schmalwand des Hauses, schrie die Hühner an, die ihm im Wege waren, und ging zu einem kleinen Schuppen, der hinten an das Haus angebaut war. Umständlich öffnete er mehrere Schlösser.

„Nicht eine Minute darf die Tür offenstehen“, brummte Leeuwenhoek weiter. „Die ganze Welt will mir meine Mikroskope stehlen. Seit ich nämlich erklärt habe, daß es mir für alles Geld der Erde nicht einfällt, auch nur das schlechteste zu verkaufen. O ja, ich könnte heute schon reicher sein, als der größte Kaufherr in Amsterdam. Aber ich habe das Gegenteil gemacht. Durch einen Vermittler ließ ich das beste Mikroskop, das es heute gibt, in London kaufen. Fast ein Jahr haben wir deshalb gehungert. Meine Frau wollte fortlaufen. Wissen Sie, was ich da fand?“

„Nein, ich kann es nicht erraten. Ich sah zwar in London Mikroskope. Aber sie sind, denke ich, noch recht unvollkommen.“ Leibniz legte jedes Wort auf die Waagschale. Es nützte ihm aber nichts.

Leeuwenhoek ließ vor Entsetzen fast die Schlüssel fallen.

„Nun, Ihre Ahnung von Mikroskopen ist auch noch recht unvollkommen, Herr Leibniz.“ Leeuwenhoek lachte plötzlich merkwürdig hoch und schrill. „Recht unvollkommen?“ wiederholte er dann im Ton abgrundtiefer Verzweiflung. „Überhaupt nichts wert sind sie. Sind durch und durch keine Mikroskope. Sind elende Glasstücke, mit denen man nichts entdecken kann als optische Fehler oder Zerrbilder der Wirklichkeit. Recht unvollkommen?“ Wieder schlug er in das Diskant-Gelächter um. „Mein schlechtestes, zerbrochenstes Mikroskop ist zehnmal besser als dieses beste englische. Wenn ich eine Stunde darauf herumtrample und die Linse zerkratze, bleibt es besser. Davon eben wollte ich mich überzeugen. Dafür habe ich ein Jahr gehungert. Bilden Sie sich übrigens ja nicht ein, Herr Leibniz, daß Sie meine besten Instrumente sehen werden! Die benütze nur ich selbst. Ob Sie es nun gutheißen oder nicht. Ich habe mir jedoch vorgenommen, diese Dinge, die man eben nur durch meine Mikroskope wahrnimmt, als erster unter allen Menschen zu sehen. Ich erzeuge die Linsen ja nicht dazu, daß jeder Laffe vielleicht vor mir etwas entdeckt. Soll er sich selbst Mikroskope machen, wenn er es kann. Damit mir aber niemand weiter vorwirft, daß ich die Welt und die Wissenschaft um wichtige Entdeckungen betrüge, zeichne ich alles, was ich sehe, beschreibe es und schicke es der Royal Society. Wer daran zweifelt, soll es sagen. Ich werde antworten. Jetzt aber bin ich müde, zu streiten. Treten Sie ein, Herr Leibniz, und gehorchen Sie mir bei jedem Handgriff. Sie verstehen nichts davon und werden die Mikroskope zuerst anfassen wie Dreschflegel. Deshalb muß ich Gehorsam verlangen." Leeuwenhoek stieß die Tür auf.

Zuerst erblickte Leibniz im kleinen Raum nur einen ungeheuren Wirrwarr. Es standen da einige Drehbänke, wie sie zum Herstellen von feinen Metallteilen und Linsen dienten. Außerdem lag viel Werkzeug umher. Auf Borden gab es zahllose Gläser und Flaschen, gefüllt mit Flüssigkeiten in den verschiedensten Farben. Leibniz schien es sogar, als ob sich in einigen Flaschen Kaulquappen und Wasserkäfer tummelten. Was ihn angesichts der Jahreszeit in Staunen setzte. Daß es im Raume sonderlich gut roch, konnte man nicht behaupten. Es lagen aber auch auf Schüsseln tote, halb ausgeweidete Fische, allerlei Insekten und andere Kadaver.

„Auch das kümmert uns nichts", entschied Leeuwenhoek, als er Leibnizens verstohlene Blicke merkte. „Sehen Sie sich lieber die Mikroskope an."
Und er schloß einen großen buntbemalten Schrank auf, aus dem es sogleich von poliertem Messing, Stahl und Silber hervorfunkelte. Auf mehreren Etagen lagen da wohl weit über hundert Instrumente, die ineinander in Form und Größe einigermaßen glichen. Allerdings gab es, sorgfältig von den übrigen gesondert, einige Ausnahmen. Gleichsam Riesen und Zwerge.

Leeuwenhoek nahm aus der Mitte des Schrankes ein Mikroskop heraus, hielt es Leibniz beinahe unter die Nase und sagte:

„Die Messingplatte hat nichts zu bedeuten. Ob sie nun groß wie eine Hand ist wie hier, oder größer oder kleiner. Sie soll nur das unnötige Licht abdecken. Das da oben aber, das wie ein Edelstein gefaßt ist, das ist die Linse. Ich habe Jahre lang die Glasschleiferei und weitere Jahre die Juwelierkunst gelernt. Auf die Genauigkeit der Linse und der Fassung kommt es an. Sonst auf nichts. Auf der Rückseite der Platte aber sehen Sie die Schraube. An ihrer Spitze sitzt eine Nadel wie hier. Zum Aufspießen des Gegenstandes. Oder, wie bei anderen Mikroskopen, ein dünnes Glasrohr. Oder noch andres. Mit der Schraube aber kann ich das Ding, das ich betrachte, drehen und hinter der Linse vorbeibewegen. Natürlich muß es genau in der richtigen Entfernung von der Linse sitzen. Um das zu können, mußte ich Mechanikus werden. Ich habe aber noch etwas anderes erfunden.“ Er legte das Mikroskop zurück und hielt Leibniz ein zweites vor die Augen. „Sehen Sie, da hinten um die Linse herum sitzt ein Hohlspiegel, durch dessen Mitte man durchguckt. Er wirft seine Strahlen genau auf den Punkt, den man betrachtet. Dadurch hat man genügend Licht für manche Fälle. Denn wenn man riesengroß sehen will, muß die Linse winzig sein. Wenn sie aber winzig ist, dringt nur ein winziges Lichtbündel durch und alles wird sehr dunkel. Manche zerbrechen sich über solche Dinge den Kopf, habe ich gehört, und rechnen herum. Ich finde, es ist nicht anders als bei einem Fenster. Je größer es ist, desto heller wird die Stube. Je kleiner es ist, desto finsterer. Über den Spiegel aber schweigen Sie gefälligst. Davon weiß noch niemand etwas. Auch die Herren in London nicht. Aber meine Frau hat mir gesagt, daß Antje sich vor Ihnen nicht gefürchtet hat. Kinder und Tiere wissen oft mehr als Menschen. Das sage ich Ihnen, obwohl Sie streitsüchtig sind. Und jetzt werden wir uns einiges ansehen. Kommen Sie wieder hinaus. Hier stinkt es Ihnen ohnedies zu stark. Leider verträgt sich wahre Wissenschaft schlecht mit großer Feinheit und Vornehmheit.“ Während dieser langen Rede hatte Leeuwenhoek schon eine größere Anzahl von Mikroskopen ebenso langsam als sorgfältig ausgewählt, schob sie nebeneinander in die Falze eines Kistchens, verschloß zuerst den Kasten, dann das Kistchen und stapfte zur Tür hinaus.

Leibniz folgte ihm und bemerkte zu seinem Erstaunen, daß
trotz aller Skurrilität des Mannes und der ganzen Lage sein Herz
pochte, als ob er vor großen Entscheidungen stände.

Die beiden gingen wieder um das Haus herum in den vorde-
ren Teil des Gartens, und Leeuwenhoek spähte mißtrauisch
umher, ob kein Beobachter in der Nähe sei. Als alles im weitesten
Umkreis still und leer blieb, brummte er etwas vor sich hin und
führte Leibniz in eine kleine Laube, in der ein Tisch und eine
Bank standen. Auf den Tisch stellte er sein Kistchen und zog
aus der Tasche eine Dose hervor, die er öffnete und in der eine
Menge von Glasplättchen und Glasröhrchen sichtbar wurde.

„Es sind die Gegenstände, die wir vorläufig ansehen wollen",
sagte Leeuwenhoek, während er ein Glasplättchen auf der
Klemmschraube eines der Mikroskope zu befestigen begann.
„Ich zeige Ihnen nur wirklich winzige Dinge. Einen ganzen
Käfer oder dergleichen kann man auch durch eine der dreckigen
englischen Lupen betrachten. Und nun halten Sie gefälligst das
Mikroskop am besten gegen eine weiße Wolke. Daß Sie ein
Auge zukneifen müssen, dürften Sie wissen. Ich brauche auch
das nicht. Ich habe eine solche Übung, daß ich das eine Auge
gleichsam ausschalten kann." Er reichte Leibniz das Mikroskop,
der es behutsam ans Auge führte. „Ach, Sie sind nicht einmal
so ungeschickt!" setzte Leeuwenhoek anerkennend fort. Gleich
aber schrie er: „Schraube auslassen! Sie verderben alles, Sie
Mathematiker!"

Leibniz ließ sich nicht stören, faßte das Instrument noch sorgfältiger an und war schon durch den ersten Blick so gefangen,
daß er die Umgebung vergaß.

„Was ist das?" schreckte ihn die dumpf grollende Stimme
Leeuwenhoeks auf.

„Es sieht wie Dachziegel aus. Ein Mosaik bunter Dachziegel",
erwiderte Leibniz.

„Dachziegel? Hahaha!" gröhlte Leeuwenhoek. „Brav, Freund-
chen! Besser ist noch immer eine kindliche Antwort als eine
verblödete gelehrte. Das sind die Schuppen am Flügel eines
Schmetterlings. Der Schmelz, der dem rohen Schmetterlings-
jäg er die Finger färbt. Das sind Ihre Dachziegel, Herr Mathe-

matiker." Und er bereitete schon mit einer Schnelligkeit, die ihm sonst fremd war, andere Mikroskope vor und versah sie mit Objekten.

Bei jeder neuen Demonstration ereigneten sich ähnliche Frage- und Antwortspiele wie beim Schmetterlingsflügel, und Leibniz bemerkte bald, daß sich Leeuwenhoek desto unbändiger freute, je naiver er antwortete. Nur achtete Leibniz sorgsam darauf, nicht zu übertreiben. Denn ein Scherz, den er einmal machte, hätte fast zur Beendigung der Demonstration geführt. Es sei gut, hatte Leeuwenhoek erklärt, wenn der Herr Mathematikus das, was er sehe, vorerst mit Formen vergleiche, die ihm aus der Welt des Großen geläufig seien. Etwa das Fliegenauge mit einer Bienenwabe und dergleichen mehr. Solche Vergleiche schärf- ten das Sehen. Zu Witzen aber sei ganz und gar kein Anlaß. Er, Leeuwenhoek, sei kein dummer Bauer, daß er den Spott nicht merke, sondern er sei, was auch der streitsüchtige Herr Leibniz dagegen behaupten wolle, unzweifelhaft der größte Mikro- skopiker der Vergangenheit und Gegenwart. Herr Leibniz möge sich lieber ehrfürchtig über Gottes Macht wundern, der so winzige Geschöpfe mit solch verwickelten und präzisen Organen ausgestattet habe. Was sei der geschickteste Me- chanikus im Vergleich zu solcher Kunst für ein elender Stümper?

Da Leibniz aus vollem Herzen den letzten Sätzen zugestimmt und sie noch erweitert hatte, war die Katastrophe abgewendet worden.

Und Leibniz konnte ein Wunder nach dem anderen erblicken: Die stachelbewehrte Zunge der Schnecke, deren raspelartiger Bau das Durchlöchern dicker Blätter verständlich machte, die bizarre unheimliche Erscheinung einer Käsemilbe mit ihren Spinnenbeinen, die wildbeborsteten Glieder von allerlei In- sekten, die herrlichen Fächer der Fühler, die schuppige, an einen Palmenschaft mahnende Oberfläche eines Schafwollfadens, die glasig-röhrenförmige Struktur eines Menschenhaares, die geschichteten Kügelchen, die Leeuwenhoek als Mehlstaub er- klärte, und noch vieles andere mehr.

Beim Stachel der Biene, der wie ein gelbes, durchscheinendes

Horn sich im Gesichtsfeld bog und dabei auch noch den feinen Giftkanal offenbarte, brummte Leeuwenhoek:

„Das nenne ich spitzig, Herr Leibniz! So hat Gott eine Spitze gemacht. Sehen Sie sich daneben die spitzeste Nadel an, die ich habe. Pfui Teufel! Stumpfes Stümperwerk. Man wundert sich, daß man sich mit diesem groben Balken überhaupt stechen kann." Er setzte nach einer Pause fort: „Und jetzt bilden Sie sich wahrscheinlich ein, Herr Mathematikus, Sie hätten etwas gesehen und könnten schon mitreden? Nichts haben Sie noch gesehen. Rein gar nichts."

Leibniz, den die Schau dieser bisher unbekannten Farbentönungen und Formen, diese ganze jenseitige, richtiger gesagt, unter dem Diesseits liegende Welt so sehr gefangen genommen hatte, daß seine Wangen bereits glühten und sein ganzer Kopf mit Bildern erfüllt war, blickte erstaunt zu Leeuwenhoek, als dieser ihm das Mikroskop mit dem Bienenstachel fortnahm.

Leeuwenhoek, der jede feinste Regung zu beobachten und vom Gesichte abzulesen schien, lachte wieder hoch und schrill.

„Ja, mein Wertester", sagte er dann, „wenn ich der bösartige, schrullenhafte Kerl wäre, als den mich meine zahlreichen Feinde hinstellen, dann würde ich den Kasten jetzt zuklappen, würde Ihnen ein Glas Branntwein anbieten und Sie verabschieden. Ich bin aber trotz aller Verleumdung ein guter Mensch und man verkennt mich nur, weil ich eben zuerst Gott und dann erst den Menschen diene. Und Sie sind gottlob kein Cartesianer. Ich will aber nicht nur von Descartes nichts wissen, sondern überhaupt von allen Philosophen. Da man leider diese ganze Brut nicht totschlagen kann, muß man die wenigen, die noch zu retten sind, retten. Und darum werde ich Ihnen, der auch solch ein halber Schalksnarr von Philosophen ist, etwas mehr zeigen als den anderen. Ich habe eines meiner eigenen, privaten Mikroskope hier in der Kiste. Eines mit einem Hohlspiegel. Und ich rate Ihnen, über das, was Sie jetzt sehen werden, zeitlebens nachzudenken. Vielleicht kommt aus dieser wahren und göttlichen Wirklichkeit einmal etwas mehr heraus als aus all dem Geschwätz, das gesunden Menschen den Magen verdirbt und kranke Menschen rasch und unfehlbar tötet."

Und er nahm ein Glasröhrchen und stapfte mit seinen knarrenden Holzpantoffeln unaufhaltsam davon.

Leibniz aber vergaß alles um sich her, denn jetzt schon drängte eine große Erleuchtung in ihm empor: Er erfaßte nämlich mit einem Schlag die ungeheure Erkenntniskraft des reinen, hingegebenen Schauens. Und er hatte kaum noch seine Haltung verändert, als Leeuwenhoek schon wieder von den Fässern zurückkam und ein wenig zögernd sein Heiligtum, ein gold- und silberfunkelndes Instrument, dem Kästchen entnahm.

Wieder prüfte er vorerst Leibniz mit einem kurzen Blick. Diesem wunderbaren Augenmenschen Leeuwenhoek schien nichts unsichtbar, nichts verborgen zu bleiben.

„Sie haben jetzt endlich die Größe der Angelegenheit begriffen“, murmelte Leeuwenhoek. Dann schraubte er weit länger als sonst und äußerst sorgfältig an seinem Mikroskop herum. „So, und jetzt halten Sie das Instrument so ruhig als Sie es können. Und seien Sie nicht ungeduldig. Es wird einige Herzschläge währen, bis Sie etwas Rechtes sehen. Es gibt da Dinge, die nicht so groß sind als der tausendste Teil eines Zolls. Vielleicht noch viel kleiner.“

Leibniz zitterte ein wenig mit den Händen, als er das funkelnde Messinggebilde ans Auge rückte. Er hatte das Gefühl entscheidender Momente. Nicht nur für sein Einzelleben. Mehr noch für den Fortschritt des Weltverstehens.

Und er hätte fast einen Laut der Verwunderung ausgestoßen. Was ging da vor? Was wimmelte da tausendfältig umher? Mitten in den Dickichten eines hellgrünen, üppigen, grotesken Zauberwaldes? Wie Milchglas durchscheinende, eiförmige Wesen torkelten durch das Dickicht. Kollerten sich, strudelten Wirbel im Wasser, daß alles das Winzige um sie herum in Aufregung geriet. Was schoß da aus dem Nichts hervor und verschwand wieder? Spiralen, zuckende Stäbchen, kleinere gallertige Kügelchen, plötzlich aufleuchtend wie Edelsteine in Regenbogenfarben. Und dort streckte sich unvermittelt von einem der grünen Schachtelhalme ein langer Stengel, an dessen Ende eine kleine Glocke saß, und zuckte zurück, daß sich der Stiel wie ein Pfropfenzieher wand und zur Spirale verkürzte. Und in all diesen bewegten Leibern lebte es. Wimmelte es von verschluckten kleineren Wesen. Und man sah in den Körperchen gewundene Därme, graue Körnchen und Hohlräume, die wohl die Organe waren. Da erschrak Leibniz. Denn ein riesenhaftes, furchtbares Fabelwesen, halb Krebs, halb Drache, ruderte in all das Gewimmel hinein und erzeugte wilden Aufruhr. Gräßlich der Kopf mit leuchtend roten Augen. Aber auch dieser Körper war durchsichtig wie Kristall, alles wogte in seinem Innern und hinten hingen wie ein breiter Krebsschwanz Säckchen mit zahllosen Eiern. Ja, das konnten nur Eier sein. Leibniz erfaßte es instinktiv. Und je länger er in das Wunder dieser Kleinwelt starrte, desto kleinere und wieder kleinere Wesen glaubte er zu erblicken, bis im Hintergrund nichts als ein Flirren und Tanzen von Pünktchen übrig blieb.

Leeuwenhoek ließ Leibniz gewähren, wollte es sogar nicht merken, als dieser an der Schraube drehte und dadurch wieder andre Welten ins Gesichtsfeld bekam. Er setzte sich auf die Bank und betrachtete durch ein andres Mikroskop modriges Holz, das er von der Tischplatte mit dem Fingernagel abgekratzt hatte.

Wie lange die beiden schwiegen, hätte keiner von ihnen angeben können.

Endlich sagte Leeuwenhoek halb brummig, halb befriedigt:

„Sie sind zwar streitsüchtig, mein Werter, aber Sie haben echte Liebe zur Wissenschaft. Obgleich Sie Cartesius für einen großen Mann halten und an das Rundsein des Kreises glauben. Trotzdem werden Sie nie vergessen, was Sie heute erblickten. Und Sie werden hoffentlich auch so viel Ehrfurcht und Demut besitzen, diese Wunder Gottes nicht durch allzuviel Geschwätz zu vernebeln und zu entstellen. Jetzt aber kommen Sie in die Stube zu einem Glas Branntwein. Und zu den Kindern. Ich verstehe zwar nicht ganz, was diese lieben Kleinen an so einem händelsüchtigen Fremden gefressen haben. Aber die Kinder wissen das besser, weil ihre Augen noch unverdorbener sind als selbst die Augen eines, ich meine des größten Mikroskopikers. Wir werden jetzt alles verschließen. Später zeige ich Ihnen vielleicht noch Ihren sagenhaften runden Kreis und Ihre

‚sauberen‘ Linien. Also kommen Sie, erstaunter Herr Mathematikus!“

„Sie selbst sind ein Wunder!“ entfuhr es Leibniz.

„Das möchte ich mir verbeten haben“, dröhnte Leeuwenhoek.
„Aber jetzt wollen wir Branntwein trinken. Darum hören Sie
endlich auf mit Ihren Angriffen und Feindseligkeiten.“

Und er knirschte unaufhaltsam voraus.

Leibniz aber folgte in einer merkwürdig freudigen und ge-
lösten Stimmung und blickte selig hinaus in die Welt des unendlich Großen. Über die Marschen, hinauf zu den weißen
Wolken, zur strahlenden Sonne. Und eine endlose Stufenleiter
schien sich ihm zu erstrecken vom Kleinsten bis zum Größten.
Erfüllt und beseelt vom bunten Gewimmel alles Erschaffenen.

Da liefen die Kinder jubelnd aus der Tür, die Leeuwenhoek
geöffnet hatte, und drängten sich neugierig an den Fremden,
der ihnen gleichwohl verwandt dünkte.

Siebenundzwanzigstes Kapitel

Leibniz spricht mit den Dämonen der
Philosophie

Aus London, in dem er die wichtigsten geistigen Entscheidungen hätte abwarten sollen, war Leibniz seinerzeit nach einer
Woche fast geflohen, um nicht zu spät in Hannover einzutreffen.
Und nun saß er schon mehr als einen Monat hier in Holland
fest und sandte einen Beschwichtigungsbrief nach dem anderen
an Herzog Johann Friedrich, der es nicht unter seiner Würde
gefunden hatte, ihn im Verlauf einiger Jahre nicht weniger als
dreimal zu berufen. Und ihm trotz spröden Ablehnungen durch
ein bedeutendes Geldgeschenk die Muße der letzten Pariser
Jahre gesichert hatte.

Er würde ja kommen, er hatte ja die dritte Berufung, die ihn
zum Bibliothekar und zum Rat des Herzogs machte, schon vor
Jahresfrist angenommen. Konnte er aber aufrichtig seinem

künftigen Herrn melden, was diese letzten Wochen neuerlicher Verzögerungen bedeuteten?

Leibnizens Wangen waren von seltsamer Unrast gerötet, als er, eben mit sorgfältigster Toilette fertig geworden, an seinem Tisch in einem Gasthof im Haag saß und in fliegender Eile die Schlußsätze eines Briefes an den Herzog hinwarf: Er wisse es und gestehe es ein, daß keine erklärbare Ursache diese hoffentlich allerletzte Verzögerung rechtfertigen könne. Er habe in Paris seine mathematischen Studien bis zu einem Grenzpunkt vorgetrieben, dessen sichtbarer Erfolg voraussichtlich schon ein (wenn auch bescheidenes) Ruhmesblatt des Hauses Hannover bilden werde, da ihm je die Munifizenz des Herzogs und hochseine unglaubwürdige Nachsicht und Geduld zu diesem letzten Vorstoß in die Geheimnisse der Mathematik die reale Unterlage geboten hätten. Dann habe er sogar, um den Herzog nicht zu erzürnen, eine neue große Aufgabe, die Sichtung und Herausgabe der nachgelasssenen, erleuchteten mathematischen Aufzeichnungen des Blaise Pascal im Stiche gelassen. Er habe auch in London nur das allernotwendigste erledigt. Jetzt aber, in Holland, sei er durch all die Jahre des Suchens und Wanderns so sehr in Verwirrung geraten, daß er sich buchstäblich fürchte, in diesem Zustand dem neuen Herrn, der von ihm einiges Überdurchschnittliche erwarte, vor die Augen zu treten. Er glaube aber doch, in einigen wenigen Tagen so weit zu sein, die innere Sammlung wieder zu finden und als der Leibniz in Hannover zu erscheinen, den der Herzog in seiner großen Nachsicht würdig gefunden hatte, zu sich zu rufen...

War das nun alles Lüge, waren das Ausflüchte, waren es verschleierte und verzerrte Wahrheiten? Oder stand hinter all dem doch nur der große Spinoza, zu dem er jetzt in einer Stunde endlich würde vordringen können? Warum hatte er nicht mit gleicher Hartnäckigkeit den gewaltigen Isaac Newton gesucht, hatte nicht einmal eine Antwort auf seinen grundlegenden Brief abgewartet, den er von London aus an Newton gerichtet hatte? Warum das alles?

Und Leibniz suchte in rasender Gedanken- und Bilderflucht nach den wahren Gründen und Abgründen, während er den

Brief an den Herzog siegelte und seinem Diener kurze Weisungen gab.

Die Wurzeln von all dem, was jetzt geschah, lagen weit zurück. Ließen sich bis in seine Jugend, bis in die Kindheit, bis zu einem entscheidenden Spaziergang, den er als fünfzehnjähriger ins Rosental bei Leipzig unternommen hatte, zurückverfolgen. Es war nicht jener erste fluchtartige Ausbruch ins Leben gewesen, der ihn durch das Rosental zur knarrenden Windmühle geführt hatte. Ein viel späterer, viel ruhigerer, nichtsdestoweniger jedoch ebenso entscheidender Spaziergang war es gewesen. Ein Weg, auf dem er den furchtbaren Zwiespalt aller Philosophie erkannt hatte.

Die wunderbare Denkmaschine der Mathematik, ihr lichtes Reich der Formen und Größen hatte jetzt für viele Jahre den dämonischen Antrieb der Erforschung letzter Fragen überdeckt und überlagert. Hatte ihn durch das Spiel der unfehlbaren Notwendigkeit des mathematischen Ablaufes auf sicheren Boden gestellt und eine Scheinruhe erzeugt, aus der er schon auf der Überfahrt von England nach Holland erwacht war. Die Dämonen folgten ihm. Man konnte sie einschläfern, konnte sie zu Jahre währendem Schweigen bringen, aber sie waren da, lebten ihr überwirkliches Leben und waren im Schlafe gewachsen. Und sie stürzten sich mit aller Wut auf ihre Verdränger, die ihnen inzwischen erstanden waren, und rauften mit ihnen um den beherrschenden Platz in der Seele.

Und sie schleppten all ihre Katapulte und Geschütze herbei, da es philosophische Dämonen waren, die stets beanspruchten, oberhalb alles Denkens und Lebens zu stehen.

Wie sieht es mit deiner Ethik aus, Leibniz? hatten sie sofort beim Erwachen gefragt. Ethik gehört nämlich, obwohl du das gerade leugnen möchtest, auch zu unserem Gebiet und zu unserer Kompetenz. Warum, Leibniz, hat es dich so sonderbar aufgescheucht, als dich Herr Leeuwenhoek fragte, ob du ein Cartesianer seist? Du bist einmal kein Freund klarer Stellungnahme, mein Leibniz. Wir kennen deine Antwort, Leibniz, obgleich wir geschlafen haben. Richtiger, obwohl du uns den Mohnsaft der Mathematik eingeträufelt hast, um uns zu vielleicht

ewigem Schweigen zu bringen. Du sagst Harmonie und weißt
heute noch nicht, was du damit meinst; außer jene merkwürdige, beinahe genießerische Grundstimmung, daß du alles für
wahr hältst, was irgendwer behauptet, und alles für falsch,
was irgendwer verneint. Du bist gebildet genug, Leibniz, um
zu wissen, daß man solche Sinnesart in der Antike „Eklektizis-
mus" nannte und daß die antike Philosophie an diesen Honig-
abschöpfern des Geistes zugrunde gegangen ist. Willst du uns
also auf die Art loswerden? Du bist dir selbst klar, Leibniz, daß
du solches nicht willst. Dir ist, dunkel und doch merkwürdig
leuchtend, nach deinem Besuch bei unsrem Diener Leeuwenhoek
etwas Eigenes aufgegangen. Die wimmelnden Tierlein im Mikroskop haben dir manches gesagt. Sie haben sogar die Abgründe deiner vielgeliebten Mathematik mit unsren Abgründen
zu verknüpfen begonnen. Kennst du das nicht auch, Leibniz,
wenn etwas, dunkel und doch leuchtend, ganz unten in der
Seele auftaucht? Nützen dir da Brillen, Teleskope, andre Linsen?
Nein, sie nützten nichts. Du weißt es von der Geburt des Algorithmus der hohen Mathematik. Man ist verfallen und muß das
Fünkchen im Dunkel suchen, muß dem Irrlicht nachjagen, bis
es zur stillen reinen Fackel geworden ist, die wieder ein Stück
des All-Dunkels für dich und für die Ewigkeit erleuchtet. Und
bist du nicht durch deine Mathematik und durch Leeuwenhoek
zweimal an dasselbe Weltenrätsel gestoßen? An die Teile, die
immer und immer kleiner werden, die aber getrennt sind und
Teile, In-dividuen, bleiben; und gleichwohl zusammen die un-
getrennte Linie des Weltzusammenhangs, der Kontinuität, der
Stetigkeit des Überganges ergeben? Wie willst du das alles
überbrücken, Leibniz, wie willst du Entgegengesetztes vereinigen, du Allesverbinder, du Enthusiast der Harmonie?

Und noch etwas haben wir, die Dämonen der Philosophie,
mit dir zu besprechen. Wie gesagt, untersteht uns alles, da wir
eben Dämonen der Philosophie sind. Du wirst jetzt blaß, Leibniz, weil wir dich am wundesten Punkt deiner Seele berühren.
Uns untersteht — ja, winde dich nur, Leibniz — uns untersteht
vielleicht auch die Religion. Sicherlich aber untersteht uns eine
höhere Betrachtung der Geschichte. Du bist ja auch Historiker,

großer Leibniz, Weltwunder der Gelehrsamkeit. Und wir wollen jetzt alle dokumentarischen und kritischen Methoden der Geschichte, unter gleichzeitiger Berücksichtigung der von dir stets sehr geliebten Ethik, einmal auf dich selbst anwenden. Oder ist das falsch? Bist du nicht jene historische Person Gottfried Wilhelm Leibniz, geboren 1646 zu Leipzig und so weiter, der es gar nicht unangemessen fand, das „Consilium Aegyptiacum“ zur Beeinflussung des Weltablaufs bis vor die Stufen des Thrones eines Sonnenkönigs zu tragen? Darf man dich also geschichtskritisch beleuchten? Ja oder nein? Dein Schweigen und dein bleiches Gesicht sind uns Antwort. Man darf es. Darf es nach allen Regeln aller Künste. Und du ahnst schon, was wir dich fragen werden. Denn du bist namenlos klug. Bist namenlos gepanzert gegen alle Angriffe, die einmal noch erfolgen könnten. Du bist ein „Vauban“ des Lebens. Ein genialer Festungserbauer. Wir aber kennen die schwachen Stellen deiner Bollwerke und Wälle und Kasematten, und wir haben die schwersten Geschütze von allen Armeen des Geistes. Wir, die Dämonen der Kerntruppe, der Philosophie. Wir haben die Geschütze der unerbittlichen Wahrheit, der Logik, der nie endenden Fragestellung, des Zweifels. Und wir lächeln über die Wälle der Ausreden.

Und wir haben das Recht auf Eindeutigkeit.

Warum also, Leibniz, hast du dich schön angezogen, um zu einem armen Glasschleifer zu gehen? Zu Benedictus Spinoza, wie der Mann heißt. Etwa, um ihm Achtung zu bezeigen oder weil du „gern scheinst“, wie Huygens von dir gesagt hat? Tun wir dir unrecht, oder ist dein Antrieb nur verschwommen?

Vielleicht war der erste Schuß schlecht gezielt. Deine Wälle sind unberührt. Unbewußte Dinge unterliegen heute noch nicht der Ethik. Aber schlüpfe nur nicht aus, Leibniz, du großer Ausschlüpfer! Jetzt kommt die zweite, weit peinlichere Frage, bei der wir all unsere Rechte vereinigen werden.

Gehst du zu Spinoza als Tändler und Kuriositätensammler? Oder als Weisheitsuchender? Oder vielleicht gar als — Spion?

Irgendwo hat jetzt der Schuß getroffen. Staubwolken türmen

sich über deinen Festungswerken von Ausreden. Aber wo hat er getroffen?

Wir werden historisch plaudern, Freund Leibniz, bis sich der Staub und die Trümmer deiner Schanzkörbe verzogen haben.

Wer also hat in Kur-Mainz, bevor er uns Dämonen der Philosophie einschläferte, mit aller Leidenschaft des Geistes gegen die Freigeisterei gestritten? War das „utilitas" oder „necessitas"? Wir meinen, ob es zuliebe dem katholischen Herrn oder aus innerem Zwang gesprochen war? Oder war es gar das von dir so sehr geliebte Dritte? Etwa eine Konzession an die Harmonie der Welt, die durch Freigeisterei erschüttert werden könnte? Wir bekommen von dir keine klare Antwort. Gut. Gehen wir ein Stück weiter. Wer, lieber Leibniz, hat bald darauf, obwohl er durch Mathematik so sehr abgelenkt war, besser, obgleich er sich mit Mathematik in unsrem höheren Sinne bis zur Bewußtlosigkeit betrank, die philosophische Lehre des Cartesius studiert? Wer hat die grausigen Gesichte der Philosophie des Thomas Hobbes in sich aufgenommen und den wilden „Leviathan" über die Welt stampfen gesehen? Wer hat, weil er ja alle Behauptungen billigt, an den „Kampf aller gegen alle" geglaubt und sich dann vor Schrecken sogleich wieder in die lullische Zauberei des Algorithmus zurückgezogen? Wer hat sich dann auf den „Tractatus theologopoliticus", auf jenes verpönte Manifest der Denkfreiheit, der Bibelkritik, der halben Gottesleugnung gestürzt, auf jene anonyme Forderung des Rechtes auf Freiheit der Philosophie von allen Dogmenschranken? Auf jenes Buch, das nie Worte, nur Taten strafbar haben will? Und wer hat weiter sofort gewußt, daß der Autor dieses Traktates kein andrer als Spinoza ist?

Und nun hat der feine Diplomat Leibniz zu handeln begonnen. Aus welchem Motiv? Wozu soviel Schlauheit? Wir werden noch davon sprechen. Jedenfalls hat Herr Leibniz vom achtzigjährigen Hobbes trotz schöner geistvoller Briefe keine Antwort bekommen. Die Pariser Cartesianer hat er ausgeholt. Auch gut. Er hat dann gegen die Philosophie des Cartesius gestritten, aus der Mathematik desselben Cartesius sein Licht geholt. Insoweit hat er Leeuwenhoek nicht angelogen. Wie er überhaupt niemals lügt, sondern sich bloß schlängelt und verschweigt. Aber was ist es nun mit Spinoza?

In diesem Fall übersteigt die Diplomatie jedes Maß. Der Freund Tschirnhaus, ein begeisterter Kämpfer, ein wilder Freiheitsbold und Wagealles, ist natürlich in Holland so etwas wie ein Spinozist geworden. Einfache, gerade, leicht entzündliche Seele. Und ist ein Ritter und Ehrenmann dazu. Ein Enthusiast. Und dieser Tschirnhaus hat ihm viel vom Leben des Spinoza erzählt. Und derselbe Tschirnhaus trägt überall eines der berüchtigten, gefährlichen, verbotenen Manuskripte und das Wissen um das Hauptwerk Spinozas mit sich herum. Und darf das Manuskript nicht zeigen, über das Hauptwerk nicht sprechen. Er hat das Ehrenwort gegeben und hält es. Auch einem armen Glasschleifer, der ein angeblicher Gottesleugner ist. Denn im Kopfe Ehrenfried Walters von Tschirnhaus ist kindlicher Glaube und Freigeisterei vereinbar. Ihm, dem Tschirnhaus, verzeihen wir diese Skurrilität, lieber Leibniz. Bei dir ist das doch etwas anderes. Gleichwohl aber hast du, Leibniz, Tschirnhaus veranlaßt, Spinoza zu bitten, sein Geheimnis dir gegenüber zu lüften und Tschirnhaus zu näheren Mitteilungen zu ermächtigen. Spinoza hat dem Rat von Kur-Mainz, dem Gesandten des Erzbischofs, der ein Protestant ist und mit den Jansenisten verkehrt, der als Deutscher während des Reichskrieges gegen Frankreich sich in Paris aufhält, und was dergleichen Unauflösbarkeiten und Verwicklungen noch mehr sind, nicht getraut und das Ansinnen klar abgelehnt.

Aber, das geben wir dir zu, Leibniz, du hast einen festen Willen. Du hast nicht nachgelassen, obgleich du uns philosophische Dämonen mit dem Mohnsaft der Mathematik betäubt hattest. Du hast weiter gebohrt und nach diplomatischen Methoden gehandelt. Zuerst bei jenem berühmten Oldenburg in London, bei jenem Sekretär der königlichen Akademie, der sowohl Vermittler zu Newton als zu Leeuwenhoek als zu Spinoza werden sollte. Von den unzähligen anderen „Beziehungen" zu schweigen, die dir dieser wackere Mann verschafft hat.

Und nun bist du hier, nachdem du Leeuwenhoek erobertest, in Amsterdam gewesen. Bei jenem herrlichen Patrioten Hudden,

der es höher schätzt, einer der zwölf Bürgermeister Amsterdams
zu sein und die Finanzen der Vaterstadt zu ordnen, als seinem
übergroßen Genius der Mathematik zu leben, der sicher nicht
weit hinter deiner Kunst zurücksteht. Und dann bist du zum
braven Arzt Schuller gegangen, da du herausbrachtest, daß
dieser Mann sozusagen der Türsteher Spinozas ist. Natürlich
auf Empfehlung des Herrn Bürgermeisters Hudden, vor dem
du deine glitzernden mathematischen Bälle wie ein Gaukler
spielerisch durch die Luft schwirren ließest, und der als biederer
und ruhiger Holländer von deinem Temperament, deiner Ge-
schliffenheit und deinem geradezu gallischen Esprit entzückt
war. Du hast sogar, Gaukler der du bist, das Tuch der Hexe von
Endor ein wenig gelüftet und dem edlen Hudden ein Pünktchen
deines Algorithmus gezeigt. Beileibe nicht Methoden, nicht Auf-
hellungen. Nein, fertige Resultate, Lösungen bisher unlösbarer
Aufgaben. Und hast noch dazu fein gelächelt, als du merkstet,
daß der Mann vor Sehnsucht nach der eigenen Kunst erbleichte,
der er für sein Vaterland abgeschworen hatte. Solche „höfische"
Scherze treibst du mit Leuten, die dich wahrscheinlich die
Stiege des Rathauses hinabgeworfen hätten, wenn ihnen das
„Consilium Aegyptiacum", jener tiefste und raffinierteste Ver-
nichtungsplan gegen ihre Heimat, je bekannt geworden wäre.

Dann bist du, Leibniz, von Stolz und Siegesgefühl geschwellt,
die Hafenkais Amsterdams entlang gewandert und hast nach
deinem alten Rezept die Welt durchforscht, nach jenem Plan,
der dir seitens des mißtrauischeren und kühleren Herrn Colbert
fast die Verhaftung eingetragen hätte. Du verstehst dich auf dem
versteckten Export aus Ländern, in denen du zu Gast weilst.

Wenn wir, die Dämonen der Philosophie, dich damals auf
diesem Hafenspaziergang jedoch richtig beobachtet haben, so
haben wir einen sonderbaren Stimmungsumschwung wahrgenommen. Wir lassen dich eben nicht los und fühlen uns in dir
heimisch, weil du, trotz all deiner Sprünge, rettungslos zur
Selbsterkenntnis verdammt bist.

Dich hat also auf den Hafenkais einiges zur Einkehr angeregt. Du sahst schwerbeladene Schiffe aus Indien, aus Sumatra,
aus China einlaufen. Sahst die seltsamen Waren, die seltsamen

Antlitze fremdester Menschen. Sahst Inder, Malaien, Chinesen.
Sahst den Wald von Masten, den Wagemut der Kapitäne und
Matrosen, den Fleiß und die Sorge, die Seligkeit und die Enttäuschung der Kaufherren von Amsterdam. Und da hast du
etwas gedacht. Etwas sehr, sehr Aufrichtiges. Du bist dir nämlich plötzlich der Idee der Verantwortlichkeit bewußt geworden.
Das war ja der lebendige Anblick jenes Handels hier um dich
herum, den du durch dein „Consilium Aegyptiacum“ hattest
zerstören wollen. Lebensnerv, Lebenskraft eines ganzen, stamm-
verwandten Volkes. Nicht daß du vielleicht dein „Consilium“
in seinen Motiven gar zu sehr zu bereuen hättest. Wir wissen,
daß du ehrlich als Patriot für Deutschland gedacht und gewirkt
hast. So weit geht unser Vorwurf nicht. Vielleicht gibt es einen
„Kampf aller gegen alle“. Vielleicht auch so etwas wie ein gott-
gewolltes Recht der Stärkeren. Aber, und jetzt kommt das
fürchterliche Aber, mein Leibniz. Hast du damals, als du die
sauberen Phrasen deines „Consilium Aegyptiacum“ drechsel-
test, wirklich gewußt, was deine Worte bedeuteten? Wie leicht
es ist, hinzuschreiben, der Handel eines Brudervolkes solle
lahmgelegt werden, und was die riesige Tatsache hinter solchen
Gedankendingen ist? Siehst du das jetzt? Und siehst du aus
dem Lauf der Geschichte nicht weiter, daß Ludwig, der räu-
berische Sonnenkönig, um vieles milder war als du, trotz Brandschatzung und Plünderung? Gewiß, man hat es vorher nicht
wissen können, daß diesem kleinen Volke ein Admiral de Ruyter
erstehen würde. Daß hinter den hölzernen Wällen seiner Schiffe
das Volk Hollands, fast nur mehr auf Amsterdam zusammen-
gedrängt, die Rettung suchen und finden werde. Während die
durchstochenen Dämme das blühende Land unter Wasser setzten und dieses Amsterdam zur Insel machten.

Und du hast auch, weiter wandelnd, die letzten Spuren de
Ruyters im Hafen erblickt, Leibniz. Lagen dort nicht, halb ab-
getakelt und noch wund und zerspellt von Schüssen französischer Breitseiten, die bauchigen, kanonenstarrenden Schiffe
des großen Admirals, deren helle Bodenbewachsung, deren
Muschelkruste und Tang in der Wasserlinie von wärmeren
Meeren erzählte? Du weißt ja alles, Leibniz. Weißt, daß es die

Schiffe waren, die eben aus dem Mittelmeer heimkehrten mit trauernd gesenkten Flaggen. Die Flotte, die vor kaum sechs Monaten bei Catania im Angesicht des Ätna die Überzahl der Franzosen angegriffen hatte und wieder, wie immer, gesiegt hätte, wenn nicht durch eine tölpische Kanonenkugel dem greisen de Ruyter ein Bein abgerissen worden wäre. So daß er, fern der Heimat, am nächsten Tage in Syrakus seine Augen für immer schloß.

Und solchem Geschehen gegenüber, solchem Anderssein des Lebens, des wahren Handelns gegenüber hast du noch kein Mißtrauen gegen Worte? Wirst du in Hannover ein de Ruyter, ein Hudden deines Vaterlandes werden? Oder wirst du weiter alles billigen, was jemand bejaht und für falsch halten, was jemand verneint? Merkwürdig, daß gerade wir, die Dämonen der Philosophie, uns plötzlich an die Seite der Tatmenschen schlagen und gegen das Wort streiten. Aber auch da verstehst du uns sehr gut, Allerklügster. Wir wollen dir ja nichts andres sagen, als daß Worte furchtbarer sein können als Taten. Und daß Worte, gesprochen in den obersten Zonen des Geistes, das allerhöchste Maß an Verantwortung bedeuten, weil alles Geschehen an ihnen hängt und aus ihnen folgt.

Jetzt bist du plötzlich merkwürdig ruhig, Leibniz. Sollte es gutes Gewissen bedeuten? Oder lügst du dir gar wieder etwas vor, weil du siehst, daß deine Wälle nur eine bedeutunglose Bresche zeigen? Wir werden ja gleich weiter in deine Stellungen hineinfeuern. Halte Kampfpausen niemals vorschnell für Friedensschlüsse, du elastischer dreißigjähriger Weltmann.

Was also hast du weiter im Falle Spinoza unternommen? Ah, Leibniz, der nächste Schuß wird geladen, du bist schon wieder unruhig.

Du hast dich, wir sprachen schon darüber, vom Patrioten Hudden an den Arzt Schuller empfehlen lassen, den wir als den „Türsteher“ Spinozas bezeichneten. Es ist derselbe Schuller, durch dessen Hand alle Korrespondenz verdächtiger Leute an Spinoza läuft. Also auch deine Anliegen aus Paris sind seinerzeit diesen Weg gegangen. Und Schuller weiß, daß du ein „Verdächtiger“ bist.

Was tut man da, außer deinem beliebten Mittel, zu „scheinen"? Außer gutem Kleid und verbindlichem Lächeln? Nun, es ist sehr einfach. Man gewinnt in ewig wachem, niemals selbstvergessenem Gespräch das Vertrauen, das einem bisher versagt wurde. Man lügt nicht. Beileibe nicht. Denn das ist zu gefährlich. Aber man verschweigt, verschweigt und verschweigt nocheinmal. Nämlich alles Trennende. Und betont stark und scharf das Übereinstimmende. Bis man nach einigen Wochen (denn auch der Enthusiasmus ist verdächtig und muß dosiert werden!) endlich so weit ist, den ersten Zipfel der Geheimnisse zu fassen.

Plötzlich hatte Spinoza etwas gestattet. Nur jetzt kein zu unverhohlener Jubel! Du handelst schnell, aber du behieltst die kühle Maske. Du wirst es jedoch zugeben, Leibniz, daß du zittertest, als du die drei neuesten Briefe Spinozas an Oldenburg zum Studium erhieltest. Als du von Schuller schnurstracks in deinen Gasthof liefst und die ganze Nacht über den Briefen saßest, sie abschriebst und die Abschriften glossiertest. Man hat es dir nicht verboten, sie abzuschreiben. Folglich war es erlaubt. Und Schuller würde nicht fragen, ob du sie abschriebst, wenn du sie ihm schon am nächsten Morgen zurückbrächtest.

Und jetzt, Leibniz, haben wir unsre Geschütze gegen deine innersten Wälle gerichtet. Alle Geschütze zugleich. Du fühlst es, weißt, daß dort drinnen im Fort deine beste Mannschaft, dein Proviant, deine Munition liegt.

Was willst du eigentlich von Spinoza? Du hast im wesentlichsten Punkt eine sehr eigentümliche Bemerkung an den Rand der Briefabschrift gesetzt. Und hast dich mit dieser Glosse gegen Oldenburg für Spinoza entschieden.

Mein Gott, was bedeuten solche Notizen? könntest du erwidern. Du schweigst aber entsetzt. Denn es ist nichts zu erwidern. Du hast nämlich ganz gegen alle deine sonstige Gewohnheit Stellung genommen. Klare, eindeutige, nicht wegzutüftelnde Stellung. Und dazu noch gerade im Angelpunkt aller Zwiespalte. Ist es vielleicht so, daß es dir geht wie den braven wohlerzogenen Kindern, die nie etwas angestellt haben, und deren erste Ausgelassenheit dann eine übergroße wird? Ist es so? Oder sind dazu diese furchtbaren Worte doch zu klar, zu wuchtig, zu stilisiert? Oder hast du nicht stets gefühlt und geglaubt, es behauptet und dafür gestritten, daß der freie Wille die Grundfeste jeder wahren Sittlichkeit ist? Was bedeuten also jene zwei Sätze der Glosse? Sieh sie nur noch einmal genau an. Was heißt das? „Ob es in jemandes Macht gestanden wäre zu wollen, tut nichts zur Sache. Zur Strafwürdigkeit genügt der offenkundige verbrecherische Wille."

Wie nennt man solche Weltanschauung, weiser Leibniz, die aus diesen zwei Sätzen hervorleuchtet, mehr noch, hervorsprüht? Heißt sie nicht Determinismus, unabänderliche Vorherbestimmung, Prädestination? Bist du Calvinist geworden, Leibniz? Oder gar schon philosophischer Freigeist? Willst du noch den Traktat von der Freiheit des Philosophierens dazu bejahen? Gehst du zu Spinoza, um dich endgültig zur Freigeisterei führen zu lassen? Und Unfreiheit des Willens mit Freiheit des Denkens und Redens zu verbinden? Weißt du, was für Sprengstoffe gerade in dieser Kombination liegen?

O ja, Leibniz, du weißt es genau, da dich die Linienschiffe de Ruyters über den Begriff Verantwortung aufgeklärt haben. Und du weißt auch, daß dein tiefstes Wesen, jene noch so verschwommene Harmonie, wahrscheinlich das Gegenteil verlangt. Nämlich Freiheit des Willens als Grundlage der Sittlichkeit und Gebundenheit des Wortes im Interesse höchster Zwecke. Im Interesse der Nation, der Menschheit, des Kosmos, Gottes!

Jetzt türmen sich feuerzuckende Rauchsäulen über deinen Festungswällen, Leibniz, jetzt hört man das Krachen gesprengter Pulverfässer.

Warum also gehst du zu Spinoza? Warum, Leibniz, der du eben die Ansätze eigenster Philosophie aus den Wunden Leeuwenhoeks zu erlauschen begannst? Warum?

Nur, weil du keine Furcht zeigen willst, weil du alle Verwirrung, alle Gefahr, die Quintessenz des Gegnerischen in dich aufnehmen willst, um es zu überwinden zur höheren Ehre Gottes? Oder weil du unter dem anderen unheimlichen Gott zitterst, den Spinoza hat, und der die Weltseele ist? Oder weil du gar Gott als Rechenexempel betrachtest und der Formreiz eines fremden Algorithmus dich lockt?

Du bist verwirrt, Leibniz, du bist schwach, du bist angreifbar. Deine Festung liegt in Trümmern. Und darum gehst du heute deinen schwersten, deinen gefährlichsten, deinen entscheidensten Gang. Und du, der Sieggewohnte, hast dich mit der unfehlbaren Sicherheit deines Instinkts in eine Lage hineinmanövriert, in der dir, verzeihe das Paradoxon, auch die Niederlage winkt.

Vielleicht (hörst du jetzt die Dämonen kichern?), vielleicht, Leibniz, ist der Wille wirklich nicht frei. Vielleicht gehst du nur den Weg deines unentrinnbaren Fatums. Oder hat dich Gott ein einziges Mal unfrei gemacht, daß du später imstande seist, desto nachdrücklicher die Freiheit des Willens zu erkennen und zu panzern?

Und wie wirst du gegen den Menschen Spinoza streiten? Vorausgesetzt, daß du überhaupt noch streiten willst. Was steht dir da bevor? Darfst du, Leibniz, dessen Gerechtigkeitsstreben wir nicht bezweifeln wollen, weil wir dich ja sonst freiwillig verließen, darfst gerade du also leugnen oder auch nur vernachlässigen, wie dieser Mann sein Leben bisher gelebt hat? Wie wenig oder, besser, wie überhaupt keine Angriffspunkte die Selbsttreue und selbstvernichtende Wahrhaftigkeit dieses Mannes auch dem Gegner bietet? Was also wirst du tun, der du nicht einmal weißt, ob du ein Gegner bist?

Oder ist dein Gang Starrsinn oder bist du doch nichts als ein Spion?

Geh jetzt, Leibniz, wir haben dir alles gesagt. Haben nichts verschwiegen, nichts verdeckt. Und sieh zu, wie du nach dieser Unterredung ein Philosoph, ein Christ und ein Deutscher bleiben kannst.

Wir werden auch dort bei dir sein und dir nichts ersparen. Denn das letzte Ziel des Geistes heißt Verantwortlichkeit, auch dann, wenn der Wille gebunden ist. Du hast das selbst an den Rand des Spinozabriefes geschrieben. Nicht mit diesen Worten, aber dem Sinne gemäß. Was auch gäbe es Verbrecherisches, als die tiefsten Brunnen der Weltweisheit zu vergiften, aus denen noch ferne Geschlechter trinken sollen und trinken müssen?

Und diesmal bist du nicht wie sonst der vorbestimmte Sieger,

Leibniz. Diesmal stehen deine Chancen höchstens eins zu eins, wie deine mathematischen Wahrscheinlichkeitsüberlegungen es nennen. Aber vielleicht bist du heute dem gemeinsamen Schicksal aller mühseligen und beladenen Menschen mehr verbunden, tiefer verbrüdert, enger eingegliedert als im Vorwärtssturm deiner Siege. Und vielleicht hat Gott eben das gewollt, dessen Werkzeug du sein möchtest, wenn du dir über ihn selbst klar wärest.

Dein Diener zupft an den Falten deines hellgrauen modischen Rockes, Leibniz. Man wird dich zumindest für einen Weltmann halten. Daß du mehr bist, wirst du „more geometrico", nach Art der Geometrie oder noch viel subtiler zu beweisen haben.

Achtundzwanzigstes Kapitel

Noch ein Glasschleifer

Der Himmel war trübe und verhangen und ein leiser, feuchter Wind wirbelte grellverfärbte Blätter über die Straßen und auf das Wasser der zahllosen Kanäle im Haag, als Leibniz durch Haine und Alleen, über Brücken und Deiche, zu einem dieser Kanäle, zur Paviljoens-Gracht hinausstrebte, die still und verlassen an der Peripherie dieser merkwürdigen „Stadt der tausend Bäume" lag.

Ein kleines, unscheinbares Haus wurde ihm als Besitztum des Malers Van der Spyk bezeichnet, den man ihm als Hauswirt Spinozas genannt hatte.

Eine alte Frau öffnete ihm und ließ ihn eine Weile in einem dunklen Hausflur warten, in dem es nach Ölfarbe roch. Es standen auch zahlreiche, zum Teil mächtige Gemälde, die bemalte Fläche zur Wand gekehrt, umher.

Schon nach kurzer Zeit knarrte wieder die Holztreppe, die alte Frau sagte im Vorbeigehen, Herr Spinoza erwarte ihn, und verschwand ohne Hast, jedoch ohne weiteres Wort, in das Dunkel des Flurs.

Da die Frau die Stiege hinaufgegangen und dann wieder heruntergekommen war, mußte Spinoza wohl das obere Stockwerk bewohnen. Leibniz ging also schnell auf die Treppe zu und überlegte nur noch, wie er den Weisen begrüßen sollte. Seine Gedanken begannen jedoch sogleich wieder zu verschwimmen, da ihn die inneren Erlebnisse der letzten Stunden hinlänglich darüber aufgeklärt hatten, daß an diesem Orte und diesem Manne gegenüber wahrscheinlich alle, auch die bestgemeinte Berechnung nicht nur unmöglich, sondern sogar schädlich sei.

Als Leibniz etwa die halbe Treppe hinter sich gebracht hatte, wurde es bedeutend heller, und er bemerkte, daß oben eine Tür offen stand.

Wenige Augenblicke später war er schon durch diese Tür in ein freundliches, nicht allzugroßes Zimmer getreten, das ihn durch seine Einrichtung irgendwie an den Schuppen Leeuwenhoeks erinnerte. Denn auch hier standen die Drehbänke und Drehscheiben, wie sie der Glasschleiferei dienen. Ansonst befanden sich im Zimmer einige Schränke; ein Tisch, auf dem Bücher und Hefte lagen, nahm die Mitte des Raumes ein, und einige Ölbilder, Kohle- und Tintezeichnungen hingen an den Wänden.

Vor der Drehbank aber stand in schwarzer Kleidung ein schmächtiger, unscheinbarer Mann, der dem Eintretenden aus einem dunkelhäutigen, gleichwohl jedoch bleichen und abgemagerten Antlitz in eigentümlicher Weise entgegenlächelte, während er den Kopf leicht senkte.

„Sie sind mir willkommen, Herr Leibniz!" sagte Spinoza mit tiefer, weicher Stimme, in der etwas leicht Gutturales mitschwang. „Ich bitte Sie, aus dieser Stätte meiner äußeren in die andre Stätte meiner inneren Arbeit einzutreten." Und er machte einige Schritte gegen Leibniz und reichte ihm die Hand.

Nur für einen Herzschlag hatte Leibniz der lodernde Blick nachtschwarzer, schmaler Augen, unter buschigen Augenbrauen hervorsprühend, getroffen. Dann war sofort wieder dieses müde, leidend wissende Lächeln da, und Spinoza klinkte die Türe zum Nebenraum auf und machte mit der Hand eine kleine Geste der Einladung.

Leibniz hatte bisher kein Wort gesprochen. Er fand auch jetzt noch keinen Anlaß, sein Schweigen aufzugeben. Denn eine Überbrückung leerer Befangenheitsmomente durch Floskeln und Phrasen schien ihm hier deshalb so unangebracht, weil die Worte, die wichtigen, gültigen Worte, ohnedies früher kommen mußten und nachhaltiger dahinströmen würden als irgendwo sonst in seinem bisherigen Leben.

So trat er also in den zweiten kleineren und behaglicheren Raum ein, an dessen Fenster ein mächtiger Schreibtisch stand. Es war hier wohlig warm und rötliche Blitze eines Kaminfeuers spielten über die polierten Flächen eines großen Bettes und einiger anderen bronzebeschlagenen Möbelstücke.

„Wir wollen uns zum Fenster setzen", sagte Spinoza leise. „Ich hörte, daß Sie ein wenig kurzsichtig seien, Herr Leibniz." Dabei lächelte er wieder eigentümlich.

Was hieß das? Leibniz erschrak einen Augenblick. Woher wußte Spinoza über ihn solche nebensächliche Kleinigkeiten? Oder sollte das gar sinnbildhafter Spott sein, gemünzt auf Geistiges?

„Es ist wahr, ich bin kurzsichtig", erwiderte Leibniz. „Aber ich habe für alle Fälle mein Lorgnon bei mir." Und er zog ein sehr zierlich in ziseliertes Gold gefaßtes Lorgnon hervor und wippte damit gleichgültig.

„Darf ich das Ding ansehen?" Spinoza hatte sich gesetzt. „Sie sollen sich nicht wundern, Herr Leibniz, daß mich solche Dinge interessieren. Ich bin jetzt vierundvierzig Jahre alt und schleife ja fast die Hälfte dieser Zeit zahllose Stunden täglich solche Gläser." Und er betrachtete mit prüfenden Blicken das Lorgnon, das ihm Leibniz gereicht hatte. „Die Fassung ist äußerst vornehm", setzte er leise fort. „Mehr als vornehm." Dann schoß wieder ein dunkler Blitz aus seinen Augen, der Leibniz förmlich anpackte. Er gab das Lorgnon zurück und fragte: „Waren Sie mit diesen Gläsern zufrieden, Herr Leibniz?"

„Es waren unstreitig die besten, die ich je zur Verfügung hatte." Eine Ahnung verwirrte Leibniz, als er weitersprach: „Ich habe sie deshalb auch so kostbar einfassen lassen. Graf Tschirnhaus hatte mir die Gläser geschenkt, als ich ihm einmal über die Behinderung meiner Studien durch meine Kurzsichtigkeit klagte."

„Nun, und Tschirnhaus hat diese Gläser von mir bezogen, Herr Leibniz. Er hat mir ein Muster gesandt. Ich habe sie eigenhändig im Zimmer, in dem ich sie empfing, geschliffen. Ich wußte auch, für wen sie bestimmt waren. Und ich wußte weiter, daß ich dieses Werkzeug des Forschens vielleicht einem großen Feinde lieferte. Es hat mir jedoch Freude gemacht, Herr Leibniz, die Gläser ebendeshalb ganz besonders sorgfältig zu bearbeiten. Denn die Wahrheit wird dadurch nicht unterdrückt, daß man die Brillen der Feinde vernebelt. Je besser die Feinde sehen, desto schneller werden sie zur einzigen Wahrheit gelangen. Das ist mein Glaube. Ich vermute, es war nicht immer auch der Ihre." Plötzlich schlug er einen ganz anderen, viel leichteren Ton an: „Sie kommen, soviel ich hörte, aus Paris, Herr Leibniz. Werden Sie bald wieder dorthin zurückkehren?"

Leibniz, den die symbolischen Worte Spinozas noch mehr gelähmt hatten, als er ohnedies schon von Beginn an gewesen war, erwachte durch den Klang der letzten Sätze ohne Übergang zur Leichtigkeit. Wie wenn sich unvermittelt eine Kralle um sein Gehirn gelockert hätte.

„Ich werde vielleicht überhaupt nie mehr Paris betreten", erwiderte er unbefangen. „Ich reiste über England nach Amsterdam und halte mich schon mehr als einen Monat in Holland auf. Aufrichtig gesagt, wäre ich heute schon in Hannover, wenn Sie, Herr Spinoza, mich früher vorgelassen hätten!"

Spinoza überhörte den leisen Vorwurf. Er lenkte ab:

„Und was werden Sie in Hannover beginnen, Herr Leibniz? Lernen oder lehren? Oder erlaubt es Ihnen Ihre Lage, sich ganz Ihren geistigen Neigungen hinzugeben? Oder ist das wieder eine Ihrer geheimnisvollen diplomatischen Missionen?"

Wieder erschrak Leibniz ein wenig. Sollte Spinoza gar vom „Consilium Aegyptiacum" wissen? Aber woher? Nicht einmal Tschirnhaus ahnte etwas davon. Schließlich, was ging Spinoza seine politische Stellung an? Und er begann, durch die überlegene Art Spinozas gereizt, jetzt auch zu lächeln:

„Warum wundert es Sie, Herr Spinoza, daß diplomatische
Missionen geheim sind? Ich denke, das liegt im Wesen dieses
Metiers."

„Ach, Sie fassen meine Worte scherzhaft auf", replizierte
Spinoza ebenso schnell als betont, wobei diese Betonung nicht
ganz ohne Ironie war. „Mich wunderte es aber durchaus nicht",
setzte er langsamer fort, „daß eine diplomatische Mission geheim ist. Sie sagten richtig, das liege in ihrem Wesen. Ich bin
mir nur nicht klar darüber, ob das Ränkespiel, Sie verzeihen
diese Bezeichnung, auch im Wesen eines Gelehrten vom Rang
eines Leibniz liege. Mich wundert, kurz gesprochen, diese
Mischung aus Philosophie, Mathematik, Theologie und Hofluft."

„Sie sind sehr streng, Herr Spinoza." Leibniz sagte es mit
unverhohlener Kühle und Abweisung.

„Wieder irren Sie." Spinozas Augen leuchteten hart auf.
„Sie irren, denn ich bin nicht streng, sondern streng ist lediglich die Forderung, die jede echte und reine Weltweisheit an uns
stellt. Ich habe mich nichteinmal dazu verstehen können, einen
Lehrstuhl der Philosophie in Heidelberg anzunehmen, den mir
vor einigen Jahren der Kurfürst von der Pfalz bei Zusicherung
vollster Lehrfreiheit anbot. Es gibt nämlich auch eine Unfreiheit
des Denkens, ohne daß geradezu Scheiterhaufen und Gefäng-
nisse drohen. Eine höchst unjuristische Unfreiheit. Ich meine
den Nebel der gesellschaftlichen Rücksicht, der sich bei halbwegs gutmütigen und verträglichen Menschen, die unter den
Vielen leben, über das Gehirn legt. Um so schlimer, wenn
sich noch Rücksicht mit höfischem Ehrgeiz und mit begründeter
Angst vor Kerkern verschwistert. Was soll da entstehen als ein
trauriges Gemenge von Beschönigungen und Verstellung? Das
alles aber sage ich Ihnen nicht, weil ich gering, sondern weil ich
sehr hoch von Ihnen denke, Herr Leibniz." Spinoza blickte zu
Boden. Plötzlich überzog fleckige Röte seine Wangen und er
wurde von einem harten, hohlen und unerbittlichen Husten
geschüttelt.

Ein furchtbares Gespenst schritt unter diesem Klang durch
den kleinen Raum. Leibniz konnte es fast mit den Händen

greifen. Frage und Antwort, besser, die volle Unlösbarkeit der aufgeworfenen Probleme lag in diesem kleinen und doch unendlich großen Ereignis. Er hatte schon gehört, nicht nur von Tschirnhaus, daß die Gesundheit Spinozas im höchsten Maß erschüttert war. Durch eben dieses stille, entsagungsvolle, unwahrscheinlich ärmliche Leben erschüttert, das der Weise ihm gerade jetzt in beinahe verletzender Unerbittlichkeit als Muster vorgehalten hatte, und an dem gemessen, seine eigene Tätigkeit eben nicht mehr schien als das Lavieren eines hochgebildeten Hofmannes. Gleichwohl lag da in den Abgründen Anderes und Endgültigeres: Unterschiede des Wesens, zu denen vielleicht auch ein Spinoza nicht vordrang, der sonst so felsenfest an den Zwang des Schicksals, an die Unfreiheit des Willens glaubte. Konnte er, Leibniz, nicht aus Motiven, die mit dem Glanz lichtflimmernder fürstlicher Spiegelsäle und mit dem Duft von Pasteten und erlesenen Weinen durchaus nur sehr locker verknüpft waren, eben diese Säle suchen? Mußte er sie nicht suchen, wenn er in das lebendige Leben seiner Nation eingreifen, wenn er seinen innersten Drang nach mehr als papierenen, Taten erfüllen wollte? Ränkespiel? War es nicht eher Mathematik zur höheren Ehre Gottes, zum Wohl des Volks, was der Bürger der „freien" Niederlande so abgrundtief verachtete? So sehr verachtete, daß er sich inmitten dieses üppig sinnenderben Volkes körperlich zermürbte? Daß er schließlich, schwach und siech, geschüttelt durch Fieberphantasien, von seiner inneren Freiheit gar keinen Gebrauch würde machen können? Aber wie sollte er jetzt dem Leidensgezeichneten antworten, der aufgestanden war und in eigentümlich müder Haltung auf und nieder ging, als wollte er einen Aufhocker abschütteln, der ihn niederpreßte?

„Es sind das Fragen schwerster Verantwortung vor Gott und vor sich selbst", sagte Leibniz leise. „Fragen, auf die eigentlich nur eine ferne Zukunft zureichende Antwort wird geben können. Ich meine die Fragen, die unsre ‚Freiheit' betreffen. Und die Selbstgestaltung unsres äußeren Lebens. Besonders für Menschen, die nicht den ganzen Kosmos aus sich selbst herausholen können, sondern die sich stets durch äußere Anlässe und

Erfahrungen in die Bahn des Notwendigen treiben lassen. Ich muß, auch seelisch, durch manche Länder reisen, Herr Spinoza, um meine eigene Seele zu finden. Mir scheint die Deutung näher zu liegen als die Gesetzgebung. Und ich werde nur zum Gesetzgeber, wenn ich ein ordnungsbedürftiges Chaos erblicke."

Neunundzwanzigstes Kapitel

Politisch-theologische Seitenpfade

Spinoza hatte sich wieder gesetzt. Er schien die letzten Worte Leibnizens nicht gehört zu haben. Denn er sagte unvermittelt:

„Sie haben in Paris vielleicht vom unglücklichen Arzt und Philosophen Van den Ende gehört. Sie waren ein Mann, der Zutritt zu höchsten Kreisen hatte. Was hat man über diesen Märtyrer dort bei Wein und Leckerbissen gesprochen?" Und er packte Leibniz mit einem furchtbaren Blick.

Leibniz senkte den Kopf, um nicht gerade in diesem Moment Spinoza eine Verstimmung über die wiederholten Anspielungen auf sein Hofleben zu zeigen. Er bezwang sich auch in Ton und Ausdruck, da er wußte, daß Van den Ende Spinozas Freund und Lateinlehrer gewesen war. Und daß noch tiefere Zusammenhänge von Spinoza zur Familie des unseligen Arztes hinüberspielten. So sagte er einfach:

„Ich habe den blendenden Gelehrten Van den Ende persönlich gekannt. Ich besuchte ihn einige Male."

„Waren Sie mit ihm befreundet?" Wieder kam seltsame Hast in die Worte Spinozas.

„Befreundet? Nein, das nicht, Herr Spinoza."

„Warum?"

„Weil es das Schicksal und die tiefe Verschiedenheit unsrer Geister nicht gewollt hat. Ich glaube, daß Van den Ende keinen besonderen Wert auf meine Freundschaft legte."

Spinoza stand auf und ging im Zimmer auf und nieder. Unvermittelt blieb er stehen.

222

„Ich habe ihn mit vollem Bewußtsein einen Märtyrer genannt, Herr Leibniz", sagte er scharf. „Und das, weil ich vermute, daß er kein Verbrechen beging, sondern einfach den Ränken religiöser Fanatiker zum Opfer fiel. Ich selbst weiß aus Erfahrung, was solcher Fanatismus bedeutet. Davon später. Es wird nötig sein, Ihnen die Augen weit zu öffnen, Herr Leibniz. Denn sogar Sie, als Nicht-Fanatiker, mieden anscheinend Herrn Van Ende wegen der Freiheit seines Geistes. Ich verstehe wenigstens Ihre letzte Antwort in diesem Sinne."

Leibniz schwieg einen Augenblick. Gewiß. Was ihn selbst betraf, war Spinoza nicht so weit von der Wahrheit entfernt. Er, Leibniz, hatte sich in der Tat mit dem philosophischen Arzt in tieferen Fragen nicht verständigen können. Gleichwohl aber irrte Spinoza in der Hauptsache. Van den Ende war durchaus nicht wegen seiner Überzeugungen verfolgt worden. Schließlich, warum sollte Spinoza nicht all das wissen, was er bei „Wein und Leckerbissen" erfahren hatte? Darum erwiderte er:

„Ob es für Sie ein Trost ist, die Wahrheit zu hören, sofern man Berichte über einen geheimen Staatsprozeß als Wahrheit ansprechen kann, ist mir nicht klar. Ich weiß auch nicht, ob es tröstlicher ist, wenn ein edler Mensch und ein Freund unschuldig oder wenn er als wirklich Schuldiger gerichtet wurde."

„Ich will die Wahrheit hören und nicht getröstet werden, Herr Leibniz! Der gräßliche Tod meines Freundes ist ein Schatten, der seit zwei Jahren über mir liegt. Es ist nicht der erste derartige Schatten. Auch den herrlichen Jan de Witt haben sie mir erschlagen."

„Jan de Witt war Ihr Freund?"

„Gewiß, er war es. Aber sprechen wir zuerst von Van den Ende. Wenn es die Rücksicht auf Ihr Land gestattet."

„Ich bin ein Deutscher, Herr Spinoza. Und weder ein Franzose noch ein Söldling oder Unterhändler Frankreichs."

Spinoza setzte sich. Dann sagte er sehr milde und wehmütig:

„Verzeihen Sie. Vielleicht hat mich jetzt mein leider nur allzuberechtigtes Mißtrauen fortgerissen, vielleicht mein großer Schmerz, vielleicht auch habe ich Ihre Absichten mißverstanden.

Es schien mir so, als ob es Ihnen nicht angenehm wäre, über diesen Staatsprozeß zu sprechen."

„Es war mir nicht angenehm, Herr Spinoza, Ihren Schmerz zu vergrößern."

„Ich betonte schon, daß die volle Wahrheit, wie sie auch immer sein mag, am Verlust des Freundes nichts ändert. Ich wollte auch bloß wissen, ob der Prozeß auf Grund von Tatsachen oder von Verleumdungen und Intrigen geführt wurde."

„Auf Grund von Tatsachen, Herr Spinoza." Leibniz machte eine kleine Pause, um den Bericht möglichst kurz zu formulieren. Dann sagte er schnell: „Die Vorgeschichte ist sehr verworren. Jedenfalls spielte die Härte des französischen Kriegsministers Louvois dabei eine große Rolle."

„Desselben Herrn Louvois, dessentwegen auch de Witt sterben mußte", unterbrach Spinoza. „Aber sprechen Sie jetzt weiter."

„Es war eine sonderbare Verschwörung", setzte Leibniz fort. „Herr von Tréaumont, der tief verschuldete normannische Edelmann, dem die Fronde noch im Blut stak und der sich mit Gewalt von Schulden und Widersachern befreien wollte. Sein Neffe Préaux und dessen Geliebte, die Frau von Villiers. Der Oheim lockte den Neffen, der Neffe die Geliebte ins Komplott. Und dazu noch der Oberstjägermeister, der Chevalier von Rohan, den eben Herr Louvois, der Kriegsminister, in einer Audienz schwer beleidigt hatte. Jeder dieser Verschworenen hatte ein anderes Motiv: Schulden, Gehorsam, Liebe, Rachsucht. Und schließlich der Patriot Van den Ende, der Mittelsmann und Unterhändler, der seinem Lande, Ihrem Vaterland, Herr Spinoza, dienen wollte."

„Also doch ein Märtyrer, Herr Leibniz."

„Von hier, von Holland aus gesehen, ja, Herr Spinoza. Für Frankreich, in dem er trotz des Krieges Gastfreundschaft genoß, war seine Tat ein Verbrechen. Oder sagen wir milder, ein feindlicher Akt."

„Nun, und was bezweckte die Verschwörung?" Spinozas Ton war wieder schärfer geworden.

„Man wollte nichts weniger, als die Stadt Quillebeuf den Holländern in die Hände spielen."

„Vielleicht nur eine Phantasie, ein Hirngespinst."

„Nein, Herr Spinoza. Es war ein furchtbarer Flankenstoß, den die Verschworenen planten. Sehen Sie einmal eine Landkarte an, Herr Spinoza. Quillebeuf liegt an der Mündung der Seine, und de Ruyter hätte von da aus Le Havre und Paris gleichzeitig bedrohen können. Man fand all diese Pläne im Gepäck des Grafen de Monterey, der ja in der Schlacht von Senef die spanischen Niederländer befehligte. Diese zufällige Eroberung des Gepäcks war ein entscheidendes Glück des französischen Heerführers, des Herzogs von Condé."

„Und dabei fand man Briefe meines Freundes? Oder der anderen Verschworenen?"

„Man fand ähnliches, Herr Spinoza. Einen Vertrag mit Tréaumont und eine Unzahl sehr konfuser und unverständlicher Briefe, in denen fortwährend von Paketen, von Diamanten, von Heilmitteln, von Effekten und ähnlichem die Rede war. Dabei waren in einem fort die Namen des Schwiegersohns und der Töchter des Herrn Van de Ende erwähnt. Leider stieß man unter all den Briefen schließlich auf einen Chiffreschlüssel, der plötzlich all den konfusen Schriftstücken Sinn verlieh. Und die Diamanten stellten sich als Hilfsgelder, die Effekten als Waffen, die Pakete als Kriegsschiffe und die Namen aus der Familie Ihres Freundes als Decknamen der Verschwörer heraus."

Spinoza fuhr auf:

„Hat man durch diese Decknamen den Verdacht nicht bloß auf den Holländer Van Ende schieben wollen? Es ist doch heller Wahnsinn, die Familienmitglieder eines Mitverschworenen als Decknamen zu benützen. Van Ende wird doch nicht die eigenen Töchter und den Schwiegersohn durch solche Machenschaften hineingezogen haben?!"

„Wer diesen Chiffreschlüssel ersann, weiß ich nicht", erwiderte Leibniz nachdenklich. „Ich stimme aber Ihrer Ansicht zu. Es ist das alles wirklich **schwer** verständlich. Aber man sagt, Van den Ende habe ein Geständnis abgelegt. Allerdings wurde berichtet, das fällt mir jetzt ein, daß Herr von Rohan höchst peinlich berührt war, als er bei der Hinrichtung Van Ende erblickte. Man deutete es so, daß er es als Franzose schimpflich empfand, zugleich mit dem Feind des Landes zu sterben. Andre wieder behaupteten, er habe es bereut, einen Patrioten ins Unglück gerissen zu haben.‘‘

„Und die Töchter Van Endes?‘‘ Spinozas Antlitz überzog sich mit fleckiger Röte.

Leibniz ahnte die Bedeutung dieser Erregung. Tschirnhaus hatte ihm einmal angedeutet, daß die einzige Liebe im Leben des Weisen einer Tochter Van Endes gehört habe.

„Sie wurden nicht in den Prozeß gezogen, da ihre Unschuld klar zu Tage lag‘‘, antwortete er schnell.

Spinoza sah zu Boden. Dann sagte er kalt:

„Ich werde Sie nicht mehr unterbrechen, Herr Leibniz. Ich will nur noch wissen, ob alle Angeklagten Geständnisse ablegten. Vielleicht kann ich aus weiteren Einzelheiten meine eigenen Schlüsse ziehen.‘‘

„Es spielten sich furchtbare Dinge ab, Herr Spinoza, mit denen ich Sie verschonen wollte‘‘, sagte Leibniz leise. „Tréaumont wurde bei der Verhaftung erschossen. Rohan, Préaux und Frau de Villiers, sowie Van den Ende wurden in die Bastille gebracht. Und nun umkreisten Nacht für Nacht die Freunde Rohans mit Sprachrohren trotz aller Gefahr die Bastille und riefen: ‚Tréaumont ist tot und hat nichts gesagt.‘ Und es wären auch alle gerettet gewesen, wenn Rohan diese Rufe gehört und verstanden hätte. Der Untersuchungsrichter de Bezons aber hörte und verstand die Rufe. Und er betrog Rohan und sagte ihm im Namen des Königs Begnadigung zu, wenn er gestehen würde. Rohan vertraute auf sein Ansehen bei Hof und gestand. Und erfuhr erst den Betrug, als es zu spät war. Und dadurch erst wurden die Dokumente beweiskräftig. Denn unmittelbar kompromittiert war ja nur Tréaumont gewesen. Rohan und die anderen waren in den Chiffrebriefen bloß erwähnt. Es hätte also auch Fiktion oder eine Doppelchiffre sein können, nach der diese willkürlich gewählten Namen erst dritte Unbekannte bedeuteten. Jedenfalls wurden alle Angeklagten enthauptet und Van Ende gehenkt. Es waren grausige Tage, Herr Spinoza. Ich kannte alle Angeklagten persönlich.‘‘ Leibniz schwieg.

Spinoza war steinern ruhig geworden. Er erwiderte erst nach langer Pause:

„Bevor wir uns aus diesem furchtbaren Meer von Tränen, das die Erde genannt wird, in die klaren und leidenschaftslosen Höhen der Philosophie flüchten wollen, werde ich Ihnen noch kurz einige andre Dinge erzählen, die kaum erfreulicher sind als dieser Staatsprozeß. Ich sagte schon, daß eben jener Kriegsminister Louvois hiebei eine Rolle spielt, der den unseligen Rohan ins Verderben jagte. Der Beherrscher der holländischen Republik, der Großpensionär De Witt, mein Freund, hatte damals gegen den Willen des Prinzen von Oranien Friedensunterhändler zu Louvois gesandt. Louvois demütigte die Unterhändler und stellte ihnen unmögliche Bedingungen. Das dürften Sie alles wissen. Dürften auch wissen, daß daraufhin der Pöbel hier im Haag Jan de Witt und seinen Bruder Cornelis buchstäblich in Stücke riß. Was Sie aber nicht wissen, Herr Leibniz, ist, daß ich in der Nacht, die der Untat folgte, in der Nähe des Tatortes einen Anschlag anbringen wollte, auf dem ich mit riesigen Buchstaben die Worte ‚ultimi barbarorum‘, ‚die Letzten der Barbaren‘ aufgemalt hatte. Es kam nicht dazu, da mich mein Hauswirt einschloß, als er davon erfuhr. Er behauptete, auch ich würde niedergemetzelt werden. Die Mörder der Brüder De Witt aber sind bis heute noch nicht bestraft worden. Es ist vier Jahre, seit sich dies alles begab. Es ist also nur ein Zufall, daß nicht auch ich ebenso schuldlos gefallen bin wie die De Witts und Van den Ende und wie alle, die das sagen müssen, was sie denken.“

Spinoza war aufgestanden und ging langsam gegen den Hintergrund des Zimmers, wo er sich bückte, die schwere Lade eines Kastens aufschloß und dieser einige Papiere und eine Pergamentrolle entnahm.

Leibniz, der noch unter dem Eindruck des wilden Tones der letzten Worte stand, wurde von einem Wirrsal von Überlegungen angefallen, die alles wieder zum Leben erweckten, was die Dämonen der Philosophie ihm zugeraunt hatten. Er wollte auf die versteckten und doch deutlichen Angriffe Spinozas jetzt nicht antworten. Warum? Etwa aus Angst, sein eigentlichstes

Interesse, die philosophische Auseinandersetzung mit dem Weisen, zu gefährden? Nein, es war keine Angst. Denn auch diese zweite Auseinandersetzung würde die tiefe Kluft, die zwischen ihnen lag, nicht schließen, sondern höchstens verbreitern. Was aber war diese Kluft? Hier, nur hier lag die Lösung des Rätsels. Diese Kluft ließ sich nicht streng und logisch begründen. Sie lag in den Ebenen des Gefühls. Aber vielleicht auch nicht dort. Sie lag irgendwo in Nebelzonen, zu denen man nicht durchstoßen konnte. Heute noch nicht. Durfte aber ein Philosoph „Nebelzonen" gelten lassen? War da Spinoza nicht nach allen Regeln im Recht, wenn er Schweigen für Zustimmung nahm? Oder gab es auch ein „anonymes Problem" der Weltweisheit, das Leibniz jetzt schon ahnte, dessen Algorithmus er jedoch noch nicht gefunden hatte?

Es betraf die Freiheit, so viel stand fest. Und betraf Leeuwenhoek und dessen Widerstand gegen die Cartesianer. Aber was sagte das?

Freiheit! War vielleicht auch die Freiheit nichts anderes als ein unendliches Continuum, eine Stufenleiter von vollster Zügellosigkeit bis zu knechtischer Gebundenheit? Eine Stufenleiter mit Zehntausenden von Stufen? Wer war frei? War es nicht wieder tiefste Unfreiheit für einen Menschen, der glauben wollte, dessen Auge, dessen Seele untrügliche Wahrheiten bejahte, wenn dieser Mensch durch zwingende logische Beweise in den Bann der „Freiheit" gezwängt wurde, wenn ihm auch hier wieder Dogmen entgegentraten, aus denen er angeblich erlöst wurde? Dogmatik unter dem Deckmantel der Freiheit? Mußte immer eine Zone des Gemütes auf Kosten der anderen herabgesetzt werden? Gab es nicht Gleichberechtigung aller Gemütskräfte, die Gott dem Menschen einpflanzte?

Und sah der Wert der Freiheit nicht sofort ganz anders aus, wenn man den Einzelnen aus dem Vordergrund rückte und die Allgemeinheit, das allgemeine Wohl der Gegenwart und Zukunft an die Spitze der Werte stellte? Und waren weiter nicht Verwechslungen möglich? Konnte nicht ein edler Mensch, ein Einzelner, der aus purem Instinkt nach den Gesetzen lebte, und der deshalb nicht in die Rechte der anderen und der Gesamtheit eingriff, der Einbildung erliegen, daß sein „freies" Denken und Sprechen unschädlich sei, weil es ihn selbst nicht zu schädlichen Taten verleitete? Während seine Worte in anderen Menschen weit andre Triebe und andre Schlüsse erweckten und erzeugten?

Überall ungelöste Rätsel. Rätsel in der eigenen Brust, im Leben und Handeln der Menschen, im Lauf der Geschichte.

Spinoza entrollte eben das Pergament und stand schon vor ihm.

„Es liegt zwanzig Jahre zurück, dieses Manifest der Unduldsamkeit", sagte der Weise und blickte Leibniz wieder mit seinem traurigen Lächeln fest in die Augen. „Ich werde es Ihnen vorlesen, da Sie die hebräische Sprache wahrscheinlich nicht verstehen. Man hat diesen Cherem — in Ihrer Religion heißt das wohl der große Bann — über mich verhängt, als ich mich der Strenggläubigkeit meiner Gemeinde nicht fügen konnte und nicht fügen wollte. Ich konnte mich nicht fügen, denn schon als Fünfzehnjähriger entdeckte ich Widersprüche und Probleme im Alten Testament, die niemand mir zu lösen imstande war. Und ich fand auch weder bei Maimonides noch bei den kabbalistischen Schwätzern Aufklärung. Ich wollte mich aber nicht fügen, da man mich verleumdete, anklagte, mit Geld lockte und mir schließlich einen Mordbuben sandte, der allerdings schlecht traf und nur meinen Mantel durchstach. Da griff man zum letzten Mittel, zum großen Bann. Ich halte ihn hier in der Hand. Er lautet:

,Die Herren des Vorstandes tun Euch zu wissen, daß sie, längst kundig der schlimmen Gesinnungen und Handlungen des Baruch de Espinosa, durch verschiedene Mittel und auch durch Versprechungen bemüht waren, ihn von seinen bösen Wegen abzulenken. Da sie aber nichts ausrichten konnten, im Gegenteil täglich immer neue Kenntnis von seinen durch Wort und Tat bekundeten entsetzlichen Irrlehren und Freveln erhielten und dafür viele glaubwürdige Zeugen hatten, die in Gegenwart des genannten Espinosa ihr Zeugnis ablegten und ihn überführten, so haben sie dies alles vor den Herren Rabbinern geprüft und mit deren Zustimmung die Ausstoßung des genannten Espinosa aus dem Volke Israel beschlossen und

belegen ihn mit folgendem Cherem: Nach dem Urteile der
Engel und dem Beschlusse der Heiligen bannen, verstoßen,
verwünschen und verfluchen wir den Baruch de Espinosa mit
der Zustimmung Gottes und dieser heiligen Gemeinde im An-
gesichte der heiligen Bücher der Thora und der sechshundert-
dreizehn Vorschriften, die darin geschrieben sind: Mit dem
Banne, womit Josua Jericho gebannt, mit dem Fluche, womit
Elisa die Knaben verflucht hat, mit allen Verwünschungen, die
im Gesetze geschrieben stehen. Er sei verflucht bei Tag und
verflucht bei Nacht! Er sei verflucht, wenn er schläft und verflucht, wenn er aufsteht! Er sei verflucht bei seinem Ausgang
und sei verflucht bei seinem Eingang! Der Herr wolle ihm nie
verzeihen! Er wird seinen Grimm und Eifer gegen diesen Menschen lodern lassen, der mit allen Flüchen beladen ist, die im
Buche des Gesetzes geschrieben sind. Er wird seinen Namen unter
dem Himmel vertilgen und ihn zu seinem Unheil von allen
Stämmen Israels trennen, mit allen Flüchen des Firmaments,
die im Buch des Gesetzes stehen. Ihr aber, die ihr an Gott
eurem Herrn festhaltet, möget alle leben und gedeihen! Hütet
euch, daß niemand ihn mündlich oder schriftlich anrede, niemand ihm eine Gunst erweise, niemand mit ihm unter einem
Dach, niemand vieler Ellen weit von ihm verweile, niemand eine
Schrift lese, die er gemacht oder geschrieben."' Spinoza schwieg
einen Augenblick. Dann hob er den Kopf und sagte: „Mein
Verbrechen bestand damals wohl hauptsächlich darin, daß ich
bei Van den Ende das Lateinische erlernt und den Cartesius
studiert hatte, dessen Lehren mich von den Umklammerungen
meines Denkens durch starren Glaubenszwang erlösten. Trotzdem war es nicht leicht, um der Wahrheit willen das eigene
Volk zu verlieren." Wieder machte Spinoza eine Pause. Dann
schloß er: „Sie wissen, Herr Leibniz, daß ich, ungehindert
durch den großen Fluch, mein Hauptwerk, die Ethik, vollendete.
Es liegt hier, in den Fächern dieses Schreibtisches. Ich konnte
es bisher nicht der Welt bekanntgeben, da auch die freien Niederlande dazu noch nicht reif sind. Ich war vor einem Jahr in
Amsterdam, um den Druck des Buches zu betreiben. Dort erfuhr ich, daß die Theologen aller Bekenntnisse, einmütig mit

den Cartesianern — hören Sie gut diesen Hohn des Schicksales — gegen meine Absicht geschürt hatten, bevor ich noch nach Amsterdam kam. Ich zog hierauf das Manuskript zurück, und das Werk mag erscheinen, wann es will. Meinen Freunden ist es bekannt. Und es wird trotz allem seine Wirkung tun, da sich die Wahrheit niemals unterdrücken läßt.“

Spinoza kehrte sich jäh ab und ging zum Schrein zurück, dem er das Pergament entnommen hatte.

Leibniz aber blickte durch das Fenster in den fahlen, sinkenden Tag hinaus. Der gräßliche Fluch hatte ihn tief erschüttert. Verließen und verfluchten alle Gefüge menschlicher Ordnung diesen Mann? Auch die Cartesianer, deren Leuchte eben dieser selbe Spinoza durch sein Erstlingswerk gewesen war? Durch jenes System des Cartesius, abgeleitet in geometrischer, also unanfechtbarer Art?

„Man spricht in Paris davon“, begann Leibniz leise, als Spinoza zurückkam und sich verdüstert in seinem Stuhl niederließ, „man sagt, daß auf hohen Schulen Frankreichs der Vortrag der Lehre des Descartes demnächst bei höchster Strafe verboten werden solle. Sonderbar, daß diese selben Cartesianer hier gemeinsam mit der Kirche, die sie in Frankreich bekämpft, Bannflüche austeilen.“

„Es ist nicht so sonderbar.“ Spinoza horchte auf. „Ich wundere mich, daß gerade Sie es für sonderbar erklären, der von mir schon so viel weiß. Ich bin eben ein vielfach Abtrünniger. Abgefallen vom Judentum, abgefallen von der Freiheit des Willens, abgefallen von der Zweiheit, von der Unterscheidung alles Seienden in Ausdehnung und Denken. Doch die Lehre des Cartesius brauche ich Ihnen wohl nicht zu erläutern. Diese durchaus fehlerhafte Irrlehre...“

„Ich bekämpfe bisher vor allem die Bewegungslehre des Cartesius. Sie ist falsch und steht mit den einfachsten Tatsachen in Widerspruch.“ Leibniz versuchte das Gespräch abzubiegen.

„Darüber können wir später diskutieren“, erwiderte Spinoza unerbittlich. „Es wird mich Ihre Ansicht besonders interessieren, da ich gerade diesen Teil des Cartesianismus für wichtig und richtig ansah. Wie gesagt, später. Jetzt aber will ich Ihre

Stellungnahme zum ersten Grundsatz meiner Weltansicht kennen. Gibt es die drei Substanzen Gott, Ausdehnung und Denken, also eine unerschaffene und zwei erschaffene Substanzen, wie Cartesius lehrt, oder gibt es nur eine einzige, aus sich selbst wirkende Substanz, Gott, deren uns unbeschränkten Menschen erkennbare Attribute eben die Welten des Ausgedehnten und des Denkenden sind?"

Leibniz erschrak. Was sollte er auf diese Frage der Fragen antworten? War das überhaupt eine Alternative, neben der es keine dritte, vierte, fünfte Möglichkeit gab? Mußte man Cartesianer sein oder Spinozist? Gewiß, auf jenem Spaziergang im Rosental hatte er sich von den „Formen", von den vielfältigen Substanzen des Aristoteles losgesagt und sich für den Mechanismus, nicht weit von der Ansicht des Descartes, entschieden. Aber was bedeutete diese Entscheidung für die vorliegende Frage? War nicht alles in ihm noch in Gärung, da er keine eigene Ansicht den vollendeten Denkgebäuden des Descartes und Spinoza entgegenhalten konnte? Er ahnte seit dem Besuch bei Leeuwenhoek, daß sich seine Erkenntnisse fernab von Descartes und Spinoza entwickeln würden. Aber, und wieder ein Aber nach dem anderen — aber es würde doch dem Denker Spinoza, dessen vollendetes Lebenswerk vor seinen Füßen im Schreibtisch lag, sicherlich nur ein mitleidiges Lächeln entlocken, wenn er ihm statt einer Erwiderung von Ahnungen erzählte. Gleichwohl wollte Leibniz dem Kern der Sache nicht mehr ausweichen. Nicht etwa, um ohne Blöße vor Spinoza dazustehen. Nein, weil wieder ein rätselhafter Widerstand in ihm erwacht war, der mit den innersten und tiefsten Dingen seiner Sendung zusammenzuhängen schien. So sagte er langsam:

„Schon bei Descartes erblickte ich in manchen Momenten eine furchtbare Gefahr. Eine Gefahr, die der Mathematiker in mir bemerkte. Ich sah, wie alle Trennungen des Descartes nach Vereinigung strebten. Ist eine solche Vereinigung mühsam getrennter Welten ein Vorteil, ein Höherbau, ein Ziel? Wird nicht eben erst durch Analysis der Weg zu allen weiteren Entdeckungen freigemacht? War es ein Zufall, daß eben der erleuchtete Erfinder der analytischen Geometrie auch zwei

Koordinaten seiner Philosophie wählte, anstatt alles wieder zu vereinigen und es wie eine Kurve, die nicht in zwei Abhängigkeiten gebracht ist, jeder näheren Untersuchung, als der bloßen Vermutung zu entziehen? Wird Gott, das ist eine Folge dieser Gedanken, nicht jeder Vollkommenheit entkleidet, wenn man ihn mit der Welt vereinigt? Ich urteile nicht, Herr Spinoza, ich frage.“

Spinoza lächelte eigentümlich. Ein wenig verzerrt. Plötzlich aber packte er Leibniz wieder mit einem abgründigen Blick. Dann sagte er leise:

„Ihre Fragen waren eine Stellungnahme, ob Sie es nun zugeben oder nicht. Ich aber bin nicht der Mann, der ausweicht. Ich wäre vielleicht ausgewichen, wenn Ihre versteckten Angriffe sich auf der gewöhnlichen Ebene des Dogmatischen bewegt hätten. Sie haben viel, viel feiner zugestoßen, Herr Leibniz. Ihre persönliche Mischung aus innerer Freiheit, Gelehrsamkeit und Weltläufigkeit ist doch stärker und gefährlicher, als ich es am Beginn unsres Gespräches annahm.“ Spinoza stand unvermittelt auf. Dann schloß er wie nebenhin: „Ich bin heute schon zu müde, um Ihnen lange und sorgfältige Erklärungen zu geben. Außerdem verträgt es der subtile Gegenstand nach meiner Ansicht nicht, daß man über ihn plaudert. Schließlich muß ich noch einige Brillengläser fertigstellen, da man sie morgen von mir holen wird. Ich werde mich also in den Nebenraum begeben. Antworten aber soll Ihnen mein Lebenswerk ‚Die Ethik‘. Nämlich darauf antworten, ob mein Monismus, meine Festsetzung der einzigen Substanz, ein Weg, ein Ziel und ein Höherbau ist. Und ob er die Vollkommenheit Gottes zerstört oder ob er erst recht zu Gott führt.“ Und er bückte sich und entnahm dem untersten Fach seines Schreibtisches das mächtige Manuskript, das er wortlos vor Leibniz hinlegte. Dann kehrte er sich ab, ging aus dem Zimmer und schloß die Tür hinter sich.

Nach wenigen Herzschlägen aber hörte man schon das schrille Surren der Drehbank und ein dumpfes Husten, das der erste auffliegende Glasstaub den mißhandelten Lungen des Weisen abnötigte.

Dreißigstes Kapitel

„Die Ethik"

Wieder, wie vor einigen Stunden, überkamen Leibniz die Dämonen der Philosophie. Diesmal aber noch mächtiger und noch verwirrender. War er in ein Labyrinth geraten, aus dem kein Weg mehr ins Freie führte? War Spinoza seiner Sache so sicher, daß er bewußt und absichtlich auf jede persönliche Auseinandersetzung verzichtete und ihm das scheinbar wehrlose Buch auslieferte? Jenes tief geheime Buch, das bisher gleichsam nur den „Eingeweihten" und den Gesinnungsgenossen zugänglich gewesen war? Und auf dessen Geheimhaltung sie alle förmliche Eide schwören mußten? Ihn, Leibniz, den verdächtigen Diplomaten, Weltmann und Abenteurer des Geistes, hatte dieser Spinoza nicht miteinem Wort um Geheimhaltung ersucht. Wußte der Weise, daß solches Vertrauen mehr verpflichtete als Eide? Oder war es Spinoza heute schon gleichgültig, was geschah? Das konnte wieder nicht wahr sein, sonst hätte er ihn ja nicht fast zwei Monate in Holland warten lassen, bis er ihn endlich empfing.

Doch gleichgültig, wie das alles gekommen war. Das Ereignis war eingetreten. Und vor ihm lag ohne Abwehr und Hinterhalt die unheimliche Welt Spinozas. Lag vor ihm, und er brauchte bloß zu blättern und zu lesen, um wenigstens oberflächlich diese Welt vor sich ausgebreitet zu sehen. Und er würde lesen. Würde alles in sich saugen, was möglich war. Wie lange würde er dazu Zeit haben? Wieder gleichgültig. Er würde eben lesen, bis ihn der Herr des Geheimnisses aus seinen Reichen vertrieb. Geistiges Abenteuer unerhörter Weite, voll Zukunft, Schrecknis und Bedeutung. Er schlug die Blätter auf.

Definitionen, Axiome, Lehrsätze, Beweise, Anhänge, Erläuterungen. Riesenbau eigentümlichster Form. „Ethik, in geometrischer Weise behandelt." In fünf Teilen. Ein Pentateuch. Geometrischer Weise? Also Anspruch auf unbedingte, mathematische Gewißheit. Ethik? Nein, der Titel war, vielleicht absichtlich, zu anspruchslos. Es war weit mehr als eine Ethik.

War eine Metaphysik, ein volles theoretisches und praktisches System der Weltweisheit. Handelte von Gott, von der Natur, von den Affekten, von der menschlichen Unfreiheit, von der Macht der Erkenntnis. Erstreckte sich über Gott und die Welt und den Geist.

Nein, nicht in solcher Art dieses Riesenwerk durchrasen! So gibt es kein Ziel, kein Verständnis. Lieber Einzelnes herausgreifen, Einzelnes durchdringen. Jedes Einzelne muß gepanzert sein, muß sich auf das Ganze beziehen, wenn die Methode in Wahrheit geometrisch ist. Jede Eigenschaft jeder geometrischen Figur untersteht den Axiomen. Die ganze Geometrie ist aus den Axiomen aufzubauen, wie Euklid gezeigt hat. Also beherzt an irgendeiner Stelle hinein in den Mittelpunkt. Alles muß in diesem System Mittelpunkt und Peripherie zugleich sein.

Ah! Gleich auf der ersten Seite:

„Unter Substanz verstehe ich das, was in sich ist und durch sich begriffen wird; das heißt, etwas, dessen Begriff nicht den Begriff eines anderes Dinges nötig hat, um daraus gebildet zu werden."

Das ist dunkel und zweideutig. Aber jetzt nur nicht in den Fehler verfallen, Kritik an der Schwelle zu üben. Sehen wir weiter.

„Unter Gott verstehe ich das absolut unendliche Wesen, das heißt die Substanz, die aus unendlichen Attributen besteht, von denen jedes ein ewiges und unendliches Sein ausdrückt."

Also schon hier der entscheidende Bruch mit Cartesius. Alles Ausgedehnte, alles Denken ist in der einen unendlichen Substanz eingefangen. Die Dinge und die Ideen sind in Gott. Nicht Gott in den Dingen und Ideen. Und noch etwas viel, viel Sonderbareres. Es kann außer der ausgedehnten Sinnen- und Raumwelt, außer der Welt des Denkens, noch unendlich viele solcher andrer „Attribute" geben. Ist das nicht bloße Behauptung? Wird dadurch der Begriff der Substanz nicht geradezu in sich widersprechend? Was sind das für Attribute, unerkennbar, unfaßbar für uns Menschen? Nebenwelten neben dem Gedachten und dem Ausgedehnten? Also Zwischenreiche zwischen Geist und Körper? Oder Außenreiche? Darf ich aus dem Bekannten, aus zwei bekannten Welten, auf eine Unendlichkeit unbekannter Welten schließen? Und alle diese Welten ruhen wieder in Gott? In der einzigen Substanz? Nein, Spinoza, hier schon bäumt sich mein Denken, sträubt sich mein Gefühl. Riesenhaft extrapolierter Pantheismus. In welche Nebel verschwimmt Gott?

Und noch etwas, selbst wenn alles so und nicht anders wäre: Warum alles in Gott? Warum nicht Gott in allem? Ich verstehe, es würde das System sprengen. Ich habe gelobt, nicht zu kritisieren, bevor ich weiter eindringe. Aber ich kritisiere nicht. Ich kämpfe als eigengesetzlicher Mensch um das Verständnis des fremden Algorithmus. Und ich kann die Bilder nicht bannen, die in mir aus unbekannten Tiefen des Denkens und Fühlens heraufdrängen. Und da sehe ich diese Welt, die vielfach unendlich in Gott ist, gleichwohl als begrenzt in höherem Sinne. Von außen umkapselt, nach innen gerichtet. Durch und durch statisch. Eine unendliche klare Glaskugel, ein Weltei, wie es die dunkelsten Mythen der Alten nannten. Es ist kein Himmelsturm in diesem Umschlossensein. Ganz, ganz anders als bei den Mystikern, die Gott in allem suchen und finden. Anders als bei Meister Eckhart, anders als bei Böhme, anders als beim heiligen Franziskus, der mit den Tieren sprach.

Sofort am Beginn die furchtbare Fremdheit, die mich heute schon mehr als einmal anschauerte.

Es surrte im Nebenzimmer. Der Weise müht sich um sein karges Brot. Kein Vorwurf kann auf diesen Menschen, menschlich gesehen, fallen. Aber mit seinem Werk, mit seinem innersten Wesen werde ich ringen, muß ich ringen.

„In der Natur kann es nicht zwei oder mehr Substanzen von gleicher Beschaffenheit oder von gleichem Attribut geben."

Eine Folge dessen, was ich schon las. Neuerlich ein zerschmetternder Hieb gegen Cartesius.

„Alle Substanz ist notwendig unendlich."

Auch diese Unendlichkeit habe ich schon zerlegt und überdacht. Und ich leugne noch einmal, daß es die Unendlichkeit ist, die den Himmel stürmt, die voll Ahnung aus mir herausdrängt und Gott hinter Sternen und in den Tiefen Leeuwenhoekscher Kleinwelten sucht.

„Gott, oder die Substanz, die aus unendlichen Attributen besteht, von denen jedes ewige und unendliche Wesenheit ausdrückt, existiert notwendig."

Wieder eine Frage der Fragen. Eine Frage ungeheuerster Tragweite. Nicht etwa die Frage, ob ein Gott notwendig existiert: Irgendein Gott, mein Gott, der Gott der Offenbarung. Nein, die Frage, ob der Gott Spinozas, die Gottwelt, die unendliche Glaskugel, der magische, nach innen gerichtete Raum notwendig existiert. Hier stehen drei Beweise und eine Anmerkung. Befriedigen sie mich, meinen Verstand? Trotz des stets wiederkehrenden „quod erat demonstrandum"? Der stolzen Formel: „Was zu beweisen war"? Nein, sie befriedigen mich nicht. Also weiter!

Spinoza macht eine Pause. Das Geräusch der Drehbank ist verstummt. Vielleicht entzieht er mir schon das Manuskript. Nein. Schon tönt wieder das Surren. Wohin habe ich geblättert? Sechsunddreißigster Lehrsatz?

„Es existiert nichts, aus dessen Natur nicht eine Wirkung folgte."
Ich will diesen Satz zugeben, obgleich auch hier die Beweisführung alles eher denn streng ist.

Aber nun der Anhang, den ich schon überfliege. Jetzt steht alle Fremdheit wieder zwischen uns. Jetzt bin ich im innersten Wesen getroffen. Gott handelt nie nach Zwecken? Verfolgt keine Zwecke? Es gibt also auch, da Gott und Natur nach Spinoza eines und dasselbe sind, keine Zwecke in der Natur? Also nichts als stumpf abrollende Notwendigkeit? Keinen Gedanken eines wahren Kosmos? Des sinnvoll Geordneten? Nein, Spinoza, man tat dir unrecht, als man dich als Gottesleugner verschrie. Du bist kein Atheist. Deine Schau Gottes ist erhaben, groß, und so ausschließlich, daß es nicht nur keinen anderen neben deinem Gott gibt, sondern daß neben Gott überhaupt nichts mehr übrig bleibt. Du bist kein Atheist. Du bist ein Leugner des Kosmos, all dessen, was mein tiefster Glaube unter „Natur" begreift, du bist ein „A-kosmist", wenn dieser Ausdruck erlaubt ist. Dein furchtbarer Gott hat die herrliche Welt verschlungen, entthront, ausgehöhlt, erstickt!

Und hier sind deine Argumente lahm und schwach. Hier ist

nichts mehr von geometrischer Sicherheit zu spüren. Hier mengt sich Wahres mit Falschem, Einseitiges mit Schiefem. Denn du stürzest dich bloß auf das Vorurteil derer, die ihre eigene menschliche Handlungsweise auf Gott übertragen. Und wehrst dich dagegen, daß die Menschen sich anmaßen, alles geschehe durch Gott für ihre armseligen Zwecke. So aber ist der Gedanke des Zweckwollen in der Natur von wahrhaft Denkenden nie gemeint, nie festgesetzt worden. Denn Gott kann auch durch Einsicht in das Gute und mit dem Willen zum Guten handeln, ohne deshalb zum unklaren Zweckwillen des Menschen herabzusinken...

Ich bin noch voll von Kampf und Widerstreben. Es sind Wände da, an die ich pralle, Angst, die mich zurückscheucht. Ich will aber nicht urteilen. Will mich in die fremden Koordinaten, in das fremde System zwängen, ohne Gefühle sprechen zu lassen. Ich will meinem Grundsatz treu bleiben, das Verstehen vor die Kritik zu setzen. Und ich will daher den Weg meiner Forschung umkehren. Will erfahren, was aus all dem folgt. Will das Werk dort anfassen, wo es seinen Titel zu rechtfertigen hat: Bei der Ethik.

Es ist der vierte Teil des Werkes, der über die menschliche Unfreiheit oder die Macht der Affekte handelt. Was steht da als erste und zweite Definition? Habe ich richtig gelesen?

„Unter gut verstehe ich das, von dem wir gewiß wissen, daß es uns nützlich ist. Unter schlecht aber das, von dem wir gewiß wissen, daß es uns hindert, ein Gutes zu erlangen."

Ist das möglich? Um Gottes willen?! Wohin führt solche Moral? Eine solche Vergottung des schrankenlosesten Egoismus? Nein, das kann es nicht bedeuten, obgleich die Definitionen hart und klar vor mir stehen. Es befindet sich unter diesen Definitionen ein Hinweis. Also blättern wir zurück. Warum plötzlich dieses Schwanken in der Definition?

„Unter gut werde ich daher im folgenden das verstehen, wovon wir sicher wissen, daß es ein Mittel ist, uns dem Muster der menschlichen Natur, das wir uns aufstellen, mehr und mehr zu nähern. Unter schlecht dagegen das, wovon wir sicher wissen, daß es uns hindert, diesem Muster ähnlich zu sein."

Weit weniger kraß. Weicher, schmiegsamer, auslegungsfähiger. Aber fast den strengen Definitionen widersprechend. Und gleichwohl mindestens ebenso gefährlich wie diese brutalen Formeln. Sollte „nach Art der Geometrie“ keine andre Idee des Guten denkbar sein? Muß jeder selbst seinen Geist so sehr verbessern, daß ihm auf Grund dieser „Emendatio intellectus“ nur das an sich Gute fürder nützlich scheint? Es ist also einer nur dann gut, wenn er so gut ist, daß er das Gute mit seinem Nutzen gleichsetzt? Oder verstehe ich diesen magischen Zirkel nicht? Oder hat die „Geometrie“, die wahrste Wahrheit, keine Möglichkeit, zu einer andren Ethik zu kommen, ohne die Wahrheit, das höchste Gut des Philosophen, zu verletzen? Doch jetzt wieder eingehalten. Keine vorschnelle Auslegung. An den Folgen werden wir die Absicht der Definitionen erkennen.

„Unter Tugend und Wirkungsmöglichkeit verstehe ich eines und dasselbe. Das heißt, die Tugend, sofern sie auf den Menschen bezogen wird, ist das eigentliche Wesen oder die eigentliche Natur des Menschen, sofern er die Macht hat, etwas zu bewirken, was durch die bloßen Gesetze seiner eigenen Natur begriffen werden kann.“

Ist das Optimismus? Heißt das, der Mensch ist gut? Oder ist es wieder nur jener Zirkel, der die Tugend mit der Möglichkeit und Kraft, sie zu verwirklichen, gleichsetzt?

Doch was ist das? Sollte mir das große Geheimnis schon entzogen werden? Das Surren der Drehbank ist verstummt und die Tür geht auf.

Leibniz blickte dem Eintretenden entgegen. Bleich und starr, wie eine Erscheinung aus anderen Welten, gleichwohl jedoch das traurige Lächeln im Antlitz, kam Spinoza herein. Er trug in der Hand einen Leuchter mit zwei brennenden Kerzen.

„Sie sollen besser und schärfer sehen, Herr Leibniz“, sagte er mit eigentümlicher, fast ironischer Betonung. „Die Dämmerung ist ein besonderer Feind der Kurzsichtigen.“ Und er stellte, ohne auch nur einen Blick auf das Manuskript zu werfen, den Leuchter neben Leibniz hin, drehte sich wieder ab und ging hinaus.

Eine Mahnung? Ein Vorwurf? Nein, pure Einbildung. Hirngespinste. Er ist ein Optiker und ein aufmerksamer Gastgeber. Wenn er zustoßen will, kleidet er seine Rede nicht in diplomatische Anspielungen.

Doch jetzt habe ich wieder weitergeblättert, habe zahllose Seiten überschlagen. Vielleicht muß es so sein. Vielleicht haben einzelne Stellen mystische Anziehungskräfte.

„Die Erkenntnis des Guten und Schlechten ist nichts andres, als der Affekt der Lust und Unlust, sofern wir uns desselben bewußt sind."

Nein, Spinoza, das werde ich niemals billigen. Wir sind dem Egoismus durch solche „Wahrheiten" nicht um einen Schritt entronnen. Ich will wissen und erkennen, was gut und schlecht, nicht, was für mich gut und schlecht ist.

„Jeder verlangt oder verschmäht nach den Gesetzen seiner Natur notwendig das, was er für gut oder für schlecht hält."

Der Ton ändert sich nicht. Das ist keine Moral, sondern ein Merkantilsystem der Ethik, eine moralische Wirtschaftslehre.

„Das höchste Gut des Geistes ist die Erkenntnis Gottes, und die höchste Tugend des Geistes ist, Gott zu erkennen."

Das klingt anders, klingt unsrem Ohr anders, da wir durch das Wort getäuscht werden. Was aber ist Gott bei Spinoza? Gott ist die unendliche Glaskugel, in der alles eingekapselt ist. Ist die Summe aller Inhalte. Zerrinnt dadurch nicht auch dieser Satz in vage Nebel? Hier, gleich die Bestätigung:

„Sofern ein Ding mit unsrer Natur übereinstimmt, insofern ist es notwendig gut."

Kein Ausweg aus dem Zirkel. Nichts als hundertfältige Abwandlung des Satzes, den ich schon vorhin las, daß unsre Glückseligkeit davon abhängt, daß wir in uns selbst beharren, uns weiten und ausdehnen. Gott ist die Kugel, die alles umschließt. Der Mensch ist der Mittelpunkt, der sich zur Kugel ausdehnen möchte.

Und alle sollen, als gemeinsamem Boden, sich der Vernunft unterwerfen. Nur der Vernunft. Diese ist der einzige gemeinsame Nenner und verbindet. Die Affekte trennen.

„Lust ist für sich genommen nicht schlecht, sondern gut. Unlust hingegen ist an und für sich schlecht."

Hedonismus? Lehre von der Freude? Was für eine Lust ist da gemeint?

„Wohlbehagen kann kein Übermaß haben… Wollust, Liebe, Begierde können ein Übermaß haben."

„Der Haß kann niemals gut sein… Man beachte, daß ich unter Haß hier und im folgenden nur den Haß meine, der gegen den Menschen gerichtet ist."

„Wer nach der Leitung der Vernunft lebt, strebt soviel er kann, den Haß, den Zorn, die Verachtung usw. anderer gegen ihn durch Liebe und Edelsinn zu vergelten."

Widersprüche und Sprünge. Oder nicht? Ich war schon gefangen durch den christlichen Satz der Vergeltung des Bösen durch Gutes. Warum aber steht wieder dieser schreckliche utilitaristische Satz im Beweis?

„Der Haß kann durch Gegenliebe erstickt werden, so daß der Haß in Liebe übergeht. Folglich wird, wer nach der Leitung der Vernunft lebt… usw."

Also nur weil es besser ist, den Haß nicht durch „Gegenhaß" zu vermehren? Nur darum die Liebe zum Feinde? Gewiß, die Harmonie wird befördert, der Effekt wird erzielt, als ob es ein ethischer Effekt wäre. Aber? Sieht Spinoza die Menschen so pessimistisch oder die Vernunft so optimistisch, daß er diesen Kuhhandel empfiehlt? Daß er von ihm volle Sicherheit erwartet? Oder geschieht alles dem System zuliebe? Furchtbar, ich wollte zweifeln, sah ein Augurenlächeln des Weisen hinter seinen scheinbar kalten Vorschriften. Da fällt mein Blick auf die Anmerkung:

„Wer Beleidigungen mit Haß erwidert und sich an dem Beleidiger rächen will, verbittert sicher sein eigenes Leben…"

Daran gibt es nichts mehr zu beschönigen. Rache ist verboten, weil sie Unbequemlichkeiten erzeugt! Es mag wahr, mag logisch, mag „geometrisch" sein. Mit Ethik in meinem Sinn aber hat das nichts mehr zu tun. Bin ich wahnsinnig geworden, daß ich die Reinheit dieses Menschen so sehr mißdeute? Oder reicht mein Verstand nicht aus, so abstrakt zu denken? Oder bin ich von Trieben, „Affekten", Begierden verblendet?

„Mitleid ist bei einem Menschen, der nach der Leitung der Vernunft lebt, an und für sich schlecht und unnütz."

Warum? Beweis: Weil Mitleid Unlust erzeugt. Das gute aber, das aus Mitleid folgen könnte, nämlich Abhilfe, tun wir ohnedies aus Vernunft. Und nur was aus Vernunft geschieht, von dem wissen wir sicher, daß es gut ist. Daher ist Mitleid schlecht und unnütz. Was zu beweisen war.

Das ist ein Rasen in Begriffen. Ein furchtbarer, gefährlicher Starrsinn. Eine Leugnung des Lebendigsten. Und eine Lehre, die ganze Generationen verheeren kann, wenn sie auch nur im mindesten schief verstanden wird. Solche Zauberkunststücke überschreiten das Recht des „freien Philosophierens". Sind höchstens geistreiche Paradoxien — wenn sie eben nicht purer Starrsinn sind.

„Reue ist keine Tugend, oder entspringt nicht aus der Vernunft, sondern der, welcher eine Tat bereut, ist doppelt gedrückt oder unvermögend."

Der gleiche logische Luftsprung. Tugend ist Vernunft. Reue erzeugt Leiden. Leiden ist schlecht und schadet. Vernunft kann nichts schädliches tun. Folglich ist Reue keine Tugend, weil sie schädlich, also unvernünftig, also nicht tugendhaft ist. More geometrico deductum. Quod erat demonstrandum.

Jetzt sehne ich mich zurück nach der Metaphysik, die mich zuerst erregte und die mich fremd anmutete. Hier, in der eigentlichen Ethik, kann ich nicht mehr weiter, da sie mir die Gerechtigkeit gegen diesen Mann raubt. Ist sein Irrtum so riesengroß, weil er glaubt, die Ethik unterliege bloß der Vernunft? Oder hat er recht, daß eine Ethik, die nicht auf Vernunft ruht, keine Ethik ist? Oder hat er sich in den eigenen Labyrinthen seiner Ethik eingefangen und irrt in ihnen im Kreis umher? Wie wenn ein Mathematiker verwickelte Gleichungen aufstellt und sie sich zum Schluß als identische entpuppen und nichts aus ihnen folgt, als daß a gleich a ist?

Ich will den Gipfel des Buches stürmen. Will die letzten Schlußfolgerungen sehen und durchdringen.

„Wer Gott liebt, kann nicht wünschen, daß Gott ihn wieder liebt."

Hier horche ich auf. Stolze, edle, selbstlose Lehre. Ist das Verzicht, reine Hingabe? Demütigste Gotteskindschaft? Warum also dieser Verzicht? Weil der Wünschende, so steht es hier geschrieben, mit diesem Wunsch nach Gegenliebe wünschen würde, daß Gott nicht Gott sei. Und damit würde er „Unlust“ herbeiwünschen. Für sich! Denn Gott ist frei von „Affekten“, liebt und haßt daher nicht und würde dadurch vermöge dieses Wunsches nach Gegenliebe seiner Gottheit beraubt werden. Ich will gegen die Größe des Gedankens nicht streiten. Ich bäume mich gegen die Kleinheit des logischen Starrsinns, wieder die „Unlust“ in den Beweis zu verketten und dadurch die Erhabenheit des Gedankens herabzuziehen.

„Je mehr wir die Einzeldinge kennen, um so mehr erkennen wir Gott.“

Die Kuppel des pantheistischen Gebäudes. Klar und zwingend, wenn man die Grundlehre der Einheit von Gott und Welt bejaht. Und ethisch unleugbar ein mächtiger Antrieb zur Wissensvermehrung, zur Weisheit. Es ist jene Schau des Wesens der Dinge, jene „dritte Erkenntnisstufe“, aus der die höchste Befriedigung des Geistes entspringt, die es geben kann: „Amor Dei intellectualis“, die intellektuelle Liebe zu Gott, die Liebe, die einzig ewig ist, mit der Gott sich selbst in unendlicher Weise liebt: Weil diese Liebe gleich ist unendlicher Erkenntnis des innersten Wesens, weil sie gleichsam das bewußte Wesen der einzigen Substanz ist. Und diese Liebe strahlt auf die Menschen über, und die intellektuelle Liebe des menschlichen Geistes zu Gott ist ein Teil der unendlichen Liebe, womit sich Gott selbst liebt. Und hebt damit den Menschen in die Nähe der Gottheit.

„Alles Erhabene aber ist ebenso schwierig wie selten.“
Das sind die letzten Worte des Werkes.

Wie lang ist der Weg, den ich gegangen bin? Er scheint wohl so lang wie das denkerische Leben Spinozas. Unendlich lang erscheint er mir. Und es hat mich hin und her geworfen, ich habe zugleich mit den Dämonen der Philosophie und mit ihm selbst gerungen. Und dieses Ringen wird noch Jahre währen, vielleicht Jahrzehnte.

Hier, nur hier, ist Mitleid schädlich und unnütz. Nicht aber weil es mir, sondern weil es für alle Menschen in Gegenwart und Zukunft Leid erzeugen kann. Spinoza entzieht sich keiner Verantwortung. Er will keine Schonung. Ich kann ihn achten, vielleicht lieben, aber ich muß ihn bekämpfen. Ein allgemeines Prinzipium streitet gegen ein anderes allgemeines Prinzipium. Hier stehen einander Welten, nicht Menschen gegenüber.

Werde ich ihm einst folgen in seine Labyrinthe und Gleichsetzungen? Ist sein Algorithmus richtig?

Ich selbst habe noch kein Gerüst, um das ich bauen kann. Ich habe Ahnungen, Gefühle, Zwecke, Ziele, Widerstände. Und ich liebe meinen Gott, der ein andrer ist als der Gott Spinozas, ebenso heiß, mit ebensolcher Kraft einer nicht nur geistigen Liebe. Und ich will von ihm wieder geliebt werden. Nicht aus Eigennutz. Sondern aus Demut. Weil ich wissen will, ob er meinen Kampf billigt und ob er mir dazu die Gnade leiht.

Jetzt ist mir das entscheidende Wort Fleisch geworden. Ich vertraue nicht allein auf die Geometrie der Vernunft. Ich bin nur stark, wenn ER mir die Gnade nicht versagt...

Ich werde jetzt, zur Erinnerung an diesen Tag, die wichtigsten Lehrsätze abschreiben. Nicht aus Gier, nicht, um sie zu bekämpfen. Sondern um sie zu behalten und um mein Wollen an ihnen zu prüfen.

Warum noch dieser Mißton am Ende meiner Durchforschung? Ein Zeichen? Oder eine Warnung? Oder ein Fingerzeig Gottes?

Ich habe geblättert. Zurückgeblättert. Warum blieb mein Auge gerade an dieser Stelle haften?

„...Es geht daraus hervor, daß jenes Gesetz, welches verbietet, die Tiere zu schlachten, mehr in einem eitlen Aberglauben und in weibischem Mitleid, als in der gesunden Vernunft begründet ist. Wohl lehrt uns die Vernunft, daß es notwendig ist, um unsres Nutzens willen, uns mit den Menschen zu verbinden, aber keineswegs mit den Tieren, oder mit anderen Dingen, deren Natur von der menschlichen Natur verschieden ist; vielmehr haben wir dasselbe Recht auf sie, das sie auf uns haben. Ja, weil das Recht eines jeden nach seiner Tugend oder seinem Vermögen sich bestimmt, so haben die Menschen ein weit größeres Recht auf die Tiere, als die Tiere auf die Menschen. Ich bestreite aber darum nicht, daß die Tiere Empfindung haben; sondern ich bestreite nur, daß es deshalb

verboten sein soll, sie zu unsrem Nutzen beliebig zu gebrauchen, und sie so zu behandeln, wie es uns am besten paßt...“

Nicht ein Wort will ich dazu denken, außer, daß es nach dieser Lehre „more geometrico“ folgen könnte, daß ein Heiliger im Sinne Spinozas, also ein Weiser, einen Bauer langsam schlachtet, wenn es ihm so am besten paßt und er sich nicht eben „zu seinem Nutzen“ mit dem Bauern verbinden will. Unbegreifliche, durch nichts zu beschönigende Entgleisung einer den Boden verlassenden Logik. Dazu noch der Logik eines Pantheisten! Eines Mannes, nach dessen Glauben auch das Tier teilhat am Göttlichen, ja ein Stück des einzigen Gottes ist?!

Hier ist das Fremdeste des Fremden, das glitzernd Magische, das ich nie begreifen werde, offenbar. Jenes Unheimliche, das die Vernunft vor die Welt, vor Gott, vor das Leiden setzt. Und gleichwohl dabei auch in unsrem Sinn gut sein kann, wie es der Mann neben mir durch sein Leben bewies. Oder ist er ein Pharisäer, der gut ist, weil das Gutsein ihm höhere Rechte verleiht?

Er selbst hat mich verwirrt. Er mag meine Zweifel verzeihen, wenn er es kann. —

Und Leibniz zwang sich mit aller Kraft zur Selbstbeherrschung und zur Ausschaltung von Kritik und Deutung. Und er begann zu schreiben. Definitionen, Axiome, Lehrsätze, Anmerkungen. Und im Nebenzimmer surrte und schrillte die Drehbank.

Er wußte nicht, wie lange er geschrieben hatte. Plötzlich stand Spinoza vor ihm und blickte fragend auf die Blätter, über die die Feder Leibnizens eilte.

Leibniz erhob sich langsam und sah Spinoza in die Augen, in denen wieder jenes dunkle Lodern aufglomm.

„Ich werde diese Blätter als Erinnerung an die aufwühlendste Stunde meines bisherigen Lebens mitnehmen, falls Sie es gestatten, Herr Spinoza“, sagte er klar und fest. „Ich weiß aber heute noch nicht, ob ich sie mitnehme, um in Ihrem Sinne weiterzubauen, oder um die Axt an Ihr Gebäude zu legen.“

Da richtete sich Spinoza zu starrer Größe auf und ein Lächeln, nicht frei von leiser Verachtung, überhuschte seine Züge.

„Ich wäre nicht Spinoza,“ erwiderte er gedämpft, „wenn ich

einen Augenblick zögerte, Sie zu bitten, die Papiere mitzunehmen. Noch mehr. Jede Stelle der Ethik liegt für Sie offen und zugänglich da. Mein Freund Schuller wird Ihnen Auskunft geben, falls Sie in Hannover noch an mein Werk denken. Wenn Sie aber alles, was ich leistete, widerlegen, dann wird es gut sein. Denn es handelt sich um den wahren Gott und nicht um meine Eitelkeit. Ich fürchte jedoch keine Widerlegung. Ebensowenig, wie ich Furcht empfände, die bewiesenen Lehrsätze der Geometrie, etwa den Satz von der Winkelsumme des Dreiecks, in die Hand des wildesten Feindes zu legen. Und ich fürchte Sie eben deshalb weniger als alle anderen, weil ich weiß, daß auch Sie unter der Herrschaft der Vernunft stehen. Und darum nur das wollen können, was in meinem Sinne gut heißt. Es ist wahrscheinlicher, daß Sie mir folgen, als daß Sie mich bekämpfen werden, Herr Leibniz. Und jetzt werden wir uns trennen. Ich habe Ihnen, glaube ich, all das gegeben, was ich geben konnte. Und ich werde das nie bereuen."

Leibniz drückte die kalte, schmale Hand des Weisen. Und auch er hätte nichts andres sagen können, als daß es sich bei dieser sonderbaren Begegnung um den wahren Gott gehandelt hatte. Oder um einen gottgewollten Zusammenstoß zweier fremder Welten.

Gleichwohl wußte jeder der beiden, daß sich, auch innerlich, ihre Wege trennen würden und trennen mußten.

Einunddreißigstes Kapitel

Ankunft in Hannover

Es war wenige Tage vor Weihnachten des Jahres 1676, als Leibniz, vom Westen kommend, mit seinem Reisewagen die Brücken der Leine und Ihme übersetzte und in Hannover einfuhr. Feierlich und sonderbar war ihm zumute. Denn von allen Kirchen tönte, durch einen Ostwind ihm entgegengetragen, das vielstimmige Lied der Mittagsglocken. Und ein leichtes, munteres Schneegestöber wirbelte durch die Luft, über die Kirchtürme, Bastionen und die zahllosen spitzen Giebel hochragender Häuser.

In den Straßen tummelte sich in Vorweihnachtsstimmung die Jugend. Zahlreiche Bürger, Offiziere, Frauen, Kleriker lustwandelten und besahen sich ohne Hast und mit behaglichem Schmunzeln die ausgelegten Waren. Aus den Schornsteinen aber stieg dicker Rauch, und es duftete, vermengt mit herrlichem Schneegeruch, allenthalben von Kuchen und Braten.

Leibniz schämte sich nicht, diese letzten höchst alltäglichen Lockungen so stark zu verspüren. Wie die Reste eines erhabenen, furchtbaren und verwirrend bunten Traumes erloschen mächtige Bilder und Gesichte in seinem Innern: Paris, England, Holland. Spinoza und Leeuwenhoek. Die Reise durch endlose Marschen und Ebenen, zwischen Windmühlen und Kanälen. Der Rhein, den er neuerlich überquert hatte. Dunkle Föhrenwälder. Die rote Erde Westfalens. Unsagbar traurige und doch schöne Heiden. Hügel, Dörfer und Schlösser...

Um ihn tönten jetzt deutsche Laute, als sein Wagen in der Nähe der Ägidienkirche vor einem uralten Fachwerkbau hielt: Vor dem Gasthof, den er zunächst beziehen würde. Und als er ausstieg und nichts als deutsche Worte ihm entgegenklangen, verdichtete sich seine innere Schau zu einem Jubelgefühl. Der Duft von Kuchen, von Braten, sein wild erwachender Hunger machten ihn zum Kinde, das zur Mutter zurückgekehrt ist und von ihr mit Leckerbissen empfangen wird.

Der alte Wirt verbeugte sich tief vor dem neuen Würdenträger am Hof des Herzogs, dessen Ruhm seinem körperlichen Erscheinen vorangeeilt war. Leibniz drückte dem Verdutzten, der hochtrabende, mit lateinischen, falsch verwendeten Brocken gewürzte Begrüßungsworte stammelte, kräftig die fettige Hand und lachte laut wie ein Berauschter; was den devoten Wirt noch weit bedenklicher stimmte, da er solches Betragen geradezu für die hämische Laune eines ansonst grausamen und maßlosen Herrn hielt. Er krümmte also neuerlich den Rücken und versicherte, daß sein armseliges Haus dero Gnaden vielleicht nicht vollends den Eindruck einer Buschenschenke oder Räuberhöhle

machen würde, und daß er dero Gnaden bis ans Lebensende
obligiert wäre, wenn hochdero Relation ihm seinerzeit nicht die
Ausstoßung aus der Zunft eintragen würde. Im übrigen sei
alles, soweit ein schwacher Verstand es fassen könne, aufs dili-
genteste vorbereitet, es würde aber aller Voraussicht nach einem
Herrn, der Paris gewohnt sei, nur ein mitleidiges Lächeln entlocken. Denn wenn auch Jugend kein Hindernis für hohe Würden sei, könnte sie gleichwohl ein Hindernis für die Milde sein,
die ein armer Gastwirt aus Hannover von einem sozusagen
französischen Edelmann höchst nötig habe.

Während dieser im weiteren Verlauf nicht mehr gestammel-
ten, sondern hervorgesprudelten Rede betrachtete der Wirt mit
wasserblauen, unter goldgesticktem Käppchen hervorblinzeln-
den Augen wie fasziniert das Antlitz seines Gastes, das von der
frischen Schneeluft gerötet war und noch weit jünger aussah
als sonst.

„Ich bin ein Deutscher, will ein Deutscher sein und werde
mit dem vorlieb nehmen, was mir mein Vaterland bietet", sagte
Leibniz, als sie schon in den Flur gingen. „Dabei glaube ich,
daß mir Deutschland ebensoviel bieten kann, wie jedes andre
Land. Mein Diener aber kann Ihnen einige französische Rezepte
verraten, falls sie Ihnen nicht ohnedies schon bekannt sind."

Der Ton Leibnizens war um einen Schatten weniger froh und
heiter, als er, noch lächelnd, diese Worte aussprach. Denn schon
hier, an der Schwelle seines Vaterlandes, erreichte ihn die große
Warnung. So klein auch das Vorzeichen war: Bis hieher griff
die riesige Kralle, die Boineburg einst vor Jahren über den
Rhein hatte langen sehen. Deren Nägel die furchtbaren Lilien
des Sonnenkönigs waren.

Er hatte sich einem Lande, einem Herrscher verdungen, der
im Bündnis mit Ludwig dem Vierzehnten stand, der Subsidien
von Frankreich nahm und seine Truppen durch einen französischen General, einen Vasallen des brutalen Herrn von Louvois
drillen ließ. Und diese Lilien-Kralle hatte selbst den bieder-
derben Wirt gepackt und ihn so sehr aus dem Gleichgewicht
geworfen, daß er vor Frankreich katzbuckelte und sich seines
Deutschtums schämte. Was wußte dieser tolpatschige Gallo-

Grec (wie man neuerdings die Franzosenknechte in Deutschland spottend nannte), wen er da mit Leibniz ins Haus bekommen hatte? Einen „sozusagen französischen Edelmann"? Der ihm noch mehr imponierte, als wenn bloß ein neuer deutscher Höfling hereingerasselt wäre? Was wußte der Wirt? Würde er nicht ein Kreuz schlagen wie vor dem Gottseibeiuns und wie vor einem Hochverräter, wenn er die Wahrheit wüßte? Nämlich, daß dieser durch Schicksal ewig zwei- und zehndeutige Leibniz geradezu als Deserteur Londons und Spinozas, vollbepackt mit geheimer Konterbande, gegen die alle Spezereien, Spitzen und geheimen Militärdokumente harmloses Kinderspiel waren, seine Heimat an gefährdetster Stelle wieder betrat, um seiner Nation das zu bringen, was ihr fehlte? Und dadurch vielleicht auch der „beraubten" Nation zu nützen? Weil diese dann nicht mehr so selbstherrlich und siegessicher, bessere Ziele anstrebte als die Plünderung und Einsackung des Nachbarn?

Vielleicht war er ein mehr als gelehriger Schüler und Erbe des großen, verewigten Boineburg. Ewig noch, ewig begeistert, glühend in Patriotismus — und gleichwohl stets in der Rolle eines Verräters...

Leibniz freute sich der behaglichen Wärme in seinen beiden großen halbdunklen Zimmern, als er eingetreten war und sie durchschritt. Auf dem Tisch dampfte eine würzige Suppe, frisches Brot lag in leckeren Schnitten auf einem silbernen Teller und eine Flasche Rheinwein stand, noch angelaufen vom Schnee und verstaubt, daneben.

Er warf sich, gegen seine sonstige, eher bedächtige Art, gelöst in den Polstersessel und bat den Wirt, seinen Diener vorerst mit einer Mahlzeit zu versorgen. Dann möge er mit diesem zusammen das Gepäck herauf schaffen und alles, was noch fehlte, einrichten. Denn er, Leibniz, müsse in einigen Stunden vor seiner Hoheit, dem Herzog Johann Friedrich erscheinen. Und dies in höfischer Tracht.

Wieder gab es dem Wirt einen Stoß. Leibnizens Äußerung hatte ihm die volle Wirklichkeit der Höhenluft gezeigt, die diesen jungen Fremdling umwitterte. Dazu sollte er noch ein Protestant sein und ein Gelehrter. Ein Rechtsgelehrter, ein

Physikus, ein Philosoph, Geometer, vielleicht gar ein Alchimist.
Redete in zehn Zungen, wenn die Fama nicht log. Und sah aus
wie ein Student, wenn er nicht gar so sicher, hoheitsvoll und
herrisch blickte. Aber er fluchte ja nicht, war freundlich und
lächelte. Ah, auch noch ein Staatsmann und Diplomat! Gewiß,
bei ihm, dem tüchtigen Wirten, waren schon hohe Herren ab-
gestiegen. Die aber reisten wieder fort. Nach Tagen, Wochen,
Monaten. Der aber, dieser Leibniz, dieser allerunheimlichste
Lächler, der mit seinen Augen schon einigemale weiß Gott in
welch ferne Zauberwelten geblickt hatte, würde hier bleiben.
Fuhr heute schon zum Herzog. Man war keinen Herzschlag
sicher. Jetzt, eben einige Tage vor Weihnachten. Vielleicht
brachte er gar den Krieg oder Umwälzung. Und dieser Herr
Leibniz, der mit seinem Kindergesicht schon ein Intimus des
Herzogs war, was würde der erst werden in zwanzig, dreißig
Jahren? Man mußte ihm zureden, sich bald ein Haus zu kaufen.
Dabei ließ sich noch einiges verdienen. Und man hatte ihn los
und hatte ihn noch verpflichtet. Wenn das Haus ihm aber nicht
gefiel? Ihm, der eben aus Paris kam, wo die Häuser bis zum
Himmel strebten? Und wahrscheinlich ganz aus Marmor,
Bronze und Kacheln erbaut waren? Und dann wollte er einen
noch fangen und ausholen und behauptete, er sei ein begeisterter Deutscher. Damit man höflich zustimmt und er dann am
Nachmittag dem Herzog erzählt, schon sein erster Schritt in
Hannover habe ihn Conspirationes gezeigt, die im Bürgertum
schwelten. So sei der Wirt, bei dem er, Herr Leibniz, wohne
ein „begeisterter Deutscher" und Feind des Bündnisses mit
Ludwig. Sei also schnurstracks ein Aufwiegler gegen die Staatskunst Seiner Hoheit. Ergo mit ihm ins Loch. Oder sagte er es
heute noch nicht, weil er nicht dazukommt? Aber vielleicht
morgen oder übermorgen? Oder aus Zorn, wenn einmal der
Braten zu klein ist oder die Pastete, Gott sei davor, anbrennt?!
Oder wenn ein Floh in seinen Kissen hüpft? Wer kann das aus-
halten, jetzt, einige Tage vor Weihnachten, wo sich Frauen und
Kinder schon auf den Christbaum freuen! Was aber soll man
machen? Es wird auf jeden Fall am billigsten sein, ihm weniger
zu rechnen als allen andern und ihm gerade das Allerbeste

vorzusetzen. Er ruiniert mich sonst, dieser unheimliche junge Hofmann. Er ist mein Unglück, ich weiß es! Ich werde eine Messe zahlen. Vielleicht schützt mich Gott, weil dieser Herr ein Protestant ist. Und dann werde ich dem Diener soviel Wein geben, daß er mir die Wahrheit über seinen Herrn sagt. Und die Mägde dürfen nicht in seinen Sachen kramen. Ein hochnotpeinlicher Spionageprozeß ist schnell vom Zaun gebrochen. Dabei, und das ist das größte Unglück, gefällt er mir. Wenn ich ihn nur schon los wäre! Oder verscherze ich mir dadurch noch dazu einen Gönner? Ah, da ist ja der Diener! Und den soll ich füttern. Es ist eigentlich nett von diesem hohen Herrn, daß er zuerst an die Mahlzeit des Dieners und dann erst an die Ordnung seines Zimmers gedacht hat. Ungeduldig und hastig scheint er nicht zu sein. Aber er ist ein Diplomat. Da kann man nichts, rein gar nichts aus seinen Worten schließen. Wenn nur alles gut endet..

Und der aufgewühlte, fette Wirt wendete sich seufzend zu seinem Schutzbefohlenen und war erstaunt, daß dieser die Einteilung höchst selbstverständlich fand und sich weit mehr für die Mahlzeit als für das Auspacken der Habseligkeiten seines großen Herrn interessierte.

Inzwischen trug eine saubere Magd die vollen Schüsseln und Terrinen zu Leibniz hinauf und freute sich aufrichtig, daß er den Speisen so unverhohlen gierig zusprach. Solcher Appetit war im Hinblick auf die lange beschwerliche Reise höchst begreiflich, obwohl man oft behauptet hatte, die Vornehmheit bestehe im Maßhalten.

Als nun Leibniz die letzten Reste des Desserts verzehrte und eben in einen roten Apfel biß, wurde ihm der Umschwung in seinem Leben mit einer gewissen leisen Melancholie deutlich und bewußt: Er begann plötzlich die Enge Hannovers, die Kleinheit der Herzogtümer Celle und Calenberg zu fühlen, obgleich ihn vor einer Stunde gerade diese Begrenztheit so eigentümlich vertraut angemutet hatte. Von Frankreich und England gar nicht zu sprechen. Selbst an Holland gemessen, war das Format dieser Überbleibsel welfischer Herrlichkeit beinahe pfahlbürgerlich. Man stieß nach oben bald an die Spitze, nicht

so wie in Paris, wo man stets ganz unten blieb, wie hoch man
auch stieg. Aber auch von der Bewegtheit kurmainzischer Aktivität, von einer Einmischung in europäische, in Weltzusam-
menhänge war hier, soweit er es bisher aus der Ferne erforscht
hatte, nichts zu merken. Ehrgeizige Miniaturkopie von Versailles auf deutschem Boden. So lächelte man über diesen Hof
in Paris; wo man die Anhänger beinahe mehr verachtete als die
erklärten Feinde. Und der Franzosengeist erstreckte sich in
Hannover bis in die erleuchtesten Köpfe.

Hermann Conring, der Allwisser, der Begründer der deutschen Rechtsgeschichte, der Mathematiker, Philosoph, Medi-
ziner, Chymist und Statistikus. Der große Conring aus Helmstädt, von jener erlauchten Universität, die den Hannoverschen
Herzögen unterstand, dieser Conring ging fast allen voran in
seiner Unterwürfigkeit gegen Frankreich und Ludwig; denen
er noch tiefer ergeben zu sein schien als seinem Aristoteles. Und
zu eben diesem Conring hatte Leibniz noch keinerlei Brücke
schlagen können. Mehr als das. Conring lehnte ihn beinahe ab,
nahm ihn irgendwie und an irgend einer Stelle nicht ernst im
geistigen Universum.

Merkwürdig, daß der Landesherr eben dieses größten lebenden Polyhistors in deutschem Land sich durch ein solches Urteil
nicht hatte beeinflussen lassen und so hartnäckig nach Leibniz
gefahndet hatte. Aber trotzdem bedeutete jede Fremdheit eine
ernste Belastung, die in so engem Kreise seiner Tätigkeit auferlegt war. Denn daß Conring hier, in seiner Heimat, beim Hof,
bei den Fakultäten, beim Volk nichts mitzureden hatte, daß er
bedeutungsloser war als ein zugereister Dreißigjähriger, konnte
selbst aller Optimismus schwerlich voraussetzen.

Was überhaupt würde hier am Welfenhof seine Tätigkeit
sein? Er wußte darüber so gut wie nichts. Welchen Leibniz
wollte und suchte Johann Friedrich? Den Gelehrten? Den
Diplomaten? Wo er Conring und den berühmten Grote besaß?
Oder den Mathematiker, von dem er kaum Wesentliches wußte?
Oder war alles nur Fürstenlaune, war nur eine Art von flüchtiger
Sympathie, über deren Gründe sich der Herzog nicht den
Kopf zerbrach, die er einfach befriedigte, indem er einen „Rat"

mehr anstellte? Und es dem Schicksal überließ, wie man diesen Rat gelegentlich verwenden konnte?

Gewiß, mit dieser Möglichkeit mußte man rechnen, wenn auch sogar das Benehmen des Gastwirtes dagegen sprach. Aber der Gastwirt war eben ein Untertan und dienerte wahrscheinlich vor allem, was nur entfernt mit dem Hof zusammenhing.

Auf jeden Fall war es zu erwarten, daß der kleine Hof ihn vor eine Vielfalt von Aufgaben stellte, etwa wie in einem kleinen Hause sich Diener und Mägde nach mehrerlei umsehen mußten als in einem Palast, wo die Rollen der Einzelnen strenger zugeteilt sind.

Und eben das war es gewesen, was Leibniz hiehergelockt hatte, was ihn vermocht hatte, dem Nachlaß Blaise Pascals und seinen Pariser Freunden den Rücken zu kehren.

Also praktische Aufgaben mannigfacher Art. Der Herzog aber würde nicht grübeln, was er mit dem fremden Vogel beginnen sollte. Leibniz selbst mußte sich den Wirkungskreis erschließen. Mußte heute noch Vorschläge erstatten. Welche? Womöglich ähnliche, wie sie ein Colbert, ein Louvois, ein Pomponne ihrem Herrn erstatteten. Diese Nachahmung der Franzosen war nicht bloß erlaubt, sie war sogar im Interesse des Deutschtums geboten. Und sie würde hier, im Mittelpunkt der Franzosenanbeterei, leichter durchzusetzen sein als irgendwo anders. Und konnte mit einem Ruck ins Gegenteil umgebogen werden, wenn es gelang, Johann Friedrich einmal von seinem Bündnis mit Ludwig abzubringen.

Leibniz rief nach seinem Diener. Er solle so schnell wie möglich die Buchladen der Umgebung durchstöbern und möge eine Landkarte Hannovers und eine Beschreibung des Landes auftreiben. Vielleicht gebe es Kalender oder ähnliche Schmöker. Vielleicht auch kenne der Gastwirt derartige Wegweiser oder besitze sie gar.

Der Diener entfernte sich nicht ohne Kopfschütteln. Er hatte zwar dem Gastwirt über seinen Herrn nur Gutes berichten können, war aber jetzt verwirrt. Denn wie sollte er in der fremden Stadt fremde Bücher suchen und gleichzeitig die Hofkleidung vorbereiten?

Auch Leibniz fiel dieses Dilemma ein, als der Diener schon durch die Straßen eilte. Aber noch etwas fiel ihm ein. Daß er nämlich vor dem Wirt zu eindeutig über seine heutige Audienz beim Herzog gesprochen hatte. Diese Audienz konnte ebensogut seine eigenste Einbildung sein. Oder ein Wunsch ohne sichere Grundlage. Gewiß, er hatte nach Holland ein Kabinettschreiben erhalten, in dem ihm befohlen wurde, „am ersten Tag seines Eintreffens in Hannover sich ohne überflüssige Verzögerung, gleichgültig zu welcher Tagesstunde, untertänigst bei Seiner Hoheit zu melden und sich hochdemselben gehorsamst vorzustellen." Es war aber damit noch keineswegs gesagt, daß eben heute der Herzog ihn empfangen wollte oder konnte. Denn Johann Friedrich war möglicherweise in den Winterlagern bei seinen Truppen oder im Harz oder in Göttingen. Und hatte auch gar nicht gewußt, daß er, Leibniz, heute eintreffen würde. Denn die Jahreszeit in Verbindung mit den hoch fortdauernden Kriegshandlungen längs des Rheins hatte jede Regelmäßigkeit der Postverbindungen zerstört, so daß sich Leibnizens letzter Brief auf sehr beiläufige Angaben beschränkt hatte, die durch Tatsachen längst überholt waren.

Jedenfalls war es wichtiger, daß er schon heute auf alles vorbereitet war, was er in der ersten Audienz vortragen wollte, als daß diese Audienz heute stattfand.

Zu diesem Schluß war er eben gelangt, als ihn ein Pochen an seine Tür vor eine gänzlich neue und unerwartete Sachlage stellte.

In höchster Erregung polterte nämlich der Wirt herein und teilte mit, daß ein Offizier der herzoglichen Leibgarde in einem Hofwagen soeben vorgefahren sei und Herrn Rat Doktor Leibniz dringendst suche. Jetzt erst erinnerte sich Leibniz einer auffallenden Episode bei der Kontrolle der Reisenden im Stadttor, durch das er nach Hannover eingefahren war. Während man nämlich seine Mitreisenden kaum beachtet hatte, war er selbst eingehend ausgefragt worden, man hatte seine Angaben notiert, mit bereitliegenden Dokumenten verglichen und einige leise Befehle an Ordonnanzen erteilt. Er hatte dies alles darauf zurückgeführt, daß er aus Holland, also aus einem dem

französischen Verbündeten feindlichen Lande kam. Jetzt aber
ahnte er anderes, eine Ahnung, die einen gewissen Stolz in ihm
auslöste.

Er hatte kaum Zeit, sich weiteren Betrachtungen hinzugeben.
Denn nach wenigen Augenblicken trat ein äußerst vornehmer
junger Offizier bei ihm ein, der sich vor ihn stramm stellte und
sich in reinstem Französisch als Baron von Dinkhofen, Leutnant der Garde, meldete. Er sei, meldete er weiter, zum persönlichen Dienst des gestrengen und hochgelehrten Herrn Rats
Doktor Leibniz kommandiert, da Seine Hoheit soeben von der
Ankunft des Herrn Rates Rapport erhalten habe. Es sei jetzt
halb drei Uhr. Um sechs erwarte Seine Hoheit Herrn Leibniz
in Audienz, falls er sich bei voller Kraft und Gesundheit befinde.
Den Hofwagen, der den Herrn Rat dann später nach Herrenhausen bringen werde, habe Seine Hoheit schon jetzt hieher-
befohlen, da sich Herr Leibniz vielleicht durch eine Rundfahrt
durch die Stadt zerstreuen wolle. Auf jeden Fall bitte Seine
Hoheit Herrn Leibniz — dies habe er wörtlich zu melden —,
es sich in Hannover schon heute so einzurichten, wie in einer
Stadt, die sich auf seine Ankunft freue; und im Namen des
Herzogs all das zu befehlen, was zu seiner Bequemlichkeit diene.
Das Zeremoniell — das möge Herr Leibniz zur Kenntnis nehmen — sei in Herrenhausen das gleiche wie in Versailles. Wenn
man Kleines mit Großem vergleichen dürfe. Jedenfalls brauche
da Herr Leibniz, der sich im großen Paris innerhalb dieses
Zeremoniells unbefangen bewegt habe, keine Belehrung. Es
werde ihm auch nur mitgeteilt, damit er sich desto heimi-
scher und ungezwungener fühle.

„Und mir, gestrenger Herr Rat, und all den anderen Edelleuten vom Hofe“, schloß der Baron mit einer Verbeugung,
„wird es Ehre und Vergnügen zugleich sein, einen so hochbe-
deutenden Mann in seinen edlen Bestrebungen für unser ge-
liebtes Vaterland zu unterstützen. Wir sind uns bewußt, daß es
ein hochherziger Entschluß war, der eine solche Kraft uns allen
zur Verfügung stellte. Und daß wir daher zu danken und nicht
zu fordern haben. Dies kleine Zeichen aber als Begrüßung.“
Und er überreichte Leibniz nach neuerlicher Verbeugung eine

zierlich ziselierte Golddose, in deren Deckel das Wappen Hannovers eingestochen war.

Leibniz bedankte sich formell, aber äußerst herzlich. Die kleine Szene hatte sein Selbstbewußtsein ungemein gehoben, soweit es sich auf seine Stellung in dieser seiner neuen Heimat bezog. Ja, er war geradezu überrascht. So weit also ging die Vorliebe des Herzogs zu ihm, daß sogar die Edelleute es nötig fanden, dem zukünftigen Günstling ein Geschenk zu überreichen? Jetzt war mit einem Schlag alles anders. Denn Hannover wurde groß für ihn, groß und größer, je höher er stand. Jetzt galt es nicht mehr, sich persönlich durchzusetzen. Jetzt galt es, den unbeschränkten Wirkungskreis, der ihm geboten wurde, auszufüllen. Jetzt galt es die Sache und nicht mehr seine Person. Er stand mit dreißig Jahren im Mittelpunkt der Geschicke eines deutschen Staates. Und er würde diese Geschicke leiten, würde sie mit seinem Geist erfüllen, würde vorerst sanft wie eine Taube und klug wie eine Schlange, aus diesem Kraftzentrum heraus, das größere, das größte Deutschland in seinem Geiste dem Platze zuführen, auf den es zu stehen hatte.

Und er schloß seinen Dank an die Herren des Hofes mit einem rätselhaften Lächeln, das ihm die Tatsache abnötigte, daß auch er in französischen Sätzen vornehmsten Pariser Schliffes sprach, während eine zweite, tiefere Schicht seiner Seele deutscheste Gedanken dachte.

Zweiunddreißigstes Kapitel

Am Welfenhof

Eine freundliche Fügung an diesem freundlichen Ankunftstage hatte alles so reibungslos geordnet, daß der Hofwagen mit Leibniz schon um dreiviertel sechs Uhr die Einfahrt des Schlosses Herrenhausen passierte.

Nichts war unerledigt geblieben: Der findige Diener hatte eine Karte und eine „kuriöse Beschreibung" des Herzogtums aufgetrieben, Leibniz hatte seinen Plan zu einem ersten wichtigen Vorschlag an den Herzog gefaßt, dann war die entsprechende Hofkleidung für die Audienz herausgesucht worden und schließlich hatte Leibniz noch Muße für die Rundfahrt durch Hannover gefunden. Der Leutnant aber war inzwischen mit einem Stoß Empfehlungsschreiben nach Herrenhausen hinausgaloppiert, um sie noch vor Eintreffen Leibnizens an die Adressaten zu leiten.

Gehorsam und dienstwillig erwartete jetzt Leutnant Baron Dinkhofen den Herrn Rat Leibniz bereits unten vor dem Eingangstor und erstattete Meldung, daß alle Briefe abgegeben seien, während Leibniz, den Kopf voll von erfreulichen Bildern, ihm die behandschuhte Rechte drückte. Dann trat der Leutnant einen halben Schritt zurück, an die linke Seite des Herrn Rats, und bat ihn, sich in den Vorsaal hinaufzubemühen.

Erst auf der Treppe fühlte Leibniz sein Herz ein wenig heftiger pochen. Denn es kam ihm zum Bewußtsein, daß alles bisher seine besten Erwartungen übertroffen hatte. Und auf solche Hochstimmung konnte eigentlich mit Notwendigkeit nur Enttäuschung folgen. Er hatte jedoch kaum Zeit, seinen Gedanken weiter nachzuhängen, denn schon im Voorsaal kam ein ungewöhnlich vornehmer, geschmeidiger und bedeutend aussehender Edelmann, ganz in Schwarz gekleidet, auf ihn zu, der anscheinend auf ihn gewartet hatte.

Leibniz verblüffte die Erscheinung dieses Herrn. Abgesehen von den Ordenssternen auf seiner Brust und dem gold- und edelsteinfunkelnden Zierdegen an seiner Seite, leuchteten die Augen des Edelmannes in seinem wehmütig schönen, etwas blassen Antlitz in seltsamem Feuer. Der Intellekt sprühte förmlich unter dieser hohen Stirne bei den Fenstern der Seele heraus, ohne daß jedoch der Blick auch nur irgendwie lästig oder herausfordernd war. Denn ein zweiter Kraftstrom zog den Beschauer geradezu an, in diese Augen zu sehen und ihre Befehle entgegenzunehmen.

„Sie sind Herr Leibniz, wenn mich nicht alles täuscht“, sagte der Edelmann mit dunkeltiefer Stimme auf lateinisch. Dann setzte er französisch fort: „Ach, Sie kommen ja aus Paris! Da muß ich mir Mühe geben, Sie durch mein barbarisches Französisch nicht zu erschrecken. Ich bin Otto von Grote, Vorsitzender des geheimen Rates Seiner Hoheit. Ich wollte Sie begrüßen, nicht stören. Und ich habe deshalb auch Seine Hoheit gebeten, mich zu beurlauben, damit ich Sie nicht um den Genuß bringe, Hoheit das erste Mal allein und gleichsam als Menschen und Gelehrten kennen zu lernen. Sie werden in wenigen Minuten vorgelassen werden. Ich selbst darf Ihnen wohl inzwischen Gesellschaft leisten."

Leibniz verbeugte sich tief vor dem kaum vierzigjährigen Staatsmann und erwiderte einige höfliche Worte des Dankes. Der große Grote! Das hätte er sich nicht erwartet, daß er schon jetzt wieder einen neuen indirekten Beweis der Huld des Herzogs erhalten würde. Grote wußte alles, was in Europa geschah. Vor Grotes Geist zitterten die klügsten Diplomaten in Berlin, Wien und Paris. Über Grote hatte man ihm in Paris erzählt; es fehle ihm bloß ein größeres Land, damit er die Höhe eines Richelieu oder Mazarin erreiche. Und Grote war zudem noch ein Vielgeliebter, den die erfahrensten Roués von Paris beneideten. Es ging von ihm die Sage, daß kein Tag verstrich, an dem er nicht aus Sizilien, Spanien, Ungarn oder Schweden zärtliche Briefe erhielt. Und gleichwohl liebten ihn auch die Männer, und nicht einmal die Feinde sprachen über ihn Nachteiliges, obzwar er manchen seiner Gegenspieler an den Rand der Verzweiflung gebracht hatte.

„Ich bin glücklich, mon cher", lächelte Grote, der Leibniz die Gedanken förmlich vom Gesicht herunterlas, „ich bin sehr glücklich, daß wir einen solchen Geist, wie den Ihren, hier in greifbarer Nähe haben werden. Ich werde Sie, daß weiß ich heute schon, mehr als einmal um Rat fragen. Und Sie sind kein Neuling auf glatten Parketten. Und sind zudem, wie man hört, ein Mathematiker. Wir werden, hoffe ich, trotz selbstverständlicher Meinungsverschiedenheiten, am gleichen Strang ziehen. Eben die Meinungsverschiedenheiten wünsche ich sehr, Herr Leibniz. Die produktive Differenz, die Beleuchtung des Gegenstandes von verschiedenen Seiten, die Advokatur des Teufels, wie man in Rom sagt. Dienern und intrigieren mögen andere.

Wir beide wollen unsre Differenz zu einer Summe, wenn nicht gar zu einem Produkt ausgestalten. Bin ich nicht ein einfallsreicher Mathematiker?" Und er schob seinen Arm unter den Arm Leibnizens und lachte leise.

Feinstes Bündnisangebot? Grote war Protestant an diesem katholischen Hof. Leibniz schoß diese Tatsache in seine schnell kreisenden Gedankenläufe. Oder spielt das keine Rolle? War es nur Anziehung des Geistes, die Grote zu ihm trieb? Oder kälteste Berechnung? Oder gar die schlichte Wahrheit? Auf keinen Fall hatte er bisher eine faszinierendere Persönlichkeit kennen gelernt. Durfte er das sagen, ohne häßlichen Verdacht zu wecken?

„Ich werde mich bemühen, Ihre gute Meinung über mich zu rechtfertigen", erwiderte Leibniz. „Bescheidenheit ist im allgemeinen nicht meine stärkste Eigenschaft. Ich halte sie nämlich manchmal geradezu für sündhaft, da sie der vollen Entfaltung der Kräfte entgegensteht. Wesentlich für mich ist viel eher die Richtung der Kraft. Und diese meine Kraft war stets auf das allgemeine Beste gerichtet und wird es mit Gottes Hilfe bleiben. Auf diesem Boden, Exzellenz, wollen wir Ihre kühne Rechnungsoperation anwenden. Was mir um so leichter fallen wird, als all das, ich möchte sagen Zärtliche, das ich bisher über Sie hörte, noch recht weit hinter Ihrer wirklichen Erscheinung zurückbleibt."

Grote horchte einen Augenblick auf. Dann nickte er befriedigt.

„Sie sind mutig, mon cher", sagte er leise, wie zu sich selbst. „Sehr mutig. Sie besitzen nämlich den seltenen Mut zur Herzlichkeit. Ich kenne meinen Ruf. Gerade dieser Ruf könnte mein inneres Manko sein. Ist es vielleicht auch wirklich. Gleichwohl haben Sie mit einem Sprung alle Hürden solcher Bedenken übersetzt und mich klipp und klar, auf die Gefahr hin, als interessierter Schmeichler zu erscheinen, Ihrer mehr als gewöhnlichen Sympathie versichert. Sie beruht auf Gegenseitigkeit. Ich legte aber jetzt alles nur deshalb so brutal auseinander, damit bei unsren Rechnungsoperationen kein Rest bleibt. Auf baldiges Wiedersehen, Herr Doktor Leibniz! Ich werde mir morgen die Ehre nehmen, Sie zu besuchen. Ich denke, Seine

Hoheit will jetzt endlich sein langersehntes enfant modèle zu Gesicht bekommen." Und Grote wies mit berauschend graziöser Handbewegung auf einen Adjutanten, der sich eben vor Leibniz verneigte.

Leibniz kam sich vor wie in einem sonderbaren Erfüllungstraum. Was stand hinter all diesem glitzernden Geschehen? Belohnung? Früchte? Jetzt schon, mit dreißig Jahren? Oder war er doch nur ein rätselhaftes Werkzeug, das rätselhaften Zwecken dienen sollte? Oder wollte man ihm unangenehme Dinge verzuckern, die bald folgen würden? Oder eine Zufallswelle des Schicksals, auf deren Kamm er für kurze Stunden tanzte, um dann, unerbittlich überschäumt, in ein dunkles kaltes Tal zu gleiten?

,,Seine Hoheit, der erhabene Herzog von Calenberg und Göttingen geruhen, Herrn Rat Doktor Leibniz zu höchstdero Privataudienz zu befehlen", klang hell und entschieden die Stimme des Adjutanten, während Grote ihm noch mit einem verhaltenen Lächeln die Hand drückte und mit der anderen Hand eine Geste des Segenswunsches machte. Leutnant von Dinkhofen aber stand stramm und verabschiedete sich klirrend.

Leibniz trat im vorgeschriebenen Schritt des französischen Zeremoniells durch eine von Kammerdienern geraffte Portiere.

Es war eine kleine Bibliothek, in der ihn Herzog Johann Friedrich empfing.

Das erste, was Leibniz wahrnahm, war der markige, zerdachte und leidenschaftliche Kopf des großen Welfenfürsten, der vielleicht gerade als Gegensatz zu der feinen Glätte des Geheimrats Grote doppelten Eindruck hervorrief.

Die Haltung Johann Friedrichs, der, mit einer Hand aufgestützt, neben seinem Schreibtisch stand, war die ersten Augenblicke eine durchaus majestätische, kühle, beinahe abweisende.

Als sich jedoch Leibniz aus der tiefen Verbeugung erhoben hatte und zwei Schritte vorgetreten war, begann es im Gesicht des Herzogs zu zucken und ein feuchter Schimmer trat in seine Augen. Wie wenn er etwas Starres, Zwingendes abschütteln müßte, reckte sich plötzlich die mächtige Gestalt, die prächtigen Stoffe und Seiden des Prunkkleides raschelten, und er kam auf Leibniz zu und legte ihm die Hand schwer auf die Schulter.

„Mein Leibniz", sagte er tief und dumpf vor sich hin und versenkte seinen Blick mit forschendem Zweifel in die Augen Leibnizens. Unvermittelt änderte sich die Stimme. Sie wurde heller und leichter. „Von dieser Stunde an habe ich das Gefühl, ein wichtiges Organon, ein Auge, eine Hand, ein Ohr, ein Stück Gehirn mehr zu besitzen", fuhr er fort. „Es war ein eigensinniger Wunsch, der mir, eben jetzt zu Weihnachten, in Erfüllung ging. Ich empfinde Sie wie eine langersehnte, beseligende Puppe, Leibniz. Verzeihen Sie den Vergleich! Vergleichstertium aber ist nur ein befreites und doch ahnungsschweres Lustgefühl an diesem Besitz." Er zog die Hand von der Schulter Leibnizens und ließ sie sinken. Dann drehte er sich jäh ab und schloß, ohne sich umzublicken: „Kommen Sie, Leibniz, setzen Sie sich zu mir, neben mich. Heute bin ich nicht Ihr Herzog. Heute sind Sie nichts als mein Gast." Und er ließ sich langsam in einen thronartigen Lehnstuhl nieder und deutete mit der Hand auf einen anderen Fauteuil, der nahe an diesen herangerückt war. Auf dem Schreibtisch aber brannten Kerzen in zwei mächtigen silbernen Girandolen.

Der Traum von Erfüllung steigerte sich, anstatt sich zu zerstreuen oder zu verwirren. Wo gab es noch Steigerung? Johann Friedrich selbst hat jetzt gesprochen. Es gab keine höhere Instanz. Und das war jener Johann Friedrich, dem Grote gehorchte, jener Johann Friedrich, dessen Vorbild der Sonnenkönig war. Der also ebenso einsam und unnahbar an der Spitze seines Landes stehen wollte und heute auch stand, wenn anders nicht alle Berichte trogen. Aber jetzt keine Überlegungen. Der Herzog hat befohlen, daß ich mich setze. Er weiß warum. Er ist kein gewöhnlicher Mensch. Die Schärfe seiner Dialektik soll beinahe noch sein unwahrscheinliches Gedächtnis übertreffen. Und seine Menschenkenntnis ist sprichwörtlich. Hier gibt es nichts zu rechnen, nichts zu drechseln, nichts zu biegen. Hier gibt es Beifall oder Ablehnung des Innersten.

Leibniz nahm Platz. Mit einer Ungezwungenheit und Sicherheit, die von Grote auf ihn abgefärbt hatte. Und er erwiderte:

„Nur ein Frevler, Hoheit, könnte in diesen Augenblicken,
die mir ein ebenso unverdientes als unglaubhaftes Schicksal
gönnte, anders sprechen als er denkt. Es ist ein tiefer Traum,
Hoheit, der mich umfängt. Auch ein Weihnachtstraum. Aber
ich fühle nicht nur freudige Schauer in meiner Rückerinnerung
an selige Kindheit, ich bin vor Eurer Hoheit zum Kinde selbst
geworden. Und meine Gefühle sind daher ein Gemisch aus
Jubel und Angst. Gleichwohl bitte ich Eure Hoheit, mich zu
erwecken, damit ich als der Leibniz vor Eurer Hoheit stehen
und bestehen kann, den Hoheit gnädig in Ihr Land riefen, um
ihm Heimat und Wirkungskreis zu geben."

„Sie werden bald genug von selbst erwachen, Leibniz", sagte
Johann Friedrich mit einem Unterton von Bitterkeit. „Ich verstehe Sie voll und ganz. Es war auch jedes Wort, das ich von
Ihnen hörte, die lauterste Wahrheit. Vor allem aber, und hier
beginnt schon das Erwachen, glauben Sie nur ja keine Sekunde,
daß mir irgend etwas an Ihrer Stellungnahme zu den wichtigen
Dingen des Lebens, des Glaubens und des Denkens unklar ist.
Man nennt, wie Sie wissen, den großen Ludwig das ‚Miracle du
secret'. Mich könnte man ‚le miracle de recherche' benennen."

Was hieß das? Leibniz zwang sich, keine Bewegung zu zeigen. Begann schon jetzt der Sturz aus väterlicher Umarmung in
die Kellergewölbe hochnotpeinlichen Verhörs?

Der Herzog nahm einen Brief vom Schreibtisch und spielte
wippend mit dem Bogen. Leibniz erkannte die Schriftzüge des
Theologen Arnaud. Des großen Jansenisten. Es war einer der
Empfehlungsbriefe, den er aus Paris mitgebracht und vor einigen Stunden seinem Adjutanten Dinkhofen übergeben hatte.
Der Brief war an einen Kapuziner, der als Prediger und Beicht-
vater am hiesigen Hofe eine große Rolle spielte, adressiert gewesen. Was enthielt er? Miracle de recherche? Warum war der
Brief schon jetzt in der Hand des Herzogs?

„Arnaud liebt Sie sehr, hat von Ihnen die beste Meinung.
Preist Ihren Charakter, Ihr Wissen, Ihre Erfindungskraft",
sagte der Herzog mit merkwürdig ironischem Lächeln.

„Er war mir stets ein gütiger Berater und werktätiger Freund
in all den Jahren meiner Pariser Studienzeit", erwiderte Leibniz

ein wenig unsicher, da das Lächeln des Herzogs andauerte und sich an eine bestimmte Stelle des Briefes zu heften schien.

„Ich zweifle nicht daran." Der Herzog wiegte den Kopf hin und her. „Niemand, der diesen Brief liest, wird daran zweifeln. Darum mögen Sie es auch nur als freundschaftliche Fürsorge betrachten und werten, wenn Arnaud im Schlußpassus meint, es fehle Ihnen nichts als die wahre Religion, um einer der größten Männer des Jahrhunderts zu werden. Was er unter ‚wahrer‘ Religion versteht, ist wohl nicht zu mißdeuten. Es ist derselbe Glaube, den ich selbst als den wahren erkannt habe, nämlich der katholische." Der Herzog sah mit betonter Absichtlichkeit ins Leere, irgendwo hinauf zu den Bücherborden, die die Wände verdeckten.

In Leibniz aber schoß ein Strom von Erschrecken und Abwehr in den Kreis der Gedanken. Also das war die väterliche Aufnahme in Hannover? Bekehrung? Zumutungen, die man nicht einmal in Mainz, am Hof eines Erzbischofs, ihm gestellt hatte? Und hier schon am ersten Tag? Komplott von Paris über die Hofkapuziner bis zur Spitze der Autorität? Nein, keine innere Verwirrung! Nichts in ihm haßte oder negierte das Katholische. Er fühlte sich durch mehr als einen Glaubensgrundsatz zur Mutterreligion des Christentums hingezogen. Aber er war als Protestant geboren. Es war der Glaube des Vaters, der Mutter, der Ahnen. Und es war sein Schicksal, das ihn als Protestanten hatte aufwachsen lassen. Vielleicht waren für Gott die Glaubensunterschiede nur ebensoviele Ausdrucksformen, sich zu verwirklichen, wie es die Glaubensvorstellungen der einzelnen Menschen waren, von denen kaum eine der andren glich. Und er erwiderte, sonderbar hart und entschieden:

„Jetzt bin ich erwacht, Hoheit. Und Sie werden es dem Erwachten gnädigst verzeihen, wenn er sagt, er hätte diesen Brief nie mitgenommen oder abgegeben, falls er auch nur entfernteste Kenntnisse dieses Schlußpassus gehabt hätte. Ich sage das, Hoheit, im vollen Bewußtsein der Tragweite solcher Worte."

Johann Friedrich drehte sich unter dem veränderten Klang der Stimme Leibnizens jäh herum. Das Lächeln auf seinem Antlitz war zu einer rätselhaften Maske erstarrt, hinter der unerhörtes Wissen um Abgründe heiliger Leidenschaften stand. Er sprach langsam und betont:

„Ich habe keine andere Antwort von Ihnen erwartet, Leibniz. Ich billige diese Antwort. Und weil ich diese Antwort erwartete, brachte ich Ihnen den Brief in der ersten Stunde unsres Beisammenseins zur Kenntnis. Um Ihnen in diesem wichtigsten Punkt unsrer Meinungsverschiedenheiten alle Zweifel zu nehmen."

Was war das? Wieder der Traum? Eine Tat, deren Großherzigkeit kaum zu ermessen war, wenn man wußte, daß eben dieser Johann Friedrich sich unter unnennbaren Seelenqualen zum Katholizismus gewendet und dabei selbst engste Bluts- und Familienbande geopfert hatte? Liebte er Leibniz mehr als die eigenen Brüder? Oder stand ihm das Wissen höher als der Glaube? Oder wollte er durch feinste Geduld und Langmut siegen? Und verschmähte plumpe Pressionen fanatischer Eiferer?

„Ich will noch eine Erklärung beifügen", setzte der Herzog langsam fort. „Meine eigene Mutter, die zur Zeit meines ‚Abfalles' auf dem Schlosse Herzberg das Tränenbrot der Witwe aß, häufte auf mein Haupt Vorwürfe und Schmähungen, die dem Übermaß eines menschlich begreiflichen Schmerzes entsprangen. Ich erwiderte ihr damals — das Schreiben steht heute noch Wort für Wort in meiner Erinnerung — ich erwiderte ihr also folgendes: ‚Euer Gnaden haben mich von Jugend auf in Gottesfurcht erziehen und mich den Grund der Seligkeit darin erkennen lassen, daß man Gott über alle Dinge lieben, fürchten und vertrauen solle. Ich aber habe in meinem Gewissen befunden, daß man diesem Gebot in keiner als der römisch-apostolischen Kirche nachkommen kann. Und ich würde, wenn ich dieser Überzeugung nicht gefolgt wäre, mein Gewissen nimmer beschwichtigt haben. Denn dem Herrn in einem Glauben zu dienen, der die Seele nicht durchdringt, halte ich für ein Widerstreben gegen den heiligen Geist und damit für die größte aller Sünden! Habe ich also aus reinem Wahrheitsstreben getan, was ich dereinst vor Gottes strengen Gerichten zu bezeugen gedenke, so sollten Euer Gnaden, im starken Glauben an die

Echtheit Lutherischer Lehre, mir eher Mitleid schenken, als das Wort des Zornes auf mich zu schleudern. Ich habe Luthers Bekenntnis mit Ernst geprüft und keine Gelegenheit, sie zu durchforschen, verabsäumt; aber selbst die Gespräche mit dem Sohne des großen Theologen Calixtus waren weniger geeignet, meine Bedenken zu mindern als sie zu mehren. Nun aber ist kein Mensch seines Lebens für einen Augenblick sicher, und nachdem ich mich im Gewissen überzeugt befunden hatte, durfte ich meine Seele nicht in weiterer Gefahr schweben lassen, unbekümmert um Schmähung und Nachrede. Hat Gott für mich gelitten, so mag auch ich für ihn leiden. Was mich aber am meisten schmerzt, ist wohl, daß Euer Gnaden wähnen, es habe aus Ihrem eigenen Blut ein Mensch erwachsen können, der um vergänglichen Vorteils willen mit dem Heiltum Spiel treibt.'" Der Herzog machte eine kleine Pause. Dann schloß er: „So habe ich meiner trauernden Mutter geschrieben. Ich weiß es deshalb Wort für Wort, weil ich es nicht zum erstenmal als meine Meinung kundgebe. Ich bin aber als Welfenherzog, wenn dieser stolze Name Sinn haben soll, nicht imstande, etwas, was ich als mein eigenes Recht verkündige, andern zu verweigern. In diesem Punkt, in meiner Duldsamkeit nämlich, mag meine Ansicht eher dem Westfälischen Frieden als der Meinung strenggläubiger Katholiken entsprechen. Vielleicht ist das der einzige Rest, den ich aus einer andersgläubigen Kindheit herübergenommen habe." Und der Herzog blickte Leibniz voll und hart an.

Dieser aber war, ohne es zu wissen, aufgestanden. Mit merkwürdiger, wie von außen empfangener Deutlichkeit begann sich in ihm ein Gedanke zu formen, ein Gedanke, der an Dinge anknüpfte, die Jahre zurück, in den ersten Monaten seines Pariser Aufenthalts lagen. Und damals nicht zu endgültiger Reife gediehen waren.

„Hoheit", erwiderte er leise und verhalten, „Eure Hoheit mögen es mir verzeihen, wenn ich die leuchtende Eindeutigkeit Ihres Standpunktes durch meine Reden verwische. Aber ich sehe Europa bedroht von zwei Gefahren. Einer äußeren, die sich vielleicht bannen läßt und zu deren Bannung mein Eurer Hoheit wohlbekanntes Consilium Aegyptiacum hatte beitragen wollen.“ Als der Herzog nichts antwortete, fuhr Leibniz, dem die ablehnende, zumindest gleichgültige Haltung Johann Friedrichs gegen das „Consilium“ nicht neu war, schnell fort: „Die zweite, wesentlichere und furchtbarere Gefahr bedroht die Christenheit von innen heraus. Und während Protestanten und Katholiken, mehr noch, während Jansenisten und Calvinisten, Reformierte und Lutheraner mit Rom und untereinander streiten, zerbricht eine angeblich freie Philosophie zielbewußt und gemächlich die Grundidee Gottes. Unsres gemeinsamen christlichen Gottes. Des Monos Theos überhaupt. Und setzt an seine Stelle die überheblichen Ansprüche der Vernunft. Wäre es, so frage ich aus tiefster Seelenangst, bei dieser Verschiebung der Kampfrollen nicht besser, wenn sich alle Gottgläubigen unter Beiseiteschiebung ihrer Differenzen geschlossen dem gemeinsamen Feind entgegenstemmten? Soll es der Sinn eines dreißigjährigen Glaubenskrieges sein, daß der Unglaube triumphiert...?“

„Merkwürdig“, fiel der Herzog ein und lächelte wieder ein wenig starr und rätselhaft. „Sehr merkwürdig!“ Dann sagte er abschließend: „Sie werden vielleicht einmal Gelegenheit haben, diese Ansichten in Taten umzusetzen. Auf jeden Fall ist mir diese Gesinnung für besondere Zwecke mehr als erwünscht. Ich will aber jetzt nicht zu weit abschweifen. Wir haben noch einiges zu erörtern. Vor allem freue ich mich, daß Sie allem Anschein nach sich nicht ganz dem düsteren Heiligen im Haag verschrieben haben.“ Und er lachte kurz auf.

Miracle de recherche? Also der Herzog wußte von Spinoza? Was wußte er noch? Was bedeutete die dunkle Andeutung, daß er, Leibniz, vielleicht seine Gesinnung beweisen werde müssen? Bekämpfung der Freigeisterei? Oder gar Versöhnungsbestrebungen der christlichen Kirchen? Bei einem Fürsten, aufgezogen in der Tradition des großen Calixtus von Helmstädt, einem Fürsten, dem ein Molanus, Abt von Lokkum, der Fortsetzer Calixtinischen Duldsamkeitsgeistes gehorchte, war das nicht nur nicht unmöglich, sondern sogar wahrscheinlich. Was aber würden die eifernden Kapuziner am Hofe dazu sagen? Oder lief das Geheimnis weiter zu Grote? Und die Kapuziner waren gar keine Eiferer, sondern einfach schlichte, treue und unbedingte Bekenner ihres Glaubens?

„Noch ein schwerwiegender, tiefer Unterschied unsrer Haltung könnte uns entzweien, oder unsre Zusammenarbeit unmöglich machen", erweckte der Herzog Leibniz aus seinen Gedanken. „Da ich ja ein Freund des Mainzer Kurfürsten Schönborn und ein Freund des leider gleichfalls toten Boineburg war, sind mir Ihre Grundansichten natürlich hinlänglich bekannt, soweit sie die deutsche Sache und das Reich betreffen. Und ich bin in Ihren Augen so etwas wie ein Volksverräter. Widersprechen Sie nicht. Es ist unmöglich, daß Sie anders denken. Meine eigenen Brüder, die im Reichskrieg gegen Ludwig stehen, haben über mich diese Ansicht. Aber, lieber Leibniz, die Sache ist doch nicht so klar und einfach. Dieses Herzogtum hat im Krieg furchtbar gelitten. Unsagbar gelitten. Pest, Plünderung, Zigeuner, Hungersnot, Kannibalismus. Auflösung und Zerfall. Und ich stehe, eingekeilt zwischen Kurbrandenburg und zwischen meinen feindlichen Brüdern, bin dem Kaiser so unwichtig als den Hohenzollern, und der Weg über den Rhein zu mir ist nicht so weit. Sie werden erwidern, ich selbst hätte diese Lage heraufbeschworen, weil ich zum Katholizismus zurückkehrte. Aber das ist auch nicht so einfach." Der Herzog schwieg.

Leibniz senkte den Blick. Dann sagte er schnell:

„Gewiß ist es nicht einfach, Hoheit. Aber es ist nur deshalb nicht einfach, weil Hoheit die deutsche Sache überhaupt verloren geben, wenn ich mir ein kühnes Wort erlauben darf."

Johann Friedrich war nun ebenfalls aufgestanden. Er ging hinter seinem Schreibtisch, die Hände auf dem Rücken, auf und nieder.

„Ein kühnes Wort? Vielleicht war es ein kühnes Wort. Nämlich Ihre Ansicht, daß ich die deutsche Sache verloren gebe. Was ist aber die deutsche Sache? Ist sie das hoffnungslose Aufbäumen gegen Ludwig, gegen den Geist und die Kultur von Paris? Ist es eine deutsche Sache, wenn ich zum Schluß auf den rauchenden Trümmern meines Landes sitze und das stolze Bewußtsein habe, nicht vor Hekatomben meiner Untertanen

zurückgescheut zu sein? Oder ist es nicht eine deutschere Sache,
wenn ich Zehntausende deutscher Menschen, deutscher Kinder
inzwischen vor dem Elend bewahre?" Er blieb stehen und
blickte lodernd auf Leibniz. „Ich sehe es Ihrem Gesicht an, daß
Sie mir den Verlust deutschens Denken, deutscher Sprache,
daß Sie mir meinen General Podewils entgegenhalten wollen, der als französischer Offizier meine gefürchteten vierzehntausend Mann drillt. Angeblich gegen andre Deutsche. Nein,
Leibniz, so ist das nicht. Ich will durch diese Macht neutral
bleiben, will das Beispiel des großen Lodron, des Erzbischof
von Salzburg, nachahmen, der durch seine Truppen und Kanonen, die stets dem Tilly, dem Wallenstein und Gustav Adolf
überlegen waren, sein kleines Land vor dem Schrecknis des
Dreißigjährigen Krieges bewahrte. Meine Deutschen aber, die
Männer aus Hannover, dem Harz, aus Göttingen und vom
Calenberg werden ihr Deutschtum nicht verlernen, auch wenn
ich zu ihrem Schutze Freundschaft mit Ludwig halte. Wahrscheinlich werden sie es weniger verlernen als die Bewohner
Lothringens oder der verheerten Pfalz." Er machte eine Pause.
Dann fügte er noch bei: „Ich weiß, daß ich Sie nicht überzeugt habe, nicht überzeugen werde, Leibniz. Ich weiß aber
weiter, nach allem, was ich aus Paris über Sie hörte, daß Sie
imstande sind, Ihre innerste Überzeugung mit Loyalität zu
vereinen. Und Sie wieder wußten, bevor Sie hieherkamen, in
wessen Dienst Sie traten. Im Ziel wollen wir beide dasselbe.
Wir beide wollen ein deutsches Land größer, reicher und mächtiger machen. Das genügt zu gegenseitigem Vertrauen. Und
was Methoden betrifft, so deckt sich wohl die Methode keines
Menschen mit der eines anderen. Und Sie werden ja nie bezweifeln, daß die Linie der äußeren Politik des Herzogtums
nur durch mich vorgezeichnet wird."

Die letzten Worte, die der Herzog mit erhobener Stimme gesprochen hatte, waren fast drohend betont gewesen. Leibniz
verstand ihre Bedeutung. Nicht so sehr gegen ihn als gegen
tiefste Gefühlskräfte im eigenen Innern hatte soeben Johann
Friedrich gekämpft. Er konnte und wollte die Lage, in die er
sein Land gebracht hatte, nicht mehr ändern. Und es war

uralter, unbändiger Welfenstolz, der ihn dazu getrieben hatte. Er fühlte sich als Bundesgenosse Ludwigs freier denn als Reichsfürst oder Freund Kurbrandenburgs.

Und es war richtig, daß er, Leibniz, Zeit genug gehabt hatte, sich alles zu überlegen, was erfolgen mußte, wenn er sich gerade an diesen Hof begab, an dem sein Glaube und sein Nationalgefühl schlechten Kurs hatten. Und doch? Vielleicht lag gerade darin höchster Sinn und größte Wirkungsmöglichkeit. Derselbe dunkle Trieb, der ihn zu Spinoza gezogen hatte. Leidenschaftlicher Kampf auf dem Boden edler Aufrichtigkeit. Wie sollte er Eigenes stärken und bewähren, wenn ihn nur Zustimmung nickende Gesinnungsgenossen umgaben? Wie vor allem sollte er die tödlichsten Waffen des Gegners erkunden? War das aber noch Turnier oder schon Spionage? Oder stand dahinter, ganz, ganz in der Ferne, die Möglichkeit einer Harmonie, einer Überbrückung der Gegensätze?

Auf jeden Fall mußte er schnell und womöglich ablenkend antworten. Noch immer ruhte der wilde drohende Blick, der aus dem leidenschaftlich zerfurchten Antlitz des Herzogs loderte, auf ihm.

„Auch bei uns Mathematikern", sagte er sonderbar leicht und hell, „gibt es eine neutrale Zone. Es gibt Dinge, die sich durchaus nicht ändern, wenn man selbst die Koordinaten noch so sehr ändert. Und ich glaube, Hoheit, man sollte dieses Prinzip auf unsren Fall übertragen. Hoheit selbst haben das schon ausgesprochen und abgegrenzt. Es ist der Endzweck, das Aufblühen der Herzogtümer Calenberg und Göttingen zu mehren. Ich hätte einen bescheidenen Vorschlag, wenn ich mich in Interna der Regierung einmengen darf."

Einen Augenblick sah der Herzog Leibniz noch prüfend an. Dann glättete sich plötzlich sein Gesicht und er lachte befreit und dröhnend heraus.

„Wie stellen Sie sich die Tätigkeit eines herzoglichen Rats eigentlich vor, Leibniz?" fragte er, noch immer lachend. „Etwa so, daß Sie nichts anderes zu tun haben, als sich vor mir zu verbeugen und devot jedem meiner Worte Beifall zu zollen? Nein, Leibniz, so ist das bei uns nicht. Wir haben eine schöne,

derbe, alte Ordonnanz, eine Verordnung, die wohl fünfzig Jahre
alt ist oder älter. In der es heißt, daß die Räte einen teuren Eid
zu schwören haben, Gerechtigkeit zu handhaben und zu schützen,
dem Fürsten von allem unrechten Beginnen treulich abzuraten,
ihm seine Mängel ungescheut zu sagen und bei unbilligen
Händeln das Maul auftun zu wollen. Wollen Sie also, mein
Leibniz, sit venia verbo, Ihr verehrtes Maul auftun.“ Und er
lachte neuerlich schallend.

Leibniz lachte mit. Etwas bei ihm fast Einzigartiges. Denn
wenn ihn auch das Lächeln fast stets begleitete, so bedurfte es
ganz besonderen Anlasses, ein wirkliches Lachen bei ihm her-
vorzurufen. Und er erwiderte, als er sich wieder in der Gewalt
hatte:

„Die schöne derbe Ordonnanz, Hoheit, ist mir so recht auf
den Leib geschrieben, wie die Schauspieler sagen. Da ich also
dieser welfischen Freiheit teilhaftig bin, gestatte ich mir, darauf
hinzuweisen, daß eben dieses Land, wie kaum ein zweites, unter
dem Druck etwas zu radikaler Münzverschlechterung seufzte
und bis zu einem gewissen Grad auch heute noch seufzt. Gerade dieser Umstand, es soll nur nebenbei erwähnt sein, zwingt
das Land unweigerlich, seine Politik den französischen Subsidien-
geldern anzupasssen. Auch wenn sonst keine Gründe vorlägen.
Und hier nun verläuft die neutrale Zone, von der ich vorhin
sprach. Ob deutschbegeistert, ob franzosenfreundlich ist hier
einerlei. Wichtiger als alles ist der Glanz des Welfenhauses und
der Wohlstand der Untertanen, ohne den der Splendor des
Hauses zur Tyrannei entartete. Gehen wir den Weg Colberts,
Hoheit! Den Weg des Merkantilsystems. Und beginnen wir
damit, die Silberschätze der Bergwerke von Zellerfeld zu Talern zu verwandeln, deren Güte nicht ihresgleichen in Deutschland hat. Wir werden das Geld aus dem Boden ziehen und mit
diesem allbegehrten Geld die Warenströme ins Land bringen,
die kostbaren Rohstoffe aus Amsterdam und Venedig, die dann
wieder, durch den Fleiß niedersächsischer Handwerker veredelt
ins Ausland wandern sollen, um neue Geldströme hereinzu-
führen. Ich weiß, Hoheit, wie es um Zellerfeld bestellt ist. Wie
dort die Grubenwässer den Aufschwung lähmen. Aber — das

270

stolze Wort möge dem Erfinder der von den größten französischen Mechanikern für unmöglich erklärten universalen Rechenmaschine verziehen sein — aber, Hoheit, ich wage es auszusprechen, daß ich Mittel und Wege finden werde, diese
Wässer zu bekämpfen. Ich komme nicht fruchtlos aus der
Schule des großen Physikers Huygens." Leibniz, den die Begeisterung zu einer gehobenen Sprache mitgerissen hatte,
stockte plötzlich, da er wieder den rätselhaften Blick des Herzogs
auf sich gerichtet fühlte und nicht wußte, ob dessen Lächeln
eher zustimmend oder ironisch war.

„Sie werden sich mit der Sache befassen, Leibniz", sagte
Johann Friedrich mit bärbeißiger Betonung. „Ihre neutrale
Zone ist auf jeden Fall verlockend. Und glauben Sie nur nicht,
daß die Ordonnanz allein damit erfüllt ist, wenn man das Maul
auftut. Es fehlt ein Nachsatz. Nämlich, daß das Maulauftun
strafbar wird, wenn ihm keine Taten folgen. Aber Scherz beiseite! Ich bin entzückt über Ihren Vorschlag. Und darüber, daß
Sie, wie, weiß ich nicht, von vormittag bis abends schon Zeit
gefunden haben, in die Finanzverwaltung einzugreifen. Etwas
von einem Zauberer steckt in Ihnen. Das berichteten mir schon
die Rechercheure. Auch etwas von einem Abenteurer des Geistes. Und Sie behalten obendrein am Ende doch recht, obgleich ich argwöhne, daß Sie selbst oft nicht wissen, ob etwas
durchführbar ist, wenn Sie es ankündigen. Das ist aber meine
üble Privatmeinung über Sie. Und deshalb auch bin ich Ihnen
in höchst unwelfischer Weise nachgelaufen. Zum Schluß jedoch
will ich Ihnen noch etwas Wichtiges sagen. An meinem Hofe
rangieren Männer wie Sie gleichberechtigt mit dem Adel. Lassen
Sie in dieser Hinsicht nichts, auch nicht das Geringste passieren.
Wer auch immer versuchen sollte, Sie in Ihrem Rang zu beeinträchtigen. Der wirkliche Adel wird nach einigen Jahren ohnedies folgen. Leider kann ich da nichts versprechen, denn mein
Einfluß beim Kaiser ist begreiflicher Weise nicht groß. Aber,
wie erwähnt, das ändert nichts daran, daß Sie für mich, als Person meiner nächsten Umgebung, ein Edelmann sind. Auch für
alle anderen am Hofe. Es ist das durchaus nicht Gleichmacherei
im Sinne moderner, aufwieglerischer und in ihren Folgen noch

unabsehbarer Lehren. Im Gegenteil. Es ist Ungleichmacherei höchsten Grades. Weil an meinem Hofe eben die Stellung eines Leibniz nur ein Leibniz erhält. Und jetzt danken Sie mir nicht, sondern handeln Sie und bringen Sie mir morgen früh wieder so eine schöne Sache wie die Ausnützung der Silberbergwerke im Harz. Alles weitere, das heißt die äußeren Formen und Bedingungen Ihrer Stellung wird der Kanzler Ludolph Hugo mit Ihnen stipulieren. Er erwartet Sie. Und ich hoffe, Sie morgen zum Vortrag bei mir zu sehen. Gute Nacht, mein Leibniz! Wenn ich heute im Schlaf lache, sind nur Sie daran schuld." Und der Herzog drückte ihm die Hand und schob ihn, um weitere Gefühlsausbrüche zu vereiteln, knorrig und derb zur Portiere hinaus; und gab dem Adjutanten mit dröhnender Stimme den Befehl, den Herrn Rat sofort dem Kanzler vorzustellen.

Leibniz aber hatte Mühe, das innere Gleichgewicht zu bewahren. Auch rein körperlich schien es ihm, als ob er, von einer magischen Gewalt gehoben, einige Zoll oberhalb der spiegelnden Fliesen dahinschwebe.

Dreiunddreißigstes Kapitel

Die rätselhaften Anagramme und der
unzeitgemäße Tintenklecks

Nach dem Traum von Erfüllung der ersten Tage in Hannover, nach jenem Weihnachtsfest des Jahres 1676, an dem die ganze Welt nach Kuchen und Braten duftete, nach jenen selig leichten Stunden, die für Leibniz noch einmal das glitzernde Glücksgefühl erster Kindheit heraufgebracht hatten, war er schnell in sein vorgezeichnetes Schicksal zurückgerissen worden. In den Alltag seines Genius, wenn man so sagen dürfte und wenn das Wort „Alltag" eben in diesem Zusammenhang nicht geraden Weges Beklemmung für den erzeugte, der diese folgenden Monate so nennen hört.

Pläne hatten sich auf Pläne getürmt, neue Menschen,

verwirrend und vielfältig, ein ganzes Land, in dessen Hirn er gleichsam wirkte, stürmten auf ihn ein. Und es hatte sich ein Geflecht aus Freundschaft, Feindschaft, Zustimmung, Widerstand, aus Machtfülle und Zeitnot zusammengeknotet, dessen Verhedderungen ihm täglich aus den Händen glitten, auch wenn er vom frühen Morgen bis in die tiefste Nacht ohne Rast am Webstuhl stand.

Mitten hinein in dieses tolle Jagen, Suchen und Beginnen langten Wirkungen und Ausläufer seiner Vergangenheit. Kaum hatte er die endgültige und unwiderrufliche Nachricht voll begriffen, daß der große Spinoza im Keimen dieses besonders lauen und duftenden Frühlings die schmalen, glühenden Augen für immer geschlossen hatte, als sich schon aus weiterer Ferne plötzlich die Stimme eines ebenso großen, ebenso unzugänglichen und ebenso geheimnisvollen Zeitgenossen meldete.

Mit zitternden Händen hatte Leibniz das umfangreiche Schreiben geöffnet, das ihm durch Oldenburg eben vor einer Stunde auf diplomatischem Wege zugekommen war: Den langersehnten Brief Sir Isaac Newtons!

Leibniz saß am frühen Nachmittag dieses leuchtend klaren Maitages an seinem Schreibtisch im Gasthof und blickte, Halt und Festigung suchend, durch das offene Fenster über die spitzen Giebel und ragenden Türme Hannovers.

Warum ist der Brief heute gekommen? Warum nicht gestern, nicht vorgestern, nicht damals, als ich ihn in London erwartete? Warum das alles? Hätte er mich damals in größerer Sammlung erreicht? Ich weiß es nicht. Weiß nur, daß eben heute der Apostolische Vikar und Bischof von Titiopolis, Herr Nicolaus Steno aus Jütland, in wenigen Stunden zum Besuch bei mir erscheinen wird. Besuch? Kann man das einen Besuch nennen? Kommt er nicht vielmehr, um sich mir zu einem furchtbaren geistigen Kampf zu stellen, zu dem ich ihn herausgefordert habe? Er war einst Protestant, dieser Vikar Seiner Heiligkeit des Papstes. Und war ein ganz großer Arzt, Anatom und Geologe. Wenn nicht der größte der Gegenwart. Und heute? Heute trägt er die Mitra und bekämpft die Wissenschaft. Nicht eine beliebige Wissenschaft. Die Wissenschaft als solche. Nein, er ist kein Finsterling,

dieser Steno. Ist eine leuchtende, großartige Erscheinung.
Einer, der die Gnade sichtbar in den Augen und auf der Stirne
hat. Ich verstehe, oder besser, ich ahne seine Gründe. Auch er
stemmt sich gegen die Freigeisterei wie ich. Warum aber so
ausschließlich, so starr, so ohne jede Schonung? Das soll sich
heute herausstellen. Er weicht mir nicht aus. Und unser Kampf
ist keine Privatsache. Johann Friedrich will morgen den Ausgang unsres Kampfes wissen, will daraufhin Entschlüsse fassen,
die die Universitäten und die Wissenschaften betreffen. Und da
ist noch ein Brief gekommen. Noch eine Mahnung der Vergangenheit. Der Arzt Schuller hat ihn geschrieben. Der Freund
und „Türsteher“ des toten Spinoza. Er bietet mir das Original-
manuskript der „Ethik“ für hundertfünfzig Gulden zum Kaufe
an, zu einem „der Bedeutung des Werkes entsprechenden hohen
Preise.“ Wenn ich solches könnte, wenn es mich nicht an die
Stücke Molières und Racines erinnerte, die ich in Paris gesehen
habe, würde ich schrill, verzweifelt und zerbrochen auflachen.
Es ist auch keine andere Antwort wert, dieses gutgemeinte Angebot. Was denkt der treue Freigeist Schuller? Was will er mit
den hundertfünfzig Gulden? Sicher nichts für sich selbst. Vielleicht will er bloß ein Legat Spinozas erfüllen, vielleicht eine
winzige Schuld des Toten tilgen. Aber was denkt er über diese
Gulden hinaus? Glaubt er mich als strenggläubigen Spinozisten?
Als den strenggläubigsten? Erwägt er nicht einmal die Möglichkeit, daß ich das unersetzbare Original dem Feuer überantworten könnte? Aus persönlicher oder prinzipieller Gegner-
schaft? Gut, es mögen noch Abschriften vorhanden sein. Wer
aber wird später die ungefälschte Genauigkeit der Abschriften
bezeugen, wenn das Original verloren ging oder, unzugänglich
verschlossen, sich in meiner oder des Herzogs Hand befindet?
Könnten wir hier in Hannover nicht das Original korrigieren,
ändern, verstümmeln? An all das denkt der brave Schuller nicht.
Oder sollte Spinoza selbst gewünscht haben, daß das Original
in meine Hände gelange? Wollte er sein magisches Auge auch
nach dem Tode auf mich heften? Ich weiß es nicht. Weiß nur,
daß ich Schuller nicht antworten werde. Nicht antworten kann
und nicht antworten darf. Nicht allein deshalb, weil mich der

„angemessene Preis" so sehr erregt, daß ich dem biederen Arzt
unweigerlich mit sehr wenig höflichen Worten erwidern müßte.
Ich aber darf aus noch viel verborgeneren Gründen nicht antworten. Aus Gründen, die sich weder „nach Art der Geometrie",
noch anders beweisen lassen. Ich darf nämlich nie und nimmer
zum Hüter eines Werkes werden, das ich vielleicht einmal ver-
nichtend bekämpfen muß. Dem ich zumindest fremd und ab-
seitig gegenüberstehe. Solche Behandlung dürfen diese mit
Herzblut geschriebenen Blätter nicht erleiden. Ob ich sie billige
oder hasse. Sie sollen in einem Schrein liegen, von einer Hand
durchblättert werden, einem Menschen zugehörig, der sie als
Liebstes, Heiligstes schätzt. Nicht Mitleid ist das, toter, stolzer,
starrer Spinoza. Nicht Mitleid, das du ablehnst. Es ist Reinlich-
keit höherer Ordnung, ist Achtung vor dem Geist als solchem,
vor dem Geist, der, irrend oder findend, stets das herrlichste
Kunstwerk Gottes bleibt.

Die Zeit rückt vor. Ich könnte den Brief Newtons in die Lade
sperren und zu gelegenerer Zeit vornehmen. Dem aber steht
ein äußeres Hindernis entgegen. Endlich, endlich scheint Newton sein hartnäckiges Schweigen zu brechen. Das heißt, er hat
es schon vor Monaten gebrochen. Der Brief ist vom 24. Oktober
1676, also von einem Tage datiert, der fast sieben Monate zu-
rückliegt. Was soll sich Newton denken? Weiß er durch Oldenburg, daß ich damals schon längst in Holland war? Wahrscheinlich weiß er es. Aber es ist auch möglich, daß er es nicht einmal
ahnt. Und heute ist eine der seltenen Gelegenheiten, einen
Brief, eine Antwort an Newton, sicher und schnell nach England zu befördern. Einer unsrer jungen Diplomaten geht in
wenigen Stunden nach England ab. Es muß alles erledigt sein,
bevor Steno hier eintritt. Drei, vier Stunden Zeit? Es muß sein.
Diese Stunden müssen genügen. Sonst reißt dieser Briefwechsel,
der mir der wichtigste ist von allen, für ewige Zeiten ab. Newton
soll ein Sonderling sein. Ein eigenartiger, beinahe skurriler
Genius. Vielleicht ist ohnehin schon alles verdorben, wenn ich
noch länger zuwarte. Was also schreibt Newton?

Und Leibniz begann, wieder mit zitternden Händen, den
langen Brief zu entfalten, die großen mit Formeln und Schrift-

zügen überdeckten Blätter zurechtzulegen und zu ordnen. Die Zeit bekam in seinem Innern einen anderen Koeffizienten, ein andres Maß, als sie es für gewöhnlich hat. Furchtbarste Anspannung erzeugte rasenden, springenden, überkollernden Zeitablauf. Und gleichwohl gelang es Leibnizens Willen und seinem Verstand, obgleich der Körper fast zerbrach und flatterndes Pochen des Herzens und der Schläfenadern sich störend vordrängte, die Worte und Symbole Newtons in unwahrscheinliche Schnelligkeit zu durchjagen, soweit sie überhaupt erfaßbar waren.

Plötzlich stieß der vorstürmende Geist Leibnizens beinahe schmerzhaft gegen ein kaltes, hartes Hindernis. Was bedeutete das? Was hieß diese Zeile, dieses grinsend-hämische Rätsel nach all den lichten und berauschenden Ausführungen über das Problem des binomischen Lehrsatzes und über das Zauber-Parallelogramm, durch das mit Hilfe der Drehung eines Lineals verwickelte Gleichungen lösbar wurden? Was hieß das plötzlich? Dieser schreiende Mißton, zusammengesetzt aus bösem Verdacht, Abweisung und Spott? Und dies gerade an der Stelle, wo es um alles ging. Um die Frage der Entdeckung der Differentialrechnung. Wußte Newton um Geheimnisse, ähnlich denen seines, Leibnizens, Algorithmus? Es war möglich, war wahrscheinlich. Wenngleich Newton sicherlich auf anderen Wegen ins Allerinnerste des großen Zaubers gelangt war. Er weiß etwas. Denn er sagt dunkle und doch bedeutungsvolle Worte. Er redete von einer Tangenten-Methode. Behauptet, sie stoße sich nicht an Irrationalitäten. Ebenso wenig störe ihn das Vorkommen des Irrationalen bei Aufgaben über Maxima und Minima. Ebensowenig aber schließlich störe ihn das Irrationale bei Aufgaben — von denen er nicht rede. Die Grundlage des Verfahrens jedoch verberge sich in folgenden Buchstaben: 6a, 2c, d, a, e, 13e, 2f, 7i, 3l, 9n, 4o, 4q, 2r, 4s, 8t, 12v, x. Das ist ein Anagramm! Man kennt die Bedeutung solchen Vorgehens nur zu gut. Habe ich das verdient? Habe ich wirklich verdient, daß mir der große Newton den Schlüssel seiner Entdeckung als unlösbares Rätsel höhnend in die Hände legt? Und sich dadurch vor aller Welt die Priorität sichert? Oldenburg

276

hat den Brief gesehen. Ich könnte das Anagramm auch nicht ableugnen, wenn ich es selbst wollte. Oder will mich der Sonderling Newton bloß reizen? Oder ist es gar nur ein gutmütiger Scherz, dem bald die Aufklärung folgen wird? Ein Scherz des reiferen mit dem jüngeren Adepten? Newton weiß, daß es Leibniz, der die Kombinatorik beherrscht, bekannt sein muß, daß die Auflösung des Anagramms nur durch ein Wunder möglich wäre. Solche Chiffre enträtselt kein Sterblicher. Es ist eine der grausamsten Chiffreschriften, weil sie fast unendlich vieldeutig ist.

Aber ich will es übersehen, will vergessen. Die Zeit rückt vor. Und der Brief umfaßt noch einige Blätter. Vielleicht steht am Ende die Lösung und das Ganze war nur ein Spiel, ein Spannungsreiz.

Wieder herrliche, wenn auch zurückhaltend dunkle Erörterungen. Warum in so wesentlichen Dingen wie in der Lehre vom Integral plötzlich diese ausführliche Darlegung? Ah! Newton rast förmlich vorwärts. Spielt und tanzt in den Abgründen, über die Abgründe. Ich habe es stets geahnt. Er ist der Größte unter allen Zeitgenossen, die sich im Reich der Zahlen und Formen tummeln.

Was sind das für kühne Verwandlungen? Was für Grundlagen muß er besitzen? Ich, vielleicht ich allein, kann das ermessen. Und noch einmal? Warum ist er hier, im Gebiet des Integrals, so offen, fast möchte ich sagen, schwatzhaft? Weiß er alles? Weiß er das Letzte, das Tiefste, weiß er, daß ich von der „anonymen" Wissenschaft gerade das Differentialkalkül für meine eigenste Entdeckung halte? Und daß ich das summatorische, das Integralkalkül für weit eher vorgelöst ansehe? Vorgelöst durch Cavalieri, Barrow, Sluse und andere?

Halt! Hier nähert er sich schon wieder meinen Bereichen. Er sagt, er sei auch im Besitz der Lösung des umgekehrten Tangentenproblems. Jetzt, nur jetzt, kann die volle Aufklärung, die vertrauende Annäherung, der harmonische Akkord folgen, der uns beide zu eng verbundenen Mitstreitern um die letzten ungelösten Rätsel der dunkelsten mathematischen Tiefen machen wird.

Um Gottes willen! Was ist das? Was bedeutet das plötzliche Abreißen der Gedanken? Oh, er ist grausam, unerbittlich, satanisch, dieser Sir Isaac Newton. Hier steht wieder grinsend ein Anagramm. Noch ärger, noch verwickelter als das erste. Und diese, eben diese Buchstaben enthielten, schreibt er, richtig zusammengefügt, die Erklärung der zwei Methoden, derer er, Newton, sich zur Lösung der „umgekehrten Tangentenaufgabe" bediente.

Der Brief geht zu Ende. Sir Isaac Newton hat mir die giftigen Dornen seiner Anagramme ins Fleisch gestochen. Damit die Wunden meiner Erkenntnissehnsucht fortschwären sollten, bis er mir gnädig einmal das Gegengift reichen würde. Er will sich an den Wehschreien des Philoktet ergötzen. Oder er achtet dieser Schreie nicht. Denn das große Geheimnis des Newtonschen Algorithmus ist in England zurückgeblieben, wenn auch die losen Buchstaben hier vor meinen Augen tanzen.

Ich aber will ihn trotzdem zum Sprechen bringen, den herrlichen, mit so viel Aberwitz umpanzerten Geist. Und zwar werde ich ihn auf deutsche Art zum Sprechen bringen: durch Offenheit und Freimut. Ich muß wissen, was die Anagramme bedeuten. Ich bin kein Dieb fremden Geistes und kein Spion. Und Newton ist es auch nicht. Ich fürchte mich nicht, mein letztes Geheimnis unverhüllt in die Hand des Nebenbuhlers zu legen. Wird er das anerkennen und sich seiner boshaft kindischen Anagramme schämen? Er ist ein Sonderling. Vielleicht gehe ich fehl mit meiner Taktik und er schämt sich nicht, verkriecht sich noch mehr in sein Geheimnis und hat dazu noch meines als erwünschte Konterbande gekapert. Also Offenheit allein führt nicht sicher zum Ziel. Daher werde ich in einer Nebensache seine eigene Taktik übernehmen. Ich werde ihn locken und reizen. Nicht aber durch Anagramme und Dunkelheiten, sondern einfach durch Weglassen der einen Hälfte des ganzen Gebäudes. Newton sieht sofort den Widersinn, daß ich die neuere, wichtigere Hälfte des Geheimnisses kenne, daß mir aber die zweite, bekanntere Hälfte unbekannt sei. Ich werde dort weglassen, wo er schwatzhaft war und werde dort enthüllen, wo er sich versteckte. Und werde zudem noch die Vermutung aussprechen,

Newtons Tangentenmethode dürfte von meiner nicht wesentlich abweichen, eben von dieser Methode, die ich ihm mitteilte: nämlich von der Differential-Rechnung. Und ich werde nichts vom summatorischen Kalkül, von der Integralrechnung sprechen. Das wird ihn reizen, furchtbar reizen und herausfordern. Und er wird seine Anagramme preisgeben, und wir beide werden vereint zu Höhen vordringen, wo sich unsre „Differenzen“, wie der prachtvolle Grote gesagt hat, zu Summen, ja zu Produkten verwandeln. Und ich werde ihm die Treffsicherheit und die beschwingte Leichtigkeit meiner Tangentenmethode an Beispielen demonstrieren, vor denen der genialste Mathematiker der alten Schule erblassend und zu Tode verwirrt zusammenschauern würde. Ich werde ihm die Differenzierung an Irrationalitäten höherer Ordnung zeigen, werde die geradezu monströse Kurvengleichung

$$a + bx \sqrt{y^2 + b \ \sqrt[3]{1 + y} + hy\,x^2 \ \sqrt{y^2 + y \ \sqrt{1 - y}}} = 0$$

vor seinen Augen in mathematischem Tänzerschritt behandeln und die quadrierende Kurve dieser Kurve errechnen. Und werde ihn durch den neuen, noch ungehörten Ausdruck „Differentialgleichung“ und „Ableitung“ locken, Ausdrücke, die in der Welt einmal guten Klang bekommen sollen. Denn beiden dieser Ausdrücke entsprechen ganze Welten des Zaubers und des Geheimnisses.

Jetzt aber keine Pläne mehr und keine diplomatischen Erwägungen. Ich habe noch eine knappe Stunde Zeit bis zum Besuch des heiligen Kampfgegners Steno aus Jütland. In dieser Stunde muß mein Brief geschrieben, geprüft und abgeschrieben sein. Denn ohne Abschrift kann ich eben diesen Brief nicht in das Herz des heute noch mißtrauisch-feindlichen Hauptquartiers abgehen lassen. Und ich muß noch einen kurzen, höflichen Mantelbrief an Oldenburg verfassen, der die Weiterleitung besorgen wird. Es ist gut, wenn auch Oldenburg meinen Brief an Newton liest. Ein weiterer Zeuge für den fast unmöglichen Fall, daß Newton meine Darlegungen sich aneignet und für die eigenen ausgibt. Er hat es nicht nötig. Denn er hat mir ja selbst Lösungen hingeworfen, die bisher nur durch meine Methoden erreichbar sind. Oder durch andere Methoden, die, ebenso unbekannt wie die meinigen, dasselbe leisten, also ähnlich sein müssen. Und sich daher nur in der Schreibweise unterscheiden können. Ob diese Schreibweise in unsrem Fall aber nicht gerade das Wesentlichste ist, soll dahingestellt bleiben. Das eben muß ich herausbekommen. Denn ein Algorithmus, der nur in Newtons Hand Resultate liefert, ist kein Algorithmus. Er ist wieder nur ein weiterer Aufhellungspunkt des großen, längstvorhandenen „anonymen Problems" der Mathematik, ist nichts weiter als eine höchstpersönliche Fähigkeit, also ohne Nutzen für die Menschheit und für den Höherbau der Wissenschaft. Denn nicht die Ergebnisse sind das Wichtigste, das Wichtigste sind die breiten, geraden, gebahnten Straßen der Methode, auf denen alle Gutwilligen, auch die Minderbegabten, zu den Gipfeln steigen können, um von dort die kosmische Harmonie zu erblicken...

Die Stunde, diese entscheidende, weltwichtige Stunde raste in unausdenkbarer Erfülltheit vorwärts, als Leibniz schrieb. Er hatte es vorausgedacht: Es waren Tänzerschritte, in denen sich sein Geist bewegte, während er bindend und lösend, in markigem Latein, Sir Isaac Newton seine reifen Methoden auseinandersetzte. Er erwähnte nebenhin fremde Namen, um zu zeigen, daß seine Resultate mit vorgeleisteten Geistesblitzen Einzelner in Übereinstimmung ständen. Nannte den großen Sluse. Bewies aber sogleich, daß über solche Teilergebnisse hinaus seine eigene Methode unbegrenzt oder fast unbegrenzt, bis knapp an die Regionen scheinbaren Wahnsinns, erweiterungsfähig sei, und daß es für den, der sie einmal sich angeeignet habe, sogar nicht einmal ein großes Kunststück wäre, sich ihrer treffsicher und unfehlbar zu bedienen. Und er vergaß nichts hinzuzufügen und vergaß nichts auszulassen, was er sich im ersten Rausch der Konzeption dieses Briefes vorgenommen hatte. Und er hatte neben all seiner Tätigkeit in dunkleren Schichten seines Geistes noch die Möglichkeit, den Ablauf der Zeit mitzuverfolgen, so daß er beinahe auf die Minute die letzten Sätze der Abschriften hinwarf, als es an die Tür seines Zimmers pochte.

War das Steno oder war es der junge Diplomat, der nach London abging? Beide waren für sechs Uhr abends angemeldet. Es war gleich, wer von beiden es war. Es war nur spielerisches Interesse, daß Leibniz innerlich eine solche Frage überhaupt aufwarf. Es sollte der Edelmann sein, mußte der Edelmann sein. Es war ordentlicher, harmonischer, wenn es der Edelmann war.

Er hatte die Briefe noch nicht geschlossen, nicht gesiegelt. Die Originale waren auf schöneres Papier, waren reiner und sorgfältiger geschrieben als die Abschriften.

Leibniz lächelte. Der junge Edelmann war eingetreten und meldete sich mit einigen Höflichkeitsphrasen. Kaum aber hatte Leibniz, der ihm einige Schritte entgegengegangen war, den Gruß erwidert, als schon Steno in der Tür stand und sein markiges, zerwettertes Friesenantlitz sichtbar wurde, aus dem die blauen großen Augen in seltsamem Glanze leuchteten. In einem Glanze, den Leibniz schon bei Leeuwenhoek wahrgenommen hatte; der aber hier, bei Steno, noch durch das prächtig düstere Habit des Bischofs untermalt wurde, das seinen „character indelebilis", sein unaustilgbares Stigma bis in diese Augen eines ehemaligen Naturerforschers und Naturdurchschauers übertragen zu haben schien.

Leibniz war durch die Formlosigkeit des Bischofs ein wenig überrascht. Durchaus nicht unsympathisch. Im Gegenteil. Hier kam eben, so hieß dieser Eintritt symbolisch, nicht der Bischof Steno zum Rat Leibniz, sondern ein Mann zum andern. Und Leibniz gewann dadurch auch die Kraft, alle mathematischen Nebel, alle Räusche und Betäubungen, die der Mohnsaft des Formenreiches über ihn gebreitet hatte, schnell zu durchstoßen. Denn jetzt ging es nicht um dieses Rausch- und Ekstasenland Mathematik, jetzt ging es nicht einmal um das Verantwortungsland Philosophie, jetzt in den nächsten Stunden, ging es um das Reich Gottes selbst. Noch mehr: Es galt, für ein ganzes Volk, für Gegenwart und Zukunft zu entscheiden, was des Kaisers, was des Geistes und was Gottes sei.

Und zu allem erinnerte sich Leibniz, während er den Bischof ehrfürchtig begrüßte, und während der junge Edelmann, der in wenigen Minuten seine Reise nach England antreten sollte,

ungeduldig, aber gebändigt dastand, daß die Briefe an Newton
noch nicht adressiert und gesiegelt sind.

Mit einigen leichten Entschuldigungsworten, scherzend,
Latein, Deutsch und Französisch durcheinandersprechend,
unterzog sich Leibniz dieser letzten Arbeit, die ihn vom Gespräch mit Steno trennte. Diese Vielheit der Tätigkeiten und
Worte war aber selbst für Leibniz zu viel, um so mehr, als
seine Gedanken schon wieder zu den Themen vorrasten, die
bald Körper und Gestalt gewinnen sollten. Die Feder blieb
einen Augenblick hängen, und ein mächtiger, wohlgerundeter
Tintenklecks fiel auf den Brief an Oldenburg und bedeckte
wie abgezirkelt ein Wort der ersten Zeile.

Es war das Wort „hodie", „heute". Enthalten im nichtssagenden Formelsatz: „Ich erhielt heute Ihren lange erwarteten
Brief und als Einschluß einen sehr schönen Brief Newtons."

Was sollte man tun? War es beleidigender, Oldenburg die
Abschrift auf dem schlechten Papier, die er in der Eile der letzten Minuten geradezu hingeschleudert hatte, zu übersenden,
oder aber diesen beklecksten, äußerlich gleichwohl schöneren
Brief? Bedeutete zudem das Wort „heute", das man übrigens
nach Absaugen des Kleckses noch recht gut durchsah, irgend
etwas Wesentliches? Etwas so Wesentliches, daß dadurch eine
Änderung entstand, wenn das Wort selbst unleserlich würde?
Gut, Newton wußte dann nicht, daß er, Leibniz, den Brief sofort beantwortet hatte. Aber würde Newton davon erfahren,
wenn das Wort leserlich dastand? Es war ja ein Wort im Brief
an den Vermittler, an Oldenburg, und nicht ein Wort im Brief
an Newton selbst. Man hatte noch später Zeit, alles richtigzu-
stellen, wenn Newton die Verzögerung der Antwort einmal
beanstandete. Der große, dauernde, weltwichtige Briefwechsel
mußte ja folgen, würde folgen...

Der Edelmann wird immer ungeduldiger. Er blickt aus seinen
Knabenaugen bittend und verstört. Es ist seine erste große Reise.
Diplomatische Mission. Vielleicht wird er einmal Gesandter,
Resident. Vielleicht erwarten ihn schöne Frauen in London.
Und er wird ein Vielgeliebter wie Grote.

Und Steno, der Bischof, dessen Antlitz jetzt aussieht wie eine

Skulptur in einem gotischen Dom, wird es, obwohl er gar keine Eile zeigt und sogar ein wenig lächelt, nicht verstehen, warum es für den Alleswisser Leibniz ein Problem bedeutet, einen Brief zu siegeln.

Es ist ein geradezu läppisches Betragen, diese Entschlußlosigkeit. Wird von Sekunde zu Sekunde läppischer. Und es werden noch mehr, noch gefährlichere Kleckse entstehen, wenn ich mich nicht bald entscheide. Aber es kichern da wieder irgendwo sonderbare Kobolde. Ich fühle sie durch das Zimmer rascheln. Es muß etwas auf sich haben mit diesem dummen Klecks.

Noch schöner: Der Mathematiker Leibniz, der eben ein verhülltes Bündnisangebot an den Nebenbuhler Newton absendet, ein Angebot, das nicht weniger bezweckt als die Gründung einer unbeschränkten, unbesiegbaren Zweimännerherrschaft über das mathematische Universum; einer Herrschaft, die diesem Duumvirat nicht nur die Gegenwart, sondern alle Zukunft unterjochen soll: dieser Leibniz, der sich innerlich schon fast zur Gottähnlichkeit aufbläht, hört in Gegenwart eines wahrscheinlich freigeistisch angekränkelten jungen Edelmanns und in Gegenwart eines Bischofs, dem gegenüber er die Autonomie der echten, exakten Wissenschaft verteidigen will, auf das Kichern von Dämonen wegen eines Tintenkleckses.

Für solches Dilemma gibt es nur eine Lösung. Sie ist schon vollzogen. Der Brief ist versiegelt. Die „Weltgeschichte“ wird sich mit diesem Klecks abfinden müssen!

Und Leibniz entließ mit sehr liebenswürdigen Worten den jungen Edelmann, wünschte ihm glücklichste Reise, Erfolg und Aufstieg, lachte aber mitten in diesen Worten ganz kurz und so sonderbar und wesensfremd auf, daß der schweigende Bischof ihn mit einem fragenden, beinahe zweifelnden Blick anblitzte.

All das aber war für sämtliche Beteiligten, wie das plötzliche Einbrechen einer unbegreiflich fremden Traum- und Koboldswelt, schon in der nächsten Sekunde als wesenloser Spuk zerstoben und zerflattert. In der Sekunde, die durch das Zuschnappen des Türschlosses hinter dem entschreitenden jungen Edelmann diese Koboldswelt von den neuen unausbleiblichen Ereignissen trennte. So daß Leibniz nicht wußte, daß er durch seine

Entscheidung, die den Tintenklecks betraf, endgültig und unausweichlich die letzten zwanzig Jahre seines Lebens verbittert,
mehr noch, daß er seinen ganzen Ruhm, alle Früchte seines
Geistes, seinen Ruf, die Einschätzung seines Charakters fast
für alle Ewigkeit damit verspielt und vernichtet hatte.

Vierunddreißigstes Kapitel

Steno oder die Kluft zwischen Wissen
und Glauben

Leibnizens Diener war damit beschäftigt, die Reste des
Abendessens abzutragen und den Tisch zu ordnen. Steno ging
mit trotzig gesenktem Haupt im Zimmer auf und nieder; während Leibniz selbst seine Verstimmung und Befangenheit hinter
gleichgültigen Anweisungen verbarg, die er dem Diener gab.

Das Gespräch hatte bisher, durch die Mahlzeit nur wenig
unterbrochen, schon mehr als zwei Stunden gewährt, ohne daß
auch nur im entferntesten eine Annäherung der Standpunkte
erzielt worden wäre.

Leibniz hatte sich gleichsam wundgeredet. Das ganze Aufgebot seiner Gründe und Argumente, seine sprühende Lebendigkeit, alle Diplomatie und aller Freimut, seine profunden
theologischen Kenntnisse, seine in den Debatten mit Pariser
Theologen, vor allem mit dem mehr als harten Arnaud geschliffene Dialektik waren bei diesem Manne hier auf so unerbittlichen,
so kalten und so unverrückbaren Widerstand geprallt, daß das
ganze logische Gebäude, das Leibniz vor ihm aufgetürmt hatte,
kraftlos und leer in sich zusammengesunken war. Trotzdem,
und das war dabei vorläufig für Leibniz das ungelöste Rätsel,
hatte er einen ebenso unfanatischen wie grundgütigen Gegner
vor sich, der wiederholt betont hatte, er verstehe und anerkenne
den feindlichen Standpunkt. Er hasse sogar jede Art von Unduldsamkeit, sofern sie verwilderte und persönliche Formen
annehme. In der Sache selbst, in der Frage des Nutzens und

der Berechtigung wissenschaftlicher Forschung, war er dann
aber trotz dieser Konzessionen mit einer unbegreiflichen Starr-
heit dabei geblieben, die wahre Erlösung fordere die ganze
Wissenschaft als Opfer.

Als Opfer? Diese Ausdrucksweise hatte Leibniz stutzig gemacht. Denn Steno hatte das Wort „Opfer“ mehr als einmal
ausgesprochen. Also doch eine Zwiespältigkeit? Opfern kann
man nur das, was man als großen Wert erkannt und geliebt hat.
Und Steno hatte die Wissenschaft geliebt, beinahe vergöttert.
Darüber war kein Zweifel. Erst in den letzten Tagen hatte Leibniz volle Klarheit über die einstige Größe Stenos als Arzt, Anatom und Geologe gewonnen. Woher also dieser plötzliche Verrat am Geist? Diese wilde, fast ängstliche Flucht, diese Zumutung, auch alle anderen sollten, ja müßten in majorem Dei
gloriam sich solcher Flucht anschließen? Woher das alles? War
es Krankheit? Versagen des Geistes? Nein, das war es ganz und
gar nicht. Dieser Geist funktionierte, hatte nichts von seiner
beinahe derben Gesundheit eingebüßt. War auch in keiner Weise
verkrampft oder verbittert. Im Gegenteil: Mehr als einmal hatte
Leibniz lächelnde Laune, heiterste Wolkenlosigkeit auf den
Horizonten dieser Seele wahrgenommen.

Nur in den letzten Augenblicken, vielleicht sogar bloß unter
der Einwirkung hastig genossenen Weines, war etwas wie Ärger
über Steno gekommen. Und drückte sich sinnbildhaft, doch
aber wieder naturnah, in seinem trotzigen Auf- und Nieder-
schreiten aus.

Plötzlich blieb Steno knapp vor Leibniz stehen und strahlte
ihn mit einem unmittelbaren, zwingenden Blick aus seinen
großen blauen Augen an. Einem Blick, der so weit und offen
war, als ob sich alle Tore der Seele zugleich öffnen wollten.

„Es kroch ein kleiner Zorn in mir herauf“, sagte er mit freier,
voller Stimme. „Ein kleiner Zorn, der sich aber nicht gegen Sie,
Leibniz, sondern gegen mich selbst und gegen vieles andre
richtet, das ich nicht ändern kann, nicht ändern will und nicht
ändern darf. Und nun bemerke ich, daß Sie verstimmt sind.
Wahrscheinlich mit Recht. Und diese Wahrnehmung wieder
zwingt mich zu einem offensten Wort. Einem Wort, das ebenso

für unsern Streitgegenstand wie für den ganzen Bereich aller geistigen Dinge seine gute Geltung hat. Eine Wahrheit, die Sie nur deshalb so wenig beachten, weil Sie in tiefster Seele doch ein Vernunftgläubiger und kein Gottgläubiger sind. Gottgläubigkeit verstehe ich in meinem wahrscheinlich beschränkten Sinne. Ich will auch damit weder Ihre sicherlich ehrliche Religiosität, noch auch damit Ihren besten Willen anzweifeln.“

Leibniz war bei den letzten Sätzen zusammengezuckt. Ja, es begann sogar eine flüchtige, nicht zu beherrschende Röte seine Wangen zu färben. Hatte er sich doch getäuscht? War Steno mehr als ein Fanatiker? War er ein Inquisitor?

„Das war ein sehr, sehr offenes Wort, hochwürdigster Herr Bischof“, erwiderte er kalt und gedämpft, jedoch fast schneidend. „Nur fürchte ich, daß sich dieses offene Wort viel eher auf ein Vorurteil gegen mein Bekenntnis, als auf meine Gesamthaltung, Gott gegenüber, bezieht. Denn gerade diese Haltung, hochwürdigster Herr Bischof, ist eine Angelegenheit, in der ich selbst besser Bescheid wissen muß als andere. So daß Sie eigentlich nach meiner strikten Erklärung, Ihre Zweifel seien unberechtigt, nur mehr die Wahl haben, mich als vollen Ignoranten oder geradezu als bewußten Lügner anzusehen.“

Steno schüttelte verzweifelt den Kopf. Dann sagte er schnell:

„Und Sie sind sich nicht bewußt, Herr Leibniz, daß Ihre Replik zehnmal schärfer, zehnmal grausamer, zehnmal verkennender war als alles das, was ich schlimmstenfalls gemeint haben kann? Sie haben mich durch und durch mißverstanden, Herr Leibniz. Weil Sie mißtrauisch sind. Und Widerstände schon dort spielen lassen, wo noch kein Angriff erfolgte. Sie brauchen mir nicht zu antworten. Ich weiß alles. Verstehe alles. Verstehe, daß Sie jeden Katholiken hier in Hannover, mehr noch jeden Würdenträger der Kirche oder des Hofes für einen Bekehrungswütigen halten. Sie mögen schlechte Erfahrungen gemacht haben. Ungeschicklichkeiten sind vorgekommen. Selbst der große Arnaud hat Sie durch seinen Uriasbrief — ich meine diesen Vergleich aus Ihrem Gesichtswinkel —, also Arnaud hat Sie schwer enttäuscht. Weil Sie mit Recht einwenden könnten, er habe Sie dadurch hier bei Hofe sogleich in eine

solche Lage bringen können. Wenn unser Herzog eben nicht
unser Herzog wäre. Aber — und jetzt kommt das wesentliche
Aber: Aber, sage ich Ihnen, Herr Leibniz, Sie müssen unterscheiden. Der hohe Herzog war Protestant. Und ich selbst war
Prostetant. Wir beide sind Zurückgekehrte und wir beide wissen
genau, was Bekehrung, was Rückkehr zur großen Mutterkirche
bedeutet, und wir wissen vor allem, wie sich solch eine Rückkehr
vollzieht. Und wodurch sie hervorgerufen wird. Von einem
Vorurteil gegen Ihr Bekenntnis ist also bei mir wohl weniger
die Rede als bei irgendwem. Dies die Widerlegung des einen
Punktes Ihrer sehr ungemäßigten Replik, Herr Leibniz. Der
zweite, viel wichtigere Punkt ist der, daß ich das angekündigte
offene Wort überhaupt noch nicht ausgesprochen habe." Steno
machte eine kleine Pause. Dann schloß er in sehr weichem.
Tone: „Wir wollen uns aber vielleicht setzen, Herr Leibniz
Um auch äußerlich eine etwas gemilderte Form unsrer Diskussion zum Ausdruck zu bringen."

Leibniz, das gestand er sich selbst ein, war ein wenig verwirrt.
Die strenge und klare Zurückweisung seiner eigenen Replik
durch den Bischof hatte ihm neuerlich gezeigt, daß da irgendein bisher noch ungelöstes Rätsel im Hintergrunde stand. Er
überbrückte also, der ungesprochenen Aufforderung Stenos
gehorchend, die nächsten Augenblicke durch einige nichtssagende, gleichwohl äußerst höfliche und beinahe scherzende
Redensarten und schwieg sofort, als sie beide saßen und als er
bemerkte, daß Steno wieder zum Sprechen ansetzte.

„Ich kündigte ein offenes Wort an, Herr Leibniz", begann
Steno langsam mit nach innen gekehrtem Blick, während er mit
der linken Hand sein Brustkreuz umschloß. „Ich will dadurch,
ganz im Gegensatz zu Ihrer mißtrauischen Ansicht, Ihnen einen
großen und wichtigen Schlüssel in die Hand geben, mit dem
Sie die Pforte zu einem Geheimnis aufschließen können, das
Ihnen trotz Ihrer blendenden und beinahe übermenschlichen
Weisheit noch nicht zugänglich zu sein scheint. Vielleicht deshalb, weil Sie noch jung sind, Herr Leibniz. Denn, und jetzt
werden Sie mich nicht mehr mißverstehen oder verdächtigen,
Herr Leibniz — denn die Jugend ist nur zu sehr geneigt, die

Wichtigkeit und Richtigkeit des Verstandes zu überschätzen,
dem sie so viel Räusche und Erhebungen verdankt. Sie selbst
aber müssen insbesondere unter solchem Eindruck stehen, Herr
Leibniz, dem Gott die Gnade des Unerhörten, des Auserwählten verlieh. Wehren Sie jetzt nicht ab. Jetzt keine Bescheidenheit. Denn eben will Ihnen der demütige Steno aus Jütland
beweisen, daß Sie gleichwohl in wesentlichsten Dingen noch
zu lernen haben. In Dingen, die abseits vom ganzen — fast
hätte ich gesagt, vom ganzen Plunder Ihrer Wissenschaften
liegen. Die aber trotzdem oder ebendeshalb wichtig und welt-
entscheidend sind. Wenn Sie also einmal — jetzt kommt das
offene Wort — bemerken, daß trotz der klingenden Schelle
Ihrer Weltweisheit ein Mensch mit keinem Argument von seiner
Wahrheit abzubringen ist; und wenn Sie dazu noch anerkennen
müssen, daß diesen Menschen — ich gebrauche Ihre Worte —
weder volle Ignoranz noch Verlogenheit beherrscht, dann, Herr
Leibniz, müssen Sie die Überzeugung gewinnen, daß dieser
scheinbar halsstarrige Mensch in diesem Streitpunkt etwas klar
und deutlich sieht. Mit den Augen sieht und mit den Händen
greifen kann. Denn mit der klingenden Schelle der Logik und
Dialektik läßt sich zwar ein Gedankengebäude abtragen, niemals aber der ragende Turm des Geschauten. Und — eine
merkwürdige Fügung — eben Sie haben mir, als es Ihre Gottgläubigkeit betraf, mit unfehlbarem Instinkt erwidert, Sie selbst
müßten das besser wissen als jeder andre. Nur müssen Sie dieses
innere unumstößliche Sehen, diese Wahrheits-Schau auch dem
anderen zubilligen. Es gibt nur logischen Scharfsinn, Herr
Leibniz, keinen optischen! Aus der Verwechslung dieser beiden
Kategorien entspringt beinahe jedes Leid der Welt."

Leibniz hatte in zunehmender Spannung aufgehorcht. Was
für wolkenhohe Weisheit baute da dieser Verächter der Wissenschaft vor ihm auf? Gab es darauf überhaupt noch bestreitende
Antwort jenseits des „logischen Starrsinns"? Hatte der erste
Eindruck nicht gelogen? Wieder diese überraschende Ähnlichkeit mit Leeuwenhoek? Dort allerdings zu skurriler Komik
entartend, während sie hier zu tragischer Größe emporwuchs?
Und der Gegenpol? Vielleicht gar Spinozas „Ethik" mit den

Beweisen nach geometrischer Art? Mit ihrer oft handgreiflichen Leugnung des unmittelbar Geschauten, weil es nicht streng, nicht logisch beweiskräftig war? Und wieder wie gefährlich beide Pole? Ja, gefährlich. Auch hier, bei der Absolutsetzung des Geschauten, kroch Leibniz eine Angst an. Eine nicht zu leugnende, nicht zu bannende Angst. Was, wenn das herrliche, unmittelbare Schauen einmal zum Wahn entartet? Wenn jede Kontrolle des Geistes, des Verstandes fehlt, sobald das Schauen als letzte Instanz proklamiert wird? „Ich sehe, also weiß ich" als neue Spielart des Cartesischen „Cogito ergo sum". Nein, Steno, du hast mich aufgerüttelt, hast mich durchschauert, hast mich entzückt. Aber auch deine Ethik darf nicht allgemeines Gesetz werden, so wenig wie die Ethik Spinozas. Denn man muß Steno sein, um nach solcher Ethik zu leben, zu wirken. Obgleich ich nicht leugne, daß mir dein Koordinatensystem der Wahrheitsfindung vertrauter, himmlischer, gottnäher erscheint, als die geschlossene Welt Spinozas. Denn deine Welt, Steno, läßt Raum für das Unaussprechliche, für das Dunkle, das Mystische, das Irrationale, wohin zwar das Auge noch, Schatten erhaschend, durch die Alldämmerung dringt, nicht mehr jedoch der lichtheischende, ohne grelles Licht machtlose Verstand...

„Und jetzt", Steno sprach, als Leibniz nicht antwortete, in sonderbar entrückter und zwingender Art weiter. „Jetzt, Herr Leibniz, will ich Ihnen erzählen, wie ich zu solchen Ansichten gekommen bin. Es ist eine Geschichte, die ich nicht vor jedermanns Ohren preisgebe. Nicht etwa, weil sie an und für sich ein Geheimnis wäre. Sondern, weil ich sie nur dann aus der Tiefe meiner Erinnerung heraufholen will, wenn ich überzeugt bin, verstanden zu werden." Steno machte eine kleine Pause. Dann setzte er schnell fort: „Es war vor vielen Jahren in Florenz, Herr Leibniz. Ich hatte schon längere Zeit in Italien geweilt. Aber durchaus nicht war alles so gekommen, wie man es sich hier in die Ohren raunt, wenn man, je nach dem Standpunkt, den ,Abfall' oder die ,Gewinnung' Stenos beklatscht. Gewiß, ich war als der Erforscher der Natur, als Mensch, der Augen hat und mit den Augen gierig lebt, keinem Eindruck ausgewichen.

Oder besser, ich konnte mich all dem gar nicht entziehen, was sich täglich vor mir abspielte, was mich umgab wie die azurne Luft Italiens, auf der in greller Abtönung die Wetterwolken schwimmen. Eine Luft, die kein andrer so herrlich gemalt hat, als der große Tizian aus Venedig. Sie waren, soviel ich hörte, noch nicht in Italien, Herr Leibniz. Das äußerste Erlebnis dieses Landes steht Ihnen also noch bevor. Darum auch verweile ich einige Minuten bei diesem Äußerlichen. Und spreche von den leuchtend weißen Bauwerken der Dome und Basiliken, von dem Formenzauber dieser Gotteshäuser, von dem lichten Wunder Assisis, das beinahe himmlisch oberhalb der dampfenden Ebene ragt. Und ich erzähle Ihnen von dem erhebenden Zusammenklang zahlloser Glocken, von grellrot gekleideten Ministranten, die in langen Zügen zwischen Zypressen und Pinien schreiten. Und von Ornaten und Traghimmeln, von Kelchen, Monstranzen und Patenen, die weiß und golden, übersät mit Edelsteinen, durch diese einzigartige Luft flirren, während ein überirdischer Gesang und überirdische Tonkunst des melodienreichsten Volkes den Rhythmus dieser Umzüge so sehr steigert, daß heilige Begeisterung dem Zuschauer die Brust zersprengt. Dazwischen wieder die düstersten Mönche der Erde. Schweigende Männer mit harten, eiferglühenden Antlitzen und lodernden Augen gleich Abgründen. Und in den Kirchen selbst, durch deren weitgeöffnete Tore ein glaubensstarkes Volk einströmt, in denen sich die Aufzüge und Prozessionen im Schwelen dichter Weihrauchschwaden, unter dem Zucken zahlloser Lichter und Kerzen, zu erhabenen, bunten Gruppen formen, grüßt von jeder Wand, von den Decken und den Altären ein Meisterwerk vollendetster Malerei neben dem anderen. Er ist schlechthin vollkommen, dieser Kosmos des Katholischen in Italien. Wäre auch vollkommen, wenn nicht die Seele dazu noch von der Nähe des heiligen Vaters gebannt und durchschauert würde." Wieder schwieg Steno einen Augenblick. Dann hob er plötzlich den Kopf und sagte klar und scharf: „Das alles sah ich, Herr Leibniz. Sah es als Arzt, Mensch und Protestant. Ich leugne nicht im mindesten, daß es mich fortriß, mich begeisterte, daß ich es liebte. Ich liebte es jedoch

so, wie man ein erhabenes Kunstwerk liebt, das zwar Gottes
würdig, doch aber schließlich nur Menschenwerk ist. Steno aus
Jütland hat nicht, wie hier die Feinde sagen, umnebelt vom
Weihrauch, geblendet von der Macht der Kardinäle, gelockt
von den feurig schlauen Zungen der Jesuiten, dem mit Blut
erstrittenen Glauben seiner Väter abgeschworen. Es war viel
Tieferes, was mich zwang, war ein Wunder, eine Erleuchtung,
ähnlich jenem ‚Tolle lege‘ des heiligen Augustinus, wenn man
Kleines mit Großem vergleichen darf." Steno senkte den Blick.
Dann setzte er, noch entrückter, fort: „Ich hatte aber auch das
andre Italien kennen gelernt. Das Italien des Rinascimento, das
Italien der großen und zum Teil höchst gottlosen Heroen des
Geistes, jener Männer, die nur allzugern sich von Gott in die
höchsten Höhen menschlicher Vollendung tragen ließen und
dann Gott in wahrem Titanenhochmut damit für alle Gnade
dankten, daß sie den Teufel zu Tisch luden. Ich studierte ihre
Schriften, ließ mich führen, belehren, verwirren. Und ich hielt
entzückt und erschrocken die anatomischen Zeichnungen eines
Leonardo in diesen meinen Händen. Und ich war damals mehr
als geneigt, all diese Geister als todesmutige Freiheitskämpfer
anzusehen, die sich dem dunklen Zauber, eben jener Um-
strickung durch Weihrauch, Farben und Musik, mit der All-
gewalt ihres Wahrheitsdranges furchtlos entgegengestemmt
hatten. Und ich pries, in vollständiger Verwirrung, einen unbekannten Gott der Allweisheit und Allwahrheit dafür, daß er
die babylonische Hure zu solcher Üppigkeit hatte gedeihen
lassen, auf daß das kaltgrüne Morgenlicht des wahren Wissens ihr
grellgeschminktes Antlitz desto grausamer als Höllenfratze ent-
hülle. Bis eben eines Tages die Erleuchtung kam." Stenos Ton,
der sich aus der Entrückung fast zu dithyrambischer Wildheit
gesteigert hatte, wurde plötzlich leise und trocken, so eigentümlich trocken, daß Leibniz die kalten Schauer über den Leib
liefen. „Es war in Florenz. Ich sagte es schon", fuhr der Bischof
fort. „Ich behandelte viele Kranke in Italien. Es war mir ein
Bedürfnis, nicht nur meinem Beruf nachzugehen, sondern
auch meine Kunst an einem fremden Volk zu erproben,
dessen schmiegsame Körper doch manchmal anderen Gesetzen

gehorchten, als die harten, knorrigen Leiber meiner engeren und
entfernteren Landsleute. Täglich gingen mir neue Lichter auf.
Manchmal bekam ich das Gefühl, den Mechanismus des Körpers fast mit Händen greifen zu können, die Uhr des Organismus, bis ins kleinste Rädchen bloßgelegt, vor mir abschnurren
zu sehen. Und es vollzog sich in mir ein Prozeß, der meinen
Geist dem großen Geheimnis der Schöpfung dadurch stets
mehr entfremdete, daß ich mich im klaren, ruhigen Reiche des
Verstandes, des sichtbaren Zusammenhangs der Wirkungen
mit ihren Ursachen tummelte. Bis mich ein Fall ebenso erschütterte als erweckte, weil er mich an die Gabelung der Wege
brachte, deren einer abschüssig und grauenvoll zur Hölle führt.
Ich will aber nicht in Symbolen und Allegorien sprechen, so
sehr ich solcher bedürfte, da es sich dabei um Unausdrückbares
handelt. Ich will alles weitere nüchtern schildern und es Ihnen,
Herr Leibniz, überlassen, den Rest durch innere Schau zu ergänzen. Ich behandelte also einen armen Arbeiter, einen Stein-
metzen. Einen von jenen, die, zur höheren Ehre Gottes, hoch
droben bei den Kuppeln der Dome, auf den Gerüsten stehen
und an Dingen hämmern, tagaus tagein hämmern und meißeln,
die sie dort oben gar nicht verstehen, die aber dann von unten
sich zu Zauberwelten der Form zusammenschließen. Und
dieser Steinmetz stürzte einmal zwischen Mittagmahl und Vesperbrot von seinem Gerüst herab. Man hielt ihn für tot, da sein
Schädel klaffte und das Gehirn bloßlag. Ein Zufall führte mich
in die Nähe des Unglücks. Einzelheiten tun nichts zur Sache.
Ich erkannte, daß der Mann noch lebte, betreute ihn in seiner
Monate währenden Bewußtlosigkeit und stand an seinem Bette,
als er endlich erwachte. Als lallendes, verblödetes Tier erwachte.
Entsetzen ergriff seine Frau, seine Kinder. Doch ich gab die
Hoffnung nicht auf. Wieder nach Monaten — ich war inzwischen in Italien umhergezogen — fand ich ihn als jämmerlichen
Schüler, der sich eben mühte, sprechen, lesen und schreiben zu
lernen. Und der alles vergessen hatte, was einst war. Dann kamen
wieder hellere Zeiten, in denen manches aus der Vergangenheit auftauchte. Stets aber blieb seine Seele zusammenhanglos
und zerrissen. In mir jedoch drängten sich furchtbare Fragen

an die Oberfläche. Ich ging der Anatomie des Gehirns wie ein Jäger nach, sammelte alles, was ich über Verletzungen des Kopfes erfahren konnte, und gelangte schließlich so weit, auch hier, beim Mittelpunkt der Seele, jenes Schnurren des Mechanismus zu vernehmen, jene lückenlose Notwendigkeit, jene Abhängigkeit höchster geistiger Werte von ein paar Klümpchen weißgrauer Materie. Und ich fand in langen rabulistischen Schlußketten, daß mein Glaube sich mit solchen Tatsachen vielleicht abfinden könnte. Ich sprach darüber mit gelehrten Mönchen. Man war über mich entsetzt, sagte mir, daß ich schon in den Fallstricken Satans zapple und mich kaum würde daraus befreien können, wenn ich nicht ein großes Opfer brächte. Nämlich das Opfer einer Wissenschaft, der mein bisheriger Glaube durchaus nicht gewachsen sei und die mich stets wieder dahin treibe, jedes Blendwerk der Sinne als Offenbarung, jede Offenbarung dagegen als Blendwerk zu betrachten. Denn ich hätte es mir angewöhnt, stets mit äußeren Kennzeichen zu schließen und hätte vergessen, daß hinter diesen Kennzeichen erst die wahren Geheimnisse lägen. Die Einwände machten mich nachdenklich, schienen mir aber noch zu billig. Und ich ging einen langen Weg, drang tiefer und tiefer, erwog jedes Für und Wider und war endlich so weit, einzusehen, daß ich in meiner zwiespältigen Verfassung weder Gott noch der Wissenschaft diente. Und dabei erschreckte mich der unglückliche Steinmetz von Tag zu Tag durch stets spukhaftere und unheimlichere Wandlungen seines Zustandes. Als ich nun eines Nachmittags — die Sonne brannte heiß in den Straßen von Florenz — eben in tiefen Gedanken zu einem Freunde ging, der mich schon oft in der bedingungslosen Verfolgung meiner wissenschaftlichen Ziele bestärkt und mich angetrieben hatte, alle Glaubensbedenken beiseite zu setzen, da der Menschheit durch meine ärztliche Kunst eher gedient wäre als durch meine Frömmigkeit, dürfte ich, eben wegen meiner Gedankenbeschwertheit, einen unsicheren, wenn nicht geradezu planlosen Eindruck gemacht haben. Plötzlich hörte ich, hoch über mir, eine weiche, klangvolle Frauenstimme die Worte rufen: ,Gehen Sie nicht nach der Seite, mein Herr, gehen Sie um Gottes willen nach der anderen Seite!‘ Ich schrak zusammen, da außer mir niemand auf dieser schmalen engen Gasse ging, soweit das Auge reichte. Ich blickte hinauf, dort hin, woher die Stimme geklungen hatte. Eine Dame winkte mir zu und wies mit der Hand nach einem Haus, das dem Hause meines Freundes gerade gegenüber lag. Ich verstand nichts von all dem, was sich da begab. War es ein Irrtum, eine Verwechslung, galt es überhaupt mir selbst? Genug. Ich gehorchte wie unter höherem Zwang. Da trat aus dem Hause, auf das die Dame gewiesen hatte, ein junger Priester und sah mir erstaunt in die Augen, da er wahrscheinlich meine Verwirrung bemerkte. Ich selbst aber, und hier liegt das letzte Rätsel, Herr Leibniz, verstand den ganzen Vorgang plötzlich nach seiner höheren, himmlischen Wahrheit, handelte nach dieser Wahrheit, obgleich ich noch am selben Tage die irdische Wahrheit, jene Wahrheit nach Ursache und Wirkung erfuhr. Die Dame hatte scheinbar logisch gehandelt. Sie kannte mich vom Sehen, da ich meinen wissenschaftlichen Freund öfter besucht hatte. Sie wußte, daß ich Arzt war. Und sie wollte mir, einer plötzlichen Mitleidsregung folgend, nahelegen, dem Schwerkranken zu helfen, der im Hause gegenüber, mit dem Tode rang und den eben der junge Priester tröstend besucht hatte. Gleichwohl sah ich — und alles Wissen, alle Logik sank wie lächerliches Blendwerk vor diesem Sehen und Schauen zurück, zerrann zu nichts —, daß die irdische Ursachenfolge trotz aller scheinbaren Geschlossenheit nur ein Gleichnis gewesen war. Heute noch höre ich in mir den Klang dieser Frauenstimme. Heute noch höre ich aus ihr, aus dem bloßen Werkzeug, den Befehl Gottes. Einen Befehl, so eindeutig, so zwingend, so klar und unmißverständlich, daß ich ihm folgte, folgen mußte. Und ich ging nach Rom und wendete mich auf die andere ‚Seite‘. Kehrte zur katholischen Mutterkirche zurück, aus der sich meine Ahnen losgelöst hatten. Und der letzte Kranke, den ich mit Gottes Hilfe dem blühenden Leben wiedergab, war jener Mann, auf den die irdische Hand der Dame in der sonnendurchglühten Gasse von Florenz gewiesen hatte.“

Leibniz merkte erst nach geraumer Zeit, daß der Bischof

seine Erzählung beendet hatte. Denn die Fülle von Gesichten, die zwischen all diesen Mysterien auf ihn eingestürmt waren, hatten sich in seinem Geiste zu rasenden Gedankenläufen umgebildet, die miteinander in heftigen Streit geraten waren. Was sollte er, solchem Endgültigen gegenübergestellt, noch erwidern? Was bekämpfen, das nicht sogleich wieder aus der dunklen Zone des Geheimnisses in das Gebiet des logischen Wortgeklingels gehoben würde? Und trotz allem, trotz allen Schauern, die Stenos Worte über seinen Leib gejagt hatten, trotz aller Demut vor dem Höchsten, trotz aller Ehrfurcht vor dem in Wahrheit heiß erkämpften Glauben dieses Mannes, beschränkte sich sein Gemüt durchaus nicht darauf, die Erzählung „durch eigene Schau zu ergänzen", wie es ihm der Bischof aufgetragen hatte. Ein andres, eigenstes, ebenso tief Geschautes in ihm selbst leistete Widerstand. Nicht etwa Glaubenszwist zwischen einem Protestanten und einem Katholiken. Er, Leibniz, der wissende Theologe Leibniz, zwang sich innerlich, um nur ja die Ebene des Problems nicht zu senken, auf den Standpunkt eines strenggläubigen Katholiken hinüber. Es handelte sich, so sah er bald, bei diesem geistigen Ringen gar nicht mehr um das Glaubensbekenntnis. Es hatte sich bei der Bekehrung Stenos auch nur zum kleinen Teil darum gehandelt. Es drehte sich vielmehr alles um einen Urgegensatz, um einen, wie Leibniz selbst es heiß ersehnte, nur scheinbaren Gegensatz: Nämlich um die tiefe Kluft zwischen Wissen und Glauben! Um eine Kluft, vor der die erhabensten Geister vergangener Jahrhunderte stets wieder entsetzt gestanden waren und alle heißeste Mühe darauf gewendet hatten, über diesen Abgrund feste tragfähige Brücken zu legen. Eine Kluft, an derem Rande mancher Scheiterhaufen geloht hatte. Eine Kluft, bei deren gähnendem Anblick mehr als einmal die ethische Pflicht zu voller Wahrheit mit der unableugbaren Unmittelbarkeit des felsenfest Geglaubten in wilden Hader geraten war. Und vor der sich alle, die der Welt des Auges angehörten, auf die Seite des Glaubens schlugen, während die Verstandesgläubigen sich bis zur Leugnung des Unmittelbarsten verstiegen; wenn es sich nicht — verwirrendster aller Zirkel! — durch Zufall oder besondere Umstände umgekehrt ereignete. So daß der glaubenseifrige Verstand das Gesehene verachtete, während das kindliche Auge die Ketzereien beging.

Auf jeden Fall — und das wurde Leibniz stets klarer, je länger das Schweigen dauerte — war die polare Trennung dieser beiden von Gott geschaffenen Welten des Wissens und des Glaubens sicherlich weder der Wille Gottes, noch auch ein geeignetes Mittel, dem Höchsten zu dienen. Er würde also — so schmerzlich es für ihn war, die herrlichen, gottnahen Gesichte Stenos durch scharfe Gedanken zu verätzen — gleichwohl ohne Preisgabe heiliger Güter die Schlußfolgerungen des Bischofs, sofern sie die Allgemeinheit betrafen, nicht ohne Widerspruch hinnehmen dürfen. Denn es handelte sich da nicht darum, ob einer von ihnen beiden recht behielt, es handelte sich in letzter Linie um die Ergründung geheimnisvollsten Gotteswillens und um die Ausführung dieses Willens in der Gegenwart und Zukunft.

So begann er, gleichsam als spräche er zu sich selbst, in leisem, eindringlichem Ton, um wenigstens die Stimmung der Weihe, die noch im Raume lag, nicht zu zerstören, und sagte:

„Ich verstehe voll und ganz, hochwürdigster Bischof, was Ihr Opfer bedeutet. Und verstehe darüber hinaus ebenso deutlich, daß nach all diesem beinahe überirdischen Geschehen die persönliche Handlungsweise des Gelehrten Steno aus Jütland nicht anders sein konnte als sie es wirklich war. Es würde mir selbst auch schlecht anstehen, würde geradezu meinem innersten Wesen widersprechen, wenn ich nur ein Wort des Zweifels daran laut werden ließe, daß jene Stimme aus dem Fenster in Florenz etwas anderes bedeutete als das ‚Tolle lege‘. Denn ich selbst wurde, in anderen Sphären zwar, doch ebenso eindeutig, schon als Kind von höheren Mächten auf einen Posten gerufen, den ich noch nicht verlassen habe und auch nie verlassen will. Eben diese meine eigene Berufung aber gibt mir in einer Nebensache das volle Recht zum Widerspruch. Ich erkenne es nämlich wohl an, daß ein Mensch seiner Berufung blind folgt. Denn das ist nicht wirkliche Blindheit, sondern höchstes Sehen. Ich bestreite es aber, daß er aus solchem Erleben ein allgemeines Gesetz ableiten darf. Denn schon dadurch allein würde er es Gott

unmöglich machen, jeden auf den Platz zu rufen, auf den ER
ihn eben stellen will. Und da Gott nicht nur der Gott des höchsten Glaubens, sondern auch der Gott der höchsten Vielfalt und
der Gott des Allwissens ist, werde ich niemals zugeben können,
daß eine Eigenschaft, die die Menschen in die Nähe eines der
wichtigsten Prädikate Gottes bringt, nämlich in die Nähe wahren Wissens, sündhaft oder auch nur schädlich sein kann. Sie,
hochwürdigster Bischof, haben mir ein offenstes Wort gesagt,
das mir wie ein vielflammiger Blitz eine ganze Gegend der Erkenntnis erschloß. Ich will nicht hinter Ihnen an Offenheit zurückbleiben. Und darum sage ich, daß ich es, von mir aus gesehen, schon kaum billigen kann, daß ein Mann wie Steno, ein
Arzt, Anatom und Geologe, fast oder überhaupt unvergleich-
lich in seinem Können, diese Gnade von sich wirft. Ich beuge
mich da dem Wunder von Florenz, obgleich alles in mir, soweit
mein Verstand dringt, heischend behauptet, daß es nicht die
wahre Frömmigkeit sei, als mittelmäßiger Theologe Gott zu
dienen, wenn man ein Genius der Anatomie ist. Wo aber auch
die Wirkung und die Berechtigung des Wunders von Florenz
ganz und gar nicht mehr hinreicht, wo sie einfach nicht mehr
hinreichen kann und nicht mehr hinreichen darf, das ist die
Übertragung Ihres persönlichen Erlebnisses und Ihres Ent-
schlusses auf die Allgemeinheit. Einen Befehl ‚Tolle ne legas‘,
einen Befehl, sich zu erheben, um nichts mehr zu lesen, kann
Gott niemals erteilt haben, wenn er ein Gott der Allweisheit
bleiben soll und wenn es so etwas wie Gotteskindschaft und
Nachfolge Christi, wenn es eine Gemeinschaft der Heiligen und
die Feuerzungen des heiligen Geistes gibt. Ja noch mehr. Auch
ganz abgesehen von aller zwingenden inneren Wahrheit, würde
ein solches allgemeines Verbot des Wissens und der Wissens-
erweiterung jede Kirche, ob katholisch oder lutherisch, schon
rein äußerlich in den Geruch äußerster Beförderung der geistigen Finsternis bringen und wesentlichster Machtmittel be-
rauben. Daher haben gerade katholische Kreise, nicht zuletzt
erleuchtete Päpste des Rinascimento und andrer Zeiten, die
wahre Wissenschaft mit ebenso viel Duldsamkeit als Liberalität
befördert. Und die katholische Kirche war stets mit Recht stolz

darauf, wenn aus ihren Reihen, aus den Reihen strengster Bekenner und Würdenträger, Heroen der Wissenschaft hervorgingen. Noch einmal, hochwürdigster Herr Bischof: Wenn es mir auch unter dem erschütternden Eindruck Ihres Berichtes noch mit Mühe gelingt, Ihrer eigenen Handlungsweise zuzustimmen, so werde ich gleichwohl jetzt und immer gegen die Verallgemeinerung Ihrer schwer erkämpften Haltung streiten."

Am Beginn dieser aus tiefer Dämpfung fast bis zur Leidenschaftlichkeit gesteigerten Worte Leibnizens war Steno noch nicht ganz aus seiner Entrückung erwacht gewesen, obgleich er sicher jeden Satz bis zum Innersten aufgenommen und verstanden hatte. Dann aber war er plötzlich unter der fast unvermittelt hervorbrechenden Schärfe seines Gegners zusammengezuckt. Bis er schließlich, am Ende der Worte, Leibniz in harter Fechterstellung gegenüberstand.

Ein durchdringend blitzender Blick des großen Friesen packte die Augen Leibnizens, als er erwiderte:

„Zum zweitenmal, Leibniz, bin ich über die ungeheure Schärfe Ihrer Replik erstaunt. Ich rede da — um jedes Mißverständnis gleich am Beginn zu bannen — durchaus nicht von Ihrer Einschätzung meiner theologischen Kenntnisse. Denn Sie haben schließlich dafür wieder in superlativischer und sicher übertriebener Weise von meiner Größe als Anatom gesprochen. Und außerdem ist selbst Theologie nichts andres als eben eine Wissenschaft, wenn sie auch Gott unmittelbar dienen will. Ich setze daher meinen Stolz durchaus nicht darein, ein großer Theologe zu sein. Endlich gebe ich gerne zu, daß mich ein Leibniz auch theologisch in dunklen Schatten stellt, weil er ein Meister aller Wissenschaften ist. Also den ‚mittelmäßigen Theologen‘ verzeihe ich Ihnen von Herzen, Leibniz. Was ich Ihnen aber nicht verzeihe, ist Ihre Überbetonung des ‚Amor Dei intellectualis‘, der intellektuellen Liebe zu Gott. Sie sind, das sagte ich schon zu Beginn, mehr Vernunftgläubiger als Gottgläubiger. Und sind, ob Sie es nun selbst wissen oder nicht, im tiefsten Grunde ein Spinozist. Darüber aber kann ich urteilen, da ich von Albert Burgh, dem abtrünnigen Schüler des großen Gottesleugners, in Italien die Hauptsätze jenes babylonischen

Turmbaues, genannt ‚Ethik, bewiesen nach Art der Geometrie‘, erfuhr. Und diese Ihre Haltung bestärkt mich nur noch zehnmal mehr in meinen Forderungen. Nochmals, Sie sind ein Spinozist, Leibniz. Nicht als Katholik, nicht als Bischof, nicht als Priester am Hofe unsres Herzogs sage ich Ihnen das. Ich sage es Ihnen als Mann!“

Leibniz war aufgestanden. Was für furchtbare Verirrungen und Verwirrungen wurden da offenbar? Hatte Steno auch nur im entferntesten recht mit seiner Anklage? Gut, von Spinoza, von Eiferertum, von persönlichen Gefahren war da nicht die Rede. Steno hatte seinen Bannfluch wirklich nur als Mann zum Mann geschleudert. Darüber gab es keinen Zweifel. Wie ihn aber widerlegen? Wie ihm beweisen, daß Spinoza, wenn er noch lebte und wenn Stenos Weltgebäude ihm bekannt wäre, nach kurzen Diskussionen über den gleichen Gegenstand, ihm Leibniz, ins Gesicht gesagt hätte, er sei ein „Stenoist“ und Finsterling?! Er stand in der Mitte. Das war klar. Und der Januskopf seines Dämoniums blickte gleichmäßig nach beiden Seiten auf das Reich des Wissens und das Reich des Glaubens, auf das Reich des Denkens und auf das Reich des Schauens. Wie aber dem überzeugten Patrioten eines und nur eines einzigen dieser Reiche antworten?

Leibniz, der einige Schritte in das Zimmer hinein gemacht hatte, drehte sich plötzlich um.

„Es ist der Eigentümlichkeit meines Wesens zuzuschreiben“, sagte er ein wenig kalt, doch nicht angriffslustig, „daß ich gerade über die Schärfe Ihrer Repliken, Herr Bischof, nicht erstaunt bin. Sie müssen einfach alles so sehen, wie Sie es sehen. Ihre gottgewollte Einseitigkeit ist Stärke, nicht Schwäche. Gott hat aber, wahrscheinlich zu besonderen Zwecken, neben solchen Kämpfern und Bekennern auch noch Wesen geschaffen, die vielleicht zwiespältig sind, vielleicht aber in die Welt gesandt wurden, um das Getrennte in majorem Dei gloriam wieder zur Harmonie zusammenzufassen. Und da ich einmal solch ein Mensch bin, weiß ich nicht, wie weit mich Ihr Vorwurf des Spinozismus in Wirklichkeit trifft und wie weit er nur eine optische Täuschung ist, hervorgerufen durch ein Schauen von

Ihrem Ufer aus, hochwürdigster Bischof. Von meinem Ufer, oder besser noch von meiner schmalen Insel zwischen den Ufern aus, sehe ich aber alles weit anders. Ich sehe da, daß Sie und Ihre Prinzipien nichts andres ereichen werden, als die Wissenschaft endgültig den echten Spinozisten und den wildesten Freigeistern auszuliefern, gegen die Spinoza noch ein strenger Theist wäre. Und dadurch wird sich die Kluft zwischen dem Glauben und dem Wissen von Tag zu Tag gähnender erweitern. Nicht alle Menschen, nicht die große Menge, nicht die Männer und die Mächte der Wirklichkeit gleichen irgendwie einem Steno aus Jütland, hochwürdigster Herr Bischof. Und sie erhalten in ihrem stumpfen oder jagenden Alltag auch keine Befehle aus dem Jenseits. Sie laufen vielmehr dem Geld, dem Ruhm, der Macht und den diesseitigen Wundern nach, die sich als Wunder der Wissenschaft, als Geheimnisse der Alchimie und Physik manifestieren. Und sie erwählen zu Führern und Priestern die Schöpfer handgreiflicher Ergebnisse. Nein, hochwürdigster Bischof, dreimal nein: In Ihrer Art läßt sich, aufs allgemeine übertragen, der ewige Kampf zwischen Glauben und Wissen nicht beenden. Außer vielleicht für einen Einzelnen: Für einen Steno aus Jütland, der aus einem großen Anatomen ein großer Bekenner wurde. Siegen läßt es sich in diesem Kampfe nur dann, wenn ganz große Entdecker, ganz große Erfinder und ganz große Vorkämpfer aller Wissenschaften nicht nur gottgläubig bleiben, sondern, darüber hinaus, durch Wort und Tat bezeugen, daß sie dies alles nicht trotz, sondern infolge ihres schlichten Glaubens leisteten. Und daß sie alles sowohl als Werkzeug Gottes als zur höheren Ehre Gottes und zum Höherbau der civitas Dei, des Gottesstaates leisteten. Und daß ihre Leistung die Leistung all der anderen, der Ungläubigen übertrifft, daß sie aere perennius, ewiger denn Erz bestehen bleibt, weil auf ihr die Gnade ruht.“

Leibniz hatte plötzlich zu sprechen aufgehört. Nicht in der Gedankenführung. Denn er hatte gesagt, was er sagen wollte. Im Ton jedoch lag dieses beinahe schrille Abreißen seiner Worte.

Auch Steno stand unter diesem Eindruck. Und wieder zerschnitt eine lange Pause den äußeren Rhythmus der Diskussion.

Diese angespannte, durchsummte Stille jedoch entschied schließlich das Gespräch. Steno war durch die letzten Argumente seines Gegners, der ja in nichts sein persönlicher Gegner war, ein
helles Licht aufgegangen. Allerdings, ohne daß sich die eigentliche Kampflage, die Gegensätzlichkeit der Standpunkte, auch
nur im mindesten verschoben hätte. Der „mittelmäßige Theologe" aber sah mit seinen herrlichen Erkenneraugen plötzlich
einen Ausweg, der vielleicht für den Augenblick nur einem
Seitenpfad glich, die Geschichte des Geistes jedoch wahrscheinlich nachhaltiger beeinflußte als manches riesige Denkgebäude
eines siebengescheiten Philosophen. Und er begann zu lächeln,
milde und nachdenklich zu lächeln, als ihm sein eigenes Dämonium diesen Pfad gewiesen hatte.

„Setzen Sie sich wieder neben mich, leidenschaftlicher Jüngling", sagte er in absichtlich leichtem und beinahe gesellschaft-
lichem Ton. „Wir wollen nicht weiter disputieren. Ich will es
nicht. Denn es ist, denke ich, unwiderleglich festgestellt, durch
Sie selbst festgestellt, daß wir von anderen Ufern, anderen Inseln, oder wie man es nennen will, schauen. Und deshalb, auch
das haben Sie mich gelehrt, will ich mich für einen Augenblick
auf Ihre Insel begeben, Leibniz. Wie wäre es, frage ich, von
dort aus, wenn Sie all das, was mir von meinem Ufer als spino-
zistisch erschien, doch ein wenig näher prüften und bekämpften.
Auf Ihrer neutralen, harmonischen Insel muß es ja auch erlaubt
sein, sich etwa in die Lehren eines heiligen Augustinus oder
eines Thomas von Aquino mit vollem Ernst zu versenken. Um
nicht von all dem zu sprechen, was, aus der Antike heraufragend,
hinter diesen großen Erleuchteten steht. Wie wäre das, Herr
Leibniz? Würden Sie, im vollen Bewußtsein ehrlichster Verantwortung, einem mittelmäßigen Theologen diesen Dienst am
gemeinsamen Ziele, an der Mehrung des Gottesruhmes leisten,
wenn dieser Theologe Ihnen dafür verspräche, vorläufig wenigstens, seinen Kampf gegen die weltliche Wissenschaft zu mildern? Wollen Sie das, Leibniz? Ich habe, das sage ich Ihnen
offen, meine Ansichten nicht geändert. Bin mir auch klar, ob
es stärkeres Zeugnis für den Glauben ablegt, wenn ein größter
Anatom — wie Sie sagten — es vorzieht, ein kleiner Theologe

oder überhaupt nur ein schlichter Diener Gottes zu werden;
oder, ob Ihre Ansicht richtig ist, daß der gläubige Heros der
Wissenschaft der stärkere Zeuge ist. Ich bin mir nicht klar darüber, sagte ich. Aber manches in Ihren letzten Argumenten hat
mich doch ein wenig stutzig gemacht und mich dazu bewogen,
Ihnen diesen Pakt vorzuschlagen. Ein Pakt, der keinen Sieger
und Besiegten kennt und nur der heiligsten Sache dienen soll.
Und der es uns beiden freistellt, das zu bleiben, was wir sind,
da er nur Methoden und nicht Prinzipien betrifft."

Steno hielt, noch immer sonderbar lächelnd, Leibniz die Hand
hin.

Leibniz ergriff sie, ließ sie jedoch aus einer gewissen Scheu
vor dem Einbrechen zu heftiger Gefühlsregungen sogleich wieder los und erwiderte klar und hell:

„Meine Urteile, hochwürdigster Bischof, mögen vorlaut und
unzart gewesen sein. Und ich habe für Augenblicke vielleicht
eine Haltung vergessen, die mir sonst als besonderes Geschenk
des Schicksals eignet. Nämlich eine gewisse höfische Glätte, wie
es meine Feinde nennen. Das aber geschah, weil ich mich einer
Urgewalt, dem Menschen Steno aus Jütland, gegenübersah,
vor dem selbst die Glätte zerrinnen mußte. Und deshalb auch
betrachte ich Ihren Vorschlag, hochwürdigster Bischof, nicht
als Paktum, sondern als einseitige Weisung. Eine Weisung, der
ich mich zu meinem und zum Nutzen der Allgemeinheit freudig
unterwerfe. Denn diese Weisung kommt vom großen Menschen
Steno aus Jütland."

„Und jetzt wollen wir noch von andrem sprechen, bevor wir
uns trennen", sagte Steno in eigentümlich abwehrendem Ton,
dessen tiefste Ursachen Leibniz sofort erkannte. Und auf den er
deshalb um so bereitwilliger einging.

Fünfunddreißigstes Kapitel

Inventio phosphori

Die prophetischen Worte, die Leibniz zu Steno über die „diesseitigen Wunder" der Wissenschaft gesprochen hatte, gingen schon in wenigen Monaten in Erfüllung. Kaum hatten die Forschungen des Alchimisten Becher den allgemeinen Glauben an den uralten Grundsatz erschüttert, daß überall dort, wo Feuer und Hitze sei, auch Schwefel vorkommen müsse; kaum war die Entdeckung Priestleys — eines Geistlichen der englischen Hochkirche! — bekannt geworden, das bei der Verbrennung ein neuer Stoff, der Sauerstoff, eine mächtige Rolle spiele, den dieser wunderbare Experimentator aus Zinnober mit Hilfe eines Brennglases gewonnen hatte: als schon eine neue Entdeckung alle Verwirrung um das Rätsel der Verbrennung und des Feuers noch vergrößerte, wenn nicht gar zur Unlösbarkeit steigerte. Ganz Europa stand im Banne dunkler Gerüchte; es sei ein „kaltes Licht" gefunden worden, ein Licht, dessen Träger ein neuer unerklärlicher Grundstoff sei, der Lichtträger, der Phosphor, dessen Entstehung zudem noch in merkwürdiger Weise mit den ältesten Glaubensregeln der Goldmacherkunst zusammenhänge, der geradezu imstande sei, das Silber in Gold zu verwandeln und der der Prüfung auf „Herz und Nieren" seine Auffindung verdanke. Denn er stamme unleugbar aus der Niere des Menschen.

Wie gesagt, es waren bisher, trotz aller Verbreitung, nur dunkle Gerüchte gewesen, die Europa und insbesondere die Welt der Gelehrten beunruhigten. Denn die neue Theorie Bechers, der an Stelle des Schwefels eine „terra pinguis", eine fette, brennbare Erde, als Ursache der Brennbarkeit angenommen hatte, war durch die „Inventio phosphori", die Entdeckung des Phosphors, falls sie sich bewahrheiten sollte, sogleich wieder mächtig ins Wanken geraten. Und das Schwerwiegende an der ganzen Sache bestand darin, daß diese Entdeckung ihren Ausgang durchaus nicht aus den Laboratorien einer hohen Schule genommen hatte, sondern daß die Hauptakteure des

Geschehens abseitige, wenn nicht sogar anrüchige Laien waren. Aber selbst diese Personen waren nur den unterrichtetsten Rechercheuren einiger europäischer Höfe andeutungsweise bekannt. Und nur durch einen besonderen Zufall waren Leibniz und Otto von Grote, früher als andere, auf die Spur des kursächsischen Kommerzienrates Johann Daniel Kraft und des mysteriösen „geheimen Kammerdieners" am sächsischen Hofe, des Chymisten und Apothekers Johann Kunckel gekommen, der sich geradezu für den Entdecker des Phosphors ausgeben ließ. Obgleich er es, wie Leibniz bald feststellen konnte, durchaus nicht war, wenn ihm auch gewisse Verdienste daran keineswegs abgesprochen werden konnten.

Nun hatte die ganze Angelegenheit inzwischen solche Kreise gezogen, daß Herzog Johann Friedrich an einem Septembermorgen Geheimrat von Grote, den General Podewils und Leibniz zu einer ebenso dringenden als geheimen Konferenz in Sachen des Phosphors zu sich berufen hatte.

In einem hellen Beratungszimmer, dessen Wände in Weiß und Gold leuchteten, saßen die drei Würdenträger mit dem Herzog an einem prunkvollen Frühstückstisch und aßen eben den letzten Gang eines erlesenen Dejeuners.

Grote war schön und gewinnend wie stets. Er trug ein weiches feines Kleid in hellstem Grau, dessen Einfarbigkeit nur durch das grelle Weiß des Spitzenjabots und der Spitzenmanschetten unterbrochen wurde. Auch Leibniz war prächtig und geschmackvoll gekleidet, wenngleich seine Eleganz mit der Vollendung Grotes nicht wetteifern konnte. Auffällig war es, daß Leibniz die rechte, verbundene Hand in einer Seidenschleife trug, die dem matten Grün seines Rockes angepaßt war. Huygens hätte die Gelegenheit sicher nicht versäumt, diese modische Armschlinge zu bewitzeln und ihm vorzuwerfen, er wolle wieder „scheinen". Aber auch in Abwesenheit des großen Huygens entging Leibniz allerlei Scherzen durchaus nicht. Der Herzog, dessen zerfurchtes Antlitz heute merkwürdig blaß war, hatte ihm sogleich beim Eintreten die Wange getätschelt und ihm, zärtlich und ironisch zugleich, versichert, er anerkenne aufs lebhafteste diese erste „Verwundung" im Dienste des Hauses

Hannover. Und er werde es sich noch überlegen, ob solche Heldentaten durch Orden belohnt werden könnten. Während der harte und martialische General Podewils sein ohnedies mächtiges und breites Kinn grinsend noch mehr vorgeschoben und geäußert hatte, er habe den jungen Herrn Rat in Verdacht, daß er sich nur als Märtyrer der Wissenschaft aufspiele. In Wahrheit setze er sicherlich in Hannover das Studium ganz andrer, in Paris erworbener Wissenschaften fort und sei dabei wahrscheinlich an einen degenflinkeren, noch jüngeren Nebenbuhler geraten. Herr von Grote sei es in diesem Falle ausnahmsweise nicht gewesen. Denn der fechte lieber mit der Zunge. Obwohl er, bei aller Freundschaft, die man zu ihm hege, aus Erziehungsgründen sich wenigstens für jede hunderste Liebschaft duellieren sollte. Er wäre auch unter solcher Voraussetzung noch immer ausreichend beschäftigt und genügend gefährdet.

Johann Friedrich störte die gute Laune der Versammelten in keiner Weise, da er sofort sah, daß sich sowohl Leibniz als Grote über den polternden Humor Podewils, der im übrigen auch als feiner Kopf galt, höchlichst belustigten; und mit Sticheleien aller Art antworteten, die wieder Podewils durchaus nicht krumm nahm. Als aber endlich Leibnizens Blessur zum alleinigen Gesprächsthema auszuarten drohte, sagte der Herzog plötzlich in freundlichstem Ton:

„Über die Wirkung der ‚Inventio phosphori‘ haben wir uns jetzt genügend unterhalten, meine Herren! Wie wäre es, wenn wir zur Analysis der Ursache übergingen? Wenn Sie mit meinem Vorschlag einverstanden sind, erteile ich dem Referenten, Herrn Rat Leibniz, das Wort zu seinem Vortrag. Wir sind jetzt so weit, manches, wenn nicht alles an der Angelegenheit zu überblicken. Problematisch bleibt ein einziger Umstand, der zugleich so ernst und so skurril ist, daß Sie, meine Herren, Gelegenheit haben werden, bei dieser Beratung Ihre gute Laune noch mehr als einmal zu verbessern." Und über sein Gesicht zuckte ein kaum zu unterdrückendes, tief belustigtes Lächeln, das sich, wie durch Ansteckung, auf das Antlitz Leibnizens überpflanzte, der sich auf die Lippen beißen mußte, bevor er begann.

Nach einer kurzen Pause, in der Grote und Podewils fragende

Blicke tauschten, hatte sich Leibniz so weit in der Gewalt, sein Referat zu erstatten.

„Durchlauchtigste Hoheit, sehr verehrte Herren!" hub er leise an. „Über den Beratungsgegenstand selbst erübrigt sich wohl eine Mitteilung. Ganz Europa raunt sich Wunderdinge über das Geheimnis des Phosphors in die Ohren. Und wir wissen — ich sage es aufrichtig — heute noch ganz und gar nicht, welche Umwälzungen diese Entdeckung nach sich ziehen wird. Denn wir kennen den Phosphor bisher nur in kleinen Mengen. Und in chymischen Angelegenheiten spielt, soweit meine bescheidenen Kenntnisse reichen, die Menge eines Stoffes oftmals eine ausschlaggebende Rolle. Nicht nur für das Verhalten des Stoffes, sondern auch für die Möglichkeit seiner Anwendung zu mechanischen oder militärischen Zwecken. Doch ich will nicht vorgreifen. Über die Herstellung des neuen Grundstoffes werde ich am Schlusse berichten, da dort auch das Problem liegt, jenes zwischen Großartigkeit und Lächerlichkeit pendelnde Problem, von dem unser erhabener Herzog eben früher sprach. Ich will mich also vorläufig gleichsam mit der personellen Seite der Entdeckung beschäftigen. Und darf dabei gleich feststellen, daß es mir durch die Hilfe des Herrn Geheimrates Grote gelungen ist, fast alle anderen Höfe Europas zu überholen und, was mir persönlich am Herzen lag, eindeutig festzulegen, daß es sich hier um eine ausschließlich von Deutschen geleistete wissenschaftliche Tat handelt, wenn diese Tat auch durch die Geschäftigkeit und durch menschliche Schwächen der beteiligten Personen fast in die Ebenen der Scharlatanerie und der Jahrmarktsgaukelei gerückt wurde. Ich selbst aber, unterstützt durch die Großzügigkeit und den leuchtenden Verstand Seiner Hoheit des Herzogs, habe es unternommen, die Riesenhaftigkeit des Ereignisses von allen Schlacken zu säubern, die sich bereits um das Geschehen herum anzusammeln begannen. Dies das einzige Verdienst, das ich bei der Inventio phosphori in Anspruch nehme. Ich verzichte sogar darauf, mich wegen der immerhin schmerzhaften und schwer heilenden Verbrennung, die ich an der Hand erlitt, als Märtyrer feiern zu lassen. Diese Verbrennung ist für mich bloß ein neues wissenschaftliches, zwar ungewolltes, aber nützliches Experiment, das uns in der Erkenntnis der Eigenschaften des Phosphors weiterbringt; und das ich etwa mit dem Tod der Ratten auf eine Stufe stelle, der uns über die geradezu furchtbare Giftigkeit des neuen Stoffes aufklärte."

Der Herzog und Podewils brachen beim letzten Satz Leibnizens in schallendes Gelächter aus. Grote lächelte und schüttelte posiert verzweifelt den Kopf. Johann Friedrich aber fiel, als er sich gefaßt hatte, ein:

„Ich stelle fest, daß wir Leibniz mit unsren Witzeleien doch beleidigt zu haben scheinen. Wir wollen ihm deshalb solenn erklären, daß wir gegen seinen Vergleich aufs heftigste protestieren, wenn wir auch zugeben, er habe uns nicht feiner und geistreicher für unsre schlechten Scherze bestrafen können. Auf jeden Fall aber sind wir — diese meine Duplik auf den bösen Stich meines Herrn Rats — glücklich, daß sich das Geschehen nicht umgekehrt zutrug, daß nämlich die Ratten sich die Pfote verbrannten und Herr Leibniz den Phoshpor schluckte."

Neuerliches allgemeines Lachen quittierte die Äußerung Johann Friedrichs. Leibniz aber verbeugte sich, als ob er all das ernst nähme, und setzte nach wenigen Augenblicken fort:

„Es war kein Zufall, daß ich Hannover den vorhin erwähnten Dienst leisten konnte. Ich war nämlich schon in Nürnberg vor vielen Jahren Alchimist und Rosenkreuzer und kenne sowohl die Schliche als die Stärken dieser Afterwissenschaft, die eben jetzt sich zu echter Wissenschaft umzugestalten scheint. Oder wenigstens Ansätze zu solcher Umgestaltung zeigt. Der Vorgang war kurz folgender: Wir erfuhren, daß ein gewisser kursächsischer Kommerzienrat vorhabe, die Höfe Europas zu bereisen, um die angebliche Erfindung des Kammerdieners und Chymisten Kunckel für schweres Geld an die Fürsten zu verkaufen. Ich förderte diese Absicht, indem ich Herrn Kraft sogleich an unsren Hof einlud. Über gewisse Experimente und Kunststücke, die er uns vor einigen Wochen vorführte, brauche ich wohl wenig zu berichten. Wir alle haben gesehen, wie er mit einem Stückchen Phosphor, das wir für Wachs hielten, Huldigungsverse an unsren Herzog auf ein glattes Brett schrieb, die im Hellen vollkommen unsichtbar blieben, während sie im verdunkelten Zimmer in grünlichem Zauberlicht aufschimmerten. Es wár ein großes Erlebnis. Und wir sahen dann noch andre Dinge, sahen die nebelartigen Phosphordämpfe, sahen die Selbstentzündung des Stoffes, sahen, wie sich eine andre, dickere Phosphorschrift plötzlich auf Papier zur Flammenschrift verwandelte, die das Geschriebene als schwarze Verkohlungsspur zurückließ. Davon also kann ich jetzt schweigen, da es allen noch in Erinnerung ist. Worüber ich aber nicht schweigen kann, ist das merkwürdige Verhalten des kursächsischen Kommerzienrates n a c h den Demonstrationen, sind seine Versuche, unsren erhabenen Herzog zu betrügen, und ist, im Zusammenhang damit, eine weitere verblüffende Entdeckung. Allerdings keine chymische, sondern eine fast kriminelle. Kunkkel ist nämlich gar nicht der Entdecker des Phosphors. Der erste Entdecker ist Johann Brand aus Hamburg, der den Phosphor schon anno 1669 also, vor nunmehr acht Jahren, darstellte und dem die Herren Kraft und Kunckel seine Entdeckung um einen Bettel ablisteten. Doch ich bin vielleicht zu scharf. Kunckel hat sicher auch seine Verdienste, hat die Darstellung verbessert, sogar in gewisser Weise ermöglicht. Aber Herr Kraft hat mir keinen guten Eindruck hinterlassen, wollte uns mit den schlimmsten Alchimistenmärchen kommen und uns einreden, er könne durch den neuen Stoff wahrscheinlich schon in naher Zeit das Silber unsrer Zellerfelder Bergwerke in pures Gold verwandeln. Wo wir doch eben daran sind, auf Grund besserer, nämlich Colbertscher, merkantilistischer Alchimie, unser gutes Silber zu noch besseren Talern umzuformen, die keine derartige Revolution unserer Wirtschaft hervorrufen werden wie das Gelingen der alten Großen Kunst des Goldmachens. Nebenbei bemerkt, habe ich selbst schon in Nürnberg sogenanntes Gold eines Adepten in der Hand gehabt. Habe solch einer Verwandlung beigewohnt und ihre betrügerischen Hintergründe entlarvt. Herr Kraft, dessen Beredsamkeit sehr groß ist, konnte sich also durch die unleugbare Verblüffung, die er mit seinem, besser mit Herrn Kunckels, noch besser, mit Herrn Brands Phosphor erregte, zwar für einen Augenblick in die Gunst unsres Hohen Herzogs einschleichen. Eine Gunst, die

allerdings nur so lange anhielt, bis ich selbst Seine Hoheit aufklären durfte. Übrigens ist es selbstverständlich, daß nur der
ungeheure Zufall meiner Nürnberger Einweihung es verhin-
derte, daß es mir ebenso ging wie Seiner Hoheit, dem Herzog."

„Sehr gut, daß Sie den letzten Satz gesagt haben, Leibniz",
fiel Johann Friedrich ein. „Auf jeden Fall haben Sie Takt, mein
Leibniz. Ihre wahren Gedanken will ich mit Rücksicht auf Ihre
im Dienste der Sache erfolgte Verwundung nicht näher erforschen. Wie dies nun aber ist, haben Sie zur rechten Stunde im
Sinne der alten Vorschrift Ihr verehrtes Maul aufgetan."

„Das habe ich, bei Gott!" fuhr Leibniz fort. „Und Herr
Kraft witterte diese Wendung bald mit seiner feinen Nase. Als
er nämlich zu seinem Schrecken langsam bemerkte, daß er in
mir einen noch gerisseneren Adepten vor sich habe, schwenkte
er um und warf sich sogleich — das wird Sie interessieren, Herr
General Podewils — auf die militärische Bedeutung des Phosphors. Ungeheuer schlau von ihm. Denn nach dem sagenhaften
Goldmachen hatte er sofort wieder einen Anlaß, das Geheimnis
des Phosphors nur zu Monopolpreisen loszuschlagen. Wer den
Phosphor hat, besitzt die militärische Vorherrschaft, war seine
neue Formel. Brandgeschosse — nebenbei ein neckischer
Scherz der Geschichte, daß in diesem Wort der Name des
wahren Erfinders, des Herrn Brand, ungewollt auftauchte —
also Brandgeschosse, geheime Signale, verborgene Schriften,
tückische Überfälle, die man dadurch verüben könnte, daß man
in Wasser aufbewahrten Phosphor durch Spione in feindliche
Pulvermagazine einschmuggelte und vorkehrte, daß das Wasser
langsam ablief, wodurch dann nach vorbestimmter Zeit der
Phosphor sich von selbst entflammte und das Pulver in die Luft
flog; das waren so einige seiner Vorschläge und Gedanken. Alles
aber stieß sich noch an den geringen Mengen, die man erzeugen
konnte und an dem hohen Preis dieser Erzeugung, der den
Phosphor fast teurer macht als pures Gold. Mit all dem Auf und
Ab der Angelegenheit will ich nicht langweilen. Kurz, es gelang
mir, das Geheimnis der Phosphorherstellung um einen verhältnismäßig niederen Preis in die Hand zu bekommen, und den
wahren Entdecker, Herrn Brand aus Hamburg, auszuforschen.

Seine Hoheit und ich sahen bewußt davon ab, uns um fast unerschwingliches Geld das Alleinrecht auf den Phosphor zu sichern, da ich in Erfahrung brachte, Herr Kraft befinde sich bei uns nur auf der Durchreise nach England und sei bereits am dortigen Hofe und unter anderem beim großen Chymiker Boyle angesagt. Wir hätten also unser teures ‚Alleinrecht‘ schon in wenigen Wochen mit England und in wenigen Monaten oder Jahren vielleicht schon mit ganz Europa geteilt; dank der ‚Vertrauenswürdigkeit‘ unsres erwähnten Herrn Kraft! Was aber die Verwendung des Phosphors als Kriegsmittel betrifft, ist Seine Hoheit, unser Herzog, der Ansicht, daß die Einführung solcher Furchtbarkeiten für ein kleines Land gefährlich ist, da sie unter Umständen weniger Schrecken als Haß erzeugt. Gewiß besitzen sollen wir diese Waffe. Aber die erste Anwendung mögen andere versuchen.“

„Ganz meine Meinung“, fiel General Podewils ein. „Mir ist die Disziplin meiner vierzehntausend Mann vorläufig wichtiger als neue Brandgeschosse. Man verdächtigt uns ohnedies schon der Angriffslust, weil wir uns im Wirrwarr der gegenwärtigen Politik ausreichend schützen wollen. Nur keine grausame Angriffswaffe in dieser Lage!“

„Über diesen Punkt scheinen wir alle einig zu sein“, resümierte Grote. „Mir lagen solche Einwendungen früher schon auf der Zunge, als Herr Leibniz über die Vorschläge des Herrn Kraft sprach.“

„Auf jeden Fall haben wir den Phosphor“, sagte Leibniz. „Und wir werden bald noch mehr haben. Nämlich die Möglichkeit, ihn in großen Mengen herzustellen. Wir gewinnen also, auch ohne erklärte militärische Nebenansichten, via facti einen militärischen Vorsprung. Nun aber muß ich vom personellen zum sachlichen Thema übergehen. Nämlich zur Erzeugung des Phosphors. Ich weiß nicht, ob ich schon berichtete, daß es mir gelang, nach abenteuerlichen Umwegen und Kniffen die Person des verkrachten und absonderlichen Kaufmanns Brand, des dritten Akteurs in der Phosphorkomödie, auszuforschen. Kommerzienrat Kraft ist vor einiger Zeit abgereist und wir hatten keinen Anlaß, die Engländer vor seiner Scharlantanerie zu warn en. Das sollen die Herren Newton und Boyle und all die anderen großen Köpfe besorgen, die den Stolz der grünen Insel bilden und die wohl auf uns recht geringschätzig herabsehen. Dafür, daß die Entdeckung für alle Zeit eine deutsche bleiben und als solche gelten wird, dafür haben wir gesorgt. Also, Herr Kraft ist abgereist und — Herr Brand befindet sich seit einigen Tagen in Hannover. Auf meine Veranlassung. In der Zwischenzeit machte ich meine eigenen Versuche mit ausgewählten Gehilfen, deren vorläufiges trauriges Ergebnis die heute schon oft besprochene Verbrennung meiner Hand bildet. Was auch zu vermeiden gewesen wäre, wenn meine Logik meine Ungeduld übertroffen hätte. Ich hielt nämlich ein Stückchen Phophor, anstatt es mit einer Zange anzufassen, zu lange in der bloßen Hand. Eine allgemeine Erscheinung und Gefahr chymischer Versuche. Man weiß die Folgen, ist aber an den Umgang mit der bedrohlichen Sache so gewöhnt, daß man sich irgendwo im Halbbewußtsein einbildet, die Sache sei gezähmt wie ein Haustier und nehme Rücksicht auf die vertraute Bekanntschaft. Bis sie einem dann ihre ganze Tücke zeigt und einen belehrt, daß, in der Wissenschaft wenigstens, die logischen Gesetze mit vollster Unerbittlichkeit gelten." Leibniz machte eine Pause, da der Herzog eben eine Tischglocke ergriffen und dem sogleich eintretenden Diener befohlen hatte, ein kühlendes Getränk zu servieren.

Als die Karaffen auf dem Tische standen und der Diener sich wieder entfernt hatte, sagte der Herzog:

„Ich argwöhne, daß wir in die nächste Nähe des tragikomischen Höhepunktes der Angelegenheit vorgerückt sind. Und ich glaube, die Erfrischung wird es den Herren ermöglichen, die Eröffnungen Leibnizens mit Fassung und Würde zu ertragen. Doch ich will dem unausweichlichen Hauptproblem nicht vorgreifen und bitte Herrn Leibniz um Fortsetzung seines Berichtes. Die Debatte wird sich dann von selbst ergeben. Besonders Sie, Geheimrat von Grote, können sich heute endgültig die staatsmännischen Sporen verdienen. Und nun los, Leibniz!"

Wieder zuckte es verräterisch über Leibnizens Antlitz und er gab sich anscheinend redlichste Mühe, einen halbwegs seriösen Weg der Berichterstattung zu finden. Er begann also:

„Wir verließen unser Thema mit der Bemerkung, der wahre Entdecker des Phosphors, Herr Brand aus Hamburg, sei durch uns ausgeforscht und nach Hannover gebeten worden. Er ist bereits eingetroffen und hält sich für weitere Versuche bereit. Von ihm auch erfuhr ich die erste Geschichte der Entdeckung. Als er vor manchem Jahr geschäftlich verunglückte und in bittere Armut geriet, warf er sich aus Verzweiflung auf die Alchimie. Gleichsam als letzten Ausweg. Warum auch sollte nicht gerade er den Weg des Goldmachens entdecken? Er war ja ein gebildeter, heller Kopf und dazu äußerst geschickt in der Kunst des Experimentes. Er stöberte auch uralte Alchimistenrezepte auf und zog eines Tages aus dem Umstande, daß der Mensch das edelste aller Geschöpfe sei, die Folgerung, es könne das edelste Metall, wenn irgendwoher, nur aus dem menschlichen Körper erzeugt werden. Da er aber wieder Menschen nicht geradezu zu chymischen Versuchen zerkleinern und eindampfen wollte, verfiel er, angeregt durch die erwähnten alten Rezepte, darauf, die Ausscheidungen des Menschen einzudampfen. Und er erhitzte dann das Produkt der menschlichen Niere, besser dessen Verdampfungsrückstände, gemischt mit weißem Kieselsand, in einer tönernen Retorte und fand so unseren abenteuerlichen Phosphor. Nun wollen wir, wie schon erwähnt, unsre Versuche außerhalb der Stadt im größten Maßstab durchführen. Daher sind riesige Mengen der Ingredienzien erforderlich. Und die Beschaffung dieser Ingredienzien steht gleichsam wie eine mathematische Aufgabe unter mehrfachen Bedingungen. Vor allem muß der ganze Vorgang geheim bleiben. Dann soll die Prozedur so wenig als möglich kosten. Und schließlich darf durch all das keine unerwünschte Nebenwirkung politischer oder disziplinärer Art erzeugt werden. Kurz gesagt, die große Entdeckung darf nicht mit dem Fluch der Lächerlichkeit oder des Aberglaubens belastet werden, wenn sie selbst einmal in ihren Einzelheiten durchsickert. Die Ton-Retorten werden wir in beliebiger Größe erhalten. Der verborgene Platz und das notwendige Feuer ist ebenso leicht sicherzustellen. Auch der

weiße Kieselsand wird keine Schwierigkeiten machen. Auch
nicht die Werkleute, die das Gemenge brauen und die Retorten
bedienen sollen. Ungelöst ist bisher lediglich die mehr als sonderbare Frage, woher wir, pardon pour l'expression, die erforderlichen Riesenmengen menschlichen Harns herholen sollen.
Ein geradezu infernalisches Problem, mit dessen Enträtselung
sich wohl noch kein Gelehrter der Weltgeschichte befaßt hat."

General Podewils war bei den letzten Sätzen in ungebändig-
tes Gelächter ausgebrochen, in das, gedämpfter, die anderen
einstimmten. Der Herzog ließ die aus den Fugen geratene Konferenz kurze Zeit in ihrer chaotischen Verfassung. Dann winkte
er endlich beschwichtigend mit der Hand und sagte:

„Die Sache ist ebenso verwickelt als erheiternd. Ein tückischer Scherz der Geschichte. Aber sie ist ernster, als sie auf den
ersten Blick aussieht. Nicht allein wegen der Gefahr der Lächerlichkeit. Als Naturalsteuer kann ich den notwendigen chymischen Stoff wohl kaum einheben. Kann auch schwer Sammel-
wagen mit patriotischen Aufrufen durch meine Lande schicken.
Dabei fürchte ich die Lächerlichkeit noch weniger als den
Aberglauben. Der Wahn der Behexung oder Verzauberung
könnte nur zu leicht entstehen, wenn man den Menschen das
fortnimmt, was sie mit Recht seit Adam und Eva für ihr ange-
stammtes, wenn auch stets vergeudetes Eigentum halten. Kurz,
Leibniz und ich haben bisher noch keinen gangbaren Ausweg
gefunden, meine Herren."

Geheimrat von Grote, der schon einige Zeit die Redner mit
einem merkwürdig schalkhaften und doch seriösen Lächeln angeblickt hatte und dem man es förmlich ansah, daß er sprechen
wolle, nickte mit dem Kopf, als der Herzog nicht mehr zu wei-
terem Reden ansetzte.

„Hoheit haben mit jedem Wort recht", erwiderte er langsam
und plötzlich vollständig ernst. „Vor Gott und der Politik gibt
es nur mehr oder weniger wichtige, jedoch keine mehr oder
weniger lächerlichen Angelegenheiten. Wir stehen hier vor der
Entwirrung einer Realität unter Bedingungen, die Herr Leibniz
ebenso ausführlich als treffend abgegrenzt hat. Und ich hoffe,
daß ich mir meine staatsmännischen Sporen endgültig verdienen

kann. Denn es gibt eine Lösung, die keine der erwähnten
Bedingungen außer acht läßt. Falls ich mich nicht grundlegend
irre und Herr General von Podewils mich nicht eines Besseren
belehrt. Übrigens bedarf ich dazu auch noch seiner fachkun-
digen Ratschläge."

„Was wollen Sie von mir, Herr Geheimrat?" polterte der
General los. „Bei Ihnen soll sich der Teufel auskennen! Ich
habe schon den Verdacht, daß Sie wieder einmal einen Ihrer
üblen Scherze machen werden, um den Ihnen unbequemen
Machtfaktor des Militärs zu kompromittieren."

„Sehr gut, mon cher", erwiderte Grote unbeirrt. „Aber
diesmal haben Sie sich ausnahmsweise geirrt. Ich meine es vollkommen ernst."

„Bis auf weiteres", brummte Podewils.

„Nein, bis zum Ende." Grote zog sein Gesicht in gekränkte
Falten. Sogleich aber lachte er wieder leise. „Wir haben jetzt
den besten Beweis, wie heikel unsre alchimistische Auswertung
der Nieren ist", setzte er fort. „Selbst im engsten Kreise. Es
gibt aber doch eine Möglichkeit. Und darum frage ich Sie,
Hoheit, und die anderen Herren: Wo ist die Geheimhaltung am
besten gesichert? Wo ist nur ein Befehl notwendig, um auch
Absonderliches zu erzwingen? Wo gibt es keine vorlauten Rand-
bemerkungen? Wo keine Zimperlichkeiten und keinen Aberglauben? Wo sind eine Menge von Menschen auf kleinstem Raum
vereinigt? Wo kann man durch winzige Vorteile diese Menschen
mächtig erfreuen? Wo kann man sie geräuschlos hinter Schloß
und Riegel setzen, wenn sie murren und plaudern? Doch wohl
nur in den wohldisziplinierten Winterlagern der Soldaten unsres
Herrn General Podewils!" Und Grote nippte achtlos an seinem
Glas, als ob ihn alles weitere nichts mehr anginge.

„Die Disziplin wird bald beim Teufel sein, wenn ich von
meinen Soldaten verlange, daß sie auf Kommando.... pardon,
ich kann es hier nicht aussprechen, was ich sagen wollte. Ich
sage es Ihnen später privat, Herr Geheimrat." Der General
hatte einen roten Kopf bekommen und schrie fast.

„Nur nicht so hitzig!" lachte Johann Friedrich auf. „Grote
hat vollkommen recht. Sein Vorschlag ist geradezu erleuchtet.

Sie haben also die Wahl, Podewils: Entweder verschaffen Sie
mir durch meine Truppen das neue Kampfmittel, oder wir
verlieren den militärischen Vorsprung. Grote hat ja ausdrücklich betont, daß die Durchführung Ihre Sache ist. Also los
General! Wie deichselt man die bewußte Angelegenheit, ohne
der Disziplin zu schaden? Zeigen auch Sie jetzt, was Sie wert
sind, Sie rabiater Soldatenvater!"

Der General schien seinen Zorn plötzlich wieder vergessen
zu haben, als er die eindringlichen Worte seines Herzogs hörte.
Denn er antwortete fast wegwerfend:

„Natürlich muß es gehen, wenn Hoheit es befehlen. Ich bin
ja wohl selbst auch so etwas wie ein Soldat und kann daher
besser gehorchen als die anderen Herren vom Hofe."

„Diesen Vorzug räume ich Ihnen gerne ein, obgleich auch ich
nicht gerade ein Meuterer bin", warf Grote höchst belustigt ein.

Der General aber blitzte ihm, kaum mehr Herr seiner ver-
söhnlichen Stimmung, einen erzwungenen bösen Blick zu.

„Reizen Sie mich nicht wieder, Geheimrat! Vielleicht sind
Sie kein Meuterer. Aber ein Aufwiegler zum Ungehorsam sind
Sie bestimmt mit Ihrer wundervollen Selbstbeherrschung.
Übrigens, bitte, jetzt nicht die Diskussion zu verzögern, Herr
Geheimrat! Seine Hoheit hat mir das Wort erteilt und nicht
Ihnen."

„Herrlich, Podewils!" lachte der Herzog. „Ausgezeichnet!
Jetzt gibt es kein Zurück."

„Will ich auch gar nicht, Hoheit. Es ist ja ein wunderbarer
Bursche, dieser Geheimrat Grote, obgleich ich ihn nicht aus-
stehen kann. Aber kein Wort mehr über ihn! Ich werde ganz
einfach in den Winterlagern Tonnen aufstellen lassen. Wer sie
nicht benützt, wird krumm geschlossen. Und wer sie anders
benützt, ebenfalls. Das Ganze geschieht aus Gründen, die den
gemeinen Mann nichts angehen. Der gemeine Mann darf eben
nicht alles wissen. Das ist er gewohnt. Und aus eben denselben
Gründen werden Troßknechte bei Nacht und Nebel die Tonnen
an einen bestimmten Ort in eine abgelegene Heide führen, wo
ich das kostbare Naß abdampfen lasse. Von dort können Sie
dann die Rückstände in Ihre Manufaktur transportieren, Herr

Leibniz. Klappen wird die Chose auf die Sekunde. Dafür heiße
ich Podewils. Damit meine Kerle aber auch einen Spaß haben
und noch weniger nachdenken, bekommen Sie Kostaufbesse-
rung für peinlich befolgte ‚Reinlichkeitsvorschriften‘. Das wird
eine fröhliche Fabricatio phosphori werden, bei Mars und Venus, hätte ich fast gesagt! Und ich bitte nur noch um schrift-
liche Bekanntgabe Ihres Bedarfes, Herr Leibniz. Wir haben, wie
Sie wissen, vierzehntausend Mann zur Verfügung. Ich hoffe,
Sie werden nicht zu unbescheiden sein, Herr Leibniz. Aber ich
muß hinzufügen, und das gilt Herrn von Grote, dem Soldaten
wird doch in letzter Linie alles aufgebürdet.“

„Das habe ich nie bestritten.“ Grote verneigte sich liebenswürdig. Dann schloß er: „Im Gegenteil. Und ich betone, daß
die Ausführung meiner lückenhaften Vorschläge erst durch
Ihre Vorschläge, Herr General, zu einer staatsmännisch unbe-
denklichen Möglichkeit und Wirklichkeit geworden ist. Ich
halte auch Sie, General Podewils, für einen ‚ausgezeichneten
Burschen‘, obgleich ich Sie sogar sehr gut leiden kann.“

Unter allgemeiner Heiterkeit wurde die denkwürdige Sitzung
die „Inventio und fabricatio phosphori“ betreffend, geschlossen
und der arme fallite Entdecker, der Kaufmann Brand, zur näheren Besprechung einiger Einzelheiten hereinbefohlen. Johann
Friedrich, den das scheue Wesen des Alchimisten rührte, besann
sich plötzlich, daß dieser Entdecker bisher kaum noch einen
Pfennig aus seiner umwälzenden Tat gezogen hatte. Und er
setzte ihm sogleich eine nicht unbeträchtliche Pension aus.

Vor Leibniz aber türmten sich neue Fragen und neue Probleme bis zu den Wolken, als er die Sicherheit hatte, unbeschränkte Mengen des neuen Grundstoffes in die Hand zu bekommen. Und die Schauer der Alchimie, die Ahnung entfessel-
ter Naturkräfte, machten ihn plötzlich wortkarg und verschlossen; so daß er kaum das ehrliche Lob hörte, das ihm für seine
Initiative von allen Seiten gezollt wurde.

Sechsunddreißigstes Kapitel

Die Arbeit behindert beinahe das Arbeiten

Die nächsten Wochen sahen Leibniz vom Morgen bis in die Nacht beschäftigt, die Beschlüsse über die Phosphorherstellung in die Wirklichkeit umzusetzen. Er reiste von einer Stelle des Landes zur anderen, beschaffte den Sand und die Retorten, ließ Wälder roden, Fahrwege anlegen und eine Art von Hochöfen erbauen. Und er requirierte Tonnen und Fuhrwerke und organisierte den Zutransport des Holzes und der übrigen Ingredienzien in derart mustergültiger Weise, daß bald über einem durch Soldatenkordons abgesperrten einsamen Gehölz rätselhafte, dunkle Rauchsäulen standen, die in den Nächten von sonderbarem Licht durchflammt waren. Dazu ließ er in der Umgebung falsche Gerüchte über den Zweck jeder einzelnen Maßnahme verbreiten. Bald hieß es, es werde ein neues Bergwerk angelegt, bald behauptete man, es seien Festungsbauten im Gange; und schon nach kurzer Zeit nahm man das Ganze als selbstverständlich hin, um so mehr, als Leibniz darauf sah, daß besonders die Anrainer bei den Arbeiten einen guten Verdienst fanden. Die engsten Mitarbeiter jedoch wurden vereidigt und bekamen geradezu schwindelnd hohe Prämien zugesagt, falls alles zu raschem Ende käme und zudem kein Sterbenswort herausdränge.

So gelang es tatsächlich, daß schon zu Beginn des folgenden Jahres Hannover, als erster Staat der Erde, vergleichsweise riesenhafte Mengen Phosphors in den Arsenalen des Generals von Podewils liegen hatte und daß sich die Kriegsingenieure abmühten, den neuen Stoff in den Dienst der Landesverteidigung zu stellen.

Leibniz aber sandte, unter Verschweigung aller Möglichkeiten der Herstellung, bloß als Gelehrter, größere Proben Phosphors an Huygens und Tschirnhaus nach Paris. Um womöglich durch solch öffentliches und anscheinend harmloses Gebaren die Kriegstechniker Frankreichs auf eine etwaige Ankunft des Kommerzienrates Kraft vorzubereiten und der ganzen Sache von vorneherein den geheimnisvollen Zauber zu nehmen.

Zwischen all diese Arbeit fiel der Tod des Freundes und
Helfers Oldenburg, der die Hoffnung auf eine Antwort Newtons
fast auf Null herabsetzte. Denn Oldenburg hatte kurz vor sein-
nem Hinscheiden angedeutet, Newton sei derart mit Arbeit
überhäuft, daß auf einen baldigen Brief von ihm nicht zu rechnen sei. Und jetzt fehlte gar noch der letzte gutwillige Vermittler in diesem mehr als hindernisreichen Briefwechsel.

Noch ein zweites Ereignis aber warf Leibniz aus seiner prak-
tischen Tätigkeit. Spinozas „Ethik" war plötzlich mit andren
Werken des Weisen im Druck erschienen und lag nun in Hannover auf Leibnizens Schreibtisch; ohne daß er Zeit fand, die
längstersehnten Werke bis in die letzten Abgründe zu studieren.

Und sein Briefwechsel wuchs von Tag zu Tag und durfte sowohl im Interesse der Wissenschaft als im Interesse eigenen Er-
kenntnisdranges weder abgebrochen noch auch nur verzögert
werden. Mehr als einmal war ihm ein Kurier mit der Post nach-
geritten und er hatte in den Nächten in einem abgelegenen
Landgasthof beim Scheine eines Öllämpchens oder eines schwe-
lenden Talglichtes die Antworten ohne das Hilfsmittel einer
Bibliothek niedergeschrieben, und war dann, als der Morgen
graute und der Kurier nach Hannover zurückgeritten war, im
Halbschlaf an seinen Bestimmungsort weitergefahren, wo ihn
schon Soldaten, Werkleute, Kutscher und Chymisten erwarteten.

Die wenigen Tage in Hannover aber waren durch hochpoli-
tische Konferenzen mit Grote oder durch Vorträge beim Herzog
ausgefüllt; denn zehn Angelegenheiten, zu denen Leibniz zugezogen werden mußte, waren gleich wichtig und gleich dringend. Und es meldeten sich zudem noch Fachleute, deren Wissen
und Eignung er in ruhigen und ausführlichen Gesprächen erkunden sollte, da der Herzog, belehrt durch die Entdeckung
des Phosphors, in keiner Weise mehr geneigt war, die wissen-
schaftsfeindlichen Bestrebungen Stenos zu unterstützen, sondern im Gegenteil der Forschung alle Sorgfalt angedeihen ließ.
Auch Steno selbst hatte, unter dem Eindruck seiner Auseinandersetzung mit Leibniz, vorläufig jede Einmischung in das
geistige Getriebe Hannovers unterlassen, hatte sich in das

Studium Spinozas vergraben, um seine Gesinnung noch mehr
zu stärken, und hatte Leibniz nur ab und zu sehr freundschaftlich ermahnt, doch die Beschäftigung mit den großen Kirchen-
philosophen nicht ganz zu vergessen. Eine Mahnung, die
Leibniz bei jeder seiner Handlungen wie ein schlechtes Gewissen
begleitete.

Aber noch mehr: Ein zweiter, fast könnte man sagen, konträ-
rer Fall Steno war plötzlich aufgetaucht. Der Cartesianer Arnold
Eckhart, ein philosophischer Fachmann nicht zu verachtender
Tiefe, war Leibniz durch den Herzog zur „Prüfung" zugewiesen
worden und hatte ihn in neue Gewissenszweifel gestürzt. Denn
die eigentümlich ernste, sanfte und für die Sache glühende Art
dieses Eckhart, eine freigeisternde Gläubigkeit gotischer Tiefe,
wenn dieser Widerspruch im Beiwort erlaubt ist, hatte ihm
Leibnizens Freundschaft schnell erobert. So daß er sich die
größte Mühe gab, den hoffnungsvollen jungen Gelehrten davon
zu überzeugen, daß der Cartesianismus eine überwundene Angelegenheit sei. Es gelang ihm aber durchaus nicht. Im Gegenteil. Er trieb Eckhart, der sich mit dem Widerstand eines Er-
trinkenden an seinen Descartes klammerte, immer tiefer und
tiefer in einen vielleicht sogar ungewollten Cartesischen Dog-
matismus hinein. So daß es Leibniz aufgab, den „Ketzer des
anderen Ufers" zu bekehren, und sich darauf beschränkte, der
Zeit eine Wandlung der Ansichten Eckharts zu überlassen. Und
er verschaffte ihm zur Erleichterung dieser Wandlung eine
bekömmliche Anstellung in Hannover und bat den Herzog
vorläufig die sehr abstrusen Ansichten dieses großen Talents
einfach zu ignorieren.

Nun war aber die Fülle solcher Tätigkeiten durchaus noch
nicht die Gesamtsumme alles Notwendigen. Hannover brauchte
im politischen Auf und Ab jenes Jahres um so mehr Geld, als
gerade in solchem Zeitpunkt der Bittgang um französische
Subsidiengelder besonders gefährlich war und zu ewigen drük-
kenden Bindungen hätte führen können. So mahnte der Herzog,
obgleich er selbst diese Mahnung als „Frivolität" und „Leute-
schinderei" bezeichnete, Leibniz dringend, „die Colbertsche
Alchimie", nämlich die Ausprägung der neuen Taler, zu

organisieren und die zahllosen Berechnungen und Denkschriften auszuarbeiten, ohne die eine Münzreform nicht in Angriff genommen werden konnte. Bei dem Geldwesen dieser Zeit bedeutete eine solche Arbeit fast so viel als die Bändigung des Chaos. Denn es durfte weder die Tradition im eigenen Lande zu jäh zerrissen, noch auch der Handelsverkehr mit den Hansastädten, mit Holland, Nürnberg, Venedig, Paris, Wien, London, ja mit Indien, China und Westindien wesentlich gestört werden. Und es war zudem noch gar nicht abzusehen, was die Bergwerke in Zellerfeld, auf deren Silbervorkommen der ganze Plan aufgebaut war, in Zukunft würden leisten können. Eben in jüngster Zeit waren wieder sehr bösartige Wassereinbrüche und Einstürze in diesen Gruben erfolgt. Hier nun mußte Leibniz geradezu das Gebiet der in Spekulationen kaufmännischem Sinne betreten. Und er betrat es, wenn auch nach schweren inneren Kämpfen. Er hatte Zellerfeld noch nicht mit eigenen Augen gesehen. Und gleichwohl war der ganze finanzielle Plan auf seiner unbewiesenen Fähigkeit aufgebaut, Jahrhunderte alte Erfahrung in der sogenannten Wasserhaltung, der Beseitigung schädlicher Grubenwässer, zu überbieten. Und er mußte zudem, da es sich ja nicht um eine private Spekulation handelte, sein Münzprojekt so weit elastisch halten, daß, selbst bei einem vollständigen Versagen seiner Verbesserungen, nicht nur keine Katastrophe eintrat, sondern der gegenwärtige Zustand des Geldwesens auf jeden Fall überholt war.

Schon waren nach glücklicher Beendigung seiner Tätigkeit bei der Erzeugung des Phosphors alle Vorbereitungen für eine mehrmonatige Übersiedlung in den Silberdistrikt von Zellerfeld getroffen, als es wieder einen neuen, diesmal geistigen Schatz zu heben galt, dessen Bergung ihn in weitere Verwicklungen verstrickte. Schuld an diesem bibliophilen Zwischenspiel, das wieder in eine chymische Tragikomödie auslief, war eigentlich Leibniz selbst gewesen. Der Herzog hatte ihm nämlich einmal nebenbei mitgeteilt, er habe gehört, daß die berühmte und wertvolle Bibliothek des Arztes und Naturforschers Martin Fogel in Hamburg demnächst zum Verkauf gelangen sollte. Leibniz nun hatte sogleich ebenso erregt als ausführlich erwidert, er selbst habe mit Fogel lange Zeit, schon von Main aus, Briefe gewechselt und habe sogar im letzten Jahre seines Pariser Aufenthaltes, in dem er vom Tode Fogels erfuhr, Herrn Habbens von Lichtenstern (jenen selben Habbens, der ja als erster Vermittler zwischen Seiner Hoheit und ihm aufgetreten sei) inständigst gebeten, dafür zu sorgen, daß die kostbaren Bücherschätze nicht zerstreut würden. „Jetzt ist es eben so weit, lieber Leibniz", hatte Johann Friedrich, als Leibniz seinen Vortrag beendigt hatte, lachend geantwortet. „Derselbe Habbens von Lichtenstern hat nämlich Ihren Auftrag pünktlich befolgt und mir nahegelegt, die Bibliothek Fogels zur Vervollständigung meiner eigenen Bibliothek zu erwerben. Durch eine Fügung des Schicksals ist also Ihr Auftrag auf Sie selbst zurückgefallen. Denn wer kennt meine Bibliothek genau und gründlich? Und wer kennt, wenigstens im wesentlichen, die Bibliothek Fogels? Wohl ein und derselbe Herr Leibniz. Sie werden also nach Hamburg reisen, mein Wertester, und alles ordnen. Wenn man überallhinein die Hände steckt, was auch immer in Europa geschieht, muß man sich solche Folgen gefallen lassen. Sie sollten als Logiker beachten, daß die Zahl der Folgen auch von der Zahl der Ursachen abhängt, die man selbst setzt."

„Und die neuen hannöverschen Taler?" hatte Leibniz, beinahe verzweifelt, gefragt.

„Die werden noch einige Monate durch die alten Taler vertreten werden. Also los, Leibniz! Auf, nach Hamburg! Und ich sollte mich sehr täuschen, wenn Sie von dort nicht neue Sensationen mitbrächten außer der Bibliothek Fogels. Bei Ihrer Rückkehr aber wird in Hannover eine Überraschung auf Sie warten. Einzelheiten darüber sind vorläufig mein Geheimnis und ich helfe Ihnen nicht einmal durch eine Andeutung, das Rätsel zu ergründen. Zweck dieses Geheimnisses ist es, Ihre Spannkraft zu erhöhen. Denn Sie machen schon ein Gesicht wie ein Verurteilter." Und der Herzog hatte Leibniz wieder einmal zärtlich die Wange getätschelt und noch höchstpersönlich für ein verschwenderisches Reisepauschale gesorgt.

Herzog Johann Friedrich hatte richtig prophezeit. Schon nach wenigen Tagen war Leibniz in Hamburg in geistige Abenteuer aller Art geraten. Zuerst hatte ihn der Ankauf der Bibliothek Fogels mit Gelehrten wie Siverus, Placcius und Vagetius zusammengeführt, und die Diskussionen wollten kein Ende nehmen. Besonders mit Vagetius hatte er sich rasch angefreundet. So daß ihn dieser bald würdig fand, Einblick in den riesigen Nachlaß des Polyhistors Joachim Jungius zu nehmen, eines Mathematikers und Naturforschers, dessen geistiges Profil sich vor Leibniz von Tag zu Tag zu riesenhafterer Größe weitete, so daß er keinen Anstand nahm, Jungius mit Kopernikus und mit Galilei auf eine Stufe zu stellen. War Jungius doch, neben allem andren, der erste, der eine Kunstsprache der Botanik eingeführt und die Begriffe von Art und Gattung im Pflanzenreiche unterschieden hatte. Und Leibniz drang, je mehr er sich in den Nachlaß des Jungius vertiefte, desto nachdrücklicher in Vagetius, diese Schriften zu ordnen, zu sichten und herauszugeben; gleich, als ob er vorgeahnt hätte, daß sie in wenigen Jahren durch eine Feuersbrunst vernichtet werden würden, bevor sie in eine Offizin gelangten.

Aber nicht nur die Gelehrsamkeit füllte die allzukurzen Hamburger Tage Leibnizens. Auch der Handel und die Manufaktur der Hafenstadt, ihre Bedeutung als Einfalls- und Ausfallstor des deutschen Nordens, berauschte ihn in ähnlicher Art wie seinerzeit das Erlebnis Amsterdams. Und er wanderte zwischen uralten Faktoreien, zwischen den Kirchen, deren kupferbeschlagene Türme eine merkwürdig grellgrüne Patina bedeckte, zwischen den Fleets und den Matrosenkneipen, hinaus zu den Ankerplätzen in der Elbe, wo Schiffe nach fernsten Ländern aussegelten, oder aus solchen Ländern, schwer beladen, einlangten. Und seine Gedanken umrasten sogleich den Erdball und fügten Hamburg als wichtiges Emporium in seine Träume des großen einigen deutschen Reiches ein.

Nach wenigen Tagen aber meldete sich schon ein neues, in seinen Folgen noch gar nicht absehbares Ereignis. Kaufmann Brand, der überglückliche Entdecker des Phosphors, der im Besitze seiner Pension stolz nach Hamburg zurückgekehrt war, schien, um sich vor seinen Mitbürgern zu rehabilitieren, ein wenig mehr über seine Erlebnisse in Hannover geplaudert zu haben,

als es mit den Absichten Grotes und Leibnizens vereinbar war.
Denn plötzlich war der große Chymist Joachim Johann Becher,
von dem ganz Hamburg glaubte, daß er ein vollendeter Adept
sei, aus seiner sonst bekundeten hochfahrenden Reserve herausgetreten und suchte, ebenso leidenschaftlich wie unverblümt, die
nähere Bekanntschaft Leibnizens. Und dies mit dem offen einbe-
kannten Zweck, engere Fühlung zum „erleuchteten“ Hof von
Hannover zu bekommen, der „notorisch“ unter allen Höfen, die
die Große Kunst förderten, heute an allererster Stelle rangiere.

Als Leibniz durch Vermittlung des Vagetius diese bomba-
stischen Einführungsworte zugetragen erhielt, suchte er, einer
bösen Ahnung folgend, sogleich den selbstberauschten Brand
auf. Und erhielt schon nach einer Stunde die Gewißheit, daß
sich Brand vor Becher mächtig gebrüstet hatte. Leibniz machte
dem armen Brand keine allzugroßen Vorwürfe; beschloß aber,
vor Becher doppelt auf der Hut zu sein. Denn der sechsund-
vierzigjährige Becher, der auf der Höhe seines Lebens und sein-
ner Erfolge stand, bedeutete nicht nur für Hannover, sondern
auch für Leibniz selbst eine Gefahr, da sein Genius nur noch
durch seine Skrupellosigkeit übertroffen wurde.

Becher war durchaus nicht nur Chymist. Er war ein Feuergeist und ein Tatmensch. Hatte schon in fast allen großen
Städten Europas gewirkt. Und verfolgte ähnliche Ziele wie Leibniz, nur vielleicht weniger im Interesse der Sache, als einem
zügellosen Tatendurst folgend. In Wien war er schon vor vielen
Jahren kaiserlicher Reichshofrat geworden, da er, neben andren
Diensten, die Gründung einer österreichisch-ostindischen Han-
delsgesellschaft eingeleitet hatte. Und er hatte riesige Bergwerk-
unternehmungen in Deutschland, Holland und England eingerichtet, hatte zuerst die Erzeugung von Koks und Teer aus
der Steinkohle in großen Maßen aufgenommen, und hatte sich
überall in die Ordnung des Münzwesens eingemischt. Aber
damit nicht genug. Eben jetzt saß er in Hamburg, um den Kar-
toffelbau im Norden Deutschlands zu propagieren und, wie er
sagte, aus Ödland Reichtumsquellen zu zaubern. Er war ein
Magier, der von überallher die Erdgeister beschwor und nicht
ruhte, bis sie seinem Dienste fronten.

Dabei war Leibniz schon bei der ersten Zusammenkunft der eigentümlichen Macht dieses Menschen beinahe unterlegen. Seiner schlangenhaften, liebenswürdigen Glätte war nicht beizukommen, kein Anzeichen deutete auch nur entfernt auf Hinterhältigkeit, und die an zahlreichen Höfen erworbenen und bis ins feinste ausgebildete Gewandtheit seiner Umgangsformen machte ihn vollends unangreifbar. Dabei war er, Leibniz gegenüber, alles eher denn zugeknöpft. Er zeigte ihm sofort zahllose, zum Teil vollständig neue, verblüffende chymische Experimente, unterhielt sich mit ihm Stunden lang über mechanische und wirtschaftliche Pläne, erläuterte ihm ausführlich alle neuen Methoden, die er in seinen Bergwerken eingeführt hatte, und gab sogar sein tiefstes Geheimnis preis. Das Geheimnis nämlich, daß er auf dem besten Wege sei, das uralte Rätsel der Verbrennung zu lösen. Und daß ihn auch der Phosphor in seinen Ansichten durchaus nicht verwirrt, sondern eher bestärkt habe. Und er zeigte sofort Versuche mit dem neuen Phosphor, die Leibniz gänzlich aus der Fassung brachten, da sie alle Probleme wieder auf andre Ebenen schoben.

Becher lächelte eigentümlich, als er Leibnizens Erstaunen bemerkte, sprach jedoch nicht ein Wort weiter über diesen Gegenstand, sondern überschüttete Leibniz neuerdings mit unerhörten Dingen aus anderen Bereichen.

Nach einigen Zusammenkünften erschien sich Leibniz diesem Manne gegenüber, besonders auf den Gebieten der Alchimie, des Bergbaues und der Manufaktur, als vollkommener Stümper. Und es kroch ihn fast eine Angst an, was erfolgen werde, ja erfolgen mußte, wenn dieser Becher den Hof Johann Friedrichs betrat. Gut, als Philosoph, Mathematiker, Historiker war er Becher unbedingt überlegen. Von der Jurisprudenz und Theologie gar nicht zu sprechen. Aber würde er, Leibniz, vor Johann Friedrich nicht zu einem Lumen sehr minderer Leuchtkraft verblassen, wenn sich gerade auf den Gebieten, die seine jetzige Tätigkeit bildeten, der große Fachmann Becher zeigte? Durfte er aber wieder solche kleinliche Bedenken auch nur einen Augenblick dem Interesse des Vaterlandes, dessen vollbürtiger Sohn auch Joachim Becher war, voranstellen? Nein, das durfte er nicht. Und das wollte er auch nicht. Gleichwohl, und wenn er jedes solche Motiv auch überwunden und ausgeschaltet glaubte, blieb noch ein rätselhafter Widerstand in ihm. Etwa der Widerstand eines Vaters oder Bruders, einen blendenden Kavalier in die Gesellschaft der Tochter oder Schwester einzuführen. Ja, das war es. Becher war ein Bezauberer, eine Verführernatur. Man mußte seine riesenhafte Kunst staunend und neidlos anerkennen, wußte aber in keiner Minute, welchen Zwecken sie eigentlich dienen würde und dienen sollte. Alter Aberglaube vom Bündnis des Chymisten mit dem Teufel? Alte Alchimistenmärchen? Rückstände aus einer gar nicht so lang zurückliegenden Zeit, in der sich, in eben dieser Wissenschaft der Stoffe und Verwandlungen, der pure Betrug mit der Geheimtuerei zu einem unentwirrbaren Satansgeflecht verbunden hatte? Leibniz konnte sich auf diese Fragen keine Antwort geben. Wußte zudem noch nicht, ob Becher nicht längst anderen Sinnes geworden war, da er von einer Reise nach Hannover bisher noch mit keinem Worte gesprochen hatte. Allerdings war dieses lange Schweigen wieder doppelt verdächtig, wenn er später erst mit seinem schon gleich zu Beginn angekündigten Plan herausrückte.

Aber auch diese Klippe übersprang Joachim Becher beinahe spielerisch. Mitten während eines herrlichen Experimentes sagte er ganz nebenhin zu Leibniz: „Das vollzieht sich natürlich alles nur auf der unteren Ebene meiner Kunst. Gleichsam außerhalb des Vorhangs, wie der große Pythagoras es benannt hat. Die wesentlichen Experimente, die eigentliche Legitimation meines chymischen Ranges, werden Sie in Hannover sehen, wenn ich sie dem durchlauchtigsten Herzog vorführe. Und ich wäre schon längst nach Hannover abgereist, wenn ich nicht Ihre Abreise abwarten müßte. Denn es wäre mehr als illoyal, den liebenswürdigen Vermittler um dieses alchimistische Spectaculum oberster Ordnung zu prellen." Und er goß ruhig, als ob alles geordnet und beschlossen sei, frische leuchtende Flüssigkeit in ein Probierglas und verwandelte ihre grellrote Farbe durch die beinahe unsichtbare Spur eines grauen Pulvers in sattes Blau. Dann erzählte er unaufhaltsam über die Bedeutung des Teers für die Schlagfertigkeit der englischen Kriegsflotte und verlor sich in Phantasien, wie sich eine Welt gestalten würde, in der die Geschwindigkeit aller Verkehrsmittel auf ein Vielfaches gesteigert wäre. Leibniz, in dessen Hirn allerlei Eindrücke sich mit verantwortungsvollen Überlegungen kreuzten, in welcher Form er die Einführung Bechers in Hannover einleiten sollte, die ja kaum mehr zu verhindern war, griff achtlos die letzten Ausführungen Bechers auf und gestand, daß er selbst sich schon oft mit ähnlichen Problemen beschäftigt habe. Er sei aber zum Schluß gekommen, daß man zwar das Endziel traumschneller Überwindungen räumlicher Entfernung nie aus den Augen verlieren dürfe; wie ja schon Homer den Schiffen der Phäaken solche Wundereigenschaften beigelegt habe; der Traum also sei uralt; gleichwohl, und das wolle er eigentlich sagen, müsse man der harten Wirklichkeit gegenüber Schritt vor Schritt vorgehen. Aus zahlreichen kleinen Verbesserungen könnte eine mächtige Summe resultieren. So habe er selbst einige mechanische Neuheiten an Reisewagen ersonnen, die jede Reise nicht nur bequemer, sondern reichlich schneller gestalten würden. Er habe sich nach solchen Verbesserungen auf einer seiner mühseligsten Reisen, der Fahrt von Amsterdam nach Hannover, geradezu gesehnt. „Auch mir ist das Reisen mit den heutigen Mitteln nicht stets ein Vergnügen", hatte Becher unaufmerksam erwidert. „Und eben ich bin verdammt, Europa kreuz und quer zu durchfahren. Gottlob ist Hannover nicht sehr weit. Ich will es mir dort verdienen, wieder für einige Zeit seßhaft zu werden."

Leibniz hatte sich kurz darauf empfohlen. Also „seßhaft" wollte der unangreifbare Zauberer in Hannover auch noch werden? Was sollte er tun? Durfte er diese Riesenkraft seinem Herzog vorenthalten? Es war das beste, wenn er sofort seine Eindrücke von Becher wahrheitsgetreu, ohne jede Verkleinerung oder Beschönigung, dem Herzog und Grote berichtete. Das „Miracle de recherche" möge dann das Seinige dazu beitragen, das Vorleben Bechers und seine Vertrauenswürdigkeit aufzuhellen. Er selbst, schrieb er weiter, fühle sich vorläufig außerstande, jenseits vager Gefühle, diesem Mann irgend etwas

andres nachzusagen, als daß er ein Fachmann sei, der an Le-
méry in Paris oder an Boyle in England heranreiche, wenn er
diese beiden nicht sogar noch weit übertreffe. Jedenfalls sei
Becher weder ein Kommerzienrat Kraft, noch ein Kunckel,
noch ein Brand. Und er, Leibniz, werde sich neidlos dem höheren Können auch auf Gebieten beugen, deren Bearbeitung ihm
jetzt übertragen sei. Werde aber, trotz oder eben infolge dieser
Gesinnung, die Tätigkeit Bechers in Hannover, sofern Seine
Hoheit dies nicht verbiete, mit wachsamstem Mißtrauen ver-
folgen, obgleich er noch einmal zugebe, daß er für sein Mißtrauen keinen Vernunftgrund ins Treffen führen könne.

In ähnlichem Sinne schrieb er einen zweiten Brief an Otto
von Grote und erbat schleunigste Antwort, da er seinen Hamburger Aufenthalt wegen der Angelegenheit der Zellerfelder
Bergwerke nicht mehr allzulange ausdehnen dürfe, obgleich in
Hamburg noch mehr als genug zu durchforschen und zu
entdecken wäre.

Überraschend schnell traf die Antwort, und zwar eine for-
melle Einladung an Joachim Becher in Hamburg ein, und
Becher reiste gemeinsam mit Leibniz ab, der die kostbarsten
Stücke der Fogelschen Bibliothek kurzer Hand auf den Reisewagen laden ließ, nachdem er den Transport der übrigen Bücher
sorgfältig vorbereitet und angeordnet hatte.

Siebenunddreißigstes Kapitel

Alchimistisches Erwachen

Schon am Tage der Ankunft in Hannover begannen sich
große chymische, vielleicht sogar alchimistische Dinge zu entwickeln. Becher hatte, wahrscheinlich ohne es zu wollen, Leibniz
ein wenig verstimmt. Aber gerade in diesem Nichtwollen lag die
Hauptursache der Verstimmung. Auf dem Boden Hannovers,
in der Nähe des Herzogs, hatte sich der große Chymist nämlich
plötzlich sonderbar verändert. Er umgab sich mit einer Gebärde

von Großartigkeit, kehrte sogar seinen Rang als Reichshofrat hervor und schien keinerlei oder nur geringen Wert mehr auf die Unterstützung Leibnizens zu legen. Unter anderem hatte er es sich strikte ausbedungen, am frühen Nachmittag mit Johann Friedrich ohne jeden Zeugen zu sprechen; was ihm gewährt wurde, da der Herzog seit der Entdeckung des Phosphors in eine Art von chymischen Rausch geraten war und die versprochenen großen Experimente Bechers kaum erwarten konnte.

Leibniz, dessen anfängliche Verstimmung sich bald zu schwerem Verdacht verwandelte, als ihn der Herzog nach Becher für einige Minuten empfing und ihm bloß auftrug, dem Herrn Reichshofrat in jeder Weise behilflich zu sein, ohne daß er auch nur ein Sterbenswort vom Inhalte der vorhergegangenen Unterredung preisgegeben hätte, setzte sich in aufgeregter Hast mit Grote in Verbindung.

„Näheres weiß ich auch nicht", erwiderte ihm Grote nachdenklich. „Wir konnten in der Eile über die Person und das Vorleben Bechers nur so viel erfahren, als wir in Hannover in den Akten haben und als uns einige unsrer Diplomaten, die zugleich mit Becher in fremden Ländern zusammentrafen, über ihn zu berichten wußten. Dabei ist nichts Greifbares herausgekommen. Ich meine nichts, was mehr sagt, als eine gewisse allgemeine Scheu vor diesem Menschen. Er soll sehr rachsüchtig, sehr boshaft und sehr heimtückisch sein. Seine wissenschaftliche Hochrangigkeit läßt man durchwegs gelten. Was verstehen aber unsre Diplomaten schließlich von solchen Chosen?"

„Ich habe den Auftrag, ihn zu unterstützen", warf Leibniz ein.

„Das dürfte sich auf die angekündigte Sensation in der heutigen Nacht beziehen."

„Was für eine Sensation?"

„Hat Ihnen der Herzog nichts davon gesagt?" Grote war äußerst erstaunt. „Das verstehe ich einfach nicht. Es ist doch für heute abends ein Souper angesetzt, an dem ein ganz kleiner Kreis, unter anderem Sie selbst, teilnehmen sollen. Und nach diesem Souper wird, ein wenig nach Mitternacht, Becher seine Versuche zeigen. Es wird ein eigener Raum nach seinen Angaben für diese Versuche eingerichtet."

Leibniz zuckte zusammen. Was hieß das alles? Vertraute der Herzog Becher mehr als ihm? Oder hatte der große Chymist sich ausdrücklich bedungen, daß er, Leibniz, von den Vorbereitungen ferngehalten würde? War der Auftrag, er solle Becher unterstützen, also nur eine Verlegenheitsfloskel des Herzogs gewesen, um ihn vielleicht nicht allzusehr zu kränken?

„Vielleicht habe ich schon aus der Schule geschwatzt", setzte Grote lächelnd fort. „Ich war fest überzeugt, Sie machten nur einen Scherz, als Sie behaupteten, nichts zu wissen. Ich hatte nämlich strenges Schweigegebot gegen jedermann."

„Sollen wir etwas zugunsten des Hauses Hannover riskieren? Etwas nach meiner Ansicht Unvermeidliches?" Leibniz, dessen Gesicht blaß geworden war, ging im Amtszimmer Grotes auf und nieder.

„Eine große Intrige gegen Seine Hoheit?" Grote verstand sofort und pfiff fast unhörbar durch die Zähne.

„Ja, eine Intrige. Ich weiß nämlich bereits, was Becher vorhat. Die tiefe Nachtstunde und seine Geheimtuerei haben mir den letzten Rest von Vertrauen zu ihm genommen. Das wird diesmal nicht nur solch ein harmloses, leicht zu bekämpfendes Geschwätz wie die Vorschläge des Kommerzienrates Kraft. Das wird Alchimie in großer Aufmachung mit Schauerstimmung und Schlußeffekten. Und darauf müssen wir vorbereitet sein. Becher ist ebenso gescheit wie Sie, Herr Geheimrat, und wie ich. Wenn man das Wort gescheit nämlich im Sinne der Schlauheit, Gerissenheit und Lebenskenntnis gebraucht." Leibniz blieb stehen und machte eine Pause. Dann fügte er bei: „Halten Sie es für Felonie gegen seine Hoheit, Herr Geheimrat, wenn ich die ,Unterstützung' Bechers in der Form durchführe, daß ich mir hier, irgendwo im Schlosse, einen chymischen Bereitschaftsdienst einrichte? Dazu aber brauche ich einen für alle unzugänglichen Raum."

„Also dieses mein Amtszimmer hier", lächelte Grote und wiegte graziös den Kopf. Dann setzte er leise fort: „Eine böse Angelegenheit, lieber Leibniz, in die Sie mich da verstricken. Denn auch der Herzog ist gescheit im vorhin festgestellten Sinne. Aber ich sehe zu meinem Schaden ein, daß Sie recht haben. Wen wollen Sie mir da als chymische Nachtwache hereinsetzen?"

„Baron von Dinkhofen als Aufsicht. Außerdem aber einen Chymisten und einen Fachmann aus der Münze. Denn es dürfte sich um Goldmacherei handeln. Schließlich muß auch noch ein kleines Laboratorium, gleichsam ein Taschenlaboratorium, untergebracht werden."

„Der arme Schreibtisch!" Grote lachte verzweifelt auf. Das ganze segelt unter der Flagge einer hochnotpeinlichen Staatsinquisition, über deren Ergebnis ich erst morgen Seiner Hoheit Bericht erstatten kann. Sie haben mir Dinkhofen geliehen. Comprenez vous? Und nun sehen Sie zu, wie Sie Ihre Verschwörerbande am besten und unauffälligsten ins Schloß schmuggeln. Ich werde inzwischen für uns beide Gesuche an andre Höfe vorbereiten, wenn wir morgen hier hinausfliegen. Auf Wiedersehen beim Souper, mon cher!" Und er drückte Leibniz mit einem Gesichtsausdruck die Hand, der ebensogut als Schalkhaftigkeit wie als Besorgnis ausgelegt werden konnte.

Das Souper, an dem, außer Johann Friedrich, der Vizekanzler Ludolph Hugo, Geheimrat Grote, General Podewils und einige andere der unmittelbarsten Umgebung des Herzogs angehörige Edelleute teilnahmen, denen allen noch einmal fast feierlich strengstes Stillschweigen auferlegt worden war, ging zu Ende. Reichshofrat Becher war äußerst prunkvoll gekleidet und unterhielt die Gesellschaft in wenig vordringlicher, jedoch desto intensiverer Weise. Nur schien er, was Leibniz besonders auffiel, sein Wesen wiederum vollkommen verändert zu haben. Er war ein wenig angespannt und zerfahren, lachte manchmal unmotiviert auf, wobei sein charakteristisch scharfes Antlitz fast zu einer häßlichen Maske zerfiel, und behandelte im übrigen Leibniz so, als ob er ihn kaum kenne. Ja, er gab oft sogar ein wenig gereizte und wegwerfende Antworten. Gleich darauf starrte er vor sich hin, sein Gesicht erhielt wieder einen dämonisch unheimlichen und zwingenden Ausdruck und es folgten dann, sprunghaft und leuchtend, allerlei Anekdoten und

Berichte, die auch weitgereiste und gebildete Menschen zum Aufhorchen brachten.

Plötzlich bat er um Entschuldigung, sah auf die Uhr und erklärte, er müsse noch letzte Vorbereitungen treffen. In einer Viertelstunde hätten die Gestirne die richtige Konstellation für diese der größeren Kunst angehörigen Versuche. Und er biß wie ein Raubtier die Zähne zusammen, verbeugte sich und zog sich ebenso langsam als unaufhaltsam zurück.

„Ein mehr als interessanter Mensch", meinte der Herzog ein wenig unsicher und sah dabei auf Leibniz, dessen Wesen ihn heute stutzig machte, obwohl Leibniz sich alle Mühe gab, seine Erregung zu meistern. „Für Sie übrigens, lieber Leibniz", setzte der Herzog nachdenklich fort, „dürfte Reichshofrat Becher keine Neuigkeit mehr sein. Sie sind an das Bedeutende dieser einmaligen Erscheinung aus dem Reiche geheimer Wissenschaft jedenfalls schon gewöhnt."

„So habe ich Herrn Becher noch nie gesehen", entfuhr es Leibniz. „Obgleich ich ganze Tage in Hamburg mit ihm verbrachte."

„Was meinen Sie damit?" Der Herzog schien verstimmt. „Sie waren es doch, der nicht Rühmendes genug über die wissenschaftliche Größe Bechers berichten konnte?"

„Daran hat sich bisher nichts geändert. Nämlich an meiner Bewunderung seines wissenschaftlichen Könnens", erwiderte Leibniz, der sich wieder in der Gewalt hatte. „Ich wollte vielmehr den Eindruck, den Hoheit in Worte faßten, nur bestätigen. Den Eindruck nämlich, den der Herr Reichshofrat heute auf alle macht. Es wird dies wohl mit der Größe der bevorstehenden Leistung zusammenhängen. Denn mir erschien Herr Becher sonst stets viel schlichter, einfacher, ungigantischer."

„Ach so, dann ist ja alles in Ordnung", sagte der Herzog, wobei er etwas verzerrt lachte. „Ich fürchtete schon, Sie seien auf das zweite Weltwunder, das bei uns in Hannover aufgetaucht ist, ein wenig eifersüchtig." Und er wandte sich sofort zum Vizekanzler und schlug ein andres Thema an.

Grote aber warf dem beinahe fassungslosen Leibniz einen schnellen Blick zu, der unzweideutig den Rat enthielt, sich nur um Gottes willen zu beherrschen. Er richtete auch nach dem Blick sogleich das Wort an Leibniz und dessen Nachbarn und scherzte in höchst unverbindlicher Weise über die bevorstehende Sensation.

Man hatte noch, in der eigentümlichen Stimmung, in der sich alle befanden, etwas mehr als sonst getrunken. Die Diener stellten eine Weinflasche nach der anderen auf den Tisch. Und es entwickelte sich schließlich eine lebhafte Konversation, in der General Podewils seiner guten Laune ungezwungen freien Lauf ließ.

Höchst unvermittelt meldete ein Diener, der Becher zugeteilt worden war, der Herr Reichshofrat lasse Seine Hoheit und alle übrigen Herren untertänigst in den Versuchsraum hinüberbitten. Er sei in diesem Stadium der Vorbereitung aus Gründen seiner Kunst nicht mehr imstande, das Laboratorium zu verlassen.

„Jetzt wird es ernst", sagte der Herzog und erhob sich. „Es ist doch schön, in einer Zeit zu leben, in der der Geist die Geheimnisse des Weltalls zu ergründen beginnt." Und er ging voran, während die andren ihm in einer losen Gruppe folgten.

Schon der Eintritt in den Versuchsraum verblüffte alle. Becher hatte das Zimmer von unten bis oben mit schwarzem Stoff ausschlagen lassen, und die Beleuchtung, einige Kerzen und zwei glimmende Kohlenbecken, erzeugten infolgedessen nur ein hartes, in die Nähe wirkendes Licht.

Auf einem langen, ebenfalls schwarz behangenen Tische funkelten in sauber ausgerichteter Reihe Retorten, Probiergläser und Glaszylinder, die zum Teil mit verschieden gefärbten Flüssigkeiten gefüllt waren. Auf einem kleinen abseits stehenden Tischchen aber sah man in einer schwarzen Samtvitrine eine größere Anzahl von Silbermünzen.

Das Überraschendste jedoch an der geradezu theatralischen Aufmachung der Szene war die Erscheinung Bechers selbst. Er trug eine Tracht, die zwischen dem Habit eines Hofmanns und eines Zauberers gerade die Mitte hielt. Zu schwarzen Schnallenschuhen, ebensolchen Seidenstrümpfen und Seidenhosen hatte er einen langen Schlußrock angelegt, der über und über

mit silbergestickten Tierkreiszeichen bedeckt war. Während
eine lange, kohlschwarze Allongeperücke in besonderer Fülle
und Höhe seine Schultern überringelte.

„Ich fürchte mich", flüsterte Grote Leibniz zu, der entgeistert auf den Spuk starrte und nichts erwidern konnte, da ihn
vor allen anderen ein herrschsüchtiger Blick Bechers gepackt
hatte.

Der Alpdruck löste sich aber sogleich, als Becher zwar ernst,
doch äußerst liebenswürdig alle ersuchte, Platz zu nehmen, da
er vorerst einige Bemerkungen machen wolle. Man ließ sich
also auf die vorbereiteten Stühle nieder.

Becher wartete noch einige Augenblicke, bis sich der Diener
entfernt hatte. Dann lächelte er plötzlich und sagte mit weicher,
einschmeichelnder Stimme, er bitte für all das Ungewohnte
um Vergebung. Es scheine vielleicht abgeschmackt, wenn nicht
gar lächerlich. Aber auch in der großen Natur grenze das
Lächerliche oft an das Grauen. Und so sei es hier. Man dürfe
sich keiner Täuschung hingeben über das, was die nächste
Stunde zeigen werde. Man befinde sich im obersten Stockwerk
der Großen Kunst. Und es werde vor aller Augen der „Rote
Löwe", das geheimnisvolle Pulver der Eingeweihten, in Funktion treten. Er, Becher, sei bei Gott ein Mann strenger Wissenschaft. Aber Wissenschaft erstrecke sich von der plumpen
Bauernregel, die noch keine eigentliche Wissenschaft sei, über
die rein geistige Zone der landläufigen Wissenschaft bis hinauf
zu Bereichen, die wiederum mehr als Wissenschaft bedeuteten,
da sie an letzte Welträtsel streiften. Und dort endete die
Nüchternheit. Dort drohten auch Gefahren, deren Bändigung
nur der Hand des Eingeweihten gelinge. Er selbst könne und
dürfe jede Verantwortung übernehmen. Aber seine Zuseher
bitte er, streng seinen Weisungen zu folgen, da Stoffe, die
in seiner Hand harmloses Salz seien, sich in der Hand des Unberufenen zu tausend Tonnen Pulver verwandeln könnten.
Wenn nicht zu Schlimmerem. „Die anderen Goldmacher",
schloß er lächelnd, „bringen zur Verwandlung allerlei Nägel,
Stäbe und Ringe mit, bei denen jeder Verdacht offenbleibt,
daß es sich um künstlich vorbereitete Dinge handelt. Diese

Scharlatane haben auch die Große Kunst in Verruf gebracht. Ich, der Reichshofrat Becher, gehe andere Wege. Ich demonstriere meine Verwandlungen nur an einem Silbergegenstand, der gleichsam nicht vorzubereiten ist. Nämlich an landläufigen Geldstücken. Man wird ja dem Reichshofrat bei allem berechtigten Mißtrauen kaum ansinnen, daß er das Münzregal der ersten und größten Staaten Europas durchbricht und Münzen fälscht. Das also wäre in Ordnung. Und ich brauchte kein Wort mehr zu sprechen, wenn die Große Kunst nicht ein Erfordernis zwingend heischte, das verdächtig anmuten muß. Die Große Kunst ist nämlich keine rein materielle, sondern eine sozusagen mystisch-geistige. Es handelt sich dabei, soweit ich sprechen darf, um Schwingungen, die alle Materie dem Geist des Eingeweihten verschwistern. Und deshalb, nur deshalb, darf ich Seine Hoheit und die anderen Herren nicht bitten, mir beliebige Münzen zu leihen, sondern ich darf nur Münzen verwenden, die schon seit einiger Zeit in meinem Besitze sind. Vorläufig gelang es mir leider nicht, diese störende Vorbedingung zu beseitigen. Und außerdem werde ich die erhabene Hoheit und die Herren jetzt ersuchen, sich meine nur geistig vorbereiteten Münzen ja recht genau anzusehen. Sie liegen dort in der Vitrine. Nur noch ein letztes Wort, das die Sicherheit Seiner Hoheit nötig macht. Es darf um Gottes willen kein andrer Silbergegenstand in die Nähe der Verwandlung kommen. Solches Geschehen würde genügen, das Schloß in Staub zu zerreißen. Und nun Hoheit, und verehrte Herren, steht der Prüfung meiner Münzen nichts mehr im Wege.“

Der Herzog erhob sich und trat vor. Ihm folgten die anderen. Leibniz aber benützte diese Sekunden, Grote zuzuflüstern:

„Teuflisch schlau! Wir werden nichts erreichen. Lenken Sie ihn ab, wenn ich die Münzen ansehe.“ Und er drängte sich, Neugier mimend, sogleich unter die Gruppe, die das kleine Tischchen umringte.

Der Herzog, der schon die Münzen musterte, lachte:

„Eine schöne Sammlung! Kaum ein Land Europas ist unvertreten geblieben. England, Spanien, Portugal, Venedig, Rom, Österreich, Brandenburg, Polen, Hamburg, Schweiz. Die Münzen sind echt, Herr Reichshofrat. Das kann ein Weitgereister, der

334

beinahe alle schon in der Tasche hatte, beurteilen. Ich zweifelte auch nie an der Echtheit. Ihre neue Methode, jedes Mißtrauen auszuschließen, ist jedenfalls auch ein geistiges Kabinettstück. Gleichwohl, und das wird Sie nicht kränken, Herr Reichshofrat Becher, kann ich mir noch nicht vorstellen, daß die Verwandlung gelingt. Ich will es einfach nicht glauben, weil die Folgen zu ungeheuerlich wären.“

„In einer Stunde, Hoheit, können wir über diese Folgen sprechen“, erwiderte Becher lächelnd und verbeugte sich.

In Leibniz aber war während dieser wenigen Worte ein Sturm von Überlegungen losgebrochen. Längere Zeit für Angleich der „Schwingungen“? Ungeheuer geschickt! Deshalb konnten nur Münzen verwendet werden, die Becher selbst mitbrachte. Er würde ja gleich sehen, ob der „Reichshofrat“ nicht doch ein Münzfälscher war. Wie aber? Mit dem bloßen Auge? Das hatte man auch beim Nürnberger Nagel nicht gekonnt. Becher kannte diese Nägel. Hatte selbst darüber gesprochen. Er war ein Teufel an List. Denn daß er schwindelte, daran zweifelte Leibniz nicht mehr im geringsten. Und wenige Korridore entfernt saßen seine, Leibnizens, Leute im Zimmer Grotes. Wie sollte er eine der Münzen hinüberbringen? Einfach unmöglich. Der Herzog war sichtlich im Banne Bechers und würde jeden Zweifel mit Ungnade beantworten. Er hatte ihm ohnedies schon deutlich genug Eifersucht vorgeworfen. Nur Grote war noch eine leise Hoffnung. An dessen Geschicklichkeit hing alles. Hatte ihn Grote aber verstanden? Lauter ausländische Münzen? Becher steht wie ein Wachtposten daneben und beobachtet jede Bewegung. Mich wird er doppelt, dreifach bespionieren. Es ist ein infernalisches Geflecht aus List und Tücke. Aber Becher hat einen Fehler gemacht! Einen winzigen Fehler. Wie jeder Verbrecher. Es ist eine Hamburger Münze dabei. Und ich habe noch Hamburger Münzen in der Tasche. Ich habe mir einen Hamburger Silbergulden zum Andenken in die Westentasche gesteckt. Damit konnte er nicht rechnen. Wenn dort nur auch ein solcher Gulden liegt! Es muß ein Gulden sein. Ich werde das Lorgnon ans Auge nehmen. Hoffentlich versagt Grote nicht. Was aber, wenn Becher wirklich ein Adept ist? Und durch meinen Kunstgriff das

Schloß Herrenhausen in Staub zerrissen wird? An solche Möglichkeiten habe ich nicht gedacht. Ich glaube nicht an Adepten. Auf jeden Fall kann ein ähnliches, wenn auch nicht so unmittelbares Unglück für Hannover und den Herzog eintreten, wenn Becher siegt. Gott weiß, daß ich nicht leichtfertig handle. Podewils ist mit der Besichtigung fertig. Jetzt kommt die entscheidende Sekunde. Grote kümmert sich nicht um mich. Den winzigen Seitenblick habe nur ich bemerkt. Das ist ein gutes Zeichen.

Und Leibniz trat, das Lorgnon am Auge, merkwürdig ruhig und gefaßt, an die Vitrine. Er entnahm ihr, ebenso langsam und interessiert wie bisher alle anderen, eine Münze und besah sie von allen Seiten. Ganz unmöglich, etwas zu erkennen. Es scheinen gewöhnliche Münzen zu sein. Einige waren sogar abgenützt und nicht ganz sauber. Er hätte sie alle, soweit er sie kannte, ruhig in Zahlung genommen. Jetzt aber schnell! Wo ist der Hamburger Gulden, wenn es wirklich ein Gulden ist? Grote scheint etwas vorzuhaben. Er schiebt sich langsam an den Versuchstisch mit den chymischen Substanzen heran. Ah, da ist die Hamburger Münze! Hallelujah, ein Gulden! Ein Zwillingsbruder meines Guldens. Ich lege ihn wieder zurück. Betrachte das spanische Geldstück. Jetzt das schweizerische. Jetzt kommt die Entscheidung...

„Herr Reichshofrat Becher!“ ertönte plötzlich hell und durchdringend die Stimme Grotes. „Ich habe etwas angestellt. Sehen Sie sich meine Finger an.“

Becher, den schon Leibnizens langsames Gebaren ein wenig aus der Fassung gebracht hatte, fuhr jetzt herum:

„Was ist geschehen, Herr Geheimrat? Um Gottes willen, was fällt Ihnen aber auch ein, so nahe zu den Säuren zu gehen?“

Becher, der sofort sah, daß Grote mit der Hand in eine der Flüssigkeiten geraten war, schüttelte entsetzt den Kopf.

„Muß ich jetzt sterben?“ fragte Grote in seiner posiert tragikomischen Art. „Sie sagten doch nicht, daß diese schönen Wässerlein so gefährlich seien.“

„Sind sie auch nicht. Aber Brandblasen werden Sie bekommen, Herr Geheimrat. Es tut mir unendlich leid.“

336

Das kurze Gespräch war blitzschnell vorüber. Nicht so schnell
jedoch, Leibniz zu verhindern, ohne auffällige Hast den Hamburger Gulden Bechers gegen seinen eigenen zu vertauschen.
Als sich Becher, dem man den Argwohn ansah, mit einer gegen
Grote nicht eben freundlichen Hast wieder zu Leibniz drehte,
hielt dieser eine ungarische Münze in der Hand und fragte
harmlos:

„Aus welchem Land stammt dieser Silberling, Herr Reichshofrat?" Als ob ihn nichts anderes interessierte als numisma-
tische Studien.

„Diese Münze?" Becher schien kaum zuzuhören, verfraß sich
vielmehr mit den Blicken förmlich in seine Vitrine und prüfte
traumschnell, ob nichts fehle. Dann, als er die Vollständigkeit
der Sammlung festgestellt zu haben glaubte, antwortete er mit
wegwerfendem Lächeln: „Entschuldigen Sie, Herr Leibniz!
Ich war noch über den Unfall des Herrn Geheimrates höchst
erregt. Es ist eine hungarische Münze. Übrigens, haben Sie
an den Münzen etwas Verdächtiges wahrgenommen? Gerade
Ihr Urteil, als das eines jüngeren Chymisten, wäre mir wertvoll." Und er blickte Leibniz höhnisch, haßerfüllt und hochmütig gerade ins Gesicht.

„Nach dem Augenschein sind das alles schöne und echte
Silbermünzen", antwortete Leibniz und erwiderte lächelnd den
Blick Bechers. „Ich bin jedenfalls ebenso gespannt wie Seine
Hoheit." Und er drehte sich ab, um den letzten Besichtigern der
Vitrine Platz zu machen.

Inzwischen war eine leise Konversation entstanden. Podewils
begann eben sich über Grote lustig zu machen und dessen Unfall mit der verbrannten Hand Leibnizens in der Phosphor-
Kömödie zu vergleichen. Dadurch war es Leibniz zwanglos
möglich, wieder zu Grote zu treten und ihn nach einigen Augenblicken abseits zu ziehen, indem er vorgab, die Hand bei
hellerem Licht besehen zu wollen.

„War ich brav?" flüsterte Grote.

„Mehr als das", gab Leibniz, ebenso leise, zurück. Dann
drückte er ihm, während er noch die Hand untersuchte, den
Hamburger Gulden Bechers zwischen die Finger. „Corpus

delicti", schloß er hastig flüsternd. „Es muß hinüber ins Laboratorium. Genau zu untersuchen. Besonders durch den Münz-
fachmann. Und Baron Dinkhofen soll irgendwie Meldung erstatten."

„Sie tun mir weh, Leibniz", erwiderte Grote laut. „Lassen Sie
mich zufrieden mit Ihrer medizinischen Weisheit. Ich lege mir
ein wenig Salbe auf und es wird nicht mehr brennen. Hoheit entschuldigen mich für zwei Minuten!" Und er ging schon hinaus.

Becher fuhr auf.

„Ich vergaß zu sagen, daß es die Experimente stört, wenn jemand das Zimmer verläßt", grollte er. „Nun ist es aber schon
geschehen. Ich hoffe, es wird nichts schaden. Ich erwähne es
auch nur für die Zukunft." Und er starrte wieder auf seine
Münzen, konnte jedoch trotz eifrigster Forschung keine Veränderung entdecken. Er schien aber gleichwohl von einer bösen
Ahnung besessen zu sein, denn er ging hinter der Vitrine in
kurzen Schritten auf und nieder, während sein Gesichtsausdruck von einer Sekunde zur anderen wechselte.

Geheimrat von Grote kam tatsächlich nach sehr kurzer Zeit
wieder höchst aufgeräumt zurück, noch bevor der Letzte der
Anwesenden die Münzen geprüft hatte. Er zeigte scherzend, daß
er sich seinen Finger verbunden habe und trat dann, ohne Leibniz auch nur zu beachten, mit dem Vizekanzler Ludolph Hugo
abseits, mit dem er sich über außenpolitische Dinge, insbesondere über den Fortgang der Verhandlungen auf dem Kongreß
von Nimwegen unterhielt.

Unvermittelt sagte Becher mit lauter Stimme:

„Ich glaube, daß eben der letzte Herr die Münzen besichtigt.
Die Zeit ist vorgerückt. Wir dürfen die günstigste Minute nicht
versäumen. Ich bitte also alle, wieder gütigst Ihre Plätze einzu-
nehmen." Und er trat hinter die Mitte des langen Versuchs-
tisches und rückte eine große, schwere Glasschale, deren Durchmesser wohl mehr als eine Spanne betrug, gegen die vordere
Kante des Tisches. Und als alle seiner Aufforderung folgten und
auch der junge Edelmann, der als letzter bei den Münzen gestanden war, zu den Stühlen ging, setzte Becher fort: „Es ist ein
einziges Experimentum crucis, ein, besser das entscheidende

Experiment, das ich Euer erhabenen Hoheit und allen anderen
zeigen werde. Wenig verwickelt und wenig bombastisch ist dieser Versuch in seiner äußeren Erscheinung. Aber noch einmal.
Lassen Sie sich durch das schlichte Gewand nicht täuschen.
Astrale Kräfte aus allen Regionen des Universums werden in den
nächsten Augenblicken unsren Raum hier zum Treffpunkt ihrer
unfaßbaren Strahlen machen. Und Kräfte werden in dieser
Schale gebunden sein, die imstande wären, die Erde aus ihrer
Bahn zu rücken, wenn nicht eine noch stärkere Kraft, die Kraft
des Eingeweihten, sie bändigte. Und ich werde Ihre Geduld
nicht auf die Folter spannen. Alle Münzen zugleich sollen der
Verwandlung unterzogen werden. Damit Sie sehen, daß die
Große Kunst unabhängig ist von der Form und der Legierung.
Denn wieviel Münzen, soviel verschiedene Legierungen des
Silbers ruhen dort in der Vitrine. Eine einzige Ausnahme muß
ich machen, die Sie nicht stören wird." Er packte Leibniz, der
fühlte, wie das Blut aus seinen Wangen wich, mit einem glosenden Haßblick. Becher merkte genau die Wirkung, die seine
letzten Worte erzielt hatten. Ein flüchtiges Grinsen überzog das
zerfurchte Gesicht des Reichshofrates und er schloß: „Ich habe
mich entschieden, die hungarische Münze nicht in den Versuch einzubeziehen. Ich erinnerte mich nämlich, daß ich sie
noch zu kurze Zeit besitze. Und ich will das Experiment nicht
gefährden. Sie verzeihen dieses Versehen!"
Leibniz hätte vor Freude am liebsten aufgeschrien. Also Becher hatte überkombiniert, obwohl er auf der Fährte war. Und
hatte geschlossen, daß Leibniz ihn durch die harmlose Frage
nach der hungarischen Münze von seinem Trick hatte ablenken wollen. Alles geht jetzt den richtigen Weg. Jetzt nur um
Gottes willen nicht versagen! Becher ist vielleicht noch schlauer
und will nur wissen, ob es nicht eine andre Münze war. Niemand außer Grote ahnt, was hier vorgeht. Becher sieht mich
wieder an, während er die hungarische Münze ausscheidet. Ich
muß also erschrecken, enttäuscht, verzweifelt sein. Ich glaube,
die Geste und der Gesichtsausdruck sind mir gelungen. Denn
Becher fühlt sich plötzlich vollkommen sicher. Es ist an seiner
höhnischen Grimasse zu merken. Jetzt also, renne in dein

Verderben, großer Betrüger, der es nicht notwendig hätte, sein hohes Wissen und seine wahre hohe Kunst zu schänden!

„Wir beginnen", sagte Becher plötzlich feierlich und überlaut und streute ein weißes Pulver in die glühenden Kohlenbecken. Dann ergriff er mit sonderbar zierlichen, beinahe tänzerischen Bewegungen, denen man die langjährige Übung und Vertrautheit sogleich ansah, eine der vorbereiteten Flüssigkeiten nach der anderen und mischte sie in der großen Glasschale, in die er dann alle Münzen hineinwarf, daß sie hell klangen und klirrten.

Es ergab sich ein fast farbloses Gemenge der Ingredienzien.

Plötzlich ging ein hörbares Erstaunen und Erschrecken durch den Raum. Bechers Antlitz überzog sich mit einer derart fahlen Leichenfarbe, daß alle wähnten, er würde im nächsten Augenblick zusammensinken.

Ah, er hat gewöhnliches Salz in die Räucherpfannen gestreut, durchfuhr es Leibniz. Warum wagt er solche Jahrmarktskunststücke? Aber er hat anscheinend Erfolg mit diesen Mätzchen. Denn selbst das Gesicht des Herzogs und des Generals werden von Herzschlag zu Herzschlag ernster, gespannter, ja durchschauderter. Jetzt greift die Beleuchtung auch auf uns über. Ich glaube, die Zuseher verspüren kalte Schauer auf dem Rücken. Du ahnst nicht, Komödiant, was du noch erleben wirst!

Becher starrte mit glühenden Augen in die Flüssigkeit. Einige Minuten verrannen in beinahe schon unerträglicher Spannung. Unvermittelt ein schaurig hohler, heiserer Ton aus dem Munde Bechers:

„Der rote Löwe!" Und er griff blitzschnell in die Tasche, zog ein funkelndes Büchschen hervor und schüttete den Inhalt, ein zinnoberrotes Pulver, in die Glasschale, deren Flüssigkeit sich sofort zu einem blutfarbigen Gemenge verwandelte. Dann erfaßte der große Chymist noch schnell einen Glaskolben und goß ein wasserhelles Ingredienz in die Räucherpfannen, in denen es wild aufzischte und aus denen dicke Dämpfe aufstiegen.

„Transmutatio perfecta est! Die Verwandlung ist gelungen", verkündete Becher, dessen Gesicht nach Verlöschen der Kohlenbecken wieder die gewöhnliche Farbe bekam, mit heiterer, klingender Stimme. „Und es wird mir die größte Ehre und Freude sein, wenn Seine Hoheit mit eigener Hand die goldenen Münzen der nun ganz und gar ungefährlichen Flüssigkeit entnimmt. Natürlich mit einer Holzzange. Denn die Flüssigkeit hat sich in den unteren Welten als Säure manifestiert." Und Becher verbeugte sich tief.

Ein Geflüster begann, als der Herzog sich erhob und vor den Tisch trat. Es war nicht auszudenken, was sich da eben vor aller Augen zugetragen hatte. Würde Becher das Geheimnis preisgeben? Würde Hannover in wenigen Monaten reicher sein als das sagenhafte Land Peru zur Zeit der Conquistadoren?

Der Herzog ergriff mit ein wenig zitternder Hand die Holzzange und tauchte sie in die trübe rote Flüssigkeit.

„Incredibile est visu!" rief er in ehrlichem Erstaunen. „Es ist unglaublich, meine Herren! Sehen Sie selbst. Der Rheintaler blitzt in jungfräulicher Goldfarbe." Und er hielt das mächtige Goldstück unter die Kerzenflammen. Dann legte er es auf eine Platte, die ihm Becher reichte.

Und er wollte schon zu einem weiteren Lob ansetzen, als Becher einfiel:

„Hoheit haben erst eine Münze gesehen. Das könnte Zufall sein. Die wahre große Kunst verlangt die Verwandlung aller Gegenstände ohne die geringste Ausnahme. Wenn es Hoheit befehlen, können wir dann eine beliebige Münze mit der Feile durchschneiden. Damit Hoheit sich von der durchgängigen Verwandlung auch der innersten Partikel überzeugen. Also, ich bitte Hoheit geradezu inständigst, alle Münzen dem magischen Bade zu entnehmen." Und Becher blickte triumphierend von einem der Zuseher zum anderen.

„Gut, wenn Sie es so wollen!" lachte Johann Friedrich. „Sie sind ein Wunder von Gewissenhaftigkeit. Und ich werde diese herrliche Stunde nie vergessen."

„Auch ich nicht, erleuchtetste Hoheit Europas!" erwiderte Becher emphatisch, die Hand auf die Brust drückend. „Hochdero Geist übertrifft wohl nur noch die Liberalität, die Hoheit den Wissenschaften angedeihen lassen."

„Ich bin heute Nutznießer, nicht Förderer der Wissenschaft", sagte der Herzog gütig. „Ach, da habe ich schon wieder solch ein herrliches Goldstück und noch eines. Ich komme mir vor, wie König Midas. Jetzt aber, meine Herren, treten Sie alle näher! Der Herr Reichshofrat wird es gestatten. Ich bin nicht so ein Egoist, daß ich all die Wonne ganz allein genießen will.“

„Es wird mir eine Ehre sein, wenn die Herren näher treten“, erwiderte Becher ebenso großartig als höhnisch. „Und ich hoffe, daß auch der letzte Zweifler bekehrt ist.“

Er hatte diese Worte noch kaum zu Ende gesprochen, als sich sein Antlitz, diesmal wirklich, mit Leichenblässe überzog und zu einer furchtbaren Fratze entstellte. Aber auch Johann Friedrich war zusammengezuckt.

„Was bedeutet das, Becher?“ fragte er gepreßt. „Was bedeutet dieser unverwandelte Hamburger Gulden? Ich würde solchen teilweisen Mißerfolg für selbstverständlich halten, wenn Sie nicht eben vorhin ausdrücklich betont hätten, nur ein unbedingtes und ausnahmsloses Gelingen beweise die wahre und echte Große Kunst. Was haben Sie darauf zu antworten, Herr Becher? Noch einmal, was bedeutet dieser Gulden, der, wie ich weiß, vorhin in der Vitrine lag und sich nicht verwandelt hat?“

„Geheimrat Grote und ich werden es Euer durchlauchtigsten Hoheit erklären, was er bedeutet“, tönte die kalte Stimme Leibnizens.

Der Herzog drehte sich jäh herum. Doch bevor er noch den Mund öffnete, schrie schon Becher:

„Ah, also von dieser Seite die Intrige? Ich merkte es genau, das Sie manipulierten, Leibniz. Nur glaubte ich, es sei die hungarische Münze gewesen. Sie haben, klipp und klar ausgesprochen, nicht nur versucht, einen größeren Nebenbuhler bei Seiner Hoheit auszustechen, sondern dazu noch in verbrecherischer Weise das Leben Ihres Landesherrn aufs Spiel gesetzt. Sie gehören in den Kerker, Herr Leibniz. Dafür, daß Sie trotz meiner Warnung, einen falschen Silbergulden einschwindelten.“

„Oder einen echten“, lachte Grote auf.

„Das geht zu weit, meine Herren!“ fiel der Herzog in hartem Befehlstone ein. „Sie werden sich zu rechtfertigen haben, Herr

Becher, aber auch Sie, Geheimrat Grote, und Sie, Herr Leibniz. Ich dulde keine solchen Verschwörungen. Die übrigen Herren bitte ich, sich zu entfernen, nachdem zwei Offiziere der Garde vor diesem Zimmer Aufstellung genommen haben. Und ich erinnere Sie alle ohne Ausnahme an Ihren speziellen Eid." Johann Friedrich ging, die Hände auf dem Rücken, in höchster Erregung auf und nieder. Eine Münze, die auf den Boden gefallen war, stieß er mit dem Fuß weg, daß sie klirrend durchs Zimmer rollte.

„Ich werde sofort abreisen, Hoheit", sagte Becher beinahe drohend. „Und beim Hof in Wien Beschwerde führen."

„Gar nichts werden Sie!" herrschte ihn der Herzog an. „Gar nichts, bevor alles geklärt ist. Grote und Leibniz haben ein Recht auf Widerlegung Ihrer geradezu unglaublichen Vorwürfe."

„Ich bitte, Baron Dinkhofen hereinrufen zu dürfen. Er hat in unsrer Sache wichtigste Meldung zu erstatten", sagte Grote gedämpft.

„Wozu Dinkhofen?" Der Herzog schüttelte den Kopf. „Aber meinetwegen. Rufen Sie ihn."

Es waren furchtbare Minuten, als Grote den Raum verlassen hatte. Becher stand, noch immer verzerrten Antlitzes, hinter seinem Versuchstisch und goß in sinnloser Erregung einige Säuren in ein Probierglas, die er dann wieder achtlos ausschüttete.

Der Herzog aber hatte sich in seinen Stuhl geworfen und starrte zu Boden, während Leibniz auf die leere Vitrine blickte; wobei all die Aufregung der letzten Stunden neuerlich in ihm lebendig wurden und vor seinem inneren Auge in gespenstischem Tanze noch einmal abrollten.

Plötzlich war Grote mit Dinkhofen wieder im Zimmer.

„Ich habe ein Protokoll aufgenommen", meldete der junge Offizier ohne jede Scheu und stellte sich stramm. „Herr Geheimrat hat mir befohlen, es Eurer Hoheit untertänigst vorzulesen. Es ist streng nach den Fragepunkten des Herrn Rates Leibniz verfaßt."

„Ich verstehe gar nichts mehr", fuhr der Herzog auf.

„Das Protokoll", antwortete Leibniz, „ist das Ergebnis der

chymischen, physikalischen und münztechnischen Prüfung des aus der Vitrine des Herrn Becher herstammenden angeblichen Hamburger Silberguldens, den ich gegen einen unzweifelhaft echten Hamburger Gulden aus meinem Besitz vertauschte. Ich kenne das Protokoll selbst noch nicht. Es sollte mich aber freuen, wenn sich die beiden Gulden nur durch jene gewisse astralen, also chymisch und mechanisch unfeststellbaren ‚Schwingungen‘ unterschieden, wenn sich also, kurz gesagt, der Adept Becher nicht des Verbrechens der Münzfälschung und des Verbrechens des Betrugversuches an Seiner Hoheit und dem Herzogtum Calenberg und Göttingen schuldig gemacht hätte.“

„Was ist das wieder für ein Schwindelprotokoll?“ schrie Becher auf. „Wer konnte in dieser kurzen Zeit etwas prüfen?“

„Ein Chymiker aus den herzoglichen Laboratorien und ein Fachmann unserer Münze. Sie saßen in meinem Amtszimmer in Bereitschaft“, sagte Grote.

„Auf Befehl des Herzogs?“ keuchte Becher.

„Nein, auf unseren Befehl“, erwiderte Grote. „Und auf unsere persönliche Verantwortung. Wir sind nämlich, werter Herr Becher, auch bereit, für unsren Landesherrn und für unser Vaterland zu sterben. Ohne Pathos, Herr Becher. Verstehen Sie das?“

„Lesen Sie das Protokoll, Dinkhofen“, befahl der Herzog tonlos.

„Es ist kurz“, meldete Dinkhofen, das Papier in der Hand. Dann las er: „Der vorgelegte Hamburger Gulden war nicht geprägt, sondern gegossen. Allerdings mit großer Kunstfertigkeit. Es war erst mit stark vergrößernden Lupen möglich, dies einwandfrei festzustellen. In den von Herrn Leibniz angegebenen gewöhnlichen Säuren nahm er keine Goldfarbe an. Dagegen zeigte eine genaue, wiederholte Wägung, daß sein Gewicht das aus den hier vorliegenden Tabellen genau bekannte Münzgewicht des echten Hamburger Guldens merklich übertraf. Die Proben an den Probiersteinen führten zu keinem auffallenden Ergebnis. Doch scheint es, daß die gefälschte Münze mit einer dünnen echten Silberschicht überzogen ist. Weitere Nachforschungen konnten nicht angestellt werden, da eine Erlaubnis

zum Abfeilen oder zur Abstechung von Spänen nicht vorlag."
Dinkhofen schlug neuerlich die Hacken zusammen und schwieg.

Johann Friedrich aber war aufgestanden. Er trat an den
Tisch und blickte Becher drohend gerade ins Auge:

„Was haben Sie zu antworten, Herr Becher?"

Becher grinste merkwürdig verzerrt und zuckte die Achseln.
Dann sagte er geringschätzig:

„Mir ist nach dieser Intrige des Herrn Leibniz alles gleich-
gültig. Gut, ich gebe zu, daß er mich hier hinausgebissen hat.
Aber Europa ist groß, und nicht überall stehen zwischen der
Gerechtigkeit und dem Landesherrn Leute vom Schlag eines
Leibniz."

„Leider stehen Sie nicht überall zwischen den Betrügern und
dem Landesherrn, Herr Becher", erwiderte der Herzog geringschätzig. „Im übrigen habe ich meine Entscheidung schon getroffen. Ich werde die von Ihnen, Herr Becher, soeben blas-
phemierte Gerechtigkeit nicht spielen lassen. Weil Leibniz Sie
für einen großen und fruchtbaren Gelehrten und Könner hält.
Nur deshalb! Und Herr von Grote wird über alles, was wir
wissen, einen geheimen Akt verfassen. Eine staatsprozessuale
Anklageschrift. Und dieser Akt wird so lange in unsren Archiven
ruhen, als Sie, Herr Becher zu Ehren und zum Nutzen Deutschlands in der kleineren Kunst weiterarbeiten, die in Wahrheit
Ihre große Kunst ist. Ich hoffe, Sie verstehen mich. Und ich
hoffe, daß Sie längstens übermorgen die Grenze meines Landes
überschritten haben werden. Man wird Sie dorthin begleiten.
Und nun ziehen Sie in Frieden, Reichshofrat und Chymist
Becher! Der Alchimist Becher möge heute gestorben sein."
Und der Herzog verließ, gefolgt von Grote und Leibniz, den
unheimlichen Versuchsraum.

Als sie aber das Arbeitszimmer Johann Friedrichs betreten
hatten, sagte der Herzog:

„Ihr seid mir nette Verschwörer! Eigentlich sollte ich Euch,
auf einige Tage wenigstens, einsperren. Ich habe mir aber leider
schon vor Ihrer Abreise die Hände gebunden, Leibniz. Mit der
Ankündigung einer Überraschung. Und so wünsche ich Ihnen
alles Glück zu Ihrer Ernennung zum wirklichen Hannöverschen

Hofrat, lieber Leibniz. Gehen Sie jetzt noch einmal hinüber, Herr Hofrat, und sorgen Sie dafür, daß der geistvolle
Schwindler durch Dinkhofen beim Abtransport seines Krimskrams überwacht wird. Ich habe noch mit Grote zu sprechen.
Mir ist es aufrichtig gesagt, lieber, daß man das Gold nicht
künstlich erzeugen kann. Es wäre wahrscheinlich nur ein Unglück für die Menschheit. Und nun, auf Wiedersehen, Hofrat Leibniz!"

Durchwogt von sonderbar zwiespältigen und aufwühlenden
Gefühlen verneigte sich Leibniz tief, sagte einige Worte innigsten Dankes und verließ das Zimmer. Schon draußen im Korridor aber klärte sich sein Gemüt zu sieghafter und jubelnder
Freude über die neuen Aufgaben, die seiner harrten.

Achtunddreißigstes Kapitel

Auf der Fährte der Grubenwässer

An einem wolkenlosen Augustnachmittag desselben Jahres
trat Leibniz, leicht und bequem gekleidet, in den Garten hinaus,
der hinter dem Landhause in Zellerfeld lag. Ein großer zottiger
Hund, der unter einem langen rohen Holztisch gelegen war,
zog sich wedelnd aus seinem Versteck hervor und schlängelte
sich halb selig, halb schuldbewußt, seinem neuen Herrn entgegen. Ach, er hat wahrscheinlich die Mineralien und die Fossilia
auf dem Tische beschnuppert oder gar durcheinandergestöbert,
dachte Leibniz belustigt. Und da wollen die guten Cartesianer
den Tieren Empfindung absprechen. Der Hund hat nicht nur
Empfindung gehabt, als ich ihn das letzte Mal ein wenig züchtigte, weil er mir auf den Tisch sprang. Er hat, über die Empfindung hinaus, noch assoziative Fähigkeit und eine Art von
Erinnerung. Wie auch könnte man sonst ein Tier dressieren?
Aber sei nicht ängstlich, guter Hund. Heute ist es so herrlich
schön, daß ich dir selbst deine geologischen Extravaganzen
verzeihe.

Und er kraute den Hund hinter den Ohren und erregte in solchem Maße dessen Dankbarkeit, daß das riesige Tier mit einem halb wimmernden, halb bellenden Ton an ihm emporsprang und ihn fast umgeworfen hätte.

Leibniz wehrte die stürmische Zärtlichkeit ab und blickte auf den Tisch. Sogleich zog der Hund den Schwanz ein und verkroch sich sehr schnell in seinen Schlupfwinkel.

Nein, guter Hund, sei nicht so ängstlich, du hast wirklich nichts verbrochen. Es liegt alles noch auf seinem Platz. Ob du dazu geschnuppert hast, kann meine weniger subtile Nase nicht feststellen. Du bist zu aufrichtig, lieber Hund, bist kein Diplomat und gar nicht zum verstockten Verbrecher geboren. Das sagt dir der wirkliche hannöversche Hofrat, der neuerdings im obersten Gericht des Landes Sitz und Stimme hätte, wenn er nicht, vorläufig wenigstens, ausgerissen wäre.

Leibniz winkte dem Diener, der eben in den Garten herausgetreten war und ein Tablett mit Tinte, Papier, Federn und Kleister trug.

„Wo ist die Schere?" Leibniz schüttelte den Kopf.

„Oh, verzeihen Euer Gnaden, ich wußte, daß ich etwas vergessen hatte. Ich bildete mir aber ein, es seien der Meißel und der Hammer." Und er stellte das Tablett auf den Tisch und eilte davon.

„Meißel und Hammer können Sie auch bringen", rief ihm Leibniz nach.

Dann begann er die zahllosen Gesteinsbrocken und Fossilien sorgfältig zu mustern, die, anscheinend nach einem bestimmten Plan auf der Tischplatte teils offen, teils in Papier eingeschlagen, aufgetürmt waren.

Der Diener war bald wieder zur Stelle und Leibniz trug ihm auf, schmale Papierstreifchen mit der Schere zu schneiden und dann den Kleister bereitzuhalten.

Eine sonderbare Fügung des Schicksals: Er setzte das Werk Stenos an der Stelle fort, wo dieser es hatte liegen lassen. Auch Stenos bahnbrechende Erkenntnisse einer weit über Agricola aus Joachimstal hinausreichenden Geologie hatten den Forschungen hier im Oberharz ihren Ursprung verdankt. Und wie dem Agricola und dem hellsichtigen Steno, erzählte auch Leibnizen die durch Bergwerke erschlossene Erdrinde jetzt ihre verborgensten Geheimnisse. Bei ihm aber kam zum Forscherdrang noch etwas hinzu, das seine Untersuchungen mit Urgewalt vorwärtstrieb: die eherne Notwendigkeit, der Grubenwässer Herr zu werden.

Vor etwa sechs Wochen war endlich seiner Abreise aus Hannover nichts mehr im Wege gestanden. Gleichwohl wäre noch im letzten Augenblick durch eine politische Verwicklung beinahe alles wieder vereitelt worden. Es hatte sich nämlich um den in voller Fruchtlosigkeit zu Ende gehenden Kongreß von Nimwegen gehandelt, auf dem seit fast drei Jahren die Neuordnung des durch Ludwigs Vorstoß gegen Holland aus den Fugen geratenen Europa beraten wurde. Leibniz hatte, einer sonderbar phantastischen politischen Logik folgend, mit einer Staatsschrift in den Gang der Ereignisse eingegriffen. Sie behandelte das Gesandschaftsrecht der deutschen Fürsten und trat für ein besonderes Privileg der Kurfürsten ein. Niemand wußte genau, ob diese Staatsschrift ernst gemeint oder eine große Ironie sei. Denn Hannover hatte schon seit Jahren sowohl um eine Erhöhung des Ranges seiner Gesandten als auch um die Möglichkeit gestritten, die Kurwürde zu erlangen. Und da hatte Otto von Grote zum erstenmal Leibniz Vorwürfe gemacht, er verhindere durch seine Vorschläge geradezu jede Möglichkeit, daß Hannover zuerst das „hohe Gesandtschaftsrecht" erhalte und dann, später vielleicht, sich auf dieses Gesandtenrecht stütze, um die Kurwürde zu erreichen. Leibniz war gegenteiliger Meinung gewesen. Er hatte behauptet, irgend eine Rangerhöhung müßte den Welfen über kurz oder lang zufallen und es wäre dann um so besser, wenn alle Nebenfragen, die mit dieser Rangerhöhung verknüpft seien, vorher schon geklärt worden wären. Die tatsächlichen Ereignisse jedoch hatten alle juristischen Feinheiten in den Hintergrund geschoben. Der kaiserliche Deligierte, Herr von Stratmann, kämpfte in Nimwegen um Sein oder Nichtsein des Deutschen Reiches, und auch für Hannover, das durch allerlei Umstände aus seiner Allianz mit Ludwig XIV. hinausgedrängt und zur Neutralität gezwungen worden war, gab es mehr als eine bange Stunde: trotz der vierzehntausend Mann des Herrn von Podewils und trotz der Inventio phosphori. Und in solch einer krisenhaften Lage war, kurz vor Leibnizens Abreise in den Silberdistrikt, Herr von Grote schon entschlossen gewesen, persönlich in die Beratungen von Nimwegen einzugreifen, und Leibniz hatte den Auftrag bekommen, sich zu Grotes Unterstützung bereitzuhalten. Im letzten Augenblick war Grote allein abgereist, da der Herzog die Münzangelegenheit plötzlich doch wieder für dringender ansah. Und so war, wie schon erwähnt, Leibniz vor etwa sechs Wochen im Ober-Harz eingetroffen.

Er hatte sich zuerst sogleich zu den Münzprägwerkstätten begeben, um zu sehen, ob seine Pläne genau verwirklicht würden. Er hatte es nämlich beim Herzog durchgesetzt, daß Taler hergestellt werden sollten, die alle Münzen Europas, selbst die englischen, an innerem Wert überträfen. Denn Stabilität der Währung bedeute Schaffensruhe, Sparsinn und Werkfreude. Und bedeute weiter Ansehen der Kaufleute und Lust des Auslandes, das Beste vom Besten nach Hannover zu liefern. Und dies alles zusammen wieder ergebe Wohlstand und Aufblühen Hannovers. „Die Staatswirtschaft“, hatte er zu Johann Friedrich einmal im geheimen Rat gesagt, „ist der bei weitem wichtigste Teil der Staatswissenschaft. Und ich bin überzeugt, daß Deutschland zugrunde gehen muß, wenn es sich im Gegensatz zu Frankreich um diesen Teil der Staatskunst nicht kümmert oder ihn gar ablehnt. Ganz gleich, ob solche negative Handlung aus Unwissenheit oder schlechtem Willen entspringt.“ Und er hatte es durchgesetzt, daß die neuen Taler beinahe unlegiert geprägt werden sollten. Denn nur solches Geld von unzerstörbarem und gleichbleibendem inneren Wert könnte bei all der von Jahr zu Jahr zunehmenden Verwirrung des Münzwesens und der Warenpreise einen ruhenden Pol bilden. Solches Geld würde auch trotz scheinbarer Kostspieligkeit politische Umschichtungen unberührt überdauern, und dadurch geradezu verbilligend wirken, daß die Finanzverwaltung und die Hofkammern, auf Jahre hinaus, bei Heller und Pfennig planen und rechnen könnten. Am allerwenigsten jedoch sei die gute Gesinnung zu

unterschätzen, die alle Untertanen einem Fürstenhause entgegenbringen müßten, das sie nicht nur nicht um das Erworbene
und Ersparte prellte, sondern es in geradezu vorbildlicher
Weise schützte und erhielt.

Doch diese herrlichen, erlösenden Taler waren ja durchaus
nicht der Beginn, sondern das Endziel. Sie waren der Mittelpunkt einer riesigen Archimedischen Spirale, deren weiten,
äußeren Umschwüngen man erst entlang wandern mußte, bis
man den Mittelpunkt in greifbare Nähe bekam. Und diese
Umschwünge hießen: Erforschung der geologischen Zusammenhänge, Ursachen und Bildung der Grubenwässer, Bekämpfung dieser Grubenwässer in neuer, noch zu entdeckender Art,
stärkere Ausbeutung der Bergwerke, neue Verfahren zur Bearbeitung der Silbererze und schließlich die Einrichtung der
Münzwerkstätten selbst, nahe den Bergwerken, damit jeder
überflüssige Transport und jede Gefahr eines solchen Transportes, außerdem jede unnötige Einschmelzung und Feuerung
vermieden sei. Wenn auch nur ein Glied dieser Kette oder auch
nur ein Umschwung der Spirale fehlte, dann war alles ein
Stückwerk, dann war nicht jenes Maximum an wirtschaftlicher
Wirkung erzielt, das Leibniz vorschwebte.

Dabei hatte sich gleich der erste „Umschwung" durch
Schicksal, durch persönliche Fähigkeiten Leibnizens und durch
seine ganze Gemüts- und Kräftelage fast zu unendlicher Größe
erweitert.

Schon durch seine Einfahrt in die Höllentiefen der Zellerfelder Schächte, die todeskühne Knappen seit Jahrhunderten
stets weiter gegen das Erdinnere vorgetrieben hatten, war er
belehrt worden, daß hier, in den Schächten und Stollen und in
deren naher Umgebung, eine Aufklärung über die letzten Ursachen der überall unheimlich rauschenden und rieselnden Wasser
nichts zu erhalten sein werde. Die Grubenwässer waren nichts andres als die äußerste Wirkung und Folge von Dingen, die, so ahnte
er, mit dem Aufbau des ganzen Harzes zusammenhingen. Und
bei dieser Überlegung vereinigte sich wieder in glücklichster
Weise eine unabweisliche Forderung seiner körperlichen Natur
mit einem Zufall und mit der richtigen Methode der Forschung.

Baron Dinkhofen besaß, irgendwo in den Bergen, ein kleines Jagdschloß, eigentlich ein winziges, bescheidenes, uraltes Raubnest. Der junge Offizier, der ihn nach Zellerfeld begleitet hatte, war ihm hartnäckig-freundlich in den Ohren gelegen, wenigstens für eine Woche dieses Schlößchen zu besuchen. So waren die beiden, begleitet vom zottigen Hunde, mit Gewehr und Hirschfänger, durch die Eichen- und Buchenwälder geritten, und Leibniz hatte, zum erstenmal seit Jahren, sich bloß der lebendigen Schau hingegeben. Aber nur ganz kurze Zeit hatte er die Luft der Wälder eingesogen und Sonne und Wind genossen. Schon hatten sich seinem in weit andrer Jagdbereitschaft glühenden Geist Fährten aufgedrängt und er war, während Dinkhofen dem Wild folgte, kreuz und quer durch Wälder, durch Täler und über Hochebenen geritten, hatte, mit Hammer und Meißel bewaffnet, Wanderungen gemacht, hatte Gesteinsschichten gemessen, geprüft, gezeichnet, bis sich ihm, langsam und doch mit Urgewalt, viele Rätsel zu erschließen begannen. Allgemeinstes — Erkenntnisse, die bis in die Urzeiten der Erdgeschichte reichten — drängte er vorläufig zurück. Desto eifriger aber blieb er auf der Fährte der Grubenwässer. Bis zwei Entdeckungen ihm zufällig letzte Aufschlüsse gaben. Das einemal hatte er auf einer flachen Kuppe einen Morast entdeckt, der nicht durch Regen entstanden sein konnte, da es tagelang keinen Tropfen geregnet hatte und tieferliegende Teile der Kuppe staubtrocken waren. Das zweitemal fand sein lechzender Hund sogar eine fließende Quelle auf der Spitze eines namhaft hohen Berges.

Zuerst hatte er das Gefühl gehabt, die Naturgesetze seien ins Wanken geraten. Und er hatte sich des Berichtes eines Missionars in Paris erinnert, dem in China erzählt worden war, ein buddhistischer Mönch habe vor einer tausendköpfigen Menge das Wasser eines Baches bergan fließen lassen; eine Fabel, der der Missionar weit und breit nachgegangen war und die er sich schließlich, da alle, selbst die zum Christentum bekehrten Augenzeugen, ihre Wahrheit beschworen, nur dadurch erklären konnte, daß der buddhistische Mönch den Geist der Zuseher behext habe. Kurz, Leibniz war beim Anblick dieser Quelle zuerst in die Stimmung eines jener Chinesen geraten. Dann aber hatte er ringsherum geblickt, hatte die umliegenden Berge mit einem wagrecht gehaltenen Stock anvisiert und war in den Besitz der Rätsellösung gelangt. Nicht des chinesischen Rätsels, sondern des Rätsels im wogenden Wald des Ober-Harzes: Die umliegenden Berge nämlich waren höher als die Kuppe mit der Quelle. Und die Täler zwischen diesen Bergen und seinem „Quellen-Berg" waren anscheinend Mulden aus gefaltetem, undurchlässigem Gestein; so daß das Wasser dieser höheren Berge dem Gestein entlang, unter der Erde herabfloß und, dem Gesetz des Wassergleichstands folgend, an den Hängen des Quellenberges wieder unter dem Humus emporstieg, bis es auf der Bergspitze aus dem Rasen quoll. Die Wässer folgten also allgemein den geknickten und verworfenen Gesteinsschichten, wenn sie das Moos und die Erde, von denen sie wie durch einen Schwamm aufgesogen wurden, nach unten sickernd verließen. Und so waren auch die Grubenwässer in Zellerfeld, die weiß Gott auf welchen Wegen und aus welchen Weiten daherkamen, schlechterdings nicht abzudämmen. Da man ja nicht gut den Bau der Erdrinde verändern konnte. Was man aber konnte, war nach diesen Erkenntnissen etwas anderes. Man konnte genau die gleiche Eigenschaft des Gesteins, die das furchtbare Wasser brachte, dazu benützen, das Wasser zu verjagen. Man konnte die Erdrinde überlisten. Man brauchte bloß aus den Zonen, die vor den größten Wassereinbruchsstellen lagen, einen geneigten Stollen bis dorthin zu treiben, wo sich lockere, wasserdurchlässige Gesteinsschichten gegen das Erdinnere senkten. Dann würde und mußte sich das schreckliche Grubenwasser ohne Anwendung aller Pumpen und Wasserkünste jenseits der Bergwerke in das Dunkel unerforschlicher Tiefen ergießen.

Obgleich Leibniz nach dieser Erkenntnis am liebsten sofort wieder nach Zellerfeld zurückgeeilt wäre, um die Arbeiten an den Entwässerungsstollen in Angriff nehmen zu lassen, sah er gleichwohl ein, daß seine geologischen Kenntnisse der umliegenden Bereiche des Harzes durchaus noch nicht weit genug gediehen waren, diese erste seiner Hypothesen schon zur Tatsache zu erheben, und ihn auch noch nicht berechtigten, ungeheure Kosten für die Verwirklichung seines Planes zu wagen.

Deshalb dehnte er zur Verwunderung des schlichten Dinkhofen seine Ritte und Wanderungen stets weiter aus und stellte, da er allein nicht alles bewältigen konnte, einige biedere und aufgeweckte Gebirgsbewohner in den Dienst seiner Gesteinsforschungen; wobei ihn die ungeheure Mannigfaltigkeit des geologischen Aufbaues eben dieser Gebirgsgegenden von Tag zu Tag in größeres Erstaunen setzte.

Aber nicht nur die Geologie hatte ihn in ihren Bann gezogen. Seine Helfer wurden selbst Objekte seiner Wißbegierde. Und er vergaß mehr als einmal die Grauwacke, den Granit, den Porphyr und den Sandstein, um den Bergsagen dieser Männer zu lauschen, in denen es von Kobolden und Teufeln nur so wimmelte; was, im Hinblick auf die Nähe des Mittelpunkts aller Teufelei, des unheimlichen Brocken, nicht sehr verwunderlich war. Jedoch auch von Burgen und Schlössern erfuhr er sonderbare Geschichten. Und er hörte, nicht mehr als Sage, sondern als grausige Wahrheit, von den todesmutigen Freiheitskämpfen dieser Bergstämme im Dreißigjährigen Krieg. Erzählungen, die reicher, wilder und unglaubwürdiger waren als die Teufelssagen selbst.

Als Leibniz endlich, erholt und erfrischt, spannkräftig und braungebrannt, die Ohren noch voll vom Gesang der Vögel, seine geologischen Schätze in allerlei beschriftete Säckchen hatte verpacken und sie auf plumpen quietschenden Karren nach Zellerfeld hatte befördern lassen, lag ein einzigartiges Märchen hinter ihm. Ein Märchen, das ihn um Jahrhunderte, Jahrtausende gegen den Ursprung alles Geschehens zurückgeführt hatte.

Gleichwohl hatte er seine Tätigkeit in Zellerfeld selbst sogleich ohne jede Mißlaune oder Enttäuschung aufgenommen. Denn neue Wunder lagen vor ihm, und im Hintergrund wartete das größte aller Wunder: seine Erkenntnis von der Entstehung der Gesteine, der Berge, Täler, Flüsse, Meere. Und vom Kreislauf dieses Werdens und Vergehens bis weit hinaus in nebelhafteste Zukunft. „Protogäa", „Erdanfänge", sollte das Werk heißen, das er über diese ahnungschweren Bereiche zu verfassen gedachte.

So wandte er sich an jenem herrlichen Augustnachmittag mit großem Eifer seinen Gesteinsproben und Fossilien zu, als der Diener eine entsprechende Zahl von Zettelchen geschnitten hatte. Es gab auf dem Tische sonderbare Dinge. Abdrücke von Fischen, von Halmen, von Libellen, von Blättern, von Fußspuren schrecklicher Vorwelttiere. Und es gab nicht nur Abdrücke, sondern versteinerte Skeletteile selbst. Nein, das war kein „Lusus naturae", kein Naturspiel, keine scherzhafte Nachahmung von Tierformen im Gestein, wie einige überängstliche Dogmatiker behauptet hatten, die das Zugeständnis vorweltlicher Funde auf Bergeshöhen als Gefahr für die Offenbarung ansahen; und höchstens, wenn auch schon als halbe Ketzerei, den Hinweis auf die Sintflut gelten ließen. Das waren keine Naturspiele. Das war alles vollster Ernst. Waren die Tiere selbst, waren die letzten Reste eines Daseins, das vor weiß Gott wieviel Jahrtausenden in der Sonne geatmet und gepulst hatte. Warum auch sollte der Schöpfer solch merkwürdiges „Spiel treiben?" War es nicht lästerlicher, Gott unnötiger und sinnloser Handlungen zu verdächtigen? Bei denen ER nicht einmal imstande gewesen wäre, die Formen richtig wiederzugeben? Denn viele dieser Fossilien glichen durchaus nicht den heute existierenden Tieren und Pflanzen, waren nichts andres als gröbere, primitivere und bizarrere Urformen. Und hatten einen weit stumpferen und dumpferen Ausdruck als die Geschöpfe der Gegenwart; ja, sie erinnerten sogar manchmal an schauerliche Sagen von Drachen und Ungeheuern, wenn auch ihre Größe nicht erschreckend war.

Leibniz riß sich mit Gewalt aus seinen Phantasien, als er die sauberen Zettel zu beschreiben und auf die Mineralien und Fossilien zu kleben begann. Hierauf trug er alle bisher beschrifteten Stücke zudem noch in ein Heft ein, in dem er Raum für Bemerkungen und Vermutungen hatte.

Doch schon bald begannen seine Gedanken wieder abzuschweifen. In kurzer Zeit würde er ohnedies unterbrochen werden. Denn es hatten sich einige leitende Funktionäre der

354

Bergwerke für den späten Nachmittag bei ihm angesagt; angeblich, um mit ihm über die „Wasserkünste", die mechanischen Einrichtungen zur Bekämpfung der Grubenwässer, zu beratschlagen. Und außerdem sollten noch Leute von den Silberöfen und von den in Bau befindlichen Münzwerkstätten kommen, denen er Auskünfte und Weisungen zu geben hatte.

Kurz, die Umschwünge der Spirale, die sich um den Mittelpunkt der zauberkräftigen hannöverschen Taler ringelte, waren in Verwirrung geraten, störten und überschnitten einander und wollten jeder für sich seinen Lauf vollenden.

Bei den Silberöfen war er erst heute am Vormittag gewesen. Hatte eine neue herrliche Alchimie mit eigenen Augen beobachtet: den „Silberblick"! Lange Zeit hatte unter dem Druck eines Luftstromes das Gemenge von Blei und Silber, heiß überflammt, in Öfen gebrodelt, die riesigen Waschkesseln oder Backöfen glichen. Und aus dem sogenannten Glättloch an der Seite dieses „Treibherdes" war das Blei herausgequollen, bis es sich, spröde und verunreinigt, wie Schlacke zu einem Haufen schichtete. Plötzlich hatten die Arbeiter den schweren Eisendeckel des Schmelzkessels mit einem knarrenden Holzkran abgehoben und zur Seite geschlagen. Da war über den Inhalt des Kessels noch ein in Regenbogenfarben schillerndes Häutchen von Bleiglätte gebreitet gewesen. Der Werkmeister hatte Leibniz zugerufen, nur jetzt das Auge nicht abzuwenden. Und er hatte recht gehabt. Denn unvermittelt war das regenbogenschillernde Häutchen zerrissen, und der „Silberblick", die glitzernde und gleißende Oberfläche des reinen „Silberkuchens", war im Lichte der Sonne als Inhalt des Schmelztiegels dagelegen. Trotz dieses freundlichen Wunders aber hatte Leibniz sogleich zu grübeln begonnen, ob es wirklich unerläßlich sei, solche Mengen von gutem Blei in unbrauchbare Rückstände zu verwandeln, die sich wie Zunder anfühlten. Und er erinnerte sich gelesen zu haben, daß in Mexiko das Silber auf kaltem Wege, mit Hilfe des Quecksilbers, aus den zerpulverten Erzen gezogen würde. Er hatte sich auch vorgenommen, demnächst Versuche anzustellen, obgleich er nicht wußte, ob sich jedes Erz für diese Behandlung eignete.

Und er liebkoste den Hund, der endlich so viel Mut gefaßt
hatte, unter dem Tisch hervorzukriechen, und versah seine Mineralien und Fossilien weiter mit Zettelchen und sein Heft mit
Notizen.

Neununddreißigstes Kapitel

Die Erdgeister setzen sich zur Wehr

Einige Stunden später — die Sonne neigte sich schon gegen
Untergang und die umliegenden Wälder und der Garten
strömten einen herben und frischen Duft aus — erschien eine
junge Magd und meldete, daß eine große Schar von Herren
und Knappen des Bergwerks draußen im Flur wartete. Wohin
sie die Herren führen solle?

„In die gute Stube", erwiderte Leibniz und sagte zum Diener:
„Sie werden jetzt wohl auch hinein müssen. Die Steine können
liegen bleiben. Komm, mein lieber Hund. Wir wollen sehen,
was dieser Aufmarsch bedeutet. Ich fürchte, nicht das allerbeste."
Und er ging ins Haus.

Die Türe, durch die er eintrat, führte in einen kleinen leeren
Raum. Von dort leitete eine zweite Tür in ein großes gewölbtes
Vorzimmer, von dem man wieder in die gute Stube gelangte.

Die Magd hatte nicht übertrieben. Es war wirklich eine ganze
Schar von Männern, die ihn im holzgetäfelten Raum zwischen
den bunt bemalten Möbeln erwartete. Er erkannte sogleich den
Ober-Mechanicus des Bergwerks und zwei seiner Gehilfen, mit
denen er schon vor einer Woche über die Bändigung der Grubenwässer gesprochen hatte. Weiters den Leiter des merkan-
tilen Dienstes und den Vorsteher der Silberöfen. Schließlich
war noch ein Steiger mit einigen älteren Bergknappen erschienen. Alle waren, je nach ihrem Rang, in mehr oder weniger
kostbare schwarze Bergmannstracht gekleidet und trugen die
charakteristischen schmalen Mützen mit dem Symbol der silbernen, gekreuzten Hämmer.

Leibniz fiel es sofort auf, daß die Stimmung der Anwesenden eine düstre war und auch düster blieb, als er ihren Gruß erwiderte und sie mit einigen Scherzworten bat, um den großen langen Tisch herum Platz zu nehmen. Er selbst, der ja als Hofrat weit über allen stand, setzte sich an die Spitze der Tafel und gab seinem Diener den Auftrag, Brot, kalten Braten, Wein und Käse in ausreichender Menge zu servieren. „Bringen Sie vielleicht auch Kaffee", rief er dem Diener nach. Dann wandte er sich an seine noch immer sehr steifen und zurückhaltenden Gäste.

„Es war mir bekannt", begann er in absichtlich leichtem Ton, „daß ich das Vergnügen haben würde, heute noch eine vollständige Abordnung der Bergwerksleitung und der Silberöfen bei mir zu begrüßen. Und es ist mir besonders erwünscht, daß sich auch Vertreter der Bergleute aus eigenem Antrieb bei mir einfanden. In so wichtigen Angelegenheiten, wie sie heute verhandelt und hoffentlich bis zu einem ersprießlichen Arbeitsbeginn geführt werden sollten, ist jede Stimme, jede Erfahrung von höchstem Interesse. Natürlich auch die Stimme derer, die Tag für Tag unter der Erde der Tücke und den Gefahren der Gesteine und Wässer trotzen. Es ist, wie ich schon erwähnte, eine Beratung. Deshalb bitte ich geradezu jeden der Anwesenden, mir unverhohlen und ohne jede Zeremonie seine Meinung zu sagen. Die Beschlußfassung kann natürlich nicht Sache der Anwesenden sein. Die wurde mir selbst von seiner Hoheit, dem Herzog, übertragen, da Seine Hoheit weiß, daß ich gewohnt bin, Beschlüsse nur nach sorgfältigster Prüfung aller Umstände in die Tat umzusetzen. Deshalb auch bitte ich um Ihr Vertrauen. Denn bei so schwerem und gefährlichem Beginnen, wie es der Bergbau ist, kann gedeihliche Arbeit nur durch engstes, überzeugtestes Zusammenwirken erzielt werden. Und nun ersuche ich um Äußerungen, da Sie sich wohl sicherlich untereinander schon vorher über alles ausgesprochen haben dürften. Ich stelle als Beginn die Angelegenheit der Wasserhaltung zur Diskussion".

Zuerst folgte ein betretenes Schweigen. Der Ober-Mechanicus, der merkantile Leiter und der Steiger tauschten verstohlene Blicke. Schließlich raunte einer der Gehilfen des Mechanicus diesem einige leise Worte zu.

„Gut, dann werde ich antworten", erwiderte der Ober-Mechanicus, ein hochschultriger, untersetzter Mann mit buschigen Brauen und stechenden schwarzen Augen. Er starrte dabei auf die Tischplatte. Nach einigen weiteren durchschwiegenen Sekunden sagte er beinahe barsch: „Das ist alles nicht so einfach, Herr Hofrat, wie Sie es sich vorzustellen belieben."

„Gewiß ist es nicht einfach", replizierte Leibniz, um einen Schatten kühler. „Deshalb will ich mich eben beraten lassen. Ich wundere mich aber, offen gesagt, ein wenig, daß man hier das Eingehen in die Sache, die ja dem Herrn Ober-Mechanicus genau bekannt ist, durch solche Einleitungen verzögert. Ich bin mir nicht bewußt, Anlaß hiezu gegeben zu haben. Ich will mich mit Arbeitskameraden aussprechen, sonst nichts."

„Sonst nichts?" Der Ober-Mechanicus, der wie alle etwas unbeholfenen Menschen, die sich einem überlegenen Geist gegenübersehen, sogleich in einen überspitzt streitlustigen Ton verfiel, wurde feuerrot. „Herr Hofrat erklärten doch eben, Sie würden die Beschlüsse allein fassen."

„Im Auftrag und mit Vollmacht Seiner Hoheit des Landesherrn. Ich verstehe Sie nicht mehr, Herr Ober-Mechanicus. Ist der Harz eine Domäne des Herzogtums, oder gelten hier andre Gesetze? Doch wir wollen einen Augenblick unterbrechen. Der Diener bringt eben den Imbiß. Vielleicht werden wir uns beim Wein besser verständigen."

„Es war nicht so gemeint", beschwichtigte der Vorsteher der Silberöfen, während der Imbiß und die Weinflaschen auf den Tisch gestellt wurden. „Der Herr Ober-Mechanicus will vor überstürzten Maßregeln warnen. Gerade als treuer Diener des Herzogs. Schließlich sind wir alle seit einem Menschenalter Fachleute und sind als Söhne und Enkel andrer Fachleute in der Jahrhunderte alten Tradition des Harzer Silberbergbaues aufgewachsen."

„Ach so!" Leibniz wartete, bis sich der Diener wieder entfernt hatte. Dann fügte er lächelnd bei: „Sie wollen mir also kurz und bündig erklären, ich hätte nicht die Kenntnisse und nicht die Kompetenz, Neuerungen einzuführen. Das ist kein Standpunkt, meine Herren. Durchaus kein Standpunkt. Bei aller Anerkennung Ihrer Verdienste. Es gibt nämlich auch jenseits des Ober-Harzes und jenseits aller Traditionen noch andre Bergwerke, noch andre mechanische Einrichtungen. Und es gibt daneben so etwas wie einen Fortschritt der Wissenschaft. Werden Sie sich etwa auch auf die Tradition berufen, wenn Seile von größerer Sicherheit entdeckt werden würden als die, die jetzt im Harz im Gebrauch sind?"

„Dann gewiß nicht, Herr Hofrat", erwiderte der Ober-Mechanicus und blickte Leibniz starr an. „Nein, dann gewiß nicht." Er leerte hastig ein Glas Wein. Hierauf setzte er dumpf fort: „Für uns alle ist es sehr schwer zu sprechen. Sie sind da schon zu Beginn gleich mit Anwürfen des Ungehorsams gegen Seine Hoheit dreingefahren. Aber Ihre letzten Sätze machen uns manches leichter. Wir berufen uns nämlich nur dann auf die Tradition, wenn durch Neuerungen die Sicherheit vermindert wird."

„Sie wollen also behaupten," fuhr Leibniz auf, „daß durch meine Projekte die Sicherheit in den Bergwerken vermindert wird? Das werden Sie zu beweisen haben, Herr Ober-Mechanicus."

„Zu diesem Zweck haben wir vorgesprochen, Herr Hofrat. Noch mehr. Wir haben einen Mittelsmann mit einem Gesuch nach Hannover an Seine Hoheit gesandt."

„Ohne mir vorher etwas zu melden?" Leibniz schüttelte mehr erstaunt als entsetzt den Kopf. „Ich finde das, gelinde gesagt, ungewöhnlich."

„Es handelt sich um das Leben der ganzen Belegschaft", murrte der Ober-Mechanicus. „Und es ist einstimmige Ansicht aller Fachleute, daß die geplanten Maßnahmen nicht nur unnütz, sondern gefährlich sind."

„Jetzt reißt mir aber bald die Geduld", sagte Leibniz scharf. „Ich verlange von Euch Bergleuten im abgeschiedenen Harz durchaus nicht, daß ihr die Formen von Hofleuten beachtet. Aber nur beweislose Weigerungen auszusprechen, geht selbst unter mildesten Voraussetzungen nicht an. Ich sehe, daß mein verbindlicher Ton falsch war. Deshalb erkläre ich, daß ich sofort meinerseits, nicht hinter Ihrem Rücken, Seiner Hoheit über die jeder Beschreibung spottende Undisziplin seiner Beamten Bericht erstatten werde, wenn Sie mir nicht alle binnen einigen Minuten endlich einen einzigen Vernunftgrund für Ihre Anwürfe mitteilen können. Bei unserer Beratung handelt es sich um den Wohlstand des ganzen Herzogtums und nicht um die Starrköpfigkeit einiger gewiß tüchtiger, aber anscheinend unbelehrbarer Fachleute."

„Es soll ein andrer für mich sprechen, Herr Hofrat", sagte der Mechanicuas, plötzlich eingeschüchtert. „Wir meinen es gut, bei Gott und beim Kruzifix! Aber wir sind alte Harzleute und verlieren lieber unser Brot, bevor wir das Leben der uns anvertrauten Knappen aufs Spiel setzen."

„So gehört es sich im Bergbau", ließ sich die dröhnende Stimme des Steigers vernehmen. „Wir Knappen stehen zu unsren Führern, weil wir das wissen. Und gehorchen blind. Es kann uns aber niemand zwingen, einzufahren, wenn wir den sicheren Tod aufs Spiel setzen. Da verhungern auch wir lieber über Tag. Besser ein Kerkerloch, als das Ersticken in verschütteten Stollen." Die übrigen Knappen murmelten beifällig.

Leibniz war starr. Was bedeutete diese beinahe schon komische Revolte? Von welchem Teufel waren die Leute besessen? Aberglauben? Oder hatte man Ihnen Märchen eingeredet, um den lästigen Hofrat aus Hannover loszuwerden? Er sah von einem Gesicht zum anderen. Lauter grundehrliche, verwetterte, heilig ernste Blicke und Mienen. Sie glauben wirklich, was sie sprachen. Wie aber sollte er die Gründe herausbekommen, die sie zu solchem ungewöhnlichen Widerstand anstachelte? Sie waren sich ohne Zweifel bewußt, was sie mit ihrer Haltung wagten. Sie hatten ja selbst von Verlust des Brotes und von Kerker gesprochen. Mit Gewalt war also der „Verschwörung", die schon bis zum Herzog reichte, nicht beizukommen. Sonst standen, morgen vielleicht schon, die Bergwerke still, und der Schaden war größer, als wenn man alles beim alten ließ. Man mußte also zum Schein nachgeben, um sich in die Nähe des Geheimnisses vorzutasten.

„Offenbar liegt ein Mißverständnis vor", sagte Leibniz, plötzlich in äußerst verbindlichem Ton. „Anders kann ich mir Ihre

Erregung nicht erklären. Und da ich doch hoffe, daß Sie mir
nicht ernstlich zumuten, daß ich das Leben von Hunderten
braver Bergleute aufs Spiel setzen will, soll mir jetzt der Steiger
antworten, was er über meine Pläne gehört hat."

„Ich habe mich selbstverständlich mit ihm beraten", fiel der
Ober-Mechanicus ein. „Und habe ihm erklärt, was ich von
Ihnen erfuhr, Herr Hofrat. Die Angelegenheit der sogenannten
Entwässerungsstollen und der neuen Pumpen."

„Nun, und?" Leibniz sah ihn fragend an.

„Nun — und da sind uns eben die Bedenken gekommen."

„Die wollte ich ja gleich zu Beginn hören. Verstehen Sie noch
immer nicht, was für einen Zweck unsre Zusammenkunft hat?"

„Nein, ich verstehe es nicht, da Sie, Herr Hofrat, entscheiden
werden, wie Sie wollen, auch wenn wir uns heiser reden."

„Also reden Sie sich einmal zuerst heiser. Dann werde ich
entscheiden, ob ich entscheiden will." Leibniz lachte, um die
Stimmung zu verbessern.

„Sie haben leicht lachen, Herr Hofrat!" knurrte der Mechanicus. „Sie sind blutjung, haben nicht Frau und Kind,
fahren wieder fort, wenn es schief geht. Aber meinetwegen soll
jetzt der Steiger sprechen."

„Nun, also los, Herr Steiger!" Leibniz zwang sich, nicht
neuerlich schärfere Töne anzuschlagen.

Der Angesprochene räusperte sich. Er war ein hünenhafter,
schon weißhaariger Mann mit einem mächtigen Bart. Er erwiderte unbekümmert:

„Zuerst über den Wasserstollen, Herr Hofrat. Ich verstehe
genau, wie Sie sich das vorstellen. Aber es wird gerade das Gegenteil dabei herauskommen. Entweder ist das Unglück gleich
zu Beginn da. Wenn wir nämlich in der Nähe der wasserführenden Schichten zu arbeiten und einzuschlagen beginnen. Oder
aber wir haben Glück. Dann arbeiten wir vielleicht zwei, vielleicht zehn Jahre an dem Wasserstollen und es wird inzwischen
kein Erz gefördert, da die ganze Belegschaft nötig ist, einen
solchen Riesenstollen durch das harte Gestein zu treiben; wenn
wir auch Tonnen Pulvers versprengen. Und wie sollen wir
einen solchen Stollen lüften, der nicht in den Schacht münden

darf? Durch einen neuen Schacht? Das dauert wieder Monate
und Jahre. Und jetzt kommt erst die Hauptsache. Wer bürgt
uns dafür, daß wir überhaupt je zu Schichten kommen, die das
Wasser in die ewige Tiefe ablaufen lassen? Und wenn es selbst
oben so aussieht, kann es unten umgekehrt sein. Wir haben hier
Falten und Knicke im Gestein. Was aber dann, Herr Hofrat?
Dann bekommen wir mit unsrer Wasserführung den Einbruch
von der entgegengesetzten Seite. Oder das Wasser läuft überhaupt nicht ab, der Stollen füllt sich in kürzester Zeit und der
Wassereinbruch erfolgt aus ganz unerwarteter Richtung. Nein,
Herr Hofrat, lassen wir die Wasserschichten nur schön unan-
gebohrt! Sie haben noch nicht erlebt, was so ein unterirdischer
Wasserfall ist. Wir aber haben die Gebeine der Zweihundert
ausgegraben, die vor Jahrhunderten einmal drunten ersoffen
sind und verschüttet wurden. Derentwegen dann das Bergwerk
durch Menschenalter stillstand, weil niemand mehr einfahren
wollte." Der Steiger schwieg mit einem düsteren Blick und
langte achtlos nach Brot und Braten.

Leibniz aber war aufmerksam geworden. Wie sollte er solche
Bedenken zerstreuen? Wie diesen einfachen Leuten, die von
solch furchtbarer Historie des Bergwerks verängstigt waren,
begreiflich machen, daß es geologische Strukturen gab, bei
denen die Wahrscheinlichlkeit des Irrtums gering war? Die
Argumente, die der Steiger vorgebracht hatte, würden täglich,
stündlich wiederkehren. Bei jedem Sprengschuß, bei der kleinsten Enttäuschung. Und war es wirklich so sicher, daß diese
vielleicht jahrelange Arbeit nicht fruchtlos war? Eine Arbeit,
die unendliche Kosten verschlang? Würde man nicht dem Wasserstollen stets alle Schuld geben, wenn sich, aus ganz anderen
Ursachen, ein Einsturz oder ein Wassereinbruch ereignete?
Sicherlich war bei allem auch ein gutes Stück gekränkelter Eitelkeit der Mechanici und der leitenden Beamten dabei, die lieber
Bedenken hervorsuchten als sie zerstreuten. Aber die Katastro-
phenstimmung war nun leider einmal da. Vergiftete die Arbeits-
freude im ganzen Bergwerk. Man mußte mit ihr rechnen. So
sagte Leibniz:

„Ihre Einwände, Herr Steiger, die ja auch die Einwände des

Herrn Ober-Mechanicuas und der anderen Herren zu sein scheinen, will ich durchaus nicht leicht nehmen. Der Bau des Stollens
muß gründlich überlegt werden. Vielleicht werden wir sogar
neue Knappen aufnehmen, um den normalen Betrieb nicht zu
stören. Auf jeden Fall, dies zu Ihrer Beruhigung, würde ich
nicht von der Nähe der wasserführenden Stollen beginnen und
würde die Verbindung mit der Wasserregion erst herstellen,
wenn wir einwandfrei eine Schicht für den Wasserabzug gefunden und angebohrt haben. Aber das sind alles spätere Sorgen.
Viel mehr interessiert mich Ihre Ansicht über die neuen Pumpen,
deren Zeichnungen und Holzmodelle Sie jedenfalls schon gesehen haben, da ich sie dem Herrn Mechanicus zum Studium
übergab. Hier kann man wirklich nicht von Gefahr reden.“

„Wieso?“ Der Ober-Mechanicus schob sein Kinn vor und
blitzte mit seinen stechenden Augen unter den buschigen
Brauen hervor. „Diese Pumpen sind doch noch viel ärger als
der vermaledeite Wasserstollen.“

„Das ist doch wohl ein Scherz?“ Leibniz war jetzt wirklich
verblüfft.

„Ich bin sehr wenig zu Scherzen aufgelegt, wenn man meine
Leute ersticken will.“ Der Ober-Mechanicus hieb mit der flachen Hand auf den Tisch.

„Sie Sind von Sinnen? Wer will Ihre Leute ersticken?“ Leibniz glaubte tatsächlich, der Mann habe den Verstand verloren.

„Nein, wir wollen bei unsren Heinzenkünsten bleiben. Kein
Wort mehr über Ihre Pumpen, Herr Hofrat!“

„Das ist nicht so einfach“, fiel Leibniz, wieder schärfer, ein.
„Ihre guten Heinzenkünste, diese Holzrohre mit den ledernen,
roßhaargefütterten Püscheln, mögen vor zweihundert Jahren
eine große Erfindung gewesen sein. Heute aber schiebt man das
Wasser nicht mit Püscheln in Holzröhrchen hoch, sondern man
pumpt es hinauf. Seit der Entdeckung Toricellis über die Gesetze des Luftdrucks.“

„Das haben Sie mir erklärt, Herr Hofrat“, unterbrach der
Ober-Mechanicus. „Ich habe Sie genau verstanden. Nur haben
Sie übersehen, daß ein Brunnen und ein Bergwerk zwei ver-
schiedene Dinge sind. Ob die Wasserkäfer und Frösche keine

Luft haben, ist gleichgültig. Aber meine Bergleute brauchen die Luft. Sonst ersticken sie, wie ich schon sagte."

„Was hat das mit den Pumpen zu tun?" Leibniz war fassungslos.

„Was es zu tun hat? Sie selbst, Herr Hofrat, haben mich auf die Spur gebracht mit Ihrer Erklärung der Toricellischen Leere. Des luftleeren Raums. Ihre Pumpen werden nämlich nicht nur das Wasser, sondern auch die Luft aus dem Schacht und den Stollen saugen."

„So ist es. Ich bin auch davon überzeugt", sekundierte der Steiger.

Leibniz riß die Geduld. War er unter Wahnsinnige geraten? Oder war das nur schlaue Politik des Ober-Mechanicus?

„Das ist ein eindeutiger Unsinn!" erwiderte er. „Sie haben die Entdeckungen Toricellis nicht verstanden, wenn sie so reden. Ich werde Ihnen Ihre sogenannten Überzeugungen durch zehn verschiedene Versuche widerlegen. Meinethalben mit lebenden Tieren. Oder sogar mit mir selbst als Versuchsobjekt. Und ich mache Sie weiter darauf aufmerksam, daß jetzt der Spaß sein Ende hat. Ihre gepriesenen ‚Heinzenkünste‘, die sich ungeheuer rasch abnützen, da sowohl die endlose Kette als die engeingepaßten Püschel die Holzrohre verschleißen, sind vielmal teurer als die teuersten Saugpumpen. Sie stehlen also durch Ihre bockbeinige Weigerung, die durch nichts, aber schon durch gar nichts zu begründen ist, Seiner Hoheit und der Hofkammer geradezu das Geld aus der Tasche. Ich erwartete sachliche Vorschläge, nicht jedoch solch alberne Märchen. Und ich weise vor allem die Zumutung aufs entschiedenste zurück, daß ich etwas unternehmen würde, das Menschenleben gefährdet."

Der Ober-Mechanicus ballte die Fäuste. Dann erwiderte er bebend:

„Wir haben erfahren, Herr Hofrat, daß Ihnen zweitausend Gulden Belohnung jährlich ausgeworfen sind, wenn Ihre Entwässerungspläne gelingen. Es ist begreiflich, daß Sie Himmel und Hölle in Bewegung setzen, um diese Unsumme zu verdienen. Wie gesagt, wir alle begreifen das. Aber wir werden es trotzdem verhindern, daß Bergleute durch unfertige Projekte ihr Leben einbüßen!"

Leibniz schwieg einen Augenblick. Dann sagte er schneidend:

„Es ist mir leider unmöglich, mit offensichtlich Wahnsinnigen weiter zu beraten. Bedanken Sie sich für alles, was folgen wird, bei Ihrem Einbläser, Herr Ober-Mechanicus. Falls Sie nicht selbst der Einbläser sind. Ich werde jetzt die Befehle Seiner Hoheit und des Geheimen Rates einholen. Bis dorthin bleibt im Bergwerk alles beim alten. Wenn ich aber nur das leiseste über Disziplinwidrigkeiten oder weitere Aufwiegelungen der Arbeiter durch Vorgesetzte hören sollte, wird General von Podewils Soldaten herkommandieren. Das lassen Sie sich gesagt sein, Herr Ober-Mechanicus! Sie scheinen meinen guten Willen durchaus als Schwäche und Unsicherheit ausgelegt zu haben. Und nun sind Sie alle für heute entlassen. Ich werde morgen einfahren und mit der Uhr in der Hand prüfen, ob hier im Harz ebensoviel gearbeitet wird wie in anderen Bergwerken." Und Leibniz stand auf, verbeugte sich und ging aus dem Zimmer.

Die Bergleute aber verließen bestürzt und erregt das Haus und fühlten sich von allen Seiten bedroht und gefährdet.

Leibniz, der sich schon beim Hinaustreten in den Garten ein wenig über die Schärfe seiner letzten Worte ärgerte, streichelte den Hund, der an ihm hinaufsprang. Er hatte sich bald gefaßt. Aber er wußte, daß seine riesige Spirale bereits für immer zerrissen war. Denn nichts war unüberwindlicher als die Kombinationen von Hofintrigen mit der Verbohrtheit von Fachleuten. Wer jedoch am Hofe Johann Friedrichs ein Interesse daran haben sollte, seine Zellerfelder Entwässerungsprojekte zu verhindern, ahnte er vorläufig nicht. Daß dieser Versuch gemacht worden war, wäre einem harmloseren Menschen als Leibniz nach all den heutigen Ereignissen klar geworden. Oder sollte gar ein fremdes Land die Finanzkraft Hannovers schwächen wollen? Oder vielleicht eine Spion Joachim Bechers?

Leibniz sog die kühle Abendluft in seine Lungen, sein Geist begann sich dem größten Problem, den „Erdanfängen", der Schöpfungsgeschichte des Planeten Erde, zuzuwenden, und er beschloß, alles übrige dem „Miracle de recherche" zu überlassen.

Vierzigstes Kapitel

Das neue Haus und ein Zusammenprall
mit dem Herzog

Der große zottige Hund hatte Leibniz nach Hannover zu-
rückbegleitet und gemeinsam mit ihm das neue, mächtige
Haus, nahe der Kreuzkirche, bezogen, das in all dem inneren
und äußeren Wirrsal, in das Leibniz wieder geraten war, ein
Sinnbild von Seßhaftigkeit und Aufstieg bedeutete. Vorläufig
allerdings nur nach bürgerlichen und höfischen Begriffen.

Frühmorgens, wenn der Wirkliche Hofrat Gottfried Wilhelm
Leibniz in die Hofkalesche stieg, um in die „Kanzlei" zu fahren,
„allwo die Justiz-Sachen traktiert wurden", oder wenn hoch-
beladene Wagen vor seiner Tür standen, aus denen zahlreiche
Diener die Bücherschätze der herzoglichen Bibliothek abluden,
um sie in das Haus des Hofrats zu schaffen; oder wenn der Präsident des Geheimen Rates, Herr von Grote, der Herr Abt
Molanus von Lokkum, oder — wie man munkelte — sogar Seine
Hoheit der Herzog selbst etwa in Begleitung eines fremden
Gesandten oder Würdenträgers vorfuhren, um mit dem kaum
dreiunddreißigjährigen Hofrat die Geschicke der Welt zu besprechen, lief den Nachbarn und Straßengenossen ein halb
neidischer, halb ehrfürchtiger Schauer über den Rücken. Und
sie faßten es kaum, daß ihre niedriggeborenen Kinder Zutritt
in das Geheimnisvolle Haus hatten, im Zimmer des Hofrats
spielen durften und nicht nur ungescholten, sondern sogar mit
Spielzeug, mit Lebkuchen und Zuckerbrot beschenkt heim-
kamen. Und zudem noch behaupteten, Herr Leibniz habe mit
ihnen gesprochen, sei munter und stets zu Scherzen aufgelegt,
ja, er habe ihnen sogar Stiche und Bilder gezeigt und ihnen beim
Ausarbeiten der Schulaufgaben geholfen. Dafür aber war auch
die Anhänglichkeit der Kleinen an ihren Hofrat ohne Grenzen.
Und es genügte die Drohung, man werde es Herrn Leibniz
sagen, um das bockbeinigste Kind der Straße in einen sanften
Engel zu verwandeln. Und schließlich griff der Enthusiasmus
für den neuen Nachbarn ohne Unterschied auf die Eltern über.

Man war in gehobener Stimmung. Denn das Haus war seit vielen Jahren auch in andrer Beziehung der Stolz der Straße. Wenn man die Mansarden mitzählte, hatte es eine Höhe von sieben Stockwerken. Und der Reichtum der Fassade an Säulen, Zieraten und Skulpturen suchte seinesgleichen in der Stadt. Den Erker, der sich über drei Geschosse erstreckte und der über und über mit biblischen Szenen in Reliefarbeit bedeckt war, bestaunten selbst weitgereiste Fremde.

So also sahen die Mitbürger den herzoglichen Hofrat, als er sich im Spätherbst in seinem neuen Hause zur Not eingerichtet hatte.

Der Wirkliche Hofrat selbst sah es weit anders. Er war, noch in Zellerfeld, einigemal dem Gefühl nahe gewesen, nicht mehr weiter zu können. Und das, auch objektiv betrachtet, nicht mit Unrecht. Zurst hatte er die Angelegenheit der Münzwerkstätten und der Bergwerke, wenigstens vorläufig, ordnen müssen. Es waren ihm durch ungeheure Zähigkeit und Schmiegsamkeit einige Teilerfolge geglückt. So hatte er, trotz aller Widerstände, die Saugpumpen an einigen besonders wassergefährdeten Punkten der Bergwerke in kleinstem Maßstab aufgestellt und die Bergleute überzeugt, daß alles andre geschah, nur nicht ein Absaugen der Atemluft. Doch genügte auch dieser sinnfällige Beweis den ungreifbaren Intriganten nicht, die gegen ihn schürten. Man hielt ihm entgegen, daß dieselben Pumpen in größerem Maßstabe eben jene schreckliche erstickende Wirkung erzeugen würden und erzeugen müßten. So hatte er sich, wieder von teils stumpfem, teils offenem Unwillen umgeben und gehemmt, darauf verlegt, unnötige und unpraktische Arbeitsverrichtungen abzustellen und die Förderung mit den Mitteln vernünftiger Organisationen zu heben. Was ihm auch in überraschender Weise gelang; und wobei er die Knappen durch Prämien auf seine Seite brachte. Aber gerade dieser Umstand trug ihm aus den geheimen Intrigennestern Hannovers eine ebenso leise wie deutliche Zurechtweisung ein, indem man ihm, verklausuliert und hinterhältig, vorwarf, er lockere die Disziplin und gewöhne außerdem die Knappen an Löhne, die sich vielleicht jetzt, zu Beginn der Ausmünzungstätigkeit, rechtfertigen ließen, die sich aber sogleich zur Verschwendung umwandeln müßten, wenn es einmal galt, taubes Gestein zu durchstoßen, und wenn dadurch die Ergiebigkeit des Erzvorkommens gesunken sei. Selbst der Herzog hatte ihn freundlich, aber bestimmt in einem kurzen Brief zur Vorsicht gemahnt. Und es hatte für Leibniz wirklich aller Anspannung bedurft, trotz dieser Verkennung seiner Leistungen, mit voller Schaffensfreude die Münzwerkstätten einzurichten und zähe an der Verwirklichung seiner volkswirtschaftlichen Pläne festzuhalten, die auch schon aus den Kreisen schmutzig interessierter Kaufleute Hannovers leidenschaftlich bekämpft wurden.

Gleichwohl hatte sich Leibniz in diesem Punkt mit Einsatz seiner ganzen Person zu keiner Konzession herbeigelassen. Denn er wußte, daß es darauf ankam, die ersten vollwertigen Taler aus der Münze herauszubringen. Waren diese ersten Münzen ungewohntester Güte einmal im Umlauf, so würde kaum eine Macht des Herzogstums mehr imstande sein, die Münzreform ohne Gefahr einer Wirtschaftskatastrophe wieder rückgängig zu machen. Und er hatte daher alles gewagt und jenseits der Befehle und Weisungen vollendete Tatsachen geschaffen, indem er sich einfach von der Arbeitsleistung der Münzwerkstätten hatte „überraschen“ lassen, die die neuen Münzen ohne viel Aufsehen in die bürokratische Mühle der Finanzverwaltung warfen, von wo sie, fast ungewollt, in den Verkehr hinausrollten. Es soll damit nicht gesagt sein, daß Leibniz seinen Weisungen irgendwie zuwiderhandelte. Die Münzreform hatte ja die Billigung des Herzogs und des Geheimen Rates. Aber an die Inkraftsetzung hatte man kaum noch gedacht, da niemand geahnt hätte, daß die ersten Taler schon nach zwei Monaten im Umlauf sein würden.

Um sich von all den täglichen Widerwärtigkeiten, zu denen in erster Linie die fruchtlosen Beratungen und Berichte über den Wasserstollen zählten, abzulenken, hatte sich Leibniz in diesen letzten Frühherbstwochen wieder auf weite Ritte und Wanderungen durch den Ober-Harz begeben und hatte den Plan seiner „Protogäa“, seines Werkes über die Erdanfänge, endgültig festgelegt. Ja, er hatte sogar Zeit gefunden, einen

368

flüchtigen Abriß dieser Arbeit schriftlich niederzulegen. Auf jeden Fall standen die beiden Hauptgedanken, die Entstehung der Erdrinde, der Berge, des Sandes und der Felsen durch Erstarrung glühend flüssiger Urstoffe und die zweite Revolution, der Einsturz der erstarrten Erdkruste und die zersetzende allgemeine Überschwemmung, bereits fest. Und auch der Gedanke eines heute noch fortglühenden „Zentralfeuers" im Erdinnern war Leibniz sowohl durch die Tatsache der Vulkane als durch das unleugbare Zunehmen der Temperatur in den Tiefen der Bergwerke zur vollsten Gewißheit geworden.

Als er nun, körperlich so erfrisch wie noch nie, nach Hannover zurückgekommen war, hatten gleich die ersten Tage eine Fülle von mehr oder weniger unangenehmen Ereignissen und Stimmungen gebracht. Nur das neue Haus war ein Lichtblick, der allerdings wieder mit Verwirrungen und Schwierigkeiten aller Art erkauft sein wollte.

Obwohl der Herzog es an Liberalität nicht fehlen ließ, die Mietung des Hauses zu ermöglichen, die eigentlich sein Wunsch war, hatte Leibniz trotzdem ein größeres Darlehen aufnehmen müssen, um sich einzurichten. Zudem verlangte das Haus auch noch in andrer Hinsicht einen kostspieligen Aufwand, der geleistet werden mußte, ohne daß er dafür eine Vergütung ansprechen konnte. Und an andere Einkommensquellen als das Gehalt und die kärglichen Ersparnisse war um so weniger zu denken, als ja sogar die Zeit für die Ausfüllung des Berufes selbst mangelte. Man sah in den Kreisen der hohen Beamtenschaft durchaus nicht ein, warum gerade der jüngste Hofrat, der zudem noch monatelang im Ober-Harz auf „Ferien" gewesen war und dessen Gesicht so frisch und braun wie das Antlitz eines Gebirgsbewohners erschien, nicht den älteren Kollegen die längst verdiente Entlastung schaffen sollte. Und so fand er in der „Kanzlei", der obersten Justizbehörde, ganze Stöße der kompliziertesten Akten auf seinem Schreibtisch, die ihm der Vorsitzende des Justiz-Kollegiums zugeteilt hatte. Da ihn aber der Kanzler Ludolph Hugo, Herr von Grote und auch der sonderbar mißlaunige und verstimmte Herzog gleichfalls mit einem Wust diplomatischer und staatsrechtlicher Arbeiten empfingen und

er zugleich noch die Übersiedelung des wissenschaftlichen Teils
der herzoglichen Bibliothek in sein neues Haus durchführen
sollte; da weiters beinahe jeden Tag auswärtige Würdenträger,
die von und nach Nimwegen durch Hannover reisten, empfangen,
herumgeführt und ausgeholt werden mußten; und da diese
Beschäftigung natürlich dem sprachgewandten und wissenschaftlich berühmten „jüngsten Hofrat“ am ehesten zustand:
sah sich Leibniz eines Tages, als er eben wieder um fünf Uhr
morgens zu Bett gegangen und um sieben Uhr morgens zur
Audienz befohlen war, endlich genötigt, dem Herzog das Unhaltbare dieser Lage zu schildern. Um so mehr, als er eben vor
seinem Hause, während sich der Wagen in Bewegung setzte,
noch ein Bündel „Relationen“ dringlichster Art aus Zellerfeld
erhalten hatte.

Der Herzog, der bleich und verstört war, hatte ihm nur oberflächlich zugehört. Hatte aber endlich begriffen, daß Leibniz
nicht Arbeit abwälzen wollte, sondern beinahe auf dem Punkt
war, durch die Vielfalt seiner Beanspruchung überall nur mehr
Wertloses oder Lückenhaftes zu leisten.

„Ein merkwürdiges Zusammentreffen!“ lachte der Herzog
bitter auf. „Ich habe Sie nämlich zu mir beschieden, um Ihnen
eine neue Aufgabe zu übertragen, die den ganzen Mann erfordert und die mir wichtiger ist als alles andere. Und Sie
sprechen mir da von der Unmöglichkeit, das gewöhnliche Pen-
sum durchzuführen.“ Johann Friedrich starrte einen Augenblick vor sich hin. Dann sagte er: „Vielleicht machen Sie selbst
einen Vorschlag, was ich Ihnen abnehmen soll. Formulieren
wir das Problem: Wo halten Sie sich selbst am entbehrlichsten
und am ersetzbarsten?“

„Das ist einfach zu beantworten, Hoheit“, erwiderte Leibniz.
„Die Justiz-Angelegenheiten, das Aktenstudium und die end-
losen Gerichtssitzungen stehlen mir die meiste Zeit.“

„Stehlen Ihnen Zeit?“ Der Herzog schüttelte, unangenehm
erstaunt, den Kopf. „Was ist das für eine Ausdrucksweise,
Leibniz? Das ist doch der Beruf, zu dem Sie eben ernannt
worden sind. Gut, ich will nicht ungerecht sein. Sprechen Sie
jetzt nichts. Ich will nicht, daß zwischen uns beiden noch mehr

Verstimmungen entstehen. Aber begreifen Sie meine Lage. Man macht mir — durchaus nicht offen, denn das würde ich mir sehr verbitten — den Vorwurf, ich hätte Sie, den Fremden, in eine vorläufig noch gar nicht durch Leistungen gerechtfertigte Rangstellung in der Justiz erhoben. Es sind treue und brave Kronjuristen, die murren. Weiteres wirft man mir vor, Sie hätten durch Ihren ‚Feuergeist‘, wie man es höflich nennt, das ganze Münzwesen, die Kameralverwaltung und den Bergbau auf den Kopf gestellt. Und da soll ich Sie jetzt, nachdem Sie eben aus Zellerfeld eingerückt sind, schon wieder von den Justizsachen entheben? Und nicht einmal den Beweis führen lassen, daß Sie ebensoviel verstehen wie die sechzigjährigen murrenden Hofräte?"

Leibniz, der infolge der Überanstrengung und des mangelnden Schlafes eine kaum zu bändigende Reizbarkeit ankroch, wischte sich mit dem Taschentuch den ausbrechenden Schweiß von der Stirne. Dann sagte er kalt pointiert:

„Mir ist seit jeher die Conscientia benefactorum, das Bewußtsein, eine Sache sachlich bis an die Grenzen der Erreichbarkeit getrieben zu haben, wichtiger gewesen als die Opinio, quam alii a me habere possent. Verzeihen Eure Hoheit, daß mir schon die Sprachen durcheinanderlaufen! Ich wollte nur präzisieren, daß ich auf die Meinung der andren Hofräte keinen Wert legen kann, wenn es sich um das Interesse des Hauses Hannovers handelt. Ich würde ja meine Arbeitszeit gerne über zweiundzwanzig Stunden täglich erhöhen, wenn ich einen Vorteil darin sähe. Mein Wille und mein Geist würden es leisten können und freudig leisten. Leider aber unterliegt mein Körper bis zu einem gewissen Grade den Gesetzen der Materie. Die Anwürfe und Intrigen meiner unbekannten Feinde, Hoheit, darf ich, da es sich jetzt um die Sache und nicht um mich handelt, vorläufig ganz außeracht lassen. Falls mir Hoheit nicht befehlen, mich zu äußern oder mich zu rechtfertigen."

Johann Friedrich war aufgestanden und ging, die Hände auf dem Rücken, auf und nieder. Unvermittelt schüttelte er wieder den Kopf.

„Eine heillose Geschichte ist das mit Ihnen, Leibniz", er-

widerte er ein wenig gedämpfter. „Aber können Sie mir nicht
helfen? Vielleicht schaffen Sie es doch? Sehen Sie, auch ich
habe tausend Dinge zugleich zu erledigen. Es wäre mir angenehmer, Leibniz, wenn Sie die Justizsachen behielten.“

„Es ist unmöglich, Hoheit. Und ich bitte, mir zu glauben,
daß ich das Wort ‚unmöglich‘ nur dann gebrauche, wenn alle
Merkmale dieses Begriffes gegeben sind. Ich gehe soweit,
Hoheit zu bitten, mir meinen Titel wieder abzuerkennen und
mich an andrer Stelle zu verwenden. Ich will lieber die Degra-
dierung ertragen als die Gefüge der Staatsordnung lockern.“

„Ist das Ihr Ernst, Leibniz?“

„Mein voller Ernst, Hoheit.“

„Dann lassen Sie in Gottes Namen die Justiz-Angelegenheiten! Sie dürften recht haben. Ich sehe es ein. Und beleidigen
Sie mich nächstes Mal nicht mit Demissions-Drohungen. Reden Sie jetzt nichts. Ich meine das gar nicht so, wie Sie es auffassen. Schließlich habe ich das Ideal Ludwigs nicht aus den
Augen verloren, auch wenn man meine Politik zerschlagen hat.
Ich werde in Hannover nach wie vor als wirklicher Souverän
regieren. Ich wollte eigentlich eher Sie vor Gehässigkeiten
schützen als mich. Sollen sich die Hofräte ärgern! Sie haben
recht. Die Conscientia bene factorum, das gute Gewissen, ist
und bleibt das Wichtigste. Trotzdem kann es Sie nicht kränken,
wenn ich statt eines Leibniz drei und vier Leibnize brauchte.
Da das aber nach den von Ihnen angerufenen Naturgesetzen
leider unmöglich ist, so leisten Sie mir wenigstens einen Teil
von dem, was ich eigentlich wollte. Nämlich etwas, das wir bei
unsrem ersten Zusammentreffen flüchtig streiften. Der große
Franziskaner Christoph Rojas de Spinola ist heute nachts in
Hannover eingetroffen. Aus Wien. Es ist ein Spiel der Geschichte,
daß sein Name sich nur durch einen Buchstaben vom Namen des
düsteren Heiligen Spinoza unterscheidet. Sie verstehen den
Zusammenhang, Leibniz. Und ich habe mich entschieden, Sie
selbst und Molanus von Lokkum die protestantische Sache in
dieser weltentscheidenden Angelegenheit führen zu lassen. Das
Gelingen der Wiedervereinigung von Katholiken und Protestanten ist die letzte große Hoffnung meines an erfüllten

Wünschen nicht eben reichen Lebens. Alles weitere werden Sie in wenigen Stunden hören. Halten Sie sich bereit, Leibniz, und schicken Sie alle Gerichtsakten in die Registratur zurück. Und stehen Sie mir noch die wenigen Tage durch, bis Spinola wieder abfährt."

Einundvierzigstes Kapitel

Unions-Verhandlungen

Etwa zwei Wochen später saßen an einem dunklen Herbstabend Abt Molanus von Lokkum, der Franziskaner Rojas de Spinola und Leibniz um den Tisch im Erkerzimmer des neuen Hauses.

Leibniz, dem selbst die besten seiner Freunde manchmal nachgesagt hatten, daß ihn, trotz seiner geistigen und Gemüts-Tiefe, doch nichts eigentlich bis zum Grund seiner Seele aufwühle, und daß erst Ereignisse größter Art sein Wesen erschüttern müßten, um ihn ganz in die Nähe des Göttlichen zu führen, war heute, im Gegensatz zu solcher Meinung seiner Freunde, von wilden Schauern der Gottesgegenwart überkommen. Denn das Unfaßbare, das stets Gehoffte, doch nicht mehr Geglaubte, die größte Harmonie nach der größten Disharmonie des Christentums, nach dem furchtbaren Dreißigjährigen Krieg, begann leise, doch unleugbar mit überirdischen Tönen zu erklingen.

Ins Irdische übersetzt: Die drei Männer, deren Antlitze durch das flackernde Licht der Kerzen in eigentümlicher Schärfe und Schattenkontrastierung hervortraten, waren im Begriff, die Schlußredaktion des ersten Unions-Entwurfes zwischen Katholiken und Protestanten vorzunehmen. Und es gab dabei, soweit es die Unterhändler betraf, keinen Rest, keine Unklarheit.

Rojas de Spinola, aus dessen dunkelhäutigem hispanischem Gesicht nachtschwarze Augen lohten, dessen Bewegungen jedoch von seltsamer, fast müder Gelassenheit waren, wandte sich

eben an Molanus, der heute den Vorsitz des kleinen Kollegiums
führte und bei dem eher das Umgekehrte zu bemerken war.
Man war nämlich erstaunt, daß dieser Mann mit dem gütigen
frischen Greisenantlitz oft plötzlich den Verhandlungsgegner
in geradezu jugendlichem Feuer und Ungestüm ansprang.
Zwischen beiden stand nach seiner äußeren Charakteristik Leibniz, der alle Skalen menschlicher Möglichkeiten, vom harmlosen Scherz über funkelnde Beredsamkeit zu kalter sachlicher
Replik und von sanfter, einfühlender Nachgiebigkeit über entschiedene Wahrung des Standpunktes bis zu sarkastisch-iro-
nischer und mitleidloser Vernichtung der Gegen-Argumente
durchlief.

Wie erwähnt, hatte sich Rojas de Spinola eben an Molanus
gewendet und sagte:

„Ich würde vorschlagen, daß wir beide, die wir in der
Hierarchie unsrer Kirchen stehen, die Ehre und die Freude, das
Ergebnis unsrer Beratungen zusammenfassen, dem Laien in
unsrem Kreise überantworten. Herr Leibniz, dessen Gedächtnis
wir schon mehr als einmal bewunderten, möge also Punkt für
Punkt all das wiederholen, worüber wir einig geworden sind.
Ich selbst behalte mir vor, zum Schluß noch eine Erklärung abzugeben, die ich bisher aus höheren Rücksichten zurückzuhalten
gezwungen war.“

Was für eine Erklärung? Wieder überschauerte es Leibniz,
als Molanus zustimmend erwiderte. Was gab es noch zu erklären? Sollte gar der Franziskaner weit größere Vollmachten
besitzen, als er es bisher zugegeben hatte? Also nicht bloß gleichsam nur aus eigenem Antrieb und auf eigene Verantwortung
handeln, um die Stimmungen der Protestanten zu sondieren,
wenn von dieser Absicht auch der deutsche Kaiser Leopold I.
und die Spinola unmittelbar vorgesetzten Kirchenbehörden
wußten? Doch Leibniz durfte jetzt nicht grübeln und träumen.
Er war beauftragt worden, die weltentscheidenden Punkte der
Einigung zu formulieren.

„Die erste, wichtigste und vielleicht schwierigste Frage betraf
das Konzil von Trient“, sagte er, während er sich ein Papier zu-
rechtrückte, um die Stilisierung des Beschlusses sogleich fest-

halten zu können. „Wir sind“, setzte er fort, „übereingekommen, daß das Tridentinum, die ganze auf diesem Konzil beschlossene Gesetzgebung, so weit sie Bannflüche gegen die Protestanten und ihre Lehre enthält, aufgehoben werden soll.“

„Ich habe dieses beinahe beispiellose Zugeständnis gemacht“, antwortete Spinola und senkte den Blick. „Und zwar habe ich es ohne jeden Vorbehalt gemacht. Ich bin nämlich überzeugt, daß die Wucht der Tatsachen, die Notwendigkeit des Weltablaufs und die nähere Einsicht in die Fragenkomplexe auch die Protestanten bald ähnliche Wege werden gehen lassen, wie wir sie auf dem Tridentinum gegangen sind.“

Molanus lachte leise auf.

„Also kein Vorbehalt?“ sagte er dann, ein wenig ironisch.

„Kein juristisch greifbarer Vorbehalt“, replizierte Spinola. „Sie müssen jedoch zugeben, verehrter Herr Abt, daß der Katholizismus seine Grundansicht, seinen ersten tragenden Stützpfeiler, der im Worte ‚kath’ holou‘, in dieser Erstreckung ‚über alles‘ liegt, auch dann nicht preisgeben kann, wenn wir uns wieder vereinigen. Nicht wir haben uns losgetrennt, sondern Ihre Konfession hat sich abgesondert. Und wir werden, ohne Zwang natürlich, versuchen, auch die Einheitlichkeit des Glaubens im Lauf der Geschichte wieder herzustellen. Besser, diese Einheitlichkeit wird sich selbst in integrum restituiren, in den vorherigen Stand wieder einsetzen.“

„Obwohl“, fiel Leibniz ein, „der zweite Punkt unsres Übereinkommens lautet, daß keine Antastung der wesentlichen Grundsätze der lutherischen Konfession stattfinden darf. Ich möchte über diese Formel hinaus beifügen, daß ich Ihre Hoffnungen, hochwürdigster Herr von Spinola, nicht als eine solche Antastung empfinde. Denn auch wir erwarten, wieder aus protestantischer Überzeugung, daß manche unsrer Lehren durch das Zusammenleben der Bekenntnisse in den Katholizismus Eingang finden werden. Wir stehen noch heute auf dem Standpunkt des Augustinermönches Martin Luther, der sich beim Anschlag seiner Thesen in Wittenberg wahrscheinlich nur bewußt war, nach Wissen und Glauben die Gebote Christi und der Kirche zu erfüllen. Also Hoffnung gegen Hoffnung, hochwürdigster Herr von Spinola. Es ist nur selbstverständlich, daß wir beide die Entwicklung so sehen, wie es die Überzeugungen unsres bisherigen Lebens vorzeichnen. Übrigens soll über diese Fragen schon die Ausführung des dritten Punktes Klarheit bringen, nämlich das allgemeine ökumenische Konzil, das an Stelle des Konzils von Trient die Gesamtheit der Glaubensfrage regeln wird. Und an dem unsre Super-Intendenten, gleichsam als unsre Bischöfe, als Mitrichter im Range von vollwertigen Bischöfen der vereinigten Kirchen teilnehmen sollen. Wird die Formulierung meines letzten Satzes anerkannt?"

„Ich hätte nichts hinzuzufügen. Wiederum nichts Juristisches, meine ich", erwiderte Spinola. „Wenn ich, für mich selbst, unsre Bischöfe schon heute als feuerzüngige Vertreter unsrer Lehre auf diesem Konzil vor mir sehe; wenn ich, darüber hinaus, am liebsten gleich jetzt aufstehen möchte, um eine der Reden dieses zukünftigen Konzils mit ebenso viel Eifer als Leidenschaft vorwegzunehmen: so können Sie, meine Herren der anderen Konfession, daraus höchstens entnehmen, wie viel Gewissensqual es mich gekostet hat, den Weg zu Ihnen zu beschreiten und diesen Weg durch Zugeständnisse beinahe selbstvernichtender Art zu Ende zu gehen."

Molanus schüttelte ein wenig verdüstert den Kopf. Dann sagte er sarkastisch:

„Gewiß, wir haben es leichter. Viel leichter. Weil wir den Gesamtheitsanspruch nicht stellen können und nicht stellen wollen. Ich denke aber, wir sollten diese Rückzugsgefechte, die jeder von uns innerlich führt, wenn es sich um eine Konzession von seiner Seite handelt, nicht mit unsrer sicher gottgefälligen Lösung so sehr verquicken, daß man schließlich am eigenen Willen zur Versöhnung irre wird. Ich sage das natürlich durchaus nicht nur für Sie, hochwürdiger Pater, sondern ebensogut auch für mich selbst und für Leibniz."

„Und ich", sagte Leibniz, „bin durch eine Fügung des Schicksales jetzt in der Lage, den folgenden Punkt zu formulieren, bei dem nicht einmal ein solcher Gewissenszweifel in Betracht kommt. Denn eben dieser Punkt tilgt als freundlicher Januskopf den alten Hader in gleicher Weise nach beiden Seiten. Punkt vier

376

lautet nämlich, daß wir Protestanten endgültig vom Vorwurf der Ketzerei losgesprochen werden sollen, während wir es wieder für alle Zeiten unterlassen werden, den Papst als den Antichrist zu bezeichnen. Damit ist, so glaube ich, unsrem Streit, wenn selbst ein solcher zurückbleiben sollte, die häßliche Schärfe genommen. Der Streit ist auf eine Ebene gerückt, die nicht mehr allzusehr von den Meinungsverschiedenheiten innerhalb des Katholizismus und innerhalb des Protestantismus unterscheidet. Es bleiben dann nur noch Kontroversen, die immer bestanden haben und immer bestehen werden und sogar bestehen sollen, da das Prinzip einer Religion, zu deren unbestrittenen Offenbarungen es gehört, daß die Haare auf dem Haupt jedes Gläubigen gezählt seien, durchaus ein individualistisches, ein Persönlichkeitsprinzip sein muß und nie zu uniformer Gleichmacherei entarten kann. Weil aber unsre vom Vorwurf der Ketzerei gereinigte Gotteskindschaft nunmehr ebenso unangefochten ist wie die Heiligkeit des Papstes, ist es nur logisch gewesen, im Punkt fünf unsrer Vereinbarungen die wiedervereinigten Kirchen dem Primat dieser Heiligkeit nach menschlichem und kirchlichem Rechte zu unterstellen. Womit die ursprüngliche Hierarchie aller Christen unsrer Bekenntnisse wieder Geltung gewinnt. Ob allerdings die protestantische Kirche auch den Primat der Gerichtsbarkeit Seiner Heiligkeit des Papstes damit anerkennt, haben wir im vollen Bewußtsein der Schwierigkeit dieser Frage vorläufig offengelassen. Wir haben aber als Auslegung des vierten Punktes zusätzlich vereinbart, daß eine Verdammung oder Verketzerung auch bei künftigen Meinungsverschiedenheiten, die sich ja schon aus Herrn von Spinolas und meinen ‚Hoffnungen‘ ergeben müssen, unzulässig sein wird. Sofern es sich um Lehren handelt, die den Rahmen der Fortentwicklung der katholischen oder protestantischen Lehre nicht überschreiten.‘‘

„Ich glaube, daß die wesentlichsten Punkte aufgezählt sind‘‘, sagte Molanus.

„Es fehlen nur noch Bestimmungen‘‘, antwortete Leibniz, „die sich eigentlich aus dem ersten Punkt mit logischer Notwendigkeit ergeben. So die unbeschränkte Möglichkeit des deutschen Gottesdienstes für die Protestanten und die Reichung des Laien-

kelches. Wir haben allerdings eine ebenso selbstverständliche
Folgerung wegen ihrer, ich möchte sagen, allgemeinen Sichtbarkeit als Punkt sechs ausdrücklich herausgehoben. Nämlich die
Gestattung der Ehe für protestantische Priester. Eine Erlaubnis,
die sich sogar auf die Bigamia similitudinaria, auf eine allfällige
zweite Ehe erstreckt. Der letzte unsrer Punkte, die Krönung
unsres Werkes endlich, trägt meiner Ansicht nach den Charakter
einer feierlichen Kundgebung urbi bus et orbi, wenn ich mir diese
Variation eines geheiligten Ausdruckes gestatten darf: Die wech-
selseitige Kommunion der Katholiken und Protestanten soll für
alle Zukunft zum Ausdruck bringen, daß die trennendste Schran-
ke zwischen unsren Bekenntnissen gefallen ist, daß sich das
Mysterium des Abendmahles, der Transsubstantiation, gleich
wahr und gleich gültig in beiden Formen vollzieht; und daß, bis
zum letzten, das Gotteshaus des Katholiken die Heimat und
die Zuflucht des Protestanten ebenso sein kann wie das Gotteshaus des Protestanten für den Katholiken.“

Spinola sah merkwürdig feierlich auf, als Leibniz schwieg. Da
Molanus, der angestrengt grübelte, nichts mehr zu finden schien,
was der Erörterung bedurfte, erhob sich nach einer weiteren
kleinen Pause der Franziskaner, zog die schmalen Lippen ein
und faltete die Hände zum Gebet. Dabei kerbten sich die Falten
seines Asketenantlitzes tiefer und der Strahl seiner glosenden
Augen schien sich nach innen zu kehren.

Nur einige Herzschläge lang verharrte er in dieser Stellung.
Unvermittelt schlug er ein Kreuz und sein Gesicht entspannte
sich zu einem verklärten Lächeln.

„Wir haben Gott für die glückliche Vollendung eines Werkes
gedankt“, sagte er leise aber betont, „eines Werkes, das durch die
Schwächen und durch die Irrungen der Menschen notwendig
geworden ist. Denn nie kann es der Wille Gottes gewesen sein,
diese furchtbaren, schon durch mehr als zwei Jahrhunderte währenden Zerwürfnisse zu wünschen. Es war eine große, eine größte
Prüfung. Und auch heute, da wir die erste Stufe der Treppe
gelegt haben, die uns gemeinsam vor Seinen allerheiligsten
Thron hinanleiten soll, steht es uns nicht zu, mehr zu glauben,
mehr zu hoffen, als daß es eben diese erste Stufe ist. Gleichwohl

378

darf ich jetzt meine ebenso gutwilligen als glaubensstarken Mitstreiter an diesem Einigungswerk über Wesentlichstes nicht mehr im Zweifel lassen. Über Allerwesentlichstes. Das ich nicht aus Hinterhältigkeit bisher verbarg. Sondern im unabweislichen Interesse des Ansehens und der Macht der katholischen Kirche und ihres geheiligten Oberhauptes. Ich bin nämlich, unter dem tiefsten Siegel der Verschwiegenheit, nicht nur vom deutschen Kaiser, von der katholischen Majestät Leopolds des Ersten, ermächtigt, diese Verhandlungen zu führen, sondern auch Seine Heiligkeit, Papst Innozenz der Elfte, hat mir gestattet, den Protestanten alle Hoffnung zu machen, daß er selbst solche Unionsverträge genehmigen würde; wenn sie sich in einem Rahmen bewegten, der, wie ich betone, durch unsre Vereinbarungen nicht nur nicht gesprengt, sondern durchaus erfüllt und begrenzt ist. Und ich verfüge darüber hinaus noch über die Zustimmung mehrerer Kardinäle, des Jesuitengenerals Noyelles, des Magisters sacri palatii und andrer Theologen. Seine Heiligkeit, der Papst, weiß die Wichtigkeit unsrer Bestrebungen voll zu ermessen. Er hat bekanntlich als einfacher Kriegsmann im Dreißigjährigen Kriege auf den blutgetränkten Gefilden Deutschlands und Polens gekämpft. Und deshalb wird kein andrer Papst so heiß wie er es wünschen und ersehnen, daß nie mehr die Verschiedenheit der Lehre Christen gegen Christen auf die Walstatt treibt. Ich habe gesagt, was ich zu sagen hatte. Wenn ich noch hinzufüge, daß ich in unsrem kleinen Kreis die Wiedervereinigung der Kirchen als schon vollzogen ansehe, will ich damit nur die unbedingte und vorbehaltlose Freundschaft ausdrücken, die uns drei in gemeinsamen Werk zur höheren Ehre Gottes verbunden hat. Und die sich selbst dann nicht lockern würde, wenn Gott in seinem unerforschlichen Ratschlusse unsre Treppenstufe verwerfen sollte." Spinola ließ sich langsam nieder und senkte den Blick.

In Leibniz aber brauste die Harmonie, jene nie geglaubte, stets gehoffte Harmonie in vollen Akkorden auf. Was fehlte noch zum Gelingen? Papst und Kaiser, von den anderen zu schweigen, hatten Rojas de Spinola zu Verhandlungen ermächtigt. Hatten einen Rahmen gezogen, der, wie der Franziskaner gesagt hatte,

durch den schon geschlossenen Pakt nicht überschritten war.
Was fehlte noch? Was fehlte, daß zumindest die protestantische
Kirche Hannovers, die durch ihn selbst und Molanus vertreten
war, sich mit der katholischen vereinigte? Was fehlte noch? Und
sofort sah er alle Folgen, eine berauschender als die andere. Wo
war dann ein Gegensatz zwischen seinem Herzog und dem Volk
Hannovers? Zwischen den Würdenträgern am Hofe? Wo die
Bekehrungsversuche Arnauds und des edlen Landgrafen von
Hessen-Rheinfels, dereinenvorwurfsvollenBrief nach dem andern
an ihn richtete? Wo ein Konflikt mit Steno aus Jütland? Er, Leibniz, würde nach Italien ziehen, würde Rom betreten, würde als
vollgültiger Christ dem Heiligen Vater und den Kardinälen gegenüberstehen. Und wichtiger als all das: In seiner eigenen Brust
würde der Zweifel und der Kampf seines Charakters, der ihn an
die Religion der Väter band, mit den Tiefen seiner Gefühle, die
ihn mächtig zum Kosmos des Katholischen hinzogen, zur Ruhe
kommen; und er würde mit aller Kraft seines Geistes den Monos
Theos, den nunmehr in vollster Klarheit einzigen und einheit-
lichen Gott gegen die vordringlichen Ansprüche der Vernunft
und gegen den Primat der logischen, verstandesgemäßen „Wahrheit" verteidigen, Ansprüche, die ihm aus eigenstem Erleben
durchaus nicht fremd waren. Verteidigen im Angriff und in der
Abwehr. Nicht aber vielleicht, um Verfolgungen auszuweichen,
wie seine freigeisternden Feinde behaupteten. Nicht, um sich
den Höfen gefällig zu zeigen, die sich an Gott zur Stützung und
Aufrechterhaltung ihrer Machtansprüche klammerten. Auch
nicht, um der Euthanasie, des beruhigten gesicherten Todes mit
einem verbrieften Anspruch auf ewige Seligkeit teilhaft zu werden. Nein, nicht deshalb. Sondern nur, weil er wußte, sicherer
wußte als alle Sicherheit der Mathematik und Logik, daß der
ewige Anstieg menschlichen Geistes, menschlicher Erkenntnis,
menschlicher Vollendung vom Glauben und von der Gnade ab-
hing. Und daß jeder andere Weg der Seins- und Wissenserwei-
terung schließlich nur in Wüsten führen konnte, durch die
disharmonisch das tönende Erz und die klingenden Schellen
lärmten; mit diesem Lärm aber die unfaßbare Harmonie der
 Sphären überdeckten.

380

Leibniz war bleich und Tränen schimmerten in seinen Augen, als er sich erhob, um in schlichten Sätzen für die innigen und erhabenen Worte des Franziskaners zu danken.

Zweiundvierzigstes Kapitel

Leibniz ruft Platon als Bundesgenossen

Es war tiefe Nacht. Klirrender Frost lag über Hannover, so daß, trotz des reichlichen Kaminfeuers, manchmal ein dünner eisiger Hauch durch die mit Eisblumen beschlagenen Fenster der Bibliothek Leibnizens strich und die schweren Möbel und Eichenholzregale zu geisterhaftem Knarren und Aufseufzen brachte.

Leibniz hatte eben, rein äußerlich betrachtet, eine große Arbeit vollendet. In Monate währenden Mühen hatte er alle hellen und dunklen Räume dreier riesiger Denkgebäude durchwandert, war oftmals erstaunt, erschreckt und durchschauert stehengeblieben; um seine Wanderung dann mit doppelter, beinahe fanatischer Hingabe wieder aufzunehmen. Augustinus, Albertus Magnus und Thomas von Aquino waren die Baumeister dieser Gebäude. Und er hatte damit den ersten Teil seines Versprechens an Steno aus Jütland erfüllt. Schon aber hatte es ihn wieder aus den gotterfüllten Spitzbogenhallen des „Doctor universalis“ und des „Doctor angelicus“ herausgetrieben und um fast anderthalb Jahrtausende in der Geschichte der Menschheit zurückgerissen. Und er hatte den weichen, plastischen und doch wieder ehern erhabenen Worten des „Prodromos“, des riesigen Vorläufers Christi, gelauscht. Hatte sich mit einem Mut, den nur vorstürmende Erkenntnishoffnung leihen kann, in die Labyrinthe der ihm fast unbekannten griechischen Sprache gestürzt und alle Pforten, die das Letzte vor ihm verriegelten, gesprengt. Er hatte, einer Fügung des Schicksals blind gehorchend, die beiden Dialoge Theaitetos und Phaidon übersetzt und eben die letzten Zeilen seiner Übersetzung niedergeschrieben.

Aber damit war nichts gewonnen, nichts erreicht. Denn, um sich voll zum Verständnis der Worte Platons durchzuringen, hatte er die großen Zusammenhänge mit eigensten Problemen entsagungsvoll aus dem Blickfeld geschoben, hatte ängstlich sich selbst bewacht, auf daß sich nur ja kein später geborener Gedanke der Weltweisheit, alles verfälschend, in seine Übersetzungen schleiche.

Jetzt jedoch war er frei, jetzt konnte und durfte alles Gestalt werden, durfte sich binden und lösen, vermischen und trennen, was in diesen Monaten verbissenster Forschung auf ihn eingeströmt war.

Er stand auf, ließ die losen Blätter, überflackert vom Schein der Kerzenflammen, auf dem Tisch liegen und setzte sich im Lehnsessel neben dem Kamin nieder.

Wo war er plötzlich? War das die eigene Bibliothek, bereichert durch die Bücherschätze des Herzogs, in der er saß? In der er, wie er sich zur Ernüchterung vorsagte, eben die Übersetzung eines griechischen Buches beendet und sich zurückgezogen hatte, um bei einem Glas Wein über die Grundgedanken eines „Systems" nachzudenken?

Nein, es war anders, weit anders, was sich da in Wirklichkeit abspielte. Steno aus Jütland? Wieder eine mystische Berufung? Oder nur die Dämonen der Philosophie? Gut, rein kausal lief alles am Schnürchen: Ein begeisterter Theist und Katholik wie Steno, ein Mann, der die Kluft zwischen dem Wissen und dem Glauben dadurch schließen wollte, daß er das Wissen aufgab, hatte ihm, dem unheilbar Gelehrten, den freundschaftlichen Rat erteilt, Philosophen zu studieren, die sich mit eben dieser Problematik beschäftigen. Nur weiter solch banale Sätze! Nur immer weiter. Um so großartiger wird plötzlich das Mysterium durchbrechen. War es schon wieder ein „Tolle lege"? Ein Befehl Gottes auf unerforschlich krausen und gewundenen Umwegen? Nein, keine „Bücher", keine „Übersetzungen", keine „Probleme". Leben, herrliches gestaltetes Leben, voll von Taten, voll von Bewegung, voll von Schicksal und Vollendung. „Viele schwingen den Thyrsos, aber über wenige nur ist der Gott gekommen." Wer hat diese Worte jetzt zu mir gesprochen?

Wer? Hat sie wirklich Sokrates gesagt oder wurden sie ihm von seinem herrlichsten Schüler, von ihm selbst, von Platon, in den Mund gelegt? Von jenem Platon, der, ein einziges Phänomen in der Geschichte des Geistes, all seine Weisheit, all seine Erkenntnis dem Lehrer zuschrieb, sich selbst nur beinahe geringschätzig einige Male als winzige Nebenfigur erwähnte und gleichwohl unangezweifelt als Autor und Entdecker in höchsten Bereichen durch die Zeiten wandelte? Wie ist das wieder möglich? Ist Persönlichkeit so stark, so ewig, ist Wahrheit so sieghaft, daß nichts sie entstellen kann? Doch ich will jetzt nicht auf Seitenpfaden gehen, will nicht über unerforschliche Dinge grübeln. Ich will mich dem noch Unerforschlicheren zuwenden. Warum sagt Platon stets „der Gott", wo es sich um Entscheidendes handelt? Weihen der Pythagoräer? Eleusinische Mysterien? Orphische Ur-Klänge? Vielleicht. Vielleicht aber doch wieder nur an der kausalen Oberfläche der Geschichtsforschung. Denn warum spricht er ruhig und heiter von „den" Göttern, wenn er sich in den Gebieten alltäglichen Lebens bewegt? Oh, ich verstehe dieses Doppelleben des Gefühls, verstehe es genau. Ich kann es aber nicht ausdrücken. Eine Kluftüberbrückung ist es zwischen Glauben und Glauben. Zwischen anthropomorpher, poetischer, homerischer Götteridylle und zwischen der unerbittlichen Forderung vorweggenommener Welt- und Gemütsentwicklung kommender Offenbarung.

Aber zurück zu Platon. Nicht von Sokrates ist hier die Rede, sondern von der Wahrheit. Wahrheit? Wer besaß diese Wahrheit „more geometrico", ebenso deutlich wie die Erkenntnis, daß die Summe der Winkel im Dreieck gleich ist zwei rechten Winkeln? Spinoza besaß diese Wahrheit. Und ich habe mich weiter und weiter in dem Spinnennetz der Axiome, der Demonstrationen und der Beweise verfangen, je mehr ich in die Tiefen der „Ethik" eindringen wollte. Und war in manchen Augenblicken so weit, all das, was in mir Verneinung rief, als Blendwerk der Sinne, Affekte und eigenster Zwecke zu verwerfen. Es gibt ja nichts, das furchtbarere Anklage bedeutet als eine „Wahrheit", die sich dem Interesse unterordnen, sich für dieses Interesse biegen und schlängeln muß. Denn es ist in der Welt-

weisheit nie und nimmer von Sokrates die Rede. Sondern eben
von der Wahrheit. Und wir Menschen, so hat eben derselbe
Sokrates-Platon gesagt, stehen zeitlebens auf einem Wachtposten, auf den uns der Gott stellte. Auf einem Wachtposten!
Umringt und umschlichen von allen Feinden, die überhaupt
von innen und von außen an jenen wesenlosen Punkt heran-
stürmen können, der unser Ich ist.

Schwinge ich bloß den Thyrsos? Oder hat mich der Gott
überkommen? Oder rufe ich nur in einem furchtbaren Kampf,
in dem ich, der einzelne Wachtposten, in tiefer Winternacht
trotz all meines Rüstzeuges zu schwach, zu klein, zu jämmerlich
bin, den Größeren, den Riesen über die unendliche Zeit hinüber
als Bundesgenossen, als Retter herbei?

Träume ich? Nein, ich träume nicht. Es hat sich nichts verändert. Die Kerzen brennen noch drüben auf dem Tische, das
Kaminfeuer fällt eben, Funken sprühend, in sich zusammen
und die Fenster klirren unter dem Frost. Ich bin wach, über-
wach. Nicht die Spur von Schlaf, von Müdigkeit ist bei mir. Und
wenn ich einen Spiegel vor mir hätte, würde ich das „pensive"
Antlitz des jungen Philosophen Leibniz frisch und munter vor
mir sehen. Gleichwohl hat mich Platon gehört, hat meinen Ruf
vernommen, steht so nahe neben mir, daß es mich kalt überläuft.
Kälter als wenn ich draußen auf der Straße im glitzernden
Schnee stände und zu meinen späterleuchteten Zimmerfenstern
heraufsähe. Ist das schon der Wahnsinn? Der Zusammenbruch
eines Menschen, der ein Titane sein wollte und nun bereits
vom ersten Hügelchen herunterkollert, das er für ein Sprungbrett zum Himmelsturm hielt? Nein, es ist kein Wahnsinn. Ist
keine Krankheit. Ist nicht einmal ein Mysterium. Es ist so und
muß so sein. Es ist das Corpus mysticum, ins halb Irdische
übertragen. Es ist die Gemeinschaft der Geister, die nicht bloß
den Thyrsos schwingen, sondern die der Gott überkam. Und
für diese Vereinigung gibt es keine Zeit und keinen Zwischenraum. Sie vollzieht sich unter Aufschäumen wie ein chymisches
Experiment. Und gebiert die Harmonie.

Ich sitze neben Sokrates-Platon — denn ich kann den Lehrer
nicht vom Schüler trennen, da auch diese beiden sich vor mehr

als tausend Jahren mystisch vereinigten —, ich sitze neben diesem doppelgängerischen Geistkörper auf einer kühlen Marmorbank in den Vorhallen der Palästra: in der Ringschule, wo die Jünglinge, mit Öl gesalbt, einander keuchend umschlingen oder sich den bleiknotigen Schlagriemen um die Arme winden, um einander zerschmetternde Hiebe beizubringen. „Niederboxer", so hieß auch die Schrift des riesigen Sophisten Protagoras, der man später den weicheren Titel „Die Wahrheit" gab. Jenes Protagoras, der schon gestorben war, als ich mit Sokrates-Platon in der Palästra saß, sich jedoch gleichwohl am Gespräch beteiligte. Mit Theaitetos, Theodoros und mit Spinoza. Niemand soll je über diesen unbekanntesten aller Platon-Dialoge Kenntnis erhalten. Es wäre Verrat am Heiligsten der Weltweisheit. Denn die Böoter würden zu schreien beginnen, was so viel heißt, als daß die Dummen, Befangenen und Pedantischen laute Protestrufe ausstoßen würden, daß es jemand wagt, jenseits der strengen Kausalität in der Ringschule von Athen zu sitzen. Und wir alle sind sehr benommen. Denn nicht nur Spinoza wurde verflucht und verfolgt, auch Sokrates muß in wenigen Stunden vor seine Richter und auch um Platon steht es schlimm. Er war nämlich eben, als er über jenes Gespräch in der Ringschule berichten wollte, auf der Rückreise aus Sizilien begriffen, wo seine staatsrechtlichen Experimente durch die Unvollkommenheit der Menschen zusammenbrachen. Auch er, Platon, ist ein Gehetzter, Todbedrohter, trotz seiner leuchtenden Erscheinung, trotz seiner ungeheuren Kraft. Platon ist ja nichts anderes als ein Spitzname aus eben dieser Ringschule. Auch er war ein „Zerschmetterer". Und er hieß in Wahrheit Aristokles. Warum aber sitzen wir in der Ringschule? Warum nicht in einsamen Dachstuben? Es tut nichts zur Sache. Sokrates und Spinoza verstehen einander. Beide sind jämmerlich arm. Beide halten es mit strengster Logik. Und beide haben nichts zu essen als Zwiebeln — und Fische, wenn es hoch hergeht. Platon und Theaitetos dagegen sind reich und auch Theodoros hat sein Auskommen. Denn er ist ein berühmter Lehrer der Mathematik und ein Schüler des Protagoras, der es ebenfalls verstand, die Alchimie der Wissenschaft zu betreiben. Denn er machte aus

blankgeschliffenen Unterrichtsworten Gold- und Silbermünzen.
Und zwar echtere als Joachim Becher. Den Reichshofrat Becher
aber wollen wir nicht in die Palästra einlassen. Er soll sich mit
Anaximandros zanken oder mit Demokrit. Vielleicht auch noch
mit Thales von Milet. Denn wir sprechen heute nicht von der
Natur, sondern von der Wahrheit und von der Ethik. Und von
der Unsterblichkeit.

Eben ist da ein Schwarm von straffen, aufrechten Jünglingen
erschienen, die sich, wie der herrliche Apoxyomenos des Lysip-
pos, mit dem Schaber gerade den Sand und das Öl von den fast
marmornen Muskeln streiften und sich dafür mit duftenden
Ölen salbten. Braun wie Bronze sind diese Jünglinge von der
Sonne Attikas. Und ihre Gewänder sind blütenweiß. Unter
ihnen ist Theaitetos. Durchaus nicht der schönste. Denn er
gleicht Sokrates, hat Theodoros, der Mathematiker, eben behauptet. Dafür aber hat er wunderbare Gaben des Geistes.
Schnelle Auffassung, Scharfsinn und gutes Gedächtnis und ist
dazu noch ausnehmend ruhig und tapfer. Und eben diese Kombination von Gaben ist so selten, sagt Theodoros. Denn die
Geistesschnellen sind, gleich balastlosen Schiffen, ohne jede
Stabilität, sind eher heftig und aufbrausend als tapfer. Während
wieder die Gesetzteren wissensträge und vergeßlich sind. Theaitetos aber denkt und handelt in Ruhe, dem Flusse des geräuschlos
dahinströmenden Öls vergleichbar. Wer gab dir aber, Sokrates-
Platon-Theodoros, solche Worte und Bilder? Ist das alles die
„Kalokagathia“, jenes höchste Griechen-Ideal, jene untrenn-
bare Verschwisterung von Schönheit und Vollendungskraft?
Jene Allianz, die sich auch in der Selbstverständlichkeit äußert,
daß Platon eben der Zerschmetterer heißt, und daß wir uns den
vom Ringkampf noch hochatmenden Theaitetos herbeirufen,
um mit ihm über eine der tiefsten Fragen der Weltweisheit zu
disputieren? Wird uns Spinoza nicht abgrundtief verachten,
daß wir in der Ringschule sitzen, oder wird er es begreifen, daß
nur durch Taten Männer und wiederum nur durch Männer
Taten werden? Aber wir wollen ihn durchaus nicht leicht
nehmen, diesen düsteren Weisen aus dem nördlichen Haag,
dessen Augen und dessen Hautfarbe gleichfalls südlichere

Gegenden künden. Denn er behauptet, die „Wahrheit“ zu haben.
More geometrico. Und wir alle, die wir in der Ringschule
sitzen, sind Geometer und beugen uns vor den Axiomen. Und
Sokrates behauptet zudem noch, er wisse nur, daß er nichts
wisse. Und er sei, als Sohn einer Hebamme, nur ein Geburts-
helfer der Wahrheit. Und er habe höchstens die Fähigkeit,
wenn einmal die Geburt erfolgte, zu prüfen und festzustellen,
ob ein lachend blühendes Kind, neue Kalokagathia, neue ver-
schwisterte Schönheit-Vollendungskraft zur Welt gekommen
sei oder ein armer kleiner Krüppel, eine Mißgeburt, ein Wind-
Ei. Und eben habe ich noch Platon-Sokrates gebeten, ob er mir
gestattet, Steno aus Jütland und Leeuwenhoek herbeizurufen.
Wir wollen beide Teile hören, wie es die römischen Juristen
lapidar im „audiatur et altera pars“ formulierten. Sonst gebären
wir alle zusammen ein ungeheures „Wind-Ei“, und die philo-
spohische Hebamme Sokrates lacht uns schallend aus, bevor er
zu Gericht geht, wo ihn seine Mitbürger zum Tode durch den
Schierlingsbecher verurteilen werden. Was aber macht es
schließlich aus, ob ein Philosoph Zwiebel oder Schierling zu
sich nimmt? Beides sind Pflanzen. Und es geht stets nur um die
Wahrheit, nicht um Sokrates, nicht um Protagoras, Platon,
Leibniz, Steno oder Spinoza. Wir werden uns, die unbezwing-
lichste aller Verschwörungen, so lange über die Räume und
Zeiten hinweg unterhalten, als es uns beliebt. Und wenn einem
der Griffel entfallen ist oder aus der Hand geschlagen wurde,
wird ihn ein andrer aufnehmen. Ein andrer „Niederboxer“ oder
„Zerschmetterer“. Und es lebt „der“ Gott. Denn während
Tausende von Bücherrollen aus der Antike verbrannt sind, gelangten Platons lebensfrische Worte, sogar seine Briefe, fast
unverstümmelt und ohne wesentlichen Verlust, auf uns, und
wir können uns in der Palästra weiter unterhalten, auch wenn
zwischen den Säulentrommeln auf durchglühter Erde dürres
Gras wächst und über die zerspellten Friese des Gebäudes grüne
Eidechsen huschen. Wir brauchen nur einige Trümmer. Denn
wenn sie gestaltet waren, dann wird ein neues Auge sie stets
wieder zur ursprünglichen Ganzheit ausweiten, ja noch mehr,
es wird diese Ganzheit bereichern, vermehren können. Und der

Tod wird sterben. Denn unsterblich im höchten Sinne ist nichts
als die Eidos-Idea, das einzige große Vor-Bild, die Gestalt, die
platonische Idee.

Doch Sokrates winkt mir deutlich ab. „Was, du Wunderlicher", sagt er, „willst du jetzt, in diesem Stadium unsrer Gespräche, über die Idee ausmachen? So schnell, beim Hunde, geht
die Geburtshilfe der Weisheit nicht. Wir sind noch tief, tief
unten bei den Anfängen. Und darum frage ich dich, Leibniz,
zuerst, ob dir klar ist, was die Epistéme, das Wissen sei."

Ja, du hast recht, Sokrates. Hundertmal recht. Wir sind in
der Palästra nicht zusammengekommen, um letzte Ergebnisse
vorwegzunehmen. Wir müssen uns zu diesen Ergebnissen langsam vortasten. Wer auch hätte mehr Befugnisse, von den Mit-
unterrednern Geduld zu verlangen als eben du, Sokrates? Wo
du doch, wie man heute sagt, nach allen gewöhnlichen Begriffen
auf die Folter gespannt sein solltest. Denn in einer Stunde oder
in zwei Stunden wirst du vor den Richtern stehen und ihnen
deine herrliche Verteidigungsrede halten. Und wirst am Schlusse
sagen: „Athener. Wir gehen jetzt auseinander. Ihr zum Leben,
ich zum Tode. Wer aber den besseren Teil gewählt hat, weiß
nur der Gott."

Wir überspringen aber schon wieder ohne jede Not Zeiten
und Räume. Ich bin eben der Ungeduldige. Ich, Leibniz. Ich
habe die Forderung des Gleichmaßes, der Selbsterkenntnis und
des „medén àgan", des „nichts zuviel" noch nicht erreicht.
Eher vielleicht Spinoza. Denn er starrt ohne sichtbare Bewegung in diese Lichtwelt, in dieses wogende Leben der Palästra
und scheint der Ansicht zu sein, daß die Griechen, allen Affekten unterworfen, noch sehr weit von der „Wahrheit" und von
der intellektuellen Liebe Gottes entfernt sind. Daß sie auch,
obwohl die herrlichsten aller Geometer, von der „Art der Geometrie" in ihren philosophischen Reden kaum die Spur eines
schüchternen Ansatzes zeigen.

Und der große Sophist Protagoras lächelt höhnisch über diese
Versammlung. Er ist sicher, alle zu verwirren, besonders die
„Barbaren" Leeuwenhoek, Steno und Leibniz, deren Sprache
rauher klingt als das Idiom der Skythen und der Thraker.

Was auch in aller Welt soll bei dieser Frage nach dem Wesen des Wissens herauskommen? Er, der große „Niederboxer", hat es ja schon längst gelernt und bekannt, was es mit dem Wissen auf sich hat. „Der Mensch ist das Maß aller Dinge." Dieser Satz genügt. Damit ist die Frage nach dem Wissen erledigt. Besser, sie wäre erledigt, wenn nicht Sokrates laut lachte.

„Oh, du Glücklicher", fällt er sofort ein. „Also nicht nur mich, auch Theodoros und Theaitetos hast du schon verwirrt, da du behauptest, was ein jeder meine, das sei auch für ihn. Warum aber soll man nicht ebensogut behaupten: Aller Dinge Maß ist — das Schwein oder der Hundsaffe? Oder gar die Kaulquappe? Das folgt doch daraus, wenn man das Wissen mit der Wahrnehmung gleichsetzt, wie es eben Theaitetos tat."

Protagoras blitzt mit den Augen und will erwidern. Mich aber interessiert jetzt weniger der Streit der Griechen als die Ansichten Leeuwenhoeks und Stenos. Beide sind Augenmenschen. Beide „Seher" in des Wortes allumfassendster Bedeutung. Um dieses Sehen kann es sich hier also kaum handeln. Gleichwohl habe ich stets dumpf gefühlt, daß das unbedingte Vorrecht des Auges, der Sinne überhaupt, zu uferlosem Relativismus entarten kann. Auch wenn das „Sehen" anders gefaßt wird als die sensualistische Aussage des jungen Theaitetos, der glaubte, Wissen und Wahrnehmung seien eines und dasselbe.

Wir „Barbaren" haben uns schlecht betragen. Wir haben wieder über unsre alten Konflikte gesprochen, ob der Kreis rund und die Gerade glatt sei, haben über Wissen und Glauben disputiert. Inzwischen sind die Griechen mit Spinoza Schritt vor Schritt weitergegangen. Und wir haben viel von ihren herrlichen Reden versäumt. Eben hat Sokrates gesagt, alles in seiner Mannigfaltigkeit entstehe im gegenseitigen Verkehr durch die Bewegung. Was heißt das? Heißt das nicht, daß sich das Wissen bildet wie eine Kurve aus den Koordinaten? Aus zusammenwirkender Bewegung der Wahrnehmung und eines unbekannten x? Was mag dieses x wohl sein?

Doch wieder läuft das Gespräch schon in andren Bahnen. Für einen Augenblick sind Sokrates-Platon und Spinoza aneinandergeraten. Sie haben über das Gute und Böse gesprochen, und

Spinoza hat nach Art seiner Geometrie den Nutzen hineingezogen. Da hat Sokrates, ohne auf diese Lehre einzugehen, zu
Theodoros, dem großen Geometer, gesagt: „Es ist nicht möglich, o Theodoros, daß das Böse zunichte werde, denn ein
Gegensatz gegen das Gute muß immer sein." Und mir war es
fast, als ob bei diesen Worten der Schatten des heiligen Thomas
von Aquino über die leuchtenden Mauern der Palästra vorüber-
geglitten wäre. Es kann aber auch Täuschung gewesen sein.
Denn das Maß aller Dinge ist der Mensch oder die Kaulquappe,
und das Sehen allein scheint nichts zu bedeuten, wenn sich damit nicht die zweite Koordinate, jenes uns allen hier noch unbekannte x verschwistert.

Aber Sokrates hat mich nicht zugelassen, Platon ist nicht als
Bundesgenosse neben mich getreten, damit ich, der schon so
stolze Leibniz, alles verwirre und verknote. Und alles mit meinen Problemen durchsetze, die vielleicht auf ganz anderen
Ebenen liegen.

Was also ist Wissen? Und wieder ist das Gespräch vorwärts-
gestürmt, während ich unaufmerksam war. Eine zweite „Geburt"
ist aufgetaucht und alle bemühen sich eben, zu untersuchen, ob
sie nicht auch ein Wind-Ei sei. Man hat nämlich eben eine neue
Formel aufgestellt. „Wissen sei die wahre Meinung über eine
Sache."

Jedoch auch um diese Frage entbrennt sofort wieder ein
heißer Streit. Und es entschleiert sich, daß die „wahre Meinung"
zu kaum etwas anderem führt als zur Auflösung ins Relative: so
daß man schließlich noch Verstärkung heranruft. Wahres Wissen soll nämlich „wahre Meinung mit Begründung" sein. Oder
„wahre Meinung mit dem Wissen vom Unterschiede." Aber
auch diese Fassung wird von den Gesprächsteilnehmern schließlich verworfen und es bleibt nichts zurück als die große „Aporie",
die Ergebnislosigkeit, die Frage der Fragen: Welches x entspricht dem wahren Wissen? Was ist Wissen und Wissenschaft,
wenn sie weder mit der Sinneswahrnehmung, noch mit der
richtigen, noch mit der richtigen begründeten Meinung über
den Gegenstand gleich sein soll?

Aber etwas weiß ich. Weiß es, obgleich Sokrates schon zu den

Richtern gegangen ist: Ich weiß, was die „Aporie" bei Platon bedeutet. Noch vor dem Tode des Sokrates werden wir etwas über jenes x erfahren, werden belehrt werden, warum Sokrates gerade hier seine Untersuchung abbrach. Denn Platon ist ein Dramatiker des Geistes. Des reinsten, klarsten Geistes. Und die einzelnen Akte seiner Dramen sind die Dialoge. Wie eine riesige Fuge steigert sich das Werk seines Lebens, alles Geistige umspannend, hinauf zu den brausenden Schlußakkorden der Gott- und Wahrheitschau.

Und er hat mir nicht nur den Dialog „Theaitetos" in die Hand gedrückt, sondern auch den „Phaidon", den die Schauer nahenden Todes umwittern. Der aber gleichwohl kaum weniger leuchtet als das Gespräch in der Palästra. Im Gegenteil. Dieses Auf und Ab von Lachen und Weinen, dieses Überwinden, bei dem der Henker zu einem lästigen Domestiken herabsinkt, der sich schließlich dem Rhythmus des Dialoges anpassen muß und wirklich anpaßt, ist wohl die endgültigste Überwindung alles Zeitlichen. Und ein Gipfelpunkt der verbündeten Schönheit-Vollendung. Denn, er selbst hat es gesagt: Das Wahre ist schön, das Falsche häßlich. Oder, wenn man es umdreht: Das Schöne ist wahr, das Häßliche ist falsch.

Und ich denke, wir werden, bei unsrem zweiten Gespräch noch einen Vorteil gewinnen. Spinoza, um den es für mich in letzter Linie geht, mit dem ich mich heute oder nie endgültig auseinandersetzen muß, wird sich im Gefängnis bei Sokrates wohler fühlen als in der Palästra. Das soll heißen, daß ihn die Nähe des Todes erst zu seiner ganzen düsteren Größe aufrichten wird. Und darum muß der Endkampf im Gefängnis von Athen ausgetragen werden.

Vorher aber will ich noch all das klären, was in der Palästra unerledigt blieb. Und will mit Ahnungen vorstürmen. Ich verlasse den Schwarm holder Jünglinge, verlasse Knaben, die in mir die Erinnerung an den kleinen Marquis von Hospital weckten, wenn es nicht umgekehrt war. Und wandle mit Steno und Leeuwenhoek hinaus zum Piräus. Durch wogendes, lachendes, schwatzendes Volk. Leeuwenhoek ist mürrisch und betreten. Er behauptet, wir alle seien streitsüchtig und hätten

vollkommen überflüssiges und ungereimtes Zeug zusammen-
geredet. Selbstverständlich sei Wissen nichts andres als Wahrnehmung. Der Einzige, der halbwegs sinnvoll gesprochen habe,
sei der junge Theatetos gewesen. Er sei aber von den siebengescheiten alten Plauderern um seine unmittelbarste Wahrheit
betrogen worden. Bei Protagoras kenne man sich nicht aus.
Wahrscheinlich sei der böse Witz des Sokrates eine unfreiwillige
Wahrheit gewesen. Denn Schweine, Hundsaffen und selbst
Kaulquappen seien oftmals eher das Maß aller Dinge als die
Menschen. Aber — es werde eben um des lieben Streitens
willen gestritten und Protogaras scheine ein großer Pfiffikus zu
sein, der genau wisse, wie er den Menschen imponiere und wie
er ihnen das Geld aus der Tasche ziehen solle. Ob Griechenland, ob Holland, sei gleich. Menschen seien Menschen und er,
Leeuwenhoek, brauche bloß die „Wahrnehmung“, um auch
von der Antike das Nötige zu erfahren. Und Protagoras sei
wahrscheinlich um nichts besser als Descartes und Spinoza.
Denn wenn einer den Menschen so sehr in den Mittelpunkt
rücke und ihm alle Vorrechte zuspreche, sei er ein Egoist. Das
Einzige, was ihm restlos gefallen habe, sei die Schwurformel
des Sokrates gewesen. Denn erstens solle man den Namen
Gottes nicht eitel nennen und zweitens sei ein Schwur „beim
Hunde“ ein Einbekenntnis, daß man eine besondere Treue
anrufe; wenn nicht wieder Sokrates, der die Kaulquappen so
sehr mißachtet, damit etwas Geringschätziges habe sagen
wollen. Kurz und gut, der Welt sei nicht zu helfen. Außer vielleicht durch gute Mikroskope. Denn man wolle ja tiefer in das
Wesen der Dinge dringen. Und könne nicht aus purer Streitlust
stets über die Oberfläche der Welt herumdisputieren. Aber er
habe es satt. In der Gegenwart, in der Antike und in der Zukunft. Denn es werde nie besser werden, solange nicht alle
Menschen wirkliche Natur-Erforscher würden. Das aber sei
nicht zu erwarten. Denn das Streiten sei billiger, einfacher und
anscheinend vergnüglicher.

Steno aus Jütland aber hat Leeuwenhoek abgewinkt, als dessen
Gepolter kein Ende nehmen wollte. Und Leeuwenhoek sieht
sofort ein, daß er Steno nicht Blindheit vorwerfen könne,

ebensowenig wie rein verstandesmäßige Streitlust und Begriffs-
raserei.

Steno aber beachtet auch Leeuwenhoek nicht weiter. Er blickt
mich, nachdem seine Augen über den Hafen und die Umrisse
von Salamis geschweift sind, merkwürdig sinnend an. Er spricht
nichts. Ich weiß aber, was er sagen will, da ja alle Schranken von
Zeit und Raum zerbrochen sind. Irgendwie hat er sich mit Sokrates-Platon mystisch vereinigt. Denn er bedient sich plötzlich
ihrer Sprache. Nicht in griechischen Worten. Nein, er hat bloß
die Redeweise des Sokrates angenommen. Und er sagt: „Warum, du vom Dämonium besessener Leibniz, hast du mich hiehergeführt? Was tat ich dir zuleide? Hast du in diese Gefilde
nicht erst durch meine Ermahnung gefunden, in diese oberen
Sphären der Harmonie, die wohl nur äußerlich dem Hafen des
Piräus gleichen? Dich wollte ich hiehersenden, du Wunderlicher, nicht mich. Wollte dich zu den Ursprüngen leiten, damit
du die verirrten Ausläufer besser überwinden könntest. Du
wirst sie überwinden, diese Ausläufer. Denn es gibt nur einen
Gott, von dem wir überkommen werden können, gibt nur eine
wahre Straße der Weltweisheit, deren leuchtendster Kulm die
Offenbarung Christi war. Und auf der alle wandern müssen,
die den Gipfel erreichen wollen. Vorahnend wie Pythagoras,
Sokrates und Platon. Oder nachfolgend wie Augustinus, Thomas, du selbst und die ganz Großen, die auf deinen Sockeln
weiterbauen werden. Aber, mein Leibniz, davon will ich jetzt
nicht sprechen. Ich wollte dir nur das tiefste Geheimnis als
derer enthüllen, die „ton hétto lógon kreîto poieîn". Die dem
schlechteren Worte zum Siege verhelfen. Du weißt, daß ich
die Sophisten meine. Wie wir einen davon heute erblickten: den
‚Niederboxer' Protagoras. Aber neben ihm stand Platon, der
‚Zerschmetterer'. Das ist mehr, viel mehr. Nicht obwohl,
sondern weil er geistig ein Zerschmetterer ist, lebt in ihm ‚der'
Gott. Und noch etwas. Hörtest du den Klang, den ich dem
Worte ‚lógos' gab? Nocheinmal: Ton hétto lógon kreîto poieîn!
Der Logos, das Wort, das nach der Heiligen Schrift am Anbe-
ginn stand, wird zum Schlechteren gedreht und gebogen. Alle
sind sie Sophisten, die das Wort, den Logos, mißbrauchen. Und

auch wer im besten Glauben den Logos mißbraucht, kann daran
zugrunde gehen. Denn aus dem Logos wird dann nichts als die
klingende Schelle und das tönende Erz. Dahinter aber, im
mystischen Dunkel, steht etwas, das der Apostel Paulus die
Liebe nannte. Die den Logos aus einer klingenden Schelle erst
zum Logos macht. Hier in Athen, mein wunderlicher Leibniz,
schwingen sie den Thyrsos, auf daß Gott sie überkomme. Im
Kerker bei Sokrates-Platon, in jenem heiteren Kerker, wenn
das Wort erlaubt ist, werden wir erfahren, wie weit uns Sokrates-Platon erlösen kann. Und ich fürchte, er wird uns nur
so weit erlösen können, als die Düsternis seines Kerkers reicht.
Denn er ist nicht hinabgestiegen in die Hölle. Nur in einen
dionysischen Kerker ist er hinabgestiegen. Und obgleich er ein
Vorläufer war, wird er trotz seiner Gottschau noch am irdischen Wissen kleben und haften. Wenn es auch hehrer und
heiliger ist als das Afterwissen der Sophisten aller Jahrhunderte.
Auch als das der Sophisten unsrer Gegenwart. Und da vor
allem als das Wissen geometrischer Art des düster-großartigen
Spinoza. Das wollte ich dir eigentlich sagen, du Glücklicher.
Und ich wollte dir noch dazu sagen, in welcher Gefahr du trotz
allem schwebst, weil du — ich gebe es zu, auf meinen Rat hin
— Platon als Bundesgenossen gerufen hast. Denn an mir selbst
fühle ich die Lockung, den Thyrsos zu schwingen. Fühle, wie
mich selbst das Heidentum zu umgarnen beginnt, das in seiner
vollendetsten Vollendung, in Platon-Sokrates, vor uns steht. In
das wir uns hineingestellt haben. Und jetzt, o du mein Leibniz,
ist ein Wunder geschehen; einen Zauber will ich das richtiger
nennen. Dreißig Tage sind dahingeschwunden, während wir
hier am Piräus sprechen. Denn das Schiff aus Delos läuft eben
ein. Jenes Schiff, von dem es abhängt, daß der Gottesfriede
in Athen wieder erlischt, während dem keine Hinrichtungen
stattfinden durften. Wir müssen uns eilen, Leibniz, um Sokrates
im Gefängnis noch lebend anzutreffen. Die ‚Elf‘ haben ihm eben
die Fesseln abgenommen und er sitzt auf seinem Lager und
reibt seine wundgescheuerten und geschwollenen Beine. Antoni van Leeuwenhoek aber möge in sein Jahrhundert zurückkehren. Denn was nun folgen wird, könnte ihn höchstens

verwirren oder endgültig im Glauben bestärken, wir anderen
suchten nichts als den Streit um Worte. Wo wir doch den Kampf
um das Ur-Wort, den Logos, führen. Jetzt aber, Leibniz,
wollen wir eilig ausschreiten. Denn es brennt die südliche
Sonne. Und der Weg ist nicht kurz."

Dreiundvierzigstes Kapitel

Endkampf mit Spinoza

Wir machen uns also auf, Steno aus Jütland und ich. Wieder
durch jenes sonderbar unbekümmerte Leben der Griechen, das
sich wie kein andres Leben aller Zeiten für die Gegenwart und
die Ewigkeit hielt, und das nicht ahnte, daß jenseits seiner Formen weit andre Formen des Lebens möglich seien.

Eben verläßt Xanthippe, weinend und sich die Brust schla-
gend, mit dem kleinen Söhnchen des Sokrates das Gefängnis.
Geleitet von Kritons Leuten. Sie war stets eine brave Frau,
diese Xanthippe. Eine viel zu brave. Und darum hat sie gegen
Sokrates und gegen die Philosophie mehr auf dem Gewissen
als alle anderen. Sie hatte den Kosmos der soliden Häuslichkeit
verteidigt und es nie begriffen, wenn Sokrates geistige „Geburtshilfe" leistete, seine Steinmetzarbeit liegen ließ und wenn
deshalb die Kinder hungerten. Aber Gottes Wege sind unerforschlich und er hat den verschiedenen Seelen verschiedenste
Heiligtümer eingepflanzt, die sie in seinem Namen hartnäckig
verteidigen und aus denen dann die Harmonie entsteht.

Also Xanthippe geht nach Hause. Für sie ist das Leben heute
zu Ende. Unwiderruflich. Und sie ist überzeugt, daß es anders
gekommen wäre, wenn Sokrates ihre kleinen und größeren
Scheltworte stets beherzigt hätte.

Plötzlich erscheint langsam von der anderen Seite ein schmächtiger Mann. Er sieht gar nicht, was vorgeht. Aber er schreitet unaufhaltsam und unerbittlich heran. Auch er will sich einem Gericht stellen, vor das er gerufen wurde. Es ist Benedictus Spinoza.

Er selbst aber empfindet es nicht als Gericht. Eher als Verschwörung. Denn es wird ein junger Mann dabei sein, dem es vergönnt ist, noch viele Jahre zu reden, nachdem er selbst im Haag die Augen geschlossen hatte. Und er blickte mich auch durchdringend an, als ob er sagen wollte: „Wähne nicht, Leibniz, daß du deine geistigen Intrigen allein mit den Sokratikern und Platonikern oder gar mit diesem Steno hier spinnen kannst. Das geht überall, nur nicht in der Philosophie. Denn obgleich ich gestorben bin, bin ich allgegenwärtig, wie jeder, der die Wahrheit aus dem Dunkel des Nichtgewesenen in das Licht des Ausgedrückten hob. Und besonders gegenwärtig bin ich für dich. Denn auch ich habe mich mit dir mystisch vereinigt. Ob du es nun willst oder nicht. Die Unio mystica philosophorum erstreckt sich nämlich auch auf die Gegner. Aber wozu Worte? Wir wollen eintreten. Es wird heute noch viel geschehen.“

„Geh voran, Spinoza!“ sagt Steno mit merkwürdiger Betonung. Und ich bin erstaunt. Denn mich hat es schon wie leise Abwehr überkrochen. Ich hätte lieber mit den Griechen allein disputiert.

Aber es muß wohl so sein. Steno hat entschieden. Seine Worte hießen, daß Festigung des Glaubens durch ein Ausweichen nicht erreichbar ist. Wie die homerischen Helden müssen wir frisch aufeinander losgehen, hat Platon-Sokrates gesagt, sonst gibt es kein Erkennen.

Es summt im Gefängnis von Stimmen. Keiner der Freunde ist fern geblieben an diesem „letzten“ Tag des Sokrates, der vielleicht in Wahrheit der „erste“ Tag des wahren Sokrates ist. Jenes Sokrates nämlich, der lebt und leben wird.

Herrliche Gesichter und Köpfe, die ihn umringen. Kriton ist da und Phaidon, Apollodoros, Kritobolos, Hermogenes, Epigenes, Aischines und Antisthenes. Auch Ktesippos und Menexenos. Schließlich Simmias aus Theben, Kebes und Phaidonides aus Megara, Eukleides und Terpsion. Nur er selbst, Platon, ist krank, und das Fieber und der Schmerz, nicht hier sein zu dürfen, schütteln ihn in seinem vornehmen Hause. Und eine Ohnmacht wirft ihn in eine andere tiefere. Aber sein Geist

ist hier. Riesengroß. Und überschattet an Erlebnis die Anwesenden.

Eben hat sich Sokrates, als wir eintreten, aufs Lager gesetzt und lächelt den Barbaren, die er schon aus der Ringschule kennt, entgegen. Er reibt sich eben die von den Fesseln geschwollenen Beine. Und sagt: „Sonderbar, Freunde, ist doch das, was die Menschen angenehm nennen. In wie seltsamer Beziehung steht es nicht zu dem, was sein Gegensatz zu sein scheint, zum Schmerzlichen: zugleich wollen Lust und Schmerz nicht im Menschen weilen; wenn ein Mensch aber der Freude nachgeht und nach der Freude greift, muß er auch den Schmerz hinnehmen und umgekehrt, als hingen die zwei an einem Ende zusammen. Wenn also der Mensch schon den Schmerz hat, bekommt er nachher noch die Freude und umgekehrt. So scheint es auch mir jetzt zu ergehen: Nachdem ich infolge der Fesseln im Beine Schmerzen gehabt habe, muß jetzt das Wohlbehagen nachkommen." Und dann spricht er weiter und weiter und wir alle vergessen seinen nahen Tod. Obgleich oder vielleicht weil er keiner Erwähnung des Ereignisses ausweicht. Und er spricht von Träumen, spricht Worte, die uns erschauern lassen, und nennt die Philosophie die höchste Musik...

Schon hier beginnt der Blick Spinozas zu lodern. Wozu diese Vermischung der Weltweisheit mit ästhetischen Dingen? Höchste Musik? Ja, ist vielleicht auch die Geometrie, die Mathematik Musik?

Es sind Pythagoräer anwesend und sie lächeln über die Heftigkeit Spinozas. „Nur die Geometrie ist wahre Musik. Alle andere Musik ist ein verwischtes Abbild der Harmonie der oberen Sphären, in denen ausschließlich die Zahlen und Beziehungen regieren", wirft einer der Pythagoräer ein. Doch dann schweigt er. Es ist ja esoterisch, ist innerhalb des Vorhangs, was er weiter sagen wollte. Aber Leibniz hat ihn begriffen, obwohl er schwieg. Und hört das Klingen des Algorithmus, jenes Brausen höchster Formen, die im Wehen des Gottesatems kreisen, sich binden, lösen, erlösen. Und gleichwohl nur erst Abbilder sind.

Aber Spinoza hat inzwischen gesprochen. Über Lust und

Schmerz. Und hat dem Optimismus des Sokrates klarere Unterscheidungen entgegengesetzt. Denn seine, Spinozas, „Ethik" hängt an diesem Axiom der Absolutheit von Lust und Leid. Und er kann solche schwimmende, fließende Grenzen nicht anerkennen. Wie auch könnte er es? Wie auch könnte Schmerz je gut sein? Schmerz schadet, ist also auf jeden Fall schlecht.

Sokrates versteht ihn. Im Wesen sind sie über manches einig. Und das Ergebnis Spinozas von der Weltflucht des Weisen stimmt mit dem Ergebnis des Sokrates überein. Das ändert aber nichts daran, daß Sokrates seine Methoden unbeirrt aufrecht erhält. Sie seien, sagt er, allgemeiner, und es werde sich bald zeigen, das Spinoza auf seinem Wege in die Irre geraten müsse. Denn wahres Wissen gibt es nicht im Diesseits durch die Emendatio intellectus, durch die Verbesserung des Verstandes, sondern erst im Jenseits, im Reich der vollkommenen Reinheit von allem Sinnentrug. Wo aber sei im Pantheismus Spinozas für ein solches Jenseits Raum? Wo für alles Mysterium? Und es sei weit anders mit den Begierden, als sich Spinoza das vorstelle. „Nimm einmal die Mäßigen", spricht Sokrates jetzt weiter. „Daran wirst du sehen, wie verwickelt alles liegt. Sind diese Mäßigen, die nach deiner Ansicht gut sein müßten, weil sie sich nützen, nicht recht eigentlich aus bloßer Unmäßigkeit klug und besonnen? Du sagst, so etwas gebe es nicht. Nein, du Wunderlicher, so etwas gibt es. Es geht den Menschen in der Tat so mit ihrer abgeschmackten Mäßigkeit. Sie haben Angst, ihre kleinen Genüsse opfern zu müssen, die ihr einziger Wunsch sind, und darum enthalten sie sich andrer Genüsse und lassen sich von den kleinen Begierden beherrschen. Und doch nennen sie und du, Spinoza, Unmäßigkeit ein Beherrschtsein von Begierden. Deshalb kann eben ein Mensch aus Unbeherrschtheit beherrscht sein. Oder aus Unmäßigkeit mäßig. Und sie nützen sich sehr, um in deiner Sprache zu sprechen, Spinoza, und sind gleichwohl schlecht und jämmerlich. Der Mensch ist eben durchaus nicht das Maß aller Dinge, wie wir schon in der Ringschule feststellten."

„Du verstandest mich nicht, Sokrates", erwiderte Spinoza. „Ich habe das nie so gemeint. Aber ich kann die Tugend nicht auf den lockeren Sand des Meinens oder Vermutens bauen und muß eine objektive Richtschnur dafür geben. Eine Richtschnur, die ebenso sicher ist, wie sie auch den Weg zum Höchsten freiläßt."

„Oh, du Glücklicher", lacht Sokrates. „Wie meinst du das nun wieder? Glaubst du wirklich, es gebe keine andre Möglichkeit, die Tugend zu finden, als wenn wir ein Ding gegen das andre tauschen, nämlich Genuß gegen Genuß, Schmerz gegen Schmerz, Furcht gegen Furcht? Und dabei stets das Größere gegen das Kleinere, als wären Genuß, Schmerz und Furcht nichts als Münzen? Leibniz hat schon einmal deine Ethik das Merkantilsystem der Moral genannt. Ich verstehe heute diese Worte, da wir übereingekommen sind, Raum und Zeit aufzuheben. Aber, höre gut zu, Spinozs, und auch du, Leibniz: Wert allein hat die Vernunft. Gegen Vernunft magst du alles tauschen, um die Vernunft erst kannst du in Wahrheit die Tapferkeit und Besonnenheit und Gerechtigkeit und jede wahre Tugend kaufen und verkaufen, ob du nun Genuß oder Furcht noch dabei hast oder nicht. Also jenseits von Nutzen und Schaden! So du aber deine Gerechtigkeit und Tapferkeit von der Vernunft trennst und mit deiner Tugend Wucher treibst, dürfte diese Tugend nur wie der Schatten auf der Wand ohne Körper und in der Tat die Tugend von feilen Sklaven sein, die keinen Bestand hat und dich belügt; die wahre Tugend sei aber eine Reinigung von aller falschen, und nur mit deiner Tapferkeit, Besonnenheit und Gerechtigkeit, ja mit der Vernunft selbst, sollst du dich reinwaschen. Sie ist also der höchste Nutzen. Sie ist aber nicht deshalb Tugend, weil sie der höchste Nutzen ist, sondern weil sie eben am meisten teilhat an der Idee der Tugend, an der leuchtenden Sonne der Idee des Guten!"

„Und woran erkennst du die Idee, Sokrates?" fragt Spinoza mit jenem ironisch wissenden Lächeln. „Ist das dein ganzer Beweis? Tugendhaft ist etwas, weil es tugendhaft ist? Quod erat demonstrandum? Ist nicht vielmehr die Idee solcher Ethik der Grundsatz, daß jede Größe gleich ist sich selbst? Also ein Axiom, das man nicht zu beweisen braucht? Wir sagten schon: Im Ergebnis sind wir einig. Du aber, Sokrates, verzeih mir,

wenn ich es ausspreche, daß sich unsre Wege und unsre Systeme
so unterscheiden wie das Werk eines Schwärmers und das
eines Denkers. Ich habe mich nicht verfluchen lassen, um deine
verwaschene Dogmatik anzunehmen.“

„Hart bist du, mein Bester, beim Hunde“, entgegnet Sokrates. „Mehr als hart. Und ein wenig ungerecht. Denn ich wiederum, der in einigen Stunden wegen Gottlosigkeit und Verderb-
nis der Jugend werde den Schierlingsbecher trinken müssen,
dürfte wohl dies alles auch nicht aus bloßer Schwärmerei getan
und gelehrt haben. Darum, Freund, klammere dich nicht
fortwährend an deine Art der Geometrie. Und glaube mir, daß
du nur zu deiner Nützlichkeitsethik kamst, weil schon deine
ersten Voraussetzungen anfechtbar sind. Aus der Konsequenz
der Durchführung folgt niemals die Richtigkeit der Prämissen.
Und ich glaube sogar, daß du mehr von der Idee des Guten
weißt, als du zugibst. Du hast die Idee des Guten geschaut,
Spinoza. Daher deine allerletzten Ergebnisse. Du hast aber
auch die Idee des Wahren geschaut. Und nun wolltest du, was
bei Ideen unmöglich ist, alles vermischen, verbinden, verein-
heitlichen. Und so hat sich dir schließlich alles verbogen.
Indem du nämlich Dinge, die nur mit der Idee des Guten zu
tun haben, unter die Idee des Wahren zwingen wolltest. Aber
wir sind weit abgeschweift, sind vorgestürmt. Und meine
Freunde warten und wollen mit mir über die Unsterblichkeit
sprechen. Ich weiche dir nicht aus, Spinoza. Wir werden heute
noch alles erledigen. Weniger für dich. Denn für dich werden
wir alle Schwärmer bleiben, da du behauptest, ‚die wahre
Philosophie‘, also die einzige, zu besitzen. Aber für Leibniz und
für Steno müssen wir manches aufklären, ganz zu schweigen
von meinen eigentlichen Freunden.“

Für einen Augenblick legt sich jetzt Nebel über das Gefängnis. Spinoza schweigt. Er will sich nicht in die Angelegenheiten
der Hellenen eindrängen, die er für minder wichtig hält. Er hat
aber mich ins Auge gefaßt. Denn mich betrachtet er als Uner-
lösten, als Erlösungsunwürdigen. Und den Bischof an meiner
Seite als einen Finsterling, der sich nicht scheut, die Heiden
herbeizurufen, um den „Geist“ zu bekämpfen.

Ich selbst beobachte nur mehr Spinoza und erwidere seinen
Blick. Vielleicht ist es eine Schande, daß ich den herrlichen
Fortgang der Unterredung so wenig miterlebe. Aber dieses
mein Verhalten hat tiefe Gründe. Sokrates-Platon untersucht
noch immer die Unsterblichkeit. Und stellt eine Seelenwande-
rungslehre auf. Eine Lehre, die mir, dem gläubigen Christen,
fremd ist und die wahrscheinlich nicht einmal als hellenisch angesprochen werden kann. Denn Sokrates-Platon hat diese Lehre
von den Pythagoräern, und Pythagoras hat sie aus Ägypten
und Indien herübergebracht. Vielleicht auch Platon selbst aus
Ägypten. Auch Spinoza und Steno sehen diesen Teil der Unterredung als pure Angelegenheit der Sokratiker an. Und eben
darum lasse ich Spinoza nicht aus dem Auge. Denn Sokrates
hat Entscheidendes angekündigt. Und Spinoza wird sofort
aufhorchen, wenn dieses für ihn und mich Entscheidende zur
Sprache kommt.

Jetzt ist Spinoza zusammengezuckt. Sokrates hat etwas
Merkwürdiges gesagt:

„Nicht wahr, ein von Natur zusammengesetztes Ding muß
wieder in die Teile zerfallen, aus denen es zusammengesetzt
war? Wenn ein Ding aber unzusammengesetzt ist, kann es einen
solchen Zerfall nicht erfahren? Und weiter: Was da stets in sich
verharrt und sich selbst gemäß ist, dürfte wahrscheinlich vor
allem anderen unzusammengesetzt sein, alles Bewegte und
Wechselnde hingegen zusammengesetzt.“

„Das ist die einzige Substanz, ist die unteilbare Wesenheit,
ist die Gottwelt, was du da definiertest“, sagt Spinoza kalt und
sicher. „Alles übrige sind aber die Attribute und die Modi. Also
Denken, Ausdehnung und die Gegenstände.“

Sokrates blickt ihn freundlich lächelnd an.

„Ich wußte“, erwidert er, „daß schon deine ersten Grund-
setzungen all das Ungeheuerliche verschulden, was du darüber-
bautest. Nein, Spinoza, weit gefehlt, so ist das ganz und gar
nicht. Die Urbilder der Dinge sind das Unteilbar-Ewige, nicht
deine einzige wesenlose und trotzdem allumfassende Substanz.
Gleichheit, Schönheit, das Gute, das Wahre, das Größersein,
das Kleinersein, und wie sie alle heißen mögen, unsre Ideen,

sind das Beharrende, Unteilbare. Und alle Dinge, die du mit der Hand berühren, die du sehen, hören und riechen kannst, können an den Ideen mehr oder weniger teilhaben. Nähern sich ihnen in unendlicher Stufenfolge. Oder wie du es sagen willst. Und können auch gleichzeitig teilhaben an mehreren Ur-Bildern . . .‟

„Und nocheinmal, Sokrates‟, unterbricht ihn Spinoza. „Woher hast du deine Urbilder? Sind das angeborene Einbildungen, sind es nachfolgende Abstraktionen? Oder sind es gar irgendwelche mystische Geschöpfe, die in einem hypothetischen Jenseits hausen und von dort ihre ‚Abbilder‘ beeinflussen? Etwa so, wie man sagt, daß der Mensch nach Gottähnlichkeit strebe? Du, Sokrates, würdest in deiner frivolen Ausdrucksweise davon sprechen, das Pferd strebe nach Pferdähnlichkeit und der Stein nach Stein-Ähnlichkeit. Kurz, du behauptest nur, drehst alles im Kreise und verwirrst alles.‟

„Weniger als du, Wunderlicher!‟ antwortet Sokrates. „Du ahnst nicht, Spinoza, wie genau ich weiß, wohinaus ich will. Steno wird mich am ehesten verstehen, wenn ich behaupte, die Ideen zu schauen. Dir, der du mich als Schwärmer und dich selbst als Denker bezeichnest, sage ich es anders: Die Ideen entstehen nicht vor und nicht nach dem sinnlichen Wahrnehmen. Sie entstehen mit und während dem Wahrnehmen. Sie sind die Gestalt, die wir dem Chaos geben, weil unsre Erkenntnis Gestaltung ist. Während jedoch alle Sinneswahrnehmung bis zu einem Minimum schwinden kann, bleibt die Idee stets gleich. Zwischen Einheit und Vielheit etwa gibt es keinen Übergang. Es kann nicht etwas weniger oder undeutlicher Einheit sein. Ebensowenig ist nichts zwischen Gerechtigkeit und Ungerechtigkeit. Und es gibt auch nichts, das zwischen warm und kalt vermittelte. Oder zwischen größer und kleiner, gleich und ungleich. Nein, Spinoza, es gibt nicht nur e i n e unteilbare, beharrende Substanz, es ist soviel Beharrendes in der Welt als es Ideen und soviel Wandelbares als es Erscheinungen gibt. Und diese Ideen sind noch mehr als die Substanz. Sie sind Ursachen der Dinge, sind Kräfte, die die Dinge erst zu Dingen machen. Aber ich muß mich jetzt wieder den anderen widmen, denn

soeben hat der Gefängniswärter behauptet, er mische bereits den
Schierlingstrank." Und Sokrates wendet sich an seine Freunde:
„Wo blieb ich stehen in meinem Gespräch? Doch dort, wo sich
Anaxagoras, der große Philosoph, einmengte. So hört denn!
Schon als Jüngling fühlte ich eine merkwürdige Sehnsucht
nach dem, was man Naturwissenschaft nennt. Und ich suchte
und suchte und fragte mich, ob nicht durch das Blut das Denken entstehe. Vielleicht aber sei das falsch und wir sehen und
hören und riechen durch das Gehirn. Aus diesen Sinnesempfin-
dungen entständen aber dann die Vorstellungen und das Gedächtnis, und daraus würde das Wissen geboren und die Vorstellungen kämen im Wissen zur Ruhe. Bald aber wurde ich
durch diese Art, überall solche Ursachen zu suchen, ganz blind
und ich verlernte alles, was ich früher gewußt hatte. Nun hörte
ich eines Tages von der Lehre des Anaxagoras, daß nicht diese
Ursachen alles ordneten, sondern daß die Vernunft der All-
ordner sei. Aber auch Anaxagoras ließ mich im Stich. Denn er
behauptete zwar, die Vernunft ordne alles, er machte jedoch
keinen Gebrauch davon, wenn er Wirkliches erklärte. Und er
würde wahrscheinlich behaupten, meine Sehnen und Knochen
seien die Ursache, daß ich jetzt hier sitze, wo die Ursache doch
ausschließlich darin liegt, daß ich mich vor Tagen schon frei
entschloß, hier im Kerker zu bleiben: der Idee der Gerechtigkeit folgend. Denn wenn nur die Knochen und Sehnen die Ursache wären, dann, beim Hunde, würde ich schon längst in
Böotien oder Megara sein, wenn es mir nicht rechtschaffener
und edler erschienen wäre, anstatt zu fliehen und davonzu-
laufen, die Strafe über mich ergehen zu lassen, welche die Stadt
mir gab." Und er wandte sich für einen Augenblick zu Spinoza
und schloß: „Dorthin, mein Bester, führt meine Lehre. Sofern
ich etwas lehren kann. Aber ich habe alles solcherart durchdacht, daß es auf zwei Dinge hinleitet. Jetzt aber will ich in
deiner Sprache reden, du wunderlicher Spinoza. Meine Ideen
leiten nämlich vom Mechanismus fort zu den Zwecken in der
Natur und von der blinden Vorherbestimmung zur Freiheit des
Willens. Und erklären damit in gleicher Weise Gott und die
Welt, den Geist und die Natur; indem sie nicht so sehr zeigen,

wie alles abrollt, sondern wie diese unsre irdische Erkenntnis
überhaupt möglich ist; und wie doch gleichwohl Ewigkeit und
nie endender Aufstieg nebeneinander bestehen können!“

„Ich bin nicht klüger geworden durch dieses Wirrsal“, erwidert Spinoza dumpf. „Und ich denke, auch Leibniz wird
wenig gewonnen haben.“

Plötzlich beginnt sich alles zu verschieben, zu vermischen.
Ein eisiger Hauch streicht um mein Antlitz, und die Fenster der
Bibliothek klirren unter neuen Wellen des Nachtfrostes. „Opfere
dem Asklepios einen Hahn!“ tönt es noch aus den Urgründen.
Es sind die letzten irdischen Worte des Sokrates. Er will damit
zum Ausdruck bringen, daß er endgültig genesen ist. Denn man
opfert dem Asklepios nur den Hahn, wenn schwere Krankheit
von einem wich.

Ist Leben wirklich Krankheit? Und erst der Tod die Hei-
lung? Hat auch Platon so gedacht? Er, der Leuchtende, der
Zerschmetterer? Nein, er selbst hat nicht so gedacht. Denn er
hat uns das lichte Reich der Ideen, der Vor-Bilder gebaut, hat
uns den Weg gezeigt, in Fülle zu leben. Denn nichts ist, das
nicht ins Reich der Ideen eingehen, an ihnen teilhaben könnte.
Keine Kluft mehr zwischen Wissen und Glauben, kein Abgrund zwischen Denken und Schauen. Denn Eidos-Idea, das
Vor-Bild, ist geschaut in höherem Sinne, ist gehört, gefühlt.
Hier beginnt die höchste Musik, die Weltweisheit! Weil wieder
das Urbild der Musik nichts anderes ist als Harmonie. Und
Harmonie zusammenklingende Vollendung, und Vollendung
des Menschlichen der Weisheitsgipfel ist.

Die Kerzen sind niedergebrannt. Wie spät mag es sein? Kein
Ton regt sich mehr in der Stadt. Nur das Knacken und Seufzen
der Eichenborde durchbricht noch ab und zu die Stille.

Werde ich jetzt Platon folgen? Werde ich alles verlassen, ver-
leugnen, was mir Spinoza gab? Oder werde ich jetzt, nach neuer
mystischer Vereinigung, eigene Wege zu gehen beginnen?

Es ist ein Anfang. Noch verworren zeichnen sich vor mir die
Umrisse der Gestalt Platons ab. Noch ahne ich mehr als ich
weiß. Aber auf einem habe ich endgültig Fuß gefaßt: Auf den
Hochebenen des freien Willens und der zweckvollen Natur!

Wie ich aber meine eigenste Aufgabe lösen soll, wie ich mich würdig machen kann solcher mystischen Vereinigung, wie ich ein neues Stockwerk der Weltweisheit bauen werde, fest und tragfähig genug, daß Spätere das Dach türmen können, um das die Federwolken der Gottnähe schweben: das alles weiß heute nur „der" Gott!

Vierundvierzigstes Kapitel

Die schwarzen Gardereiter

Ein Jahr später, wieder im tiefen Winter. Schon begann Dämmerung die Straßen Hannovers zu überschatten, da sich blaugraue, zerzauste Schneewolken, vom Westen aufsteigend, über einen grünlich-gelben Himmel heraufgeschoben hatten.

Von allen Kirchtürmen klang in abgestufter Höhe klagendes Glockengeläute. Klagte es wirklich? Wodurch unterschied sich dieses Geläute von frohen Osterglocken? Wohl nur durch die platonische Idee der Trauer, an der das Auf- und Niederwogen der Töne teilhatte. Und erst durch diese Idee wurde es zum Trauergeläute.

Vor der Hofkirche, deren Fassade schwarz verhangen war, brannten Kandelaber mit umflorten Glaskugeln, durch die das Flackern des Lichtes sonderbar rötlich-braun schimmerte.

In dichtem Spalier, Kopf an Kopf, soweit das Auge reichte, harrte das Volk. Vor der Kirche aber, auf deren Stufen der Klerus und die Kapuziner mit Kerzen in den Händen standen und leise Totengesänge rezitierten, war alles versammelt, was im Herzogtum einen Rang besaß: die Marschälle und Offiziere, der Geheime Rat, der ganze Adel, die Professoren von Helmstädt, die Beamtenschaft.

Aus der Ferne wurde vielhufiges Pferdegetrappel hörbar und veranlaßte die letzten, ihre Häupter zu entblößen.

Leibniz starrte in die Richtung des Schalles. Er wollte es nicht begreifen, obgleich auch nicht die entfernteste Möglichkeit eines Irrtums, einer Hoffnung blieb. Johann Friedrich war tot! Und seine sterblichen Überreste würden in wenigen Minuten in die Kirche getragen werden, um dort aufgebahrt zu bleiben, bis der neue Herzog weiteres wegen des Begräbnisses veranlaßt hätte.

Vor wenigen Monaten erst war Johann Friedrich auf Rat der Ärzte nach Italien gezogen. Er hatte den Winter in Venedig verbringen wollen. In jenem Venedig, das schon mehr als eine Tragödie des Welfenhauses gesehen hatte: im Venedig tollsten Karnevals, heiligster Entschlüsse, berauschendster Kunst und wahnsinnsnahen Erlebens. Ein seltsam bunter Zug, ein wandernder Hofhalt von vierundneunzig Personen und hundertvier Pferden und Saumtieren, war im Herbst aufgebrochen, um den Herzog nach Italien zu bringen. Hofmarschall, Hofmeister, Kavaliere, ein Bergrat, ein Hofkaplan, ein Leibarzt, ein Hofbarbier, Sekretäre, Pagen, Bereiter, fünf italienische Musici, Lakaien, Kammerknechte, Trompeter, Falkoniere, Köche, Tapezierer, Brauknechte, Kutscher, Vorreiter und ein Uhrmacher. Nichts hatte gefehlt, nicht einmal der Zwerg Stephan Tiele. Und gleichwohl war schon dieser Auszug aus Hannover den Wissenden anders erschienen als den nörgelnden Bürgern, die sich darüber beschwert hatten, daß der sauer erworbene Groschen des niedersächsischen Bauern in dieser unerhörten Art den ohnedies märchenreichen Venezianern in den gierigen Schlund geworfen werde. Insbesondere Leibniz wußte es besser, was diese „Hoffahrt" bedeutete.

Es war nicht so sehr die angegriffene Gesundheit als der schwindende Lebenswille des Herzogs gewesen, der von Tag zu Tag sich verschlechtert hatte. Ein wirres Jahr lag hinter Leibniz. Wieder schier nicht zu bewältigende Arbeit. Monate in Zellerfeld ohne wesentlichen Fortschritt der Entwässerungsarbeiten. Studien, Verhandlungen, Politik, Wissenschaft. Und ein zäher, aber auch nicht eben erfolgreicher Notenwechsel, der die Wiedervereinigung der Kirchen betroffen hatte. Ein einziger wirklicher Lichtblick: Walter von Tschirnhaus war eines Tages, von Italien kommend, bei ihm hereingerasselt. Ganz verwandelt. Auch Tschirnhaus hatte inzwischen Spinoza überwunden, schwelgte in Bereichen rein idealistischer Philosophie und gab sich religiösen Meditationen hin. Er war aber darüber hinaus voll von Plänen. Hatte, wenigstens nach seiner eigenen Ansicht, inzwischen die Mathematik mächtig gefördert und war eben auf dem Weg zu seinen verwahrlosten Gütern. Es schor ihn wenig, daß sein Geld zusammenschrumpfte. Er hatte Pläne, Pläne, die ihn zu schwindelndem Reichtum hinanführen würden. Und er wollte gleichzeitig den Himmel stürmen. Buchstäblich. Er hatte nämlich das Spiegelteleskop verbessert und sah kein Hindernis, die Spiegel bis zu unwahrscheinlicher Größe, bis zu beliebiger, gigantischer Größe auszubauen. Alles war ja bloß eine Frage der Glasherstellung. Und deshalb war er eben dabei, die Reste seines Vermögens zu mobilisieren, um mächtige Glashütten ins Leben zu rufen. Er war in Murano wochenlang, als Arbeiter verkleidet, trotz aller Wachsamkeit der Staatsinquisition Venedigs, in den Werkstätten umhergeschlichen, hatte tiefste Geheimnisse erforscht und ausgekundschaftet. Was die dort in Murano konnten, würde er auch noch schaffen. Und er hatte sogar einige Unzufriedene aus den Werkstätten von Murano gegen gutes Geld und noch bessere Versprechungen ausgedungen und hieher nach Deutschland mitgenommen. Kurz, es war alles in schönster Ordnung. Mit zierlichen Vasen, Kelchen, Perlen und Glaslampen würde er Reichtümer erwerben, mit den Teleskopen aber zuerst dem Himmel die letzten Geheimnisse entreißen und seinen Namen unaustilgbar in die Annalen der Sternkunde einverleiben. Dann jedoch würde er auch diese Teleskope an alle Sternwarten der Welt liefern, seine Glashütten würden sich zu riesigen Manufakturen erweitern — und der Obolus, den er damit Deutschland gezollt hatte, würde ihn auch äußerlich als den Patrioten erweisen, der er sei. Nur jetzt nicht kleinlaut werden! Deutschland steigt auf, wird größer, reicher, bevölkerter. Es hat sein Maximum noch lange nicht erreicht, steckt erst in derben, unternehmungslustigen Kinderschuhen. Überall rege es sich und es sei ebenso erstaunlich als hoffnungsvoll, wieviel blonde, blauäugige Kindlein in Stadt und Land umherwimmelten. Bei Rittern, Bürgern und Bauern.

Es waren für Leibniz frohe, erfrischende Tage gewesen, obgleich er über den naiven Enthusiasmus des Grafen Tschirnhaus mehr als einmal hatte lächeln müssen. Nicht etwa, weil er dessen Hoffnung nicht selbst geteilt, sondern nur, weil er besorgt hatte, Tschirnhaus nehme Dinge vorweg, die vielleicht erst in einem Jahrhundert zur Reife würden gedeihen können.

Ebenso plötzlich, wie Tschirnhaus erschienen war, hatte er sich wieder empfohlen. Und hatte in Leibniz ein Gefühl der Leere und Vereinsamung zurückgelassen, dessen tiefste Ursachen vielleicht beim Herzog Johann Friedrich lagen. Denn der Herzog war in letzter Zeit in seinen Entschlüssen so sprunghaft und in seinen Plänen so skeptisch geworden, daß Leibniz irgend ein Ende dumpf gefühlt hatte. Nur hatte er es in ganz andrer Richtung vermutet.

Johann Friedrich hatte nämlich, gleich als mache er ein Testament, plötzlich jedem neuen Gedanken entsagt, hatte alle Dinge, die die Zukunft betrafen, geradezu brüsk abgelehnt und sich dafür mit zehnfachem, beinahe verbissenem Eifer auf die Ordnung und Beendigung aller schwebenden Angelegenheiten gestürzt. Und es war Leibniz und Grote besonders aufgefallen, daß er, im Gegensatz zu seiner bisherigen Art, unvermittelt äußerste Sparsamkeit beobachtet hatte; und wieder im Gegensatz zu diesem Sparsinn in derart prunkvollem Aufzuge nach Italien abgereist war. Die Herzogin Benedicta, die Leibniz kaum kannte, da sie sich stets nur mit Franzosen umgeben hatte, war mit den Prinzessinnen für den Winter nach Paris entlassen worden, wogegen sie durchaus nicht remonstrierte. Der Herzog aber hatte dem Kanzler und Grote nach tagelangen Sitzungen des Geheimen Rates mit Ausnahme des Rechtes über Krieg und Frieden alle Vollmachten übertragen und beinahe ängstlich darauf gedrungen, daß nichts unerledigt blieb.

Leibniz, dem das alles bekannt war, hatte aus solchen Handlungen, noch mehr aber aus Amdeutungen des Herzogs geschlossen, daß Johann Friedrich, durch das Scheitern seiner Politik enttäuscht, die Regierung niederzulegen gedenke und vielleicht nur deshalb den engeren Hofstaat nach Italien mitgenommen habe. Eine Vermutung, der Grote beigestimmt und die er dadurch bestärkt hatte, daß ja der Herzog kaum noch auf männliche Nachkommenschaft hoffe und daß er deshalb das Unvermeidliche, den Übergang seiner Herrschaft auf den jüngsten Bruder Ernst August, im Interesse seines Volkes und im eigenen Interesse sobald als möglich eintreten lassen wolle. Im Interesse des Volkes, da Ernst August — der Held der Conzer Brücke, der Besieger des berühmten Marschalls von Crequi, der eifrige Protestant — viel eher dem Herzogtum im Reiche eine gehobenere Stellung, vielleicht sogar die Kurwürde verschaffen würde können. Im eigenen Interesse aber, weil Johann Friedrich sich endlich, nach mühevollstem Leben, seinen religiösen und wissenschaftlichen Neigungen als Privatmann würde zuwenden dürfen.

Jedenfalls hatte Ernst August, zu dem alle die Gerüchte sicher auch schon gedrungen waren, den Bruder in Venedig erwartet, um mit ihm nach Welfenart den Karneval zu verleben. Und am Aschermittwoch die Welt durch neue Entschlüsse zu verblüffen.

Es hatte sich jedoch, wie von überirdischen oder unterirdischen Mächten gelenkt, alles weit anders entwickelt. Und in Augsburg hatte eine stärkere Macht der bunten Südfahrt Johann Friedrichs ein unabänderliches Halt zugerufen.

Der Herzog hatte in Augsburg kurze Station gemacht. Denn die Pest war ausgebrochen und alle Zugänge nach Italien waren versperrt. Er wartete nun, bis für ihn, was nicht zu bezweifeln war, die Erlaubnis der Republik Venedig zur Einreise eintreffen würde. Aber schon am dritten Tag nach seiner Ankunft in Augsburg war er von einer rätselhaften Krankheit, durchaus nicht von der Pest, befallen worden, die ihn in unwahrscheinlich kurzer Zeit hingerafft hatte.

Sein Bruder Ernst August hatte sogleich Venedig verlassen, war bestaubt und verwettert in Augsburg eingeritten und hatte mit eisernen Griffen alles veranlaßt, was er für erforderlich hielt. Die Verwaltung des Herzogtums jedoch — so hatte er Grote und Ludolph Hugo mitteilen lassen — solle vorläufig ohne Ausnahme im Sinne des Verblichenen weitergeführt

werden. Man möge ihm acht Schwadronen Gardereiter senden.
Das sei alles, was er vorläufig zu befehlen habe.

Es war das Hufgeklapper dieser Schwadronen, das durch das
anschwellende Dröhnen der Kirchenglocken, durch den kla-
genden Gesang der Mönche und durch aufsteigende Wolken
Weihrauchs näher und näher heranrückte.

In Leibniz aber gewann das Unentrinnbare der Wirklichkeit
über alle Betäubung und Rückschau die Oberhand. Nicht allein
der tiefe Schmerz um den Freund Johann Friedrich, der ihm
fast ein Vater gewesen war, auch die wache Sorge um die eigene
Gegenwart und Zukunft ergriff von Leibniz Besitz. Denn diese
Sorge war nicht bloß eine persönliche Angelegenheit des Wohl-
ergehens und des gesicherten Lebens, selbst wenn er seine
heutigen Fähigkeiten in aller Demut vor dem noch Erreich-
baren nicht übertrieben hoch einschätzte. In solchen Augenblicken wie dem jetzigen war aber Bescheidenheit fehl am Ort.
Noch einmal: Es handelte sich nicht um Leibniz, sondern um
die Wahrheit. Und dieser Wahrheit mußte er kühn ins Gesicht
sehen. Was in deutschem Land sich regte, was hier den geistigen Kosmos weiterbildete, das wußte er besser als jeder andere.
Wußte darüber hinaus, was in fremden Ländern geleistet wurde.
Und wußte schließlich, daß es da eine und nur eine Entscheidung gab. Er war unersetzbar für sein Land, war einer der ganz
wenigen, die seinem Volke heute geistig Weltrang verliehen.
Dadurch aber war er nicht mehr die Person Leibniz, sondern
ein Teil des Ganzen mit höheren Pflichten und höheren Rechten. Mußte, wenn es die Mitbürger auch nicht einsahen, für
dieses höhere Recht kämpfen. Was aber würde nun folgen, da
Johann Friedrich tot war? Auch hier war äußerste Besinnung
notwendig. Und diese Besinnung sagte ihm, daß er in den
letzten Jahren, ein wenig verblendet von lokalem Ehrgeiz, in
seiner Haltung fast herabgesunken war. Die Vorsilbe ,,Hof"
klang in seinen Ohren. Hofluft, Hofphilosoph, Hofrat, Hofge-
lehrter. Verlangte die Welt von einem Leibniz wenn nicht gerade gegnerische so doch zumindest gleichgültige Stellungnahme zu allen äußeren Mächten des Lebens? Oder ist, in Vari-
ierung des Ausspruchs Philipps von Makedonien, Hannover

heute schon für mich zu klein? So daß ich mir ein größeres Reich suchen muß? Vielleicht wieder einen „Hof"? Ich scheine da in einem merkwürdigen inneren Zwiespalt befangen zu sein. Lambeccius ist nicht mehr Bibliothekar in Wien. Man hat mir nahegelegt, mich um diese Stelle zu bewerben. Ich habe es getan. Natürlich habe ich es getan. Denn die Bibliothek des Kaisers birgt unerhörte Schätze. Und ich könnte leben von dieser Stelle. Gut und ausreichend. Und könnte nebenbei der große Entdecker, Philosoph und Gelehrte Leibniz bleiben, könnte mich in die Wissenschaft vergraben, könnte auf den Waldhöhen um Wien spazieren gehen und das brausende Leben dieser großen Stadt aus distanzierter Ferne beobachten. Und ich könnte mit erleuchteten Gelehrten Verkehr pflegen, könnte die Zeitschrift gründen, die ich schon längst plane, jene Acta Eruditorum, jenes Archiv des Wissens, das die englischen und französischen gelehrten Zeitschriften an Gediegenheit und Bedeutung übertreffen und ein geistiger Brennpunkt werden soll. Ist das kein Ziel? Vielleicht ist es ein Ziel. Was aber habe ich in Wirklichkeit getan? Ich habe, hastig und aufgeregt, an Rojas de Spinola und durch Grote an andere hochvermögende Männer nach Wien geschrieben, daß ich die Stelle des Bibliotheksleiters nur annehmen könnte, wenn ich zugleich zum protestantischen Hofrat des Reiches ernannt würde. Denn es wäre für mich ein „Abstieg", plötzlich nur mehr Bibliothekar zu sein, wo ich hier in Hannover wirklich im Rate des Souveräns gesessen bin. Abstieg? Dieses Wort muß ohne Rest aufgeklärt werden. Sonst haben alle recht, Huygens, der sagte, ich wolle nur „scheinen", Spinoza, der meine höfischen Ambitionen verächtlich belächelte, und noch die vielen anderen, die mir das gleiche gesagt oder, obgleich sie es dachten, es mir nicht gesagt haben. Was also ist die Ursache dieser meiner unleugbaren Ambitionen? Das höhere Gehalt? Nein, das nicht. Ich werde ruhig auf mein Haus, auf Equipage, Adjutanten, auf alles andere verzichten, was mir das Leben eher kompliziert als erleichtert. Und ich sehne mich auch nicht nach Verstimmungen, Auftritten und Intrigen, die der Rang im Gefolge hat. Ich kann auch Vorgesetzte aller Art entbehren, insbesondere wenn ich in eine so

vielfältige Hierarchie eingegliedert bin, daß ich täglich mehreren
Herren dienen muß. Ich habe auch als Hofrat auf der protestantischen Bank des Reiches sicher nicht mehr Einfluß in der wichtigsten Angelegenheit denn als Bibliothekar und Gelehrter:
nämlich in der Möglichkeit, Gelehrte und Philosophen zu entdecken, zu empfehlen, zu versorgen. Was also will ich? Dabei
fürchte ich mich vor diesem Helden Ernst August, der jetzt in
Hannover Herzog sein wird. Der andre Länder mitbringt und
mit Georg Wilhelm von Celle und Lüneburg, dem dritten Bruder der Welfendynastie, so eng befreundet ist, daß sich schon
morgen unser Land faktisch ungeheuer erweitern wird. Warum
aber fürchte ich den neuen Herzog? Doch wieder nur als Beamter, als hannöverscher Hofrat. Ich fürchte nämlich, daß er
mich bestätigt und daß ich für ihn nichts sein werde als der
jüngste Hofrat. Er ist nicht gerade hochfahrend, dieser Herzog
Ernst August. Ist zudem Protestant, was meine Stellung verbessern könnte. Er wird Ludolph Hugo behalten, Grote und
Podewils. Und alle anderen. Aber schon jetzt merke ich, daß
jeder hier zuerst an sich denkt. Jeder will „übernommen“
werden, will seinen Wirkungskreis behalten. Ob er nun Graf
von Platen heißt oder Grote oder Podewils. Es will aber jeder
auch alle unwägbaren Vorteile und alle spezielle Gunst behalten, die er durch Johann Friedrich erfuhr. Und will verhüten,
daß neue Männer auftauchen. Gut, in dieser Beziehung ge-
nieße ich die Vorteile der Clique. Die anderen werden mich im
eigenen Interesse und aus Prinzip fördern. Ich habe zudem
wenig Feinde. Ich kann jüngster hannöverscher Hofrat bleiben,
behalte Haus, Equipage und Gehalt. Man wird mich sogar vor-
schieben. Molanus von Lokkum wird mich stützen, die Professoren werden mich stützen, die ich hieher rief und die mir
ihre Anstellung verdanken. Aber ich werde wahrscheinlich
nicht Leibniz bleiben. Denn die Person, der Mensch Leibniz
wurde von Johann Friedrich dreimal berufen. Ernst August
aber übernimmt diesen Mann nur als Erbstück. Aus Pietät.
Der Herzog ist herrisch und ist ein Soldat. Kein Schöngeist und
Gelehrter wie Johann Friedrich. Und er wird mich „die Justiz-
Sachen traktieren lassen“, nicht jedoch mich bei jeder wichtigen

und entscheidenden Sache jenseits meines Amtes zuziehen. Vielleicht bekomme ich ab und zu eine Staatsschrift zu verfassen, ein Gutachten auszuarbeiten. Ich bin aber nicht mehr Leibniz. Und hier sehe ich auf den Grund meiner höfischen Ambitionen. Ich dränge mich eben zum Mittelpunkt, um aus diesem Mittelpunkt heraus zu wirken. Ich bin kein Philosoph im gewöhnlichen Sinne. Ich bin ein einziges, riesiges „Auch“. Ich bin auch Philisoph, auch Mathematiker, auch Theologe, auch Jurist. Aber im tiefsten Wesen bin ich Platoniker, der, wie Platon selbst, bei irgend einem Tyrannen in irgend einem Syrakus den Idealstaat verwirklichen will, die herrliche „Politeia“, in der die Philosophen als oberste Kaste herrschen. Und der überall an der „Unvollkommenheit“ der Menschen scheitert. Ich habe bisher ohnedies unwahrscheinliches Glück gehabt. Ich bin verwöhnt und verdorben. Ich stand neben Boineburg, neben dem Kurfürsten Schönborn, sogar manchmal neben Colbert als Einbläser. War „wirklicher“ Hofrat, wirklicher Berater von Höfen, war Mitglied der obersten Kaste im Sinne Platos. Und wurde nicht einmal, wie der göttliche Platon selbst, unter Todesdrohungen von einer erbosten Hofclique davongejagt. Jetzt aber will ich mich als Kasten-Mitglied dieser sonderbaren Philosophenschule, dieser im tiefsten Grund altägyptischen Priester-Theokratie, die über Pythagoras auf Platon und über Platon und die civitas Dei, den Gottesstaat des heiligen Augustinus, auf mich gekommen ist, am Hof des Deutschen Kaisers einschleichen und hoffe wahrscheinlich, daß es mir gelingen wird, in Wien bald Fuß zu fassen. Ich bin nämlich in Wien gerade als protestantischer Hofrat wertvoll. Ich habe Beziehungen zu Frankreich, bin einer der Initiatoren der Vereinigung der Kirchen, bin ein verläßlicher Theist und Streiter gegen die Freigeisterei. Die Jesuiten sind mir wohlgesinnt. Denn sie sehen in mir, trotz meiner Ketzerei, einen Soldaten der Ecclesia militans, einen Soldaten der ersten Sturmschar des Monotheismus überhaupt. Und ein befreundeter Protestant, ein zur Versöhnung bereiter Gegner, ist manchmal wertvoller als ein lauer Anhänger, als ein hochrangiger Gelehrter der eigenen Reihen, der vielleicht gar mit den modernen Freigeistereien liebäugelt und sich dann noch auf seine aufgeklärte Haltung Gott weiß wie viel einbildet.

Darf ich aber eben jetzt Hannover verlassen? Muß ich nicht hier den Kampf durchfechten? Hier, gerade hier, werden sich doch meine Ziele und Wünsche verwirklichen. Ernst August, der Held der Conzer Brücke, wird seine vierzehntausend Mann anders verwenden als Johann Friedrich. Weder als stille Reserve des Sonnenkönigs, noch als Schutz für eigene „Neutralität", die im Wesen nichts anderes war als eine Bedrohung aller Reichsarmeen vom Innern des Reiches heraus. Stets sind ja bisher den gegen Frankreich streitenden Reichstruppen die vierzehntausend Mann des Generals Podewils als rätselhafte Drohung im Rücken gestanden. Das wird jetzt gründlich anders werden. Ernst August wird die Truppen an den Rhein senden oder nach Ungarn gegen die Türken oder irgendwohin, wo sie eben das Deutsche Reich braucht. Und er wird über kurz oder lang Kurfürst werden. Und wird es verhindern, daß Ludwig so viele Kurfürstentümer einsackt, daß wir schließlich eine französische Marionette als Deutschen Kaiser erhalten. Warum will ich plötzlich aus dieser Umgebung fliehen? Warum soll ich mich in Wien, wo noch weit andre Interessen durcheinanderlaufen, leichter und besser durchsetzen als hier, wo sich alles in meiner Richtung entwickelt? Will ich vielleicht wirklich stets dort sein, wo ich gegen den allgemeinen Strom schwimmen muß? Oder wo ich doch ein Fremder bin? Abenteuerer des Geistes? Johann Friedrich hat mich einmal so genannt. Verworrene Anlage, daß ich die reinsten Vertreter eigener Ziele mehr scheue als die Gegner! Ich kann mich anscheinend mit Gegnern leichter auseinandersetzen als mit Gleichgesinnten. Oder ich bin so sehr ein Proselytenmacher und Missionär meiner Anschauungen, daß ich mich nur in partibus infidelium, in den Provinzen der Ungläubigen und Zweifler, wohlfühle.

Das Schicksal wird entscheiden. Ich habe alles gehörig verwirrt. Die zu Wien werden sich darüber schlüssig werden, ob sie Leibniz auch als Berater in das Zentrum des Deutschen Reiches berufen wollen; und nicht nur als Leiter der Bibliothek. Und Ernst August wird mir auch bald zeigen, ob er in mir

Leibniz oder den kleinen, übertrieben jung bestallten Hofrat
sieht. Er ist ein Sparmeister. Ausnützen wird er mich sicherlich,
falls er mich bestätigt. Wozu aber? Ich werde ihn jedenfalls
nicht bitten. Ich werde im Gegenteil noch andere Möglichkeiten ins Rollen bringen, daß er mich schließlich als Leibniz
verwenden muß, wenn er mich halten will.

Tragischer Undank gegen den Toten, der mein Vater sein
wollte. Gegen den gütigen, weisen Johann Friedrich. Es ist
Undank in mir. Denn ich kann es nicht leugnen, daß die Welt
für mich wieder größer geworden ist seit dem Tode dieses best-
gesinnten aller meiner Förderer. Ich darf keinen Vater haben.
Heute erwache ich zum zweitenmal im Leben aus der behüteten
Kindschaft. Erwache zu mir selbst. Erwache neuer Verwirrung
entgegen, die von mir neue Lösungen heischt und erzwingt.
Verzeih mir, Johann Friedrich, verzeih mir solche Gedanken!
Stets werde ich deiner Hand in Liebe gedenken, die mir sorg-
lich die Wange streichelte. Werde deine guten Blicke nie vergessen. Werde deinen unausgesprochenen Vaterschmerz in
mich selbst aufnehmen, der dich überkam, wenn du sahst, daß
dein Wahlsohn Leibniz in wesentlichsten Dingen, Religion
und Nation betreffend, andere Pfade ging. Verzeih mir. Das
Gesetz des Lebens, der Ratschluß Gottes aber scheint unsre
Trennung gewollt zu haben. Und hat dich in den Frieden gerufen, während er mich wieder an den Beginn des Kampfes
stellte, dorthin zurückwarf, wo ich in der Bibliothek des leib-
lichen Vaters begann. Und das ist das Schrecklichste: daß wir
nämlich bei jedem Schritt gegen die Einzelnen freveln müssen,
wenn wir das Ganze höherbauen wollen. Dieses Ganze, das doch
wieder nur aus den Einzelnen besteht. Gott aber scheint, obwohl er die Haare auf dem Haupte jedes Menschen zählte, von
uns die Vollendung des Ganzen heischender zu verlangen als
die Rücksicht. So lange wenigstens, bis wir diese Urgegensätze
in höherer Einheit versöhnt haben.

Ein Rauschen geht durch die Menge. Die Glocken sind
plötzlich verstummt. Wirr flackern die Kerzen durch die fahle
Dämmerung. Hunderte von Pferdehufen klappern auf dem
Pflaster. Bleich und steinern reitet Herzog Ernst August an der

Spitze der schwarzumhüllten Garde-Reiter. Und der Sarg Johann Friedrichs, meines gütigen Vaters, schwankt, in schwarzen Krepp geschlagen, oberhalb der knarrenden, schweren Räder einer Lafette.

Fünfundvierzigstes Kapitel

Die große Herzogin

An einem herrlichen Morgen zu Ende April betrat Leibniz nach längerer Zeit wieder das Schloß Herrenhausen. Ein sonderbares Gefühl hatte von ihm Besitz ergriffen, als er die ihm so vertrauten Treppen hinanstieg. Er konnte es noch immer nicht begreifen, daß er nicht in wenigen Minuten dem Herzog Johann Friedrich gegenüberstehen würde. Noch sonderbarer aber war seine Stimmung dadurch, daß er nicht etwa vom neuen Herzog berufen worden war. Der weilte noch in Osnabrück. Nein, die Gemahlin des Herzogs, die große Herzogin Sophie, hatte ihn für heute dringend zu sich beschieden.

Im leeren Empfangssaal, in dem er längere Zeit vergeblich wartete und dessen Leere von der grundstürzenden Änderung aller Dinge sprach, ging er, als die erste Viertelstunde schon verstrichen war, auf und nieder.

Diese Monate, die hinter ihm lagen, waren nicht nur für ihn unsicher und qualvoll gewesen. Kaum einem der Würdenträger und Beamten Hannovers war es besser ergangen. Zuerst noch eine Betäubung und ein Abschluß der Herrschaft Johann Friedrichs: das solenne Begräbnis, die Totenfeier, die ihresgleichen suchte an Prunk und Pracht. Ernst August hatte anscheinend in dieser Totenfeier alles tilgen wollen, was die welfischen Brüder im Leben getrennt hatte. Und Leibniz war eben bei diesem düsteren Anlaß in den Vordergrund gerückt worden. Denn ihm war die Aufgabe zugefallen, die große Rede zu verfassen, die nach uraltem Brauch der Hofpfarrer zu sprechen hatte. Nach Welfensitte war diese Rede weit mehr als eine bloße

416

Form. Sie war, wenigstens bisher, stets ein Totengericht, ähnlich dem berühmten Gericht über die verstorbenen altägyptischen Könige gewesen. Eine Aufzählung aller guten, hohen, aber auch aller schlechten und verderblichen Taten des Verstorbenen. Und sollte dem Nachfolger auf dem Throne eine ernste und eindringliche Mahnung sein, die künftige Regierung so zu gestalten, daß er diesen Nachruf nicht zu fürchten hatte. Nun hatte das Volk wohl noch gegen keinen anderen Herrn so vernichtende Anwürfe erwartet wie eben gegen Johann Friedrich. Nicht weil er als Herzog und Landesherr etwa Schuld auf Schuld gehäuft hätte. Er war ja ein milder und gerechter Fürst gewesen. Aber man war überzeugt, daß es der protestantische Hofpfarrer sich nicht entgehen lassen würde, dem von seinem Standpunkt aus Abtrünnigen ein gräßliches „Wehe“ in das Jenseits nachzurufen. Um so mehr, als, wie alle glaubten, auch die feindlichen Brüder in solcher Richtung auf den Nachruf Einfluß nehmen würden. Aber nicht nur der gemeine Mann, auch Leibniz und Grote hatten Ähnliches befürchtet. Und eben diese von Leibniz dem Abt Molanus gegenüber geäußerte Besorgnisse hatten vielleicht dazu beigetragen, jede Gefahr des „Totengerichtes“ zu bannen. Denn Leibniz hatte recht unvermittelt im Namen Ernst Augusts den Auftrag erhalten, „nach eigenstem Ermessen“ die Gedächtnisrede zu verfassen. Leibniz hatte die tiefste Absicht dieses Befehles sofort verstanden. Von ihm wußte man, daß er ein wahrer und treuer Freund des Verewigten war. Von ihm setzte man auch voraus, daß er, als Mitglied des Union-Ausschusses, eine Kluft zwischen den Bekenntnissen nicht anerkennen würde, ja nicht einmal anerkennen durfte. Und von ihm erwartete man kaum, daß er sich durch liebedienerischen Eifer beim neuen Herzog einschmeicheln wollte, um so weniger, als eben dieser neue Herzog strikte erklärt hatte, daß alle Anordnungen und Maßregeln des Verstorbenen vorläufig unangetastet bleiben sollten. Leibniz hatte also in der Gedenkrede nur den willkommenen Anlaß gesehen, sich voll und ganz zum Toten zu bekennen, ihm ein würdiges Denkmal zu setzen und lieber zu viel als zu wenig zu sagen. Wenn sein Konzept Anstoß erregte, dann sollte es Anstoß erregen! Dann war um so schneller sein Verhältnis zum neuen Herzog geklärt. Dann würde er eben Hannover den Rücken kehren. Es erfolgte aber nichts irgendwie Verstimmendes. Im Gegenteil. Ernst August ließ ihm mitteilen, die Rede entspreche durchaus seinen eigenen Gefühlen und er befehle, daß sie Wort für Wort durch den Hofprediger gesprochen werde.

Dann aber, als der große Welfe Johann Friedrich nach all den Wirrsalen, nach allen feierlichen und aufwühlenden Zeremonien, endlich zur Zeit des Karnevals, den er hatte in Venedig verbringen wollen, in der Gruft die endgültige Ruhe gefunden hatte, war ein Leerlauf der Staatsmaschine eingetreten, den allerdings hauptsächlich alle die fühlten, die bisher die entschiedene Hand Johann Friedrichs gewohnt gewesen waren. Wieder hatte Ernst August ein um das andere Mal betont, es sollte nichts geändert erden. Vorläufig. Er sei noch nicht imstande, persönlich einzugreifen. Allerdings würde er, wenn er einmal so weit wäre, grundstürzende Neuerungen durchführen müssen, die nicht etwa als Desavouierung des Toten, sondern nur als Anpassung der Staatsführung an geänderte Verhältnisse aufgefaßt werden dürften. Alle hatten trotzdem sogleich gewußt, was das hieß. Es war eine unausgesprochene Drohung, die eigentlich jeden ohne Ausnahme bedroht hatte. Und dieser qualvolle Zustand hatte bis heute angedauert und würde auch wahrscheinlich noch lange andauern. Denn vorläufig war bloß die Herzogin für kurze Zeit in Hannover eingetroffen.

Die Herzogin! Leibniz ging noch immer im Vorsaal auf und nieder. Nichts regte sich weit und breit. Spukhaft war diese Stille. Keine Hofbediensteten eilten umher, keine Bittsteller, keine stolzen Würdenträger warteten flüsternd auf den großen Augenblick der Audienz, wie noch vor wenigen Monaten, als er hier zum letzten Male eingetreten war. Schloß Herrenhausen schien ausgestorben zu sein. Was konnte die Herzogin von ihm wünschen? Wozu hatte sie ihn in so dringlicher Form vor Grote und allen anderen Würdenträgern zu sich beschieden? War er vielleicht doch nicht nur der „jüngste Hofrat" für die neuen Herrscher? Aber gleichgültig. Er hatte bewußt allen Ambitionen, die mit der Vorsilbe „Hof" zusammenhingen, abgeschworen, um Leibniz zu werden. Nichts als Leibniz! Wenn sein tiefster Drang auch stets den Dionysius von Syrakus suchte, um den Idealstaat verwirklichen zu können. Bei jeder anderen Fürstin hätte er sich weiter kaum Gedanken gemacht. Man lebte ja in der Zeit der Preziösen. Und eine Herzogin konnte ganz gut die Laune haben, für eine Stunde das ebenso gepriesene wie verleumdete Wundertier Leibniz zu sehen. Auch für eine Herzogin war es verlockend, ihren Schwestern oder Schwägerinnen in gedrechselten französischen oder gar lateinischen Sätzen schreiben zu können, der berühmte Herr Leibniz habe eine Stunde mit ihr geplaudert und sie habe ihn durch Einwürfe, Fragen und selbständige Ansichten mehr als einmal zum Aufhorchen gebracht. Ja, Herr Leibniz sei sogar durch dieses Gespräch zu neuem Schaffen angeregt worden. Er habe es ausdrücklich gesagt. Bei Gott und beim Kruzifix. Und es hätte auch nichts geschadet, wenn sich die Briefempfängerin, die vielleicht zufällig eine Spötterin war, dabei einiges gedacht und es am Abend ihrem Galan mitgeteilt hätte. Etwa: „Mon Dieu, was in aller Welt hätte denn dieser arme Monsieur Leibniz reden sollen, ohne seine Stellung zu gefährden? Er mußte sich doch angeregt fühlen, ob er nun wollte oder nicht. Du kennst meine Schwägerin. Sie verträgt alles, nur nicht die Wahrheit. Nämlich, daß sie eher eine Gans als eine Philosophin ist."

Solche Möglichkeiten nun waren bei der Herzogin Sophie nicht einmal in Betracht zu ziehen. Denn sie war nicht nur die Tochter des unseligen Winterkönigs und der Elisabeth von Stuart, hatte nicht nur das Blut dieser beiden stolzen Königsgeschlechter in ihren Adern, sondern sie war darüber hinaus noch eine Philosophin und eine Spötterin, stammte durch ihre Schwester Elisabeth gleichsam aus dem engsten Kreise des Cartesius; und hatte auch als Frau ein Leben hinter sich, das ihre Seele ebensosehr geformt als verhärtet hatte. Und sie hatte in tiefste Abgründe menschlicher Verwirrungen geblickt. Zum allerletzten rühmte man ihr nach, sie sei an rein politischem Instinkt beinahe allen Herrschern Europas, den Sonnenkönig nicht ausgenommen, ebenbürtig, wenn nicht gar überlegen.

Diese Frau also hatte sicherlich nicht ohne Zweck und bestimmte Absicht den jüngsten Hofrat und das Wundertier Leibniz vor Ludolph Hugo, vor Podewils, vor dem Grafen Platen und vor Otto von Grote zu sich beschieden; da eben diese Frau auch genau wußte, daß eine solche Berufung nicht verborgen blieb und bei den anderen Würdenträgern allerlei Gefühle des Neides oder der Zurücksetzung erzeugen mußte.

Trotzdem, und das war Leibniz einigermaßen rätselhaft, empfand er gegen die „Auszeichnung" heftige Abwehr. Irgendwo in seiner Seele regte sich eine durch nichts zu bannende Sorge, daß ihn eben diese Bevorzugung, von der er übrigens noch gar nicht wissen konnte, ob sie eine Bevorzugung bedeutete, von seinen neuen Zielen abziehen und ihn endgültig in widriges Schicksal verstricken würde. Obwohl er sich ohne Zweifel und ohne Reserve geistig zu dieser Frau hingezogen fühlte und sich für die Begegnung ungewöhnlich interessierte. Vielleicht ebendeshalb.

Zeigte Herzogin Sophie ihm auch schon rein äußerlich dadurch die Distanziertheit einer Königstochter, daß sie ihn hier in diesem verzauberten leeren Saal warten ließ? Wo er keine Möglichkeit hatte, die Audienz zu beschleunigen? Denn er konnte ja weder weiter vordringen, noch auch den Raum verlassen, da die angesetzte Stunde schon reichlich überschritten war.

Es vergingen noch gut zehn Minuten, in denen er, zunehmend verstimmter, auf und nieder schritt. Und erschrak fast, als atemlos ein Kavalier der Garde hereinstürzte und übersprudelnd meldete:

„Ihre Hoheit ist untröstlich, daß durch ein unentschuldbares Versehen Herrn Hofrat nicht schon unten am Tor mitgeteilt wurde, daß Ihre Hoheit sich im Park befinden und dort auf Herrn Hofrat warten. Hoheit läßt also bitten, sich hinauszubemühen."

„Danke, Herr von Hammerstein, ich komme sogleich", erwiderte Leibniz und ging schon zur Türe.

Auf dem Weg aber bestürmten ihn neue Gedanken. So sicher also war die Herzogin ihrer persönlichen Macht, daß sie bewußt auf die Folie eines Audienzzimmers und auf die dadurch erzeugte zeremonielle Beengung des Besuchers verzichtete und dem Besucher irgendwo im Park als Frau entgegentreten wollte? Gleich das erste Mal? Denn Herzogin Sophie wußte auch um solche Subtilitäten. Wollte nicht bloß den schönen Morgen genießen. Oder wollte sie ihn doch nur genießen und dazu ganz nebenbei ein paar Worte mit dem Wundertier Leibniz sprechen. Unverbindliche, unpreziöse Worte? Wie man etwa in einer fremden Stadt eine Skulptur betrachtet, von der man irgendwann gehört hat und die einem nur deshalb wichtig ist, weil man zufällig in diese Stadt geriet?

Er würde jetzt bald alles erfahren. Denn er schritt, geführt von Herrn von Hammerstein, schon über den glatten Kies der Parkwege.

Unvermittelt standen sie vor der Herzogin, die aus einer Seitenallee herausgetreten war und nun vollständig formlos auf sie zukam.

Leibniz war unwillkürlich stehen geblieben und verbeugte sich zeremoniell. Dann blickte er der Herzogin ohne innere Hemmung entgegen.

Sein Eindruck stimmte zu allen Erzählungen, die er bisher gehört hatte. Sophie war eine ebenso hoheitsvolle als anziehende Erscheinung. Groß und schlank. Und die bald Fünfzigjährige zeigte durchaus keine Anzeichen des Alters. Sie war in tiefschwarze Seide gekleidet, und auch der hohe durchbrochene Spitzenkragen, der aufrechtstehend ihren Kopf und Hals umrahmte, war schwarz. Ihr Antlitz war schmal und etwas bleich. Die Augen jedoch sprühten und schillerten in einem seltsamen Feuer, in dem sich von Sekunde zu Sekunde der Ausdruck des Leuchtens steigerte oder dämpfte.

Die Herzogin reichte Leibniz sogleich die Hand, die er ehrfürchtig küßte, und verabschiedete Herrn von Hammerstein mit einem freundlichen Kopfnicken. Dann sagte sie in freiem, ungekünsteltem Ton:

„Wir wollen lustwandeln, wie man so schön sagt, Hofrat Leibniz. Ich verstehe die Peripatetiker. Der gemeinsame Spaziergang ist vielleicht die abstrakteste Form, sich zu unterhalten.

Jeder spricht vor sich hin ins Leere. Und dabei werden Dinge offenbar, die sonst ungesprochen blieben. Gleichsam ein paralleler Monolog. Besonders empfehlenswert für erste Begegnungen starker Partner."

„Ein Beginn, Hoheit, der mich ungemein ehrt", erwiderte Leibniz. „Und es ist nicht einmal die Galanterie, die ich der großen Dame Sophie schulde, wenn ich sofort ausspreche, daß ich mich auf dieses erste Zusammentreffen stets besonders freute. Wenn es auch rein sachlich vielleicht eine tiefe Enttäuschung für Eure Hoheit bedeuten kann. Dafür will ich vorweg um Verzeihung bitten."

Die Herzogin lachte leise auf.

„Das waren keine Phrasen, mon cher", sagte sie dann gedämpft und nachdenklich. „Durchaus keine Phrasen. Es war persönliche Liebenswürdigkeit, vermischt mit verhüllten Drohungen. Doch wir wollen jetzt anders sprechen. Mir ist es bekannt, daß Leibniz einmal eine Schrift über die Kunst der Kombinatorik geschrieben hat. Und Herrn Leibniz ist es bekannt, daß ich, wo nichts andres, die Schwester Elisabeths, der Mitarbeiterin des Descartes, die Schwester der geistvollen Künstlerin Henriette Maria und schließlich die Schwester der genialen tollen Louise Hollandine von Maubuisson bin. Wozu also Plänkeleien? Sie, lieber Leibniz, wissen ebensogut wie ich selbst, daß ich Sie nicht vor allen anderen Würdenträgern Hannovers zu mir gebeten habe, um Ihnen einen guten Morgen zu wünschen."

„Auch das hätte mich geehrt. Da es mir die Hoffnung auf weitere geistige Beziehungen gegeben hätte."

„Sie gleiten aus, Leibniz. Man behauptet, es wäre Ihre Art oder besser Ihre Unart."

„Man verleumdet mich mit Vorliebe, Hoheit."

„Jeder nennt berechtigte Kritiken Verleumdung. Auch ich, Leibniz. Ich sogar besonders gern. Es geht allen Leuten so, die riesige Ziele haben. Weil solche Menschen sowohl die Kritiklosigkeit als die schlechten Eigenschaften brauchen. Es gibt da anscheinend notwendige Zusammenhänge." Die Herzogin machte eine Pause. Dann sagte sie betont: „Es ist mir bekannt,

Leibniz, daß Sie uns verlassen wollen. Ich begreife es. Obgleich es mir durchaus nicht ins Konzept paßt."

Leibniz horchte auf. War das Zustimmung zu seinen Plänen oder war es Werbung? Der letzte Satz sprach fast für den Willen der Herzogin, ihn um jeden Preis hier in Hannover zu halten.

„Hoheit haben die Güte, meine Lage zu begreifen", antwortete er langsam. „Ich leugne auch nicht, Versuche gemacht zu haben, meinen Wirkungskreis anderswohin zu verlegen. Ich habe aber durchaus keine vorgefaßten Meinungen. Ich weiß nur nicht, wie weit die Art meiner bisherigen Tätigkeit sich in den Rahmen der beabsichtigten Regierungsmaßnahmen des Herzogs einfügen kann. Denn als bloßer Hofrat zu dienen, wäre nach meiner wahrscheinlich sehr unbescheidenen Ansicht Verrat an meinem Volke."

Die Herzogin blieb einen Augenblick stehen und blickte Leibniz mit einem Ausdruck ins Gesicht, der zwischen Spott, Zärtlichkeit und Zorn schwankte. Dann sagte sie:

„Sie sind also wenigstens nicht ganz abgeneigt, hoher Herr Leibniz, mit mir zu sprechen. Gut, abgemacht. Also beginnen wir die Verhandlungen. Aber wieder peripatetisch." Und sie ging schon ziemlich schnell weiter.

„Einer Frau wie Eurer Hoheit darf ich nicht anders entgegentreten. Ich darf mich auch für meine ungewöhnlichen Worte nicht entschuldigen. Ich bitte daher Eure Hoheit, mir alle Wünsche bekanntzugeben, die für mich Befehle sein werden, wenn sie mit meiner Verantwortung gegen meine Nation vereinbar sind."

„Ja, wenn und wenn und wenn! Lieber Leibniz, ich habe von vornherein gewußt, daß die Königstochter Sophie heute einen Bittgang zu machen hat. Und daß es sich nicht um Gehaltsaufbesserungen oder Titel handelt. Sie zwingen mich, auch das habe ich vorausgesehen, meine Vorzüge und die Vorteile des neuen Hannover anzupreisen wie ein fahrender Händler. Bitte, Herr Leibniz! Ich werde es ohne Scheu tun. Einem Herzog gegenüber würde ich es nicht tun. Denn es gibt darüber noch Kurfürsten, Könige und Kaiser. Leider aber gibt es in geistigen

Bereichen über gewissen Leuten keine höheren Ränge. Wenn sie auch erst Mitte der Dreißig und reichlich unfreundschaftlich sind. Haben Sie das ordentlich gehört, Leibniz?"

„Ich habe es gehört, Hoheit. Und mir ist der bittere Ton dieser Worte ungemein schmerzlich. Ich glaube aber, daß auch Eure Hoheit das Gesamtwohl Deutschlands und eine vielleicht eingebildete innere Berufung höher stellen als jede persönliche, noch so berechtigte Verstimmung. Noch einmal, Hoheit. Mein ‚wenn‘ ist keine Laune, keine Ziererei, sondern ein Befehl Gottes."

„Gut, Leibniz. Wir wollen vorläufig diese Hypothese gelten lassen. Und ich bin stolz genug, mit dem Persönlichsten zuerst zu beginnen. Ich biete Ihnen für Lebenszeit meine unwandelbare Freundschaft an, wenn Sie bei uns bleiben. Jetzt keine Antwort. Das ist kein Sentiment. Das ist eine klare Zweckgemeinschaft. Mein Gatte, der Herzog, weiß von meinem Schritt bei Ihnen. Er versteht mich zwar nicht recht, hat aber nichts dagegen. Dies, weil ich aufrichtig sein will. Freundschaften nehme ich ernst. Auch Feindschaften."

„Eine Drohung, Hoheit?"

„Nein, keine Drohung. So unlogisch bin ich nicht, Leibniz. Ich versprach ja eben vorhin, Sie zu überzeugen. Ein erzwungener Leibniz ist nicht der Leibniz, den wir brauchen. Und nun hören Sie: Ich nehme an, Ihrer Berufung nach Wien stände nichts im Weg. Warum gehen Sie nach Wien? Sicherlich nicht allein des Bücherstaubes wegen. Sie sind kein Bücherwurm, Leibniz, alles weniger als ein Stubengelehrter. Sie gehören jener zweiten Kategorie von Raufbolden an, die Tag und Nacht gegen irgend etwas Sturm laufen. Mein Gatte wieder rangiert in die erste Kategorie. Nämlich in die Kategorie, die wirklich das Schwert führt. ‚Geistiges Schwert‘ klingt lächerlich. Man müßte für Raufbolde Ihrer Art ein neues ebenso unpreziöses wie bezeichnendes Wort ersinnen. Kurz, Sie gehen nach Wien, um hinter dem Deutschen Kaiser mit allerlei diplomatischen und staatsrechtlichen Kanonen herauszuschießen und um das Gesicht Europas nach Ihrem Willen zu kneten. Auch darauf gibt es nichts zu antworten, Leibniz. Es ist einfach so. Nun hören Sie aber meine politischen Ansichten, bevor Sie uns Wien vorziehen. Gewiß, Wien ist herrlich, ehrwürdig, weltschwanger. Den Habsburgern steckt noch das Reich im Blut, in dem die Sonne nicht unterging. Und es wird über kurz oder lang sich mit Spanien Neues zutragen. Aber auch mit den Türken, Leibniz. Ich weiß da einiges. Meine Schwester ist die Gattin des Siebenbürgener Fürsten Rakoczy. Und was bin ich, Leibniz? Was ist unser armes, kleines Hannover? Nun, da gibt es, um in Ihrer mathematischen Sprache zu reden, Maxima und Minima. Das Minimum ist die Vergrößerung unsrer Macht durch die innige Freundschaft meines Gatten mit Georg Wilhelm von Celle.“

„Und das Maximum?“ Leibniz war plötzlich in den Bann des harten Glaubens geraten, der von der Herzogin wie ein Fluidum ausstrahlte.

„Das Maximum?“ Sophie lächelte ein wenig hochmütig. „Das ist nicht so schnell zu sagen. Weil sich dieses Maximum aus vielen Teilergebnissen zusammensetzt. Zuerst haben wir eine Schlacht von Fehrbellin erlebt. Kurbrandenburg ist eine Macht, die von Tag zu Tag aufsteigt. Und wir selbst werden auch Kurfürsten werden, da wir dem Kaiser unsre Truppen leihen wollen. Dieselben Truppen, die uns der arme Johann Friedrich als trauriges Vermächtnis einer zumindest undeutschen Politik hinterließ. Was folgt daraus? Wohl, daß sich der Schwerpunkt der Macht langsam nach Norddeutschland verschiebt. Und daß wir eine engere, wenn nicht engste Verbindung mit Kurbrandenburg anstreben werden. Ich habe eine Tochter, Leibniz. Eine Tochter, die dem Großen Kurfürsten mindesten ebenbürtig ist. Und hinter allem, lieber Leibniz, steht noch eine höchstpersönliche Eigenschaft meiner eigenen Person. Ich bin die Enkelin Jakobs des Ersten von England, bin eine vollbürtige Stuart. Und in England gilt das salische Erbfolgeprinzip. Vielleicht nehme ich als Königin von England Sie einmal auf die Insel hinüber, damit Sie mit Sir Isaac Newton zusammen die Vollendung der Mathematik und Physik besorgen. Aber jetzt keine Träume. Sie wollten das Maximum kennen, das ich zu bieten habe, wenn uns das Glück lacht — und wenn Sie selbst mithelfen, Leibniz. Es sind da doch vielleicht einige erstrebenswerte Dinge im Spiel. Und es wird ungeheure Aufregungen, ungeheure Kämpfe, geradezu planetarische Schachzüge und Intrigen geben, mon cher. Vielleicht auch Kampf, Blut und Ruinen. Denn in Ernst August und mir haben sich wohl die unruhigsten Stämme europäischer Herrscherhäuser die Hand zum Bunde gereicht. Und jetzt antworten Sie, Leibniz. Nicht endgültig. Aber doch wenigstens vorläufig.“

In Leibniz hatte schon die ganze Zeit, da die Herzogin sprach, sich ein Baum stärker und stärker um die Gedanken gelegt. Und dabei hatte Sophie den größten Trumpf noch durchaus nicht ausgespielt. Sie hätte ja sagen können, es sei von ihm geradezu Wahnsinn, für die Unsicherheit einer Berufung nach Wien eine förmliche Werbung Hannovers mit Bestätigung all seiner Rechte auszuschlagen: eines größeren, weit mächtigeren und vor allem deutscheren Hannovers. Gleichwohl aber setzte aus anderen Bereichen seiner Seele wieder die instinktive Abwehr ein. Gut, man lockte und köderte ihn jetzt. Würde man ihn aber nicht vielleicht, wenn man ihn sicher hatte, in rein dynastische Interessen einklemmen und ihn dadurch zum „Hofmann“, wenn auch noch so großen Kalibers machen? Und ihn dadurch seiner eigentlichsten Sendung entfremden? Über diesen Punkt mußte er Klarheit gewinnen, bevor er auch nur halb zustimmte.

„Eure Hoheit“, erwiderte er langsam, „haben ein großgeschautes Bild der europäischen Politik entrollt. Ich leugne nicht, daß es mich ungeheuer anzieht, in diesem Geflecht neuzuschaffender Ereignisse eine mittätige Rolle zu spielen. Trotzdem aber muß ich mich fragen, warum ein Souverän oder eine erleuchtete Herzogin, die einen Grote zu ihren willigen Dienern zählen kann, gerade auf einen Leibniz Wert legt. Und dazu noch zur Durchführung hochpolitischer Konzepte. Hier, Hoheit, das gestehe ich offen, stimmt etwas nicht in den Berechnungen. Ganz abgesehen davon, daß Hoheit mir nur sehr schwache Hoffnung auf ein Verständnis meiner Aufgaben durch den Herzog selbst machten.“

„Gut, daß Sie davon sprechen, Leibniz." Der Ton der Herzogin war ein wenig ungeduldig geworden. „Ich sage gut. Obgleich ich mir nicht vorgestellt habe, so viel Widerstand bei Ihnen zu finden. Aber schließlich spielen einige Worte mehr oder weniger bei solch riesigen Dingen kaum eine Rolle. Ich weiß genau, wen wir an Grote haben, Leibniz. Aber unsre Sache liegt nicht so klar, daß wir einfach einen Staatsmann brauchen, wenn er auch ein europäisches Lumen ist wie Grote. Unsre künftige dynastische Entwicklung ist eine Angelegenheit subtilster Rechtskenntnis und Geschichtsforschung. Kein Mensch heute weiß ja noch, woher die Welfen kommen. Die Geschichte Hannovers bis zu den Ursprüngen ist noch nicht geschrieben. Da aber die Lösung der ‚Maximumaufgabe‘ in e i n e r Hand liegen muß, ist selbst ein Grote dafür untauglich. Zu dieser Rechnung brauchen wir eben den Juristen, Historiker und Mathematiker, den Weltmann und unanfechtbaren Gelehrten Leibniz. Und wenn Sie es noch dazu hören wollen: Es wird unsrem Ansehen in der Welt durchaus nichts schaden, wenn wir überall hin einen gewissen, sehr gewissen Leibniz, Mitglied mehrerer Akademien und Bahnbrecher auf entlegensten Geistesgebieten, senden können, den man im großen England ebenso fürchtet wie im großen Frankreich. Jetzt aber, verzeihen Sie, mon cher, wenn ich mit meinen Liebenswürdigkeiten und Selbstanpreisungen am Ende angelangt bin. Ich hasse Sie bereits ein wenig. Übrigens kommen dort meine Kinder. Wahrscheinlich sind sie auch neugierig auf den ebenso spröden wie unherzlichen Herrn Leibniz, der vielleicht einmal die Gnade haben wird, ihnen zu besserem Fortkommen unter den Herrschern Europas zu verhelfen. Wenn er nicht vorher ein neues ‚wenn‘ ausklügelt."

Es entstand eine kleine Pause. War der plötzlich hervorbrechende Zorn der Herzogin nur eine begreifliche Antwort auf seine Zurückhaltung, war er gar gekränkte Sympathie oder doch nur Herrschsucht? Jetzt aber durfte er nicht weiter kombinieren. Sonst konnte, gegen seinen Willen, das Gespräch zum sofortigen Bruch mit Hannover führen, einem Bruch, den er kaum mehr wollte. Nicht weil seine Bedenken zerstreut waren,

sondern weil die klare Freundschaft dieser bedeutenden Frau
in sein Leben plötzlich etwas merkwürdig Farbiges hineingetragen hatte. Und weil er überzeugt war, daß ein weiterer Verkehr mit der Herzogin ihm auch auf ganz anderen, rein menschlichen Gebieten einen Kosmos des Verstehens erschließen
würde.

So sagte er schnell:

„Jetzt bitte ich um Verzeihung, Hoheit! Und zwar bitte ich
die Herzogin um Verzeihung, die mir ihre unvergleichliche
Freundschaft anbot. Um dieser Freundschaft willen antworte
ich schon heute, daß ich meine Bewerbung in Wien zurückziehen werde, und daß ich vorläufig nicht daran denke, Hannover zu verlassen. Denn die Aufgaben, die man mir stellen will,
scheinen doch nicht bloß einem Staatsmann Leibniz zu gelten,
den es gar nicht gibt. Sie scheinen vielmehr einem ganz anderen . . .“ Er stockte plötzlich, da sich etwas Unerwartetes zugetragen hatte.

„Wir wollen dich bitten, hohe Mutter, mit uns auszufahren“,
hatte der etwa zwanzigjährige Prinz Georg, der nahe an die Herzogin herangetreten war, mit überlauter Stimme, ohne Leibniz auch nur im mindesten zu beachten, dazwischengerufen.
„Nicht wahr, Mutter, wir können darauf rechnen? Den Herrn
da dürftest du ja schon abgefertigt haben. Er soll gehen, denn
ich muß dir noch schnell einiges erzählen.“

Die Herzogin blickte den Prinzen starr an, und die zwölfjährige Prinzessin Charlotte, die noch einige Schritte entfernt
war, erbleichte, da sie das Betragen des Bruders einfach nicht
begriff.

„Hast du dich erkundigt, Georg, wer dieser ‚Herr‘ da ist?“
fragte die Herzogin schneidend. „Ich würde dich bitten, es das
nächstemal nicht zu versäumen.“

„Es ist mir gleichgültig, wer er ist. Bei allem Respekt, Mutter. Ich bin es nicht gewohnt, einen Tadel vor irgend einem
Hofbeamten einzustecken“, keuchte der Prinz, dessen Gesicht
purpurrot geworden war.

„Deine unglaubliche Antwort ignoriere ich. Es ist Herr Leibniz. Mäßige dich, Georg!“

Da lachte der Prinz auf.

„Leibniz?" höhnte er. „Was sagt mir das? Ich habe den Namen nie gehört."

„Sie werden ihn vielleicht noch einmal hören, Prinz", fiel Leibniz, der fast die Beherrschung verlor, ein. „Bestimmt aber nicht als den Namen ‚irgend eines Hofbeamten' in Hannover." Er wendete sich an die Herzogin: „Hoheit verzeihen, wenn ich nach dieser Zukunftsprobe meinen Entschluß rückgängig machen muß. Ich bitte um Entlassung aus dem Dienst Hannovers."

„Tun Sie, was Ihnen beliebt!" schrie der Prinz dazwischen.

Die Herzogin aber blitzte ihn unvermittelt mit solch einem furchtbaren Blick an, daß er sich schüttelte und plötzlich unsicher und befangen dastand.

„Nun, Georg?" fragte Sophie mit sonderbar belegter Stimme. „Weißt du vielleicht, was du jetzt eben vollbracht hast? Ich werde es dir als Rehabilitation eines der größten Geister Deutschlands deutlich sagen. Du hast mit deiner maßlosen Hoffahrt dich selbst vielleicht darum gebracht, Kurfürst oder König von England zu werden. Ja, starr mich nur an. Eben wegen dieses ‚Hofbeamten'. Aber das verstehst du anscheinend noch nicht. Du wirst jetzt augenblicklich deine Gemächer aufsuchen und abwarten, was wir weiter bestimmen. Es sind höchste Staatsrücksichten im Spiel. Ich behalte mir vor, deinen Vater von allem in Kenntnis zu setzen. Und jetzt geh!" Sie wandte sich mit zusammengebissenen Zähnen und zitternd der holden Prinzessin zu, die aufschluchzend in ihre Arme lief.

Georg hatte sich wortlos umgedreht und entfernte sich mit gesenktem Kopf.

Leibniz aber sagte leise:

„Es ist nicht das erste Mal, Hoheit, daß mir ein solcher Auftritt begegnet. Der große Boineburg, ich meine der junge Philipp Wilhelm, der heute schon ein Stern und eine Hoffnung Deutschlands ist, hat mich ähnlich behandelt. Ich habe ihm verziehen. Und wir wechseln freundschaftliche Briefe. Obgleich er mich mit dem Fluch belegt hat, daß mich stets alle Söhne hassen würden."

Da geschah wieder etwas Unerwartetes. Prinzessin Charlotte hatte sich plötzlich aus den Armen der Mutter gelöst und hatte sich vor Leibniz auf die Knie geworfen. Aus tränenschimmernden, gleichwohl strahlend reinen, weitgeöffneten Augen blickte sie Leibniz an. Und rief klagend:

„Verzeihen Sie ihm, Herr Leibniz, verzeihen Sie ihm um meinetwillen! Ich werde alles wieder gutmachen, alles! Es ist mir unbegreiflich, was in Georg gefahren ist. Er ist sonst gut und verträglich. Gehen Sie nicht fort aus Hannover, Herr Leibniz! Sonst stirbt die größte Freude meines Lebens. Ich weiß bei Gott, wer Sie sind, Herr Leibniz. Und ich will Ihre Schülerin sein und werde Sie lieben bis zum Tod. Bleiben Sie bei uns! Bleiben Sie bei uns!" Und sie preßte, wild aufschluchzend, ihr heißes Gesicht auf die Hand Leibnizens.

Leibniz aber, von einem jenseitigen Schauer ergriffen, hob das Kind auf, küßte es auf die Stirne und erwiderte leise und hell:

„Ich werde bei dir bleiben, Prinzessin Charlotte. Und du wirst meine Schülerin sein. Weine nicht mehr, mein Kind. Und sag deinem Bruder, daß ich mich an die düsteren Augenblicke nicht mehr erinnere. Aber dir zuliebe, du reines Kind, werde ich es tragen. Denn aus dir sprach jetzt der Gott!" Und er wandte sich, plötzlich verwandelt, in kühler Glätte an die Herzogin: „Ich bitte Eure Hoheit noch einmal um Verzeihung. Ich habe, da die Zwischenzeit in tiefes Vergessen sank, meiner vollen Zustimmung nichts hinzuzufügen."

„Ich bin Ihnen zu großem Dank verpflichtet, Leibniz", erwiderte die Herzogin mit steinerner Würde. „Sie haben jedenfalls gesehen, daß ich den Willen und die Macht besitze, meine Freundschaft zu betätigen. Aber auch der beste Freund kann leider den Freund nicht immer vor Lästigkeiten und Aufregungen behüten." Sie zog die kleine Prinzessin, die befangen und verklärt dastand, zu sich. „Du aber, mein echtestes Kind, hast dem Hause Hannover und der Welt einen großen Dienst erwiesen. Vielleicht wird dir Leibniz einmal die Königskrone erstreiten, deren du heute schon würdig bist. Zumindest aber wird er dich in die Gemeinschaft der großen Geister einführen.

Das weiß ich." Sie lachte plötzlich leise auf. „Beinahe eine
Königstragödie", sagte sie wegwerfend. „Wir wollen jetzt mit
dem Kind noch ein wenig spazieren gehen. Und erzählen Sie,
bitte, der Prinzessin zur Belohnung irgend etwas aus einer recht
abgelegenen und unerhörten Wissenschaft."

Sechsundvierzigstes Kapitel

Das imaginäre Tagebuch

Wenn Leibniz in den folgenden vier Jahren, bis zu einem
innerlich und äußerlich höchst bedeutsamen Wendepunkt aller
Dinge in Hannover, ein Tagebuch verfaßt hätte, dann wäre
dieses Tagebuch zu einem dicken Folioband angeschwollen. Da
es nun beinahe unmöglich ist, ein solches Diarium ausführlich
zu fingieren, möge es genügen, gleichsam das Inhaltsverzeichnis an die Stelle des imaginären Werkes treten zu lassen. Es ist
dies auch ungefähr mit den jagenden Erinnerungen in Übereinstimmung, die Leibniz nicht bannen konnte, als er am 28. September 1684 in später Nachtstunde heimkehrte und auf seinem
Schreibtisch die letzten Korrekturen seiner grundlegenden
Veröffentlichung über Maxima und Minima und über die Methode der Differentialrechnung vorfand.

Dieses ebenso imaginäre Inhaltsverzeichnis hätte gelautet:

Meine Ahnungen und viele der Voraussagungen der Herzogin Sophie sind schon im Jahre 1681 in Erfüllung gegangen.
Ernst August hat nach einigem Zögern faktisch zu regieren
begonnen und diese Regierung hauptsächlich mit Sparmaß-
nahmen aller Art eingeleitet. Ich leugne nicht, daß er gegen alle
Personen des Hofes, selbst gegen die unseligen italienischen
Musici, die durch den Tod Johann Friedrichs damals nicht
in ihre Heimat zurückgelangten, höchst schonungsvoll vorgegangen ist. Aber seine Tendenz in der Gestaltung des Hof-
haltes bleibt doch, wie ich fast sagen möchte, eine puritanische.
Und solche Tendenzen müssen über kurz oder lang auch einzelne

Personen in Mitleidenschaft ziehen. Dabei ist der Charakter des Herzogs ein durchaus gebrochener. Das Wort „gebrochen" verstehe ich in dem Sinne, wie sich ein Lichtstrahl in einem Prisma bricht und in verschiedene Farben zerlegt. Er ist ein Mann der ersten Kategorie, hat die Herzogin gesagt. Also genau das, was man als heldisch bezeichnen kann und was man gewöhnlich auch als männlich im engeren Verstande bezeichnet: Eine kluge und gerade Soldatennatur. Er ist aber vielleicht zu sehr ein Reitersmann. Denn sein Eheleben ist nicht so puritanisch wie seine anderen Ehrbegriffe. Er empfindet es als sein Recht, die eheliche Bindung nicht allzu schwer zu nehmen und läßt sich leicht mit Hofdamen in eindeutige Beziehungen ein, die dann leider sehr schwere Hofintrigen im Gefolge haben. Diese Konsequenz ist ihm zu wenig klar geworden. Er beruft sich innerlich vielleicht auf die Gleichalterigkeit mit seiner Gattin und auf seinen robusten und leidenschaftlichen Körper. Oder aber, er grübelt überhaupt nicht und folgt seinem Instinkt und der Mode, die von jenseits des Rheins sehr bemerkbar herüberdringt. Die Herzogin wieder, deren Schwester Louise Hollandine, obwohl sie Äbtissin von Maubuisson ist, trotzig und bekennerhaft kein Bedenken trägt, par ce ventre qui a porté quartorze enfants zu schwören, dürfte in ihrer philosophischen Gelassenheit kaum den Lebenswandel des Gatten für mehr ansehen als für eine höfische Selbstverständlichkeit. Um so mehr, als Ernst August zu ihr geradezu aufblickt und sie ebenso ruhig vor allen Leuten als seine geistige Stütze bezeichnet, wie er mich sein wandelndes Dictionnaire nennt. Ob das in seinen Augen allerdings Schmeicheleien sind, wage ich kaum zu entscheiden. Er ist höflich und achtungsvoll gegen mich, aber doch sehr distanziert und ein wenig zu herablassend. Und er überantwortet „das Dictionnaire" mit Vorliebe der „geistigen Stütze", wenn er mit einer seiner Gräfinnen auf die Jagd reitet. Die Herzogin ist damit anscheinend höchst zufrieden. Und Grote, Sophie und ich konspirieren in stiller, aber nachdrücklicher Weise und leiten gleichsam souverän die Geschicke des Landes. Allerdings nur in den Grundlinien. Denn der Herzog kommt oft plötzlich von der Jagd zurück, auf der ihm eine seiner

Dianen etwas eingeblasen hat, und fährt uns mit Befehlen dazwischen, die wir dann mühsam in unser wohlerwogenes Konzept einbauen müssen. Es ist das aber eigentlich nicht ohne
Reiz. Und es ist für mich ein besonderes Vergnügen, endlich
in ideeller Art einer Familie eingegliedert zu sein. Diese Familie besteht aus der Herzogin, aus dem Abt Molanus von Lokkum, aus der süßen Prinzessin Charlotte und aus entfernteren
Familienmitgliedern, die vom Hof Georg Wilhelms aus Celle
herüberkommen oder die Herzogin aus allen Teilen Europas,
von Siebenbürgen bis Spanien, besuchen. Ein buntes Kaleido-
skop von Männern und Frauen. Am liebsten aber sind mir die
Vormittage im engsten Kreis. Da wird nur Molanus zugezogen
und es wird höchst ernsthaft und gründlich debattiert. Gewöhnlich entsteht, aus rein taktischen Gründen, eine Kontroverse
zwischen der Herzogin und Molanus. Ich selbst bin dann zum
Schiedsrichter ausersehen, wobei ich mich gewöhnlich mit beiden Parteien in Streitigkeiten verwickle. Doch noch eine andre
Aufgabe ist mir in der „Familie" zugeteilt. Ich habe, zu drei
Viertel aus freiem Willen, den Unterricht der Prinzessin Charlotte ernstlich übernommen. Seit dem Marquis von Hospital,
der übrigens bis heute alles gehalten hat, was seine Kindheit
versprach, ist mir solch eine Frühreife des Geistes noch nicht
untergekommen. Und es ist der lichteste Augenblick des Tages,
wenn ich die klaren, offenen, wissenstrunkenen Augen der
kleinen Prinzessin vor mir sehe, die mich, ebenso nimmermüde
als vertrauend, mit ihren unablässigen Fragen beinahe in Verlegenheit bringt. Sie ist dabei im Gemüt ein echtes, reines
Kind. Nicht ein Schatten von Hochmut oder Niedrigkeit ist in
ihr. Aber ein furchtbares Dämonium treibt sie dazu, sich im
Sinne des Sokrates und des Aristoteles unablässig zu verwun-
dern und den Dingen rücksichtslos auf den Grund zu gehen.
Leider ist ihre Gesundheit nicht die stärkste. So daß ich sie
mehr als einmal, wenn sie fiebernd in ihrem Bettchen lag, zwingen mußte, den Wissenschaften für einige Zeit zu entsagen
und sich an Puppenspielen zu ergötzen, die ich aus Angst um
ihre wankenden Kräfte ersann; die sich allerdings auch auf
höherem Niveau bewegen mußten, um sie einigermaßen abzu-

lenken. Ich verdanke diesem Kinde vielleicht mehr, als es mir
zu danken hat. Denn es hat mir Fingerzeige über den ursprünglichen Zustand der Menschenseele gegeben, an denen
die meisten anderen Philosophen, bei denen das Maß aller
Dinge der erwachsene Gelehrte ist, höchst achtlos vorbeigehen.

Allerdings wurden diese Idyllen schon in dem in Rede
stehenden Jahr 1681 mehr als einmal empfindlich gestört. Ludwig XIV. ist nämlich auf eine neue Teufelei verfallen, die seiner
Erfindungsgabe und seinem nie rastenden Ehrgeiz alle Ehre
macht. Er hat die sogenannten „Réunionen" ersonnen. Brutal
gesagt: Er raubt deutsche Länder am Rhein, setzt dann höchst
gelehrte und ebenso befangene „Réunionskammern" ein, die
nach allen Methoden strengen Rechtes und historischer Gelehrsamkeit — womöglich bis auf Karl den Großen oder die
Merowinger zurück — zu beweisen haben, daß diese Gebiete
de jure eigentlich französisch seien, und „vereinigt" sie dann
„wieder" mit Frankreich. Er macht also das Unrecht der
„deutschen Invasion", auch wenn sie Jahrhunderte gedauert
hat, als edler Anhänger menschlicher und göttlicher Rechte
wieder gut. Zuerst hat mich dieses frivole Spiel mit der Idee
des Rechtes amüsiert, da ich glaubte, ganz Europa würde aus
wohlerwogenem eigenen Interesse gegen solche völkerrecht-
liche Fastnachtskomödien empört auftreten. Als aber Kurbrandenburg mit Ludwig eine Allianz schloß und endlich der freche
Raub Straßburgs erfolgte, ist mir die Geduld gerissen. Und es
wurde mir schwer, die zögernde und unschlüssige Haltung des
Deutschen Reichs mit anzusehen. Natürlich wußte Ludwig, daß
er seine Raubpolitik auch ohne die Rückendeckung Brandenburgs ruhig wagen konnte. Vielleicht habe ich ihn durch mein
Consilium Aegyptiacum eher aufgeklärt als abgeschreckt und
habe dadurch Deutschland geschadet. Denn Ludwig baut die
gewisse doppelbackige Zange, die Deutschland zerpressen soll,
weiter und weiter aus. Er schürt in Ungarn, schürt bei den
Türken. Der „allerchristlichste" König hetzt die Türken gegen
ein Zentrum des Katholizismus, gegen Österreich! Und möchte
am liebsten noch Venedig ins Komplott ziehen, wenn die

Dogenrepublik nicht hellsichtiger und charaktervoller wäre
als der Hof Ludwigs.

Wir aber in Hannover schlafen nicht und werden nicht schlafen. Neben Kurbrandenburg besitzen wir als einzige Macht in
Deutschland ein Heer, das gegen Frankreich ernstlich in Betracht kommt. Da es Podewils ja französisch „drillte". Wir
werden aber Ludwig nicht etwa die Freude machen, unsre
Truppen in hoffnungsloser Defensive am Rhein zu verzetteln.
Wir werden Frankreich indirekt im Osten schlagen. Indem wir
die zweite Backe der Zange zerbrechen. Wir werden einen
„Mars christianissimus", einen allerchristlichsten Krieg führen
und mindestens zehntausend Mann nach Ungarn werfen. Un-
ser Rechtstitel wird wahrscheinlich ein besserer sein als die
Réunionsansprüche. Und wir werden damit Venedig auf unsre
Seite reißen, wenn nicht auch Polen.

Es war erhebend, wie einig wir in dieser Hinsicht waren.
Selbst Ernst August hat als alter heldischer Soldat und als einer
der wenigen Feldherren in Europa, die einen französischen
Marschall in die Flucht jagten, für einige Zeit seine Gräfinnen
vergessen und ist uns menschlich nahe gekommen. Und in
diesem Brennpunkt haben sich all unsre Wünsche und Pläne
vereinigt. Denn der Kaiser muß über kurz oder lang die Bun-
desgenossenschaft Hannovers honorieren. Ernst August geht
sogar so weit, seine Söhne, selbst den ältesten Prinzen Georg,
zu den Fahnen zu schicken. Sie sollen, sagt er, mit der Waffe in
der Hand die Kurwürde und den Wiederaufstieg des Welfenhauses erstreiten. Nicht als Zuseher oder Hofgenerale. Nein,
als wirkliche Kämpfer und Anführer. Bei diesem Vorschlage
hat die Herzogin innerlich lange mit sich gekämpft. Sie hat aber
schließlich das Wohl der Dynastie und die Pflicht gegen das
Deutschtum vor die Sorge der Mutter gestellt. Wir haben dann
weiters beschlossen, den Phosphor nicht als Kriegsmittel zu
verwenden. Hauptsächlich deshalb, damit er nicht für die Türken zu einer Ausrede für noch ärgere Grausamkeiten würde,
als sie ohnehin an den Grenzen sich täglich schon ereignen.

So sind wir ins Jahr 1682 hinübergeglitten, das eigentlich keine
großen Ereignisse brachte und mit ermüdenden Beratungen

ausgefüllt war. Ich war sowohl 1681 als 1682 wieder für einige
Monate in Zellerfeld. Es ändert sich nichts. Der Kampf gegen
die Fachleute geht unter den verschiedensten Formen weiter.
Ich erziele Teilergebnisse, schwindle eine Pumpenanlage nach
der anderen in die Bergwerke, habe mich mit den Mechanicis
und den Knappen angefreundet. Aber wenn der Wasserstollen
zur Sprache kommt, melden sich sofort die widerspenstigen Erdgeister und die Intrigennester Hannovers, die, wie ich jetzt
schon glaube, von Colbert'schen Agenten gezüchtet werden.

Ich spreche nicht davon, daß ich jetzt auch Justiz-Sachen
traktiere, daß mein Briefwechsel sich eher ausdehnt, als daß er
abnimmt, daß die Unionsverhandlungen mit Spinola und mit
dem Landgrafen von Hessen-Rheinfels, der brieflich eingegriffen hat, weitergehen. Und daß ich mir täglich einige Zeit
abgeize, um meine Philosophie und meine mathematischen
Studien, ganz abgesehen von der Theologie und von der Ge-
steinskunde, weiterzubauen. Ich kann mich aber nicht sammeln
und muß mich mit gelegentlichen Entdeckungen und Erfolgen
begnügen. So habe ich, zu Beginn des Jahres 1683, die Zinses-
zins- und Rentenrechnung zum Gebrauch der Gerichte und der
Kammern auf vollständig neue, mathematisch einwandfreie
Grundlagen gestellt und, wie ich glaube, damit der Staatswirtschaft einen Nutzen erwiesen.

Es hat sich aber auch in diesem welthistorischen Jahr 1683
ein wissenschaftliches Satyrspiel zugetragen. Reichshofrat
Becher hat sich spät, aber gründlich an mir gerächt. Er hat ein
Buch erscheinen lassen mit dem anziehenden Titel „Närrische
Weisheit und weise Narrheit". Und beteuert in der Vorrede bei
Gott, daß er aufrichtig spreche und durchaus nicht den Vorsatz
habe, die Personen, die im Buche erwähnt seien, zu verletzen.
Diese Beteuerung „bei Gott" ist ein wenig erstaunlich. Denn
das Buch ist ein einziges schwarzgalliges Pamphlet schlimmster
Sorte, in dem Becher nicht nur Feinde wie mich, sondern auch
Freunde und Wohltäter lächerlich zu machen sucht; insbeson-
dere aber alle Personen, die seine etwas zu „großzügigen"
Methoden in der Wirtschaft und in der Alchimie nicht billi-
gen konnten. Die mir gewidmete Stelle des Buches führt den

schönen Titel: „Leibnizens Postwagen, von Hannover nach Amsterdam in sechs Stunden zu fahren" und soll mich wohl als schlimmen wissenschaftlichen Abenteurer hinstellen. Ich grübelte lange, auf welche Tatsache sich dieses Pamphlet stützen könnte. Bis es mir endlich einfiel, daß ich in Hamburg mit Becher über Postwagen und Verbesserungen ihrer mechanischen Einrichtungen gesprochen hatte, und daß gerade er es damals gewesen war, der von traumschneller Überwindung der Entfernungen und von den Folgen solcher Reiseverbindung phantasiert hatte. Jedenfalls war ich in Hannover für einige Zeit der willkommene Gegenstand harmloser oder böswilliger Sticheleien, und ich mußte auch eine Unzahl von Briefen schreiben und Anfragen der ganzen gelehrten Welt Europas über die wahre Ursache des Angriffs beantworten. Ich erwiderte allerdings sterotyp, daß ich mich in dem Buche Bechers ja in ausgezeichneter Gesellschaft befinde, da in derselben Klasse mit mir der König von Frankreich, der selige Kardinal von Salzburg, Herr von Zinzendorf, Hudde aus Amsterdam und sogar der große Huygens figurierten. Ja, ich drehte den Spieß sogar um und behauptete, Becher, der durch seine Übertreibungen und durch die diesen Übertreibungen chymisch beigemischte schwarze Galle bekannt sei, hätte mich mehr beleidigt, wenn er mich in seinem Pamphlet übersehen hätte. Sein Buch sei, abgesehen von seinem „sachlichen" Inhalt, eine brauchbare Namensliste für eine europäische Akademie der Wissenschaften. Ich würde aber trotz allem außerdem noch Herrn Becher in diese Akademie aufnehmen. Er sei wirklich ein großer Gelehrter und habe sich selbst nur aus Bescheidenheit in seinem Pamphlet übersehen.

Prinz Georg nun wollte den Anlaß benützen, mich auf Grund des Becher'schen Pamphlets bei Ernst August zu verdächtigen. Er wurde aber rasch durch alle anderen über die Unhaltbarkeit des Vorwurfs belehrt und gab seinen Vorstoß schnell auf. Im übrigen bin ich mit ihm die letzten Jahre ganz gut ausgekommen. Er bleibt zwar hochmütig, ist aber ernster geworden, da er zu den Truppen abgeht, die dem Kaiser zu Hilfe marschieren.

Ich nannte das Jahr 1683 ein welthistorisches. Diese Angabe braucht nicht näher begründet zu werden. Denn die „Zange" war näher als je daran, Deutschland zu zermalmen. Und nur Rüdiger von Starhemberg, Liebenberg, Sobieski und dem Herzog von Lothringen ist es wohl zu verdanken, daß sich die Flut der Türken und Tartaren nicht über die österreichischen Erblande bis nach Deutschland ergoß; und daß der sprungbereite Feldherr Frankreichs nicht gleichzeitig von Westen die Reste Deutschlands erdrückte.

Es waren furchtbare Wochen, die ich in Zellerfeld verbrachte. Wochen, die mich innerlich um viele Jahre altern ließen. Und die sich erst an jenem Septembertage in Jubel lösten, als mir ein Bote die Nachricht vom Entsatz Wiens nach Zellerfeld brachte. Ich aber verfaßte unter dem Eindruck des Ereignisses eine ironisierende Staatsschrift unter dem Titel „Mars christianissimus" und zeichnete als Autor mit der Chiffre: Ein deutscher Französling, auctore Fermano Gallo-Graeco. Damit aber kein Mißverständnis möglich sei, setzte ich ein Motto vor die in Cöln erscheinende Schrift:

„Auf, Deutscher, auf, dein Heil ruht fast auf schlechtem Fuß,
Auf, Deutscher, lies, bedenk und mach den rechten Schluß!"

Aber ich will von meiner bloß literarischen Beteiligung am Kampf gegen die Türken durchaus nicht Worte machen. Der Gerechtigkeit halber muß ich vom Prinzen Georg sprechen, der seit 1682 Erbprinz von Hannover ist, da Ernst August in seinem „Testament" die Primogenitur eingeführt hat. Dieser Erbprinz Georg also hat an der Spitze eines Hannöverschen Reiterregiments unter König Sobieski ungemein tapfer gegen die Türken gekämpft und ist nur durch einen unwahrscheinlichen Glücksfall dem Tode entronnen. Auch ein jüngerer Bruder hat auf dem Kahlenberge gefochten und die beiden sind siegreich im befreiten Wien eingeritten.

Es waren schreckliche Tage und Wochen persönlichen Bangens am Hofe. Ich bin sogar einige Male von Zellerfeld nach Herrenhausen gefahren, um die Herzogin und die junge Gemahlin Georgs, die Erbprinzessin Dorothea, zu trösten. Dabei ist mir aber wieder die tiefste Disharmonie ganz klar zum

Bewußtsein gekommen, die all das Aufsteigende an unserem Hofe stört und deren Wurzeln so verästelt sind und so weit zurückliegen, daß ich sie nur flüchtig andeuten kann.

Siebenundvierzigstes Kapitel

Imaginäres Tagebuch: Fortsetzung

Wenn man die drei Frauen, die Herzogin, die Prinzessin Charlotte und die Erbprinzessin Dorothea sieht, müßte man eigentlich jubeln. Denn jede dieser drei Frauen ist in ihrer Art an körperlicher und geistiger Schönheit beinahe vollkommen. Auch Charlotte habe ich eben eine Frau genannt, obgleich sie erst fünfzehn Jahre alt ist. Aber sie hat sich im letzten Jahr traumschnell zur Dame entwickelt. Mir gegenüber bleibt sie natürlich das gute, gläubig-ungläubige Kind und die restlos ergebene Schülerin.

Das Verhältnis zwischen der Herzogin und ihrer Tochter ist ein ausgezeichnetes. Ebenso ist die Erbprinzessin mit Charlotte innig befreundet. Nur zwischen der Erbprinzessin und ihrer Schwiegermutter liegt ein Haß, der mir unbegreiflich wäre, wenn ich durch Sophie selbst nicht so viel von der Vorgeschichte wüßte. Ich behaupte aber nicht, daß der Haß durch diese Vorgeschichte zu rechtfertigen ist. Man kann ihn dadurch höchstens ein wenig begreifen und erahnen. Aber ich will mich jetzt nicht in Andeutungen ergehen. Ich muß alles vielmehr historisch fassen. Also Georg Wilhelm, jetzt Herzog in Celle, der ältere Bruder Ernst Augusts, an dem dieser seit Kindheit in großer Liebe hing, unternahm eine fast abenteuerliche Brautfahrt um die Herzogin Sophie, die damals in Heidelberg am Hof ihres Bruders weilte. Sie war vielleicht die umworbenste Prinzessin Europas. Doch das ist wieder zu verwickelt. Kurz, Schweden, Spanien, Modena und andere Dynastien kamen nicht zum Zug und Georg Wilhelm erhielt das Ja-Wort Sophies. Glücklich und stolz über die Eroberung wollte sich Georg

Wilhelm noch einmal in einen Welfen-Karneval in Venedig stürzen und Sophie hierauf heimführen. Eine tückische Verkettung von Leidenschaften verstrickte ihn jedoch in Laster und Krankheit. Und er war am Aschermittwoch so verzweifelt über die Entweihung seiner Liebe zu Sophie, daß er nicht nur der Braut entsagte, sondern lebenslängliche Ehelosigkeit schwor und die Braut dem jüngeren Bruder Ernst August zuführte.

Aber auch in Sophie, die zudem noch am Hof ihres Bruders dessen Ehetragödie miterlebt hatte, spielten sich dunkle Dinge ab. Verstört und verzweifelt, früh gereift und widerstandslos, reichte sie dem kaum geliebten Ernst August die Hand.

Nun aber begann erst recht das Martyrium. Die Brüder, einig und einander liebend, lebten damals in Hannover und teilten sich, wenn auch nicht formell, in der Regierung. Darüber hinaus unternahmen sie gemeinsam Reisen und Ernst August hielt es für selbstverständlich, wenn Georg Wilhelm mit seiner ehemaligen Braut und jetzigen Schwägerin täglich und stündlich beisammen war.

Auf einer Reise nach Leyden, die Sophie in Begleitung Georg Wilhelms unternommen hatte, an der zudem Ernst August nicht einmal teilnahm, loderte die alte Liebe zwischen den ehemals Verlobten so furchtbar auf, daß Sophie den Schwager auf den Knien bei Gott beschwor, von ihr zu lassen und sofort nach Hannover zurückzukehren.

Georg Wilhelm kam durch diese Szene zum Bewußtsein all des Unhaltbaren. Wie ein Irrer und Verlorener zog er durch Europa, war bald in Italien, bald in Holland, bald in Wien. Und suchte im Kampf den Tod. Bis er endlich durch eine ebenso hellsichtige als energische Tat des Bruders und durch staatsrechtliche Umwälzungen erlöst wurde.

Auch hier würden Einzelheiten zu weit führen. Kurz, Ernst August erhielt das Stift Osnabrück, Georg Wilhelm das Herzogtum Lüneburg mit der Hauptstadt Celle, und Hannover fiel an Johann Friedrich. Dadurch waren einmal die Brüder räumlich getrennt. Aber es kam noch etwas dazu. Ernst August hatte von der Neigung Georg Wilhelms zu einem Fräulein d'Olbreuse gehört, das dieser in Holland kennengelernt hatte. Und diese Olbreuse nun, die ein Wunder an Schönheit und Geist war, wurde von Sophie und Ernst August dem verzweifelnden Georg Wilhelm zugeführt. Es wurde ein merkwürdiger Handel geschlossen. Die Olbreuse „weihte" Georg Wilhelm ihr Leben. Nicht als Gattin. Sie tat diesen Schritt aber nicht nur, weil Sophie und Ernst August sie bestürmten. Auch nicht, weil sie ein verschwenderisches „Nadelgeld" erhielt, das mehr als dreimal so hoch war als mein Gehalt als Wirklicher Hofrat. Sondern einfach, weil sie eine große Frau war und den unseligen Welfen liebte. Und weil sie es für gottgefälliger hielt, das Kebsweib und die Mätresse eines geliebten Mannes zu sein, als sich ehrbar und standesgemäß zu verzetteln. Sie tat zudem den Schritt in voller Kenntnis der Krankheit Georg Wilhelms. Und nahm damit unsägliches Mutterleid auf sich. Denn alle Kinder kamen tot zur Welt oder starben unmittelbar nach der Geburt. Bis auf eines, bis auf Dorothea, auf die eine ausgleichende Natur allen Reiz der Erde vereinigt zu haben schien.

Inzwischen aber hatte auch Herzogin Sophie ihr Gleichmaß gefunden. Sie hatte den heldenhaften Gatten Ernst August lieben gelernt, obgleich er sich nicht geändert hatte. Und sie schenkte ihm ein blühendes Kind nach dem anderen. Die stattliche Schar von sechs Söhnen und einer Tochter.

Nun begann unter dem Einfluß der Ereignisse plötzlich wieder Politik in diese Welfentragödie hineinzuspielen, deren Abschluß heute noch unabsehbar ist. Johann Friedrich war kinderlos und Georg Wilhelm hatte trotz seines Gelübdes der Ehelosigkeit schließlich nicht mitansehen können, daß die herrliche d'Olbreuse, die ihn gesund und glücklich gemacht hatte, als Mätresse an seiner Seite lebte. Der Sinn seines Gelübdes war ja nur der gewesen, Sophie für ewig zu entsagen und keine Erbansprüche für seine Nachkommenschaft zu stellen. Das schloß nicht aus, jetzt, bei völlig geänderter Sachlage, die Olbreuse zu heiraten und dem geliebten einzigen Kind Dorothea den Rang einer Prinzessin zu geben. Und es gelang ihm, diese wahrhaft sittliche Tat durchzusetzen. Ja, es war schon alles vorbereitet gewesen, Dorothea mit dem Sohn seines Vetters Anton Ulrich von Wolfenbüttel zu verheiraten, damit sie herzoglicher Ehren teilhaftig würde. Der Sohn Anton Ulrichs aber fiel vor dem Feinde. Und nun begann das große Spiel mit Menschen unter der Leitung der Herzogin Sophie, an dem ich, wie ich gestehen muß, durchaus nicht unbeteiligt bin, obgleich es mir manche Qual verursachte.

Es besteht nämlich seit dem Tode Johann Friedrichs die Möglichkeit, im höchsten Interesse Deutschlands alle Welfenhäuser zu verschmelzen. Und diese Häuser durch die Einführung der Primogenitur einmal in einer Hand, der Hand des Prinzen Georg, zu vereinigen. Des Prinzen Georg, der zudem noch der Sohn Sophies, jener Stuart-Enkelin ist, die für den Thron Englands in Betracht kommt. Doch ich will den berauschenden Gedanken eines germanischen Reiches von der Donau bis Schottland nicht zu Ende denken. Vorläufig treiben wir reine Hauspolitik. Und haben, wie erwähnt, im Jahre 1862 die Primogenitur eingeführt und kurz darauf nach Celle und Lüneburg hinübergegriffen und die wunderbare Dorothea mit dem düster-kriegerischen Erbprinzen Georg vermählt. Liebt Georg dieses freie, unbefangene, künstlerische Geschöpf, das die Herbheit einer verbannten Hugenotten-Enkelin mit dem Charme einer Französin und der Leidenschaftlichkeit einer Welfentochter vereinigt? Ich glaube nicht. Glaube auch nicht, daß sie den kalten Erbprinzen liebt, der fast nie spricht, außer es wäre eine harte Entscheidung oder ein wilder Angriff wie damals gegen mich im Park von Herrenhausen. Gleichwohl hat sie um ihn gezittert während der Belagerung Wiens. Sichtbarer gebangt als die Mutter, als Sophie. Und Sophie hat trotzdem ihren Haß gegen Dorothea selbst in diesen entscheidenden Tagen nicht geändert. Ich verehre die Herzogin. Ja, ich liebe sie fast, da uns so viel gemeinsames Schicksal verbindet. Ich verstehe sie aber in diesem Punkt nur unzulänglich. Und ich bin um Dorothea in großer Sorge. Denn als einziges behütetes Kind einer d'Olbreuse und eines Georg Wilhelm hat sie weder verzichten noch warten gelernt. Und auch nicht schweigen. Und sie trägt ihr Herz auf der Zunge und hält die menschliche Größe klarer Aufrichtigkeit für wertvoller als die Klugheit diplomatischer Verstellung. Wer auch sollte ihr da unrecht

geben als das Schicksal selbst, das in solcher Situation diese
Unbefangenheit und das ihr eigene unschuldige Sich-Hinweg-
setzen über manche Regeln der Etikette wahrscheinlich grausam bestrafen wird?

Auch Sophie sieht das alles. Sie verliert aber leider der Frau
gegenüber, die die Tochter des von ihr eigentlich noch immer
geliebten Georg Wilhelm ist, ihr sonst so klares und gerechtes
Urteil. Sie dreht alles unbewußt zum Schlechten. Und macht
innerlich aus der entzückenden Natürlichkeit Dorotheas eine
Minderwertigkeit, die eine Königstochter wie Sophie nicht
anders erklären kann, denn als „Pöbelhaftigkeit" niedersten
Adels.

Wenn also schon durch diese dauernde Verstimmung das
Glück der „Familie" stark getrübt war, die mir Gott in so
merkwürdiger Art geschenkt hatte, ist jetzt, im Jahre 1684,
noch etwas eingetreten, das mir mein geistiges Kind nahm.
Wieder hat hohe Politik dieses Opfer gefordert. Charlotte,
meine Charlotte, deren geistige Fähigkeiten sich in den letzten
Jahren derart weiteten, daß ich mehr als einmal vor all ihren
Fragen hilflos dastand, hat den Erbprinzen von Kurbrandenburg, den prachtliebenden verwitweten Friedrich geheiratet.

Wir haben mit Tafel, Feuerwerk und Hochzeits-Carmen eben
in Herrenhausen die Festlichkeiten beschlossen. Und mein
herrliches „Kind" hat mir vor Kurfürsten und Herzogen, vor
aller Welt die Treue gewahrt. Ich habe in diesen Tagen durchaus nicht die Rolle eines jüngsten Hofrates, sondern wirklich
die Rolle eines königlichen Freundes gespielt. Sogar die Gesandten haben es nicht unterlassen, dieses Faktum anzuerken-
nen und haben mir höflichste Visiten abgestattet; da ja mein
Einfluß nunmehr auch sichtbar nach Kurbrandenburg hin-
übergreift.

Ich will jetzt nicht an die Trennung von Charlotte denken.
Ein Licht ist für mich erloschen. Ich hatte damit gerechnet.
Und es wird auch deshalb weniger schmerzlich sein, da mir
die „Erbprinzessin von Kurbrandenburg" mit Tränen in den
Augen gesagt hat, sie wolle zwar eine brave Gattin sein und
der wahren Ethik niemals Schande machen, werde aber gleich-

wohl unablässig daran denken, den philosophischen Unterricht unter meiner Leitung fortzusetzen. Es gebe da mehrere Wege. Entweder werde sie mich an den Hof von Berlin ziehen oder zumindest mehrere Monate im Jahr bei ihrer Mutter in Hannover weilen. Sie habe es ihrem Gatten schon mitgeteilt und sein Einverständnis dazu erhalten. Außerdem hätte ein brieflicher Verkehr auch manchen Reiz. Problematisch sei in höherem Maße die Treue des Lehrers als die Treue der Schülerin. Denn diese werde halten, was sie einst auf den Knien geschworen.

Ich habe ihre Hand geküßt und ihr allen Segen gewünscht, den die Erde bieten kann. Und wir haben uns beinahe heiter verabschiedet. Denn auch wir beide haben uns schon mystisch vereinigt. Und wir beide wissen, daß es bei dieser Heirat um Deutschland geht, wenn auch Berlin aus irgend einer mir undurchsichtigen Räson eben mit Ludwig im Bündnis steht und sogar uns Hannoveraner hinüberzuziehen beginnt. Gut, wir wollen noch einmal zuwarten. Und unsre Prinzen werden inzwischen die hannöverschen Reiter gegen die Türken führen. Es werden andere Zeiten anbrechen, wenn der Türke aus Ungarn verschwunden ist.

Achtundvierzigstes Kapitel

Imaginäres Tagebuch: Schluß

In sonderbarem Gegensatz zur Treue der Erbprinzessin aber steht ein Verrat, den ich nie für möglich gehalten hätte. Walter Ehrenfried Graf Tschirnhaus hat mich verraten!

Ich wäre über diesen Verrat nicht so erzürnt gewesen, wenn er mich nicht mehrfach an den Wurzeln meines Seins getroffen hätte. Um das aber zu erklären, muß ich ein wenig zurückgreifen.

Tschirnhaus und ich haben uns damals, als er aus Italien zu mir kam, über viele Dinge, auch über mathematische

Probleme unterhalten. Und ich habe ihm selbstverständlich fast alles mitgeteilt, was ich inzwischen, also seit Paris, dazugelernt hatte. Daß in erster Linie das Problem der Infinitesimalrechnung zur Diskussion stand, brauche ich wohl nicht zu erwähnen. Er hat mir gut zugehört, hat aber nach eigener Aussage manches nicht verstanden. Und ist in seinen Erbfehler verfallen, die Folgerungen zu übertreiben und in Gebiete vorzurasen, die uns erst in ferner Zukunft zugänglich sein werden.

Im nächsten Jahr hat er mir brieflich einiges über „seine" neuen Arbeiten, die Quadraturen betreffend, mitgeteilt. Nun war es mir nicht klar, ob er mich bloß für so unwissend hielt, daß ich seine Quellen nicht kannte, oder ob er so vergeßlich ist, daß er Dinge, die er von anderen gelernt hat, für eigene Entdeckungen ansieht. Kurz, ich verschwieg ihm in meiner Antwort nichts und machte ihn in einem deutlichen Ton des Vorwurfs darauf aufmerksam, daß er vorläufig bloß die Methoden Cavalieris und des Gregorius a Sto. Vincentio benütze. Er ging auf meine Vorwürfe nicht ein. Ja, noch mehr: er schrieb mir nach einiger Zeit, er befasse sich mit der umgekehrten Aufgabe. Er stelle nämlich einen algebraischen Ausdruck auf, den er als die Quadratur einer Kurve betrachtet wissen wolle, und könne dann nach einer Methode, die sich an Barrow anschließe, die Gleichung der Kurve finden. Näheres führte er nicht aus. Mir riß schon damals beinahe die Geduld. Denn es handelte sich ja offensichtlich um nichts anderes als um die Hauptprobleme meines eigenen Algorithmus, die ich Tschirnhaus in Paris auseinandergesetzt hatte. Ich antwortete mit verstärktem Vorwurf in diesem Sinne, wollte aber doch meiner Freundespflicht genügen und Tschirnhaus vor überflüssigem Umhertappen im Dunkeln bewahren. An einem verwickelten Beispiel setzte ich ihm auseinander, daß, wenn $Z = F(x)$ zur Quadratur von $y = f(x)$ führen soll, man $y = \dfrac{Z}{t} = Z'$ setzen müsse, da dann $\int y dx = \int Z' dx = Z = F(x)$ sei.

Nach diesem Brief erhielt ich zwar noch viele Briefe von Tschirnhaus, die sich jedoch mit ganz anderen Gegenständen befaßten und niemals auf die Angelegenheit der Quadraturen zurückkamen. Ich mußte daher glauben, er habe seinen Mißgriff eingesehen und gehe anderen Problemen nach. Daher auch war es für mich ein selbstverständliches Gebot des Taktes, die Sache auf sich beruhen zu lassen.

Nun konnte ich, zusammen mit Professor Menke in Leipzig, der mir einst ein lieber und treuer Studienkollege gewesen war, und im Verein mit anderen Gelehrten von Rang, im Jahre 1682 einen meiner Lieblingswünsche verwirklichen. Wir gründeten unsre „Acta Eruditorum", unsre erste deutsche wissenschaftliche Zeitschrift, die sich, ich möchte sagen in wenigen Monaten, europäischen Rang erwarb. Und die erbgesessenen Journale von Paris und London beinahe in den Schatten stellte.

Wer nun beschreibt mein Entsetzen, als in eben dieser Zeitschrift im Oktoberheft des Jahres 1683 von Walter Graf Tschirnhaus eine Abhandlung erschien, die sich unzweifelhaft an all das anlehnte, was ich demselben Tschirnhaus mündlich in Paris und in meinen Briefen mitgeteilt hatte. Das Wort „anlehnen" ist eine milde Ausdrucksweise. Es handelte sich um nacktes Plagiat. Und dazu noch wurden die wichtigsten Methoden ganz einfach verschwiegen und die Ergebnisse waren zum Teil unrichtig.

Ich stand vor einem Rätsel. Vor allem werde ich es nie begreifen, daß Tschirnhaus meinen Namen nicht einmal andeutungsweise erwähnte. Ist solcher objektiv falscher guter Glaube, solche Verblendung möglich? Oder war Tschirnhaus nichts als ein Dieb? Jener ehrenhafte, ritterliche Graf, dessen Charakter in allen andren Dingen gleich geblieben war, wie ich es mit eigenen Augen gesehen hatte? Oder war es krankhafte Eitelkeit? Ich schrieb sofort in heftiger Weise an Menke und wollte öffentlich in der Zeitschrift die Hintergründe der Angelegenheit enthüllen. Dabei erfuhr ich noch, daß ich zwei andre kleinere Aufsätze Tschirnhausens aus den Jahren 1682 und 1683 übersehen hatte, die sich mit Maximis und Minimis sowie mit dem Tangentenproblem befaßten und die in der behaupteten Allgemeinheit durchaus falsch waren. Was hatte ich da noch alles zu erwarten? Dieser unbegreifliche Tschirnhaus würde nun wahrscheinlich Schritt vor Schritt all das, was er von mir wußte, in unfertiger Form veröffentlichen und mich schließlich durch Grenzfälle kompromittieren. Das heißt, er würde meinen Methoden den Ruf anhängen, sie seien nicht allgemein und hätten bloß für künstlich ersonnene Grenzfälle Geltung.

Menke beschwor mich, das Ansehen der kaum geborenen Zeitschrift nicht durch einen wissenschaftlichen Prioritätsstreit zu gefährden, der zwei Mitarbeiter auf den Plan bringe, von denen man zudem noch wußte, daß sie persönliche Freunde seien. Er appellierte an meinen Patriotismus und bat mich, einen anderen Weg zu ersinnen, um meine von ihm nicht bezweifelten Rechte durchzusetzen.

Ich gab nach. Das heißt, es hätte wahrscheinlich der Zureden Menkes überhaupt nicht bedurft. Denn ich empfand mit Tschirnhaus plötzlich brennendes Mitleid. Gut, er verdankte mir viel. Aber er hatte durch mich auch viel verloren. Viel an Selbstvertrauen, viel an Hoffnung, viel an vorstürmendem Drang. Immer wieder, wie damals im Tanzhaus, trat ich dazwischen und sagte kalt das Wort „Grenzfall“. Degradierte jede seiner Entdeckungen und Lösungen, brachte ihn dadurch innerlich und äußerlich in ein schiefes Verhältnis zum geistigen Kosmos und störte seine natürliche Entwicklung. Er konnte doch nicht zeitlebens ein Schüler bleiben, der von mir Zensuren erhielt

Trotzdem mußte ich handeln. Nicht allein meinetwegen. Eben aus dem Patriotismus heraus, zu dem mich Menke aufgerufen hatte. Wenn ein Kamerad einen gefährdeten Brückenkopf an der Grenze schlecht verteidigt, muß sich der kriegstüchtigere Kamerad danebenstellen, um mit seiner wirksameren Strategie und mit seinen weitertragenden Geschützen den Feind abzuwehren.

Der Brückenkopf sind die Acta Eruditorum. Die Grenze ist gegen Frankreich und England zu schützen. Und meine Kanonen sind die klar enthüllten Formeln des Algorithmus der Differentialrechnung.

Dort also ist die Sache anzufassen. Warum aber zögerte ich viele Wochen lang? Einfach aus dem Grunde, weil mein neuer Vorstoß zugleich ein Vorstoß gegen Newton ist, dessen

unheimliche Anagramme noch ungelöst in meiner Hand liegen.
Er hat bis heute — es sind jetzt sieben Jahre — noch nicht geantwortet. Ist dieses Schweigen Zustimmung? Oder nur Ge-
ringschätzung? Oder sind unsre Methoden so ähnlich, daß er
gar nicht daran denkt, ich könnte meine Forschungen und Entdeckungen eben als meine Entdeckungen ausgeben? Oder
schließt er gar aus der bisher noch nicht erfolgten Veröffentlichung, daß ich seine Priorität anerkenne?

Kurz, Tschirnhaus hat mich in eine verwickelte Lage gebracht. Denn es ist für mich, auch für mich als Person, unmöglich geworden, weiter zu schweigen. Sonst stehe ich am Schluß
noch als Plagiarius an Tschirnhaus, also als Dieb eigenen geistigen Besitztums da. Vielleicht aber hat nur Gott Tschirnhaus
gelenkt, auf gewundenen Wegen eine große Freundestat zu
vollbringen. Er wurde zu meinem Schicksal. Und zwingt mich,
gerade in jenem neunten Jahr nach der Konzeption den Algorithmus zum Druck zu geben, in jenem neunten Jahr, das die
Antike für den glückverheißenden Zeitpunkt hielt. Prematur
nonum in annum!

Ich habe heute, am 28. September 1684, die letzte Korrektur
meiner Abhandlung vor mir, umständlich betitelt als „Neue
Methode der Maxima, Minima sowie der Tangenten, die
sich weder an gebrochenen noch an internationalen Größen
stößt, und eine eigentümliche, darauf bezügliche Rechnungsart".

Die „eigentümliche Rechnungsart" ist der Differential-Kal-
kül, meine und nur meine eigentlichste Entdeckung.
Durch das nächste Heft der „Acta Eruditorum" wird die Welt
davon Kenntnis erhalten. Ohne Hinterhalt und ohne gleißne-
rische Zauberei. Jeder wird sich von nun an der Methode der
Differentialrechnung bedienen können.

Ich bin, während ich lese, mit dem Aufbau der Arbeit zufrieden. Ich hoffe, daß sie verstanden werden wird. Und es
wird für mich selbst noch genug bleiben, wenn ich auch den
Schlüssel des Geheimnisses aus der Hand gebe und fortan mit
all denen wetteifern muß, die mein Rechenverfahren, meinen
Algorithmus weiterbilden werden.

Es wird in wenigen Wochen schon ein nie geahnter Aufschwung der hohen Mathematik einsetzen.

Hier, wo ich zu den Beispielen übergehe, sehe ich eine unscheinbare Möglichkeit, die primitivste Schreibart der Algebra zu vereinfachen. Es soll nur ein Versuch und ein Vorschlag sein. Aber ich habe mit mehreren derartigen Versuchen schon Glück gehabt. Und die Notation, die Schreibweise, kann nicht klar, einfach und durchsichtig genug sein.

Korrigieren wir also, indem wir einen Zwischensatz einschieben. Es steht hier: „Wir wollen nunmehr ein Beispiel für die Rechnungsart auseinandersetzen . . .,“ Die Korrektur soll lauten: „. . . wobei bemerkt sei, daß ich hier die Division durch x: y bezeichne, was dasselbe bedeutet wie x dividiert durch y oder wie $\frac{x}{y}$.“

Setzt sich der Doppelpunkt als Symbol der Division durch wie der Strich als Minus- und das aufrechte Kreuz als Pluszeichen, dann wird man es in hundert Jahren nicht verstehen, warum man nicht stets so schrieb. Setzt sich aber der Doppelpunkt nicht durch, dann hat dieser Zwischensatz zum mindesten nichts geschadet.

Und nun will ich den Rest der Arbeit durchlesen und heute noch das Imprimatur unter die Abhandlung schreiben. Ich glaube aber, daß die volle Beherrschung schwierigster Maximum- und Minimumaufgaben nicht bloß eine Angelegenheit der Mathematiker ist. Sie wird, so ahne ich, eine neue Ära der Physik und damit der mechanischen Kunst einleiten, wird die Voraussetzung sein für die Festigkeit von Konstruktionen, für Sparsamkeit des Betriebes und Unfehlbarkeit solcher Voraussagen.

Prematur nonum in annum!

Neunundvierzigstes Kapitel

Pythagoräisches Erlebnis

Ein Frühlingstag lag über dem Adriatischen Meere. Tief-
dunkelblaue Wellen mit winzigen Schaumkronen eilten unter
dem Druck einer leichten Nordost-Brise der Barke voraus,
deren braunrotes lateinisches Dreiecksegel lustig knatterte und
das Schifflein ein wenig nach Steuerbord hinüberlegte.

In der Barke roch es nach Teer und nach Fischen. Der Salz-
wind jedoch, durch den die Mittagssonne leuchtete, wehte
diesen Geruch stets wieder fort, wenn er einmal aufstieg, und
sprühte zudem noch feinen Wasserstaub kühlend und erfri-
schend über die drei Bootsleute und über Leibniz.

Sie segelten ziemlich weit draußen auf der Höhe des mitt-
leren Po-Deltas. Bei diesem günstigen Wind machte der kleine
Umweg nichts aus, insbesondere da man dadurch alle Sicherheit vor den der Flußmündung vorgelagerten Sandbänken
gewann.

Leibniz verzehrte eben sein Mittagsmahl. Und auch die
Schiffer in ihrer farbigen Pracht fanden es angemessen, ihr
Brot und ihren Wein auszupacken.

Warum er mit seinen Fahrtgenossen noch nicht gesprochen
hatte, wußte Leibniz nicht. Es war ganz gegen seine sonstige
Gewohnheit. Und ein Hindernis lag nicht vor. Denn der mehrmonatige Aufenthalt im Venedig Francesco Morosinis hatte
ihn gerade den venetianischen Dialekt beinahe vollkommen er-
lernen lassen.

Die Schiffer erzählten jetzt, während sie aßen, einander
Schaudergeschichten aus den Kriegen mit den Türken. Aus
jenen Kriegen, an denen der Mieter der Barke, Leibniz, durchaus nicht ganz schuldlos war. Denn schon der Auftakt dieser
Kriege, der Verfolgungskampf gegen die Türken in Ungarn,
hatte die Fahnen Hannovers im Mittelpunkt der Ereignisse
flattern lassen. Erbprinz Georg und der zweitgeborene Prinz
August hatte zehntausend Hannoveraner und ein Reiterregi-
ment schon im Jahre 1685 bei Neuhäusl gegen die Türken

geführt und recht eigentlich den Sieg der Kaiserlichen entschieden. Nicht anders war es bei Raab gewesen. Und die neue deutsch-polnisch-venetianische Allianz hatte darauf die Türken von allen Seiten in die Zange genommen. Diesmal in eine wirklich allerchristlichste Zange. Aber noch nicht genug damit, daß man die Türken schlug, wo man sie traf, daß in Dalmatien, Bosnien, Morea, auf den Inseln, vor Korinth und bei Athen gekämpft wurde; daß der herrliche Parthenon auf der Akropolis durch eine Brandkugel der Königsmarkschen Artillerie in die Luft flog, da ihn die Türken als Pulvermagazin eingerichtet hatten: er, Leibniz, noch immer eingedenk seines Consilium Aegyptiacum, suchte zudem noch den Türken an der verwundbarsten Stelle zu packen; nämlich in Ägypten. Und der Anlaß dazu war merkwürdigerweise eine rein wissenschaftliche, philologische Angelegenheit gewesen. In Frankfurt hatte er den großen Sprachforscher Hiob Ludolf, den Begründer der äthiopischen Philologie, kennen gelernt und war mit ihm in näheren Verkehr getreten, da der Plan der Begründung einer europäischen historischen Gesellschaft in der Luft lag. Sogleich aber war in den Gesprächen der beiden Männer, die unter dem Eindruck neuer Gewalttaten des Sonnenkönigs standen, die Gründung der historischen Gesellschaft vor den Tagesereignissen zu einer papierenen Angelegenheit verblaßt. Und Leibniz und Ludolf stürmten in ihren Plänen so weit vor, daß Ludolf versprach, er werde den Negus von Abessinien veranlassen, die Türken aus Ägypten zu vertreiben, wenn sie durch die neue Allianz genügend geschwächt seien.

Die Schiffer auf der Barke sahen die Ereignisse anders. Für sie gab es nur zusammenhanglose Beutezüge des greisen Francesco Morosini, den sich das Volk von Venedig als Dogen ertrotzt hatte. Und sie erzählten einander von den vergangenen Feldzügen um Kandia, von den tapferen Mainoten auf Morea und von den furchtbaren Grausamkeiten der Türken. Warum war der Türke noch nicht ausgerottet? Ganz unbegreiflich. Sie selbst hatten ja gesehen, wie Schiff auf Schiff mit Truppen, Kanonen, Kugeln und Pulverfässern beladen aus Venedig auslief. Tag und Nacht rasten die Schmiedehämmer im Arsenal.

Und neue Schiffe wurden zu Dutzenden gebaut, während zerschossene, halbwracke Fregatten wieder ausgebessert wurden. Aber lange würde es nicht mehr dauern. Es soll schon Revolten gegeben haben in Konstantinopel. Und wenn die Türkei einmal zerschlagen ist, dann wird man auch mit den Ketzern aufräumen. Mit allen Ketzern! Auch mit solchen, wie man eben einen auf der Barke beherbergte. Er ist ein Ketzer. Man hat gehört, wie er das Deutsche, die Sprache der Pferde, gesprochen hat. Und ein weitgereister Mann hat gesagt, daß dieses Deutsch nicht aus einer Gegend stamme, in der man die Gottesmutter und die vierhundert Heiligen verehre.

Leibniz lehnte sich in die Polster zurück, die man ihm hingebreitet hatte. Er blickte den Mast entlang hinauf zum schwärzlich blauen Südhimmel. Also, das war das politische Programm dieser braungebrannten Lungerer aus der Stadt der Kanäle und Brücken? Merkwürdig! Doppelt merkwürdig, wo doch selbst auf Morea, im Solde Venedigs, hannöversche und andre protestantische Regimenter fochten, die nicht zuletzt den Löwen von San Marco vorwärtstrugen. Leibniz war jetzt beinahe froh, sich auf keine Gespräche mit seinen Matrosen eingelassen zu haben. Sollten sie glauben, daß er nur die „Lingua dei cavalli", die Sprache der Pferde beherrschte. Gut, er gab zu, daß das Venetianische weicher und melodischer klang. Aber zum Gewieher wollte er die Laute doch nicht gern herabsetzen lassen, in denen Luther gepredigt und Hans Sachs gedichtet hatte. Und in denen sein Vater und seine Mutter zu ihm die ersten Worte gesprochen hatten.

Noch einmal. Die Schiffer sollen bei ihrer Ansicht bleiben. Und ich werde inzwischen in meiner „Pferdesprache" überlegen, worin mein politisches Konzept von ihrem Programm abweicht. Die guten Schiffer haben eine Kleinigkeit vergessen: nämlich die feindselige Gedankenwelt eines riesigen katholischen Volkes und vor allem seines Königs.

Als ich im Mai des vorigen Jahres in Wien eintraf, da läuteten gleichsam von früh bis abends die Siegesglocken. Denn nach den Affären von Mohacs und Belgrad und infolge der Revolution in der Türkei wurde eben eine höchst demütige

türkische Gesandtschaft erwartet, die im Lager der vereinigten
Österreicher, Polen und Venetianer erscheinen sollte.

Man hat in Wien das Christentum über die trüben Er-
fahrungen der Vergangenheit gestellt und die Aufteilung der
Türkei an die christlichen Mächte erwogen. Frankreich wurde
Griechenland, Thrakien und ein Teil Kleinasiens angeboten.
Sicherlich kein kleiner Verzicht Venedigs.

Was aber war die Antwort des Sonnenkönigs? Er brach im
September 1688 den von ihm selbst so heiß erstrittenen zwanzigjährigen Waffenstillstand, eroberte Philippsburg und übersetzte den Rhein. Gut, solche Sitten ist man von ihm schon
nachgerade gewohnt. Daß er aber dazu noch verkündete, er
müsse sich schützen, denn Leopold hege nach den glücklichen
Erfolgen der kaiserlichen Waffen in Ungarn die Absicht,
Frankreich mit verstärkter Macht „anzufallen“, war doch ein
wenig viel behauptet. Insbesondere, wo man ihm eben große
Länderstrecken angeboten hatte, die er nicht mehr als erster
Eroberer erkämpfen mußte, sondern höchst gefahrlos einsacken
konnte. Und es war für mich vielleicht der schönste Augenblick
meines Lebens, als mich der Kanzler, Herr von Stratmann,
zum Kaiser rief und die deutsche Majestät mir den Auftrag
erteilte, das Gegen-Manifest zu verfassen. Zum erstenmal
durfte ich im Namen Gesamtdeutschlands meine wahre Ansicht über den Rhein hinüberrufen. Und ich habe nicht die
sanftesten Töne angeschlagen. Ich habe das Vorgehen des
„allerchristlichsten“ Königs schlankweg mit der Züchtigung
verglichen, die Gott durch die Geißel eines Attila über das
Abendland verhängte. Niemals habe Deutschland den lächerlichen Gedanken gehabt, Frankreich anzugreifen. Nach un-
säglichen Peinigungen habe es sich erst zu verzweifeltem
Widerstand aufgerafft. Allerdings hätten die letzten Taten
Frankreichs den friedlichen Geist Deutschlands erschüttert.
Und der Kaiser, der den Türken, den Brecher der Verträge,
gebändigt und niedergeworfen habe, werde vielleicht auch
eines Tages den Franzosen als Brecher der Verträge
bändigen und zu Boden werfen. Was aber den lächerlichen
Vorwurf betreffe, daß der Kaiser die „germanische Freiheit“

untergrabe, indem er die deutschen Reichsfürsten von ihrer
Freundschaft zu Frankreich abziehe, um sie desto leichter zu
knechten, so sei darauf nur folgendes zu erwidern: Gerade
die französische Politik trachte, die deutschen Stände im
Schwanken und im Mißtrauen gegeneinander zu halten, damit
sie nicht zu wahrem Ruhm und zu allgemeiner Sicherheit einmal zusammenträten. Warum aber der Sonnenkönig diese Zwie-
tracht säe, sei mehr als offensichtlich und durchaus kein Miracle
du secret. Er könne dadurch nämlich, was er ja auch durch seine
Taten am Rhein stets aufs neue beweise, die einzelnen Stände
leicht niederlegen, während er von allen zusammen leicht in
die Flucht geschlagen würde. Daß aber die „germanische Freiheit" durchaus anderswo liege als in der Unterwerfung durch
Frankreich, hätten erst neuerlich wieder Kurbrandenburg und
Hannover bewiesen, die sich nunmehr endgültig aus ihrer Bindung an Ludwig befreiten.

Aber nicht nur Deutschland hat sich gegen Frankreich erhoben. Auch die siegreiche Revolution in England hat ihre
guten Folgen gezeitigt. Ganz abgesehen davon, daß unsre große
Herzogin jetzt auf Schrittweite an den Thron Englands herangerückt ist.

Die Engländer haben das nimmersatte Reich Ludwigs angegriffen, seine Küsten beschossen und dabei eine neue Art von
Geschossen, die Bomben, verwendet, die Tod und Schrecken
streuten. Und ich habe, im Rausch dieser Geschehnisse, ein
Epigramm auf das neue Kriegsmittel, das uns vielleicht die
wahre „germanische Freiheit" bringen kann, verfaßt. Nicht
ohne daß ich deshalb vom großen Bossuet eine herbe Rüge erhielt, der mir vorwarf, ich mengte mich wirklich in all zu viele
Dinge. Und zwar griffe ich „aus purem Ehrgeiz" nicht nur die
Staatskunst, sondern auch in alles andre, selbst in die Rechte
der Theologen ein. Er mag von außen gesehen und als Franzose recht haben. Nur billigt er mir nicht das Motiv zu, das ich
ihm, dem großen Theologen, trotz seiner geistlichen Würde zu-
gestehe: daß nämlich auch ich ein glühender Patriot bin. Allerdings auf der anderen Seite des Rheins. Und ich denke, daß
selbst mein Epigramm auf die Bomben noch zahmer war als

Bossuets briefliche Kundgebung, in der es heißt, der allerchristlichste König befolge bloß die Vorschrift des Neuen Testamentes, das vorschreibt, bei den Juden zu beginnen und sich dann
erst „ad gentes", an die anderen Völker zu wenden. Ludwig
werde nach dieser Vorschrift sich durch die Überwindung
aller Christen einen sicheren Übergang verschaffen, um eines
Tages die Ungläubigen zu erreichen!

Was soll ich darauf erwidern? Was helfen da Angebote an
Frankreich? Auch die Christen müssen überwunden werden,
sagt Bossuet. Durch Ludwig natürlich. Wir Deutschen dürfen
also nur eines tun, um „germanischer Freiheit" teilhaft zu
werden. Wir müssen kapitulieren, uns selbst aus der Karte
Europas austilgen. Und das, wo die Polen, die Hannoveraner
und all die anderen, von den Östreichern ganz zu schweigen,
seit Jahren dafür bluten, das Vordringen mohammedanischer
Heere nach Europa zu verhindern? Sie sind nicht nur undankbar in Paris, sie sind fast unklug. Zu viel vertrauen sie auf
Vaubans Festungen. Und ich glaube kaum, daß das Heer Kara
Mustaphas nach Überrennung Wiens noch aufzuhalten gewesen wäre, wenn es die Donau aufwärts über Bayern und die
Pfalz hätte nach Frankreich marschieren wollen. Man muß in
Wien mit Bürgern, Soldaten und Strategen gesprochen haben,
die anno 1683 die Sintflut mit eigenen Augen sahen, um solches
beurteilen zu können . . .

Aber meine venetianischen Schiffer haben sich zur Ruhe begeben. Zwei schnarchen vernehmlich. Nur einer bedient lässig
das Steuer und das Segel. Der Wind flaut ab. Ich fürchte, wir
haben Gott Aeolus zu stark vertraut und sind zu weit hinausgesegelt. Wir werden bald stilliegen und müssen vielleicht auf
dem Meer übernachten. Was tuts schließlich? Es wird zwar
merklich kühler. Aber ich habe das ganze Gepäck „an Bord"
und kann mir den wärmsten Mantel heraussuchen. Die Schiffer
sollen jetzt ruhig schlafen. Sie können dann in der Nacht, wenn
wir noch nicht das Land erreicht haben sollten, ihre Unterhaltung über die „Sprache der Pferde" und über die Vertilgung
der Ketzer fortsetzen. Auf jeden Fall sind wir Deutschen in
einer schlechten Lage. Ludwig will uns ohne Ausnahme ver-

schlucken, weil wir es wagten, Europa vor den Türken zu retten;
und weil es eher in sein Programm gepaßt hätte, daß wir von
den Türken zermürbt worden wären, die er dann, über unsre
Leichen hinweg, angeblich angegriffen hätte. Meine Venetianer
aber wollen wieder zuerst die Türken vernichten, um dann die
Ketzer auszurotten. Gottlob ist das letztere nicht die Politik
Francesco Morosinis, sondern bloß der Traum dieser schläf-
rigen Matrosen. Sonst wüßte ich als deutscher Ketzer überhaupt nicht mehr, wo mir noch ein Ausweg bliebe.

Aber ich bin nun einmal ein Abenteurer des Geistes und
gehe unbekümmert um alle Vernichtungspläne meine eigenen
krausen Wege. Und war eben in demselben Venedig, das für
die Welfen stets irgend ein Schicksal birgt.

Im Jahre 1685 hatte Ernst August, der den Karneval der
Dogenstadt nicht lassen kann, dort ein sonderbares Erlebnis.
Theodor von Dameidenus, ein holländischer Edelmann und
Abt von Santa Maria de Castro, hat ihm damals ein säuberlich
geschriebenes Buch überreicht, das nichts weniger als den
Nachweis enthielt, daß die Welfen von Octavianus Augustus
abstammten. Es führte auch den bezeichnenden Untertitel: „Un-
unterbrochene Geschichte, Chronologie und Heraldik vom
ersten Jahr der Erbauung Roms bis zum Jahr 1645, also 2646
Jahre umfassend." Der gute Herzog war zuerst über diese Ah-
nentafel ein wenig verblüfft gewesen, um so mehr, als ja die
Wappen und andre sehr apodiktische Angaben dem Ganzen
einen Anstrich von Glaubwürdigkeit und profunder Gelehrsamkeit verliehen. Sein guter Instinkt gab ihm aber gleichwohl
eine skeptische Haltung und er zog es vor, nicht darüber zu
sprechen, bis der „allwissende Leibniz" seine Auskunft gegeben haben würde.

So bekam ich das Prachtwerk in die Hand. Und sah sogleich,
daß der Inhalt ebenso zuverlässig war wie die Zahlenangabe,
die die Gründung Roms in das Jahr 1000 vor Christi verlegte.
Ich erzählte auch Ernst August, daß dieser phantastische Versuch nicht vereinzelt dastehe. Die Extrapolation des Adels
bis zurück ins römische Imperium sei sogar geradezu eine
Modeseuche. So habe Peter Lambeccius den Ursprung der

Habsburger bis auf die Fabier und Scipionen, Sebastian Münster
dagegen die Herkunft der Hohenzollern auf einen römischen
Patrizier namens Petrus Columba zurückgeführt. Auch an
Johann Friedrich habe man sich herangemacht, um ihm Wunderdinge über den rätselhaften und vielleicht apokryphen
Markgrafen Azo von Este zu berichten, der der Stammvater
der deutschen Welfen sei und im elften Jahrhundert nach Christi Geburt gelebt haben soll. Ich fügte hinzu, daß Azo, wenn
er gelebt habe, nach meiner Ansicht niemals ein Italiener oder
gar ein Römersprosse, sondern ein Deutscher gewesen sei. Azo
sei nämlich nichts andres als eine romanisch verballhornte
Form von Albert oder Adalbert. Diese meine Auskünfte nun
erweckten im höchsten Grad das Interesse des Herzogs und der
Herzogin. Es wurden sogleich geheime Beratungen angesetzt
und ich erhielt den Auftrag, eine wirkliche Genealogie des
Welfenhauses festzustellen, da man bei der herrschenden
patriarchalischen und patrimonialen Staatsauffassung durchaus nicht wissen konnte, welche dynastischen und völkerrecht-
lichen Folgen die Aufhellung richtiger genealogischer Zusammenhänge zeitigen würde.

Ich konnte mich solchen Argumenten nicht verschließen, um
so weniger, als ich wußte, in welcher geradezu trostlosen Verfassung sich die Geschichtsforschung in Deutschland seit je befand und noch befindet: Ein Chaos, das Ludwig dazu herausgefordert hatte, seine historische Réunionskomödie aufzuführen. Ich wußte aber noch mehr. Daß es nämlich eine heraklei-
sche Arbeit sein würde, diese Forschungen zu bewältigen. Denn
eine Vorarbeit war in keiner Weise geleistet oder selbst nur ver-
wendbar. Man konnte nirgends anknüpfen. Nicht einmal an
einer Methode. Die Geschichte mußte also aus dem Stadium
einer wahllosen Sammlung teils phantastischer, teils unerwie-
sener Klatschgeschichten erst zum Rang einer Wissenschaft
erhoben werden. Dann, aber auch nur dann, konnte man dazu
übergehen, aus dem Wust der ungeordneten Tatsachen letzte
Ergebnisse auszuschöpfen, wie sie etwa der Aufbau einer richtigen Genealogie eines weitverzweigten und stets in Bewegung
befindlichen Herrscherhauses fordert.

Neues unerhörtes Abenteuer des Geistes! Um einen Stammbaum herzustellen, muß Leibniz all seine andren Wissenschaften im Stich lassen und die europäische Geschichte für den Zeitraum eines Jahrtausends nicht nur dem Material, sondern sogar der Methode nach neu begründen. Und ich erwog alles viele Monate lang, bis ich zu einem Ergebnis kam, das ich in eine kurze lateinische Formel fassen konnte: „Didici in mathematicis ingenio, in natura experimentis, in legibus divinis humanisque auctoritate, in historia testimoniis nitendum esse!" Wie ich mich also bisher in der Mathematik auf die Eingebungen des Geistes, in den Naturwissenschaften auf das Experiment, in göttlichen und menschlichen Gesetzesdingen auf die autoritäre Norm gestützt hatte, so durfte ich mich in der Geschichtswissenschaft, wenn es eine Wissenschaft sein sollte, auf nichts andres stützen, denn auf beglaubigte Quellen!

Ich trug alle Bedenken und Anforderungen dem Herzog und der Herzogin vor. Ich erregte aber durchaus keine Bedenken, sondern entfachte in den beiden geradezu Begeisterung. „Eine neue Welt wird für Castilien und Leon durch unsren Columbus-Leibniz erschlossen", zitierte variierend die Herzogin, und selbst der sparsame Ernst August öffnete seine Kassen, um mir gleichsam ganz Europa als Forschungsobjekt zur Verfügung zu stellen.

Ich bin jetzt auf der Fährte. Vielleicht aber erst am Beginn der großen Reise, die eine Rückwärtsreise durch die Jahrhunderte ist. Über Hessen, den Mittelrhein, Franken, Bayern, Böhmen bin ich bis nach Wien den Spuren der Welfen gefolgt. Habe Archive, Bibliotheken, Grabmäler und all die anderen „Testimonia", die beglaubigten Quellen, untersucht und studiert, wobei ich noch zu meinem Schrecken feststellte, daß die Geschichtsforschung zahllose Hilfswissenschaften sprachkundlicher, ethnographischer, kunsthistorischer, geographischer, ja sogar chymischer Art erheischt.

Und ich habe es zudem nicht allein bei der Geschichte ausgehalten. Die rein örtliche Nähe und Möglichkeit verstrickte mich in Politik, in Philosophie, Mathematik und Bergbaukunde. Ich war in den Goldgruben Ungarns und in den Quecksilberbergwerken von Idria im Karst. Und ich bin in Venedig in die

Geschichte jener eigentümlichen Weltmacht geraten, die wirklich noch ein letzter Rest des römischen Imperiums zu sein scheint mit ihren starren Gesetzesbegriffen und ihrer unbedingten Unterordnung des Einzelnen, auch des Herrschers, unter das Gesamtwohl. Und nicht zuletzt dadurch, daß auch hier aus einer einzigen Stadt ein ganzes Weltimperium herauswächst...

Doch was bedeutet diese unvermittelte Änderung in der Atmosphäre? Es wird kühler und kühler, obgleich die Farben aller Dinge greller und schärfer erscheinen, also die Sonne sicher nicht an Leuchtkraft eingebüßt hat. Es ist vollkommen windstill. Schlaff hängt das braunrote Segel herab, das grobe Marienbild auf weißem Grund und das Kreuz des Erlösers verzerren sich in den Falten der Leinwand, und der Steuermann gähnt und findet es kaum mehr der Mühe wert, die Steuerpinne zu halten. Ich werde mich in einen dicken Mantel hüllen und schlafen. Zu sehen ist nichts mehr, das sich lohnte, da sogar die Wellen nur mehr als verträumte Falten die Unendlichkeit der dunkelblauen Fläche unterbrechen ... Ich — werde — schlafen — — —

Was sind das für Geräusche um mich? Was bedeutet all das Knarren, Schlagen, Pfeifen? Was das Gemurmel, das näherkommt und sich dann wieder entfernt?

Ah, jetzt ist mir eine eisige Hand ins Gesicht gefahren! Was ist das?

Leibniz wollte aufspringen. Hatte er geschlafen? Wie lange hatte er geschlafen? Er konnte nichts sehen. Denn salziges Wasser troff über seine Haare und sein Gesicht. Und dazu schien ihm furchtbarer Schwindel jedes Gleichgewicht geraubt zu haben. Rein dem Gefühl der Selbsterhaltung gehorchend, klammerte er sich an den nächsten Gegenstand, den er erreichte. Doch das Schwindelgefühl und das Schwanken wurde dadurch kaum geringer.

Endlich sah er. Und da ergriff ihn ein Schauer. Was war geschehen? Wie konnte sich die Natur derart verändern? Alles fast lag im Halbdunkel. Kurz gerefft spannte sich das nunmehr winzige Dreieck des Segels zum Bersten und war so prall gebläht, daß es der Barke voranzulaufen schien. Ringsum das Meer jedoch war schwarz und entfesselt. Die Barke tanzte förmlich auf den Wogen, die ein kalter, harter Sturm vor sich herschob. Hatten die Schiffsknechte den Sack des Aeolus geöffnet, während er schlief? Daß zugleich Euros, Notos und der widrigwehende Zephyr sich auf das Schifflein stürzten? Was war mit den Schiffsknechten? Fast grau war die Gesichtsfarbe des Matrosen, der das Steuer mit beiden Händen umklammerte und wie ein Falke voraus lugte. Die zwei anderen aber zerrten am Schoot, daß die Sehnen und Adern ihrer bloßen Unterarme wie Stricke heraustraten. Und sie riefen sich, ganz in der Nähe Leibnizens, Verschiedenes zu.

„Der verfluchte Ketzer ist schuld an dieser elenden Bora!" keuchte der eine.

„Per Baccho! Natürlich ist er schuld. Der Mutter Gottes sei gedankt, daß wir an der Mündung des Po schon vorbei sind! Sonst sitzen wir, wenn wir uns dem Land nähern wollen, plötzlich auf einer Sandbank und die Wellen zerdreschen uns in Stücke."

„Ich glaube, wir werden herauskommen. Bertuccio hat mir gesagt, daß er in den Arm von Mesola einlaufen wird."

„Wir werden herauskommen. Ich habe schon eine ärgere Bora erlebt. Aber noch nie eine so unerwartete. Bastia Madonna! Das hat uns der Ketzer eingebrockt. Unser Meer hat es satt, die Leiber Ungläubiger zu tragen."

Sie schwiegen einen Augenblick. Denn eben hatte eine Böe eine zweite Schicht kleinerer, wie eine Gänsehaut über das Meer huschender Wellen auf die größeren Wogen geworfen, und der Mast krachte, als ob er brechen wollte.

In Leibniz aber war plötzlich, er wußte nicht warum, die Erinnerung an Pythagoras heraufgeschossen, der durch solch einen Sturm vom Berge Karmel nach Ägypten, zum Delta des Nils, gefahren war, um die Urgötter zu suchen. Und den die Schiffsknechte fesseln und in die Sklaverei verkaufen wollten, wenn sie nichts Schlimmeres mit ihm vorhatten.

In diesem Augenblick loderte Leibniz von einem der Matrosen ein unheimlicher Haßblick entgegen. Was wollte der

Matrose? Würde nun auch für ihn ein pythagoräisches Erlebnis folgen?

„Er versteht uns nicht, das Pferd", wandte sich jetzt der Matrose, der Leibniz angeblickt hatte, zu dem anderen, als sich die Böe legte und einer gewissen Ruhe Platz machte. „Er kann uns nicht verstanden haben, denn er hat nicht einmal aufgemuckt, als wir unsre Meinung über ihn äußerten. Darum können wir auch jetzt frei sprechen. Ich schlage vor, den Ketzer ins Meer zu werfen. Er ist einfach über Bord gespült worden. Niemand wird weiter fragen. Ein großes Unglück und Schluß."

„Was fällt dir ein? Das ist ja Mord!" schrie der Zweite dazwischen. „Und Bertuccio ist unser Capitano. Der muß entscheiden."

„Was redest du da von Mord, du Esel? Notwehr ist es. Große Haverei. Wir müssen das Boot erleichtern und den Hexenmeister wegbringen. Sonst ersaufen wir, bevor wir Mesola erreichen. Hast du die Böe bemerkt? Der Ketzer hat höhnisch gelacht über diese Böe. Ich habe es genau gesehen. Ihn wird sein Buhlteufel schon irgendwie aus dem Wasser ziehen, wenn er ihm unsre armen ungereinigten Seelen zum Fraß liefert."

„Und wenn wir ihn morden und dann selbst ersaufen? Sind unsre Seelen dann gereinigter? Dann braten wir alle vier in der Hölle."

„Du bist ein Maulesel. Das Gegenteil ist richtig. Madonna wird uns retten, wenn wir einen Ketzer vertilgen. Und er hat prachtvolle Sachen, der Fremde. Ich sah es, als er den Mantel aus dem Koffer nahm. Bist du so reich, daß du auf solche Dinge verzichten kannst? Wir verstecken sie irgendwo in der Lagune und finden sie in ein paar Monaten als Strandgut. Und jetzt halt das Maul! Ich werde Bertuccio fragen. Sagt der ja, dann über Bord mit dem Ketzer. Ein Ahnungsloser wehrt sich nicht viel. Ein tüchtiger Stoß wird genügen. Maledetto, da hat er uns schon wieder eine Böe hergehext! Faß das Schoot fester, du Tintenfisch!" Und er torkelte gegen achtern zu Bertuccio, wobei er sich dem Bord entlang turnte.

In Leibniz aber war eher eine Frage als kaltes Entsetzen. So also sollte der Mann enden, der eben noch die feinsten Geflechte

menschlicher Weisheit überdacht hatte? War das der Plan der
Vorsehung? Ein Märtyrer des Protestantismus, er, der noch
mit voller Kraft an der Wiedervereinigung der Kirchen arbeiten
mußte? Ein Märtyrer, dessen Martyrium Gott allein erfahren
würde? Oder war er nur das Opfer von Wegelagerern und
Räubern, weil man seine Kleider gesehen hatte? Dieselben
höfischen Kleider, in denen er gerne „schien"? Sollte dieser
Schein jetzt auf ewig verlöschen?

Nein, auch Pythagoras hat das Abenteuer überstanden! Er
hat zu den Schiffsknechten von den Göttern gesprochen, hat
sie mit der Strafe der Götter bedroht, da sie ihn hindern wollten,
neue, größere Götter zu suchen und sie den Hellenen und allen
Menschen zu bringen. Soll ich mit den Matrosen in ihrer Sprache reden? Soll ich sie beschwören, überreden, ihnen klar
machen, daß sie die Welt verarmen, wenn die Geschichte nicht
zur Wissenschaft wird, wenn meine Philosophe niemals vollendet, der Algorithmus nicht zum Gipfel getrieben wird? Oder
soll ich ihnen mit der Rache des Herzogs drohen? Oder mit der
Strafe Francesco Morosinis und des Papstes?

Nein, ich darf sie nicht verstanden haben. Sie würden meine
Beschwörungen und Drohungen verlachen. Es wäre alles noch
schlimmer. Sie würden mich dann schon aus bloßer Angst davor töten, daß ich sie einmal anzeigen, verklagen könnte. Ich
muß weiter stumm bleiben. Aber ich will nicht sterben. Jetzt
noch nicht. Ich habe meine Aufgabe noch nicht beendet.

Der Matrose kommt grinsend von Bertuccio zurück. Sie
haben Unverständliches verhandelt. Aber der Capitano will anscheinend auch die Beute lieber als sein gutes Gewissen. Oder
hat er ein gutes Gewissen, weil ich ein Ketzer bin?

Es gibt nur einen Ausweg. Ich bin kein Ahnungsloser, wie
sie glauben, die Piraten. Ich werde mich einfach wehren wie ein
Mann. Was aber, wenn ich selbst siege? Schon wieder fegt eine
Böe über uns und der Mast knarrt und die Taue pfeifen und
weinen vor Anspannung. Was, wenn ich siege? Gut, ich habe
einmal die Segelkurve berechnet. Ein wissenschaftlicher
Triumph. Ich weiß theoretisch das Geheimnis Drebbels, unter
dem Wasser zu steuern. Aber ich werde durch Differential-

gleichungen allein nicht nach Mesola kommen. Männer werden durch Taten.

Etwas muß gewagt werden. Vielleicht habe ich das Reisemesser in der Tasche. Die Pistolen liegen im Koffer. Es handelt sich nur mehr um Sekunden. Der Bandit schleicht schon näher.

Nein, auch das Messer habe ich nicht bei mir. Und es ist kein handfester Prügel, kein Instrument in der Nähe, mit dem ich mich wehren könnte.

Ah, was ist das? Was habe ich da in der Tasche des Rockes plötzlich angefaßt? Den Rosenkranz? Den Rosenkranz, den mir zum Dank für selbstverständliche Freundeshilfe ein Venezianer schenkte, den ich bei Morosini aus dem Kerker freibat? Ist das ein Zeichen?

Warum soll ich nicht vor meinem Ende das Kruzifix küssen, warum nicht eine der großen Perlen zwischen die Finger pressen, um das allen Christen gemeinsame Vaterunser zu beten? Herr, in deine Hände empfehle ich meinen Geist! Nur du allein weißt, was du mit mir willst.

Schon leuchten die weinroten Glasperlen aus Murano in meiner Hand und das vergoldete Kreuz des Erlösers funkelt durch den Aufruhr der Elemente.

Was ist das? Warum verfärbt sich der freche Wegelagerer? Warum glotzt er mich wie ein Gespenst an? Warum schlottern plötzlich seine Knie?

„Ecco, er ist einer der unsern! Verzeih mir die gräßliche Sünde, Madonna!" heult er auf und bekreuzigt sich wie ein Toller.

„Ich habe dich gewarnt", kräht triumphierend der Zweite, der das Schoot hält.

„Jetzt wird uns der Sturm verschlingen. Mein armes Weib, die armen Bambini!" jammerte hemmungslos der Bandit.

Leibniz aber starrte, fast entsetzt, auf die blutroten Perlen des Rosenkranzes. Was war das alles? Ein Wunder? Ein Fingerzeig? Oder gar ein schmachvoller Verrat und eine halbbewußte Schlauheit des Schlänglers Leibniz?

Nein, kein Verrat! Es war eine unerforschliche Fügung Gottes, der, wie einst den Pythagoras, so auch jetzt seinen

treuen Kämpfer Leibniz vor den gierigen Fängen der Schiffsknechte bewahrt hatte. Auf daß er weiter, gleichsam wie auf
einem Wachtposten, ausharre und sein Werk vollende . . .

Als die Barke, zwei Stunden später, durch die Glätte eines
sumpfigen Kanals in Mesola einlief, nahmen die Schiffer wie
geduckte Hunde den Fahrtlohn aus der Hand eines um Jahre
gereiften Fremden entgegen, der ihnen, auch jetzt noch in der
Sprache der Pferde, einen Abschiedsgruß zurief.

Fünfzigstes Kapitel

Die „Academia Ciampini“

Über dem heiligen Rom des Papstes Alexander VIII. lag
die unaussprechlich erfüllte Ruhe eines Septembernachmittags.
Die Ruhe gereifter Früchte und des glückverheißenden Auf-
stieges der Christenheit.

Wenn aber eine Steigerung der seligen Stimmung dieses
Tages noch möglich war, dann hatte sie im Garten des Landsitzes Gestalt gewonnen, der dem reichen und gelehrten Herrn
Ciampini gehörte und der zwischen berstenden Trauben, Spät-
feigen, Lorbeer, Pinien, Oliven und Zypressen auf den Hängen
des Monte Mario weiß und marmorn aus dem satten und bläu-
lichen Grün hervorlugte.

In einer Pergola, knapp am Absturz einer Schlucht, saß ein
erlesener Kreis von Männern an einer Tafel. Und das reichliche
Vesperbrot, all die Fische, Braten und Langusten verbanden
sich in Buntheit mit den Früchten, dem glühenden Falerner
und dem Lacrimae Christi.

Gewiß, es war all den hochgelehrten Männern, die zusammen
die heute schon weltberühmte Academia Ciampini fisico-mathe-
matica bildeten, auch ein großes Vergnügen, an dieser reich-
besetzten Tafel ihres Präsidenten und Gönners zu sitzen. Durch
die nimmermüde und erfinderische Gastfreundschaft Ciampinis
kam stets ein klassisch-antiker Hauch in die „Sitzungen“, der

die Illusion hellenischer Symposien erzeugte und einen leisen
Schauer verpönten Heidentums einmengte: gleichwohl war
aber eben heute noch mehr Grund als sonst, sich des Symposi-
ons zu erfreuen. Denn man erwartete die zwei Titanen aus dem
Kreise, die in wichtigsten Angelegenheiten noch im Mittelpunkt der Welt, im Vatikan, weilten. Was für Neuigkeiten
würde der Jesuit Claudius Philipp Grimaldi bringen, was für
Sensationen dieser Leibniz?

Und die Gespräche schwirrten auf und ab und wollten kein
Ende nehmen. Der Mathematiker Abbate Francesco Nazari
war anwesend, der Herausgeber des „Giornale de letterati".
Der Physiker Adrian Auzulus, der Mitbegründer der Pariser
Akademie. Und Pater Eschinardi, Vitale Giordani, Giorgio
Baglivi, Filippo Bunorotti, Giorgio Lucio, Francesco Bianchini,
Antonio Oliva bedeuteten jeder für sich einen ganzen Kosmos
der Gelehrsamkeit.

Aber dieser Deutsche! Dieser Leibniz, von dem Bianchini
gesagt hatte, er sei eine Zusammensetzung aus glanzvoller
Vornehmheit, Grazie, blendendem Geist und Wissenschaft,
und es sei nur zu wünschen, daß er, der bald den Kreis verlassen mußte, sein Abbild durch Entsendung andrer deutscher
Gelehrter nach Rom wiederbrächte; dieser Leibniz hatte geradezu einen Rausch des entschwundenen Rinascimento über
Rom gebracht.

Keine Übertreibung, daß er ganz Rom ergriffen, aufgewühlt
und verzaubert hatte. Endlich wieder einer der Uomini univer-
sali, endlich wieder ein Gipfelmensch, so sagte es einer dem
anderen. Und in einer durch nichts zu überbietenden Selbst-
losigkeit hatte das edelste Rom den merkwürdigen Deutschen
an sein Herz gedrückt und alle Ehren auf ihn gehäuft, die es
vergeben konnte. Man war an seinen Lippen, die so fließend
das Lateinische und Italienische formten, gehangen, hatte ihn
fast schüchtern gebeten, die Akademie Ciampini, um deren
Mitgliedschaft die Gelehrten aller Welt halsbrecherische Intrigen spannen, durch seinen Beitritt zu ehren, und selbst der
verschlossene Kardinal von Bouillon, der Gesandte des Sonnenkönigs am Vatikan, hatte sich dieser fast zur Volksstimmung

angeschwollenen Sympathiewelle, die den gefährlichen Deutschen trug und hob, gebeugt. Und der Kardinal hatte Leibniz eingeladen und zeigte seine freundschaftliche Gesinnung dem Volke, indem er Leibniz gelegentlich einer Aufführung der Oper Amadis in seiner Loge ostentativ an seiner Seite ließ.

Leibniz aber war unter diesem südländischen Begeisterungssturm einer ganzen Stadt, der ihm höchst unerwartet entgegenbrauste, nur milde und bescheiden geworden. Stromgleich und ruhig-sicher, dem geräuschlosen Fluß des Öls vergleichbar, wie Platon im Dialog Theaitetos sagt, wendete sich die gesammelte Kraft seines ganzen Wesens nach außen und gab seiner Erscheinung etwas derart Gott-trunkenes, daß er auch die letzten Widerstände nie fehlender Neider ohne es zu wollen zu Boden streckte. Dabei aber wußte er mit jener unfehlbaren Sicherheit größter Geister, daß, rein menschlich betrachtet, diese römischen Wochen den Kulm seines Lebens, den niemals wiederkehrenden Gipfelpunkt seines Einzeldaseins bedeuteten. Und wie eine ganz leise Wehmut beginnenden Herbstes lag es unter seinem Lächeln, während wolkenlose Sonne strahlte und die letzten Früchte der berstenden Reife zutrieb. Kampflose Harmonie. Höchstes Einzelglück. Beinahe hellenische Kalokagathia. Nur für Wochen konnte ein nordischer Geist solcher diesseitigen Ewigkeit teilhaftig werden. Wenn er den tiefsten Sinn deutscher Weltsendung erfüllen wollte...

Der große Jesuit Grimaldi, dessen nachtdunkle Augen in seltsam gebrochenem Feuer, in einem Feuer, das eher nach innen zu lodern schien, aufleuchteten, wenn er, unvermittelt und erschreckend, seinen Gesprächspartner mit seinem Blick packte, erschien als erster der beiden Heißerwarteten in der Pergola. Er war ein wenig wortkarg. Nach liebenswürdiger Begrüßung setzte er sich an den unteren Teil der Tafel, fächelte sein braungebranntes durchmeißeltes Gesicht mit einem Taschentuch und aß dann langsam und gebändigt, nicht jedoch irgendwie achtlos, von den erlesenen Speisen.

„Herr Leibniz war am Vormittag bei uns im Missionspalast“, sagte der Jesuit plötzlich zum Astronomen Bianchini. „Er war ein wenig erregt. Einer meiner Ordensbrüder, Annibale

Marchetti aus Florenz, hat eine große Ungeschicklichkeit begangen, die ihm wahrscheinlich eine Rüge der Oberen eintragen wird. Er hat in heiligstem Eifer Leibniz einen Brief geschrieben, in dem nicht weniger stand, als daß er ihn bei den Flammen der Hölle, die Leibniz unfehlbar erwarteten, auffordert, sofort zur katholischen Kirche zurückzukehren. Dies einem Leibniz! Wir beruhigten Leibniz, so gut es ging, und baten ihn, den Kampf, den er mit der ganzen Wucht seiner Autorität an unrer Seite führt, wegen einer solchen Einzelentgleisung nicht aufzugeben. Und wir versicherten ihm, daß hier in Rom die Meinung Marchettis durchaus nicht geteilt werde. Hier werde man wahrscheinlich anders mit ihm sprechen, wenn schon über diesen Punkt gesprochen werden müßte. Und ich vermute, daß man Leibniz aus ähnlichen Gedankengängen heraus beinahe hochoffiziell in den Vatikan zitierte. Jedenfalls war er am Vormittag noch vollständig unklar darüber, was man von ihm wünscht. Ich glaube, wir dürfen uns auf Überraschungen vorbereiten; ebenso, wie auch ich später, in Anwesenheit Leibnizens, eine große Neuigkeit allen Freunden mitteilen muß, die meine nichtige Person betrifft." Der Jesuit schwieg und aß gleichmütig weiter.

Der Astronom Bianchini aber schüttelte den Kopf.

„Ich hoffe", erwiderte er fassungslos, „daß man uns Leibniz nicht vor der ohnedies allzukurzen Zeit, die er uns widmen kann, durch solche üble Dinge vertreibt. Ich bin weiß Gott ein glühender Katholik. Aber eben, weil ich das bin, muß ich zugeben, daß ich durch Leibniz nicht nur von den Deutschen, sondern auch von den Lutheranern eine ganz andre Meinung bekommen habe. Vor allem hätte ich es nie bemerkt, daß er Protestant ist. In seiner Gegenwart fürchte ich mich geradezu, über Glaubensdinge zu sprechen, da er die katholische Theologie subtiler beherrscht als ich selbst. Und er liebt unsre Kirche beinahe wie seine eigene. Das hat er mir selbst gesagt, als er mich über die Vereinigungsverhandlungen aufklärte."

„Wegen eben dieser Verhandlungen waren wir über Marchetti so entsetzt", fiel Grimaldi ein. „Leibniz sieht die Welt und die Feinde des christlichen Gottes größer und universaler als der brave, verbissene Florentiner. Ich bin in vielem Leibnizens Meinung. Wenn wir solche Marchettis nach Südamerika und China gesandt hätten, wäre nichts erzielt worden als eine Häufung des Martyriums und ein ewiger Verlust dieser Partes infidelium, dieser Reiche der Ungläubigen. Besser ein verunreinigtes Christentum als gar keines, hat Leibniz gesagt. Die Reinigung könne dann später und schrittweise erfolgen. Wie sehr er damit recht hatte, können wir, im Missionspalast, besser beurteilen als Pater Marchetti in Florenz."

„Herrliche Aufgaben, die ihr da zu erfüllen habt." Bianchini nickte begeistert und leerte ein Glas Lacrimae Christi. „Ist es übrigens richtig, daß Pater Verbiest schon auf dem Heimweg aus China ist? Jener Verbiest, der durch unsre königliche Wissenschaft, durch die Astronomie, den Kaiser von China für sich gewann?"

„Vielleicht ist es wahr." Grimaldi lächelte eigentümlich. „Vielleicht." Er machte eine Pause. Dann lenkte er schroff ab: „Übrigens haben wir China nicht nur durch die Astronomie erobert, sondern auch durch die Chinarinde."

„Durch die Chinarinde?" Der Gastgeber Ciampini mengte sich lachend ins Gespräch. „Was soll das heißen?"

„Ein merkwürdiger sprachlicher Zufall, edler Gönner", erwiderte der Jesuit. „Die Chinarinde wächst in Peru und hat ihren Namen daher, daß der spanische Corregidor, Don Juan Lopez de Cañizares, der selbst durch diese Rinde von Wechselfieber geheilt worden war, die wundertätige Arznei der Gemahlin des Vizekönigs von Peru, der Gräfin von Chinchon, sandte. Das war etwa vor fünfzig Jahren. Seither heißt die Rinde Chinarinde. Außerdem behaupten unsre Missionäre, Quina bedeute in der Inkasprache so viel wie Rinde. Und um die magische Sprachverwirrung voll zu machen, ergab es sich, daß der chinesische Kaiser Cham-Hi in einem der kritischesten Augenblicke seiner Regierung, als eben die Mongolen vor der großen Mauer standen, an scheinbar hoffnungslosem Wechselfieber erkrankte. Unsre Brüder, Verbiest an der Spitze, erboten sich sofort, ihn mit unsrem ‚Polvo de los Jesuitos‘, mit dem auch Ihnen, Herr Ciampini, bekannten Jesuitenpulver, das nichts andres ist als ein Decoct der China-Rinde, zu heilen. Ich will Sie mit der Angst-Komödie, die sich damals am chinesischen Kaiserhof abspielte, verschonen, Herr Ciampini. Nach unzähligen Proben an Gesunden und Fieberkranken ließ sich die chinesische Majestät schließlich herbei, das Polvo de los Jesuitos zu verschlucken. Trotz aller Intrigen der chinesischen Ärzte, die klug genug waren, zu sehen, daß sie unrettbar durch uns ihr Gesicht verloren, wie man in China sagt. Kurz, Kaiser Cham-Hi wurde innerhalb weniger Stunden gesund und sein Thron war gerettet. Gott aber hat uns dadurch die Hoffnung gegeben, vielleicht einmal das riesige chinesische Reich zu bekehren. Und darum halte ich das merkwürdige Wortspiel, das von der Inkasprache anhebt, aus Quina (ist gleich Rinde) die Rinde der Gräfin Chinchon macht und schließlich im Palast Cham-His als wirkliche China-Rinde sich manifestiert, für mehr als einen irdischen Zufall. Wie denn China selbst für uns alle noch voll dunkelster Geheimnisse steckt. Und unser Leibniz hat, sehr zum Entsetzen Bigotter und allzu Orthodoxer, einmal gesagt, es scheine ihm, wenn er die ins Unermeßliche zunehmende Sittenverderbnis in Europa betrachte, fast notwendig, daß die Chinesen zu uns Missionäre schickten, um uns den Zweck und die Übung der natürlichen Theologie zu lehren; wie wir wieder unsre Missionen hinsenden müßten, um die Chinesen in der geoffenbarten Theologie zu unterrichten."

Alle Akademiker des Kreises um Ciampini gerieten durch die Reden des großen Jesuiten in eine angeregt heitere Stimmung.

Doch wurde Grimaldi plötzlich sehr ernst und sagte:

„Noch einmal, meine verehrtesten Freunde. Leibniz sieht die Dinge, wie sie wirklich sind. Wie wir im Missionspalast sie sehen. Und wie die Propaganda fidei, die Glaubenspropaganda, sie sehen muß. Wir wahrhaften Streiter Gottes, die aus unsrem allerkatholischesten Vaterland, aus dem Zentrum der Mutterkirche, von Rom aus, einmal über den ganzen Erdball blicken; und dabei unsre subtilen Dogmenkonflikte innerhalb dieses gefestigten Katholizismus vergessen, müssen erkennen, daß es in den nächsten Jahrzehnten und Jahrhunderten um Gott selbst gehen wird. Nicht, daß Gott als solcher in Gefahr wäre.

Solch lächerlicher Auslegung wird niemand meine Worte verdächtigen. Aber der Gott, der identisch ist mit dem Gottglauben der Menschen, jener Gott, der im Herzen wohnen soll, muß verteidigt werden. Und in solcher Weltlage darf es keine Palaststreitigkeiten geben. Nicht hier, nicht anderswo. Die Reinigung wird erfolgen, wenn Gott wieder im Herzen aller verankert ist. Dann, und nur dann, werden wir die Böcke von den Schafen scheiden. Und in diesem erweiterten Sinn betrachten wir Propagandisten des Glaubens Leibniz als ein wenn auch formell häretisches, so doch wertvolles Mitglied einer allgemein christlichen Ecclesia militans. Ganz abgesehen davon, daß wir den diesseitigen Menschen Leibniz lieben und zu ihm als zu einem Wunder des Geistes verehrend aufblicken.‘‘

Grimaldi fand nicht nur keinen Widerspruch, sondern begeisterte Zustimmung. Und auch als sich das allgemeine Gespräch der Physik und Mathematik zuwendete, wurde Leibnizens Name mehr als einmal genannt, so daß er gleichsam schon im Kreise anwesend war, bevor er noch, etwa eine Stunde später, in sichtlicher Gemütsbewegung, durch den Garten auf die Pergola zukam und von den Freunden mit gutmütig ironischem Applaus für sein Zuspätkommen empfangen wurde.

Als Leibniz den Gastgeber und die anderen Freunde herzlich begrüßt hatte und sich eben zum Tisch setzen wollte, stand Grimaldi plötzlich auf, ging mit einigen Schritten auf ihn zu und legte ihm die Hand auf die Schulter. Dann sagte er mit gedämpfter, jedoch sehr entschiedener Stimme:

„Ich möchte Sie für eine halbe Stunde dem Kreis der anderen entführen, Herr Leibniz. Ich habe dafür sehr triftige Gründe. Und ich kann diese Entführung deshalb ruhig verantworten, weil ich hoffe, daß wir eben jetzt eher am Beginn denn am Schluß unsrer Unterredungen halten.‘‘

„Für jeden Fall ist ein Abendessen vorbereitet‘‘, lachte Ciampini dazwischen.

„Das erleichtert meinen etwas unhöflichen Entschluß‘‘, erwiderte Grimaldi. „Mir fehlt also nur noch die Zustimmung der Hauptperson. Würden Sie mir den Gefallen tun, Herr Leibniz?‘‘

Leibniz sah den Jesuiten ein wenig unschlüssig an. Diese

Aufforderung des sonst so zurückhaltenden Mannes, der jedes, auch nur das geringste Aufsehen stets mit eherner Selbstbeherrschung vermied, mußte wirklich ungewöhnliche Gründe haben. Und vor allem, wozu die Eile? Wollte der Jesuit ihn verhindern, vor den anderen irgend etwas zu sprechen? Was aber wieder sollte das sein? Es war im Angesicht der Unlösbarkeit all dieser Rätsel am klügsten, sich zu fügen.

„Gewiß, hochwürdiger Pater Grimaldi, es wird mir wie immer ein Vergnügen sein, mich mit Ihnen auseinanderzusetzen", antwortete Leibniz. Er wandte sich an die Tischgenossen und fügte bei: „Wir werden uns eilen, um nicht allzuviel der aufschlußreichen Gespräche zu versäumen, die hoffentlich erst nach unserer Rückkehr sich mit neuen Entdeckungen befassen werden. Und auch wir versprechen, dann mit unseren Neuigkeiten nicht zurückzuhalten."

„Pater Grimaldi hat für heute ohnedies eine Sensation angekündigt", rief Bianchini vorwurfsvoll. „Er wartete mit der Bekanntgabe nur auf Sie, Herr Leibniz. Und nun verschwinden Sie beide. Aber was soll man tun? Also geht jetzt endlich, ihr launischen Olympier!"

„Ich werde mein Versprechen halten", sagte Grimaldi plötzlich wieder sehr ernst. „Sie werden, wenn Sie mein Geheimnis erfahren, milder urteilen, Herr Bianchini. Jetzt aber kommen Sie, Leibniz." Und er ging schweigend voran.

Nach wenigen Minuten gelangten Leibniz und Grimaldi zu einer Steinbalustrade, vor der einige Marmorbänke standen. Es war der höchste Teil des Gartens. Zwischen strotzenden Gebüschen sah man hinaus in die Weite, sah die Engelsburg, die Kuppel der Peterskirche, das Häusermeer der ewigen Stadt, das Silberband des Tiber, die Ebenen.

„Ich will Sie fragen, Herr Leibniz, vorläufig nur fragen", begann Grimaldi und ließ sich auf eine der Bänke nieder. „Sie waren doch, soweit Sie mich vormittags unterrichteten, inzwischen im Vatikan?"

„Wissen Sie nichts über das, was man mir zur Erwägung stellte? Ich bildete mir ein, es sei auf Ihre Anregung hin erfolgt." Leibnitz hatte sich ebenfalls gesetzt.

„Kein Sterbenswort weiß ich. Es ist nicht meine Art, nach
Dingen, die ich weiß, zu fragen.“

„Verzeihen Sie, Pater Grimaldi! So habe ich das nicht gemeint. Ich gestehe aber gerne, daß ich mich in einer fast hilf-
losen inneren Verwirrung befinde. Zu große Dinge sind von
verschiedensten Seiten auf mich hereingebrochen, seit wir uns
trennten.“

„Ich sah es Ihnen an, als Sie den Garten betraten. Und
wollte eigentlich nichts anderes, als Ihnen die Möglichkeit geben,
ben, Ihrer Verwirrung einem Einzelnen gegenüber Herr zu werden. Ob Sie nun sprechen oder mit mir hier eine halbe Stunde
lang in die Gegend hinausblicken.“ Grimaldi sah betont absichtlich zu Boden.

Es entstand eine kurze Pause. Plötzlich sagte Leibniz mit
leicht umflorter Stimme:

„Ich werde reden, Pater Grimaldi. Sie sind ungemein gütig.
Und haben zudem vollständig recht. Wenn ich zögerte, ist es
nur deshalb geschehen, weil ich einfach nicht weiß, wo ich beginnen soll. Aber ich werde jetzt nicht grübeln, sondern ohne
irgend eine Disposition sprechen. Ich hatte mehrere Unterredungen im Vatikan. Offizielle und private. Das heißt, ich wurde
eigentlich zum Kardinal Casanata beschieden. Traf aber zufällig im Vorraum den Florentiner Magliabechi.“

„Den Sonderling?“ Grimaldi lächelte.

„Ja, denselben.“ Leibniz sprach noch immer in erregtem Ton
und schien sich zu bemühen, die Gedanken zu ordnen. Dann
setzte er fort: „Der Sekretär des Kardinals Casanata machte
mich mit Magliabechi bekannt. Und von da an lief alles durcheinander. Ich glaube fast, man wird mich heute im Vatikan
nicht eben in angenehmster Erinnerung haben.“

„Haben Sie exzediert, Leibniz?“ Grimaldi faßte Leibniz mit
einem beinahe ironischen Blick.

„Exzediert? Nein, das nicht!“ Leibniz lachte leise auf. „Aber
ich fürchte, daß mich Deutschen diese südliche Luft und die
allzugroße unverdiente Sympathie, die man mir hier entgegen-
bringt, ein wenig aus der Bahn geworfen hat.“

„Das bilden Sie sich wohl nur ein. Wahrscheinlich haben Sie

sich bei uns Südländern durch eine gewisse Lockerung Ihres Temperamentes nur noch mehr Sympathie erworben."

„Möglich, daß ich mir alles einbilde. Aber ich will jetzt nicht mehr herumreden. Es handelt sich zuerst um zwei Angelegenheiten, die durchaus nichts miteinander zu tun haben. Die eine, die inoffizielle, kam mir in den Sinn, als ich mit Magliabechi im Vorraum über die Kontroverse des Abbé de la Trappe mit Mabillon diskutierte. Ich nahm selbstverständlich gegen das reine Anachoretentum der Trappisten Partei und drang in Magliabechi, seinen Einfluß für eine Ausnützung der Klöster in der Richtung der Naturerforschung in die Wagschale zu werfen."

„Ein etwas revolutionärer Vorschlag." Grimaldi horchte auf. Dann sagte er lächelnd: „Geist vom Geiste unsrer Akademie Ciampini. Magliabechi war wohl begeistert? Oder sollte ich mich täuschen?"

„Er war zumindest nicht ablehnend", erwiderte Leibniz. „Insbesondere, als ich erklärte, daß durch meinen Plan in zehn Jahren wahrscheinlich mehr geleistet werden könnte als sonst in mehreren Jahrhunderten. Und als ich sagte, es sei nichts der Frömmigkeit gemäßer als die Betrachtung der bewunderungswürdigen Werke Gottes und der Vorsehung, die nicht weniger in der Natur als in der Geschichte und der Regierung der Kirche hervorleuchteten. Solcher Beschäftigung die Frömmigkeit absprechen, hieße dieser Frömmigkeit die gediegene Nahrung entziehen und ihr nur trockene Meditationen übrig lassen, von denen die unbefriedigte Seele leicht zu leeren Spekulationen übergehen würde; die wieder alle Gefahr von eingebildeter Weisheit mit sich führen könnten. Und ich ließ mich von meinen Zukunftshoffnungen mitreißen, sprach davon, daß ein ‚beschauliches‘ Klosterleben so recht nur die Sehnsucht fauler Bäuche wäre und daß dadurch die ganze Kirche noch außerdem in den Verdacht käme, aus Angst vor wahrer Wissenschaft die Wissenschaft der Natur zu unterdrücken. Eben jene Naturwissenschaft, die recht eigentlich Domäne und Sprungbrett aufgeblasener Freigeister und Gottesleugner ist. Während nach meinem Vorschlag die vereinigte Kerntruppe gelehrter und weiser Mönche, der edle Wetteifer uralter Orden untereinander, mit Leichtigkeit den Freigeistern auch auf ihrem eigensten Gebiet vor aller Welt den Rang ablaufen würde."

„Was hat man Ihnen geantwortet? Haben Sie außer mit Magliabechi auch noch mit andren über Ihren Plan gesprochen?" Grimaldi fragte nur, um zum Kernpunkt vorzustoßen, den Leibniz anscheinend noch nicht erwähnt hatte.

„Ich habe gesprochen. Mit dem Kardinal selbst. Aber der Plan geriet gegenüber einer anderen, der offiziellen Angelegenheit, die mich selbst betraf, in den Hintergrund. Kurz, Casanata hat mir nichts weniger als die Stelle des Custoden der Vatikanischen Bibliothek angetragen. Ganz Rom wünsche es, hat er beigefügt. Und noch dazu erklärt, ob mir bewußt sei, daß nach einiger Zeit mit dieser Stelle die Würde des Kardinalats beinahe untrennbar verbunden wäre. Es ist alles unfaßbar, Pater Grimaldi! Sprechen Sie jetzt nicht. Sondern hören Sie weiter. Ich wollte eben, als mir die Größe und der volle Ernst dieses Antrages zum Bewußtsein kam, zu überlegen beginnen. Wollte die Unions-Verhandlungen anführen, in deren Interesse ich selbst vom katholischen Standpunkt aus Protestant bleiben müßte. Wollte vom Rosenkranz-Wunder auf der Barke sprechen. Wollte erwägen, wie weit ich Hannover, der keimenden Geschichtswissenschaft und dem Hof in Wien zur Treue verpflichtet sei. Wollte und wollte und wollte. Und mitten in diese Überlegungen schoß mir, noch als ich vor dem großen Kardinal stand, eine ungeheure mathematische Entdeckung in die Wirrnis meiner Gedanken und brachte mich vollends um die Möglichkeit, dem Kardinal etwas anderes zu erwidern als eine Bitte um Aufschub meiner Entscheidungen. Er war äußerst gütig und bezeichnete diese Überlegungsfrist als selbstverständlich. Gleichwohl jedoch dürfte ihm mein Betragen, das ich ihm ja nicht erklären konnte, etwas sonderbar erschienen sein." Leibniz schwieg.

Nach kurzer Zeit blickte ihm Grimaldi hart in die Augen.

„Ich äußerte heute schon einmal," sagte er dann langsam, „daß man hier in Rom mit einem Leibniz anders sprechen würde, als es der eifernde Marchetti von Florenz versucht hat.

Ich kenne Sie zu gut, Leibniz, weiß um die ganze Vielfalt
Ihrer Gewissenszweifel zu genau Bescheid, als daß ich jetzt,
nachdem Sie mir alles erzählten, Ihre Verwirrung nicht begriffe. Ich kann Ihnen auch keinen wirklich schlüssigen und
eindeutigen Rat erteilen. Und kann nur sagen, daß es nicht nur
mich allein, sondern wirklich weiteste Kreise des Katholizismus
mit inniger Genugtuung erfüllen würde, die Fiocchetti des
Kardinals auf dem Hut Leibnizens zu sehen. Es wäre eine unausdenkbare Stärkung der geistigen Macht unsrer Kirche!
Ob es aber nicht eine größere Stärkung der physischen Macht
unsrer Kirche ist, wenn die Einigung mit den Protestanten
gelingt, wage ich nicht zu entscheiden. Kurz, mein Dilemma,
Leibniz, ist kein kleineres als das Ihre. Und darum müssen Sie
das alles wohl allein mit Gott ausmachen. Auf jeden Fall verstände ich Ihre Verwirrung auch dann, wenn nicht noch Ihre
mathematische Entdeckung, deren Größe mir nach Ihrer Aussage unzweifelhaft erscheint, dazwischen gekommen wäre. Diese
Entdeckung aber, Herr Leibniz, möchte ich noch heute kennen-
lernen, denn ich reise morgen früh nach China. Kaiser Cham-Hi
hat mich an Stelle des heute nach Rom zurückgekehrten Paters
Verbiest zum Präsidenten des mathematischen Tribunals am
Hof von Peking ernannt. Und mein Orden hat mir im Namen
des heiligen Ignatius befohlen, der Berufung Folge zu leisten."
Leibniz war aufgesprungen. Er starrte Grimaldi fassungslos
an.
„Und Sie, eben Sie, Pater Grimaldi, hören mit steinerner
Geduld den krausen Bericht meiner Angelegenheiten an?!
Fragen teilnehmend? Machen sich Sorgen über meine Ent-
schlüsse? Als ob Ihre eigenen Schicksale im Gleichmaß einer
Dorfpfarre dahinströmten?"
„Warum sollte ich, dessen Schicksal eindeutigen Gesetzen
folgt, der doch stets genau wußte, was es bedeutet, daß hinter
seinem Namen die Buchstaben S. J. stehen, nicht imstande sein,
die Wirrnisse eines Mitmenschen, eines großen, weltwichtigen
Geistes und Fachgenossen im Gebiet der Wissenschaft, zu begreifen? Auch am Vortage einer Reise nach China zu begreifen?
Mit Gottes Hilfe wird mich ja nichts Übles erwarten. Gewiß,

der Abschied von Rom, von meinen Freunden, von unsrer
Akademie fällt mir nicht leicht. Dafür aber werde ich im Drachenpalast des östlichen Weltherrschers stundenlang an der
Seite dieses Kaisers liegen, den die eigenen Blutsverwandten
nur aus der Ferne verehren dürfen. Und ich werde ihn in der
Mathematik unterrichten und vielleicht Gelegenheit finden,
während wir in den Nächten den Lauf der Sterne beobachten,
den Samen der wahren Religion in sein Gemüt zu senken. Ich
sage es noch einmal. Es ist eine klare, eindeutige, konfliktlose
Aufgabe, Leibniz, auch wenn mein Schiff durch heiße Meere
und zwischen nie geschauten Riffen segeln muß. Pater Verbiest
ist nach Rom zurückgekehrt. Auch ich werde mit Gottes
Hilfe wieder den Boden der ewigen Stadt betreten. Jetzt aber,
Leibniz, schenken Sie mir zum Abschied noch das Wissen um
Ihre neue Entdeckung.“

Leibniz hatte sich unter dem Eindruck der unbezwinglichen
Ruhe Grimaldis wieder auf die Bank niedergelassen. Neue
Welten, wimmelnde Völker des Ostens, ferne Landschaften,
deren Bilder er im Missionspalast schon gesehen hatte, tanzten
vor seinem inneren Auge, als er ein Notizheft und eine Bleifeder hervorzog und leise erwiderte:

„Es ist merkwürdig, daß meine Entdeckung aus jenen Zauberwelten hervorging, in die Sie nun wirklich reisen sollen,
Pater Grimaldi. Das kanonische Buch Yi-king des sagenhaften
Kaisers Fohi, das Sie mir einmal zeigten, und das ja nur aus
den vierundsechzig mystischen Zeichen, aus den Trigrammen,
aus den Kuas besteht: jenes bis heute unenträtselte ‚Buch der
Wandlungen‘ also wurde für mich der Ausgangspunkt meiner
Entdeckung.“

Da Leibniz eine kleine Pause machte, fiel der Jesuit ein:

„Sonderbar! Eben heute hat mir, trotz aller wichtigen und
wichtigsten Berichte, Pater Verbiest erzählt, daß er sich näher
mit dem Yi-king befaßt und die Entstehungssage erfahren habe.
Das Drachenpferd Lung-ma, so sagen die Chinesen, soll aus
dem Flusse aufgestiegen sein und dem Kaiser Fohi eine Tafel
überreicht haben, die weiße und schwarze Punkte in symmetrischer Anordnung enthielt. Der Kaiser habe hierauf die

476

weißen Punkte durch ganze, die schwarzen durch gebrochene Linien ersetzt und die ersten acht Trigramme daraus gebildet, in denen im allgemeinen die ganzen Linien oder Yang auf Licht, Bewegung, Leben, die gebrochenen Linien oder Yin auf Dunkel, Ruhe, Materie hindeuteten . . .“

„Jetzt wird der Zusammenhang noch mystischer.“ Leibnizens Gesicht überzog sich mit einem roten Schimmer, um gleich darauf zu erblassen. „Licht und Dunkel? Bewegung und Ruhe? Leben und stumpfe Materie? Nein, Pater Grimaldi! Das ist kein Zufall. Erforschen Sie diese Urweisheiten in China weiter, schreiben Sie mir darüber, vergessen Sie mich nicht.“

„Wer soll Sie vergessen? Ich habe heute schon mit Pater Ptolemai, unsrem Generalagenten, gesprochen. Sie werden genaue Berichte erhalten, Leibniz. Wir wollen, zur höheren Ehre Gottes, Ost und West zusammenschließen. Jetzt aber spannen Sie mich nicht weiter auf die Folter. Ciampini und die anderen warten. Was also haben Sie aus dem Yi-king herausgelesen?“

„Die Dyadik Pater Grimaldi, die neue binarische Arithmetik. Verzeihen Sie meine erst vor wenigen Stunden erfundenen Fachausdrücke. Aber Sie als Mathematiker werden sich kaum an Worten stoßen, wenn Sie gleich darauf den Sinn erfahren. Also hören Sie. Es ist mir in jenen Minuten, als ich vor dem Kardinal stand, gelungen, das tiefste Geheimnis unsres dekadischen Zahlensystems zu durchschauen. Man hat längst vermutet, daß die Grundzahl unsres Systems, die Zehn, nichts Zufälliges ist, sondern einfach den Ursprung in der Zahl unsrer Finger hat. Gleichwohl ist es aber noch nie gelungen, andere Systeme genugtuend aufzustellen. Da fiel mir das Yi-king ein. Und irgendetwas in mir raunte mir zu, hier sei ein Zahlensystem versteckt, das sich bloß zweier Ziffern bediente. Also eine Dyadik, ein Zweiersystem. Und ich fingierte eine Zahlenreihe, die nur die Null und die Eins verwendet, und versuchte fiebernd, alle möglichen Zahlen in dieser Schrift zu schreiben. Und jetzt sehen Sie!“ Leibniz nahm das Notizheft und warf in rasender Eile zwei Ziffernreihen hin:

$$1, \quad 2, \quad 3, \quad 4, \quad 5, \quad 6, \quad 7, \quad 8, \quad 9, \quad 10, \quad 11,$$
$$1, \quad 10, \quad 11, \quad 100, \quad 101, \quad 110, \quad 111, \quad 1000, \quad 1001, \quad 1010, 1011,$$
$$12, \quad 13, \quad 14 \ldots$$
$$1100, \quad 1101, \quad 1110 \ldots$$

Dann reichte er das Heft Grimaldi und setzte fort:

„Oben stehen unsre dekadischen Zahlen von eins bis vierzehn. Unten meine dyadischen, ebenfalls von eins bis vierzehn.
Und man kann die dyadische Schreibweise ins Unendliche fortsetzen, ohne daß andre Ziffern erscheinen als die Null und die
Eins. Ich behaupte nicht, daß das Zweiersystem praktisch
brauchbar ist. Es ist ja sehr, sehr unbeholfen und führt bald
zu äußerst vielstelligen Zahlen. Aber möglich ist es! Und
ebenso möglich ist ein Dreier-, ein Vierer-, Zwölfer-, Sechzehnersystem und jedes andre System jeder beliebigen Grundzahl. Unser Zehnersystem ist durch nichts vor den andren Systemen ausgezeichnet als durch die Gewohnheit und durch
den Sprachgebrauch, der die Zehnerpotenzen mit eigenen Ausdrücken wie zehn, hundert, tausend, Million und so weiter
bezeichnet. Natürlich muß jedes System so viel voneinander
unterschiedene Ziffernzeichen einschließlich der Null enthalten, als die Grundzahl beträgt. Also sähe ein Vierzehnersystem
so aus, wenn Sie mir gütigst noch einmal das Heft reichen."
Und wieder warf Leibniz zwei Reihen hin:

$$1, 2, 3, 4, 5, 6, 7, 8, 9, 10, 11, 12, 13, 14 \ldots$$
$$1, 2, 3, 4, 5, 6, 7, 8, 9, A, B, C, D, 10 \ldots$$

und sprach dann weiter: „Ich habe hier die fehlenden vier
Zahlzeichen durch große Buchstaben ersetzt, so daß etwa die
Zahl 27 im Vierzehnersystem 1D geschrieben werden müßte,
was strukturell dasselbe ist wie die 19 im Zehnersystem. Aber damit noch nicht genug. Eine zweite Entdeckung zeigte mir, daß in
den Systemen die Regeln der Kombinatorik gelten. Jede Gruppe
n-ziffriger Zahlen stellt sich als ‚Variation mit Wiederholung'
dar. Wobei die Anzahl der Elemente durch die Grundzahl des
Systems, und die Klasse durch die Ziffernzahl der Gruppe gegeben ist. Deutlicher gesagt: Ich bin ohne weiteres imstande,
anzugeben, wie groß die Anzahl aller dreiziffrigen Zahlen in
einem System mit der Grundzahl 6 ist. Oder die Anzahl zwei-

ziffriger Zahlen in einem Sechzehnersystem. Sie wäre ganz allgemein G^n, wenn die Zahlen mit Null oder mit mehreren Nullen beginnen dürften. Da dies nicht erlaubt ist, muß ich die Gesamtheit solcher Zahlen jeweils abziehen. Ich gelange also zur Formel $G^n - G^{n-1}$, weiß somit, daß ein Sechsersystem $6^3 - 6^2$ also 180 dreiziffrige Zahlen, und ein Sechzehnersystem $16^2 - 16^1$ also 240 zweiziffrige Zahlen hat. Mein Zweiersystem aber wird zum Beispiel $2^4 - 2^3 = 8$ vierziffrige Zahlen enthalten. Acht vierziffrige Zahlen gegenüber den $10^4 - 10^3$ also 9000 vierziffrigen Zahlen des Zehnersystems. Der Kosmos aller Zahlensysteme liegt somit in seiner unendlichen Mannigfaltigkeit vor mir. Und mir erscheint das dyadische, das Zweiersystem oder die binarische Arithmetik, wie ich sie auch nenne, geradezu als Sinnbild der Erschaffung der Welt aus dem Nichts. Denn aus der Null und der Eins kann der ganze Kosmos aller, aber auch wirklich aller möglichen Zahlen bis hinauf zum Unendlichen sich aufbauen. Und ich weiß heute noch nicht, was für weitere Geheimnisse in diesen rätselhaften Zahlenwelten schlummern. Durchforschen Sie drüben in China die kanonischen Bücher, Pater Grimaldi. Vielleicht finden wir dort neue Probleme, neue Lösungen." Und Leibniz steckte mit ein wenig zitternder Hand das Heftchen zu sich und stand auf.

Grimaldi aber, der in fieberhafter Aufmerksamkeit Leibnizens Worten gefolgt war, sprang empor und preßte Leibniz für einen Augenblick an die Brust. Dann sagte er, sogleich wieder gebändigt:

„Mein Dank, Leibniz, ist ohne Grenzen. Heute weiß ich, daß Sie der größte Mathematiker des Jahrhunderts sind. Und dazu ein Geist wie Pythagoras, der die Zahlen nicht nur als Rechenpfennige, sondern als Sinnbilder letzter Mysterien sieht. Ihr Deus mathematicus, Ihr Hermes Trismegistos, Ihr herrlicher Gott, der aus dem Nichts und der Eins sinnbildhaft die Welt zu unendlicher Größe dehnte, sie heute noch weitet und sie immer mehr ausbreiten wird, ist ein tiefer, ein allweiser Gott. Tragen Sie diesen Gott fürder im Herzen, Leibniz. Ich segne Sie, bevor wir uns, leider viel zu bald, wieder voneinander trennen müssen. Wir wollen aber jetzt beide, eingedenk unsrer riesigen

Aufgaben, zum Symposion zurückkehren und nichts als heiter
sein. Denn Gott kann den armen Erdenwurm wohl nicht sichtbarer auszeichnen, als daß er ihn berief, die Dyadik zu entdecken oder die wimmelnden Weiten mongolischer Reiche
zum wahren Glauben zu führen. Kommen Sie, Leibniz! Wir
wollen jetzt den heiligen Wein trinken, der auf den Hängen des
Vesuv wuchs.“

Einundfünfzigstes Kapitel

Die Dämonen der Geschichte

An einem nebelverhangenen Novembertag, an dem ein frostig-
feuchter Wind über die norditalischen Ebenen strich, öffnete
Leibniz die knarrende, schmiedeeiserne Gittertür, die in
den verlassenen Friedhof der Karmeliter-Abtei la Badia della
Vangadizza führte. Schweigend und ergeben trug ein dienender
Bruder des Klosters dem sonderbaren Fremden einen uralten
Hocker aus dunklem Holz nach, auf dem dieser Fremde trotz
der Kälte viele Stunden täglich vor den verwitterten Marmortafeln an der Außenwand der Kirche zu sitzen pflegte. Man
fragte nicht weiter, was er damit bezweckte. Der Abt hatte befohlen, den Tedesco in jeder Weise zu unterstützen und damit
war die Sache erledigt. Auf jeden Fall war der Fremde ernst,
fromm und freundlich. Und duldete um einer anscheinend
heiligen Sache willen alle Mühe. Daher zogen sich auch zwei
Padres, die in ihren grauen Kutten und mit ihren weißen,
schwarzgefütterten Hüten eben in jenem wildumwucherten
Teil des alten Friedhofes auf und nieder gewandelt waren, nach
demütigem Gruß sofort zurück, als Leibniz zwischen den
Taxushecken und Zypressen erschien und sich, enge in einen
ebenfalls dunkelgrauen Mantel gehüllt, auf dem Hocker niederließ und einen Zeichenblock auf seine Knie legte.
    Die Bilder aber, die vor dem inneren Auge Leibnizens vor-
überzogen, hatten wohl kaum entfernte Ähnlichkeit mit der

beinahe farbenlosen Eintönigkeit, die ihn hier umgab und die
nicht nur den Himmel, die Gebüsche, den Erdboden, die Um-
fassungsmauern der Abtei und die Kirchenwand, sondern sogar
die Kleider der Menschen und die alten abgeschliffenen, ver-
waschenen Marmortafeln überkommen zu haben schien.

Er war, so viel stand fest, durchaus nicht Custode der Vatikanischen Bibliothek mit der Antwartschaft auf den Kardinals-
hut geworden, obgleich ihm dieser Antrag viele Tage lang den
Schlaf geraubt hatte. Um so mehr, als sich ihm stets wieder die
Frage aufdrängte, ob nicht doch das „Rosenkranzwunder"
in der Barke ein Zeichen gewesen sei, dem er zu gehorchen habe.
Denn aus der Aufeinanderfolge der weiteren Ereignisse hätte
selbst ein weniger gläubiges Gemüt als Leibniz schließen
müssen, eine höhere Macht habe ihn nur darum in der Barke
vor dem unglücklichen Ausgang und vor dem Abrollen rein
kausalen Geschehens bewahrt, damit er dorthin gelangen könnte,
wo ihn eine ganze Stadt — Rom selbst — quasi per inspira-
tionem, wie durch Eingebung, in den zweithöchsten Rang
katholischer Hierarchie hatte erheben wollen. Aber aus anderen
zwar dunklen, doch unbezwinglichen Gemütstiefen meldeten
sich die Gegenkräfte. Würde er, so hatte es in ihm gefragt,
auch als Custode der Bibliothek des Vatikan wirklich und unmittelbar seinem noch immer bedrängten Volke dienen können?
Und er hatte nach reiflicher Erwägung diese Frage verneint.
Zum zweiten jedoch meldeten sich die Ansprüche seiner in den
letzten Jahren stets zu klarerer Form sich durchringenden
Philosophie. Nicht, daß er etwa eine Freiheit des Philosophierens im Spinozistischen Sinn gefordert hätte. Aber irgendwo
im Untersten war sein philosophischer Kosmos, besser die
Begrenzung seiner Freiheit, mit dem Glauben seiner Väter
verknüpft. Und er hatte sich in all den schlaflosen Nächten
wohl hundertmal die Worte vorgesagt, die er einst an den
Markgrafen Ernst von Hessen-Rheinfels geschrieben hatte,
vor allem jenes „Turpius ejicitur quam non admittitur hospes".
Sicher war es besser, daß der Fremde nicht zugelassen als wieder
hinausgewiesen wurde. Und wenn auch die Grundpfeiler seiner
künftigen Philosophie vielleicht nur von einigen Mönchen

verdammt, von frommen Bischöfen und Theologen aber wahrscheinlich ohne weiteres gebilligt oder zumindest geduldet werden würden, war es gleichwohl für ihn unmöglich, sich selbst um den Preis der Kardinalswürde einem solchen „Vielleicht" auszusetzen oder aber zum ewigen Schweigen über diese Grundlagen seines philosophischen Lebenswerkes verurteilt zu sein.

So war er, glücklich und wehmütig zugleich, aus der heiligen Stadt geflohen, hatte das Gefühl nicht unterdrücken können, gleichsam so viele liebebereite Herzen zurückgestoßen zu haben. Und war noch weiter nach Süden, nach Neapel vorgedrungen, um sich im Angesicht des Naturwunders des Vesuv und der klassischen Stätten von Misenum und Capri zugleich in die Reiche der Geologie und der Antike zurückzuziehen.

Doch auch diese kurzen Tage der Selbstvergessenheit nahmen ein rasches Ende. Denn dringende Briefe des „Sonderlings" Magliabechi riefen ihn nach Florenz. Und in dieser Stadt wieder ergriffen ihn die noch allenthalben sichtbaren Wunder des Rinascimento. Beinahe geriet er hier in die Fährten Stenos aus Jütland. Durch Magliabechi, der hier, am Ort seiner Tätigkeit, wie eine Spinne im Netz saß und vergraben zwischen seinen Bücherbergen den Ruf des Sonderlings rechtfertigte, den er allenthalben genoß; da er sogar zwischen den Büchern in der Bibliothek aß und schlief; und alle Wissenschaft aller Welt auswendig hersagen konnte, ohne für sich selbst davon den gerinsten, dieses Wissen verbindenden Nutzen zu ziehen: durch diesen Magliabechi also wurde er mit anderen, nicht weniger sonderlichen Fossilien des Rinascimento bekannt. Vor allem mit dem letzten lebenden Schüler des Galilei, mit Viviani, der die archimedische Schule der Exhaustion, der annäherungsweisen Quadraturen und Kubaturen, zu einer unerreichten Meisterschaft ausgebildet hatte, und stolz und siegespolternd mit seiner Schülerschar durch die Gassen wandelte, während er den Jünglingen peripatetisch Probleme stellte. Gleichwohl aber war dieser Viviani wissenschaftlich ein Todgeweihter, ein durch Leibniz selbst Todgeweihter, ohne daß er es ahnte, als er den Fremden mit offenen Armen empfing und ihm kraftbewußt seine ungewöhnliche Kunst vorführte.

Es war für Leibniz nicht leicht gewesen, diesen letzten großen Handwerker des Infinitesimalen, den er bewunderte, darüber hinwegzutäuschen, daß er, Leibniz, in seinem Differential- und Intregalkalkül Methoden besaß, die in wenigen Minuten das- selbe leisteten, wozu Viviani mehrere Tage brauchte, und darü- ber hinaus noch die Hintergründe der Probleme in weit andrer Exaktheit und Allgemeinheit sichtbar machten. Das naive und freundliche Selbstbewußtsein des Florentiners, der alles Neuere einfach nicht verstehen wollte und für eine Art höherer Spielerei oder gar für Jahrmarktskunststücke ansah, hatte es Leibniz er- leichtert, den Takt zu wahren. Und so war es vorläufig zu keiner Verstimmung gekommen.

Aber nicht nur mit Viviani, auch mit dem Mathematiker Bodenus (der ein Abt und seinem wahren Namen nach ein Baron von Bodenhausen war) und nicht zuletzt mit dem ge- lehrten Prinzen Gasto von Toscana hatte er Freundschaft ge- schlossen. Und als er von Florenz schied, hatten ihn der Groß- herzog und alle anderen nach Bologna weiterempfohlen, wo er wieder mit dem Chymisten und Mathematiker Domenico Guilielmini und dem weltberühmten Anatomen Malpighi Freundschaft schloß.

Von Bologna war es nach Modena weitergegangen, und hier war er im Verkehr mit dem Arzt Ramazzini auf ein Werk dieses Arztes gestoßen, das ihm Bewunderung abnötigte und das er auch in Deutschland später einmal zu verwirklichen beschloß. Ramazzini hatte nämlich in den „Annalen der Lombardei“ eine Sammlung geschaffen, in der alle Ärzte des Landes ihre Beob- achtungen und Erfahrungen niederlegten und die gleichsam jedem einzelnen Arzt das Gesamtwissen aller Kollegen zur Ver- fügung stellte.

Diese Reise durch das geistige Italien war aber für Leibniz nur die Oberfläche und eher eine Art persönlichster Leiden- schaft gewesen. Denn in der Hauptsache war er, zähe und ver- bissen, den Spuren weiter gefolgt, die ihn schon seit Jahren gegen den Ursprung des Welfenhauses durch die dunklen Zwischenräume des noch unerforschten Mittelalters zurück- trieben. Und eben vor wenigen Tagen hatte ihn der letzte

Fingerzeig der „Testimonia", der beglaubigten Quellen, all der Urkunden, Adelsbriefe, Chroniken, Münzen, Monumente, in die schweigenden Bereiche der verfallenen Karmeliter-Abtei geführt, in der sich das letzte Rätsel der Ursprünge des Welfenhauses enthüllen mußte, wenn nicht alles zu einer wesenlosen Chimäre zusammensinken sollte.

Und wieder zog Leibniz den Mantel enger um den Leib. Denn ein feiner Sprühregen hatte begonnen und überrieselte sein Gesicht. Er achtete aber kaum mehr der Umgebung, da sich die ausgebrochenen, verwitterten Buchstaben auf den Marmortafeln, die wegen ihrer altertümlichen Linienführung selbst in unberührtem Zustande schon schwer genug zu entziffern gewesen wären, plötzlich zu sinnvollen Worten, Sätzen und Namen zusammenzuschließen begannen. Die Wappen aber, die oberhalb der Inschriften und Jahreszahlen nur mehr als weiche, verschwimmende Erhebungen mit Umrissen, die man mehr ahnte als sah, aus dem durchäderten Stein sich abhoben, bekamen gleichfalls unvermittelt greifbare Gestalt.

Sollte es harte, unleugbare, unumstößliche Wirklichkeit sein, was da auf den Steinen stand? War er dorthin gelangt, wohin er gelangen wollte? Was für einen Sinn aber hatte es, auf diesen zerbröckelnden Stein mehr zu achten als auf die Gegenwart, auf die Zukunft? Was also ist Geschichte, wie ich sie auffasse? Geschichte, deren Realität erst zum Vorschein kommt, wenn ich direkt oder auf Umwegen das mit Händen greifen kann, was sich vor Jahrhunderten, Jahrtausenden begab? Wenn ich nicht nur auf die vagen, vielfach entstellten Angaben und Erzählungen angewiesen bin, die sich von Mund zu Mund durch die Zeiten zu uns herauf forterbten, um uns als „Tradition" oft ein durchaus verfälschtes und von Zwecken verunreinigtes Bild vergangenen Geschehens vorzugaukeln? Wozu dient Geschichte? Genügt es nicht, wenn ich ganz im allgemeinen weiß, daß so und so viele Jahre vor mir verflossen sind und ungefähr diesen und diesen Inhalt hatten? Ungefähr. Nebelhaft. Wie die Rückerinnerung an eigenste Kindheit. Nicht jedoch gestützt auf „Testimonia", auf beglaubigte Quellen, die mir oft erst wieder auf krausen Umwegen durch andre Wissenschaften zugänglich werden.

Nein, eine solche „Geschichte" genügt nicht! Es genügt nicht einmal die genaue und belegte Sammlung vorgefallenen Geschehens. Denn solches Beginnen entspräche, um mit Platon zu reden, erst der Stufe der Wahrnehmung, kann also niemals zur Epistéme, zum wahren Wissen, werden. Was also soll dann in aller Welt Geschichte sein, wenn weder das nebelhafte, noch das deutliche Bewußtsein von den Ereignissen der Vergangenheit genügt? Versuchen wir, wieder mit Sokrates-Platon, eine zweite Geburt. Fingieren wir einmal eine Dóxa, eine Meinung über das, was wir als Ereignisse der Vergangenheit erkannten. Was aber heißt solche Meinung? Sind da nicht wieder jedem Phantom, jedem Relativismus Tür und Tor geöffnet?

Der innerste Zweck und Sinn der Geschichte muß also ein andrer sein. Geschichte muß irgendwie Bestandteil und nicht Gegensatz einer höheren Wirklichkeit werden. Wie aber? Gibt es auch Dämonen der Geschichte, die uns ihre Geheimnisse zuraunen? Es gibt diese Dämonen. Ich fühle sie um mich, während ich die verwitterten Tafeln anblicke, die mir durchaus nicht nur den Text von Inschriften, sondern viel mehr erzählen. Etwas greift aus diesen „beglaubigten Quellen", diesen „Testimoniis" nach mir, erfaßt mich im Innersten, erzeugt mir ähnliche Schauer, wie das geheimnisvolle Werden mathematischer und philosophischer Erkenntnisse. Die Dämonen der Geschichte flüstern mir zu, sie hätten die Zeit zerbrochen. Was soll das heißen? Soll es heißen, daß nur Dinge wirkliche Geschichte sind, die heute noch wirken können? Daß die Geschichte aus Kräften besteht, die nur scheinbar zeitlich mir vorgeordnet, in Wahrheit jedoch mir dynamisch zugeordnet sind? Ist das Heute also eine Integration alles Vergangenen? Und daher nichts andres als der vorläufige Endpunkt einer Kurve, die ich gleichsam nur forschend in negative Koordinatenbereiche zurückverfolge, wenn ich Geschichte treibe? Ein unheimlicher Gedanke, den mir da die Dämonen zugeraunt haben. Ich könnte also, wenn ich ins beliebig Kleine vordringen wollte, sozusagen den Differentialquotienten der Gegenwart berechnen, könnte Gegenwart, das unermeßbare Heute, als Geschichte durchleuchten und aus diesem Heute das Gesetz des Weltlaufs ablesen.

Wozu aber suche ich dann wieder die „Quellen"? Bin ich in meinen Überlegungen nicht in neue phantastische Dickichte geraten, aus denen es kaum einen Ausweg gibt?

Ich werde in Gedanken eine Gegenprobe machen, werde mir den unhistorischen, besser den antihistorischen Menschen, die geschichtslose Gegenwart vorstellen, die ja nicht nur möglich ist, sondern bei primitiven Völkern auch in Wirklichkeit angetroffen wird. Zum nackten Leben ist Geschichte durchaus nicht notwendig. Ganze Zeitalter haben sicherlich ohne Geschichte oder trotz falscher Geschichte gelebt und gehandelt. Warum also zieht es uns immer wieder zurück in die Vergangenheit, die wir als Gegenwart, und in eine Gegenwart, die wir als Vergangenheit betrachten wollen? Ganz zu schweigen von der Zukunftsahnung und dem Zukunftswollen, das ja nichts andres zu sein scheint als eine Extrapolation aus dem Gesetz der Gegenwart in die kommende Zeit?

Jetzt haben mich die Dämonen der Geschichte umkrallt. Mir schwindelt, wenn ich bedenke, daß es in Wahrheit nur eine Wirklichkeit, die ausdehnungslose Gegenwart, gibt, während wir ununterbrochen bestrebt sind, in drei Wirklichkeiten zu leben: in der Vergangenheit, der Gegenwart und der Zukunft. Wir dehnen also unser Ich aus der Gegenwart nach beiden Seiten bis dorthin, wo sich der Blick im Nebel verliert. Und wir suchen in der Vergangenheit die beglaubigten Quellen, um diese zweite Wirklichkeit mit Händen greifen zu können. Die Zukunft aber wollen wir aus den Ursachen der Gegenwart durch unsre Vernunft enträtseln, wenn uns nicht ein Gott die mühelosere und zuverlässigere Gabe des Sehers lieh.

Aber das ist nicht alles. Ein zweites Gedankenbild läßt uns den Fluß der Geschichte nicht nur als stetig, als Kontinuum erscheinen, sondern zwingt uns, daß Gesetz des Fortschreitens, ja des Fortschrittes in diese Zeitlinie hineinzutragen: ohne Unterbrechung steigt ein Pfad von der Erschaffung der Welt zu unsrer jeweiligen Gegenwart hinan. Und wir müssen prüfen, ob wir uns auf einer Fläche, auf einem Abstiegs-Teil der Weltkurve oder im weiteren Ansteigen befinden.

Und jetzt ist mir der Zusammenhang klar geworden. Wieder

durch Platon. Eidos-Idea, das ewige Vor-Bild, ist es, was der Geschichte Sinn verleiht. Wahre Geschichte ist die Betrachtung vergangenen Weltablaufs und ihrer Stufenfolgen unter dem Kriterium einer Idee. Ob es sich nun um die Idee des Guten, der Macht, des Fortschrittes, der zunehmenden Gottnähe handelt.

Geschichte ist Prüfstein des Erreichten, ist Richtungspfeil des Zukünftigen. Niemals aber darf Geschichte ein Phantom sein, das sich eine zweckwollende Gegenwart unabhängig von wirklich beglaubigter Vergangenheit gewissenlos und wahrheitsfremd zurechtstutzte. Gewiß, der Deutungen wirklicher Vergangenheit gibt es viele. Und oft wird der dunkle Sinn des Gestern wie im Einzelleben erst durch das Heute offenbar.

Das verstehe ich unter jenem „Testimoniis nitendum esse", jener Forderung, daß nur beglaubigte Quellen als Stütze wahrer Geschichtsdurchdringung dienen dürfen.

Gleichwohl aber hängt alles, was wir aus der Geschichte lernen müssen, in hohem Maß vom Einzelnen ab. Und es gibt nur wenige Bereiche, in denen Geschichte zwingend die Wege weist; während oberhalb allen Geschehens der Wille Gottes und die Gnade steht, den Punkt wahrhaft zu finden, auf denen der verästelte Weg der Zukunft wirklich zum Gipfel ansteigt.

Doch die Dämonen der Geschichte haben mich in Weiten hinausgetrieben, in denen es fast keinen Halt mehr gibt. Noch ist ja das Erste, das Einfachste, das Selbstverständliche nicht geleistet. Noch ist alle Wissenschaft der Geschichte nichts als ein vager, in die Vergangenheit irrender Traum, eine Rhapsodie von Wünschen und Entstellungen.

Und eine nüchterne, feste Hand soll unbeirrt von solchen Wünschen, gleichsam ohne Willen einer Verknüpfung, Stück für Stück die „Testimonia" heben, um dann auf diesen Leitersprossen zur Urtiefe zurücksteigen zu können.

Ich habe bisher einige dieser Sprossen an ihre Stelle gerückt. Und bin heute in eine Tiefe gelangt, die für meine beschränkten Absichten ein vorläufiges Unten bedeutet.

Es ist nicht mehr zu leugnen, nicht mehr aus der Welt zu schaffen. Lückenlos führte die Ahnenreihe des Welfengeschlechtes hieher zu diesen Grabinschriften. Lückenlos. Einer neben dem anderen liegen sie hier, die bisher sagenhaften ersten Markgrafen von Este, unter der Erde dieses Friedhofes der Abtei Badia della Vangadizza. Und ihr erster Stammvater ist der geheimnisvolle Azo von Este, dessen Epitaph-Inschrift eben vor meinen Augen zu klarem Sinn und unzweifelbarer Bedeutung zusammenrann. Deren Wortlaut ich schon auf dem Papier vor mir festgehalten habe, obwohl der rieselnde Regen meine Schriftzüge verwischen wollte. Nein, du mühst dich vergeblich, rieselnder Regen! Nichts auf der Welt wird mehr dieses „Testimonium" tilgen, das bezeugt, in welcher Art, einem doppeltem Strome gleich, die Geschlechter der Este und der Welfen durch die Niederungen und Höhen des Mittelalters dahinflossen und einander aus den Augen verloren, nachdem sich der Ursprungsstrom einmal gegabelt hatte. Wie aber die Völker heute schon durch schiffbare Kanäle einander nähergerückt werden, so sollen auch diese Herrscherhäuser durch den freundlichen Kanal verwandtschaftlicher Bande ihre Kräfte wieder vereinigen und austauschen.

Es ist ein Beginn. Dynastische und hauspolitische Früchte wahrer Geschichtsforschung werden reifen. Bald aber soll die Durchdringung des „dunklen" Mittelalters den wahren Verlauf der riesigen Kurve zeigen, deren Gleichung und Differentialquotient aus dem winzigen Kurvenstückchen unsres Heute nur mit großer Unsicherheit zu enträtseln ist. Und erst die Sicherheit, gestützt auf beglaubigte Quellen, wird es uns an die Hand geben, abzulesen, wie Gott den weiteren Verlauf der Kurve, der dem Maximum einer bestmöglichen Welt zustrebt, gestaltet wissen will.

Meine Aufgabe hier bei den freundlichen Karmelitern ist erfüllt. Ich habe die letzte der Tafeln, die Inschrift, die den rätselhaften Markgrafen Azo von Este betrifft, auf meiner Kopie festgehalten. Jetzt darf ich über Venedig nach Hannover zurückkehren. Nicht jedoch, ohne die Gewässer der Lagunen vorher erforscht zu haben. Denn alle Dämonen aller Wissenschaften brechen zugleich auf mich herein, da ich in einer der Wissenschaften einen kurzen Ruhepunkt fand. Wann werde ich

mich endlich sammeln? Schon lange bin ich nicht mehr der
„junge" Leibniz. Die Zeiten sind traumschnell weitergerückt
und haben mich bis ins vierundvierzigste Jahr meines Lebens
vorgerissen. Die Zeit aber ist das kostbarste aller Dinge in der
Welt; sie ist eigentlich das Leben. Denn wieviel man an Zeit
verliert, soviel verliert man an seinem Leben ...

Noch in Venedig erreichte einige Monate später Leibniz folgender Brief der großen Herzogin Sophie, der er alles über
seine geschichtlichen Entdeckungen berichtet hatte:

„Sie gaben den guten Wünschen, die Sie mir zu diesem
neuen Jahre darboten, eine so angenehme und verbindliche
Wendung, daß ich sie deshalb allen Wünschen vorziehe, die ich
von den Königen und Fürsten erhalten habe. Nur das Schicksal kann ja die Erfüllung solcher Wünsche verwirklichen; und
in dieser Hinsicht ist die gute Gesinnung der größten Monarchen und Ihre gute Gesinnung für mich von gleichem Gewicht. Ich möchte Ihnen nun meine Erkenntlichkeit für alles
Geleistete nicht nur durch Worte, sondern auch durch die Tat
beweisen, um Ihnen gleichzeitig zu zeigen, wie hoch ich Ihre
Freundschaft schätze. Da ich aber weiß, daß man Ihnen nur
durch Aufbürdung neuer Aufgaben wahrhaft danken kann,
frage ich Sie: Könnten Sie als erste sichtbare Bekräftigung
Ihrer Entdeckungen nicht dem Herzog von Modena eine unsrer
Prinzessinnen zum Neujahrsgeschenk geben? Ich verhehle
Ihnen nicht, daß es sich um keine leichte Angelegenheit handelt.
Denn Graf Dragoni, den mein herzoglicher Gemahl bisher mit
dieser Sache betraut hatte, hat sehr schlechten Erfolg darin ge-
habt. Ich wünsche Ihnen jeden Erfolg und hoffe, Sie in diesem
Frühling in guter Gesundheit wiederzusehen, zu welcher Zeit
Sie mir, während mein Gemahl bei der Armee weilen wird, Ihre
anregende Gesellschaft leisten wollen.
Ich habe noch nachzutragen, daß die Ihnen unterstehende
herzogliche Bibliothek sich inzwischen in ein Theater verwan-
delt hat, in dem man die schönsten Opern der Welt aufführt.
Der Hofdichter Hortensio Mauro verfaßt den Text und Signor
Steffani, der im Dienst des Kurfürsten von Bayern war, kom-

poniert die Musik dazu. Sie sehen daraus also die beruhigende Tatsache, daß die Franzosen bisher unsre Staaten noch nicht verbrannt und geplündert haben."

Wieder die Dämonen der Geschichte, die jetzt, nach Wochen schon, ihr Recht verlangten? Der leichte, spielerische Ton des Briefes der Herzogin durfte nicht darüber hinwegtäuschen, daß die Entzifferung der Tafeln in Badia della Vangadizza und die Wiederauferstehung Azos von Este schon jetzt in die wirklichste Gegenwart eingriffen.

Leibniz verließ sogleich Venedig, eilte an den Hof von Modena, und es gelang ihm, nach fast sechshundert Jahren die Häuser der Welfen und der Este wieder zu vereinigen. Die Prinzessin Charlotte von Braunschweig-Wolfenbüttel wurde dem Herzog von Modena angelobt. Und Leibniz ließ, seiner Vision vor den Marmortafeln Gestalt verleihend, eine Schaumünze schlagen, auf deren Revers sich ein Strom nahe der Quelle in zwei Äste gabelte, die nach langem Lauf durch einen Kanal wieder vereinigt wurden. Und eine Devise, anspielend auf die Verbindung der Völker durch Kanäle, hob die Schaumünze zu höherer sinnbildhafter und geschichtlicher Bedeutung.

Zweiundfünfzigstes Kapitel

Tragische Rhapsodie

Leibniz kehrte im Juni 1690 als Reichsfreiherr Gottfried Wilhelm von Leibniz nach Hannover zurück. Eine sonderbare Laune der Dämonen der Geschichte. Er, der ausgezogen war, den Stammvater des Welfenhauses zu finden, hatte nicht nur die Entzifferung der Grabtafel Azos von Este, sondern auch die Ursprünge seines eigenen Adels als „Testimonium" in seinen Koffern: den Adelsbrief, den Kaiser Leopold der Erste am 12. Jänner 1690 unterzeichnet hatte.

Gleichwohl war das Gefühl, das ihn schon in Italien überkommen hatte, und das von Stillstand, wenn nicht gar von

490

Abstieg sprach, auch durch diese sichtbarste Erhöhung seines
äußeren Standes nicht überlärmt worden. Im Gegenteil: trotz
des warmen Sommertages hatte ihn ein Frösteln geschüttelt,
als er, diesmal vom Süden kommend, in Hannover einfuhr.

Es wäre aber ungerecht, dieses kaum zu nennende Gefühl
so darzustellen, als ob es im geringsten mit der Vorsilbe „Hof"
zusammengehangen wäre. Die Worte „Stillstand" und „Abstieg" bedeuteten auch durchaus nichts, was auf Karriere oder
selbst nur auf geistige Taten bezogen werden könnte. Es war
vielleicht nur noch stärker in Erscheinung getreten, daß sich
Leibniz als unlösbares Glied größerer und größter Gesamtheiten fühlte. Dadurch wurde er, auch als Vorläufer, zum Ausläufer: nämlich ein winziger Bestandteil eines in seiner Ganzheit gar nicht abzugrenzenden Organismus, den man Welt,
Menschheit, Nation oder Heimat nennen kann, je nach den
Interessen, deren Exponent Leibniz gerade war. Und dessen
Zuckungen auf ihn in unentrinnbarer Art ausstrahlten.

Gegen solche Stimmungen gibt es als Gegenkraft vielleicht
nur eine einzige Kasematte der Ruhe und Sicherheit: die engste
Familie. Und gerade in dem Kreis, der für Leibniz der Ersatz
einer Familie geworden war, brauten sich unheilvolle Mischungen zusammen, deren zersprengende und verheerende Kraft
jedem Hellsichtigen nicht verborgen bleiben konnte.

Doch soll jetzt aus den abstrakteren Bereichen in die bewegte
Wirklichkeit hinabgestiegen werden, wobei der Inhalt der fol-
genden Jahre nur als Rhapsodie wiedergegeben werden kann.
Ähnlich jenem Inhaltsverzeichnis des imaginären Tagebuches.

In furchtbarem Gegensatz zu dem tändelnd heiteren Brief,
den die große Herzogin an Leibniz nach Italien geschrieben
hatte, stand ein Ereignis, das sich gerade am Neujahrstag des
Jahres 1690 zugetragen hatte. Und das auch das Wiedersehen
am Welfenhof in ganz andere Stimmung tauchte, als es die
Herzogin und Leibniz bei jenen Neujahrswünschen vorausgesehen hatten.

An eben diesem Neujahrstag war nämlich bei Pristina in
Albanien ein Regiment schwerer hannöverscher Reiter von
Spahis umzingelt worden. Ein Rittmeister und fünf Mann

waren dem Tode entgangen. Unter den anderen, die sich, mit Wunden bedeckt, bis zum letzten Atemzug verzweifelt gewehrt hatten, war der Oberst des Regiments, der zwanzigjährige Prinz Karl Philipp, gewesen. Ein Sohn Ernst Augusts und der großen Herzogin. Tataren hatten die verstümmelte Leiche des blühenden Jünglings nach Adrianopel zum Sultan geschleppt, um dort ihren Triumph auszukosten und Lohn zu ernten.

Leibniz nun trat in Hannover der trauernden Mutter nur mit großer Scheu vor die Augen. Sie aber machte mit den Händen bloß eine verzweifelte Geste. In dieser Geste lag jedoch beinahe mehr, als Leibniz gefürchtet hatte. „Was haben wir beide angerichtet?" sagten diese zitternden Mutterhände. „Wer hat uns ermächtigt, stolzer Reichsfreiherr von Leibniz, alles, aber auch alles einer sogenannten Erweiterung der Hausmacht zu opfern? Was erzählten Ihnen Ihre Dämonen der Geschichte über den letzten Sinn der Hausmacht-Politik? Haben die Dämonen nicht kühl und skeptisch geantwortet, solche Politik sei nichts anderes als ein riesiger Deckmantel für gewöhnlichen Geiz? Was liegt unter dem Mantel, wenn man ihn aufhebt? Mein Sohn, mein verstümmeltes, getötetes Kind liegt darunter, bedeckt von verkrustetem Blute. Und ich konnte nicht einmal seine Leiche bestatten. Irgend ein gröhlender Pascha hat sie irgendwo an einen Balken gehängt, eine gottlose, spott-triefende Inschrift darunter angebracht, und grausame Türken und Tataren drängten sich jubelnd oder neugierig vor diesem Spektakulum. O ja, Leibniz, so ist das! Da gibt es keine Beschönigungen. Oder doch? Hat mich mein Schmerz verwirrt? Treiben wir letzten Endes gar keine Hausmacht-Politik? Kämpfen wir für den Aufstieg der deutschen Nation? Ich weiß es nicht, Leibniz, weiß nur, daß wir beide jetzt davon überrascht wurden, daß in all unsren beinahe mathematischen politischen Konzepten Männer und gefallene Krieger nicht bloß Ziffern, sondern Söhne bedeuten! Morgen können wir belehrt werden, daß auch Gatten und Väter sterblich sind. Denn Ernst August zieht selbst ins Feld. Er hat schon wieder am Rhein und in Holland gegen die Franzosen gefochten. Und wir haben mit unsrer Primogenitur,

mit unsrem Streben nach der Kurwürde und mit unsren weiteren
Schachzügen alles derart verflochten, daß die nächsten Jahre
Unheil über unsre liebsten Kinder bringen müssen. Vor allem
haben wir die Söhne teils wegen der Kurwürde, teils weil sie
verzweifelt sind über den Verlust jeder Möglichkeit einer Nachfolge, auf alle Schlachtfelder Europas hinausgejagt. Wann wird
Friedrich August fallen, der im Dienst des Kaisers steht und in
Ungarn kämpft? Und was wird aus der Ehe des Erbprinzen,
was wird zwischen Georg und Dorothea sich ereignen? Mein
Verhältnis zu Dorothea wird von Tag zu Tag gespannter und
der Erbprinz ist in die Fußtapfen des Vaters getreten. Er liegt
in den Armen williger und ehrgeiziger Hofdamen. Nur kann
Dorothea nicht schweigen und dulden, begreifen und vergessen wie ich. Sie bäumt sich auf, fühlt sich beschmutzt und ge-
schändet und findet keinen Trost an ihrem lieblichen Kinde.
Sie ist eben eine Tochter der d'Olbreuse, kennt keine königliche,
abstrakte Auffassung der Einzelschicksale, sondern denkt in den
Kategorien verantwortungsloser Weiblichkeit. Sie ist aus nie-
derstem Adel, ist fast ein Bürgermädchen. Ihre Haltung genügt nicht einmal für eine Hofdame, wie ich sie wünschte.
Daran ändert nichts, daß ihr Vater mein noch immer geliebter
Georg Wilhelm ist. Gerade aber an meinem Verzicht, an meinem
doppelten Verzicht auf beide Welfenbrüder, deren einen ich,
obwohl ich ihn liebte, zurückstieß, während der andre die wider-
liche Gräfin Platen beglückt, sollte diese Dorothea erkennen,
was eine Herzogstochter und zukünftige Herzogin sich selbst
und der Welt schuldig ist. Ich weiß, daß Sie, frischgebackener
Reichsfreiherr von Leibniz, diese Dinge auch nicht begreifen.
Auch Ihnen haftet irgendwo der Bürgerliche an. Wenn er auch
durch fürstlichsten Geist überdeckt ist. Oder täusche ich mich?
Sind Sie nur ein Verfechter der Ordnung und der Gleich-
verpflichtung für alle? Also ein Theoretiker der Moral? Und
davon überzeugt, daß unsre königlichen Moralgesetze nichts
als Ausreden sind? Oder ein Kaufpreis für unsre Macht, während wir jede Bürgerin, die d'Olbreuse und ihre Tochter, in
Wirklichkeit beneiden? Ewiger Zirkelschluß. Genau dieselbe
Logik gegenüber dem Tod des Sohnes wie gegenüber der

Untreue des Gatten. Haltung, Leibniz! Haltung, Würde, Kälte. Wozu aber? Aus demselben Befehl Gottes heraus, den Sie stets für Ihr geistiges Königreich als obersten Grundsatz und als Rechtfertigung proklamieren. Wenn Gott uns Befehle gegeben hat und wir zwar die Befehle, nicht aber den Sinn der Befehle verstehen, dann müssen wir handeln und als Protest nichts anderes zeigen als eine Handbewegung. Wir sind Könige, Leibniz, Sie und ich! Und hausen im Reich der Einsamkeit und Kälte. Unser Gott aber ist der Gott, der Abraham befahl, Isaak zu opfern. Nur daß unser Gott nicht bloß den Gehorsam, sondern das wirkliche Opfer heischt. Gehen Sie heute wieder fort, Leibniz. Wir werden schon morgen in der Frühe mit Molanus über sehr theoretische Dinge sprechen, und Sie werden den Schiedsrichter spielen. Spielen Sie Schiedsrichter. Spielen Sie. Alle wollen wir spielen, bis der nächste Schlag niedersaust. Und es gibt noch außerdem eine Freude für Sie. Ich meine damit nicht nur, daß Sie nie mehr nach Zellerfeld zu den widerspenstigen Erdgeistern fahren müssen. Die Erdgeister haben auch Ihre feinberechneten Windmühlen, die ohne Kosten und fast ohne Wartung die Pumpen antreiben sollten, höhnisch lachend abgewehrt. Und der Wasserstollen wird erst in hundert oder zweihundert Jahren angelegt werden. Kurz, ich meine nicht solche negative Freude. Ich meine eine sehr positive Freude. Meine Tochter Charlotte kommt für einige Wochen nach Hannover. Und Sie, der Mann höchster Bewußtheitsgrade, müssen es ja wissen, daß ich euch beide auch dann beschützte und zusammenführte, wenn eure Beziehungen nicht nur die einer Schülerin und eines Lehrers, besser die eines Vaters und seiner geistigen Tochter wären. Aber ihr seid die starrsten Ethiker, ihr beiden. Förmlich in Wonne verzichtet ihr! Und es ist besser so. Liebt euch in eurem ‚Koordinatensystem‘, wie ihr es wohl nennen würdet. Und wir alle wollen spielen in der doppelten Bedeutung des Wortes: als Schauspieler und als Hazardeure! Und wollen, im Kopf überhell und übergrell, weiter unsre Hauspolitik treiben, weitere Verwirrungen vorbereiten, weiter tändeln und torkeln und es uns weiter einreden, daß wir nur auf Befehl Gottes handeln: bis uns der nächste

Keulenschlag trifft, für den wir wieder alle Verantwortung tragen müssen. Ich bin eine Königin, Leibniz, und eine Mutter. Sie aber sind geistig ein König und deshalb der geistige Vater Charlottens. Alles kann ich, nur nicht verhindern, daß meine Hände zittern. Gott schütze Charlotte! Gott erhalte sie uns beiden. Auf Wiedersehen morgen! Vielleicht trifft der nächste Schlag erst in vielen Jahren." —

Leibniz erschien am nächsten Morgen zur Unterredung mit der großen Herzogin und Molanus von Lokkum. Und alle drei „spielten". Und im September kam Charlotte, und einige kurze Wochen gaukelten Leibniz die Fata Morgana seiner mystischen „Familie" vor. Der nächste Schlag aber traf schon am vorletzten Tag desselben Jahres. Prinz Friedrich August, der nach seinem eigenen Ausspruch im Schlachtgedränge den Schmerz um die verlorene Erbfolge hatte vergessen wollen, wurde am 30. Dezember 1690 von General Veterani mit achthundert Reitern ausgeschickt, um zu verhindern, daß Tekely durch den Chemezvarer Paß bei St. Giorgy nach Ungarn einbreche. Er fand die Bergschlucht bereits vom Feinde besetzt. Tapfer und zornentbrannt sprengte er mit seinen Reitern vor, wurde aber sogleich durch eine türkische Kugel niedergeschmettert.

Auch dieses Mal stand Leibniz wie ein Mitschuldiger vor der großen Herzogin. Sie hatte aber nicht mehr die Kraft, die Hände zu einer verzweifelnden Geste zu heben. Schlaff hingen ihre Arme herab und nur ein furchtbarer Blick, der die Unerbittlichkeit des Weltlaufs anzuklagen schien, traf das Antlitz des Menschen, der vielleicht als Einziger von allem wußte, was in ihr vorging.

„Nein, nein, nein! Nicht weiter! Nicht so schnell dem Ende zu!" schrie es Leibniz aus diesem Blick entgegen. „Niobe bin ich geworden, obgleich mir noch vier Söhne und eine Tochter blühen. Können Sie die Maschen unres Geflechts noch lösen, Leibniz? Nein, Sie können es nicht. Auch ich kann es nicht. Niemand kann es. Ohne dieses Geflecht der staatenbildenden Kunst hausen die Menschen wie Tiere im Urwald. Fressen einander einzeln. Oder werden von wilden Bestien zerfleischt. Durch das Geflecht der Staatskunst aber fallen die Söhne, die

Gatten, die Väter. Wo ist das Minimum des Menschenleides? Wo, Leibniz? Setzen Sie den Differentialquotienten der Weltkurve gleich Null, machen Sie Ihre Proben und dann sagen Sie mir, wo der tiefste Punkt der Kurve liegt. Ist mein Wunsch bereits der Wahnsinn? Oder kann ich nicht mehr weiter, weil der dritte Prinz, Maximilian Wilhelm, verstört grübelt? Grübelt, da auch ihm die Erbfolge versagt ist? Wird er ebenfalls auf irgend einem Paß, in irgend einem Gebirgsland enden wie seine beiden Brüder? Noch ist er in Hannover. Aber er grübelt, Leibniz, er grübelt! Und was sollen wir ihm antworten, wenn er uns fragt, warum wir gerade ihn um die Erfüllung seines Lebens brachten? Was sollen wir antworten?" —

Fast genau ein Jahr später, am 5. Dezember 1691, bemerkten die Bürger von Hannover eine merkwürdige Bewegung in der Stadt. Als einige Unentwegte von einem Stadtteil zum anderen liefen und in alle Winkel guckten, fanden sie, daß sämtliche Stadttore versperrt und mit waffenstrotzenden, verstärkten Wachen besetzt waren. Auch sonst sah es nicht sehr gemütlich aus. Patrouillen durchzogen die Straßen, schwere Reiterei in kleinen Abteilungen ließ durch die Stille der Nacht das Geklapper der Pferdehufe und das Klirren der Pallasche hören, und mancher biedere Hausbesitzer wurde kreidebleich, wenn ein Soldat oder die Nachtwache in seinen Flur trat und wortkarg befahl, das Haustor solle sofort versperrt und vor acht Uhr morgens nicht geöffnet werden. Einige Überängstliche, die bei verlöschtem Licht aus den Fenstern lugten, wollten sogar Schüsse gehört haben. Obgleich es sicher nur das Zuschlagen der Türen oder das Bearbeiten der Wäsche in den Waschküchen war.

Niemand aber ahnte, daß die große Herzogin eben den dritten Sohn, wenn auch nicht durch den Tod, verlor.

Das war so gekommen: An eben jenem Abend saß der Jägermeister Otto Friedrich von Moltke im herzoglichen Schloß am Spieltisch und dachte an alles eher denn an Politik. Er zählte vielmehr die Trümpfe in seiner Hand und fühlte sich desto sicherer, als ihn ja alle, die seine Feinde sein konnten, umgaben und mit ihm sprachen und scherzten. Grote war anwesend, Podewils, der Graf von Platen, der Herzog selbst, die Herzogin,

Freiherr von Leibniz, viele Damen und andre Edelleute. Und es war auch nicht auffallend, daß der Herzog plötzlich hinausgerufen wurde. Das geschah oft. Denn Ernst August wollte in Gesellschaft keine Akten oder Briefe lesen und ließ sich zu solchem Behuf stets in sein Arbeitszimmer rufen. Der Herzog kam auch bald wieder zurück und setzte sich mit ein wenig gerötetem Gesicht und gerunzelter Stirn zum Spieltisch. Kurz darauf aber stand schon das Schicksal hinter dem Jägermeister Moltke, der eben die Partie gewann. Irgendwer flüsterte ihm irgend etwas ins Ohr. Er beachtete es kaum und machte mit der Hand eine wegwerfende Gebärde. Als aber dieser Irgendwer nochmals und nochmals und stets eindringlicher die Botschaft wiederholte, schüttelte Moltke den Kopf, erhob sich mit einer Entschuldigung und folgte dem Schicksal, einem jungen Gardeoffizier. Man ging durch Vorräume, über Gänge, kreuz und quer, bis man zur Schloßtreppe gelangte. Dort stand, in voller Uniform, General von Weyhe, der Kommandant der Leibgarde, und verlangte dem Jägermeister Moltke mit weggewandtem Gesicht den Degen ab. Was bedeutet das? Was waren das für Intrigen? Gut, er soll den Degen haben. Ich habe ohnedies nicht vor, hier auf der Schloßtreppe zu fechten. Und Moltke ließ sich weiter führen, bis man zu einer Tür gelangte, die, wie er wußte, den Zugang in ein unbenütztes Gemach oberhalb der Schloßtreppe bildete. Was er aber nicht wußte, war, daß Kurfürstin Charlotte von Brandenburg, Leibnizens Schülerin, einen Kurier nach Hannover gehetzt hatte, der atemlos und bestaubt nach mehrfachem Roßwechsel im Schlosse erschienen war. Charlotte hatte den Bruder verraten, um den Vater und das politische Konzept der Mutter zu retten. Vielleicht auch, um Leibnizens Pläne nicht durchkreuzen zu lassen.

Im Gemach, in das Moltke geschoben wurde, war es eiskalt und muffig. Irgendwo brannte zwischen Gerümpel ein Kerzenstumpf. Die Fenster waren fest vernagelt.

Damit war eigentlich die Verschwörung des Prinzen Maximilian erledigt. Alles übrige war nur ein trauriges Nachspiel, wenn auch in dieser Nacht die verängstigten Bürger geglaubt hatten, Schüsse zu hören. Nirgends war geschossen worden.

Nur der Prinz selbst, der Jägermeister, sein Vetter, Oberstleutnant von Moltke, und der Wolfenbüttelsche Geheimschreiber Blume waren wegen Hochverrates verhaftet worden. Man hatte ja nicht weniger beabsichtigt, als mit Anwendung von Gewalt die Ungültigmachung der Primogenitur zu ertrotzen. Maximilian wollte Anwärter auf Hannover werden, während sich der Erbprinz mit Celle begnügen sollte.

Am nächsten Tag um fünf Uhr abends wurden die Stadttore wieder geöffnet und die verstärkten Wachen zurückgezogen. Niemand wußte, was all das bedeutet hatte. Vielleicht einen blinden Alarm gegen irgend einen Feind? Kurz, es war nicht zu erfahren.

Das Nachspiel aber hatte folgenden Schluß: Der Jägermeister von Moltke saß im Kerker im Clever-Tore. Am Vorabend von Ostern war es ihm gelungen, die Kerkergitter mit Scheidewasser zu durchätzen. Er ließ sich an einem Seil hinab. Das Seil riß, er stürzte, verletzte sich und wurde in den Kerker zurückgebracht.

Dann folgte der Staatsprozeß. Einer seiner besten Freunde, Otto von Grote, erkannte nach furchtbarem Seelenkampf auf Todesstrafe. Das gab den Ausschlag. Die anderen Mitglieder des Gerichtes mit einer einzigen Ausnahme schlossen sich Grote an.

Und an einem herrlichen Julitag des Jahres 1692 fuhr in einer von Trauerpferden gezogenen, schwarz ausgeschlagenen Kutsche der Jägermeister von Moltke, das Gebetbuch in der schwarzbehandschuhten Rechten, zum Ravelin hinter dem Marstall hinaus. Sein Hut war mit schwarzem Krepp umwunden, der bis zu den Füßen wallte.

Auf dem Ravelin saß der Gerichtsschulze mit seinen Beisitzern. Er fragte: „Ist es so viel am Tage, daß man allhier peinliches Gericht halten kann?" Die Geschworenen der Altstadt antworteten mit Ja. Darauf erhob sich der Schulze, brach das weiße Stäbchen über dem Beschuldigten entzwei und übergab ihn dem Nachrichter. Moltke wurde enthauptet und starb den Tod mit viel Festigkeit.

Die anderen Verschwörer kamen mit dem Leben davon.

Der ehrgeizige Prinz jedoch saß noch viele Jahre gefangen in Hameln, bis er endgültig auf seine Ansprüche verzichtete und seiner Heimat für immer den Rücken kehrte.

„Was kommt jetzt?" hatte die große Herzogin in jenen Tagen oft und oft gefragt. In jenen Tagen nämlich, da Leibniz, manchmal allein, alle Fäden dieser Tragödie in den Händen hielt. Gewissenszweifel ist ein schwacher Ausdruck für das, was er litt. Denn er stand ja schon seit Jahren als Leiter der riesigen Bibliothek auch im Dienst von Wolfenbüttel, war mit den Herzogen der „Vetternlinie", den Welfen von Wolfenbüttel, persönlich eng befreundet. Besonders mit Herzog Anton Ulrich. Und gerade nach diesem Wolfenbüttel, sogar nach Brandenburg, liefen die Spuren der Verschwörung. Und es gab Tage, an denen es aussah, als ob zwischen Hannover und Wolfenbüttel die Ultima ratio, ein Krieg möglich wäre.

Dreiundfünfzigstes Kapitel

Tragische Rhapsodie: Finale

Aber noch zwei andre Geflechte von Hofbeziehungen und Hofsensationen galt es in diesen Jahren zu entwirren und zu verknüpfen. Sie betrafen die Unionsverhandlungen und die Erhebung Hannovers zur Kur-Würde.

Es gab da merkwürdige Zusammenhänge. Frau von Brinon, eine leidenschaftliche und herrschsüchtige Nonne des Klosters St. Cyr, das von Frau von Maintenon gestiftet worden war, fühlte sich plötzlich unzufrieden und trat ins Kloster Maubuisson über, wo sie Sekretärin der Louise Hollandine, der Schwester der großen Herzogin, wurde. Louise Hollandine wieder beschäftigte sich viel mit Malerei und Literatur. Eines Tages sandte sie ihrer Schwester eine neue, aufsehenerregende Schrift Pelissons, der Geschichtsschreiber Ludwigs XIV. war. Diese Schrift hieß „Reflexionen über den Unterschied der Religionen" und war eigentlich ein scharfer Angriff auf die Protestanten. Die

Protestanten, so erklärte Pelisson, hätten recht eigentlich die Schuld am Indifferentismus, und zwar sei dieser Indifferentismus durch das Aufgeben des Unfehlbarkeitsdogmas in die christliche Lehre getragen worden. Die Unfehlbarkeit des Papstes aber sei und bleibe das einzige Band der Religionen. Als die große Herzogin dieses Buch gelesen hatte, gab sie es sogleich Leibniz weiter. Und es wurde zum Diskussionsthema zwischen ihr, Leibniz und Molanus. Daher war es auch nicht verwunderlich, daß ein Briefwechsel zwischen Leibniz und Pelisson einsetzte, da Leibniz den Vorwurf des Indifferentismus abwehren wollte. Diesen Briefwechsel, der in ganz Europa Aufsehen erregte, vermittelte die schon erwähnte Frau von Brinon, die es sich nicht versagen konnte, sich höchst unzart einzumischen und Leibniz mit tadelnden theologischen Belehrungen zu überschütten.

Er erwiderte höflich, berührte aber der Frau von Brinon gegenüber niemals die Sache, was sie um so heftiger zum Zorn reizte. Sie sann also auf Verstärkung durch den größten ihr zugänglichen Bundesgenossen, nämlich durch Bossuet, der sich bisher von den Unionsverhandlungen ferngehalten hatte.

Und nun setzte, wieder durch Vermittlung jener Brinon, der entscheidende Briefwechsel zwischen Leibniz und Bossuet ein, den Bossuet im Jahre 1694 abbrach. Wodurch die Hoffnung auf die Union zwischen Katholiken und Protestanten endgültig begraben war. Denn Bossuet war in Dingen der Religion so viel wie Frankreich, und Frankreich war der größte katholische Staat.

Auch dieser Zusammenprall zweier Riesengeister war für ganz Europa ein unerhört großartiges Schauspiel. Dabei geriet Leibniz in eine tragische Lage. Auf Befehl seines Hofes und wegen des plötzlichen Widerstandes, den Molanus leistete, mußte er die Waffen des Protestantismus in einer Schärfe gebrauchen, die ihm eigentlich innerlich fern lag. Da nützten nun all seine glänzenden theologischen und historisch kritischen Einwendungen gegen das Konzil von Trient nichts. Ebensowenig seine blendende Verteidigung des Prinzips der Reformation. Bossuet fragte einfach: „Warum wollt ihr dann zu uns kommen, wenn ihr so denkt? ‚Ihr Katholiken setzt voraus‘, werdet ihr Protestanten sagen, ‚daß ihr allein die allgemeine Kirche seid.‘ Ja, wir setzen es voraus, anderswo haben wir es bewiesen. Aber es ist sogar genug, es bloß vorauszusetzen, weil wir es mit Personen zu tun haben, die mit uns zu einer Réunion kommen wollen, ohne uns zu nötigen, von unsren eigenen Prinzipien abzugehen.“

Das war der erste Gegenschlag Bossuets. Wollte nun aber Leibniz die Angelegenheit auf subjektiv-theologisches oder gar auf diplomatisches Gebiet ablenken, so hielt ihm Bossuet die Würde und Objektivität der katholischen Kirche, deren dienendes Glied er sei, entgegen. Und schrieb Leibniz, man habe sich den Ufern der Bidassoa genähert, um eines Tages auf der Insel der Konferenzen zu landen (was eine versöhnliche Anspielung auf den pyrenäischen Frieden bedeutete); oder wenn er sagte, es müsse einen Unterschied geben zwischen Advokaten, die plädieren, und Vermittlern, die negotiieren; und die einen, die Advokaten, blieben in einer verstellten Entfernung und in künstlicher Zurückhaltung, die anderen, die Vermittler aber, ließen an ihren Schritten erkennen, daß ihre Absicht aufrichtig und geneigt sei, den Frieden zu erleichtern: dann antwortete Bossuet: „Was die Zuvorkommenheit betrifft, die Sie von unsrer Seite über die Dogmen der Lehre zu erwarten scheinen, so habe ich Ihnen oft geantwortet, daß die Verfassung der römischen Kirche keine andere Zuvorkommenheit duldet als auf dem Wege der Erklärung und Auslegung. Die Angelegenheiten der Religion lassen sich nicht wie die weltlichen Angelegenheiten behandeln, die man oft beilegt, indem jede der beiden Seiten etwas nachgibt; weil nämlich weltliche Angelegenheiten Dinge sind, deren Herren die Menschen zu sein pflegen. Die Angelegenheiten des Glaubens aber hängen von der Offenbarung ab, die man einander gegenseitig zwar erklären kann, um einander besser zu verstehen; über die man aber keine Geschäfte abschließen darf. Es würde der Sache gar nichts nützen, wenn ich andre Wege einschlüge; und es hieße wahrlich, höchst unzeitgemäß den Gemäßigten spielen. Die wahre Mäßigkeit, die man bei solchen Dingen beobachten muß, besteht darin, den Stand, worin sie sich befinden, nach der Wahrheit zu sagen: indem jede andre Willfährigkeit, die man suchen könnte, nur dazu diente, Zeit zu verlieren und in der Folge noch größere Schwierigkeiten entstehen zu lassen.“

Als aber endlich Leibniz die Einwände gegen das Konzil von Trient häufte und sich dabei als ein Theologe allerersten Ranges bewährte, der von einer ganzen Welt staunender Zuseher bewundert wurde, fragte Bossuet nur kühl, wozu so viel Gelehrsamkeit gut sei. Denn selbst, wenn man das Konzil von Trient fallen lasse, blieben noch immer alle Meinungsverschiedenheiten über Transsubstantiation, Oberhoheit des Papstes, Fürbitte der Heiligen und zahlreiches andre, das auf den dem Tridentinum vorhergehenden Konzilen geregelt worden sei, bestehen. Man müßte also die Konzile bis auf sieben-, ja achthundert Jahre vor die Reformation zurück aufheben. „Finden Sie ein Mittel gegen diese Unordnung, gegen diese Verwirrung, oder verzichten Sie auf die Auswege, die Sie vorschlagen!“ schrieb Bossuet hart und unerbittlich. Und damit war eigentlich der Vereinigungsgedanke tot.

Er war es aber auch noch aus einem anderen Grunde, der Leibniz in höchste Erregung warf. So groß und einwandfrei die Haltung Bossuets war, der zudem nicht den leisesten Versuch machte, Leibniz als Person zum Katholizismus hinüberzuziehen, so sehr war alles, was er über die religiöse Frage hinaus unternahm, von französischem Patriotismus und von Haß gegen Deutschland diktiert. Vielleicht sogar strahlte dieses für einen Franzosen beinahe selbstverständliche, sicher nicht niedrige Gefühl irgendwie in die religiösen Debatten, da der französische Katholizismus im Gegensatz zum universellen durch viele geschichtliche Ereignisse eine Art von separatistischer Note hatte. Und hier begann trotz aller heißen Vereinigungswünsche in Leibniz das religiöse mit dem Nationalgefühl zu ringen. Die Gefahr eines Glaubenskrieges innerhalb Deutschlands wurde von Jahr zu Jahr geringer. Dafür aber stand eine neue Gefahr auf: daß nämlich nach der Union die deutschen Protestanten von den französischen Katholiken stets nur als Angehörige einer Religion zweiten Ranges behandelt werden würden. Was nützten überhaupt noch Erwägungen? Bossuet hatte den Briefwechsel abgebrochen. Und von dieser Zeit an verfolgte Leibniz einen näherliegenden Unionsgedanken bis an sein Lebensende: die Vereinigung aller Protestanten! Der englischen Hochkirche, der Reformierten, der Calvinisten, der Augsburger Konfession. Und auch politisch war dieses Konzept vorwiegend ein germanisches. Denn es würde England, Holland, die Schweiz, Kurbrandenburg, Hannover und nicht zuletzt die Blüte französischer Tüchtigkeit umfassen, die eine plötzlich einsetzende Intoleranz Ludwigs außer Landes getrieben hatte.

Gleichwohl gehörte auch das Scheitern der Unionsverhandlungen mit Rom für Leibniz mit zur tragischen Rhapsodie, die in jenem Jahrfünft von 1690 bis 1695 vor seinen entsetzten Augen abrollte. Nicht einmal der Glanz der Erringung der Kurwürde für Ernst August konnte an der tragischen Grundstimmung etwas ändern. Denn auch hier gab es nichts als Widerstände. Und Ernst August und Kursachsen hatten nur durch die Androhung eines endgültigen Bruches mit dem Kaiser es erzwungen, daß die Welfen den Kurhut erhielten. Obgleich bereits wegen des Erzamtes ein Streit mit Württemberg losbrach, den Leibniz trotz aller Wucht und Geschichtskenntnis mit kläglichem Erfolg führte. Vielleicht war es in jener Zeit der einzige wirkliche Gewinn für Leibniz, daß er im Zuge der Verhandlungen wegen der Kurwürde wieder mit Philipp Wilhelm von Boineburg in ein näheres Verhältnis kam, der als erster Kammerherr und Reichshofrat am Hof zu Wien wirkte.

Nun aber, im Jahre 1694, behaupteten ängstliche Bürger Hannovers neuerlich, in einer Frühlingsnacht eine merkwürdige Bewegung wahrgenommen zu haben. Wie damals, als die Verschwörung des Oberjägermeisters Moltke aufgedeckt wurde. Diesmal aber griff die Erregung weit über die Grenzen Hannovers hinaus und erschütterte beinahe alle Höfe Europas. Und wieder war Leibniz in mehr als einer Beziehung Schuldtragender und Mitwisser aller Ereignisse.

Der große Held und ritterliche Edelmann, der glänzende Graf von Königsmark, schritt in dieser Nacht durch die Galerie des kurfürstlichen Schlosses zu Hannover. Er kam aus den

Gemächern der Erbprinzessin Dorothea. Vier vermummte Bewaffnete stellten sich ihm entgegen und riefen ihn leise an. Als er keine Miene machte, stehenzubleiben, warfen sie sich im fahlen Licht des Mondes zwischen Schlagschatten von Säulen und flirrend silbernen Lichtflecken über ihn, um ihn zu fesseln. Königsmark aber, der riesenstarke Kämpfer, sprang zurück und zog den Degen. Gut, vier Vermummte! Was gehen mich Vermummte an? Das ist nichts, was mit Recht und Gesetz zu schaffen hat. Es ist meuchlerischer Überfall. Ob im Schloß, ob außerhalb des Schlosses, ist gleichgültig. Er stach wütend zu. Leise Schreie begleiteten die Treffer seiner Degenspitze. Aber auch die Vermummten schienen wilde Kämpfer zu sein, die ihr Leben teuer verkauften. Und plötzlich glitt Königsmark aus, drei Degen durchbohrten ihn fast gleichzeitig, und man schleppte die Leiche in ein nie betretenes Kellergewölbe, wo man sie in den dunkelsten Winkel stieß. Droben aber, in der Galerie des Schlosses, lagen ruhig die Schlagschatten der Säulen über den silbernen Flecken des Mondlichtes.

Eine furchtbare nächtliche Konferenz vereinigte wenige Stunden später Ernst August, Sophie, Grote und Leibniz. Und man wußte sich keinen Rat. Denn man hatte Königsmark zwar heimlich gefangensetzen wollen, um dem Skandal der Flucht Dorotheas vorzubeugen; nie aber hatte man diesen Ausgang erwartet. Kein Rechtstitel war zu finden, der den Mord beschönigte. Man wußte, daß Dorothea bloß aus Kränkung über die Untreue des Erbprinzen Georg, dem sie vor kaum einem Jahr einen Sohn geschenkt hatte, ihre Flucht vorbereitet hatte. Und daß Königsmark nur als ein jedes Abenteuer suchender Edelmann in einer romantischen Laune sein Leben für eine schöne unglückliche Dame, die er nicht einmal liebte, eingesetzt hatte. Man wußte in dieser Konferenz aber noch mehr, obgleich man nicht darüber sprach. Die ehrgeizige und intrigante Gräfin von Platen, die Mätresse Ernst Augusts, hatte alles aufgespürt. Und deren Schwester, die Gattin des Gardegenerals von Weyhe, war wieder die Geliebte des Erbprinzen Georg; also eigentlich die Ursache der Tragödie. Aber noch mehr. Die Gräfin Aurora, die Schwester Königsmarks, vielleicht die schönste Frau Europas, war die Geliebte des Kurfürsten von Sachsen. Und regierte aus dieser Machtstellung fast unbeschränkt. Bis zum Krieg mit Kursachsen konnte der Tod Königsmarks führen.

Dazu der Haß der Kurfürstin Sophie, die jeden Verdacht gegen Dorothea unbewiesen aussprach, ja solchen Verdacht sogar als Sicherheit hinstellte. „Ich will durch die Unbeherrschtheit und Eitelkeit der Tochter dieser niedriggeborenen d'Olbreuse nicht noch vielleicht den vierten Sohn verlieren", sagte sie steinern ein über das andremal. „Wenn schon außer diesem Wüstling Königsmark noch ein Opfer notwendig ist, dann soll es Dorothea sein. Keine Gnade für die Halbblütige, für die Tochter einer nachträglich legitimierten Mätresse, die sich nicht zur Haltung und Würde einer Kurprinzessin durchringen konnte. Die wie ein Bürgermädchen bei Nacht und Nebel mit dem Geliebten ausreißen will. Fidonc! Ich habe nichts übrig für solche Moral von Frauen, deren Ziel es sein sollte, nichts, aber auch nichts andres zu tun, als die Erbfolge zu sichern und die Schwelle des hohen Gatten reinzuhalten. Des Gatten, auf den man nicht als gewöhnliches Weib Ansprüche hat. Sondern von dem man wissen muß, daß er eher ein Begriff als ein zu Familienzwecken degradierter Hausvater ist."

Leibniz blickte die Kurfürstin an. Was, so fragte sein Blick, ist es dann mit den Briefen, die Eure kurfürstliche Hoheit vor nicht allzulanger Zeit in meine Hände gelangen ließen? In denen von Demütigung der Frau, von schlaflosen Nächten, vom beinahe nicht Ertragenkönnen die Rede ist, weil Ernst August die Platen bevorzugt. Furchtbar, große Fürstin! Furchtbar. Es ist überhaupt fast unerträglich, daß Vater und Sohn mit zwei Schwestern schlafen. Noch schrecklicher aber ist es, daß Dorothea nie zu ihrem Recht kommen darf. Und am allerentsetzlichsten, daß vielleicht die Liebe der großen Fürstin zum Vater Dorotheas, zu Georg Wilhelm von Celle, noch nicht erloschen ist. Und daß darum die wunderbare, edle d'Olbreuse eine „legimitierte Mätresse" und die ebenso wunderbare Dorothea, dieses blühend heitere, geistvolle, charmante, gütige und weltoffene Geschöpf, diese Frau, die nichts tat als ihre

Pflicht, und die für nichts kämpft als für ihr Recht, verurteilt werden soll. Bin ich noch Leibniz, wenn ich bei solcher Liquidierung des Menschenhandels, den ich selbst einleitete, mitschuldig werde? Bin ich dann nicht eher ein dynastischer Sklave, ein „Hof"-Komplice? Auch Grote denkt ähnlich. Ich sehe es. Wir alle sind ratlos. Und unten im Keller liegt starr und mit verglasten Augen der prachtvolle Königsmark, den wir durch unsre überspitzt mathematischen Pläne und Schachzüge ermordeten. Derselbe Königsmark, dem ich noch gestern beim Souper die harte Hand drückte, und der mir lachend einige gutmütige Scherze zuraunte. Es ist zum Verzweifeln. Ist das jetzt die letzte Tragödie? Oder kommt noch die fünfte, sechste, siebente? Was ist noch unerledigt in unsrem Geflecht, genannt „Vereinigung aller welfischen Lande in einer Hand, zur Stärkung des Heiligen Deutschen Reiches durch eine geschlossene niedersächsische Vormacht?" Was ist noch offen? Wir können nicht mehr zurück. Obwohl wieder, fast schuldlos, ein heißes Einzelglück vernichtet ist. Furchtbar und unverzeihlich! Aber zwischen dem Rhein und Siebenbürgen gibt es Millionen solcher Einzelglücksansprüche, für die wir angeblich unsre Menschenopfer bringen. Heute schon. Und in fünfzig, hundert Jahren werden es neue und stets neue Millionen sein. Sind das Ausreden, Selbstrechtfertigungen? Pilatushändewaschungen? Wahrscheinlich. Aber unser Geist hat Grenzen. Wir haben uns verrechnet. Sind Rechenfehler bereits Verberechen? Wenn nur dieser Haß der Herzogin nicht wäre! Und Georg Wilhelm, der tragischeste aller Welfen, wird das einzige Kind verstoßen. Ich weiß es. Denn auch er ist starr in dynastischen Dingen. Und auch er liebt noch die große Sophie . . .

Königsmark blieb verschwunden. Europa lag unter einem Alpdruck. Bis sich alles „aufklärte". Das heißt, bis durch neue verlogene und recht hilflose Schachzüge die Ordnung der Tragödie einigermaßen erfolgte.

Georg Wilhelm verstieß sein einziges Kind. Dorothea saß gefangen im Schloß Ahlden, umgeben von zwei Ringwällen, begleitet von Reitern, wenn sie ausfuhr. Und getrennt von ihren Kindern. Sie zeigte die Größe, die nur wahre Unschuld leihen kann. Man bat, beschwor, drohte, sandte Molanus, sandte Leibniz. Sie weigerte sich, zum ehebrecherischen Gemahl zurückzukehren. Und blieb die „Gefangene von Ahlden."

Die schrillen Schlußakkorde der tragischen Rhapsodie waren verklungen. Und Leibniz, der fast Fünfzigjährige, von dem man nach all dem Geschehen glauben müßte, er sei von den Ereignissen erdrückt oder aus dem Geleise geworfen worden, schrieb am Ende des grausigen Quinquenniums, am 5. September 1695, an den Hamburger Gelehrten und Freund Placcius:

„Wie außerordentlich zerstreut ich bin, läßt sich nicht sagen. Ich suche Verschiedenes in den Archiven, nehme alte Papiere vor die Augen und suche ungedruckte Manuskripte zusammen, mit deren Hilfe ich für die Geschichte Braunschweigs Licht zu gewinnen hoffe. Briefe empfange ich und erwidere sie in großer Anzahl. So viel Neues habe ich in der Mathematik, so viele Gedanken in der Philosophie, so viele literarische Betrachtungen, die ich nicht umkommen lassen möchte, daß ich oft nicht weiß, was ich zuerst tun soll. Und die Wahrheit des Ovid'schen Ausrufs fühle: Inopem me copia fecit! Hilflos hat mich der Reichtum gemacht! Zwanzig Jahre und darüber sind es her, daß die Franzosen und Engländer meine Rechenmaschine gesehen haben ... Seit dieser Zeit haben Oldenburg, Huygens und Arnaud und auch Sie selbst, Placcius, mich aufgefordert, eine Beschreibung dieses kunstvollen Werkes herauszugeben; was ich jedoch stets aufgeschoben habe, da ich ja nur ein kleines Modell der Maschine hatte, das eben nur zur Demonstration für den Mechanicus, nicht aber für den wirklichen Gebrauch hinreichte. Jetzt aber ist mit Hilfe von Arbeitern, die ich mir habe kommen lassen, die Maschine fertig geworden, bei der man die Multiplikationen bis zu zwölf Ziffern führen kann. Es ist ein Jahr, seit ich so weit gekommen bin, ich habe aber die Arbeiter noch hier, um andre solcher Maschinen anfertigen zu lassen. Denn sie werden an mehreren Orten verlangt. Ich möchte gerne eine Beschreibung dieser Maschinen geben, aber die Zeit fehlt mir dazu. Ich muß nämlich vor allem meine Dynamik vollenden, in der ich endlich die wahren Gesetze der materiellen Natur gefunden zu haben glaube, mittels deren ich

Probleme über die Bewegung der Körper lösen kann, Probleme, für die alle bisher bekannten Regeln nicht ausreichten. Meine Freunde, die von der durch mich begründeten höheren Geometrie Kenntnis haben, treiben mich, meine ,Wissenschaft des Unendlichen‘ herauszugeben, die alle Fundamente meiner Analysis enthält. Dazu kommt eine, Characteristica situs‘, eine neue Art der Geometrie, die nicht die Größe, sondern bloß die Lage berücksichtigt. Ich arbeite an dieser ,Characteristica situs‘ und noch über viel allgemeinere Dinge der ,Ars inveniendi‘, der Kunst, zu erfinden und zu entdecken. Aber alle diese Arbeiten, die historischen ausgenommen, geschehen wie verstohlen. Denn Sie wissen, daß man an den Höfen ganz andre Dinge sucht und erwartet! Daher habe ich von Zeit zu Zeit Fragen aus dem Völkerrecht und aus dem Recht der Reichsfürsten zu behandeln. So viel habe ich jedoch durch die Gnade des Kurfürsten erlangt, daß ich nach eigenem Ermessen mich der Mitwirkung an Privatprozessen enthalten kann.“

Vierundfünfzigstes Kapitel

Die Große Gesandtschaft

Plötzlich, wie aus dem Nichts emporgetaucht, griff ein riesiger Schatten aus dem Osten her über Europa.

Leibniz hatte ihn schon seit langem gesehen. Aber dieses neue Problem des Weltteils kam den Herrschern und den Völkern erst zum Bewußtsein, als die Große Gesandtschaft durch Monate fast den einzigen Gesprächsstoff der Eingeweihten und der Abseitsstehenden bildete.

Leibniz hatte sich eben angekleidet. Er hatte nur vier Stunden geschlafen. Aber er wollte den Eindruck, den die Fremden machen würden, um keinen Preis versäumen. Und er hatte von sich aus, zusammen mit Grote, einen förmlichen Überwachungsdienst eingerichtet, damit ihnen die Gesandtschaft nicht gleichsam durch die Finger glitt. Man wußte nämlich so recht eigentlich gar nichts. Alles, was man wußte, war „angeblich“. Eine Kavalkade von angeblich 270 Russen sollte sich angeblich heute schon auf hannöverschem Gebiet befinden. Ebenso angeblich wurde die Gesandtschaft von Admiral Lefort, Wojwoden von Nowgorod, von Generalkriegskommissär Fedor Alexejewitsch Golowin, Wojwoden von Sibirien, und vom Geheimen Kanzler und Wojwoden von Bolchow, Prokofii Bogdanowitsch Wosnizyn geführt. Zweiundzwanzig Kavaliere, sieben Kanzleibeamte, fünf Dolmetscher, einen Arzt, achtundsechzig Offiziere und Soldaten, Kaufleute, Lustigmacher, Heiducken, Kalmücken und Zwerge hatte irgendwer in Ostpreußen festgestellt. Aber auch das war nur angeblich. Denn die Gesandtschaft teilte sich oft in mehrere Teile, und man wußte dann erst recht nicht, ob man den Teil der Kavalkade vor sich hatte, bei dem sich Zar Peter selbst befand. Obgleich es nämlich geleugnet wurde, obgleich man es offiziell nicht einmal aussprechen durfte, wußte wieder ganz Europa, daß Zar Peter die Gesandtschaft begleitete. Er war bisher gewöhnlich als jüngeres Gesandtschaftsmitglied unter dem Namen Peter Michailowitsch aufgetreten, hatte aber auch noch durch andre Maskierungen überrascht. So hatte er einmal als Unteroffizier Gawrilo Kobylin mit zehn Soldaten das Gefolge verlassen, ein andresmal wieder hatte er den Spaßmacher gespielt. Man konnte ihn einfach nicht fassen. Denn er war wohl einer der seltsamsten Herrscher, die bisher die Geschichte hervorgebracht hatte: Soldat, Handwerker, Bauer, Edelmann, Charmeur, Wüstling, Wahnsinniger, Europäer, Asiate, Jüngling, Greis, Philosoph, Gelehrter, Ekstatiker, Spieler, Jäger, Gaukler, Matrose: alles nacheinander und durcheinander. Und man wußte nicht einmal, wie er aussah. Ununterbrochen wechselte er die Tracht, verkroch sich, schlief auf dem Fußboden und in Dachkammern, kochte für sich selbst und für andre, erlernte jedes Handwerk in wenigen Augenblicken und war von einer geradezu unbändigen Neugierde besessen, die das Gefüge jeder Ordnung in den Staaten lockerte, durch die er zog.

Mit unfehlbarer Ahnung wußte Leibniz, als er auf die Straße eilte, um den Einzug der Gesandtschaft als unbeteiligter Spazier-

gänger zu beobachten, daß er in Peter nicht einen Sonderling, nicht eine Einzelerscheinung, sondern eben Rußland
selbst vor sich hatte. Die blasierten Hofleute und Damen mochten scherzen und höhnen, so viel sie wollten. Mochten auch
wieder mit geheimem Prickel das Schauspiel dieser bunten
Kavalkade bewundern. Mochten denken und grübeln, deuten
und auslegen. All das Geschwätz traf nicht den Kern. Irgend
eine Urkraft, eine noch gar nicht begriffene Welt war in eine
zweite Welt, in eine satte, hochmütige Verstandeswelt, eingebrochen. Und es war kein Zufall, daß gerade Leeuwenhoek
viele Stunden lang dem Zaren seine Mikroskope gezeigt und
wie es hieß ihm seine neueste Entdeckung, den Blutkreislauf,
an den Flossen lebender Fische demonstriert hatte. Die irrationale Welt hatte sich in dieser Begegnung verbrüdert, die der
rationalen eines Spinoza oder eines anderen Aufklärers ent-
gegentrat.

Vor allem, und das war beinahe erheiternd, ging das Chaoti-
sche dieser Gesandtschaft oder halben Gesandtschaft so weit,
daß nicht einmal der Kurfürst Ernst August wußte, ob es der
Kavalkade belieben würde, in Hannover haltzumachen. Daß
man sich unklar darüber war, wen man eigentlich vor sich hatte,
war man in Europa nun schon gewohnt. Aber daß man keinerlei Disposition erfuhr, bereitete selbst Grote einige zeremonielle Schwierigkeiten.

Nach all dem war nun Leibniz durchaus nicht überrascht, als
er das Mirakel sah, bevor er es noch erwartet hatte. Mitten
durch ein fast lebensgefährliches Volksgedränge kam der Aufzug daher. Und blendete an diesem wolkenlosen Sommermor-
gen die Augen.

Pferde, merkwürdig klein und scheu, mit struppigen Haaren
und langen Schwänzen. Mit ungewohntestem Zaumzeug aus
grellrotem Saffianleder, an dem Edelsteine in allen Farben
funkelten. Die Reiter in langen, verwirrend farbigen Kaftanen.
Weiß, rot, blau, grün. Über und über mit Perlen und Edelsteinen bestickt. Fußhohe Pelzmützen aus hellbraunem Zobel,
aus Biber oder schwarzem Astrachan. Krumme Säbel und
unwahrscheinlich lange Lanzen. Kalmücken mit Bogen und

Köchern. Plötzlich dazwischen Soldaten in neuester Bewaffnung und gedrillter Haltung. Mißgeburten von Zwergen. Jahrmarktsharlekine. Eine vergoldete Kanone, deren Räder mit Malachit besetzt waren, und die offensichtlich trotzdem kein Spielzeug war. Einige Reiter sangen dumpfe Lieder, die von monotoner Traurigkeit sich plötzlich zu schreckenerregenden Angriffsrhythmen verwandelten und in wilden, tierischen Schreien endigten, um gleich darauf wieder beinahe die Stimmung heiliger Choräle zurückzugewinnen. Und auch die Spannung zwischen der Tiefe der Bässe und der Höhe der Tenöre war ungewöhnlich. Ebenso ungewöhnlich wie das unvermittelt losbrechende herausfordernde Trompetengeschmetter, das gurgelnde Klimpern von Balalaiken und das bis zu einer Art von Tobsucht vorstoßende Wirbeln der Trommeln.

Mit geröteten Gesichtern, mitgerissen und verdonnert, starrten die Bewohner Hannovers den tollen Spuk an, sahen in die Gesichter unter den Pelzmützen, die in allen Abtönungen — von hellstem Weiß bis zu tiefem Braun und glattem Gelb — vorüberzogen. Kleine, stechende, schwarze Augen. Schlitzaugen. Große, blaue, verträumte, strahlende Augen. Es gab alles. Gab Hünen, gab winzige Kerle mit Säbelbeinen, gab untersetzte, wohlproportionierte Reiter von klassischem Bau der Gestalt und von klassischer Bewegung.

In Leibniz aber formte sich wie eine riesige Zusammenschau das Bild Rußlands und verband sich mit dem Zaren aller Reußen zu untrennbarer Einheit. Jenes Zaren, der vielleicht einer von den Russen war, die übersät mit Perlen, Rubinen, Smaragden, Karfunkeln, mit edelsteinstrotzenden Waffen dort vorbeiritten; wenn er es nicht vorgezogen hatte, irgendwo als Soldat in einer Schenke der Umgebung zu gröhlen und die Mägde zu belästigen oder tiefernst bei einem Mechanikus zu stehen und ihm die letzten Geheimnisse seines Handwerks abzugucken. Diese Einheit, die Leibniz sah, während noch die Hufe vor ihm klapperten und all die wilden Geräusche tönten, war so körperlich, daß das gegenwärtige Spektakel beinahe verblaßte. Dafür erblickte er endlose Wälder, eiskalte Steppen, riesige Ebenen, blühende Dörfer. Erblickte Städte mit Zwiebelkuppeln und

Zwiebeltürmen in seltsam überladener Pracht. Strelitzenhorden, Kosakenheere. Aufstände in Städten, die ganz aus Holz erbaut waren. Furchtbare Grausamkeiten. Dreitausend gefangene Strelitzen, Kerntruppen, die stets wieder von irrsinnsnahen, machttrunkenen Vätern, Brüdern, Neffen der Dynastie, von revoltierenden Wojwoden und Großfürsten gegeneinander und aufeinander gehetzt wurden, marschieren, dumpfe Lieder singend, je zwei nebeneinander, zur Richtstatt. Jedes dieser aneinandergeketteten Paare trägt Block und Richtschwert. Sie werden sich vorher, bevor diese Instrumente auf sie Anwendung finden, noch die Gräber schaufeln. Und sie sind fast heiter. Man wird sie nicht foltern, nicht langsam braten oder spießen. Und es wird wieder Kurzweil und Frechheit geben bei der Hinrichtung. Hei, das war ein Spaß, als das Väterchen, Peter selbst, ein Richtschwert nahm und fünfzig Soldaten eigenhändig köpfte! Er kann es, bei Gott und beim doppelten Kreuz, er kann es. Und wie er es kann! Und da ist er dem wilden Wassili, der schon vor dem Block kniete, zu nahe gekommen, ist an ihn angestoßen. „Geh weg, Väterchen, dräng dich nicht! Hier ist mein Platz!" hat ihn der Wassili angeschrien. Und der Zar und alle anderen Strelitzen, die vor den Blöcken knieten, haben gebrüllt vor Lachen. Und er hat dem Wassili, noch immer lachend, den Kopf abgehauen, daß das Schwert pfiff.

Nicht immer aber geht es so lustig her. Die besoffenen Aufrührer holen Großfürsten aus den Betten, reißen sie von den Altären, stöbern sie in Schlupfwinkeln auf, die ihnen von den Brüdern und Müttern der Gesuchten angegeben wurden. Und dann tränkt man es den feinen Bürschchen ein, die in Seidenbetten schlafen und nach Moschus oder nach anderen häßlichen Dingen riechen, die sie sich aus glitzernden Flaschen auf die Glieder gießen. Gut, man sauft diesen Blumenschnaps, daß man kotzt. Man muß aber dann die Bürschchen behandeln. Da hört der Spaß auf. Eine Folterkammer wird gestürmt. Und nun versucht man sich tagelang an den Zangen, Stricken, Schrauben. Und das Gebrüll der Bürschchen stört die Strelitzen schließlich so sehr, daß sie in Wut geraten, die Gefolterten auf den Platz vor die Kirche schleppen und sie dort langsam in Stücke hauen oder mit Pferden zerreißen. Oder sie aus Fenstern auf Spieße hinunterwerfen oder irgendwo anbinden und mit Pfeilen um eine Flasche Schnaps ein Wettschießen veranstalten, während die Brüder Balalaika spielen. Und man weiß nie, ob man recht getan hat oder unrecht. Die Zarinmutter sagt so, Peter so, der Wojwode anders. Jeder ist ein Verräter. Und jeder schreit, daß er keiner ist.

Wie schön aber ist dann wieder das Osterfest mit den blauen Eiern. Alle Menschen lieben einander. Alle sind gut. Ich und du und jeder. Und die Kinder und Weiber sind toll vor Freude. Das Land muß bestellt werden. Die Erde ist schwarz und feucht und die Ströme schwellen an und schleppen noch Eisschollen, auf denen Raben sitzen. Hei, wir werden das Korn säen. Hei, der Ochse und das Pferd müssen gefüttert werden. Und der Strelitze wischt den Säbel ab und wirft ihn in die Rumpelkammer.

Väterchen Zar hat große Kriege gewonnen. Es gibt keine Revolten, es gibt keinen Krieg. Er baut Schiffe, die die Welt durchsegeln sollen. Alles kann er, der große Zar. Und sie küssen sein Bild, schlagen die Stirne auf die schwarze Erde und küssen die Ikonen der Muttergottes von Kasan.

Und er wird die ganze Welt erobern, der Zar. Es ist prophezeit. Michael Feodorowitsch, der Starost, hat es gesagt. Es ist also wahr. Und der Zar zieht mit einer Gesandtschaft durch die verrotteten westlichen Länder, die nicht einmal mit dem Türken fertig werden. Und es ist gesagt worden, daß alle Könige vor Schrecken auf das Gesicht fallen und die Erde küssen, wenn der Zar erscheint. Und daß ihm jede Stadt die Schlüssel gibt. Einen ganzen Wagen voll von Schlüsseln führt er schon mit sich, das Väterchen. Und wenn er zurückkehrt, wird er ein Heer sammeln, so groß, wie es noch niemand erblickte. Und wird alles niederrennen, was sich noch wehrt.

Was aber ist das? Michael Feodorowitsch ruft die Strelitzen, um Ordnung zu machen, bevor der Zar zurückkommt? Heraus also mit dem Säbel aus der Rumpelkammer! Einige Verräter müssen zerhauen werden. Wer kann wissen, ob der Zar nicht selbst ein Verräter ist? Sollen die Weiber die Felder bestellen.

Sie werden zu Weihnachten Kinder gebären. Hei! Die Strelitzen aber müssen Ordnung machen . . .

Leibniz erschrak, als ein Offizier der Garde ihn leise ansprach.

„Gefallen Ihnen die Russen?" erwiderte Leibniz aufblickend.

„Ein Fastnachtszug", sagte der junge Edelmann wegwerfend.

„Eine gefährliche Fastnacht, Herr von Ditfurth!" Leibniz schüttelte den Kopf. „Doch glaube ich, daß Sie mich ansprachen, um mir etwas mitzuteilen. Entschuldigen Sie, daß ich Sie unterbrach."

„Ich habe in der Tat eine Meldung zu erstatten. Und zwar eine dringende. Ich bin sehr froh, Sie gefunden zu haben, Geheimer Herr Justizrat. Ihre kurfürstliche Hoheit Sophie läßt nämlich bitten, ohne Verzug und ohne Rücksicht auf Kleidung in Sachen der Russen sofort bei ihr in Herrenhausen zu erscheinen. Mein Wagen wartet drüben in der Nebengasse."

In Sachen der Russen? Sollte die Gesandtschaft in das Schloß einziehen? Wußte Sophie mehr als er selbst und Grote, der ihm noch vor einer halben Stunde hatte mitteilen lassen, die Russen würden ohne Aufenthalt Hannover durchreiten? Auf jeden Fall war ein neues Machtgefüge furchtbarster Spannkraft und Unberechenbarkeit in Europa eingebrochen. Es gab nur eine Möglichkeit der Abwehr. Dazu aber mußte man Einfluß auf die Russen gewinnen. Aber wie?

Doch wozu jetzt grübeln? Die Kurfürstin hatte ihn „in Sachen der Russen" zu sich befohlen. Vielleicht ergab sich eine Möglichkeit, mit Lefort zu sprechen. Mit dem Führer der Gesandtschaft. Mit diesem rätselhaften Genfer, dem ersten und einflußreichsten Günstling und Freund Peters, konnte man sicherlich verhandeln. Obwohl auch er allen, die es bisher versucht hatten, entglitten war. In einer Stunde werden wir mehr wissen.

„Gehen wir, Herr von Ditfurth", sagte Leibniz, der noch nicht ganz in die Gegenwart zurückgefunden hatte.

Als er, kaum eine halbe Stunde später, den kleinen Salon der Kurfürstin Sophie betrat, kam ihm zu seiner höchsten Überraschung Kurfürstin Charlotte von Brandenburg lächelnd entgegen.

„Ich bleibe einige Wochen in Hannover", sagte sie nach der Begrüßung. „Wir haben viele Probleme zu besprechen, Leibniz. Und ich habe außerdem gut zehntausend Fragen an Sie zu stellen. Aber jetzt kommen Sie schnell zu meiner Mutter. Sie müssen uns aus einer Verlegenheit helfen." Und sie öffnete eine Tür und ging in die Privatgemächer der Kurfürstin Sophie voran.

Leibniz folgte.

„Wann sind Sie eingetroffen, Hoheit?" fragte er, noch immer erstaunt.

„Heute nacht", erwiderte Charlotte.

„Sie hat uns beide überrascht", fiel Kurfürstin Sophie ein, die in ihrem Boudoir in einem Fauteuil saß. Nachdem sich Leibniz verbeugt hatte, fuhr sie fort: „Guten Morgen, Leibniz! Setzen Sie sich einen Augenblick." Und sie wies auf einen Polsterstuhl.

Charlotte ging zum Fenster und blickte hinaus.

„Ich habe die Russen gesehen", begann Leibniz, als er sich niedergelassen hatte.

Die Kurfürstin lachte unvermittelt auf.

„Eine nette Bande", sagte sie dann etwas ernster. „Sie wissen ja, daß ich Sie wegen eben dieser Russen hieherbat."

„Es wurde mir gemeldet."

„Gut, daß man Sie so schnell fand. Nun hören Sie zuerst das Wichtigste. Wir haben Glück. Der berüchtigte Zar ist nicht dabei. Er hat mit einer anderen Kolonne Halberstadt beglückt, soll auf den Blocksberg gestiegen sein und ist jetzt schon auf dem Weg nach Wien. Ich bin, aufrichtig gesagt, froh, daß wir seine Anwesenheit mit Anstand vermeiden können."

„Mir tut es leid, Hoheit", erwiderte Leibniz. „Man hätte vielleicht mit ihm sprechen können."

„Das können Sie besser mit Lefort. Der Zar ist nach meiner Ansicht ein Wahnsinniger, wenn ihm auch eine gewisse Genialität nicht abzusprechen ist. Wir lachen in einemfort über seine Streiche. Aber diese Stückchen sind leider sehr ernste Anzeichen für das, was Europa von ihm zu fürchten hat."

„Ganz meine Ansicht, Hoheit."

„Das freut mich, Leibniz. Und darum will ich, daß Sie mit Lefort sprechen."

„Sind die Russen hier eingezogen? Ich sah im Schlosse nirgends eine Spur von ihnen."

„Nein, sie sind dem Schloß im Bogen ausgewichen. Sie hatten nur einen Dolmetsch vorausgesandt, der mit uns verhandelte, noch bevor die Russen in Hannover ankamen. Sie sind trotz ihrer prahlerischen Pracht geradezu menschenscheu. Und sie baten, in einem möglichst abgelegenen Schloß für einen Tag rasten zu dürfen. Ich habe ihnen mein stilles Koppenbrügge zur Verfügung gestellt. Und Sie, Leibniz, müssen jetzt sofort hinaus nach Koppenbrügge. Der Wagen und sechs Gardisten mit einem Offizier warten bereits unten."

Leibniz erhob sich, da die Kurfürstin ein wenig hastig gesprochen hatte. In diesem Augenblick drehte sich Charlotte um und konnte ihr Lachen kaum verhalten.

„Noch ein paar Anekdoten, Leibniz, bevor Sie zu diesen Monstren fahren", sagte sie lächelnd. „Es ist fast unglaublich, was diese Menschen treiben." Und sie kam näher. Dann setzte sie fort: „Von ihren Festlichkeiten und Gelagen spreche ich lieber nicht. Die sind beispiellos. Die übliche Zecherei des Zaren mit Lefort pflegt ununterbrochen drei Tage und drei Nächte zu dauern. Dabei legen die wüsten Gesellen nicht einmal in den Nächten die Kleider ab, sondern schlafen zwischendurch irgendwo auf dem Boden oder auf einem Sofa. Daß sämtliche Gläser zerschlagen werden, ist klar. Es ist auch selbstverständlich, daß man ab und zu mit scharfen Waffen ficht und daß ein paar Leute dabei verletzt werden. Gewöhnlich hält Peter, wenn er betrunken ist, irgendwen für einen Verräter und will ihn aufspießen. Wer ihn davon abhält, ist ein Mitverschworener. Wer ihn nicht abhält, ist ein Verräter, wenn der Zar wieder nüchtern ist."

„Ein angenehmer Hofdienst!" fiel Leibniz ein.

„Gewiß, sehr angenehm." Charlottens Ton wurde ebenfalls ironisch. „Es gibt aber noch charmante Einzelheiten bei diesen Festen. Stets muß ein eigener Raum mit allerlei Frauenzimmern angefüllt sein. Und diese Mädchen haben die Pflicht, während der ganzen Zeit der Gelage zu Diensten zu stehen. Da dies aber keine aushält, hat Lefort, als routinierter Admiral, die Ordnung der Schiffswachen eingeführt. Die Mädchen werden genau alle vier Stunden abgelöst, wie die Wachen einer Fregatte. Ist das nicht wunderschön?"

„Zumindest durchdacht und zweckentsprechend." Leibniz, den ein Ekel ankroch, blickte zu Boden.

Charlotte aber lachte auf.

„Das ist ja bloß die Erholung", sagte sie sarkastisch. „Die ‚Regierungstätigkeit' ist bedeutend komplizierter. So hat Peter unlängst in Mitau einer Dame auf der Straße plötzlich mit so furchtbarer Stimme ein Halt zugerufen, daß sie wie erstarrt stehen blieb. Dann ging er auf sie zu, als ob er sie verschlucken wollte, nahm ihr kurzerhand die emaillierte Uhr vom Busen, beguckte sie außen und innen, gab sie wieder zurück und brüllte ‚Marsch!' Dann ging er gemächlich weiter. Ein anderesmal hat er sich in Königsberg bei einem Galadiner plötzlich eingebildet, er müsse die ihm noch unbekannte Strafe des Räderns sehen. Als man ihm erklärte, es sei niemand da, der zu solcher Strafe verurteilt sei, lachte er zuerst schallend, dann sprang er auf, hieb mit der Faust auf den Tisch und schrie unverständliche Flüche. Plötzlich wurde er ruhig und vergnügt und zeigte auf einen seiner Gardisten, der an der Saalwand Leibwache stand. ‚Nehmt den dort! Dem wird es eine Ehre sein, mir das kleine Vergnügen zu machen', grinste er. Und mein Gatte, der Kurfürst, mußte alles aufbieten, um den Justizmord zu verhindern. Aber ich will sie nicht länger aufhalten, Leibniz. Ich erzähle Ihnen nur noch, daß sich der Zar sehr eingehend für die Naturwissenschaften interessiert. Besonders die Anatomie ist sein Gebiet. Als er in Holland einmal einer Sezierung zusah, und bei einer Leiche alle Adern und Sehnen bloßlagen, wollte sich ein Edelmann seines Gefolges drücken, da anscheinend sein Magen dem Anblick nicht gewachsen war. Peter bemerkte es, faßte ihn am Kragen und befahl ihm bei Todesstrafe, mit den Zähnen einen Muskel der Leiche herauszureißen. Er nennt solche Dinge ‚Aufklärung des Volkes'.

Sehen Sie jetzt ein, Leibniz, daß meine Mutter froh ist, nur Herrn Lefort zu beherbergen?"

Leibniz machte eine verständnislose Geste.

„Ein Rätsel", erwiderte er dann langsam. „Ein unlösbares Rätsel. Derselbe Zar Peter besitzt nämlich, soviel ich hörte, auch andre Fähigkeiten. Weit andre. Ich werde auf jeden Fall versuchen, Lefort ein wenig zu beeinflussen. Im Sinne einer Trennung Asiens von Europa. Auch in der eigenen Brust des Zaren."

„Dieser Versuch ist zumindest gewagt", sagte plötzlich die Kurfürstin Sophie, die dem letzten Teil des Gespräches kaum zugehört zu haben schien. „Und nun, Leibniz, sehen Sie zu, was Sie ausrichten. Daß Sie nicht auf strenge Etikette zu rechnen haben, dürfte Ihnen klar sein. Leben Sie wohl!"

Leibniz kam zu Mittag in Koppenbrügge an. Das Schloß war zwischen Wäldern gelegen und ließ an Einsamkeit nichts zu wünschen übrig.

Schon im Schloßhof sah er, daß die Russen sich häuslich eingerichtet hatten. Die Pferde, die Wagen, Lanzen, Gewehre, die vergoldete Kanone und alles übrige stand regellos umher und die Soldaten saßen beim Branntwein und sangen und gröhlten.

Die hannöverschen Gardisten, die Leibniz begleiteten, waren Veteranen aus den Türkenkriegen. Sie wußten genau, daß solcher Soldateska gegenüber jede Schwäche nur schwere Konflikte bringen konnte. Deshalb traten sie möglichst entschieden, fast drohend auf, herrschten die Russen an und umringten Leibniz so lange, bis ein etwas weniger bezechter Offizier sichtbar wurde.

Dieser nun erblickte seine Aufgabe wieder darin, zu brüllen. Er teilte sogar an seine Leute Fußtritte aus und machte schließlich vor Leibniz einige Verbeugungen, die dieser sehr hoheitsvoll erwiderte. Der Offizier war über die Unherzlichkeit Leibnizens zuerst beleidigt. Plötzlich aber dämmerte es ihm auf, daß es vielleicht geratener wäre, seinen Unmut zu unterdrücken und er führte Leibniz wortlos über eine Treppe hinauf.

In einem Vorsaal saßen Edelleute in Hemdärmeln, die ebenfalls „rasteten". Das heißt, sie spielten Karten, schrien durcheinander und tranken. Einer schien über Leibniz einen Witz gemacht zu haben. Denn alle blickten unvermittelt auf ihn, kehrten sich dann ab und lachten.

„Mit wem haben wir das Vergnügen?" fragte plötzlich neben Leibniz eine Stimme auf französisch. Das Lachen verstummte.

Leibniz wandte sich zum Sprecher. Ein typischer Russe mit breiten Backenknochen und tiefliegenden schwarzen Augen. Er trug eine minderprächtige Uniform.

„Mit dem Geheimen Justizrat, Reichsfreiherrn von Leibniz", erwiderte Leibniz leise und abweisend. „Ich erscheine im direkten Auftrag des hohen Kurfürsten. Ich bitte, mich Seiner Hoheit, dem Herrn Wojwoden Admiral Lefort zu melden."

„Sofort werde ich die Meldung erstatten." Der Dolmetsch grinste sonderbar und verschwand durch eine Tür.

Leibniz war ein wenig verstört. So schlimm hatte er sich den Empfang nicht vorgestellt. Diese Gesandtschaft, die „Große Gesandtschaft", die Europa imponieren, die geradezu die Geschicke Europas verwandeln sollte, war doch sicher aus der Elite Rußlands zusammengesetzt. Wie sahen dann die anderen Russen aus? Wahrlich, ein sehr, sehr bedenklicher Fastnachtsaufzug!

Der Dolmetsch kam zurück.

„Väterchen Wojwode lassen bitten", schnarrte er nicht eben freundlich. Und er zeigte mit einer plumpen Geste gegen die Tür.

Nun kam die Entscheidung. Eine Entscheidung, die das Geschick Europas für Jahrhunderte beeinflussen konnte. Leibniz biß die Zähne zusammen. Er mußte Lefort für sich gewinnen. Mußte! Das Beiwerk dieser betrunkenen Horde war gleichgültig. Lefort war ein Genfer. Aus französischem Adel. War ein Europäer, wenn er auch, wie man hörte, der Anführer aller Zechgelage und Orgien war. Das war aber vielleicht nur feinste Diplomatie, um Peter zu betäuben. Man würde sehen. Jedenfalls habe ich meinen ehernen Plan. Ich habe schon schwierigere Kämpfe durchgefochten. Lefort ist wahrscheinlich nur im Verhältnis zu den Russen ein großer Staatsmann. Und Leibniz trat ein.

Auf einem Fauteuil, hinter einem verschwenderisch gedeckten

Tisch saß, ungemein prächtig gekleidet, der „Wojwode“. Er lungerte eher als daß er saß. Und hatte eine nasse Binde um die Stirne geschlagen.

„Mir ist nicht recht wohl“, sagte er mit müder Stimme und erhob sich ein wenig, ließ sich jedoch gleich wieder zurückfallen. „Bitte, Baron, setzen Sie sich zu mir. Hoffentlich haben Sie mir nicht zu viel zu erzählen. Jedes Wort schmerzt mich im Kopf. Ich fürchte, es ist der Beginn einer Krankheit.“ Und er nahm eine Birne vom Tisch und biß unbekümmert hinein. „Ach, Pawel Iwanowitsch, du bist noch da? Mach, daß du hinauskommst! Stell dich aber vorher noch gefälligst vor.“

Jetzt erst bemerkte Leibniz, daß im Hintergrund des Zimmers vor einem Tischchen ein grotesk gekleideter Sekretär hockte, der eifrig schrieb. Er trug eine strohgelbe Stutzperücke, war mit einem erbsengrünen französischen Rock bekleidet und machte einen nicht unintelligenten Eindruck. Als er aufstand und auf Leibniz zukam, schien er sogar eine gewisse Straffheit des Körpers zu besitzen. Nur hatte er die merkwürdige Gewohnheit, ganz unvermittelt wie besessen mit dem Kopf und dem rechten Arm zu schütteln, wobei sich seine schwarzen Augen erschreckend weiteten. Auf der rechten Wange hatte er eine große Warze. Er stellte sich ein wenig scheu und schlottrig vor und verließ schweigend den Raum, nicht ohne daß ihn noch bei der Tür eine seiner Zuckungen überkam.

Als sich Leibniz gesetzt hatte, meinte Lefort gelangweilt:

„Das ist Pawel Naryschkin, ein entfernter Vetter Seiner Majestät. Er ist mir ein Rätsel. Dieses Zucken ist mir unheimlich. Ich halte es für den Beginn der hinfallenden Krankheit. Ansonst ist er still, bescheiden und tüchtig. Und scheint auch, soweit ich es beurteilen kann, dem erhabenen Zaren nichts zu hintertragen, obgleich er einigen Einfluß auf ihn hat. Aber jetzt, Baron, sagen Sie mir schnell Ihre Wünsche. Wir sind die Nacht durchgeritten und ich möchte mich niederlegen. Morgen müssen wir dann dem Zaren nachjagen. Er soll schon großen Vorsprung haben. Ich freue mich sehr auf Wien. Waren Sie schon dort, Baron?“ Lefort gähnte und schlug sich mit der flachen Hand auf den weitgeöffneten Mund.

Leibniz war entsetzt. Was sollte er antworten? Hatte es überhaupt einen Sinn, zu antworten? Lefort schien Hannover anscheinend nicht für einen Staat zu halten, mit dem man überhaupt zu verhandeln brauchte.

„Nun?" fragte Lefort gedehnt und ungeduldig. „Ach, entschuldigen Sie, ich vergaß, Ihnen etwas anzubieten!" Und er füllte ein Glas mit Likör und schob es Leibniz hin.

Leibniz nippte mechanisch. Dann erwiderte er:

„Es tut mir unendlich leid, Sie in so schlechter Verfassung anzutreffen, Durchlaucht! Ich hatte die kühne Hoffnung gehegt, aus so hervorragendem Munde einiges über Rußland zu erfahren und darüber hinaus Dinge zu besprechen, die Rußland und Hannover gemeinsam interessieren könnten."

Lefort lächelte melancholisch.

„Rußland? Was weiß ich über Rußland? Alles ist ein Spuk, lieber Baron. Und Angelegenheiten zwischen uns und Hannover? Oh du meine Güte! Was sollten das für Angelegenheiten sein? Wir haben schon so viele Angelegenheiten, daß ich nicht mehr aus noch ein weiß. Holland, England, Frankreich, Brandenburg, Litauen, Polen, Schweden, Türkei. Jetzt kommt Österreich, Venedig und Ungarn dazu. Nein, verehrter, lieber, bester Baron! Sagen Sie Ihrem Kurfürsten, wir ließen uns innigst für das Schloß hier bedanken. Es gefällt uns sehr. Und wenn der Kurfürst einmal nach Rußland kommt, werden wir ihm auch ein Schloß zur Verfügung stellen. Das sind unsre gemeinsamen Angelegenheiten. Wenn Sie aber einen russischen Orden zu tragen wünschen, Baron, dann bitte schreiben Sie Ihren Namen bei Naryschkin, ich meine den Sekretär, der sich einbildet, Pariser Tracht zu tragen, in die Liste. Es hat mich wirklich aufrichtig gefreut, Ihre Bekanntschaft gemacht zu haben, Baron!" Und er streckte Leibniz mit leidendem Gesichtsausdruck die Hand hin.

Leibniz fühlte, wie ihm das Blut in die Wangen stieg. Auf eine solche Niederlage war er nicht gefaßt gewesen. Nichts, weniger als nichts. Lefort spottete vielleicht nicht einmal. Ihm war Hannover wirklich gleichgültig. Gleichgültiger als sein schmerzender Kopf. Und er schien sich auch nicht im geringsten darüber klar zu sein, daß von hier doch einige Fäden nach

Wien, nach Brandenburg, nach Polen, Ungarn und Venedig
liefen. Und Leibniz wollte schon versuchen, den anmaßenden
Wojwoden ein wenig aufzuklären. Lefort aber machte auch
diese Absicht zunichte, da er aufgestanden war und mit müden
Schritten sich anschickte, den Gast zur Tür zu begleiten.

Leibniz sah nach dieser unmißverständlichen Geste endgültig
ein, daß er als Abgesandter des Kurfürsten nur mehr die Möglichkeit hatte, Lefort direkt zu beleidigen oder sich schweigend
zurückzuziehen. Zum ersten hatte er keine Vollmacht. Das
zweite war deshalb nicht so schlimm, da ja die Unzugänglich-
keit der Großen Gesandtschaft bekannt war. Aber es gab noch
einen Ausweg. Die Gesandtschaft hatte ja drei Führer. Vielleicht konnte er Golowin oder Wosnizyn stellen. Einen Dolmetsch würde man schon auftreiben. So empfahl er sich äußerst
förmlich und gemessen.

Fünfundfünfzigstes Kapitel

Pawel Iwanowitsch Naryschkin

Im Vorsaal hatte sich das Bild nicht verändert. Man spielte
und trank. Nur war jetzt auch noch der Sekretär bei den Edelleuten und machte zu all dem Treiben ein ebenso blasiertes wie
angewidertes Gesicht.

Leibniz trat, einer Eingebung folgend, auf ihn zu.

„Darf ich Sie um einige Worte bitten, Herr von Naryschkin?" fragte er leise.

Der Angesprochene sprang erschrocken auf und wieder zuckte es ihm über Kopf und rechten Arm. Er lachte:

„Nun, lange hat die Audienz beim Herrn Wojwoden von
Nowgorod nicht gedauert. Sie wollen sich jedenfalls in die Or-
densliste eintragen, Baron. Irre ich? Ich glaube kaum. Denn
jede Audienz bei Lefort endet so. Ich habe schon ein ganzes
Buch voll Namen." Er sprach in gebrochenem, jedoch ver-
ständlichem Französisch.

„Sie irren ausnahmsweise, Herr von Naryschkin", erwiderte Leibniz, der sich mit aller Kraft zur Liebenswürdigkeit zwang. „Ich habe eine andre Bitte. Wollen wir ein wenig abseits treten, wenn die anderen Herren entschuldigen?"

Naryschkin erhob sich und warf die Karten auf den Tisch, wobei er auf russisch seinen Mitspielern etwas zurief. Dann ging er mit Leibniz in eine Ecke des Saals.

„Ich wollte bitten, Herr von Naryschkin, ob Sie mir nicht eine Audienz bei Seiner Durchlaucht, dem Wojwoden Golowin oder beim Wojwoden Wosnizyn verschaffen können. Ich bin schließlich in wichtiger Mission hier."

Naryschkin wiegte den Kopf. Dann sagte er langsam:

„Da ist nichts zu holen, Verehrter. Golowin und Wosnizyn schnarchen schon seit einer Stunde. Sie selbst aber fassen, denke ich, unsre Gesandtschaft falsch auf. Wir untersuchen das, was uns beachtenswert ist, und nicht das, was uns die anderen als beachtenswert einreden. Wir müßten ja sonst zehn Jahre durch Europa reisen. Das ist wenigstens, soviel ich weiß, die wahre Absicht des erhabenen Zaren aller Reußen."

Wieder hatte Leibniz eine Eingebung. Dieser Naryschkin schien einiges zu wissen. War Sekretär oder Adjutant Leforts und ein entfernter Vetter des Zaren. Besser mit Naryschkin sprechen als mit überhaupt niemandem. Und er lächelte:

„Dann darf ich vielleicht Sie um eine Audienz bitten, Herr von Naryschkin?"

Sogleich bereute er aber seine Worte. Denn der Russe blitzte ihn geradezu mit einem Haßblick an, und wieder schüttelte ihn der eigentümliche Krampf.

„Wollen Sie mich verspotten?" fragte er drohend. „Oder meinen Sie noch etwas Versteckteres mit Ihren Worten? Etwa Spionage?"

„Um Gottes willen, Herr von Naryschkin!" erwiderte Leibniz ehrlich entsetzt. „Sie haben mich mißverstanden. Es sollte ein Scherz sein. Ich gebe zu, daß es ein geschmackloser Scherz war. Aber jetzt im Ernst. Würden Sie nicht die große Güte haben, mir einige Minuten zu gewähren, damit ich meinem Souverän wenigstens irgend etwas berichten kann? Ich appelliere an Ihre Kollegialität, Herr von Naryschkin, die ich mir zwar nicht verdient habe, die Sie mir jedoch gütigst gewähren können.“

Naryschkin lächelte höhnisch.

„Ah, das ist ein andrer Ton, Herr, Herr — wie heißen Sie doch?“

„Leibniz.“

„Also, Herr Leibniz. Wir sind Russen, Herr Leibniz. Auch Lefort ist schon ein Russe. Ihnen kommt da manches sonderbar vor. Aber es ist alles noch viel, viel sonderbarer. Gut, Herr Leibniz, gehen wir also irgendwo in ein leeres Zimmer. Sie haben mich liebenswürdig gebeten, und ich habe in Paris die gute Form ein wenig schätzen gelernt. Ich habe Zeit. Die anderen schlafen ohnedies. Aber es ist Ihnen doch klar, Herr Leibniz, daß ich sehr gebunden bin in meinen Reden? Denn bei uns ist man vor allem mißtrauisch. Dann ist man zum zweiten mißtrauisch. Und zum dritten hat man kein Vertrauen!“ Er lachte leise auf und ging mit langen, schwankenden Schritten voran.

Nach einer Stunde schien Herr Pawel Naryschkin unter dem Eindruck einer Bouteille Rotweins, die ihm ein mürrischer Heiducke gebracht hatte, sein Programm des Mißtrauens einigermaßen revidiert zu haben. Denn er war nicht nur lebhaft geworden, sondern hatte auch schon mehr als einmal den Zaren in die Debatte gezogen. Und dies nicht immer gerade in ehrerbietiger Weise. So hatte er merklich ironisch vom Sieg des Türhüters Leeuwenhoek über Rußland berichtet, bei dem er, Naryschkin, zufällig dabei gewesen war. Wie gewöhnlich hatte es dem Zaren nämlich nicht genügt, das zu sehen, was man ihm zeigte. Sondern er hatte eigene Experimente, und zwar gleichsam vivisektorische, vorgeschlagen. Da hatte nun Leeuwenhoek kurzerhand seine Mikroskope eingepackt und alles Toben Peters, selbst die Intervention der Ratsherren von Delft, hatten nichts genützt. Leeuwenhoek hatte einfach Bedingungen gestellt. Und der Zar, dessen Neugierde schließlich größer war als sein Stolz, hatte nachgegeben. Er hatte auf das Kruzifix

schwören müssen, nicht nur selbst keine Tiere mehr zu quälen,
sondern in seinem Reiche auch die Tierquälerei zu unterdrücken. Erst nach diesem Eid hatte Leuwenhoek die Mikroskope wieder ausgepackt. Und der Zar habe es nicht bereut, einge-
lenkt zu haben . . .

Da während dieser und während anderer Berichte Narysch-
kins manchmal ein äußerst ironisches Lächeln über das Antlitz
des Erzählenden huschte, blickte Leibniz aus Takt zum Fenster
hinaus. Sie saßen nahe diesem Fenster in einem altdeutsch ein-
gerichteten Erker. Und weit draußen schloß die düstergrüne
Wand eines Waldabhanges die Aussicht ab. Naryschkin aber
kicherte leise und erzählte eine Anekdote nach der anderen.

In Leibniz begann leises Unbehagen und ein bestimmter
Verdacht aufzusteigen. Er hatte gehört, daß der Zar durchaus
nicht bloß Freunde ins Ausland mitgenommen hatte. Im Gegenteil. Gerade einige Personen, die er in starkem Verdacht
hatte und die während seiner Abwesenheit in Rußland Schaden
stiften konnten, hatte er zur Gesandtschaft kommandiert, um
sie beobachten, vielleicht sogar, um sie unauffällig aus dem Weg
räumen zu können. Nun war Naryschkin ein Verwandter des
Zaren. Eben aus der Linie, von der in Rußland die Revolten der
letzten Jahre ausgegangen waren. Man mußte, wenn man nicht
viel verderben wollte , vorsichtig sein. Vielleicht versuchte
Naryschkin bloß, sich in Europa Verbündete zu schaffen. Zur
Partei der Fremden-Anhänger gehörte er sicherlich. Das bewies schon seine fast läppische französelnde Tracht und seine
manchmal affektierte Mühe, den westlichen Edelmann zu
spielen. Gleichwohl aber war vielleicht gerade Naryschkin der
geeigneste Mann, durch den Leibniz etwas erfahren und durch
den er seine Pläne verwirklichen konnte. Aber wie gesagt, man
mußte vorsichtig sein, vorsichtiger als vorsichtig. Denn am
Ende war er nichts als ein Spitzel des Zaren, der Stimmungen
zu sondieren hatte.

Wieder gab es einige Zeit nichts anderes als höchst bizarre
und manchmal geradezu haarsträubende Geschichten. So etwa,
daß der Zar in Holland, als die Generalstaaten zu seinem Empfang versammelt waren, sich geweigert hatte, zwischen den

Abgeordneten durchzuschreiten, wenn sie sich nicht alle mit dem Gesicht zur Wand kehrten. Als man ihm mitteilte, die holländischen Gesetze böten keine Handhabe, den Abgeordneten etwas zu befehlen, habe er plötzlich den Hut übers Gesicht gezogen und sei wie ein Gehetzter in mehreren Sprüngen durch die entsetzte Versammlung gelaufen, bis er endlich die Tür gewonnen habe. Dann sei er einige Tage unauffindbar gewesen. Bis man ihn als gewöhnlichen Matrosen auf einem Fischkutter wieder aufgestöbert habe.

„Können Sie es irgendwie erklären," fragte Naryschkin, um einen Schatten ernster, „daß der Herr eines Riesenreiches, ein Held und Gewalttäter wie unser großer Zar, solche Anwandlungen von Schüchternheit, ja von Menschenfurcht erleidet? Mir ist es ein Rätsel." Und er goß ein Glas Rotwein hinunter.

„Ich habe heute schon über manches dieser Probleme gegrübelt", erwiderte Leibniz langsam. „Ich behaupte aber nicht, daß mir eine Lösung geglückt wäre. In solchen abgründigen Dingen kann man nur Vermutungen aussprechen."

„Und was vermuten Sie?"

„Ich glaube, daß dies alles mit dem Problem des Schauens und des Denkens zusammenhängt."

„Was heißt das?"

„Das heißt", sagte Leibniz, „daß der große Zar sich nur dort sicher fühlt, wo erkannt und gehandelt wird. Und sich dort ängstigt, wo die Worte und die Gedanken schwirren. Sie haben eben früher von seiner unwahrscheinlichen Handfertigkeit erzählt. Wie er etwa nach kurzem Zusehen ein Büttenpapier schöpfte, das einem Meister zur Ehre gereicht hätte. Solche Dinge sind für mich bezeichnend. Der Zar sieht, erkennt und handelt. Und kann es nicht verstehen, daß durch einen Wortschwall, dem er aus mangelnder Übung nicht gewachsen ist, seine klare Wahrheit getrübt und verfälscht wird. Solche Konflikte, Herr von Naryschkin, ziehen sich bis in die Höhen exaktester Wissenschaft hinauf. Es handelt sich um einen der großen Urgegensätze, Herr von Naryschkin."

Der Russe sah Leibniz starr an. Und wieder packte ihn das konvulsivische Schütteln. Dann wiegte er den Kopf.

„Eine merkwürdige Auslegung", erwiderte er nachdenklich.
„Eine sehr, sehr merkwürdige Auslegung!" Er lachte plötzlich
höhnisch auf. „Nun gut, Baron. Nehmen wir an, Sie hätten
recht. Nehmen wir es einmal an. Und nun , da Sie als Arzt die
Krankheit erkannt haben, sagen Sie mir die Heilmittel. Kollegialität gegen Kollegialität. Ich habe es Ihnen möglich gemacht, Ihrem Herzog etwas zu erzählen. Ermöglichen Sie es
jetzt mir, mich beim Zaren mit einer neuen Weisheit einzuschmeicheln. Ich habe es, bei der schwarzen Gottesmutter,
äußerst nötig! Ich will nämlich Rußland wiedersehen. Sie verstehen mich." Und er grinste verzerrt.

Also doch ein Verdächtiger? Vielleicht sogar ein Gerichte-
ter? Gut, er sollte seine Auskunft haben. Alles lief genau in der
Richtung der Pläne Leibnizens.

„Das ist nicht bloß ein persönliches Problem des Zaren",
sagte Leibniz überzeugt. „Diese merkwürdige Disproportiona-
lität zwischen Erkenntnis und Bildung scheint mir ein allgemeines Problem Rußlands zu sein, soweit ich von hier aus urteilen kann."

„Möglich, daß Sie recht haben. Der Zar versucht ja auch,
europäische Kunstfertigkeit in seinen Dienst zu stellen."

„In dieser Art ist sein Vorgehen falsch, Herr von Naryschkin."

„Wieso? Sie widersprechen sich, mein Lieber."

„Ich widerspreche mir nicht, Herr von Naryschkin. Nicht
im mindesten. Denn was der Zar bis heute unternimmt, sind
machtpolitische und nicht kulturelle Europäisierungsversuche."

„Zuerst die Macht, dann der Krimskrams!" erwiderte Naryschkin ein wenig scharf. Dann aber lenkte er sofort wieder
ein. „Sie können trotzdem recht haben, Herr Leibniz. Man
wird dadurch noch kein Europäer, wenn man weiß, daß die
Artillerie, die Tuchherstellung, die Papiererzeugung und die
Bearbeitung des Eisens so und so einzurichten sind. Man hat
nachgeahmt, und inzwischen erfindet ihr im Westen wieder
Neues."

„Ganz richtig", sagte Leibniz liebenswürdig. „Ich denke,
wir sind auf dem Weg, uns zu verständigen. Aber das Problem

liegt noch tiefer. Und dort wieder wird es, obwohl es ein Kultur-
problem ist, eine Frage der Politik."

„Das ist mir zu dunkel." Naryschkin, der plötzlich merkwürdig unruhig, beinahe zornig geworden war, stand auf und
begann mit schlottrigen, raumgreifenden Schritten umher-
zuwandern. Unvermittelt ergriff er die Weinflasche und warf
sie aus dem Fenster.

Leibniz zuckte zusammen. Hatte Sophie recht? War das
eine Gesandtschaft von Wahnsinnigen?

„Ich habe mich höchst undeutlich ausgedrückt. Ich gebe es
gerne zu", antwortete er so ruhig und glatt als er es konnte. „Ich
werde es sogleich genau ausführen, was ich meinte."

„Aber schnell, mein Lieber!" Naryschkin hatte sich vor Leibniz aufgepflanzt und starrte ihn an. „Schnell, mein Lieber.
Ich fürchte nämlich, daß dieser elende Säufer, dieser Lefort,
aufwacht und mich zu sich ruft. Also reden Sie. Sie wissen
jetzt, warum ich ungeduldig bin." Und er schüttelte sich diesmal, als ob er eine Welt von Unmut loswerden wollte.

Ach, das Mißtrauen! Leibniz begriff. Naryschkin begann
sich zu fürchten. Man konnte seine lange Unterredung mit dem
Fremden mißdeuten. Gleichwohl aber war der Russe begierig,
etwas zu erfahren, mußte etwas erfahren, um sich beim Zaren
einzuschmeicheln. Er soll seinen Willen haben. Denn auch er
hat mir geholfen.

Und Leibniz begann schnell und fließend zu sprechen:

„Ich meinte meine Andeutung so: Rußland, das riesige,
kraftschwangere Rußland, dieser Länderkoloß ohne jeden Ausgang zum Meer, beginnt sich zu recken, beginnt aus jahrhun-
dertelangem Schlaf zu erwachen. Nicht zuletzt durch seinen
hellsichtigen Zaren. Ich verstehe, was der Zar fühlt, wenn er
unter ungeheuren Mühen endlich Asow erobert und schon
wieder beim Bosporus die Türe verschlossen findet. Und wenn
zwischen ihm und der Ostsee Ingermanland liegt. Und wenn
ihm am Ende nichts übrig bleibt, als seine jungen heißgeliebten
Flotten aus dem Eishafen Archangelsk ausfahren zu lassen.
Wie gesagt, das begreife ich. Ich verstehe es weiter, daß er
alles daransetzt, Luft zu bekommen. Und daher zuerst die

Vollendung der Bewaffnung, dann aber erst andre Dinge an-
strebt. Nur ist ein Rechenfehler in diesem Plan.“

„Ein Rechenfehler?“ Naryschkin lächelte höhnisch und setzte sich.

„Ja, ein Rechenfehler.“ Leibniz beachtete den Zwischenruf
kaum. „Zar Peter wird nämlich bei seinem Beginnen im Süden
auf die ganze Wut der Türken, im Norden auf den verzweifelten
Zorn Schwedens stoßen.“

Naryschkin lachte schmetternd auf.

„Ich glaube, dieses Geheimnis ist dem Zaren bekannt. Ist das
der Rechenfehler?“

„Nein, noch nicht.“ Leibniz ließ sich nicht aus der Ruhe
bringen. „Die falsche Rechnung ist erst eine Folge dieser Tatsachen, von denen auch ich nicht annahm, daß sie irgendwem
unbekannt seien. Kurz, wir stellten fest, es werde Krieg geben.
Krieg mit der Türkei. Besser, eine Fortsetzung der durch Rußland geführten Türkenkriege. Das liegt im Interesse des christlichen Europa. Beim Krieg mit Schweden ist es schon anders.
Was wird Polen sagen, was Litauen, was Kurbrandenburg?
Und was England und Holland, wenn ein neuer Seehandels-
staat mit unerschöpflichen Ausfuhrmöglichkeiten auf den Plan
tritt? Gut, wir wollen annehmen, daß Rußland mehr Soldaten,
mehr Kanonen, mehr Pferde aufbringt, als wir alle anderen zusammen. Wir schlafen aber auch nicht, Herr von Naryschkin.
Und gerade Ihre höchst bemerkenswerte Gesandtschaft hat uns
eher aufgeklärt als erschreckt. Auch wir haben noch Augen,
wenn wir auch viel sprechen.“

„Ist das eine Drohung gegen unser heiliges Rußland,
Baron?“ Naryschkin knirschte mit den Zähnen.

„Eine Warnung, Herr von Naryschkin, und außerdem ein
sehr, sehr wohlmeinender Rat. Durchaus nicht allein in unsrem
eigenen Interesse. Ich leugne nicht, daß wir auch ein Interesse
daran haben, daß ein solches Rußland nicht in Europa ein-
bricht. Wir alle. Von Polen bis Spanien. Von Schweden bis
Sizilien.“

„Was heißt, ein solches Rußland‘? Sie unterschätzen uns maßlos, Baron. Und überschätzen sich und Europa. Eure berühmte

Gesittung ist mehr eine überhebliche Einbildung als eine greifbare Wirklichkeit!"

„Das leugne ich nicht, Herr von Naryschkin. Ich habe in Rom über das Verhältnis von China zu Europa Ähnliches gesagt. Gleichwohl aber, das erwähnten Sie selbst, bilden wir uns die höhere Gesittung ein. Diese allgemeine Einbildung, der der Zar durch seine Flucht aus dem Verhandlungssaal der Generalstaaten noch sinnbildhaft Vorschub leistete, kann für einen Kreuzzug Europas gegen Rußland genügen. Es handelt sich da nicht um die unterste Wahrheit, sondern um die oberflächlichste Gefühlsströmung. Verstehen Sie mich recht, Herr von Naryschkin? Vielleicht ist Gesittung nichts als Heuchelei. Vielleicht. Ich halte sie — in Parenthese — für mehr. Nämlich für eine Idee, die man aufrichtet, um ihr auch wirklich nachzustreben. Das wollen wir aber jetzt nicht erledigen. Wir wollen annehmen, Gesittung sei nichts als Heuchelei. Warum wollt ihr Russen nicht heucheln? Nicht einiges tun, das euch fast nichts kostet und euch das Leben erhalten kann? Errichtet Universitäten, Sternwarten, Laboratorien. Sendet uns Pflanzen, Tiere, Fossilien und Gesteinsproben. Erforscht die Sprachen und Sitten im Ural und in Sibirien. Regelt euren Kalender in unsrem Sinn. Bekämpft die Stumpfheit des Volkes. Und eignet euch die Gesellschaftsformen des Westens an. Zumindest äußerlich. Dann wird es nicht mehr vorkommen, daß euer unzweifelhaft titanisch begabter Herrscher vor den Krämern von Amsterdam die Flucht ergreift und sich auf einer Fischerbarke verstecken muß. Und wir, wir Europäer, können dann leicht und willig mit euch verhandeln und beraten. Können euch in unser Staatensystem eingliedern. Ja noch mehr. Wir werden euch wahrscheinlich sogar dazu verhelfen, den wichtigern, den südlichen Ausgang zum Weltmeer zu gewinnen. Denn dort sitzt als Pförtner unser Erbfeind, der Feind der Christenheit, der Türke!" Leibniz schwieg.

Naryschkin aber war wieder aufgesprungen. Wie ein Besessener, bald erblassend, bald gerötet, schritt er auf und nieder und ein Schüttelkrampf nach dem andren packte seinen Kopf und seinen rechten Arm.

530

Plötzlich blieb er knapp vor Leibniz stehen und sagte heiser:

„Gehen Sie jetzt schnell, Baron Leibniz! Ich habe Angst, weiter mit Ihnen zu sprechen. Auf jeden Fall aber werde ich alles dem Zaren berichten. Und senden Sie mir über diese Dinge ausführlichste Denkschriften nach Rußland. Ausführlichste! Nicht bloß Entwürfe und Andeutungen. Ich werde Ihnen dagegen Grundlagen über Land und Leute zukommen lassen. Auf Wiedersehen! Hoffentlich haben wir beide Glück — beim sonderbaren, verrückten Zaren." Und er lachte gellend auf und lief aus dem Zimmer.

Als Leibniz am Abend in Herrenhausen einfuhr, war er merkwürdig verstört. Hatte er einen Fehler begangen? Hatte Naryschkin seinen Plan durchschaut? Den Plan, die Gefahr asiatischer Urkraft und Skrupellosigkeit, gepaart mit europäischer Bewaffnung, von Europa abzuwehren? Oder zumindest durch Eindringen westlicher Gesittung nach Rußland zu mildern? Oder war Naryschkin eine nichtssagende Null, die sich hüten würde, dem Zaren zu berichten? Oder war er gar ein Spion oder Verschwörer?

Leibniz war noch immer ein wenig gedrückt, als er in einem hellerleuchteten Salon vor Sophie und vor Charlotte stand.

„Setzen Sie sich, mon cher, und erzählen Sie uns, was Sie bei Herrn Admiral Lefort ausgerichtet haben", begann Charlotte ironisch lächelnd.

Leibniz berichtete in kurzen Worten über seine Eindrücke. Als er aber geendet hatte, lachte Charlotte leise auf. Dann sah sie zu Boden und sagte:

„Heute, mein Verehrter, sind alle übrigen gescheiter gewesen als unser Weltwunder Leibniz. Und in höherem Sinne gleichwohl dümmer. Aber das ändert nichts an der Tatsache, an der pikanten Einzelheit, daß Zar Peter von Rußland ausschließlich zu dem Zweck den Umweg über Hannover gemacht hat, um einen gewissen Herrn Leibniz kennen zu lernen."

Leibniz zuckte unter dem merkwürdigen Ton empor.

„Er ist doch in Halberstadt?" fragte er verwirrt.

„Nein, er ist Herr von Naryschkin, mon cher!" antwortete mit einem schalkhaften Blick die Kurfürstin Sophie.

„Naryschkin war — der große Zar?“ Leibniz verlor beinahe
die Haltung.

Dann aber schoß es ihm plötzlich durch das Bewußtsein, daß
er nunmehr mit seinem Geist durch Grimaldi über Goa und
Hinterindien bis nach Peking und durch den Zaren von der
Weichsel über den Ural und über Sibirien bis an die Nordgren-
zen Chinas griff.

Sechsundfünfzigstes Kapitel

Die Brachistochrone

Leibniz hatte es seinerzeit richtig vorausgesehen, daß seine
Veröffentlichung des Differential-Kalküls eine neue Ära der
Mathematik einleiten würde. Und nur seine ethische Entwicklung, die das allgemeine Beste stets höher und höher über den
Ehrgeiz des Einzelnen stellte, hatte es ihn leicht und freudig
ertragen lassen, daß an allen Ecken und Enden der gelehrten
Welt Europas neue Namen ungeheurer Leuchtkraft und Sichtbarkeit auftauchten. Namen, deren Trägern es vergönnt war,
aus innerem und äußerem Schicksal ihre volle Kraft der Mathematik weihen zu können, während Leibniz sich vorläufig damit
begnügen mußte, neben allem anderen den Erdteil dadurch
in Erstaunen zu setzen, daß er einen Folianten nach dem anderen, gefüllt mit aufschlußreichsten Quellen der mittelalter-
lichen Geschichte, den Zeitgenossen zur Verfügung stellte.

Gleichwohl war er auch in mathematischen Dingen durchaus nicht ganz abseits gestanden; um so weniger, als die neuen
Männer mit wenigen Ausnahmen sich zu ihm als ihrem Lehrer
bekannten. Und auch ein Nieuwentijd, der scharfsinnig und
hartnäckig die Methoden des Unendlichkleinen bekämpfte,
trug eigentlich eher zur Verbreitung als zur Verdächtigma-
chung des neuen Algorithmus bei. Denn es war nicht zu leugnen: die Ergebnisse sprachen für Leibniz und die mächtigsten
Gehirne standen in seinem Lager.

In einem wahren Triumphzug stürmten die Brüder Jakob und Johann Bernoulli, vielleicht die scharfsinnigsten Analytiker des Jahrhunderts, von einer Lösung und Entdeckung zur anderen, durchforschten die neuen Methoden an alten und an frisch erfundenen Problemen, gewannen der Kunst des Infinitesimalen stets neue Gesichtswinkel ab, und der treueste aller Schüler Leibnizens, der Marquis de l'Hospital, setzte endlich den unverrückbaren Meilenstein der Entwicklung in einem strahlend klaren Lehrbuch des neuen Algorithmus, das es jedem halbwegs Begabten und Gutwilligen ermöglichte, die Schauer der Unendlichkeit in der eigenen Seele zu verspüren.

So folgten rasch nacheinander spielerisch leichte Lösungen bisher unlösbarer Aufgaben. Was Galilei nicht vermocht hatte, war zugänglich geworden: die Kettenlinie, die geometrische Gestalt eines an zwei Punkten frei aufgehängten Seiles oder einer Kette, deren Gleichung als Welträtsel galt, wurde ebenso berechenbar wie die Segelkurve, die logarithmische Spirale und die Lemniskate.

Und auch die sogenannte „Florentinische Aufgabe", eine Glanzleistung des Florentiners Viviani, wurde durch die neue Methode Leibnizens zum Kinderspiel. Viviani, der ja, wie schon erwähnt, der letzte große Könner archimedischer Rechenkünste war, hatte sich allen Ernstes eingebildet, seine Constructio testudinis quadrabilis hemisphaericae, also die Konstruktion einer halbkugeligen quadrierbaren Schildkröte, wie er die Aufgabe bombastisch benannte, werde Leibniz in die größte Verlegenheit bringen. Dies umsomehr, als er selbst viele Tage zur Berechnung gebraucht hatte, nachdem schon die Art der Lösung festgestanden war. Auf dem Rückweg von Venedig nach Hannover hatte Leibniz in sehr feierlicher Form durch den Gesandten Toscanas das sogenannte „Lemma", was soviel wie Preisaufgabe hieß, in Wien zugemittelt erhalten. Er sah die Zeichnung an, die gleichsam eine architektonische Forderung stellte. Es sollten nämlich aus einer halbkugelförmigen Kuppel durch senkrechte Schnitte an vier Seiten Fenster herausgebrochen werden. Aber nicht beliebig große. Die Schnitte mußten so erfolgen, daß der übrigbleibende Rest der Halbkugelfläche,

der „Schildkröte", der Kuppel, rein und eindeutig ohne jede
Irrationalität quadrierbar, also in einer zum Halbkugeldurch-
messer rationalen Zahl angebbar war.

Zwei Stunden nach Erhalt des Briefes hatte Leibniz durch
einen ungemein klaren und verhältnismäßig leichten Ansatz
seiner neuen Rechnungsart das Problem gelöst und damit die
unbedingte Überlegenheit seines Kalküls gegenüber der Methode des Archimedes und Galilei bewiesen.

Aber all diese Preisaufgaben, diese „Lemmata", waren vorerst nur die letzten sichtbaren Ausläufer der Ausbreitung der
Infinitesimalgeometrie, die bis hinein in die tändelnden und
lachenden Gesellschaften höfischer, frivoler Genußmenschen
einen Rausch des Vernunftglaubens trug. Nichts schien mehr
dem rechnenden Verstande unzugänglich. Die Urgewalt, mit
der sich die Entwicklung der einmal angeregten Neuerung vollzog, war sicherlich nur der Beginn. Das war so gut wie allgemeiner Glaube. Wohin aber sollte dieser Erkenntnisrausch noch
führen? Die abenteuerlichsten Gerüchte schwirrten durcheinander, insbesondere als noch Jakob Bernoulli die Begründung
der Wahrscheinlichkeitsrechnung in das wogende Meer der
Begeisterung warf. Die Spitze des Turmbaues von Babel
schien getürmt, der Himmel des Allwissens in nächste Nähe
gerückt zu sein. Und man raunte sich den Namen des Größten
der Größten, des Bahnbrechers, des ebenso bekannten wie geheimnisvollen Leibniz, in die Ohren, um dessen Person sich
bereits Legenden zu spinnen begannen.

Nur Sir Isaac Newton schwieg, obgleich auch von ihm manch
wunderbare Großtat durch Wallis und durch andre Interpreten
durchsickerte.

Kurz nach jenem Zeitpunkt aber, in dem die „Große Gesandtschaft" des Zaren aller Reußen Europa in eine neue Sensation gestürzt hatte, war im Reiche der Zahlen und der reinen
Formen eine neue Umwälzung im Gange. Die Bernoullis, angetrieben durch rätselhaften Bruderhaß, hatten die „gewöhnlichen" Aufgaben des Infinitesimalen schon weit hinter sich geworfen. Sie waren eben dabei, ohne es ganz klar zu wissen,
einen neuen Gipfel der höchsten Mathematik zu bezwingen,

der erst viel später unter dem Namen der höheren Variationsrechnung eines der schwierigsten Kapitel der Unendlichkeitsanalysis bilden sollte.

Und so hatte Johann Bernoulli in schneidend kühler Art in der Zeitschrift „Acta Eruditorum" alle Mathematiker aufgefordert, binnen einer gewissen Frist folgende Frage zu beantworten: Man solle die Bahn eines bloß der Schwerkraft unterworfenen materiellen Punktes angeben, der sich von einem höhergelegenen Ort A zu einem tieferen Ort B bewege. Die beiden Orte müßten in einer senkrechten Ebene liegen. Selbstverständlich nicht vertikal übereinander. Und nun sei die Bahnkurve zu berechnen, innerhalb der dieser gleitende Punkt die kürzeste Zeit zu seinem Weg brauche. Mancher werde lächeln und glauben, diese Bahn sei die Gerade zwischen A und B. Weit gefehlt. Sie sei eine Kurve. Und zwar eine den Mathematikern wohlbekannte. Aber welche?

Fast alle Mathematiker Europas lasen diese Aufforderung. Fast alle setzten sich vor ein Blatt weißen Papiers, zeichneten, grübelten und rechneten. Viele begriffen gar nicht, warum Johann Bernoulli solch ein kinderleichtes Beispiel als „Lemma" in die Welt gesandt hatte. Nach ganz kurzer Zeit aber starrten fast alle Mathematiker entgeistert auf ihre Berechnungen. Das Problem war unlösbar! Es entglitt jeder Untersuchung, verwickelte sich, zerrann, endete in Kreisläufen hoffnungsloser Ansätze. Und es verbreitete sich schon allenthalben das Gerücht, der zänkische und skurrile Johann Bernoulli, der große Sohn Basels, der jetzt in Gröningen lebte, habe sich einen üblen Scherz erlaubt. Bis plötzlich und allzerschmetternd jenes Fünfgestirn aus der Tiefe dunkelster Nacht des allgemeinen Unvermögens auftauchte und der Welt durch seinen bläulichweißen Erkenntnisschimmer bewies, daß letzte Größe nicht nur eine Aufsummierung von quantitativer, sondern von wesenhafter Überlegenheit ist.

Johann Bernoulli, schon im Besitz aller Schlupfwinkel und Tücken des Geheimnisses, hatte schrill gekichert, als er die zwei Briefe zur Post befördert hatte. „Nun sieh zu, hochmütiges

Brüderlein", hatte er vor sich hingesagt, „ob du auch diesem Lemma gegenüber der große, der erhabene, der allwissende Bernoulli bleiben wirst. Du bist ein Geizhals, mein Brüderchen. Ein großer Geizhals. Und ein Schlauberger. Du wirst das Lemma nicht gelesen haben in den Actis Eruditorum, wenn du es nicht zustandebringst. Man muß dich also darauf hinstoßen und dich ködern. Und ich lasse es mir etwas kosten, daß du dein subtiles Hirn fruchtlos anstrengst. Oh, ich kenne dich, mein Herzlieber! Es ist überflüssig, wenn der große Leibniz zwischen uns beiden vermittelt und unsre Streitfragen entscheidet. Er ist so lächerlich gerecht. Und ärgert uns beide nur noch mehr mit seinen salbungsvollen Beschwichtigungen. Darum müssen wir es untereinander ausfechten. Vor ganz Europa. Was aber? Ich weiß es nicht. Kurz, wir müssen dieses Es ausfechten. Müssen! Schluß! Wir können ebensogut stolz aufeinander sein. Zwei Bernoullis zugleich als zwei der ersten Mathematiker des Erdballs. Wie erhebend! Wie stolz wären der Vater und die Mutter gewesen, wenn sie es erlebt hätten. Gleich zwei Lumina aus demselben Stall. Hihihi! Du wirst Augen machen, mein Bürschchen! Auch für dich wird das ‚Lemma‘ eine Zwickmühle sein bei all deinem elend riesigen Verstand. Setz dich nur hin. Wetz nur aufgeregt und schwitzend deinen Hosenboden, wenn dir der Kunstgriff nicht gelingt, den mir ein Gott eingab, ich weiß nicht wie und woher. Ein solcher Kunstgriff wird in einem Jahrhundert nur einmal gefunden. Das lehrt die Geschichte der Mathematik. Und du bekommst, so habe ich dir geschrieben, fünfzig Imperialen, fünfzig Goldfüchse als Preis, wenn du etwas herausbringst. Oh, wirst du schwitzen und wetzen, du gutes, liebes, putziges Brüderlein! Und man wird endlich wissen, welcher der beiden Bernoullis der richtige Mathematiker ist. So, und nun plagt euch, du und alle anderen. Es ist ja nichts als die ganz gewöhnliche Cykloide, deren Gleichung ihr herausrechnen sollt. Die Rollkurve, also eine den Mathematikern wirklich ‚wohlbekannte‘ Kurve. Aber wer wird an die Cykloide denken, wenn ich es nicht sage? Wer? Niemand! Oh, wie freue ich mich, daß du grün werden wirst vor Wut, mein süßes Brüderlein!"

Im dunkelgetäfelten satten Patrizierhaus in Basel saß „das Brüderlein", Jakob Bernoulli, eben beim Vesperbrot, als man ihm den Brief aus Gröningen brachte. „Was will er schon wieder, der Nörgler?" murrte Jakob und warf den Brief uneröffnet hin. Es ließ ihm jedoch trotzdem keine Ruhe. Und er schlich den Rest des Tages um den Brief herum wie ein gieriges Kätzchen um ein Vogelbauer. Endlich, um neun Uhr abends, hielt er es nicht mehr aus. Er riß das Schreiben wütend auf und glättete es mit Faustschlägen auf dem Tisch, daß alle Hausgenossen erschreckt auseinanderstoben. „Ah, das feine Bürschchen will mir den Puls fühlen? Ist das eine Frechheit! Mir, dem Lehrer, der diesem Rotzlöffel das kleine Einmaleins mühsam beibrachte? Und einen Preis von fünfzig Imperialen hat er mir von einem ,Gönner' auch noch erwirkt, wenn ich ,wider Erwarten' die Aufgabe lösen sollte. Wider Erwarten! Oh, du Abgrund von Hochmut und Niedertracht! Es war so recht wider Erwarten, daß aus dir nicht ein Landstreicher geworden ist, du liederlicher Springinsfeld. Ich brauche schon deine Gönner! Die Armen sollen deine fünfzig Imperialen erhalten, damit du über der dir unverständlichen Großmut und Freigebigkeit des Bruders ohnehin nicht allzu großen Verstand verlierst. Ich will mich aber jetzt nicht ärgern. Die Magd soll mir einen Krug Bier bringen, und dein ,Lemma', das nicht schlauer sein kann als du selbst es bist, wird bald gelöst werden. Und dann werde ich mir deine ,Lösung' angucken und einen roten Stift bereithalten, um dir die Rechenfehler anzuzeichnen. Du hochmütiger Schafskopf du, der nicht einmal die einfachste Integration verstände, wenn ich sie dir nicht mühsam beigebracht hätte . . ."

Um zwölf Uhr nachts wußte Jakob Bernoulli, daß sich der Punkt unter dem Einfluß der Schwerkraft in einer Rollkurve vom Orte A in den Ort B bewegen mußte. Die Gleichung $y = r \arccos \dfrac{r-x}{r} - \sqrt{2\,rx - x^2}$, die nichts andres war als die Auswertung des Integrals $\displaystyle\int \sqrt{\dfrac{x}{2\,r-x}}\;dx$, hatte es ihm gesagt. Und er war auf Grund einer geradezu klassischen Gedankenführung zu diesem Ergebnis gelangt. Ganz zu schweigen von den er-

leuchteten Kunstgriffen, die er, im Gegensatz zur Ansicht
seines Bruders, ohne Mühe zum zweitenmal im gleichen Jahrhundert gefunden hatte. Wenn, so hatte er überlegt, die ganze
Kurve die kürzeste zeitliche Verbindung zwischen A und B sein
soll, dann muß auch jedes kleinste Kurvenstück, jedes Differen-
tial ds, in kürzerer Zeit durchlaufen werden als irgend ein
andres mögliches ds. Und weiters braucht man alles nur mit den
Forschungen des großen Huygens über die Lichtbrechung und
mit den Gravitationsformeln eines Newton zu verbinden und
die Angelegenheit wird eigentlich recht einfach.

Nicht so einfach ist deine Gehässigkeit, mein Brüderlein. Darum will ich einen Vorschlag machen. Leibniz ist unzweifelhaft der Bahnbrecher unsres Rechnungsverfahrens. Da gibt es
nichts zu deuteln. Wir werden also alle, die etwa eine Lösung
dieses ‚Beispieles für Anfänger‘ finden sollten, unsre Lösungen
an Leibniz senden und er soll sie gesammelt in den Actis
Eruditorum veröffentlichen. Natürlich erst, wenn er selbst uns
anderen seine Lösung mitteilt. Ich denke, er wird dieses Kunst-
stückchen schaffen. Und du, Brüderlein, bekommst jetzt die
Antwort, die dir gebührt. Ich teile dir einfach mit, daß ich dein
„Lemma“ gelöst habe. Wenn Leibniz aber entscheidet, meine
Lösung sei richtig, dann kann dein großer Gönner, der wahrscheinlich niemand anderer ist als du selbst, mit seinen fünfzig
Imperialen herausrücken. Wenn der Herr aber Ausflüchte
suchen sollte, um der Aushändigung des Preises zu entgehen,
dann wird der Fluch auf ihm lasten, die Armen geprellt zu
haben. So, und nun werde ich dir, mein Brüderlein, auch ein
Problem stellen. Diesmal wird der Lehrer den Schüler prüfen,
wie es in der Ordnung ist. Deine Kurve, deine lächerliche
Cykloide, soll in dieser Beleuchtung die Kürzest-Zeitige, die
Brachisto-Chrone heißen. Meine Aufgabe wird aber in der Geschichte der Mathematik den stolzen Namen des isoperime-
trischen Problems tragen. Und nun leb wohl, holdes Bruder-
herz!

Leibniz erfuhr von all dem Wirrwarr, das Johann Bernoulli
mit seinem Lemma angerichtet hatte, durch einen Brief Professor

Menkes aus Leipzig. Er erhielt den Brief, als er eben in den Wagen stieg, der ihn nach Wolfenbüttel bringen sollte. Er mußte sich erst aus den Gedanken loslösen, die sich eben mit der Begegnung in Koppenbrügge, mit Peter dem Großen befaßt hatten, den er als Naryschkin noch rätselhafter fand denn als Hauptfigur aller anderen Anekdoten. Deshalb brauchte er einige Zeit, um in die Mathematik, die ihn halbbewußt ja fast stets begleitete, zurückzusinken.

Und es war das Merkwürdige, daß er Johann Bernoullis Lemma kaum als wirkliches Problem empfand. Er zeichnete und rechnete, während der Wagen ratterte, ruhig und genießerisch im Kopfe, und als er nach einigen Stunden in einem Gasthof abstieg, um zu speisen, warf er eine Lösung in flüchtigen Umrissen auf einen Zettel hin, die beinahe genau dieselbe Linienführung aufwies wie die ihm natürlich noch unbekannte Lösung Jakob Bernoullis. Daß die Kurve eine Cykloide sein mußte, war ihm ohne jeden Anhaltspunkt klar gewesen, bevor er im Wagen seine Berechnungen begonnen hatte. Und er nannte die Linie kürzesten Falles bei sich die „Tachystoptota".

Kurz, der unwahrscheinliche Kunstgriff war im gleichen Jahrhundert das dritte Mal geglückt.

Nicht viel anders geschah es Newton. Er kam äußerst ermüdet von der königlichen Münze nach Hause, die er mit Aufgebot seines ganzen Scharfsinns leitete, da er, ein ansonst verworrener Politiker, in diesem Punkt jedoch der richtigen Ansicht war, Englands Größe hänge mit seinem Reichtum zusammen. Seine Wirtschafterin, die bemerkte, daß er noch stehend, ohne den Hut abzunehmen, einen Brief las, fürchtete, er werde sich hernach wieder häuslich betätigen. Das war ihr ein Schrecknis. Denn erst vor einer Woche hatte sie ihn gefunden, wie er seine Taschenuhr im heißen Wasser gesotten und dabei auf das kalte Ei in seiner Hand geblickt hatte, um die richtige Sekunde nicht zu versäumen, bei deren Eintritt die gesottenen Eier am schmackhaftesten ausfielen.

Aber es geschah nichts Bedrohliches. Er legte zwar den Hut nicht ab, setzte sich jedoch äußerst gemächlich zum Tisch und murmelte etwas von Fluxionen und Fluenten. Dann wiederholte er unablässig die Buchstaben t und g. Und schließlich, nach kaum einer Stunde, erwiderte er der Haushälterin auf ihre Frage, ob sie endlich das Mahl auftragen solle, mit einer eindeutigen, gleichwohl aber nicht zweckdienlichen Antwort. „Diese Kurve ist eine Cykloide. Das muß jedes Kind begreifen", sagte er apodiktisch. Und als ihm die Haushälterin deutlicher vorhielt, daß es höchste Zeit zum Essen sei, wurde er zornig und fauchte, sie möge den Gegenbeweis führen, wenn sie etwa andrer Ansicht sei.

Die Dämonen der Mathematik aber kicherten. Denn der gewisse, beinahe unmögliche Kunstgriff war, allerdings auf andrem Wege, zum viertenmal im gleichen Jahrhundert geglückt.

Und er sollte auch zum fünftenmal gelingen. Diesmal in weit andrer Umgebung und Stimmung.

In einem der Lustschlösser, die Paris umgaben, hatte zwischen weichen Wogen von Parfüm, zwischen raschelnden Seiden, zwischen girrenden Liebeslauten der Marquis von Hospital sich endlich an seiner schlanken Partnerin sattgekost. Die beiden saßen verträumt und aneinandergelehnt vor gestutzten Baumfronten auf einer Marmorbank. Grelles Mondlicht erzeugte fast Tageshelle.

Da erinnerte sich Hospital, daß er vor dem Feste, dessen Ausläufer er jetzt genoß, von Johann Bernoulli einen Brief und ein Heft der Acta Eruditorum erhalten hatte. Ohne die Mitteilungen näher zu besehen, hatte er das bezeichnete Blatt aus der Zeitschrift geschnitten und mit dem Brief zu sich gesteckt. Er zog beides jetzt äußerst vorsichtig aus der Brusttasche, um die kleine Gräfin, die anscheinend schlummerte, nicht zu wecken. Und es tat nichts, daß sie in Wirklichkeit nicht schlief, sondern seine Bewegungen aus halbgeschlossenen Augen beobachtete, während um ihren Mund zuckende und doch noch begehrliche Sättigung lag.

Zuerst war Eifersucht wie ein brennender Stich in ihr aufgeschossen, als sie den Brief wahrnahm. Als aber im Mondlicht mathematische Zeichnungen, Formeln und ein gedrucktes Blatt

mit ebenso krausen Hieroglyphen offenbar wurden, überkam
es sie wie ein wohliger Schauer von Geborgenheit. „Ich habe
ihn nicht herabgezogen, ich habe ihn gestärkt“, summte es in
ihrem Köpfchen. „Ich bin stolz auf ihn, bin stolz auf mich, daß
er mich überhaupt beachtet. Er ist einer der Größten, sagen sie
alle. Einer der Erleuchteten. Nicht bloß ein Edelmann. Oh, er
ist auch ein Edelmann. Niemand kann sich mit ihm vergleichen.
Gott, ich danke dir, daß ich ihn lieben darf! Ich bin so glücklich. Er soll mich als Pult benützen, der Herrliche. Mehr bin
ich nicht wert. Vielleicht nicht einmal so viel.“ Und sie lispelte:
„Leg die Blätter auf meine Schulter, mein holder Marquis.
Ich will das Bewußtsein haben, dir auch bei der Arbeit zu
helfen.“

Hospital lachte leise auf. Dabei aber kamen ihm die Tränen
in die Augen. Und er preßte sie an sich und küßte sie so wild,
daß sie einen erschrockenen Wehlaut ausstieß. Dann aber, als
wieder eine Welle zartesten Duftes von ihren bloßen Schultern
strömte und seine Sinne traf, erkannte er plötzlich, daß er es ihr
schuldig sei, ihren Wunsch zu erfüllen. Und er legte seine Hand,
die den Brief hielt, auf ihre glatte Schulter, als ob er wirklich
ihren Leib als Pult benützte. Und sie drängte sich an ihn heran,
und nur ein leises Beben unter seiner Hand verriet ihm, daß sein
Pult lebte.

Von diesem „Pult“ aber ging ein merkwürdiger Kraftstrom
aus, der Strom unbedingter Bejahung, der imstande ist, unterste
Kräfte eines Kämpfers freizumachen. Und unbeschwert, ohne
leiseste Gedanken an irgend ein Anderswo, ganz geborgen und
in sich ruhend, arbeitete in der nächsten Stunde das wunderbar
kühle und doch leidenschaftliche Hirn De l'Hospitals, verband
das Problem Bernoullis in eigentümlicher Art mit der Kettenlinie und wendete es so lange nach allen Seiten, bis wieder ein
neuer Kunstgriff es in leuchtender Klarheit als gelöst bloßlegte.

Und er küßte die halbgeöffneten verlangenden Lippen seiner
mystischen Helferin und sagte geheimnisvoll: „Die Kurve muß
eine Cykloide sein, mein gutes, gutes Mädchen.“

Sie aber war restlos glücklich.

In London jedoch verfolgte Herr Fatio de Duillier, ein sehr begabter junger Mathematiker, die Ereignisse, die sich von allen Seiten um die Lehre des Unendlichkleinen zusammenbrauten. Fatio stammte auch aus Basel wie die Bernoullis. Er war aber schon in zarter Jugend nach Genf gekommen, hatte dann in Paris und England studiert und wurde, innerlich voll von Ehrgeiz und Zerrissenheit, schließlich ein fanatischerer Engländer als alle anderen, die wirklich auf der grünen Insel geboren waren. So kam es, daß außer Newton für ihn kein Gott in der Mathematik lebte und daß er die Leistungen des Kontinents mit Haß und Mißtrauen beobachtete. Zudem noch warf ihn außer seinem Ehrgeiz eine religiöse Überreiztheit von einer Ekstase in die andre, und sein Arzt sah diese Entwicklung mit wachsender Sorge , da er in all der Schwärmerei für die Propheten weniger eine echte Frömmigkeit als beginnenden Wahnsinn erblickte. Er hütete sich jedoch, solchen Verdacht auszusprechen, um Fatio nicht vor der Zeit ins Verderben zu reißen.

Dieser junge Mathematiker nun hatte zudem noch die Eigenheit, ähnlich wie Graf Tschirnhaus, Grenzfälle und Ahnungen für Entdeckungen zu halten und sich über Widerlegungen ungeheuer zu erbosen. Dabei wollte es ein verworrenes Schicksal, daß gerade er dazu ausersehen war, einen Fehler Tschirnhausens anzuprangern.

Kurz, Fatio hatte die Problemstellung der Brachistochrone übersehen. Das Unheil spielte ihm aber das Heft der Acta Eruditorum mit der Veröffentlichung der Lösungen in die Hand, die das große Fünfgestirn Leibniz, Newton, Hospital und die beiden Bernoullis geliefert hatten. Es wäre für ihn schon genug Kränkung gewesen, daß er versäumt hatte, sich an diesem Ereignis der Mathematik zu beteiligen. Um so mehr, als er überzeugt war, er hätte sicher eine Lösung gefunden. Fast um den Verstand jedoch brachte ihn die kalte und eindeutige Randbemerkung Leibnizens, der zu den Lösungen hinzugefügt hatte, das Problem der Brachistochrone sei so recht geeignet gewesen, die Vorzüge seiner, Leibnizens, Differentialrechnung erkennen zu lassen. Denn außer den Rechnern, die sich wie die Bernoullis, Hospital und er selbst der neuen Methode bedient hätten, gäbe es nur ganz wenige Mathematiker, die auf andren Wegen dem Problem gewachsen seien. Vor allem Newton, der dieses Vertrauen bewiesen habe. Sonst aber würden wohl nur noch Huygens und Hudde in Amsterdam Lösungen gefunden haben. Huygens, wenn er noch lebte, Hudde, wenn er von solchen Untersuchungen sich nicht längst zurückgezogen hätte.

Also er, Fatio, der große, begabte Fatio, wäre diesem Problem nicht gewachsen gewesen?! Hüte dich, Leibniz! Hüte dich. Diese Bosheit wirst du teuer bezahlen. Sie ist nicht Unkenntnis, ist nicht Nachlässigkeit von dir, diese Aufzählung. Sie ist bewußte Bosheit! Denn du kennst mich genau, Leibniz. Weißt von meinen Arbeiten, von meinen Erfolgen. Was aber hat ein Mensch zu tun, dem ein andrer einfach die Existenz abspricht? Es ist klar, was er zu tun hat: zu prüfen, ob der andre, der Angreifer, selbst ein Recht auf Existenz hat. Und darum wird man dich im Zentrum deiner Prahlerei packen. Schon lange ist uns Engländern deine Differentialrechnung verdächtig. Gutmütigkeit und eine gewisse Scheu haben es bisher verhindert, daß man da hineinleuchtet. Wir leugnen nicht, daß die Differentialrechnung erfolgreich ist. Wir werden nur leugnen, daß du, Leibniz, ihr erster Entdecker bist. Und meine Lebensaufgabe soll es sein, dich als Dieb zu entlarven. England und die Welt werden es mir danken. Omen accipio. Ich folge dem Schicksal, das dadurch ins Rollen kam, daß du mich in der unverständlichen Selbstsicherheit schlauesten Betruges und schlechtesten Gewissens gleichwohl frech herausfordertest. Wenn ich auch nach deiner Ansicht kein großer Mathematiker bin, bin ich nach meiner Ansicht Mathematiker genug, um deinen Diebstahl aufzudecken und zu beweisen. An diese deine Randglosse sollst du denken, Leibniz! Jetzt geht es auf Leben und Tod ... Und Fatio rannte wie ein Irrer durch die nebelfeuchten Straßen Londons, stöberte in Bibliotheken und in den Akten der königlichen Sozietät der Wissenschaften und lief von einem Gelehrten zum anderen, bis er schließlich Zutritt zu Newton erlangte.

Von diesem Tage aber datiert das häßliche Kapitel in der Geschichte neuerer Wissenschaft.

Siebenundfünfzigstes Kapitel

Jahrhundertwende

Obgleich Leibniz wie ein unbeteiligter Zuseher an einer Säule
lehnte und durch das Lorgnon schon seit Stunden das Ge-
wühl des Maskenfestes beobachtete, war es im strahlend erleuchteten Saale nicht nur ihm, sondern auch allen anderen klar,
daß dieses Fest nicht so sehr dem Geburtstag des Kurfürsten
von Brandenburg als jenem in vornehmstes Schwarz, Weiß und
Silber gekleideten Manne galt, der eben dort an der Säule
lehnte und nur darum nicht sich vordrängte, weil er es durchaus nicht notwendig hatte.

Es war der 11. Juli des Jahres 1700. Gleich der Beginn des
neuen Jahrhunderts hatte Leibniz wieder auf einen Gipfel gehoben, dessen sichtbarer Ausdruck eben dieses von der Kurfürstin Charlotte veranstaltete Maskenfest war.

Der ganze Adel und die ganze gelehrte Welt Berlins und
Kurbrandenburgs waren versammelt. Der Kurfürst, umgeben
von den höchsten Würdenträgern, saß prunkvoll und blendend
wie stets in einer Loge. Und gerade das Nebeneinander ernsten
Zeremoniells und beinahe kindlicher Maskerade gab dem Feste
jene Stimmung, die Leibniz für Stunden in eine heitere und
problemlose Gegenwart entrückt hatte.

Schon der Einzug der Gruppen war ein Spektakulum gewesen. Die Devise des Festes, eine burleske Dorfmesse, war dem
schalkhaft ironischen Geist Charlottens entsprungen, die sich
aus der dadurch notwendigen Entwürdigung der steifen Hof-
Formen und aus den Kontrasten mit richtigem Instinkt all das
versprochen hatte, was auch wirklich eingetreten war.

Zwischen Jahrmarktsbuden promenierten in großer Gala die
Gesandten. Und in den Buden hielt Markgraf Christian Ludwig mit ergrauten Hofbeamten eifrig Schinken, Würste, Rin-
derzungen, Wein, Limonade, Tee, Kaffee, Schokolade und
ähnliche Dinge feil, worin er durch anmutige Kellnerinnen
unterstützt wurde, deren jede sich ihres adeligen Stammbaums
nicht zu schämen brauchte. Ein Herr von Osten machte den

Scharlatan. Unter den Hanswursten und Seiltänzern zeichnete sich der Markgraf Albert aus. Der Graf von Solms und Herr von Wassenaer waren kühne Springer. Aber nichts war artiger anzusehen als ein höchst kunstfertiger Taschenspieler, der allen Hokuspokus der Welt beherrschte; und in dem man schließlich erstaunt den Kurprinzen erkannte.

Unter Trompetenschall zog auf einer Art von Elefanten plötzlich der Doktor, Herr von Alleures, ein; und hinter ihm wurde in einer Sänfte durch Türken die Doktorin, die keine geringere als Charlotte selbst war, zur Bude des Marktschreiers getragen.

Ein Ballett von Zigeunerinnen unter Anführung der Fürstin von Hohenzollern steigerte die Buntheit des Bildes. Und auch ein wahrsagender Astrologe mit einem riesigen Teleskop gab seine Weisheit zum besten, in dem man zuerst Freiherrn von Leibniz selbst vermutete, da diese Rolle ihm zugedacht gewesen war. Um so größer war das Erstaunen, als Leibniz noch immer an der Säule lehnte und es sich herausstellte, Graf von Wittgenstein habe im letzten Augenblick Leibniz diese Mühe abgenommen.

Es war schon eine Stunde nach Mitternacht. Unverändert heiter und angeregt wogte die Gesellschaft durcheinander, kleine Abenteuer und Intrigen wurden angebahnt, fortgesetzt oder beendet, und jeder drängte sich dazu, die wundertätigen Ratschläge der „Doktorin" entgegenzunehmen, die den seltenen Anlaß benützte, in Form von Verhaltungsmaßregeln das ganze Machtgefüge Kurbrandenburgs zu ironisieren. Man nahm es aber der Kurfürstin durchaus nicht übel. Im Gegenteil. Einer erzählte es im Lärmen absichtlich disharmonischer Dorfmusiken dem anderen, wie sehr er von Charlotte durchschaut und zum besten gehalten worden sei. Und es war selbstverständlich, daß man sich in gutmütig scherzender Art am „Lehrer", an Leibniz, schadlos hielt und ihm allerlei Zusammenhänge mit den Aussprüchen der „Doktorin" ansann, denen er natürlich vollkommen fern stand.

Als man bemerkte, daß Leibniz zu solchen Scherzen, die man ihm anzüglich mitteilte, nicht schwieg, sondern womöglich

noch treffsicherere Bosheiten und Anspielungen hinzufügte,
zog man es vor, zu lachen und ihn in Ruhe zu lassen.

Nun war er schon, während das Treiben durch Tanz, Spiele
und durch die Anregung beginnenden Liebesgetändels stets
ausgelassener wurde, fast eine Stunde von niemandem mehr
angesprochen worden. Und es war, im Gegensatz zu diesem
vordrängenden Leben, in ihm eine Stimmung entstanden, die
ihm den eigentlichen Sinn des heutigen Festes zum Bewußtsein
brachte.

Jahrhundertwende? War das der Sinn des Festes? Oder nur
einer der vielen Gedanken, die ihn plötzlich bestürmten? Es
ist etwas Eigentümliches um das Gefühl tiefbewußter Menschen, die den Anbruch eines Jahrhunderts miterleben. Gut, es
ist nichts als eine Konvention, diese plötzliche Veränderung der
zweiten Ziffer aller Jahreszahlen. Und doch kann sich wieder
fast niemand, den die Dämonen der Geschichte je überkamen,
diesem Ziffernwechsel entziehen. Es ist mehr als eine Ziffer,
ist eine veränderte Farbe der Zeit, wenn man so sagen darf. Und
diese veränderte Farbe legt sich unbemerkt und ohne daß die
vielen es wissen, über alle Ereignisse. Jeder will neu beginnen.
Jeder will Vergangenes abschließen. Mit einem Glockenschlag
sind hundert Jahre zur Geschichte geworden, bekommen ein
Kennwort, eine tragende Idee, eine gemeinsame Grundnote.
Und ein rätselhaftes Nichts, die ungeheure Zukunft hundert
neuer Jahre, steht vor dem Betrachter. Hundert Jahre, deren
gemeinsames Gesetz erst gefunden werden soll ...

Die wirkliche, nur scheinbar an solche Grenzen nicht gebun-
dene Geschichte leistet allem Aberglauben der Jahrhundertwende Vorschub. Denn all das, was bewußt und unbewußt die
Menschen fühlen, wird ja durch diese Gefühle zu äußerem Geschehen, zur Tat. Und es wäre der Untersuchung wert, zu erforschen, warum gewaltsame Neuformungen so häufig und so
sichtbar gerade am Beginn oder am Ende der gewiß nur konven-
tionellen Jahrhunderte unsrer Zeitrechnung auftreten.

Die Schlacht bei Zenta, der Friede von Ryswick und andre
Ereignisse hatten einen gewissen Abschluß gebracht. Auch für
das Vordringen der Macht Frankreichs. Denn der Genius Prinz

Eugens verhieß eine neue Entwicklung im großen Krieg um die spanische Erbfolge, der sich eben unheilkündend vorbereitete.

Leibniz selbst, als Einzelner, war aber auf ganz andren Fährten zur Gegenwart des heutigen Gipfeltages emporgestiegen, obgleich er wieder mehr als einmal in die Ereignisse der großen Staatengeschichte eingegriffen hatte. Auch sein zweiter Herr, Kurfürst Ernst August, war gestorben. Die so tragisch erstrittene Primogenitur Georgs war wirksam geworden. Und Leibniz unterstand jetzt jenem kalten, wortkargen Fürsten, der ihn beim ersten Zusammentreffen beinahe wie einen Domestiken behandelt hatte. Aber auch aus andren Zonen waren dunkle Schatten emporgestiegen. Im Jahre 1699 hatte Fatio von Duillier seinen ersten Schlag geführt und in seinen „Zwei Abhandlungen über die Brachistochrone", in einer Schrift, die mit Genehmigung der englischen Sozietät erschienen war, nicht weniger behauptet, als daß er, Fatio, den zur Bewältigung des Problems der Brachistochrone erforderlichen Kalkül bereits im Jahre 1687 selbständig entdeckt habe und daß er in dieser Hinsicht kein geringeres Wissen besessen hätte, wenn Leibniz damals noch gar nicht geboren gewesen wäre. Möge sich Leibniz daher „seiner" Methoden oder andrer Schüler rühmen, ihn könne er gewiß nicht dazu rechnen. Gut, er erkenne es neidlos an, daß Newton der erste und unbestrittene Erfinder dieses Kalküls sei. Denn dazu nötige jeden der Augenschein der Dinge. Ob aber Leibniz, der angebliche zweite Erfinder, von Newton etwas entlehnt habe, darüber sollten andre ein Urteil abgeben, denen Einsicht in die Briefe und Handschriften Newtons gewährt würde. Niemanden aber, der durchstudiert habe, was er, Fatio, an Dokumenten aufrollen könnte, würde in dieser Sache hinfürder das Schweigen des allzu bescheidenen Newton und Leibnizens vordringliche Geschäftigkeit täuschen.

Leibniz hatte leider die ganze Tragweite dieses Vorstoßes nicht gleich voll erkannt. Im Bewußtsein seines Rechtes hatte er die Verbissenheit des begabten Halbnarren Fatio und die unwahrscheinliche Ungerechtigkeit einmal aufgepeitschten englischen Nationalhochmuts unterschätzt. Und er hatte nur mit beinahe spielerischen Gegenstößen geantwortet.

Gleichwohl war sein Gefühl seit dieser Zeit kein gutes, obwohl der Marquis de l'Hospital und die Bernoullis sogleich an seine Seite getreten waren. Denn auch in Frankreich bekämpfte schon seit geraumer Zeit Herr von Gallois, derselbe, mit dem Leibniz vor Jahrzehnten im Park Colberts zusammengestoßen war, die Differentialrechnung mit ebensoviel Starrsinn als eitler Selbstliebe.

Neue Pläne, neues Vordringen in fremdes Gebiet hatten ihn von diesen Mißhelligkeiten aber wieder abgelenkt. So waren seine „Unvorgreiflichen Gedanken" noch zu Ende des Jahrhunderts erschienen, in denen er endlich längsterwogene Ansichten über die deutsche Sprache in feurig mitreißender Form seinem Volke vorhielt und damit eine Sturmwoge nationaler Begeisterung erregte, deren Höhepunkt noch nicht abzusehen war. So hatte er — und diese Tat führte auf sonderbaren Wegen in die Mitte des heutigen Festes — die Kalender-Reform, mit der sich auch sein ehemaliger Lehrer, der greise Erhard Weigel in Jena, angelegentlich befaßte, sogleich aufgegriffen und zur eigenen Sache gemacht. So unscheinbar der Anlaß war: Leibniz hatte mit unwahrscheinlichem Spürsinn herausgefunden, daß hier ein Angriffspunkt lag, der nicht nur wieder alle Unionsbestrebungen der einzelnen Religionen in Fluß bringen konnte. Er hatte darüber hinaus, im Verkehr mit der französischen Akademie, mit den berühmtesten Astronomen wie Bianchini, Olaf Römer und Samuel Reiher der Angelegenheit eine Weite verliehen, die schließlich zur Gründung der Sozietät in Berlin führte. Und damit dem Geistesleben der obersten Weisheitsschichten Deutschlands den ersten, untilgbaren Mittelpunkt gab.

Aber noch ein zweites Geflecht wichtigster Beziehungen verknüpfte sich mit dieser Gründung, die streng nach seinen Grundsätzen eben erfolgt war: das Verhältnis der beiden neuen norddeutschen Vormächte, Hannovers und Brandenburgs, war eben durch den zielbewußten Ehrgeiz Hannovers nicht das beste. Und kein Kundiger übersah, wo wiederum das Kraftzentrum hannöverschen Ausbreitungswillens lag. Kurfürstin Sophie und Freiherr von Leibniz, dessen Streben nach dem

Kanzlerposten Hannovers bisher abgewehrt worden war: das waren die beiden Gehirne, die das Geschick Norddeutschlands entschieden. Alle übrigen waren mehr oder weniger einflußlose Figuranten.

Und nun, um die Verwirrung voll zu machen, war eben dieser Leibniz gleichzeitig der Freund und Lehrer der Kurfürstin von Brandenburg. Lostrennung, Verfeindung, Entfremdung kamen nicht in Frage. Was also war natürlicher, als daß Staatsmänner und Diplomaten gute Miene zu einem Spiele gemacht hatten, von dem man nicht einmal wußte, ob es ein böses Spiel war. Denn der Verfasser der „Unvorgreiflichen Gedanken" konnte zwar engstirnigen Hausmachtplänen gefährlich werden, nie aber gesamtdeutschen Interessen. Um so weniger, als er, wie es hieß, bereits vom deutschen Kaiser zu geistigem Eingreifen in den spanischen Erbfolgestreit für das Reich aufgefordert worden war. Und so strebten alle, denen die Trias Sophie, Leibniz und Charlotte irgendwie im Weg stand, den „Gelehrten", den „Philosophen", den „Historicus" wieder auf sein „verstaubtes" wissenschaftliches Gebiet hinüberzuschieben, auf dem ihm außerdem eben in England gefährliche Feinde erwuchsen. Und in Hannover hatte eine dem neuen Kurfürsten Georg nicht ganz fernstehende Hofclique alles aufgeboten, den gefährlichen „Sich-in-alles-Mischer" dadurch lahmzulegen, daß man ihn zur Vollendung der Welfengeschichte drängte; von der wieder halbwegs Sachkundige wußten, daß sie nach dem festgelegten Plan fast mehr als ein volles Menschenleben an Arbeitslast und Arbeitsdauer heischte.

Leibniz nun war sich all dieser Zusammenhänge durchaus bewußt gewesen, als er die Gründung der Sozietät der Wissenschaften in Berlin unternommen hatte. Ja, noch mehr. Eben diese Aufgabe war ihm als Sprungbrett zur Verwirklichung seiner politischen Pläne erschienen, die schlicht und klar auf nichts andres zielten als auf Stärkung und Zusammenballung der Einzelglieder des Reiches mit dem Endziel einer vollkommenen Verschweißung dieser gestärkten Teile zur großen einigen deutschen Nation. Und so stand er heute als erster Präsident der ersten deutschen Sozietät der Wissenschaften und als neuer-

nannter Geheimer Justizrat Kurbrandenburgs an jener Säule im
Gewoge des Maskenfestes. Und erwog, wie er sein geistiges
Netz noch weiter über Deutschland und Europa breiten sollte.
Kursachsen war der nächste Mittelpunkt einer gelehrten Akademie. Dann sollten die Punkte stärkeren Widerstandes, nämlich Wien und das in Gründung befindliche St. Petersburg,
folgen. Zur Stärkung Deutschlands, zur Stärkung der Wissenschaften und zur Abwehr des östlichen Chaos.

Er hatte im bunten Durcheinander des Festes die Einzelnen
längst aus dem Auge verloren. Alle Ordnung, die letzten Reste
von Zeremoniell waren aufgelöst, und kleine Gruppen, die nicht
eben tanzten, saßen plaudernd an Tischchen und auf den Sofas
in den Saalecken, wenn sie nicht bereits in den Nebensälen
umherschwärmten.

Darum erschrak er fast, als sich eine Hand auf seinen Arm
legte und die Stimme der Kurfürstin Charlotte leise an sein
Ohr klang.

„Meine offizielle Aufgabe ist erfüllt, mon cher", sagte sie
und blickte ihn aus einem leicht erhitzten lächelnden Gesicht
sonderbar gelöst an. „Wie wäre es, Leibniz, wenn Sie mir für
den Rest des Abends Gesellschaft leisteten? Man hat Ihnen
bis jetzt keine Ovation dargebracht. Ich verstehe es. Gleichwohl weiß es jeder, daß eben Sie heute der Mann sind, dem
diese Feier zu gelten hat. Und da wird es mir ein auserlesenes
Vergnügen sein, ganz Kurbrandenburg zu belehren, was sich
eigentlich schickt. Ich habe auf dem Wege zu Ihnen bereits die
Cour fast sämtlicher unsrer einflußreichsten Männer abgelehnt.
Wagen Sie diese Demonstration gegen die Macht, Leibniz?"
Und sie reichte ihm den Arm.

„Ich denke, Hoheit überschätzen die Böswilligkeit Ihrer Untertanen", erwiderte Leibniz. „Man hat mich nicht im geringsten angegriffen. Das ist mir genug an einem Ehrentag. Und ich
begreife es deutlicher als jeder andre, daß ein Mann so unklarer
Stellung wie ich nicht auch noch positive Begeisterungsbe-
weise verlangen kann. Ich stehe als gerechter Mensch unbedingt auf Seite der Argumente meiner Feinde, wenn es solche
geben sollte. Nur muß ich leider im Interesse Deutschlands

550

gegen diese Argumente kämpfen, so sehr ich sie logisch billige.“ Und er verbeugte sich vor Charlotte und führte sie mitten durch das Gedränge des Festes in einen der Nebenräume, wo Herr von Quirini, der „Kammerdiener“ der „Doktorin“, bereits ein Tischchen für seine Fürstin hatte vorbereiten lassen.

„Verschaffen Sie uns den besten Schaumwein, Quirini“, sagte Charlotte, nachdem sie sich mit Leibniz gesetzt hatte. „Außerdem wäre mir nach all dem Jahrmarktsgekreische, an dem ich als Erfinderin der Devise selbst schuld bin, ein wenig wirkliche Musik erwünscht. Man kann die Portieren schließen, damit die draußen nicht gestört sind. Und dann, lieber Quirini, holen Sie noch ein paar ernste Leute ins Zimmer. Als Garde für mich und meinen verehrten Präsidenten der Sozietät.“ Sie nickte Herrn von Quirini zu. Dann wandte sie sich an Leibniz. „Sie irren sehr, wenn Sie denken, heute sei ein Rasttag für Geist und Wissen. Im Gegenteil. Ich setze voraus, ja ich verlange, daß mir ein Präsident eben heute einen meiner quälendsten Zweifel löst. Sie kennen ihn wohl. Es ist unser altes Thema über die pessimistischen Anwürfe Peter Bayles und über Ihre Behauptung, unsre Welt sei die denkbar beste. Ich bin gespannt, Ihre Verteidigung zu hören. Von einem Präsidenten der Sozietät ,geruhe‘ ich, einiges Überdurchschnittliche vorauszusetzen und zu verlangen.“ Charlotte lächelte vor sich hin.

Leibniz wußte, daß sie sich in großer innerer Bewegung befand. Es war durchaus nicht ein einfacher Wunsch nach Wissensvermehrung oder gar Neugier, was sie zu ihrer Handlungsweise bewogen hatte. Es war viel mehr. Die Resultierende zahlloser Teilkräfte hatte sie hieher und bis zu dieser Frage geführt. Tiefste, fast kindliche Anhänglichkeit der Schülerin. Zorn, daß nicht alle Großen des Landes ihr blind in ihrer Verehrung folgten. Stolz und Freude über den Sieg des Geistes, den sie als Geist von ihrem Geiste betrachtete. Und zum Schluß Bekennertrotz, der aller Welt seine Meinung zeigen will. Dazu aber noch weit andres. Königsblut, das sich regte. Hochmut einer schönen unantastbaren Frau, der unbewußt zum Widerstand schürte. Beweise, Leibniz, hieß der letzte Urgrund ihrer Frage, daß du wert bist meiner ganz ungewöhnlichen Tat.

Beweise dich. Vor dir selbst und vor mir. Mir genügt es nicht, daß
du Präsident der Sozietät bist, daß du groß bist, daß du be-
rühmt, ja, daß du ein Weltwunder bist. Du sollst mehr sein.
Viel mehr. Du sollst allwissend sein, stärker als stark, einzig!
Nur diesen einzigen, unvergleichlichen Leibniz kann die
Königsenkelin als Lehrer brauchen. Verzeih mir, Leibniz! Der
Hochmutsteufel hat mich in den Krallen. Aber ich bin eine
Frau. Ich kann nicht anders. Ich würde dich auch ehren und in
tiefer Freundschaft lieben, wenn du nicht dieses Letzte er-
reichtest. Immer und an jedem Ort. Aber heute, hier, in dieser
Stunde, will ich es anders. Versage nicht in dieser Stunde.
Nicht, weil es uns trennen könnte. Sondern weil auch ich ein
Recht auf Glück, auf Vollendung meines geistigen Lebens habe.
Und das soll heute sein. Du hast viele, viele solcher Gipfeltage
erlebt. Ich habe vielleicht nur diesen einen Tag. Und ich habe
für dich gearbeitet, habe mich in meiner Jahrmarktsbude ab-
gemüht für diese, unsre, meine Stunde ...

Achtundfünfzigstes Kapitel

Theodicée

Leibniz blickte der Kurfürstin einige Herzschläge lang in
die Augen, in denen auch heute noch jener suchend gläubige
und doch wieder beinahe abwehrend zornige Schimmer lag, den
von der ersten Stunde des Beisammenseins und gemeinsamer
Arbeit schon das Kind Charlotte dem Lehrer und Führer ent-
gegengestrahlt hatte.

Da inzwischen Herr von Quirini sich seiner Aufgabe ent-
ledigt hatte und die Musiker und einige ältere Hofleute im
Raum erschienen, während zwei Kammerdiener die Portieren
schlossen, sah Leibniz wieder zu Boden. Und es herrschte
Schweigen zwischen den beiden, bis der edle Wein auf dem
Tische stand und bis die Musiker in zartem Ansatz die ersten
Geigentöne einer sonderbar klaren und einfachen, doch tief-
gründigen alten italienischen Fuge erklingen ließen.

„Ich bin nicht unvorbereitet auf Ihre Frage, Hoheit", begann
Leibniz, den die gedämpfte leise, fast nur angedeutete Musik
ebensowenig störte wie Charlotte. „Und ich wartete nur auf die
schon längst fällige Mahnung Eurer Hoheit, um über einen
Plan zu sprechen, der mich seit Tagen nicht losläßt. Ich muß
vorsichtig sein, Hoheit, das wissen Sie besser als jeder andre.
Vorsichtig nämlich im Versprechen neuer Werke. Da ich ja
in der Geschichte des Geistes, wenn diese unbescheidene
Wendung erlaubt ist, insofern eine fast einzigartige Stellung
einnehme, als ich bis heute, bis zu meinem vierundfünfzigsten
Lebensjahr, gleichsam überhaupt noch kein eigentliches Werk
verfaßt und veröffentlich habe. Qui me non nisi editis novit,
non novit, habe ich einmal verzweifelt an Placcius geschrieben.
Und es isr eine eigentümliche Tragödie, mit dem Gefühl durch
die Welt zu gehen, nur ein Tatgeist und kein Geist des Sichaus-
gedrückthabens zu sein. Gut, es mag wahr sein, daß mein
Spruch, den ich Placcius schrieb, auch für Menschen gilt, die
vielbändige Lebenswerke hinterließen. Der lebende Mensch
ist stets reicher, weiter als sein Werk. Und nie fast kennt man
einen Geist nur aus seinen Editis, aus seinen veröffentlichten
Gedanken. Aber zu solchem Extrem, zu solch unwahrscheinlichem Mißverhältnis zwischen geistigem Schaffen und Werke-
mangel wie bei mir braucht sich deshalb ein Schicksal nicht zu
steigern. Ich werde es büßen, Hoheit. Werde dazu verdammt
sein, daß meine keimende Philosophie, der ich heute schon den
anspruchsvollen Namen einer Philosophia perennis, einer alles
überdauernden, alles umgreifenden Philosophie gab, als Wirrsal von mißverständlichen Bruchstücken auf die Nachwelt gelangt und jeder Mißdeutung ausgesetzt ist. Wenn es für mich
überhaupt eine Nachwelt gibt. Und nicht besser wird es mir
in der Mathematik ergehen und in den anderen Wissenschaften. Ich bin stets Wegweiser, Bahnbrecher, nie jedoch Vollender. Daher auch bin ich zufrieden, daß man mich heute nicht
feierte. Denn ich bin der Welt und bin Gott mehr schuldig, als
irgendwer es ahnt . . ." Er schwieg.

Charlotte aber schüttelte den Kopf.

„Auch mich quält dieses Ihr Schicksal, Leibniz", erwiderte

sie leise. „Sie sind eben nicht imstande, das Werk zu verlassen, um zum Werk zu kommen. Sein und Werden. Substanz und Kraft. Sie verstehen mich, Leibniz. Sie können das Werden nicht unterbrechen, um, wenn auch nur für Monate, im Sein zu ruhen. Sie sind ein Gehetzter, ein Vorwärtsgepeitschter, ein Mensch, den stets die Angst treibt, nicht fertig zu werden, nicht ans Ende zu gelangen, und der deshalb von einer Unendlichkeit in die höhere, tiefere Unendlichkeit stürzt. Obgleich ich überzeugt bin, daß Sie dabei irren. Hören Sie die Töne dieser Fuge, Leibniz. Der Mann, der diese Töne schuf, war sicherlich auch in der Versuchung, in Rhythmen und Klangwogen zu schwimmen, sich treiben zu lassen, nie der Zeit ein Halt zuzurufen, um das bisher innerlich Gehörte in der kalten Schrift der Noten für die Ewigkeit Gestalt werden zu lassen. Und gleichwohl glaube ich, daß er durch diese Zeitbannung, durch diesen scheinbaren Stillstand erst das wurde, was er wirklich war. Werk und Schöpfer sind eine Funktion zweier Veränderlicher, müßten Sie in Ihrer Sprache sagen, Leibniz. Und die Bedeutung dieser Funktion ist die Möglichkeit, sie zu differenzieren und zu integrieren. Ich verliere mich aber in nebelhafte Ahnungen. Ich wollte nur feststellen, daß all das, was dem Menschenwerk gegenüber vielleicht noch gestattet ist, dem Werk zur Ehre Gottes gegenüber schon Sünde wird. Wenn ein Peter Bayle Gott in vielbändigen Schriften fraglich macht, dann hat ein Leibniz zumindest in einem Band zu erwidern."

„Darauf gibt es keine andre Antwort als die Tat." Leibniz blickte mit einem Ausdruck von Bewunderung in die Augen der Schülerin, über deren Antlitz ein leichtes Flackern von Ungeduld huschte. „Ich sehe," setzte er fort, „daß Hoheit zwar überzeugt sind, daß ich den besten Willen habe, nicht jedoch, daß dieser Wille auch wirklich etwas für Ihr Ziel bedeutet. Leibniz wird, so würden Sie sagen, wenn Ihre Milde nicht größer wäre als Ihr berechtigter Wunsch, Leibniz also wird wieder den Pelion auf den Ossa türmen, um Bayle zu widerlegen. Er wird hundert, zweihundert Briefe schreiben. Er wird fünfhundertmal in blendenden Diskussionen über Bayle siegen. Er wird und wird und wird. Am Schlusse aber werden die Gott feindlichen,

Gott verdächtigenden, Gott anklagenden Folianten Peter Bayles auf den Bücherborden stehen. Und vom Gegenstoß Leibnizens wird nichts übrig sein als einige vergilbte Briefblätter; wenn auch die nicht längst als Ofenrauch zum Schornstein hinauswirbelten. Der Ankläger Gottes, Bayle, hat also gesiegt, der Anwalt Gottes, Leibniz, der sich nicht genugtun kann, seinen edlen Eifer anzupreisen, hat schmählich versagt. Wegen ‚vordringlicher Geschäftigkeit‘, wie es auf anderen Gebieten Herr Fatio de Duillier bezeichnet.“

Charlotte sah zu Boden. Ihre Hand spielte mit dem Weinkelch. Und sie erwiderte in jener Härte, die nur ein Zeichen dafür ist, daß sich Worte, die man eigentlich nicht aussprechen will, aus höherem Gewissenszwang den Lippen entringen:

„Alles, was Sie mir als meine wahre Meinung unterlegen, Leibniz, ist richtig. Genau das müßte ich Ihnen sagen. Zu Ihrem Besten, noch mehr aber zum Besten einer armen, leidenden, zweifelnden, suchenden Welt.“

Es entstand eine Pause, in der die Musik, die jetzt zu schwermütig ursprünglichen Melodien übergegangen war, über die beiden Gewalt bekam.

Plötzlich hob Leibniz das Antlitz.

„Und gleichwohl tun Sie mir unrecht, Charlotte“, begann er, ohne zu merken, daß er in die Form der Anrede fiel, die die beiden sich nur für Augenblicke tiefsten geistigen Einverständnisses aufgespart hatten. „Denn dieses Werk, diese Theodicée, diesen Versuch über die göttliche Gerechtigkeit, über die Freiheit des Menschen und über den Ursprung des Übels, werde ich schreiben. Nicht Entwürfe, nicht Briefe, nicht Abhandlungen. Nein, ein Werk, ein Buch, das auch später noch neben Bayles historisch kritischem Dictionnaire auf den Bücherborden stehen soll. Certum an, sed incertum quando! Sicher ist das Ob in diesem Falle. Unsicher nur mehr das Wann. Denn besser keine Entgegnung auf Bayles Anwürfe als eine mangelhafte.“ Er schwieg einen Augenblick. Dann fuhr er betont fort: „Damit Sie aber schon heute sehen, Hoheit, daß meine Zukunftspläne mehr als bloße Pläne sind, will ich Ihnen heute den krönenden Schluß dieses noch ungeschriebenen Werkes vorwegnehmend mitteilen. Eine Mitteilung, die gleichzeitig auch die erste Ihrer Fragen nach meiner Lehre von der ‚besten Welt‘ beantwortet.“ Und er entnahm seiner Brieftasche ein zusammengefaltetes Blatt, das er vor sich auf den Tisch legte. „Ein sonderbarer, viel zu wenig beachteter Dialog des Humanisten und Kampfgeistes Laurentius Valla aus dem fünfzehnten Jahrhundert. Eine Widerlegung des großen Boëthius. Erst vor wenigen Tagen fiel er mir neuerlich in die Hände. Hören Sie, Hoheit.“ Und Leibniz begann langsam und betont zu lesen:

„Ein gewisser Antonius Glarea, ein Spanier, bittet Valla um Aufklärung der Schwierigkeit des freien Willens, die viel zu wenig bekannt ist, als sie es eigentlich sein müßte. Denn von ihr hängen Gerechtigkeit und Ungerechtigkeit, Strafe und Belohnung in diesem und jenem Leben ab. Laurentius Valla antwortet ihm, man müsse sich mit einer Unwissenheit trösten, die uns mit allen Menschen gemeinsam ist, wie man sich darüber tröstet, nicht die Flügel der Vögel zu besitzen. Und nun beginnt das Zwiegespräch:

Antonius: Ich weiß, Ihr könntet mir, gleich einem zweiten Dädalus, diese Flügel geben, um das Gefängnis der Unwissenheit zu verlassen und mich in die Region der Wahrheiten, in die Heimat der Seele, zu erheben. Die Bücher, die ich gelesen habe, genügen mir nicht, nicht einmal der berühmte Boëthius, der allgemeine Anerkennung genießt. Und ich bitte Euch um Eure Ansicht über die Art und Weise, das Vorhersehen Gottes mit der Freiheit des Menschenwillens in Einklang zu bringen.

Laurentius: Wenn ich diesen großen Mann widerlege, fürchte ich, viele vor den Kopf zu stoßen. Aber ich will dessenungeachtet diese Befürchtung den Bitten eines Freundes hintansetzen, vorausgesetzt, du versprichst mir ...

Antonius: Was denn?

Laurentius: Daß du, wenn du bei mir zu Mittag gespeist hast, nicht auch noch verlangst, ich solle dir das Abendbrot vorsetzen, das heißt, ich wünsche, daß du dich mit der Beantwortung der mir von dir gestellten Frage begnügst und mir keine weitere vorlegst.

Antonius: Das verspreche ich dir! Folgendes finde ich be-

denklich: Wenn Gott den Verrat des Judas vorausgesehen hat,
so mußte dieser ihn auch ausüben, und unmöglich war es, daß
er nicht zum Verräter wurde. Da es aber keine Verpflichtung
zum Unmöglichen gibt, sündigte er also nicht und verdiente
keine Strafe. Im gegenteiligen Fall werden Gerechtigkeit und
Religion und damit die Gottesfurcht vernichtet.

Laurentius: Gott hat die Sünde vorausgesehen, aber er
zwingt den Menschen nicht, sie zu begehen, die Sünde ist eine
Willensangelegenheit.

Antonius: Dieser Wille war notwendig, da er vorausgesehen
wurde.

Laurentius: Wenn mein Wissen es nicht bewirkt, daß die vergangenen oder gegenwärtigen Dinge existieren, dann wird
auch mein Vorherwissen noch weniger bewirken, daß die zukünftigen sich verwirklichen.

Antonius: Dieser Vergleich täuscht; weder das Gegenwärtige
noch das Vergangene kann verändert werden; sie sind an sich
schon notwendig; das an sich veränderliche Zukünftige aber
muß durch das Vorherwissen fest und notwendig werden. Denken wir uns einen heidnischen Gott, der sich rühmt, die Zukunft zu kennen: ich will ihn fragen, ob er weiß, welchen Fuß
ich voransetzen werde, und dann werde ich gerade das Gegenteil von dem tun, was er vorausgesehen hat.

Laurentius: Dieser Gott weiß, was du tun willst.

Antonius: Wie kann er das, da ich das Gegenteil von dem
tun werde, was er sagen wird, und da ich doch voraussetze, er
werde sagen, was er denkt?

Laurentius: Deine Fiktion ist irrig: Gott wird dir in solchem
Fall nicht antworten, oder wenn er dir doch antwortete, so
würde die Verehrung, die du ihm entgegenbringst, dich dazu
treiben, schleunigst das zu tun, was er dir gesagt hat: seine
Voraussage wird dir ein Befehl sein . . . Aber wir sind von unserer Frage abgekommen. Es handelt sich ja gar nicht darum,
was Gott voraussagen wird, sondern was er wirklich voraus-
sieht. Kehren wir also zu dem Vorherwissen zurück und unterscheiden wir zwischen dem Notwendigen und dem Gewissen.
Es ist nicht unmöglich, daß das Vorhergesehene nicht geschieht.

Ich kann etwa Soldat oder Priester werden, aber ich werde
es einfach nicht.

Antonius: Gerade hier halte ich dich fest. Wie es die philosophische Regel erheischt, kann alles, was möglich ist, als exi-
stierend betrachtet werden. Aber wenn das, was du möglich
nennst, das heißt ein von dem Vorhergesehenen verschiedenes
Geschehen tatsächlich einträte, dann hätte Gott sich getäuscht.

Laurentius: Die philosophischen Regeln sind keine Orakel
für mich. Besonders diese keineswegs genau. Zwei kontra-
diktorisch entgegengesetzte Behauptungen sind oft alle beide
gleich möglich. Können sie etwa darum auch alle beide zugleich bestehen? Aber um dir die Sache noch klarer zu machen,
wollen wir einmal annehmen, Sextus Tarquinius käme nach
Delphi, um das Orakel des Apollo zu befragen, und erhielte zur
Antwort: Exul inopsque cades irata pulsus ab urbe. (Arm und
aus deiner Heimat verbannt, wirst du dein Leben verlieren.)
Der Jüngling wird sich darüber beklagen. Ich habe dir ein
königliches Geschenk gemacht, o Apollo, und du verkündest
mir ein so unglückliches Schicksal? Apollo wird ihm sagen:
dein Geschenk gefällt mir wohl und ich tue genau das, um was
du mich bittest, ich sage dir nämlich, was geschehen wird. Ich
kenne die Zukunft, aber ich erzeuge sie nicht. Beklage dich
bei Jupiter und bei den Parzen. Sextus würde sich lächerlich
machen, wenn er danach noch fortfahren würde, sich über
Apollo zu beklagen, nicht wahr?

Antonius: Er wird sagen: Ich danke dir, heiliger Apollo, daß
du nicht geschwiegen, sondern mir die Wahrheit entdeckt hast.
Doch warum zeigt sich mir Jupiter so grausam und bereitet
einem Unschuldigen, einem frommen Verehrer der Götter, ein
so hartes Schicksal?

Laurentius: Du dünkst dich unschuldig? wird Apollo antworten. Wisse, daß du hochmütig und ehebrecherisch werden,
daß du dein Vaterland verraten wirst. Könnte ihm nun Sextus
erwidern: Daran bist du schuld, Apollo, denn du zwingst mich
zu solchen Handlungen, weil du sie voraussiehst?

Antonius: Ich muß gestehen, daß er allen Verstand verloren
hätte, wollte er eine solche Antwort geben.

Laurentius: Also kann sich der Verräter Judas ebensowenig über das göttliche Vorherwissen beklagen. Und da hast du die Antwort auf deine Frage.

Antonius: Du hast mich mehr befriedigt, als ich es hoffte, du hast getan, was Boëthius nicht vermochte: ich bin dir deswegen mein Leben lang zu Dank verpflichtet.

Laurentius: Doch laß uns noch ein wenig in unserer Geschichte fortfahren. Könnte nicht Sextus sagen: Nein, Apollo, das, was du mir sagst, will ich nicht tun?

Antonius: Wie, wird der Gott entgegnen, sollte ich also ein Lügner sein? Ich sage dir noch einmal, du wirst all das tun, was ich dir soeben verkündet habe.

Laurentius: Vielleicht wird Sextus zu den Göttern beten, den Schicksalsbeschluß zu ändern und ihm ein besseres Herz zu geben.

Antonius: Man wird ihm zur Antwort geben: Desine fata Deûm flecti sperare precando (Laß ab und hoffe nicht, das von den Göttern bestimmte Schicksal durch dein Flehen abzuwenden). Er wird das göttliche Vorherwissen nicht Lügen strafen. Doch was wird Sextus jetzt sagen? Wird er nicht in Klagen gegen die Götter ausbrechen? Wird er nicht sagen: Wie? ich bin also nicht frei? Es steht nicht in meiner Macht, der Tugend zu folgen?

Laurentius: Vielleicht wird Apollo ihm entgegnen: Wisse, mein armer Sextus, daß die Götter einen jeden so erschaffen, wie er ist. Jupiter hat den Wolf raubgierig, den Hasen furchtsam, den Esel dumm und den Löwen mutig geschaffen. Dir hat er eine bösartige, unverbesserliche Seele verliehen; du wirst deiner Natur entsprechend handeln und Jupiter wird dich bestrafen, wie deine Taten es verdienen, das hat er beim Styx geschworen.

Antonius: Ich muß gestehen, Apollo scheint mir bei seiner Entschuldigung Jupiter mehr anzuklagen als Sextus, und Sextus kann ihm darauf folgendes antworten: Jupiter verdammt also in mir sein eigenes Verbrechen; er ist der allein Schuldige! Er konnte mich ganz anders erschaffen, aber so wie ich einmal geschaffen bin, muß ich nach seinem Willen handeln. Warum bestraft er mich dann? Konnte ich seinem Willen widerstehen?

Laurentius: Ich gestehe dir, daß ich hier ebenso gefangen bin
wie du. Ich habe die Götter Apollo und Jupiter auf der Bühne
erscheinen lassen, um dir den Unterschied zwischen dem göttlichen Vorherwissen und der göttlichen Vorsehung klar-
zumachen. Ich habe gezeigt, daß Apollo, das Vorherwissen,
der Freiheit keinen Abbruch tut, aber ich vermag dir über die
Willensbeschlüsse Jupiters, über die Gesetze der Vorsehung,
keine zureichende Auskunft zu geben.

Antonius: Du hast mich aus einem Abgrund gezogen, um
mich in einen viel größeren zu stoßen.

Laurentius: Erinnere dich unseres Vertrages: ich habe dir
ein Mittagessen gegeben und du verlangst von mir, ich solle dir
auch noch mit einem Abendessen aufwarten.

Antonius: Jetzt erkenne ich deine List: du hast mich angeführt und das ist kein rechter Vertrag.

Laurentius: Was soll ich denn deiner Meinung nach tun?
Man fragt doch nicht, warum Gott etwas vorhersieht; denn die
Antwort wäre selbstverständlich: deshalb nämlich, weil es geschehen wird; sondern man fragt, warum er es so angeordnet
hat, warum er diesen verhärtet, warum er mit jenem Mitleid
hat. Seine Gründe hierfür kennen wir nicht, aber es genügt, daß
er allgütig und sehr weise ist, um uns erkennen zu lassen, daß
diese Gründe gut sind. Und da er auch gerecht ist, so folgt, daß
seine Beschlüsse und Handlungen unsere Freiheit keineswegs
zuschanden machen können. Glauben wir also an Jesum Chri-
stum, er ist die Tugend und die Weisheit Gottes; er lehrt uns,
daß Gott das Heil aller will: daß er kein Verlangen nach dem
Tode des Sünders trägt. Vertrauen wir auf die göttliche Barm-
herzigkeit und machen wir uns ihrer nicht durch unsre Eitelkeit und Böswilligkeit unwürdig.“

Leibniz schwieg.

„Ist das alles, Leibniz, was Sie mir zu sagen haben?“ fragte
Charlotte, die mit weitgeöffneten Augen jedes Wort des Laurentius Valla in sich gesogen und durch die Begleitung schneller
und scharfer Gedankenläufe geprüft hatte.

„Nein, es ist nicht alles. Es ist erst der Beginn, gleichsam das
Präludium meiner eigenen Entscheidungen.“ Leibniz faltete

das Blatt zusammen und steckte es zu sich. Dann aber trank er
ein Glas Wein und setzte fort:

„Der Dialog Vallas ist schön, wenn sich auch hier und dort
etwas einwenden ließe: aber der Grundfehler besteht darin, daß
Valla den Knoten zerschneidet, und daß er die Vorsehung unter
dem Namen Jupiters zu verdammen scheint, den er beinahe zum
Urheber der Sünde macht. Führen wir daher die kleine Fabel noch
ein wenig weiter. Sextus verläßt Apollo und Delphi und begibt
sich zu Jupiter nach Dodona. Er bringt Opfer dar und läßt dann
seine Klagen erschallen. Warum hast du mich dazu verdammt,
großer Gott, böse und unglücklich zu sein? Ändere mein Los und
mein Herz, oder gib dein Unrecht zu. Jupiter antwortet ihm:
Wenn du auf Rom Verzicht leistest, werden dir die Parzen ein
anderes Schicksal spinnen, du wirst weise und glücklich werden.
Sextus: Warum soll ich der Hoffnung auf eine Krone entsagen?
Kann ich denn kein guter König werden? Jupiter: Nein, Sextus;
ich weiß besser, was du tun mußt. Gehst du nach Rom, dann bist
du verloren. Sextus konnte sich nicht entschließen, ein so großes
Opfer zu bringen, er ging und überließ sich seiner Bestimmung.
Theodorus, der Hohepriester, der den Dialog des Gottes mit
Sextus mitangehört hatte, richtete folgende Worte an Jupiter:
Deine Weisheit ist anbetungswürdig, o großer Herrscher der
Götter! Du hast diesen Mann seines Unrechts überführt; von
nun an muß er sein Unglück ausschließlich seinem schlechten
Willen zuschreiben, dagegen läßt sich nichts einwenden. Doch
deine gläubigen Verehrer sind erstaunt; sie wünschten sowohl
deine Größe als auch deine Güte zu bewundern; von dir hängt
es ja ab, ihm einen anderen Willen zu verleihen.

Darauf antwortet Jupiter: Geh zu meiner Tochter Pallas,
von ihr wirst du erfahren, was ich tun mußte.

Theodorus reiste nach Athen: man befahl ihm, im Tempel
der Göttin zu schlafen. Im Traume sah er sich in ein unbekann-
tes Land versetzt. Dort war ein Palast von außerordentlichem
Glanze und ungeheurer Größe. Umgeben von den Strahlen
blendender Majestät erschien die Göttin Pallas am Tore, wie
sie den Himmelsbewohnern in all ihrer Macht und Wesenheit
zu erscheinen pflegt.

Sie berührte das Angesicht des Theodorus mit einem Öl-
zweige, den sie in der Hand hielt. Dadurch wurde er fähig, den
göttlichen Glanz der Tochter Jupiters und all das zu ertragen,
was sie ihm zeigen sollte. Jupiter liebt viele (sprach sie zu ihm)
und hat dich zu mir geschickt, damit ich dich unterweise. Hier
siehst du den Palast der Schicksalsbestimmungen, den ich be-
hüte. Er enthält die Darstellungen nicht nur des Geschehenden,
sondern auch alles Möglichen; und Jupiter hat in ihn hineinge-
blickt vor dem Beginn der wirklichen Welt; er hat die möglichen Welten überdacht und die beste von allen erwählt. Zu-
weilen besucht er diesen Ort, um sich an einem Überblick über
die Dinge zu erfreuen und seine eigene Wahl zu erneuern, an der
er selbst nur Wohlgefallen haben kann. Er braucht nur das Verlangen auszusprechen, und wir werden eine Welt erblicken, die
mein Vater erzeugen konnte und in der sich alles Verlangte
dargestellt finden wird: Hierdurch vermag man auch das zukünftige Geschehen zu erfahren, wenn dieser oder jener Möglichkeit Existenz zukommen soll.

Sind die Bedingungen nicht klar genug, so wird es so viele
voneinander verschiedene Welten geben, wie man nur will, und
sie werden auf verschiedene Weise derselben Frage genügen
und sie auf jede mögliche Art lösen. Als du jung warst, hast du,
wie alle gut erzogenen Griechen, auch Unterricht in der Geometrie erhalten und weißt daher, daß im Falle die Bedingungen
für einen gesuchten Punkt ihn nicht deutlich genug bestimmen,
es dann unendlich viele solcher Punkte gibt und daß sie alle
in den sogenannten geometrischen Ort fallen; denn dieser Ort
(der häufig eine Linie ist) wird wenigstens bestimmt sein.
So kannst du dir eine regelmäßige Folge von Welten denken,
die sämtlich für sich den Fall enthalten, um den es sich handelt,
während sich die Umstände und Folgen dieses Falles variieren
lassen. Setzest du jedoch einen Fall, der von der wirklichen
Welt nur durch eine einzige bestimmte Sache mit ihren Folgen
abweicht, dann wird dir eine bestimmte Welt Antwort geben:
alle diese Welten finden sich nun hier als Vorstellungen. Ich
will dir jetzt etliche davon zeigen, in der sich zwar nicht der
nämliche Sextus, den du gesehen hast (das geht nicht, weil er

stets das mit sich trägt, was er sein wird) finden wird, aber doch
ähnliche Sextusse, die von dem wirklichen Sextus alles dir Bekannte besitzen, aber nicht alles, was jetzt schon in ihm vorge-
bildet ist, ohne daß man es bemerkt, und infolgedessen auch
nicht alles, was ihm noch geschehen wird. In einer Welt wirst
du einen sehr glücklichen, hochgestellten, in einer anderen
einen mit einer mittelmäßigen Stellung zufriedenen Sextus
finden, Sextusse jeder Art und in zahlloser Gestalt.

Da führte die Göttin den Theodorus in eines der Gemächer:
als er sich darin befand, war es kein Gemach mehr, sondern eine
Welt. Sie hatte ihre eigene Sonne, ihre besonderen Gestirne.

Auf den Befehl der Pallas aber erschien das Heiligtum von
Dodona mit dem Tempel Jupiters, und Sextus, wie er ihn gerade verließ: man hörte ihn sagen, er wolle dem Gotte gehorchen. Und schon sieht man ihn nach einer Stadt an einer Meer-
enge reisen, anscheinend nach Korinth. Dort kauft er einen kleinen Garten; während er ihn bebaut, findet er einen Schatz, er
wird ein reicher, beliebter, angesehener Mann und stirbt hoch-
betagt, von der ganzen Stadt verehrt. Theodorus erblickt das
ganze Leben des Sextus mit einem Schlage und wie in einer
Theatervorstellung.

In diesem Gemach befand sich auch ein großes Buch; Theodorus konnte sich nicht enthalten zu fragen, was es zu bedeuten
habe. Das ist die Geschichte dieser Welt, in der wir uns gerade
zum Besuche aufhalten, sprach die Göttin zu ihm: es ist das
Buch ihrer Schicksalsbestimmungen. Auf der Stirn des Sextus
sahst du eine Zahl, schlage in diesem Buch die Stelle auf, die sie
angibt. Theodorus suchte sie und fand dort die Geschichte des
Sextus weit ausführlicher, als er sie im Abriß gesehen hatte.
Zeige mit dem Finger auf irgend eine beliebige Stelle, sprach
Pallas zu ihm, und du wirst tatsächlich in allen Einzelheiten
finden, was sie im großen erzählt. Er gehorchte, und vor ihm erschien ein Teil aus des Sextus Leben in allen Einzelheiten. Man
ging in ein anderes Gemach und erblickte eine andere Welt,
einen anderen Sextus, wie er den Tempel verließ und, entschlossen, dem Jupiter zu gehorchen, nach Thrazien reiste. Er
heiratet dort die Tochter des Königs, der keine anderen Kinder

hatte, und folgt ihm auf dem Throne. Er wird von seinen Untertanen angebetet. So schritt man in andere Zimmer, und stets sah man neue Bilder.

Die Gemächer liefen in eine Pyramide aus: sie wurden immer schöner, je näher man ihrer Spitze kam, und stellten immer schönere Welten dar. Endlich gelangte man in das oberste, die Pyramide abschließende Gemach, und dies war das schönste von allen; denn die Pyramide hatte einen Anfang, doch ihr Ende sah man nicht, sie hatte eine Spitze, aber keine Basis; sie verlief sich im Unendlichen. Dies kommt daher (führte die Göttin aus), weil es unter einer Unendlichkeit möglicher Welten eine beste von allen gibt, sonst hätte Gott keinen Grund gehabt, überhaupt eine zu erschaffen; aber es gibt keine, unterhalb derer sich nicht noch minder vollkommene befänden: aus diesem Grunde nimmt die Pyramide nach unten ins Unendliche stetig ab. Als Theodorus in dieses höchste Gemach eintrat, verfiel er in Ekstase. Die Göttin mußte ihm zu Hilfe kommen: ein Tropfen göttlicher Flüssigkeit, den sie auf seine Zunge brachte, erweckte ihn wieder. Er war vor Freude außer sich. Jetzt sind wir in der wirklichen Welt (sagte die Göttin), und hier bist du an dem Quell des Glücks. Sieh, was Jupiter dir zugedacht, wenn du fortfährst, ihm treu zu dienen. Hier ist Sextus, wie er in Wirklichkeit ist und wie er in Wirklichkeit sein wird. Er verläßt den Tempel zornentbrannt, er mißachtet den Rat der Götter. Wie du siehst, geht er nach Rom, bringt alles in Unordnung, schändet das Weib seines Freundes. Hier erblickst du ihn mit seinem Vater, vertrieben, besiegt und im Unglück. Hätte jetzt Jupiter einen glücklichen Sextus nach Korinth oder als König nach Thrazien versetzt, dann wäre dies nicht mehr die wirkliche Welt. Und dennoch mußte Jupiter diese Welt erwählen; denn sie übertrifft alle anderen an Vollkommenheit und bildet die Spitze der Pyramide: im anderen Falle hätte Jupiter seiner Weisheit entsagen müssen und mich, seine Tochter, verbannt. Du siehst, mein Vater hat den Sextus keineswegs böse erschaffen; er war es seit aller Ewigkeit und er war es immer aus freien Stücken: er hat ihm nur eine Existenz gewährt, die seine Weisheit der Welt, in der er einbegriffen ist, nicht verweigern konnte: er hat ihn aus der Region der Möglichkeiten in die Region des wirklichen Seins versetzt. Des Sextus Verbrechen dient zu großen Dingen; es macht Rom frei, und daraus wird Rom als großes Reich hervorgehen und große Beispiele abgeben. Das ist jedoch noch nichts, verglichen mit der Gesamtheit dieser Welt, deren Schönheit du erst dann bewundern kannst, wenn die Götter dich nach einem glücklichen Übergange von diesem sterblichen in einen anderen besseren Zustand ihrer Erkenntnis teilhaftig werden lassen.

In diesem Augenblick erwacht Theodorus. Er bringt der Göttin seinen Dank dar, er läßt Jupiter Gerechtigkeit widerfahren und erfüllt, durchdrungen von dem Geschehenen und Vernommenen, seine Tätigkeit als Hohepriester mit allem Eifer eines wahren Dieners seines Gottes und mit aller Freude, deren ein Sterblicher fähig ist."

Die Musik spielte eine Sarabande, als Leibniz seine stets dithyrambischer vorstürmenden Visionen geschlossen hatte. Nach langer, von den beiden durchschwiegener Zeit, schimmerten plötzlich in den wunderbaren Augen der Fürstin Tränen. Sie reichte ihm unvermittelt über das Tischchen hinüber die Hand.

„Jch habe Sie nicht fruchtlos gebeten, Leibniz. Ich danke nicht. Denn da ist nichts zu danken. Aber sagen darf ich, daß nicht nur Sie, mein Leibniz, heute auf dem Schneegipfel der Ewigkeit standen. Auch ich bin heute gleichberechtigt neben Ihnen gestanden. Es war die erste, die große, die einzige Stunde meines wirklichen Lebens. Und ich weiß, daß d i e s e s Werk geschrieben werden wird."

Leibniz drückte die zarte, schmale Hand der Fürstin und neigte entzückt und zustimmend den Kopf, als die Musik eben zu freudig jauchzenden Akkorden anschwoll.

Neunundfünfzigstes Kapitel

Rechenschaft im Morgengrauen

Fast vierzehn Jahre später erwachte Leibniz aus einem die
Wirklichkeit jenes merkwürdigen Maskenfestes in all seinen
Einzelheiten wiederholenden Traum. Noch fühlte er die Hand
Charlottes, noch sah er den Ausdruck ihrer hingegebenen,
gleichwohl aber forschend zweifelnden Augen, als er schon mit
furchtbarem Schmerz und grausamer Klarheit wußte, daß dieser
in fahles Morgenlicht getauchte Raum, in dem er erwacht war,
seiner Wohnung im Federlhof zu Wien angehörte.

Er zitterte an allen Gliedern, und nur der äußerste Wille
machte es ihm möglich, die heraufquellenden Tränen zu
unterdrücken. Sollte er versuchen, wieder einzuschlafen, um
vielleicht noch einmal in diese Augen zu sehen, diese kühle,
schmale Hand zu fühlen?

Nein, es war hoffnungslos, war unabänderlich verloren. Auch
der Traum. Es war ja kein Traum gewesen. So kann man nicht
träumen. Charlotte war wirklich bei mir, jetzt, vor einigen
Minuten. Sie war bei mir. Und ich mußte wahrscheinlich erwachen, da die Gesetze des Reiches, in dem sie jetzt weilt, es so
verlangen. Warum aber hat es neun Jahre gedauert, bis sie kam?
Ist das dort oben eine Sekunde?

Ich werde nichts mehr denken, werde mich ankleiden, werde
die kühle Morgenluft ins Zimmer lassen. Ich will frösteln. Ich
will kein behaglicher, in Kissen gebetteter Lebendiger sein,
während ich noch den Druck der Hand einer Toten fühle.

Eine sonderbare Stimmung da draußen. Es dürfte vier Uhr
morgens sein. Schmale und streifige graue Wolken liegen
parallel übereinander. Und dazwischen leuchtet es in kaltem
Violett. Und der sechs Stockwerke hohe Turmbau jenseits des
Hofes ist schwarz und düster wie alle die Dächer, Türme und
Zinnen, zu denen meine Aussicht reicht.

Nein, Charlotte, ich habe es nicht überwunden, daß du uns
in blühender Jugend verließest. Immer war der Schmerz bei
mir seit jenem unheilvollen Februartag des Jahres 1705. Und

immer das Bewußtsein, daß ich mit dir eine der größten Glückseligkeiten der Welt verlor, die ich mir vernünftigerweise für mein ganzes Leben hatte versprechen dürfen.

Bist du jetzt wieder aus diesem Zimmer dorthin zurückgekehrt, wo sich plötzlich rote Feuerzungen und sonderbar helle Flecken über das Gewölk schieben?

Doch wozu frage ich? Wozu will ich mit menschlichen Bildern, mit körperlichen Vorstellungen an das Ur-Mysterium rühren? Du warst weiser, Königin, warst philosophischer, sokratischer als ich; warst gefestigter, als du an jenem Unheilstag ruhig und ohne Zagen alles auf dich nahmst, wovor ich, der Achtundsechzigjährige, zittere. Du wußtest alles, überblicktest alles. Denn du hattest zugleich den Genius eines großen Mannes und das Wissen eines Gelehrten. Warst Mitschöpferin, tätige Helferin am einzigen großen Werk, das bisher von mir in die Welt gelangte und die Hälfte dieser Welt bereits eroberte. Die Theodicée ist auch dein Werk, Charlotte.

Und du hast das Werk stärker, unumstößlicher bewiesen als der Mann, unter dessen Namen es die Gemüter bezwang. Und hast mir, mir vor allen anderen Menschen, eine Treue gehalten, wie sie kaum je einem Irdischen bewiesen wurde.

Schon damals, als du im Jahre 1701 die rauschenden Krönungsfeiern flohest, die deinen prunkliebenden Gatten so sehr entzückten. Welche Königin bisher, noch dazu eine Königin, deren Titel erst wenige Tage alt war, hat es gewagt, einem Philosophen klar und ohne Abschwächung zu schreiben: „Glauben Sie nicht, mein Leibniz, daß ich diese Größe und diese Kronen, von denen man hier so viel Aufhebens macht, den philosophischen Unterhaltungen vorziehe, die wir im Schloß Lützenburg gehabt haben." Nein, Charlotte, ich verstehe es voll. Kein Verrat an der Majestät, an der irdischen Höhe. Nur ein unbedingtes Bekenntnis zur übergeordneten Majestät der Weisheit und zum zufälligen Hohepriester dieser Weisheit, zu mir. Niemand, auch keine Folter, wird mir diesen Brief entwinden können. Obgleich sie überall deine herrlichen Briefe aufstöbern und verbrennen. Um das preußische Königshaus nicht zu „kompromittieren". Dankbar werden mir spätere

Könige sein, wenn sie diesen innersten Adelsbrief ihres Geschlechtes werden vorweisen können. Und der Tag ist vielleicht näher als man glaubt, da sich ein König auf solchen Geist berufen wird.

Das größte Beispiel aber hast du gegeben, als in deinen letzten Minuten eine Dame deines Gefolges an deinem Sterbelager in Tränen zerfloß. Ich höre deine Worte, höre sie durch die kalte Morgenluft herüberklingen, obgleich ein tückischer Zufall es wollte, daß ich dich auf deiner letzten Reise nach Hannover nicht begleitete sondern in Berlin blieb. „Ich bleibe in Hannover, bis Sie nachkommen können. Ich muß diese Trennungswochen wohl oder übel überleben", sagtest du damals beim Abschied ein wenig ironisch. Oder war es nicht ironisch, sondern bloß die Angst vor einer Herzlichkeit, die wir beide stets durch leisen Spott ertöten mußten? Mußten wir es wirklich? Vielleicht. Es ist aber nicht die Frage, was wir mußten, sondern was wir taten. Und dieser beinahe jenseitig durchwitterte Ton heroischen Distanzhaltens hat dich auch im Sterben nicht verlassen, als du mir die letzte Botschaft sandtest und als du zum weinenden Fräulein deines Gefolges sagtest: „Beklagen Sie mich nicht, denn ich gehe jetzt meine Neugier befriedigen über die Urgründe der Dinge, die mir selbst mein Leibniz nie hat erklären können: über den Raum, das Unendliche, das Sein und das Nichts; und dem König, meinem Gemahl, bereite ich das Schauspiel eines Leichenbegängnisses, das ihm neue Gelegenheit gibt, seine Pracht darzutun."

Und du sprachst dann noch einige Worte zum Kurfürsten Georg, zum kalten, harten Bruder. Und empfahlst ihm noch „alle Gelehrten, die du stets begünstigt hattest". Und ließest dir versprechen, daß er dir diesen letzten Wunsch erfülle.

Wenn man mir recht berichtet hat, gab dir Georg dieses Versprechen. Aber sein Antlitz soll dabei nicht bloß aus Schmerz über deinen Tod gezuckt haben. Vielleicht war eine Rückerinnerung an jenen Auftritt im Park von Herrenhausen in ihm für Augenblicke unheildrohend aufgestiegen.

Ich bin dir aber Rechenschaft schuldig, Charlotte. Ich weiß ja nicht, wie die Gesetze lauten, denen du jetzt unterstehst. Und

568

weiß nicht, ob auch den seligen Toten die Gabe des Allwissens und der Allgegenwart verliehen ist. Vielleicht, wenn ihr dort oben euch zum Schlummer legt, sobald wir erwachen, kann ich dir jetzt im Traum erscheinen. Und ich will dir nicht von meinem Schmerz um dich erzählen. Denn es könnte dich kränken. Könnte dir sogar den Eindruck zaghaften Gottzweifels erwecken. Deshalb sage ich dir nur noch, daß ich ein einziges Mal in meinem Leben durch einen Schmerz, der mich persönlich traf, an den Rand einer schweren Krankheit geriet. Daß ich ein einziges Mal für Monate die Welt als sinnlos von mir warf und jede Arbeit, jeden Vorwärtsdrang haßte. Und daß diese Monate zeitlich und ursächlich deinem Tode folgten.

Ich habe viele, fast alle Menschen verloren, die mir nahestanden. Tschirnhaus lebt nicht mehr, Hospital ist, wenig über vierzig Jahre alt, gestorben. Und auch Jakob Bernoulli ruht unter einem Grabstein von all den Mühen und Ekstasen aus, die er schon auf Erden gleichsam aus dem Jenseits zu uns brachte.

Aber genug der Totenklage. Ich wollte dir über den Zwischenraum des Unerforschlichen nur hinüberrufen, daß alles, was ich im Leben wirklich liebte, was mir diesseitiges Glück bedeutete, du, mein mystisches Kind warst. Und daß ich es vor aller Welt bekannte und bekenne, daß die Welt durch deinen Tod einen echten und allgemein gültigen Verlust erlitt. Nicht nur an Schönheit und Holdseligkeit, sondern an wirklichem Fortschritt der Weisheit und der Urtiefe. Und daß ich deshalb fast gegen Gott mich aufbäumte, weil er es nicht zuließ, daß du in der Geschichte der Wissenschaft deinen verdienten Platz erobertest. Nicht als schöngeistige Förderin von Gelehrten. Sondern als die aus sich selbst gewachsene Philosophin Deutschlands. Als die Philosophin Charlotte von Preußen. Und nur der Gedanke, daß du Kinder gebarst, kann mich trösten. Denn Gott in seinem unerforschlichen Ratschluß will vielleicht in der von ihm gewählten Stunde deinen Geist in deinen Kindern oder Enkeln zur Vollendung treiben.

Das mußte ich dir sagen, bevor ich Rechenschaft ablegte. Wir haben große Kriege erlebt hier unten. Und du weißt es

noch von deinen irdischen Tagen, daß ich mit aller Kraft meines
Geistes für Deutschland und den Kaiser stritt, daß ich das
große Manifest über die spanische Erbfolge verfaßte, das die
siegreichen Heere Prinz Eugens und Marlboroughs auf festem
Rechtsboden fechten ließ.

Aber ich habe nicht nur in Kriegshändel eingegriffen. All das,
was wir gemeinsam planten, habe ich als Testamentsvollstrecker
deines Willens mit dreifachem Eifer vollendet. Ich sagte dir
schon, daß unsre Theodicée als Denkmal unsrer Tatgemein-
schaft die Gemüter Europas eroberte. Und daß sie daran ist, die
Anhänger des leider auch schon toten Peter Bayle und des gefährlichen Freigeistes Toland aus dem Felde zu schlagen.
Aber auch unsre Akademie habe ich ausgebaut und erweitert.
Und habe versucht, ihr Einnahmequellen zu verschaffen. Du
lächelst, Charlotte. Lächelst jetzt über diese Versuche. Kalender als die „Bibliothek des gemeinen Mannes" wurden gedruckt,
um ihren Erlös für die Sozietät herzugeben. Dann habe ich
Lotterien vorgeschlagen. Und endlich habe ich ein Privileg
für die Zucht von Seidenraupen erwirkt, die in den Gärten von
Potsdam und Köpenick sich an neugepflanzten weißen Maul-
beerbäumen gütlich tun sollten. Seidenraupen als Unterstützer
unsrer Sozietät? Du hast recht, daß du lächelst, Charlotte!

Zwischen all meinen Bestrebungen aber hat mich ein kalter
Befehl des Kurfürsten stets wieder zur Arbeit an der Geschichte
Hannovers und Braunschweigs zurückgerufen. Oh, er hält das
Versprechen, das er dir auf dem Totenbett gab! Er fördert
meine Wissenschaften. Und wie er sie fördert! Er zeigt geradezu rührende Sorge, ich könnte durch Extravaganzen mein
Hauptgebiet vernachlässigen. Nämlich die Geschichte. Denn er
weiß genau, daß ich nur durch die „Testimonia" zu lähmen bin.
Freunde und Intriganten haben ihn über die Unerbittlichkeit
aufgeklärt, mit der diese Geschichte meine Kraft verzehren
muß. Und er hat ein stichhaltiges Argument. Es wäre, meint
er, kaum im Interesse des Welfenhauses, wenn ich mich weiter
allzusehr etwa in die Mathematik vertiefte. Denn ganz England ist eben wegen dieser, meiner Mathematik in Aufruhr. Seit
mehr als fünfzehn Jahren tobt ja der Prioritätsstreit mit dem

Stolz Englands, mit Newton. Und er wird tückisch geführt von drüben. Und nicht nur wissenschaftlich, sondern auch politisch. Man darf die Königin Anna von England nicht noch weiter verstimmen. Sie soll ohnedies die Absicht hegen, die Sukzessionsakte aufzuheben, die die Rechtsgrundlage für die Nachfolge Hannovers, besser, der Kurfürstin Sophie bildet, falls Anna kinderlos stirbt. Sie wird aber kinderlos sterben. Denn sie ist schon alt und kränkelt. Also Hand weg von der Mathematik, Leibniz! Newton hat nach Fatio, nach jenem unseligen Genius und Narren, der wegen verworrener Umtriebe auf den Pranger kam und darauf den Verstand verlor, Herrn Keill als Angreifer vorgeschoben. Er, Newton, befleckt sich nicht mit solch niederen Händeln, wie es der Streit um die erste Entdeckung des Infinitesimalkalküls ist. Und als ich mich zur Wehr setzte, hat man mich absichtlich mißverstanden und so getan, als ob ich die englische Sozietät der Wissenschaften, deren Mitglieder sowohl Keill als ich sind, zum Schiedsrichter anriefe. Und hat einen Senat, in dem die Mehrheit von Leuten gebildet wurde, denen das Integralzeichen nie zu Gesicht gekommen ist, gebildet und mich in aller Form als Plagiator verurteilt. Während Newton sich irgendwo abseits die Hände in Wohlanständigkeit wusch. Und ein Buch, das „Commercium Epistolicum", der „Brief-Streit", eine Sammlung der „niederschmetternden" Dokumente, zirkuliert jetzt trotz wütenden Protestes der Mathematiker Frankreichs und Italiens in ganz Europa. Und bringt allen Laien die Überzeugung bei, ich hätte seinerzeit womöglich die Anagramme Newtons entziffert und hierauf mein Kalkül der Newton'schen Entdeckung nachgebildet. Und ich bin fast wehrlos. Denn Tschirnhaus, der Hauptzeuge, ist tot. Und von der großen Garde, die mir stets an die Seite trat, fehlen Jakob Bernoulli und Hospital, während der Letzte, Johann Bernoulli, zwar in Privatbriefen Newton verhöhnt und nachweist, der englische Halbgott verstehe nicht einmal die Berechnung höherer Differentialquotienten; ja, er lasse seine falschen Rechnungen nicht nur einmal, sondern wiederholt drucken: dann aber, wenn ich ihn auffordere, mir zu sekundieren, plötzlich tausend Bedenken hervorsucht und

so frisch und munter, daß die Engländer sie die „junge Prinzeß Sophie" getauft haben. Und Anna kann jeden Tag sterben. Dann aber wird die große Sophie Königin von England. Und ich bin zum ersten Ratgeber dieser künftigen Königin heute schon erkoren. Georg wird nicht dabei sein. Vorläufig. Denn sein Betragen gegen die Mutter hat in dieser den Entschluß befestigt, ihn von der Thronfolge Englands auszuschließen und an seine Stelle den Kurprinzen, den Sohn der unglücklichen Dorothea, der Gefangenen von Ahlden, zu setzen. Und Georg weiß von diesem Entschluß. Kennt meine zukünftige Rolle. Und ist sich klar, daß ich auf diese Art auch gegen Newton zu meinem Recht kommen muß. Darum soll ich „ausgetrommelt" werden. Vielleicht fällt der Wettlauf mit dem Tode gegen mich aus. Und es wäre Georg erwünscht, wenn ich nicht auf fremden Boden die Entscheidung abwartete, um dann ungreifbar nach England zu entschlüpfen. Ich sollte vielmehr schon jetzt für alle Fälle die „Testimonia" weiter sichten, sollte im Staub von Bibliotheken fronen, damit mein Kopf stumpf, mein Auge kurzsichtiger und mein von der Gicht geplagter Fuß noch untauglicher werde. Auch diesen Plan hat er schon in seiner neuen scherzhaften Art verraten. Als ich in Berlin zu lange ausblieb, hat er mir sagen lassen, man schätze mich mehr wegen des Kopfes als wegen des Fußes. Er glaubte mir damals nicht, daß mich ein Sturz ans Krankenlager fesselte, und sandte mir sogar auf Schleichwegen einen Arzt zur Untersuchung. Heute aber ist er sehr ohnmächtig. Der Wettlauf mit dem Tode ist noch nicht zu Ende. Und Karl VI und seine Gemahlin, die ja auch aus dem Welfenhause stammt, haben das Recht und die Macht, den „Reichshofrat" Leibniz wegen der Friedensschlüsse im spanischen Erbfolgekrieg in Wien festzuhalten . . .

Aber es wird jetzt Tag, Charlotte. Und ich habe dir Rechenschaft abgelegt. Viel, viel wäre noch zu sagen. Denn diese neun Jahre unsrer bisherigen Trennung waren weit erfüllter als es auch im flüchtigsten Abriß zwei Stunden fassen können. Du wirst mich aber wie stets auch aus Andeutungen verstehen. Wieder muß ich mich von dir trennen; Charlotte. Wieder und wieder. Aber ich werde stets zu dir zurückkehren, bis einst auch für mich die Stunde kommt, da wir für ewig vereint sein werden.

Jetzt aber, da schon klares Tageslicht es uns verbietet, weiter durch die Dämmerungen mystischer Zwischenreiche einander geistig zu berühren, muß ich dem Tage geben, was des Tages ist.

Prinz Eugen von Savoyen, mein Freund und Mitstreiter um Deutschlands Größe, mein Weggenosse im Ringen um höchsten Fortschritt der Weisheit, erwartet mich. Und ich habe noch einige Blätter zu schreiben, die ich ihm überreichen will.

Sechzigstes Kapitel

Im Belvedere

Prinz Eugen empfing Leibniz im oberen Belvederegarten. Er war eben in einer Gruppe von Baumeistern und Werkleuten gestanden, aus denen er sich losgelöst hatte und dem erwünschten Gast mit einigen schnellen Schritten entgegengekommen war.

„Verzeihen Sie, liebwerter Baron, daß ich mich noch hier umhertreibe!" Prinz Eugen drückte Leibnitz kurz und soldatisch die Hand. „Aber es liegt ja noch Tau auf den Gräsern. Und ich erwartete nichts weniger als solche unwahrscheinliche Pünktlichkeit. Und dann noch ein kleiner Entschuldigungsgrund. Wir bauen seit einundzwanzig Jahren und da kommt es gerade auf diese Stunde an." Er lachte kurz und in deutlicher Selbstironie auf.

„Lassen Sie sich durch den Bücherwurm nicht stören, Hoheit" erwiderte Leibniz belustigt. „Ich sehe dort eine Bank. Auch mir wird die Sonne wohltun."

„Also doch beleidigt?" Der Feldherr blickte beinahe unsicher zu Leibniz empor, da er äußerst klein von Statur war.

„Nein, Hoheit, nicht im geringsten. Man soll nicht sentimental sein. Aber eben Sie sind vielleicht der letzte Mensch auf der Erde, der mir das Leben erträglich und fruchtbar macht."

Eine flüchtige Röte färbte die blassen Wangen des Prinzen.

„Äußerst ehrend, aber sicherlich zu viel", erwiderte er beinahe hart. Dann setzte er fort: „Auf jeden Fall akzeptiere ich die mir damit angebotene unverdiente Freundschaft. Und daher bitte ich den Freund Leibniz, sich nicht auf die Bank zu setzen, sondern uns bei der Beratung zu unterstützen. Dann wollen wir oben ein kleines Frühstück nehmen. Gestattet Ihre Zeit dieses Programm?"

„Der ganze Tag steht zu Ihrer Verfügung, Hoheit. Je länger Sie mich heute bei sich behalten, um so besser für mich. Lassen Sie mich einige Stunden mitleben. Es ist für mich ein Tag des Heiles und des Unheils."

Prinz Eugen horchte auf. Was für Welten von Traurigkeit zitterten hinter diesen sonderbar versteinerten Tönen? Nein, nicht um Verärgerung, um Mißerfolg, um Laune handelte es sich hier. Hier hatte ein tödliches Geschoß getroffen.

„Kommen Sie, mein Leibniz!" Er schob seinen Arm fest und heischend unter Leibnizens Arm. „Ein Kamerad ist ohne Reserve bereit, den verwundeten Mitstreiter aus dem Getümmel zu führen." Und der Strom von weltgeschichtlicher Kraft, gepaart mit schlichtester Menschlichkeit, eine Größe, die sich wiederum nicht nur graduell, sondern wesenhaft von andrer Größe unterschied, durchdrang Leibniz so unmittelbar, daß er gar nicht wußte, wie er in den Kreis der Baumeister gelangt war, deren Fragen Eugen schon beantwortete.

Die folgende Stunde gehörte dem Auge. Man schritt auf und nieder, betrachtete die Parkmauern, den großen Teich, das Schloß selbst, das noch nicht vollendet war. Ein Flügel stand noch im Gerüst. Gleichwohl waren alle Umrisse bereits deutlich und die teilweise Unfertigkeit war eher ein Reiz als ein Mangel.

Es war sehr still und abgeschlossen in diesem oberen Garten, obgleich er sehr groß war. Aber die wesentliche Aussicht wurde eben durch das Schloß selbst verdeckt.

Leibniz war nach wenigen Minuten schon in den Bann der Schaffensfreude und rastlosen Umsicht des Prinzen Eugen geraten. Und es war nur selbstverständlich, daß er sich sogleich an

den Besprechungen beteiligte, Einwürfe und Vorschläge machte
und dabei sogar in zunehmendes Feuer geriet.

Plötzlich sagte Prinz Eugen:

„Ich denke, wir sind jetzt so weit, die Künstler ihrem Schicksal und ihrer Arbeit überlassen zu können. Sie waren noch nie
bei mir hier oben? Nicht, Baron Leibniz?“

„Nein, es ist das erste Mal.“

„Es freut mich für Sie.“ Prinz Eugen machte den Architekten
und Werkleuten eine freundliche Verbeugung und schob neuerlich seinen Arm unter den Arm Leibnizens. Dabei rief er im
Vorbeigehen einigen Lakaien kurze Weisungen zu.

Als die beiden in einem kleineren Arbeitsgemach vor dem
offenen Fenster standen, entfuhr Leibniz ein Ruf der Verwunderung. Nur der sechste Sinn des Strategen konnte diesen Platz
für ein Schloß erwählt haben, der durch einen Blick ganz Wien
erobern ließ: Vor ihnen abfallende, breite, glatte Parkanlagen.
Rechts eine stolze Kuppel, die die geraden Fronten eines Klosters überragte. Und gleichsam als Ausläufer des Parks die
Wälle und Bastionen der Stadt. Das hohe Dach der Minoriten-
kirche, spitze Türme und Giebel und in der Mitte, sonderbar
breit, schwarz und wuchtig, der riesenhafte Turm von St. Stephan. Dahinter aber als Abschluß die Hänge des Wiener Waldes, der Kahlenberg und der von Burg und Kirche gekrönte
Leopoldsberg.

„Ein Symbolum, daß ich den Türken nicht mehr fürchte“,
sprach gedämpft die Stimme des Zenta-Siegers hinter Leibniz.
„Es war ein Trotz von mir, mein liebstes Tusculum ungeschützt
an die Stelle außerhalb der Mauern Wiens zu legen, an der die
Türken zuerst hereinbrechen müßten — wenn ich eben den
Limes nicht tief unten in Pannonien errichtet hätte.“ Er lachte
kurz auf. Dann setzte er sachlich fort: „Wenn Sie sich sattge-
sehen haben, Leibniz, wollen wir zuerst über die Akademie
sprechen. Ich habe Gutes zu melden.“

Leibniz drehte sich herum. Wie durch Zauberhände war nahe
an das Fenster ein gedecktes Tischchen geschoben worden, das
er erst jetzt bemerkte. Prinz Eugen saß schon und hatte Papiere
vor sich hingebreitet.

„Wir haben mächtige Verstärkung erhalten", sprach Prinz
Eugen weiter, als auch Leibniz sich niedergelassen hatte. „Der
Kanzler Graf Zinzendorf, Graf von Khevenhüller, Graf Philipp
von Dietrichstein, Graf von Harrach, der Fürst von Liechtenstein
und unser werter verrückter Graf von Bonneval sind für den
Gedanken gewonnen..."

„Ihr Werk, Hoheit", erwiderte Leibniz.

„Nein, die Werbekraft und die immanente Lebendigkeit der
Sache. Aber wir wollen nicht streiten. Denn es gibt auch mächtige Widerstände. Unser Plan ist manchen kirchlichen Kreisen
zu umfassend, zu materialistisch, wie sie sagen. Und der große
Führer der protestantischen Unionsbewegung, der Minister-
prätendent des freigeisternden Albion, ist trotz seiner Theodicée
für diese Kreise ein Gemenge von Indifferentismus und zu all-
gemeingültigem Monotheismus. Aber wir werden die Widerstände brechen." Er machte eine Pause. Dann fuhr er fort:
„Wenn es nach mir geht, darf der Plan nicht zugestutzt werden.
Entweder alles oder nichts. Und jetzt verbessern Sie mich, wenn
ich etwas vergessen sollte. Ich will ihn auswendig hersagen:
Also zuerst die historische Gruppe mit ihren Untersuchungen
der Testimonia, wie Sie es nennen. Weiters die Bibliothek, be-
stehend aus allen Neuerscheinungen der Literatur. Dann das
Münz- und Antikenkabinett. Dann die Sammlungen, genannt
Theater der Natur und Kunst. Die chymischen Laboratorien.
Das astronomische Observatorium. Das Modellen- und Ma-
schinenmagazin. Der botanische Garten. Das Mineralien- und
Gesteinskabinett. Die Pflanzschule für Chirurgie und Astronomie. Die jährliche physiko-medizinische Berichterstattung mit
einer Geschichte des Einflusses der Jahreszeiten. Die Statistik
der Verwaltung und Bevölkerung unserer Länder. Die Ermög-
lichung von Forschungsreisen zur Untersuchung der Gebiete
der Kunst, Literatur und Natur. Preiskollegium für Erfindungen
und Entdeckungen. Ich denke, Leibniz, das wird die größte und
strahlendste Akademie der Erde. Habe ich in meiner Aufzählung
etwas vergessen?"

„Nein, Hoheit. Ich bin nur erstaunt, daß Sie es nicht einsehen, warum mir durch Sie das Leben lebenswert wird."

„Pflicht, Leibniz. Ich bin eben auch im Frieden ein Soldat.
Aber wenn Sie es durchaus wollen: Ich sehe es ein. Denn es gilt
auch umgekehrt für mich. Sine Leibnitio non est vita, et si est
vita non est ita. Da haben Sie meine Replik. Außerdem sind wir
Leidensgenossen. Dieselbe Königin Anna von England ist unser
Schicksal, das uns um die letzten Früchte unsrer Mühen
brachte..."

„Sie meinen die Entfernung Marlboroughs, Hoheit?"

„Ja, Leibniz. Wozu haben wir bei Höchstädt, bei Ramillies,
bei Turin, bei Oudenarde, bei Malplaquet gesiegt? Nur um
den faulen Frieden von Utrecht abzuschließen? Und Sie? Wozu
haben Sie den Algorithmus der hohen Mathematik entdeckt?
Auch nur dazu, um sich von neidgeschwollenen Halbkönnern
als Plagiator verurteilen zu lassen?"

„Newton ist kein Halbkönner", erwiderte Leibniz leise.

„Ehrenhaft, ritterlich, daß Sie das eben jetzt sagen, Leibniz.
Für mich aber ist aus dem gleichen Grunde des Ehrgefühls
Herr Newton, ob er etwas kann oder nicht, ein hinterhältiger
Patron und Krämergeist. Sie kennen meine Ehrfurcht vor der
Wissenschaft, Leibniz. Noch größer ist aber meine Forderung
an den Charakter. Und Sie werden es sehen oder Spätere werden
es sehen, Leibniz. Ein Mann wie Newton wird trotz all seinem
Genie in der Mathematik nicht siegen. Bei gleichem Können
entscheidet für mich die Selbstsicherheit des Genius, mit der er
die eigene Leistung beurteilt. Und Newtons Kampfesweise
gegen Sie beweist mir, daß er sich im Infinitesimalen als der
Schwächere weiß. Verzeihen Sie, Leibniz, daß ich Ihren tücki-
schesten Feind angreife. Verzeihen Sie! Aber ich sehe auch
geistige Schlachtfelder eben als Schlachtfelder, und Schlachtfelder sind mein Spezialgebiet. Alles täuscht mich, nur nicht
mein strategisches Kräftegefühl. Sie sind schon heute der Sieger, Leibniz. Auch wenn zehn Akademien Protokolle und Brief-
sammlungen verfassen. Nicht trotzdem, sondern eben deshalb!"

„Den edlen Ritter als Verbündeten zu haben, ist auch in der
Analysis des Unendlichen nicht zu verachten", erwiderte Leibniz, der sich zwang, einen Ausbruch aufquellender und über-
strömender Herzlichkeit zu unterdrücken. Er konnte es aber

nicht verhindern, daß Tränen in seinen Augen schimmerten.
Sogleich blickte Prinz Eugen zu Boden. Leibniz aber sagte hell
und klar: „Stände es in meiner Macht, Hoheit, Ihnen eine besondere Freude zu bereiten? Etwas, das Sie nur durch mich auf
dieser Welt erlangen könnten? Ich bin zu allem bereit. Ihr
Wunsch wäre auch mein Wunsch, in dem Augenblicke als Sie
ihn aussprächen."

„Das ist ein Wort, Leibniz!" Prinz Eugen sah Leibniz for-
schend und gerade ins Gesicht. Dann setzte er langsam fort:
„Ja, so etwas gibt es, Leibniz. Ich hatte nur bisher buchstäblich
nicht den Mut, Sie zu bitten. Auch das ist auf den geistigen
Schlachtfeldern möglich, daß ein Prinz Eugen sich fürchtet.
Weil nämlich zum Wesen der geistigen Welt auch die Ehrfurcht
gehört. Nun ist aber die Einleitung lange genug geworden.
Darum jetzt das Signal zum Sturm und hinein ins Getümmel.
Also, zuerst die Voraussetzung: Es gibt bis heute keine geschlossene Übersicht der Philosophie eines Herrn Leibniz. Nach
dieser Voraussetzung der Wunsch: Prinz Eugen bittet ganz er-
gebenst und zaghaft, Herr Leibniz möge zu dieses Prinzen und
der ganzen Welt Belehrung auf einigen Seiten einen Abriß
seines ewigen Systems, seiner Philosophia perennis — wie derselbe Leibniz in richtiger und selbstbewußter Einschätzung seiner Kraft diese Philosophie nennt — in die Hände des begierigen
Feldherrn legen. Soviel ich verstehe, müßte der Titel dieser
kleinen Schrift ‚Monadologie‘ lauten. Und nun warte ich auf das
Urteil." Eugen blickte Leibniz mit merkwürdig kindlichen
Augen an, daß diesem ein Schauer über den Leib lief. Denn der
Ausdruck war fast derselbe wie der Charlottens.

„Wie ich sagte, ist Ihr kleiner Wunsch so gut wie erfüllt, Hoheit." Leibniz schüttelte den Kopf. „Merkwürdig dieses geheime
Gesetz der Venus Urania, der himmlischen Liebe. Alle, die von
uns jedes Leid, jedes Opfer, jede Erniedrigung begehren dürften,
bitten uns um unsren und nicht um ihren eigenen Vorteil."

„Es ist nicht merkwürdig, Leibniz. Denn ein zweites Gesetz
der himmlischen Venus lautet, daß es das größte Glück eines
Menschen ist, seinen eigenen Mangel im geliebten größeren
Menschen zu tilgen und sich durch ihn zu vollenden."

Noch bevor ein glitzernder, kühler Vorsommernachmittag über den Gärten des Belvedere lag, hatte Leibniz dem Prinzen Eugen den Grundriß seiner „Monadologie" mitgeteilt. Und hatte darüber hinaus die Abgründe und Hintergründe seiner Philosophie aufgedeckt. Nur aus drei die ganze Welt des Inhaltes fassenden Grundformeln, um die er Jahrzehnte gerungen hatte, bestehe der Algorithmus, der kosmische Ansatz seines Systems. Ähnlich den zwingend umfassenden Spitzenbegriffen aller dauernden Systeme. Und wie neue Kategorien des Weltverstehens durch das „Apeiron", das „Panta rhei", das „Hen kai pan", das „Atoma", die „Eidos-Idea", die „Entelechia", die „Autarkeia", die „Ataraxia", den „Logos", den „Nous", das „Cogito ergo sum", das „bellum omnium contra omnes", die „causes occasionelles", das „white-paper" ins Dasein gesetzt worden seien, so würden hinfürder drei Begriffe, drei Grund-Erkenntnisse den unerschöpflichen Schatz der Weisheit mehren: Die Monade mit ihrem Satelliten der Kraft, die prästabilierte Harmonie und alles bindend das Prinzip der Stetigkeit, der Kontinuität.

Die Monaden, jene Vielheit, jener Stufenbau von substantiellen Formen, die das Reich alles Seins, streng voneinander geschieden, aufbauten. In ewiger Stufenfolge und Transformation vom dumpfen Ur-Punkt bis hinauf zur Monade der Monaden, zu Gott. Es gibt keinen Abschluß außer bei Gott. Die Welt ist ein Reich ewigen Fortschreitens aus niederen zu höheren Zuständen. Gleichwohl aber spiegelt jede Monade das ganze Universum. Wie etwa auch das dyadische, das Zweiersystem alle Zahlen der Welt enthalte, obgleich es nur die Null und die Eins als Eigenschaften besitzt.

Die prästabilierte Harmonie aber löse den Zweifel über die Beziehung zwischen Geist und Körper. Und erkläre die scheinbare Wechselbedingtheit dieser zwei Reiche ohne Annahme des Influxus physicus, der körperlichen Einwirkung. Zwei Uhren könnten in dreierlei Art isochron laufen. Weil sie aufeinander Einfluß hätten, weil ein Uhrmacher danebenstände, der sie stets zu gleichem Lauf korrigierte, und weil endlich drittens ihr Werk schon von vorneherein so vollkommen gestaltet wäre, daß sie gleichen Gang haben müßten. Der dritte Fall aber sei, im Gleichnis ausgedrückt, die prästabilierte Harmonie.

Die Welt der Monaden und der Harmonie jedoch werde durch das Prinzip der Stetigkeit, der Kontinuität geschlossen. Die Natur macht keine Sprünge. Sprunghaft ist nur der teilende Verstand. Das Leben selbst beweise und verifiziere dieses Grundprinzip, ein Leben, das in einem Wassertropfen Leeuwenhoekscher, Swammerdamscher, Malpighischer Kleinwelten 800.000 Lebewesen offenbare. Und wie die höchste Pflanze unmerklich in die Form niederer Tiere hinübergleite, so gleite alles in andere höhere Zustände kontinuierlich hinüber. Und trotzdem oder ebendeshalb herrsche das Prinzip der Identität des Nichtzuunterscheidenden. Nicht ein Ding sei dem andern wirklich gleich, Monade unterscheide sich von Monade, ein Blatt des Baums vom anderen und gehe wieder ohne sichtbaren Übergang in die andre Form ein...

Stark und sicher verließ Leibniz das Belvedere. Und ein Wachtraum gaukelte ihm die Welt vor, die er mit Prinz Eugen aufbauen würde, wenn er, Leibniz, den Wettlauf mit dem Tode gewann; wenn er nämlich als Ratgeber der großen Sophie Englands Flotte in die Hand bekam.

Nach der Zusammenschweißung aller Deutschen, ein Ziel, für das Prinz Eugen schon seit zwei Jahrzehnten die eigene Brust den Kugeln und Kartätschen einer feindlichen Welt entgegenhielt, das große, allgemeine Reich des Friedens, des Aufstiegs, der völkerverbindenden Kanäle der Akademien und der großen universellen Republik der Geister. Im nie rastenden Wettstreit aller Nationen. Und auf diesem Schlachtfeld wieder Prinz Eugen an der Spitze deutschen Gesittungs- und Weisheitswillens.

Die offene Wunde, die nicht mehr verheilende Wunde an seinem Fuße schmerzte. Er war achtundsechzig Jahre alt. Wie würde alles Planen, alles Hoffen enden? Würde er siegen? Oder würde er, wie er heute schon in der düsteren Stimmung des grauenden Morgens niedergeschrieben hatte, gleich Moses das gelobte Land der Vollendung nur aus der Ferne sehen?

Nein, jetzt kein Zweifel! Sturmsignal, hat Prinz Eugen gesagt. Wieder und wieder hinein ins Getümmel, solange noch ein Pulsschlag die Brust durchzittert.

Einundsechzigstes Kapitel

Das furchtbare „propterea“

In Hannover am 14. November 1716. Leibniz hatte um sieben Uhr abends die zwei Kinder, die ihn den ganzen Nachmittag durch ihre Spiele und Einfälle ergötzt hatten, reichbeschenkt zu ihren Eltern heimgeschickt. Es war viel von Weihnachten die Rede gewesen. Und Leibniz hatte es, den Kleinen gegenüber, beinahe als Falschheit empfunden, daß er mit ihnen Weihnachtspläne gemacht hatte, wo er doch wahrscheinlich um jene Zeit längst nicht mehr in Hannover sein würde. Dabei hatte ihn unausgesetzt ein Gedanke mahnend begleitet. Wo waren heute all die Kinder, die in diesem Erkerzimmer gespielt hatten? Wie viele von ihnen waren schon selbst Väter und Mütter! Verkauften Waren in umliegenden Geschäften, betrieben ehrsame Handwerke, saßen als Schreiber in der Ratsstube Hannovers. Und er, Leibniz, machte inzwischen nicht nur Weihnachtspläne, sondern erwog nicht weniger als den Beginn eines vollständig veränderten neuen Lebens.

Etwa eine halbe Stunde, nachdem die Kleinen gegangen waren, betrat sein Sekretär Eccard den Raum. Leibniz sah ihn fragend an. Denn heute mußte ja endlich die entscheidende Nachricht aus England eingetroffen sein.

„Es ist wieder nichts gekommen“, sagte Eccard dumpf, der einen Stoß andrer Briefe in der Hand hielt.

„Wieder nichts?“ Leibniz, der im Lehnstuhl saß, zuckte mit den Achseln. „Es ist mir eigentlich schon gleichgültig, Eccard. Und es würde nichts ändern. Ich habe beschlossen, alles hier hinter mich zu werfen. Eine Sünde, daß ich es nicht schon früher tat. Wir gehen nach Wien, Eccard. Gibt es außerdem noch etwas Neues in Hannover?“

Eccard war zusammengefahren. Gut, er hatte alles kommen gesehen. Aber so schnell? Herr ist Herr. Und Leibniz ist der liebenswerteste Herr. Was für Arbeit jedoch diese Übersiedlung im Gefolge haben würde, wenn sie so überstürzt erfolgte, war nicht auszudenken. Das wußte Eccard besser als jeder andere.

Leibniz lächelte, als er das erschrockene Gesicht des Sekretärs sah. Kam aber nicht dazu, etwas zu sagen, da Eccard, noch ein wenig heiser vor Aufregung, meldete:

„Man hat mich in die ,Rote Schenke' gerufen, als ich an ihr vorbeikam. Dort wurde ich von einem gewissen Doktor Seip, fürstlich Waldeckschen Leibarzt, empfangen. Herr Doktor Seip entbietet Herrn Geheimen Justizrat seinen ergebenen Gruß. Alles übrige stelle er Herrn Justizrat anheim."

„Ach, Seip!? Damit Sie unterrichtet sind, lieber Eccard. Ich lernte ihn im heurigen Sommer im Bad Pyrmont kennen. Etwa um die Zeit, als ich mit dem Zaren zusammentraf. Einer der besten Ärzte, die ich je fand. Praesente medico nihil nocet. Ich bin förmlich beruhigt, daß er in Hannover weilt. Ich werde ihn konsultieren. Mich schmerzt nämlich heute wieder tüchtig die elende Gicht in der Schulter."

„Soll ich das bewußte Decoct des Ingolstädter Jesuiten vorbereiten lassen, Herr Geheimer Justizrat?"

„Noch nicht, Eccard. Ich werde darum bitten, wenn sich die Schmerzen steigern. Vielleicht aber senden Sie den Diener hinüber zur ,Roten Schenke'. Ich lasse Herrn Doktor Seip grüßen und werde mich freuen, wenn er mich in den nächsten Tagen besucht."

„Noch etwas, Herr Geheimer Justizrat?"

„Nein, Eccard. Sichten Sie bis zum Abendessen die Briefe. Ich werde sie erst in der Nacht vornehmen."

Als Eccard gegangen war, quoll die mühsam unterdrückte Enttäuschung in Leibniz herauf und gewann Macht über ihn. Warum gelang seit zwei Jahren aber auch nichts, nicht das geringste? Seit jenem Sommer 1714, in dem sich der „Wettlauf mit dem Tode" zu seinen Ungunsten entschieden hatte? Fast unwahrscheinlich, mit welcher teuflischen Präzision die Ent-

584

scheidung gefallen war. Und wie das ganze Räderwerk von Ereignissen außerdem noch ineinandergespielt hatte: die große Kurfürstin Sophie war im Juni des Jahres 1714 im Park von Herrenhausen spazieren gegangen, als man ihr die Nachricht einer ebenso feinen wie tückischen Intrige der Königin Anna von England überbrachte. Eine Stunde später, noch im Park, hatte die Aufregung sie getötet und es war ihr skeptischer Wunsch damit erfüllt, ohne Arzt und ohne Priester zu sterben. Dieser erste Tod jedoch erzeugte unmittelbar oder mittelbar einen zweiten. Denn auch Anna von England war dem stummen und doch so beredten Machtkampf um die Thronfolge, in die jetzt Kurfürst Georg mit starrer Härte eingriff, nicht gewachsen und schloß kaum zwei Monate später die Augen für immer, ohne vorher die Sukzessionsakte abgeändert zu haben. Da war nichts mehr zu deuteln. Die riesige Vorarbeit, die Leibniz, Sophie und nicht zuletzt der schottische Ritter Ker von Kersland in England geleistet hatten, führte nun selbsttätig Georg von Hannover auf den Thron Großbritanniens.

Leibniz aber war dadurch um die Früchte seiner Tätigkeit in einem Maße betrogen, das er sich noch nicht annähernd so schlimm vorgestellt hatte, als es tatsächlich eingetroffen war. Ein kalter, beinahe grober Befehl hatte ihn aus Wien abberufen und selbst Kaiser Karl VI. und Prinz Eugen konnten und durften es im höchsten Staatsinteresse nicht wagen, ihn, dem Wunsche des englischen Königs zuwider, in Wien festzuhalten.

So war Leibniz, müde und enttäuscht, zu Ende September 1714 nach Hannover zurückgekehrt und hatte Georg nicht mehr angetroffen. Wohl aber einige zurückgelassene Minister, die nunmehr ihren Zorn, nicht sofort ins englische Kabinett aufgerückt zu sein, an Leibniz ausließen. Man hatte ihn, den Ratgeber des deutschen Kaisers und den Freund Prinz Eugens, nicht anders behandelt als einen pflichtvergessenen kleinen Hofbeamten. Und alle die Schranzen und Edelleute, die sich jahrelang, wahrscheinlich innerlich schäumend, vor dem allmächtigen „Parvenü", dem Freund und Vertrauten der noch allmächtigeren großen Sophie gebeugt hatten, beeilten sich jetzt, durch Eselstritte aller Art ihre Anhänglichkeit an Georg I. von England zu beweisen.

Leibniz hatte vorerst die Schikanen mit philosophischer Geduld über sich ergehen lassen. Denn er hatte noch gehofft, Georg werde die Pietätlosigkeit gegen seinen Vater, seine Mutter und seine Schwester, auch seinen Undank und seine eigene Bloßstellung vor der gelehrten Welt ganz Europas nicht so weit treiben, einem Leibniz geradezu ins Gesicht zu schlagen. Wie gesagt, er hatte noch gehofft, die Haltung der Kreise von Hannover sei nichts als das Ressentiment bisher unterdrückter und einflußloser Mittelmäßigkeit. Und er hatte, um eine Versöhnung mit Georg zu erleichtern, diesem einen Brief geschrieben, er, Leibniz, wolle demnächst nach England reisen, um dort seine Sache gegen Newton und gegen die Freigeisterei persönlich zu führen. Und er bitte deshalb um Erlaubnis zu dieser Reise.

Die Antworten, die er von Bernstorff und Görtz erhalten hatte, waren geradezu niederschmetternd gewesen. „Sie tun wohl, mein Herr, in Hannover zu bleiben und Ihre Arbeiten wieder vorzunehmen. Sie können auch durch nichts andres besser die Gunst des Königs zurückerlangen und Ihre früheren Abwesenheiten gutmachen, als wenn Sie Seiner Majestät, falls Sie wieder einmal nach Hannover kommen sollte, einen guten Teil der Arbeiten, die Seine Majestät schon allzulange erwartet, untertänigst vorlegen. Ich hoffe, mein Herr, Sie werden auch die Kapitel, von denen wir seinerzeit sprachen, jene Kapitel über die Völkerwanderung, nicht vergessen. Da uns nun Eccard versprochen hat, für Sie Materialien vorzubereiten, so hoffe ich, mein Herr, daß Sie Ihr Werk endlich zur Genugtuung der Majestät und nicht zuletzt zu Ihrem eigenen Ruhme je eher desto besser vollenden können.“

Gleichzeitig aber hatte ihn Görtz in schroffer Form wissen lassen, König Georg habe sich über seine, Leibnizens, Dienstleistung und auch über seine wissenschaftliche Arbeit ungünstig, wenn nicht geradezu abfällig ausgesprochen. Und man hatte die Konsequenzen solcher „Wohlmeinung“ so weit getrieben, daß man Leibniz nicht nur das Gehalt für die Zeit seiner Abwesenheit kurzerhand gestrichen, sondern daß man ihm sogar nicht einmal seine Bar-Auslagen, die er unmittelbar im Dienste der Erstreitung der englischen Thronfolge auslegen hatte müssen, vergütet hatte. Und noch mehr und wieder mehr. Die Ungnade Georgs und seiner haßerfüllten Berater hatte sogar auf den unschuldigen Ritter Ker von Kersland übergegriffen, der nicht weniger als sein ganzes riesiges Vermögen aus purem Idealismus für eine der hannöverschen Thronfolge günstige Politik in England geopfert hatte. Leibniz hatte, ohne daß Ker es wußte, in heller Empörung über die Perfidie Georgs, aus eigener Tasche eine größere Schuld getilgt, die der verarmte Ker in Deutschland aufgenommen hatte, nur, um weiter für die Welfen arbeiten zu können. Was mit Leibniz auch nur entfernt in Berührung stand, war verfemt. Kers Verbrechen hatte einzig und allein darin bestanden, daß er im besten Glauben gemeinsam mit Leibniz in Wien an der hannöverschen Sache gearbeitet hatte.

Leibniz hatte zuerst den Plan erwogen, dem Befehl des Königs, in Hannover zu bleiben, einfach zu trotzen. Und wie ein Racheengel in London zu erscheinen, um in einem riesigen Angriff und in gigantischer Verteidigung mit Einsatz selbst des Lebens seinen Ruf vor Europa und vor der Ewigkeit wiederherzustellen. Dieser Angriff konnte für den noch in England vollkommen ungefestigten Georg um so furchtbarer werden, als nicht nur der ganze Geist Frankreichs, Italiens, Deutschlands, Österreichs und Rußlands, sondern auch die höchst realen Mächte des Kaisers, des Zaren und des Prinzen Eugen, vielleicht oder wahrscheinlich sogar Ludwigs XIV. hinter ihm standen, und Georg dem allen nichts anderes entgegenzusetzen hatte, als die kleinlichen und beschränkten Minister Bernstorff und Görtz und die gehässige und sogar in sich uneinige Clique um Newton.

Fast hätte Leibniz den Plan ausgeführt, um so mehr, als ein Mitglied der Berliner Sozietät, Herr von Ancillon, der Erreger eines europäischen Gelehrtenklatsches geworden war, der sich in teilnehmender oder schadenfreudiger Weise mit der „Ungnade" befaßte, die über Leibniz lastete.

Inzwischen war aber noch ein andres Riesengebäude Leibnizschen Geistes schon in den Fundamenten zerbrochen: die Gründung der Akademie in Wien war aufgegeben worden, der Kanzler Zinzendorf und die anderen Machthaber am Wiener Hofe hatten sich unbekannten, anscheinend jedoch stärkeren Mächten gebeugt. Und es war nur ein schwacher Trost für Leibniz gewesen, daß der Kaiser ihm das Fallenlassen des Planes mit der ihm, Leibniz, ja hinreichend bekannten Geldknappheit des Wiener Hofes motiviert hatte.

Dazu noch der Prioritätsstreit mit Newton, der stets sichtbarer einem Höhepunkt zugestrebt hatte.

Leibniz hatte nach Monate währendem Seelenkampf seinen Plan, dem König von England auf dessen eigenem Boden zu trotzen, aufgegeben. Nicht aus Mangel an Mut. Sondern vornehmlich aus deutschem Patriotismus. Und aus Gründen allgemeinster Ethik. Das formale Recht stand auf der Seite Georgs. Nicht allein, weil er sein, Leibnizens, Herr war. Sondern weil Leibniz die Ausarbeitung der von ihm selbst so weitläufig geplanten Welfengeschichte einst freiwillig übernommen und dann ebenso freiwillig ihre Vollendung versprochen hatte.

Diese zwei Jahre von 1714 bis 1716 waren wie ein banger Traum dahingeschlichen. Hannover, jetzt eine periphere Provinz, zum Rang von „Erblanden" degradiert, die man vielleicht einmal besuchen würde, war öde und ereignislos, gleichsam entgöttert und entthront, in stumpfem Trott den Alltagspflichten nachgegangen. In einem Trott, dem sich auch Leibniz bei seinen „Testimoniis", deren Gefangener er war, schließlich angepaßt hatte.

Nur einmal noch, im Jahre 1715, hatte sich das Geschehen für Leibniz zu dramatischer Höhe gesteigert: der unzeitgemäße Tintenklecks, jener Spuk einer längstversunkenen Koboldswelt, war plötzlich zum Leben erwacht, wenn man so sagen darf.

In den „Philosophical Transactions", dem englischen Gegenstück zu den „Acta Eruditorum", besser in deren Vorbild, war plötzlich, tückisch wie gewöhnlich, ein anonymer Aufsatz, genannt „Account of the Book, entitled Commercium Epistolicum", also ein zusammenfassender Bericht über den „Briefstreit", erschienen, der seinen Autor Newton kaum verleugnete, obwohl behauptet wurde, daß weder Newton noch auch der giftige Keill vor der Sozietät aussagen würden oder einvernommen werden könnten. Es sei ja schon alles entschieden. Ein aus Mitgliedern verschiedenster Nationen zusammengesetztes Schiedsgericht (das bezog sich darauf, daß der Franzose De Moivre seinerzeit mitberaten hatte) habe sein Urteil gesprochen. Nun aber wurde in diesem „Account", diesem Resümé des ebenso anonymen wie kalten und scheinheiligen Newton, nicht weniger behauptet, als daß Leibniz jenen Brief mit den Anagrammen schon im Herbst 1676 in London erhalten und bis zur Beantwortung mindestens sieben Monate studiert habe. Zeit genug also für einen Menschen der Geistesschärfe Leibnizens, die Anagramme zu entziffern. Und Leibniz sei hierauf, frühestens 1677, kurz bevor er damals Newton geantwortet habe, auf seinen Algorithmus „verfallen". Natürlich war nicht all das ausdrücklich gesagt. Aber jeder Wissende konnte es zwischen den Zeilen herauslesen.

Doch wozu die genaue Geschichte dieser Niedrigkeiten aufrollen? Es genügt, zu erwähnen, daß Leibniz, aufs äußerste verbittert, gleiches mit gleichem hatte vergelten wollen. Und daß sich Johann Bernoulli trotz seiner unbegreiflichen Feigheit endlich entschlossen hatte, in den „Acta Eruditorum" Keill und damit indirekt Newton anzugreifen, und daß er, Bernoulli, seine Hauptwaffe wieder hervorzog und darauf hinwies, daß Newton es nur seinem, Bernoullis, Neffen Niclaus zu verdanken habe, endlich zum Verständnis der höheren Differentialquotienten gelangt zu sein. Newton sei nämlich durch Niclaus Bernoulli seinerzeit in London darauf hingewiesen worden, daß eine von ihm mehrfach aufgestellte Behauptung nur richtig sei, wenn das Wort „ut" eingefügt werde. Nun habe man, voran Keill, dies harmlos als Druckfehler erklären wollen. Natürlich habe der große Newton den Satz mit „ut" gemeint. Aber, so hatte Johann Bernoulli seinen Angriff geschlossen, aber es sei mehr als verdächtig, daß derselbe Druckfehler bedauerlicherweise sich an von einander räumlich und zeitlich getrennten Stellen mit unfehlbarer Akkuratesse eingeschlichen habe, und nur an der Stelle verbessert worden sei, auf die Niclaus Bernoulli Herrn Newton aufmerksam gemacht habe...

Dann war noch die Vermittlung des Abbate Conti gefolgt, die
vielleicht darauf zurückzuführen war, daß selbst Georg dem
Ersten endlich das Unrecht schwach aufdämmerte, das an Leibniz begangen wurde. Oder war es ihm nicht aufgedämmert?
Sein Verhalten in Pyrmont im Sommer 1716, zu welchem Zeitpunkt ihm Leibniz die Vollendung einer der titanischesten
Leistungen der Geschichtsforschung, der Annalen Braunschweigs, melden hatte können, hatte fast gegen diese für Georg günstige Hypothese gesprochen.

Die Audienz Leibnizens war in eisiger Stimmung verlaufen.
Und Georg hatte es schließlich mit herablassendem Scherz versucht, da er nichts gewußt hatte, was er Leibniz hätte vorwerfen
können. Um so mehr, als Leibniz noch vor einem Jahr trotz aller
Verbitterung mit einer blendenden Staatsschrift für Hannover
gegenüber den feindlichen jakobitischen Strömungen in England auf den Plan getreten war.

Georg also hatte bei dieser Audienz durchblicken lassen, daß
er von der Priorität Newtons so gut wie überzeugt sei. Er werde,
da ihm der Streit politisch ungemein peinlich sei, Abbate Conti
nach Hannover schicken, um Leibniz endlich „zu bekehren".
Und er hatte befangen gelacht. Leibniz hatte vorerst auf die
Provokation nicht reagiert, sondern Georg nur kalt und sachlich über seine, Leibnizens, Gespräche mit Peter dem Großen
Bericht erstattet. Wobei er Georg natürlich nicht undeutlich zu
verstehen gegeben hatte, wie sich selbst ein unbeschränkter
Herrscher einem Leibniz gegenüber zu betragen habe und wie
er sich auch wirklich betrage. Da nun hatte Georg, merkwürdig
unsicher und verlegen, mit einem pathetischen Bon mot die
Audienz beendigt: „Auf jeden Fall preise ich mich glücklich",
hatte er sehr abrupt und ohne Zusammenhang mit dem Bericht
Leibnizens plötzlich ausgerufen, „daß ich zwei Reiche besitze,
in deren einem ich einen Leibniz, in deren andrem ich einen
Newton meinen Untertanen nennen kann!"

Georg war kurz darauf abgereist und Leibniz hatte seither
eine Nachricht aus England erwartet, die diesem letzten Ausspruchs Georgs vielleicht Rechnung tragen würde. Denn der
Ausruf war ein deutlicher Rückzug des Königs gewesen. Und

Leibniz wieder wollte seinen endgültigen Schlag, die Aufdeckung des Geheimnisses um den Tintenklecks, erst führen, wenn jede Hoffnung auf gütlichen Ausgleich mit Newton geschwunden war. Denn diese Enthüllung mußte das Hauptargument, die Möglichkeit der Entzifferung der Anagramme, widerlegen und damit das ganze Gebäude von Haß, Neid, Eitelkeit und Tücke, in das vielleicht Newton nur durch Fatio de Duillier und Keill so lange hineingehetzt worden war, bis er alles selbst glaubte, an der Grundmauer zerstören. Was blieb von der Anklage, Leibniz habe Newtons Anagramme monatelang studiert, übrig, wenn einmal bewiesen war, daß der unzeitgemäße Tintenklecks das Wort „heute" vernichtet hatte? Jenes Wort, aus dem unzweifelhaft hervorging, daß Newtons Brief Leibniz höchstens für einen Tag zur Verfügung gestanden war, bevor er ihn beantwortete? Wer kann das mißverstehen: „Ich erhielt heute Ihren lange erwarteten Brief und als Einschluß einen sehr schönen Brief Newtons"?

Da aber nun wieder die Post aus England nichts, aber auch nichts gebracht hatte, war der endgültige Entschluß heute in Leibniz gereift, sich nach Wien zurückzuziehen und von dort aus als Rat des Kaisers, als Berater des Zaren und als Person, als Leibniz, den Schlußkampf gegen alle Widersacher, auch gegen Georg, dem er nichts mehr schuldete, durchzufechten.

Leibniz wollte sich erheben, um Eccard wieder hereinzurufen, als ihn ganz unvermittelt ein furchbarer Anfall seines Steinleidens überwältigte. Er hatte noch die Kraft, den Diener zu rufen und die sofortige Bereitung des Decocts zu befehlen.

Eccard kam bestürzt ins Zimmer. Man möge sogleich Doktor Seip holen, den ein guter Geist nach Hannover gebracht habe, lächelte Leibniz, worauf sich sein Gesicht sogleich wieder vor Schmerz verzerrte.

Es geschah. Leibniz hatte das Decoct schon zu sich genommen, als Seip erschien. Es hatte jedoch nicht nur nichts genützt, sondern seinen Leib ungewöhnlich aufgetrieben.

Doktor Seip untersuchte Leibniz gründlich.

„Ich leugne nicht, daß ich für Sie ein wenig fürchte. Der Puls ist ungemein schwach und der Schweiß bricht an den Händen aus", meinte Doktor Seip kopfschüttelnd.

„Mir ist ganz wohl, lieber Doktor. Bleiben Sie bei mir zum Abendessen. Dieses Auslassen des Pulses und den Angstschweiß an den Händen habe ich seit früher Jugend nach jeder stärkeren Erschütterung." Leibniz stand auf und ging im Zimmer auf und nieder. „Übrigens", setzte er fort, „habe ich für diese Zustände alterprobte Medikamente."

„Ich möchte sie sehen", erwiderte Seip.

Leibniz ließ die Arzneien durch den Diener aus der Hausapotheke holen. Seip prüfte sie. Dann sagte er:

„Diese Medikamente mögen manchmal gut gewesen sein. Für Ihren heutigen Zustand, Herr Reichshofrat, sind sie untauglich und schädlich. Ich werde selbst in die Apotheke gehen und dort die geeigneten Arzneien zubereiten."

„Muß das gleich sein? Mir ist wirklich wohl, Doktor Seip. Ich möchte ein wenig plaudern. Nicht mit dem Arzt. Sondern mit dem klugen und lieben Freund."

Doktor Seip nickte. Er wollte Leibniz nicht beunruhigen. Und es war schließlich nicht so gefährlich, wenn er für eine halbe Stunde nachgab. Der Anfall klang sichtlich ab. Und würde sich hoffentlich nicht wiederholen.

Leibniz war sehr munter und gesprächig wie alle Willensmenschen, die soeben große Schmerzen überwunden haben. Und es war fast eine volle Stunde oder noch längere Zeit verstrichen, als Doktor Seip endlich erklärte, er müsse jetzt die Arzneien besorgen gehen.

Leibniz begleitete ihn bis zur Tür und gab in aller Ruhe Anweisungen für das Abendessen. Dann kehrte er in den Lehnstuhl zurück.

Er war anscheinend eingeschlummert, denn plötzlich fuhr er, von einem gräßlichen Schmerz erweckt, auf. Und er fühlte, daß dieser Anfall den ersten an Heftigkeit noch bedeutend übertraf. Eccard und der Diener kamen nach kurzer Zeit ins Zimmer. Leibniz ersuchte, man möge ihm behilflich sein. Er müsse sich sofort zu Bett legen.

Nach einer halben Stunde hatte der Schmerz nachgelassen.

Leibniz aber wußte plötzlich mit aller unentrinnbaren Deutlichkeit, daß der Tod knapp neben seinem Lager stand. Es war weder Furcht noch Zaghaftigkeit in ihm. Nur ein Spruch leuchtete in riesengroßen Buchstaben unvermittelt vor ihm auf und nahm von seinem ganzen Denken Besitz. Jene letzten Worte des großen Papstes Gregor des Siebenten, des Papstes Canossas, des mächtigen Hildebrand:

„Dilexi justitiam et odi iniquitatem, propterea morior in exilio!" „Ich liebte die Gerechtigkeit, ich haßte alle Unbill, deshalb sterbe ich in der Verbannung!"

Warum dieses furchtbare „propterea"? Warum nicht „tamquam"? Warum „deshalb" und nicht „gleichwohl"? War das ein Gesetz des Universums? War das die Widerlegung der „besten Welt"? War dieses furchtbare „propterea" die letzte tiefste Anklage gegen den sittlichen Kosmos, gegen Gott selbst? Nein, nein, nein! Keine Anklage gegen Gott. Nur eine Anklage gegen die Unvollkommenheit der Menschen. Die Menschen vergelten ein Leben der Gerechtigkeit mit Verbannung. Niemals Gott. Gott wird den auf Erden Verbannten erhöhen, wird ihn an die Seite seines Throns stellen, ihn des Lichtes teilhaftig werden lassen. Aber selbst wenn Gott ihn nicht erhöhte, selbst dann streitet dieses „propterea" noch nicht gegen die „beste Welt". In stetigem Ansteigen, dem Gesetz der Kontinuität folgend, wird eine vollkommenere Monade sich über die andre türmen, wird schließlich in die leuchtende Spitze münden. Denn eben das Unglaubliche, daß trotz dieses „propterea", trotz dieser furchtbarsten aller Warnungen, stets wieder und wieder Menschen die Gerechtigkeit auf sich nehmen und die Unbill hassen, um sehenden Auges in der Verbannung zu sterben, zeigt, daß alle Gegenwart der Unvollkommenheit alle Zukunft der Vollendung in ihrem Schoße trägt. Denn dieser Mut um der Gerechtigkeit willen ist das tiefste Wissen der menschlichen Kreatur...

Leibniz richtete sich auf seinem Lager auf. Er verlangte Tinte Feder und Papier. Und eine brennende Kerze. Er wollte die Widerlegung seines letzten Zweifels niederschreiben, bevor der Arzt zurückkam. Und er schrieb und schrieb und sein Gesicht bedeckte sich mit Schweißperlen. Als er aber das Geschriebene durchlesen wollte, waren es krause unverständliche Hieroglyphen.

Da sank er zurück.

Eccard fragte ihn, ob er ihm mit irgend etwas dienlich sein könnte. Die Tränen liefen dabei über seine Wangen, da auch er das Unabänderliche sah. Doch Leibniz lächelte plötzlich. Es war ihm wieder gewesen, als ob ihn die Hand Charlottens berührt hätte.

„Auch andre müssen sterben, Eccard", sagte er klar und hell. „Und ich habe mich dem allgemeinen Schicksal nie und nimmer entzogen."

Er kehrte sich ruhig, fast heiter gegen die Wand und schloß die Augen.

Als Doktor Seip mit den Arzneien zurückkam, war Leibniz bereits tot.

Seinem Sarge aber folgte niemand außer Eccard, obgleich alle Würdenträger Hannovers in streng zeremonieller Art zum Begräbnisse eingeladen worden waren. Keiner dieser „Edelleute" hatte es gewagt, einem der größten Deutschen, einem der Größten aller Zeiten und aller Völker die letzte Ehre auf Erden zu geben. — —

Inhaltsverzeichnis

Es ist selbstverständlich, daß zur vorliegenden Dichtung die wichtigen Lebensbeschreibungen des Panhistors, insbesondere die klassische Leibnizbiographie G. E. Guhrauers verwendet wurden. Die Paraphrase über die Philosophie Spinozas folgt der Übersetzung von J. Stern, für Platon wurden die Übertragungen von Rudolf Kaßner und Karl Preisendanz benützt, während die eingeschobene Stelle der Theodicée sich vornehmlich auf Artur Buchenaus Verdeutschung stützt.

Die Schriften und Briefe von Leibniz wurden in einer großen Gesamtausgabe durch die Preußische Akademie der Wissenschaften in Berlin im Verlag von Otto Reichl in Darmstadt herausgegeben. Es sind bisher fünf Bände erschienen. Die Akademie der Wissenschaften und Literatur in Mainz bemüht sich um die Fortsetzung.

Im Verlag von Felix Meiner in Leipzig (Philosophische Bibliothek) sind Gesammelte Werke von Leibniz in einer sechsbändigen Ausgabe erschienen.

Eine Auswahl der Werke des Philosophen bietet der Verlag Alfred Kröner in Leipzig: G. W. Leibniz, Die Hauptwerke. Zusammengefaßt und übertragen von Gerhard Krüger. Mit einem Vorwort von Dietrich Mahnke.

9 783863 473532